Lynette Noni

Prison Healer – Die Schattenrebellin

Bisher von Lynette Noni im Loewe Verlag erschienen:

Prison Healer – Die Schattenheilerin
Prison Healer – Die Schattenrebellin

LYNETTE NONI

PRISON HEALER

Die Schattenrebellin

Band 2

Aus dem Englischen übersetzt von
Sandra Knuffinke und Jessika Komina

Loewe

FSC
www.fsc.org
MIX
Papier aus verantwortungsvollen Quellen
FSC® C014496

Klimaneutral
Druckprodukt
ClimatePartner.com/18521-2202-1001

ISBN 978-3-7432-1205-3
1. Auflage 2022
erschienen 2021 unter dem Originaltitel *The Gilded Cage*
bei Houghton Mifflin Harcourt Publishing Company, New York.

Aus dem Englischen übersetzt von Sandra Knuffinke und Jessika Komina.
Kartenillustrationen: © 2021 Francesca Baerald
Umschlagillustration und -lettering: Jim Tierney
Umschlaggestaltung: Ramona Karl
Printed in the EU

www.loewe-verlag.de

Meiner Mum –

für den Pinguin.

Die Königreiche von
Wenderall
Nach Sivana
Unbewohnter Norden
Darkwell
Ruska
Odon
Yirin
Terith
Zadria
Haldon
Jiirva
Mirraven
Verlorenes Land
Lamont
Ersa
Caramor
Innisard
Schwarzer Forst
Zalindov
Vaskin
Hadris
Winterpalast
Tanestraberge
Rothen
Albree
Belharewüste
Klagewald
Nach Mahari
Nach Adastria
Grimmsumpf
Valorn
Evalon
Vallenia
Wildauen
Armineberge
Lyras
Riverfell
Serin
Oakhollow
Avila
Aldon
Fellarion
Nerine
Tetranisches Meer
Arden
N
Schlangeninseln
W
O
Nach Eblis
S

PROLOG

Weiter.

Sie mussten weiterlaufen.

Die Nacht war finster und so eisig, dass die Kälte ihnen bis in die Knochen drang, doch sie durften nicht anhalten. Nicht, solange ihnen der Tod auf den Fersen war.

»Mama, wo wollen wir denn –«

»Still, mein Schatz«, brachte die Frau ihre Tochter zum Schweigen und schaute sich gehetzt um.

»Aber was ist mit Papa?«, flüsterte der kleine Junge. »Und mit –«

»Schhh.« Sie umfasste seine Hand noch fester und trieb die Kinder weiter voran.

Weder der Junge noch seine ältere Schwester protestierten. Beide spürten die Angst der Mutter, sahen die Tränen, die ihr lautlos über die Wangen rannen und im Mondlicht schimmerten.

Und so flohen sie, ohne auch nur ein einziges Wort über die Menschen zu verlieren, die sie in jener Nacht hatten zurücklassen müssen. Über das, was ihnen genommen worden war.

Die Frau wagte es nicht, die Augen zu schließen. Zu groß war die Angst, dann wieder ihr brennendes Zuhause vor sich zu sehen. Oder ihren Mann und ihre jüngste Tochter, die von den königlichen Wachen davongezerrt wurden, während ihr jüngster Sohn …

Bevor sie es unterdrücken konnte, schluchzte sie auf.

Ihr Sohn war tot.

Er war *tot*.

Die Frau biss sich auf die Zunge und schluckte einen weiteren

Klagelaut hinunter. Sie war froh, dass ihre zwei ältesten Kinder sich gehorsam versteckt hatten, während sie selbst zurückgeschlichen war, um nachzusehen, was draußen vor sich ging. So war wenigstens ihnen der Anblick erspart geblieben, der ihr selbst bis an ihr Lebensende Albträume bescheren würde.

Die Schwertklinge in seiner schmalen Kinderbrust.

Ihr Mann, der um Hilfe flehte.

Die Schreie ihrer Tochter, die verzweifelt versuchte, zu ihrem Bruder zu gelangen, ihn zu retten.

Doch es war zu spät gewesen.

»Mama, du tust mir weh.«

Das leise Wimmern ihres Sohnes holte sie zurück in die Gegenwart. Sie lockerte ihren Griff ein wenig und murmelte eine Entschuldigung. Mehr brachte sie nicht heraus; der Kummer schnürte ihr die Kehle zu.

Nicht einen Moment erlaubten sie sich, langsamer zu werden, während sie stundenlang den Windungen des Flusses Aldon folgten und sich immer wieder nach Verfolgern umschauten. Von den königlichen Wachen war nichts zu sehen, dennoch wollte die Frau keine Rast riskieren, bevor sie nicht die ersten Ausläufer der Armineberge erreicht hatten. Dort, fernab jeglicher Zivilisation, sollte es angeblich ein Haus geben, in dem sie Zuflucht finden könnten. Einen Ort, an dem sie geschützt wären, sollte es jemals zum Äußersten kommen.

Als der dunkel gekleidete Fremde auf dem Marktplatz die Einladung ausgesprochen hatte, hatte sie nur gelacht, als wäre das alles ein Scherz. Als hätte sie keine Ahnung, warum ihrer Familie jemals solche Gefahr drohen sollte. Ihr Mann und sie seien unbescholtene Bürger. Er helfe als Heiler den Kranken im Dorf und sie sei eine einfache Hausfrau und Mutter.

Sie wusste nicht, wie man sie gefunden hatte. All die Jahre hatte sie sich im Verborgenen gehalten und ihr Leben lang geleugnet, welches Blut durch ihre Adern strömte.

Manche behaupteten, es sei das Blut von Verrätern.

Andere, das von Königen. Und sie selbst eine Königin.

Die Frau hatte beharrlich die Gerüchte über eine wachsende Gruppe von Rebellen ignoriert, die nach Nachfahren ihres verschollenen Monarchen suchten. Sie hatte einen neuen Namen angenommen, eine neue Identität und sich nichts mehr gewünscht als ein ruhiges Leben mit ihrer geliebten Familie.

Und heute Nacht war ihr die Hälfte dieser Familie genommen worden.

Irgendetwas in ihr war zerbrochen, während sie hilflos dabei hatte zusehen müssen.

So hilflos wollte sie sich nie wieder fühlen.

So hilflos *würde* sie sich nie wieder fühlen.

Und so fasste sie, als sie und ihre zwei verbliebenen Kinder sich endlich ihrem Ziel näherten – einem reetgedeckten Bauernhaus tief im verschneiten Wald –, einen Entschluss.

Mit vor Kälte tauben Fingerknöcheln klopfte sie dreimal kurz an und die Tür öffnete sich. Vor ihr stand der Mann vom Markplatz. In der von Luminiumlaternen erleuchteten Hütte saß eine kleine Gruppe Menschen am Kamin und beäugte sie neugierig.

»Was für eine Überraschung«, sagte der Mann, als er die Frau und ihre beiden zitternden Kinder erkannte. Die Kapuze seines Mantels war zurückgeschlagen und gab den Blick auf sein wettergegerbtes Gesicht frei.

Die Frau schaute ihn aus smaragdgrünen Augen an und drückte die Hände ihrer Kinder fester, ehe sie antwortete: »Wir wollen uns euch anschließen.«

Die Leute am Feuer erstarrten, der Mann jedoch legte lediglich den Kopf schief. »Anschließen?«, wiederholte er.

»Ich weiß, wer ihr seid und welche Ziele ihr verfolgt«, erklärte sie rundheraus. »Ohne mich habt ihr keine Chance, sie zu erreichen.«

Der Mann hob eine Augenbraue, während die Gruppe hinter ihm die Luft anzuhalten schien. »Und was erwartest du im Gegenzug?«

Die Frau dachte an all das, was sie in dieser Nacht durchlitten hatte, hörte erneut die Schreie, sah das Blut. Schließlich flüsterte sie nur ein einziges Wort: »Rache.«

Ganz langsam breitete sich ein Lächeln auf dem Gesicht des Mannes aus, bevor er sich tief verneigte. »Dann sei herzlich willkommen, Tilda Corentine.« Die anderen erhoben sich und folgten seinem Beispiel. »Deine Rebellen haben lange auf deine Rückkehr gewartet.«

Die Frau schluckte ihre Zweifel hinunter und trat zusammen mit dem spärlichen Rest ihrer Familie über die Schwelle. Nie wieder sollte jemand sie Tilda Meridan nennen, nie wieder würden sie und ihre Kinder ihre Abstammung leugnen.

Ihre Abstammung von Verrätern.

Ihr königliches Blut.

Tilda war entschlossen, beidem gerecht zu werden – sie würde all ihre Prinzipien über Bord werfen und sich endlich holen, was ihr rechtmäßig zustand.

Nichts davon würde etwas an dem ändern, was in dieser Nacht passiert war. Aber Tilda sollte verdammt sein, wenn sie nicht alles tat, um die Verantwortlichen zur Rechenschaft zu ziehen.

Was auch immer dafür nötig wäre, wie hoch auch immer der Preis, sie würde Vergeltung üben.

ZEHN JAHRE SPÄTER

KAPITEL EINS

Der Mann war tot.

Kiva Meridan – einigen wenigen bekannt als Kiva Corentine – starrte auf die Leiche vor ihr, die eingefallenen Wangen, die aschfahle Haut. Seinem aufgedunsenen Körper nach zu schließen, war der Mann vor etwa drei bis vier Tagen ins Schattenreich übergetreten. Dafür sprach auch der unverwechselbare Geruch nach Verwesung, obwohl für diese bislang keine äußeren Merkmale zu verzeichnen waren.

»Mann mittleren Alters, durchschnittlicher Größe und Statur, heute am frühen Morgen aus dem Fluss Serin geborgen«, sagte Heilerin Maddis, die Stimme klar und jedes Wort perfekt artikuliert. »Wer möchte eine Vermutung über die Todesursache anstellen?«

Da Kiva in diesem Untersuchungsraum lediglich zu Gast war, hielt sie geflissentlich den Mund.

»Na?«, versuchte die Heilerin ihre Schüler zu ermutigen, die sich um den Metalltisch in der Mitte drängten. »Novize Waldon?«

Ein junger Mann mit riesiger Brille blinzelte wie eine verschreckte Eule. »Äh, er ist ertrunken?«

»Brillant kombiniert«, entgegnete Maddis trocken und wandte sich gleich darauf an die nächste Schülerin. »Novizin Quinn?«

Die junge Frau zog den Kopf ein und antwortete flüsternd: »Ein Herzinfarkt vielleicht? Oder – oder ein Schlaganfall?«

Die Heilerin tippte sich an die Lippen. »Möglich, ja. Sonst noch jemand?«

Kiva verlagerte ihr Gewicht von einem Fuß auf den anderen und zog damit Maddis' Aufmerksamkeit auf sich.

»Was ist mit unserer Gasthörerin?«, fragte die Heilerin prompt und alle Köpfe drehten sich in Kivas Richtung. »Miss Meridan, nicht wahr?«

Die unverhohlene Herausforderung im Blick der älteren Frau entging Kiva nicht, daher schob sie ihre Unsicherheit beiseite und trat näher an den Tisch. Sie hob die Hand des Toten an und wies auf einige kleine dunkle Flecken unter seinen Fingernägeln.

»Diese Verfärbungen deuten darauf hin, dass der Mann an einer Immunstörung gelitten hat, wahrscheinlich Syphinitis oder Cretamot«, diagnostizierte sie. In der Vergangenheit waren ihr bereits ähnliche Fälle begegnet. »Unbehandelt können diese Erkrankungen zu Entzündungen und Schwellungen der Blutgefäße führen.« Sie sah zu den beiden Novizen hinüber, die vor ihr an der Reihe gewesen waren. »Novize Waldon und Novizin Quinn haben beide recht. Vermutlich hat der Mann aufgrund seiner Vorerkrankungen einen Herzinfarkt erlitten und ist anschließend in den Fluss gefallen und ertrunken.« Sie ließ die Hand des Mannes los. »Aber für Gewissheit kann nur eine gründliche Untersuchung sorgen.«

Ein anerkennendes Lächeln huschte über das dunkle, runzlige Gesicht der betagten Heilerin. »Gut beobachtet«, lobte sie und setzte daraufhin zu einem Vortrag über die häufigsten Immunerkrankungen an. Kiva jedoch hörte nur mit halbem Ohr zu, denn sie konnte noch immer nicht ganz fassen, dass sie überhaupt hier war.

Die Silverthorn-Akademie war das namhafteste Heilinstitut von ganz Evalon. Vielleicht sogar von ganz Wenderall.

Als Kiva klein gewesen war, hatte ihr Vater ihr oft von der Silverthorn erzählt. Faran, der in der Stadt Fellarion aufgewachsen war, hatte als junger Mann jede sich bietende Gelegenheit genutzt, um nach Vallenia zu reisen und sich in eine der Unterrichtsstunden an der Akademie zu schleichen. Er hatte es immer bereut, dass er dort nie ein richtiges Studium absolviert, sondern stattdessen eine Stelle als Lehrling bei einem örtlichen Heiler angetreten hatte. Was natürlich auch nicht zu verachten war, aber eben kein Vergleich zu einer Silverthorn-Ausbildung.

So oder so hatte er es sich zur Bestimmung gemacht, Menschen zu helfen. Und Kiva war in seine Fußstapfen getreten. Selbst in der albtraumhaftesten Phase ihres bisherigen Lebens hatte sie das von ihrem Vater erlernte Wissen eingesetzt, um das Leid anderer erträglicher zu machen.

Ein Schatten senkte sich über Kiva, als sie an diese Zeit zurückdachte. An das lange Jahrzehnt, das sie hinter dicken Kalksteinmauern und einem undurchdringlichen Eisentor verbracht hatte.

Im Gefängnis von Zalindov.

Für viele kam die Gefangenschaft dort einem Todesurteil gleich. Aber Kiva hatte überlebt.

Und nun war sie hier und lebte den Traum ihres Vaters, obwohl sie eigentlich Wichtigeres zu tun hatte. *Wesentlich* Wichtigeres.

Doch als sich heute die Gelegenheit geboten hatte, der Silverthorn einen Besuch abzustatten, hatte sie einfach nicht widerstehen können. Was unentschuldbar war, denn Kiva wusste genau, dass ihre eigenen Wünsche hinter allem anderen hätten zurückstehen müssen.

Sechs Wochen waren seit ihrer Flucht aus Zalindov vergangen. Sechs Wochen, seit sie erfahren hatte, dass es der Kronprinz höchstpersönlich gewesen war, der ihr geholfen hatte, das tödliche Elementarurteil zu überleben. Nur dank ihm hatte sie die vier Prüfungen gemeistert, die sie bestehen sollte, um das Leben von Tilda Corentine zu retten. Das Leben der Rebellenkönigin.

Ihrer Mutter.

Kivas Mühe war vergeblich gewesen, denn Tilda war unmittelbar nach der letzten Prüfung bei einem blutigen Gefängnisaufstand gestorben. Doch die Aufgabe der Rebellenkönigin war nach ihrem Tod auf Kiva und ihre älteren Geschwister übergegangen. Gemeinsam würden die drei Rache üben für das Unrecht, das ihrer Familie vor Generationen widerfahren war. Gemeinsam würden sie der Linie der Corentines zurück auf den Thron von Evalon verhelfen.

Dummerweise hatte Kiva jedoch keine Ahnung, wie sie ihre Geschwister ausfindig machen sollte. Ihr einziger Hinweis auf deren Aufenthaltsort war eine codierte Nachricht, die sie kurz vor ihrer Flucht aus Zalindov erreicht hatte und die nichts enthielt als einen Namen: *Oakhollow.*

Das Dorf lag nur einen knapp einstündigen Ritt von Vallenia entfernt, aber da Kiva erst seit zwei Tagen in der Stadt war – nachdem sie und die anderen sich zuvor in den Tanestrabergen verstecken und auf Tauwetter hatten warten müssen –, hatte sie der Spur noch nicht nachgehen können. Heute hatte sich zum ersten Mal eine Möglichkeit aufgetan. Und anstatt sie dafür zu nutzen, sich auf die Suche nach ihren Geschwistern zu machen, war sie ihren eigenen Neigungen nachgegangen.

Tilda Corentine wäre außer sich gewesen vor Zorn.

Faran Meridan wäre außer sich gewesen vor Freude.

Kiva hatte kurzerhand beschlossen, es ihrem Vater recht zu machen und die Mission ihrer Mutter einen weiteren Tag aufzuschieben.

Natürlich plagte sie ein schlechtes Gewissen, seit sie an diesem Morgen die Entscheidung getroffen hatte. Doch gleichzeitig war es, als hätte sich ein Knoten der Angst in ihr gelöst. Eigentlich gab es keinen Grund, warum sie die Wiedervereinigung mit ihren Geschwistern hätte fürchten müssen. Dennoch … Zehn Jahre waren eine lange Zeit. Kiva war nicht mehr das sorglose Kind von damals und sie nahm an, dass für ihren Bruder und ihre Schwester dasselbe galt. Zu viel war seitdem passiert. In ihrer aller Leben.

Ganz zu schweigen von dem, was vor ihnen lag …

Glockengeläut riss Kiva aus ihren Gedanken und sie fuhr zusammen – eine Nachwirkung all der Jahre, in denen sie auf jedes noch so kleine Geräusch gelauscht hatte, das womöglich ihren Tod ankündigte. Doch sie war nicht mehr in Zalindov und die friedvollen Klänge, die von den Wänden des kargen Untersuchungsraums widerhallten, markierten lediglich das Ende der Unterrichtsstunde.

Die Schüler, allesamt in blütenweiße Roben gekleidet, vervollständigten hastig ihre Notizen.

»Und falls Sie vorhaben, am Wochenende an den Feierlichkeiten teilzunehmen«, rief Maddis den Novizen nach, während diese sich schon Richtung Ausgang bewegten, »denken Sie daran: Auch für die besonders Trinkfreudigen unter Ihnen wird es am Montag keine Gnade geben. Sagen Sie nicht, ich hätte Sie nicht gewarnt.«

Das Funkeln in ihren grauen Augen nahm der Drohung jedoch die Schärfe. Über die Gesichter einiger unerschrockener Schüler huschte ein Grinsen, bevor sie den Raum verließen. Kiva folgte ihnen.

»Miss Meridan, dürfte ich Sie kurz sprechen?«

Kiva blieb auf der Türschwelle stehen. »Natürlich, Mater Maddis«, antwortete sie und benutzte dabei nicht nur aus Respekt vor dem Alter und der Erfahrung, sondern auch aufgrund ihrer Stellung den offiziellen Titel der Silverthorn-Dekanin.

»Nicht viele hätten diese Nagelbettverfärbungen so schnell bemerkt wie Sie«, meinte Maddis, während sie ein Laken über den Toten zog. »Erst recht nicht ohne entsprechende Ausbildung.« Sie sah Kiva direkt in die Augen. »Sie haben mich wirklich beeindruckt.«

Verlegen senkte Kiva den Kopf. »Vielen Dank«, murmelte sie.

»Faran Meridan hat mich zu seiner Zeit ebenfalls beeindruckt.«

Kiva erstarrte.

Die Fältchen in Maddis' Gesicht vertieften sich, als sich auf ihren

Zügen ein Lächeln ausbreitete. »Ich wusste gleich, als Sie zur Tür hereinkamen, wessen Tochter Sie sind.«

Kiva war sich nicht sicher, ob sie die Flucht ergreifen oder doch eher neugierig darauf sein sollte, was die Heilerin als Nächstes sagen würde. Maddis nahm ihr die Entscheidung ab, indem sie fragte: »Wie geht es Ihrem Vater? Rettet er noch immer die Welt, einen Patienten nach dem anderen?«

Eine Million mögliche Antworten fluteten Kivas Gehirn, doch am Ende entgegnete sie schlicht: »Er ist gestorben. Vor neun Jahren.«

Bestürzung trat in Maddis' Augen. »Oh. Das tut mir leid.«

Kiva nickte bloß, da sie keine Veranlassung dazu sah zu erklären, wie ihr Vater zu Tode gekommen war. Oder wo.

Die Heilerin räusperte sich. »Ihr Vater war mein bester Schüler – und das, obwohl er überhaupt kein Novize der Silverthorn-Akademie war. Wie oft hat er sich reingeschlichen und saß plötzlich mit Unschuldsmiene in meinem Unterricht?« Maddis stieß ein belustigtes Schnauben aus. »Aber er war so talentiert, dass ich ihn nie bei der damaligen Dekanin gemeldet habe, weil mir klar war, dass er dann Hausverbot bekommen hätte. Ein junger Mann mit einer derartigen Intuition und Begabung hatte die Chance verdient, seine Fähigkeiten zu perfektionieren. Davon war ich fest überzeugt.« Sie hielt inne. »Und bin es auch heute noch.«

Der Blick, den die Heilerin ihr zuwarf, ließ Kivas Atem stocken.

»Die Nachricht über seinen Tod trifft mich sehr. Umso mehr freue ich mich, dass er seine Leidenschaft für die Heilkunst offenbar weitergegeben hat«, fuhr sie fort. »Wenn Sie möchten, sind Sie jederzeit als Schülerin an der Silverthorn willkommen. Ganz ohne sich reinzuschleichen.«

Kiva klappte der Mund auf und zu wie der eines Fischs. An der Silverthorn studieren zu dürfen, wäre unglaublich. Was sie hier alles lernen könnte … Allein die Vorstellung trieb ihr Tränen in die Augen.

Nicht zuletzt, weil sie wusste, dass sie das Angebot ausschlagen musste.

Mutter ist tot.

Ich bin auf dem Weg nach Vallenia.

Zeit, dass wir unser Königreich zurückerobern.

Diese Botschaft hatte Kiva ihren Geschwistern zukommen lassen, ehe sie aus Zalindov geflohen war, und sie musste ihren Worten Taten folgen lassen. Sie musste ihre eigenen Wünsche ignorieren und das Wohl ihrer Familie an erste Stelle setzen.

»Überlegen Sie es sich«, sagte Maddis, da Kiva weiterhin nichts erwiderte. »Nehmen Sie sich alle Zeit, die Sie brauchen. Mein Angebot steht.«

Kiva blinzelte ein paar Tränen weg und versuchte, sich zu einer höflichen Absage durchzuringen. Doch als sie schließlich ihre Stimme wiederfand, antwortete sie: »Ich werde darüber nachdenken.«

Dabei wusste Kiva schon jetzt, dass die Silverthorn für sie unerreichbar war. Sobald Maddis erfuhr, wo sie all ihr medizinisches Wissen erlangt hatte, würde sie die Einladung zurückziehen. Dafür müsste Kiva bloß den Ärmel hochschieben und die z-förmige Narbe auf ihrem Handrücken entblößen.

Aber das konnte sie nicht. Sie ertrug es einfach nicht, sich diese Möglichkeit so endgültig zu verbauen. Stattdessen verabschiedete sie sich nur leise und trat aus dem Untersuchungsraum in den kaum weniger kargen Flur.

Kiva schwirrte der Kopf, während sie den langen Korridor hinunterging, vorbei an weiß gekleideten Heilern und Schülern sowie vereinzelten Patienten und Besuchern in Straßenkleidung. Bereits am Morgen hatte sie eine Führung über das Gelände erhalten und dabei erfahren, dass die Akademie in drei große Stationen unterteilt war: eine für psychische Erkrankungen, eine für Rehabilitation und Langzeitpflege und eine für die Diagnostizierung und Behandlung allgemeiner körperlicher Leiden. Außerdem gab es noch eine Handvoll Nebengebäude, die über das Gelände verstreut waren und in denen sich unter anderem eine Apothekerwerkstatt, ein Quarantänebereich, die Leichenhalle und die Heilerunterkünfte befanden. Öffentlich zugänglich waren jedoch nur die drei Hauptstationen, die allesamt über Arkadengänge miteinander verbunden waren. Durch die steinernen Bögen hatte man eine Aussicht auf den Park im Herzen der Akademie, der auch das Silverthorn-Sanatorium genannt wurde. Hier fanden sich Patienten wie Heiler ein, um Ruhe und Erholung zu finden und das Gluckern des kleinen Bachs oder den Duft der Wildblumen zu genießen – und all das auf einem Hügel, der hoch über der Stadt aufragte und an dessen Fuß der Fluss Serin ins Tetranische Meer mündete.

Genau auf diesen Park steuerte Kiva nun zu, nachdem sie die größte der drei Krankenstationen verlassen hatte. Zunächst folgte sie dem steinernen Pfad, bevor sie ihre Sandalen ins üppige Gras sinken und sich von der Spätnachmittagssonne die Kälte aus den Knochen vertreiben ließ. Ziellos schlenderte sie umher, bis sie schließlich an eine schmale Brücke gelangte, die über einen gemächlich dahinplätschernden Bach führte. Sie lehnte sich an das hölzerne Geländer und versuchte, ihre Gedanken zu ordnen.

»Na, na, warum denn schon wieder so ein ernstes Gesicht?«

Beim Klang der vertrauten Stimme horchte Kiva auf und kämpfte gleichzeitig all die widerstreitenden Emotionen nieder, die in ihr hochstiegen. Erst als sie sicher war, sich unter Kontrolle zu haben, wandte sie sich dem jungen Mann zu, der neben sie getreten war.

Jaren Vallentis. Oder Prinz Deverick, wie ihn die meisten Menschen nannten. Ihr Gefährte auf der Flucht aus Zalindov, ihr einstiger Freund, vielleicht sogar mehr als das – und nicht zuletzt der Erzfeind ihrer Familie.

Ihr Erzfeind.

»Das ist mein ganz normales Gesicht«, antwortete Kiva, bemüht, ihn nicht allzu unverhohlen anzustarren. Dieses tiefblaue Hemd mit den Goldstickereien entlang des Kragens sah einfach verboten gut an ihm aus, genauso wie die maßgeschneiderte schwarze Jacke und die Hose. Es kostete sie ein Übermaß an Selbstbeherrschung, woanders hinzuschauen.

»Genau, und das ist viel zu ernst.« Jaren strich ihr eine schwarze windzerzauste Haarsträhne hinters Ohr.

Kivas Magen vollführte einen verräterischen Purzelbaum und sie wies sich innerlich scharf zurecht. Solche kleinen Zeichen der Zuneigung waren für Jaren nichts Ungewöhnliches. Bereits in Zalindov war er ihr gegenüber mehr als nur freundlich gewesen. Zwar bemühte sie sich redlich, ihn seit ihrer gemeinsamen Flucht etwas auf Abstand zu halten, doch ihre Entschlossenheit geriet langsam, aber sicher ins Wanken. Es war, als wäre er allein zu dem Zweck auf der Welt, sie in Versuchung zu führen und ihren Plan zum Scheitern zu bringen.

Und das durfte auf keinen Fall passieren.

»Hattest du einen schönen Tag?«, fragte er und hielt ihren Blick mit seinen einzigartig blau-goldenen Augen fest.

Kiva strich ihr schlichtes grünes Kleid glatt, das sie unter der weißen Wolljacke trug, und wog sorgfältig ihre Antwort ab. Dass sie heute hier an der Silverthorn war, hatte sie Jaren zu verdanken. Er hatte einen alten Bekannten um einen Gefallen gebeten. Woraufhin Kiva im Morgengrauen wach gerüttelt und aus dem Flusspalast gescheucht worden war, um die einmalige Gelegenheit zu nutzen, einen Tag an der besten Heilakademie des Königreichs zu verbringen.

Kiva hätte viele Gründe gehabt, den Kronprinzen zu hassen. Doch sosehr sie auch versuchte, die sengende Wut heraufzubeschwören, die sie eigentlich erfüllen müsste, es wollte ihr einfach nicht gelingen. Wofür Kiva ebenfalls Jaren die Schuld gab. Denn dieser hatte sich von ihrer ersten Begegnung an so liebevoll und aufopfernd um sie gekümmert, dass sie es schlicht nicht über sich gebracht hatte, ihn in den Tunneln tief unterhalb Zalindovs an seinen Verletzungen sterben zu lassen. Und das, obwohl er ihr seine wahre Identität von Anfang an verheimlicht hatte. In den Wochen, die sie im Palast seiner Familie in den Tanestrabergen verbracht hatten, sowie während der anschließenden langen Reise nach Vallenia hatte sie nichts – *nichts* – unversucht gelassen, um ihr Herz gegen seinen Charme immun zu machen. Vergebens. Jaren war verdammt noch mal einfach zu liebenswert. Was das, was Kiva ihm und seiner Familie anzutun plante, unendlich viel schwerer machte.

Aber das gestand sie nicht einmal sich selbst ein.

»Es war …«, fing sie an, nicht sicher, was sie antworten sollte. Der Tag an der Silverthorn war unglaublich gewesen, unbeschreiblich, und hatte ihre Erwartungen um Längen übertroffen. Doch da sie genau wusste, dass ihr eine andere Zukunft bestimmt war und sie Maddis' Angebot würde ablehnen müssen, entschied sie sich schließlich für »interessant«.

Jaren zog die goldenen Augenbrauen in die Höhe. »Oha, wenn das nicht begeistert klingt.«

Statt auf seinen Sarkasmus einzugehen, fragte Kiva: »Was machst du hier?«

Zwar war niemand in unmittelbarer Nähe, dennoch spähte sie wachsam rüber zu den Leuten, die ein gutes Stück entfernt von der Brücke durch den Park schlenderten oder in kleinen Grüppchen durch die Arkadengänge von einem Gebäude zum anderen liefen.

»Ich wollte dich einfach abholen«, erklärte Jaren und zwinkerte ihr verschwörerisch zu. »War doch schließlich dein erster Schultag heute.«

Kiva schüttelte den Kopf. »Du hättest lieber im Palast bleiben sollen.«

»Autsch.« Jaren presste sich eine Hand aufs Herz. »Das tat weh. Hier drin.«

»Wenn jemand dich erkennt …«

Jaren besaß doch tatsächlich die Unverfrorenheit zu kichern. »Die Leute in Vallenia sind es gewohnt, dass meine Familie und ich uns frei durch die Stadt bewegen. Unsere Masken tragen wir nur zu besonderen Anlässen; den Rest der Zeit über kann man uns ganz normal erkennen. Mach dir keine Sorgen – wir sind keine so große Attraktion, wie du offenbar denkst.«

»Ich bezweifle, dass Naari dir da zustimmen würde«, erwiderte Kiva und sah sich suchend um. »Wo ist sie eigentlich?«

Seit ihrer Flucht aus Zalindov war Jaren nur selten ohne seine ergebene Leibwächterin aus der königlichen Garde anzutreffen, seinem Goldenen Schild. Dass Naari Arell jetzt nicht bei ihm war, konnte zweierlei Dinge bedeuten: Entweder wollte sie ihm ein wenig Privatsphäre gönnen und beobachtete das Geschehen daher aus der Ferne oder –

»Wärst du beeindruckt, wenn ich dir verraten würde, dass ich ihr entwischt bin?«

Als Kiva Jarens selbstzufriedenes Grinsen bemerkte, legte sie schmunzelnd den Kopf schief. »Beeindruckt wäre ich erst, wenn du bei deiner Rückkehr ihren Wutausbruch unbeschadet überstehen würdest.«

Jarens Grinsen erstarb und wich einem bangen Stirnrunzeln. »Hm. Da ist was dran.« Aber schließlich straffte er entschlossen die Schultern. »Egal, darüber kann ich mir später Gedanken machen.«

»Ich sage auf deiner Beerdigung auch was Nettes über dich«, versprach Kiva.

Jaren stieß ein schnaubendes Lachen aus. »Wie gütig von dir.« Dann ergriff er ihre Hand und führte sie zurück in Richtung der Arkaden. »Na los, wir müssen uns beeilen, sonst kommen wir zu spät.«

Kiva versuchte, sich aus seinem Griff zu lösen, doch seine Finger schlossen sich noch fester um ihre und schließlich gab sie nach. Bemüht, mit ihm Schritt zu halten, versuchte sie, das angenehme Kribbeln zu ignorieren, das seine Berührung in ihr auslöste. »Zu spät wofür?«

»Für den Sonnenuntergang«, sagte Jaren.

Als er seine Antwort nicht weiter ausführte, meinte Kiva trocken: »Das mag dich jetzt überraschen, aber wie man hört, geht die Sonne morgen auch wieder unter.«

Jaren drückte ihre Hand. »Schlaubergerin.« Der belustigte Ausdruck in seinen Augen erfüllte sie mit Wärme – die sie ebenfalls ignorierte.

Sie hatte in letzter Zeit so einiges zu ignorieren, wann immer Jaren in der Nähe war.

»Aber nur *heute* fängt bei Sonnenuntergang das Flussfest an«, erklärte er. »Wie jedes Jahr. Es dauert zwar das ganze Wochenende, allerdings ist der erste Abend immer der beste. Darum müssen wir uns einen Platz suchen, von dem aus man einen guten Blick hat.«

»Einen guten Blick auf was?«

»Wart's ab«, antwortete Jaren geheimnisvoll.

Da traf Kiva eine Entscheidung: Sie würde sich einen letzten unbeschwerten Abend gestatten, an dem sie das Flussfest besuchen und einfach nur Jarens Gesellschaft genießen würde – in dem festen Wissen, dass ihre Tage miteinander gezählt waren.

Einen letzten Abend, bevor sie sich auf den Weg nach Oakhollow machen und endlich den Plan in die Tat umsetzen würde, den sie bei ihrer Flucht aus Zalindov gefasst hatte.

Ohne Rücksicht auf ihre Gefühle, ohne Rücksicht darauf, dass der Kronprinz sich schamlos in ihr Herz geschlichen hatte: Es wurde Zeit, dass die Herrschaft der Vallentis ein Ende fand.

KAPITEL ZWEI

Wie Kiva bei ihrer Ankunft vor zwei Tagen erfahren hatte, wurde Vallenia auch als die Stadt der Flüsse bezeichnet. Doch keiner der zahlreichen mäandernden Wasserläufe war so eindrucksvoll wie der mächtige Serin, der sich schlangengleich durch die Hauptstadt wand.

Der Weg von der Silverthorn-Akademie zum Fluss führte sanft bergab, bis Kiva und Jaren schließlich die Uferstraße erreichten, eine der Hauptverkehrsadern von Vallenia. Dort hatten sich die Gehwege bereits mit Schaulustigen gefüllt; Vorfreude lag in der Luft.

Gemeinsam bahnten sie sich einen Weg durch die Menschenmassen. Kiva ging davon aus, dass Jarens Ziel der Flusspalast war. Der Bau – ein architektonisches Meisterwerk – wurde durch den Serin in zwei Hälften geteilt, die über eine goldene Brücke miteinander verbunden waren. Selbst Kiva musste zugeben, dass die königliche Residenz imposant wirkte. Was nicht zuletzt an den luminiumdurchwirkten Außenmauern lag, die für einen faszinierend schillernden Effekt sorgten.

Bislang hatte Kiva lediglich den östlichen Teil des Palasts betreten. Jaren bewohnte darin einen ganzen Flügel samt eigenem Gästebereich, in dem ihr eine opulente Suite zugewiesen worden war. Auch seine Geschwister, Mirryn und Oriel, lebten im Ostpalast. Seine Eltern dagegen waren auf der Westseite des Flusses untergebracht. Kiva war dem Königspaar noch nicht persönlich begegnet, aber in Anbetracht ihrer Haltung den Monarchen gegenüber hatte sie es damit auch nicht sonderlich eilig.

Je näher sie dem Palast kamen, desto dichter wurde das Gedränge.

Allerdings hatte Kiva so zumindest einen willkommenen Vorwand, ihre Hand aus Jarens zu befreien. Die leise Wehmut, die sie daraufhin beschlich, blendete sie entschlossen aus. Stattdessen richtete sie den Fokus auf Jarens goldbraunen Hinterkopf und gemeinsam bogen sie von der Uferstraße in eine enge, schmuddelige Gasse ab. Die verfallenen Häuser zu beiden Seiten waren dort so hoch, dass die untergehende Sonne bereits dahinter versunken war.

»Du willst mich doch hoffentlich nicht umbringen und meine Leiche im Fluss versenken?«, witzelte Kiva mit einem Blick in den schummrigen Durchgang.

»Blödsinn«, erwiderte Jaren. »Für so was habe ich schließlich meine Leute.«

Kiva war froh, dass das Zwielicht ihr Lächeln verbarg. »Stimmt. Nicht, dass du dir noch deine königlichen Hände schmutzig machst.«

Jaren schnaubte. »Meine königlichen Hände sind mit ganz anderen Dingen beschäftigt.« Er führte Kiva um eine große Pfütze herum und ging dabei so dicht neben ihr, dass ihre Arme einander streiften. »So, gleich sind wir da. Dort drüben ist es.«

»Was denn?«, wollte Kiva wissen.

»Hab ich dir doch gesagt. Wir brauchen einen Platz, der eine gute Aussicht bietet.«

»Auf den Fluss?«

»Und den Palast.« Jaren hielt vor einer Tür inne, die so marode war, dass der Knauf abfiel, als er an ihm drehte.

»Das ist ja wohl nicht dein Ernst«, kommentierte Kiva nach einem Blick ins Innere des Hauses und auf die Treppe. Oder besser gesagt: auf die aufwärtsführende Reihe halb vermoderter Bretter, deren oberes Ende hinter einer Ecke verschwand.

»Na komm schon, wo bleibt dein Sinn für Abenteuer?«, entgegnete Jaren und zog sie durch die Tür.

Wenn nicht von irgendwo weit über ihnen ein dünner Lichtstrahl hereingedrungen wäre, hätte Kiva rein gar nichts erkennen können. »Danke, aber meine Abenteuerlust ist bis auf Weiteres gestillt«, entgegnete sie nüchtern, während Jaren sie Richtung Treppe schob.

»Sind doch nur ein paar Stufen«, ermutigte er sie. Also setzte Kiva einen Fuß auf die erste, dann die zweite, dann die dritte. »Siehst du? Alles gar kein Problem.«

Kaum, dass er den Satz ausgesprochen hatte, brach das nächste Brett splitternd unter Kiva entzwei. Sie stieß ein erschrockenes Quieken aus, doch statt zu Boden zu krachen, hielt irgendetwas ihren Fuß in der Luft.

Mit offenem Mund starrte sie in die Leere unter sich. Als sie sich Jaren zuwandte, schüttelte dieser mit einem nachsichtigen Lächeln den Kopf. »Wie wär's, wenn du mir einfach mal vertraust?«

Mit einem Mal fühlte Kiva sich schwerelos. Und tatsächlich: Sie schwebte ein Stück über der Treppe. Jarens Elementarmagie trug sie beide nach oben, höher und höher, sodass weitere Zwischenfälle ausgeschlossen waren.

Kiva wartete, bis sie wieder festen Boden unter den Füßen hatte, ehe sie fragte: »Warum hast du das nicht gleich gemacht?«

»Magie hat ihren Preis«, antwortete Jaren und führte sie durch eine weitere Tür auf das flache Dach des Hauses. »Und nur ein Dummkopf würde sie sinnlos verschwenden.«

»Was kostet sie dich denn?«, fragte Kiva neugierig.

»Kommt darauf an, wie viel ich verbrauche. Für so etwas wie das gerade« – er deutete hinter sich – »ist nicht viel nötig. Aber größere Unterfangen können ziemlich kräftezehrend sein.«

Kiva legte den Kopf schief. »Also funktioniert das Ganze wie eine Art Energietransfer?«

Jaren nickte und führte sie um einen steinernen Schornstein herum. »Soweit ich es verstehe, ja. Je mehr Energie ich habe, desto stärker ist meine Magie. Und umgekehrt.«

»Ist sie dir schon mal ausgegangen? Deine Magie, meine ich?«

»Ein paar Mal, als ich noch jünger war«, gab Jaren zu. »Heute achte ich darauf, es nicht mehr so weit kommen zu lassen. Sonst fühle ich mich unwohl, regelrecht unvollständig. Meine Magie ist …« – er dachte kurz nach – »… ein Teil meines Körpers. Wie ein Arm oder ein Bein. Wenn ich zu schnell zu viel davon verbrauche, ist es, als hätte ich mir eine meiner Gliedmaßen abgehackt und müsste erst mal warten, bis sie nachwächst. Ich hoffe, das ergibt irgendwie Sinn?«

Kiva nickte, denn mit ihrer eigenen Magie – den geheimen Heilkräften, die in der Blutlinie der Corentines vorkamen – verhielt es sich ganz ähnlich.

Was sie jedoch wunderte, war Jarens versonnener Tonfall, diese Freude und Zufriedenheit, mit der er über seine Magie sprach. Anders als er hatte Kiva ihre Kräfte stets unter Verschluss halten müssen und empfand sie daher in erster Linie als Last. Als etwas, das sie um jeden Preis verbergen musste, um nicht erkannt zu werden. In den vergangenen zehn Jahren hatte sie nur ein einziges Mal von ihrer Magie Gebrauch gemacht und das bloß aus purer Verzweiflung, als letzte Rettung für –

»K-Kiva! D-d-da bist du ja!«

Jaren blieb wie angewurzelt stehen und fluchte leise, als ihnen ein kleiner rothaariger Junge in den Weg hüpfte. Kivas Miene entspannte sich, ehe sie den Grund für Jarens Unmut entdeckte und ihr ein schadenfrohes Kichern entwich. Naari, Jarens Goldener Schild, stand ein Stück entfernt, die Arme vor der Brust verschränkt und mit einem missbilligenden Funkeln in den Augen.

Doch bevor irgendjemand etwas sagen konnte – oder Naaris Gesichtsausdruck nach zu urteilen, wohl eher *schreien* –, stürzte Tipp auf Kiva zu und umschlang sie fest. So kurz die Umarmung auch andauerte, Kiva genoss sie sehr. Noch immer war ihr schmerzlich bewusst, dass sie den Jungen vor sechs Wochen beinahe verloren hätte. Wenn sie damals nicht zufällig im richtigen Moment in die Krankenstation gekommen wäre, wenn sie nicht auf ihre lange unterdrückten Kräfte hätte zurückgreifen können, dann …

Aber Tipp war nicht gestorben. Er war quicklebendig und so quirlig wie eh und je.

In den ersten Tagen nach dem Vorfall hatte Kiva sich schreckliche Sorgen gemacht. Tipp war beim Aufwachen verwirrt gewesen, geradezu panisch. In aller Eile hatte Kiva sich eine Lügengeschichte über das Geschehene ausdenken müssen. Schließlich hatte sie ihn aber davon überzeugen können, er sei auf den Kopf gefallen und dürfe sich daher auf nichts verlassen, woran er sich zu erinnern meinte. Und als sie ihm eröffnet hatte, dass er nicht nur wohlauf sei, sondern außerdem in Freiheit, hatte er in Sekundenschnelle zu seinem gewohnt fröhlichen, lebensbejahenden Ich zurückgefunden. Auch die Eröffnung, dass Jaren ein Prinz war, hatte ihn kein bisschen aus der Bahn geworfen. Stattdessen hatte sie ihn der Reise nach Vallenia nur umso gespannter entgegenschauen lassen.

»Komm mit, komm mit, *k-k-komm mit*«, drängelte Tipp nun und zerrte sie ans andere Ende des Dachs.

Dort war eine Decke ausgebreitet, neben der ein Korb voller Obst und Backwaren stand. Bevor Kiva sich die hübsch arrangierten Leckereien jedoch genauer ansehen konnte, blieb Tipp abrupt stehen und deutete aufgeregt über die Dachkante.

»*Oh*«, hauchte Kiva bei dem Anblick, der sich ihr bot. Es war nicht bloß der schimmernde Flusspalast, der sie ehrfürchtig verstummen ließ. Wie die Palastmauern waren auch die Dächer vieler anderer Gebäude mit Luminium durchsetzt und die gesamte Stadt schien unter dem letzten Kuss der niedergehenden Sonne zu glühen.

»Wahnsinn, oder?« Tipp tänzelte von einem Fuß auf den anderen. »N-Naari meinte, das hier wäre einer der b-besten Aussichtspunkte der Stadt.«

»Scheint so«, stimmte Kiva ihm zu und drehte sich zu der Soldatin um, die mittlerweile in eine hitzige Diskussion mit Jaren vertieft war. Der Prinz hatte offensichtlich Mühe, sich ein Grinsen zu verkneifen, was Naari nicht unbedingt besänftigte.

»Glaubst du, er braucht Hilfe?«, flüsterte Tipp, der Kivas Blick gefolgt war. »Naari war ganz schön b-b-böse, als sie gemerkt hat, dass er sie abge-geschüttelt hat.«

»Jaren hat Zalindov überlebt«, entgegnete Kiva und ließ sich im Schneidersitz auf die Decke sinken, um die Aussicht zu genießen, »da wird ihm auch Naari nichts anhaben können.«

»*... du dich noch einmal einfach so davonmachst, sperre ich dich höchstpersönlich in den Kerker, ist das klar?*«, drang in diesem Moment Naaris wütende Stimme zu ihnen herüber. Kiva verzog das Gesicht und erkannte, dass sie ihre vorherige Einschätzung vielleicht etwas revidieren sollte. »Zumindest hoffe ich das.«

Tipp kicherte, schob sich jedoch hastig eines der Gebäckstücke in den Mund, als Naari auf sie zugestapft kam und ihre Waffen zurechtrückte, um sich zu ihnen zu setzen. Dabei sah sie Kiva scharf an. »Wenn ich dahinterkomme, dass du irgendwas damit zu tun hattest –«

Kiva hob abwehrend die Hände. »Er hat mich mehr oder weniger gegen meinen Willen hierhergeschleift.«

»Danke für die Unterstützung«, murmelte Jaren, der sich nun ebenfalls neben Kiva auf die Decke fallen ließ; so nahe, dass sie seine Körperwärme spürte. Kurz überlegte sie, ob sie ein Stück von ihm abrücken sollte. Da ihr am Morgen allerdings noch nicht klar gewesen war, dass sie bis spätabends draußen sein würde, trug sie nur eine dünne Strickjacke, die gegen die abendliche Kühle wenig ausrichten konnte.

Noch einen Abend, rief sie sich in Erinnerung. Es würde niemandem schaden, wenn sie hier sitzen blieb.

»Wenigstens haben wir jede M-Menge zu essen«, bemerkte Tipp und schnappte sich als Nächstes eine Weintraube.

»Tja, so ein Glück«, brummelte Jaren.

In dem Moment fiel Kiva wieder ein, wie Jaren bei Tipps und Naaris Anblick geflucht hatte, als hätte er die beiden nicht hier oben erwartet. Anscheinend hatte er das alles – den Platz mit Aussicht, die Decke, den Picknickkorb – allein für sie vorbereitet.

Als sie sich ihm zuwandte, umspielte ein verlegenes Lächeln seine Lippen und er zuckte mit den Schultern, wie um zu sagen: »Einen Versuch war's wert.« Kiva schmolz innerlich dahin – ehe sie sich auf einen Schlag daran erinnerte, wer sie war und was sie ihm antun würde. Was sie ihm antun *musste*. Schnell senkte sie den Kopf und errichtete eine schützende Mauer um ihr Herz.

»Das nächste Mal«, schimpfte Naari, »wenn ihr zwei unbedingt unter euch sein wollt, bleibt wenigstens auf dem Palastgelände.«

Kiva öffnete den Mund, um abermals ihre Unschuld zu beteuern, doch Jaren kam ihr zuvor: »Wo bleibt denn da der Spaß?« Er warf der Soldatin einen Apfel zu. »Iss erst mal was, Naari. Wenn du Hunger hast, bist du noch unleidlicher als sonst.«

Der Ausdruck in Naaris Augen verhieß nichts Gutes, dann aber hob sie den Apfel an den Mund und biss hinein.

»Gleich geht's los«, verkündete Jaren und hielt Kiva den Gebäckteller hin. »Hier, bedien dich und mach's dir gemütlich.«

Während Kiva an einem Vanilletörtchen knabberte, konnte sie nicht umhin, über ihr neues Leben zu staunen. Plötzlich durfte sie nach Herzenslust schmausen; zum ersten Mal seit ihrer Kindheit hatte sie wieder ein wenig Fleisch auf den Rippen, ganz zu schweigen von gewissen Kurven, die bis vor Kurzem noch kaum zu erahnen gewesen waren. Auch Tipp war aufgeblüht, seit Zalindov und dessen knappe Rationen hinter ihnen lagen. Seine schmale Statur war schon kräftiger geworden und sein Gesicht strahlte mehr denn je.

Kiva fragte sich, wie es ihr überhaupt gelungen war, all die Jahre mit so wenig Nahrung auszukommen. Doch das spielte keine Rolle mehr; Zalindov gehörte der Vergangenheit an. Eines Tages würde sie Rooke, den Gefängnisvorsteher, der die Schuld am Tod ihres Vaters und unzähliger weiterer Häftlinge trug, für seine Verbrechen zur Rechenschaft ziehen. Aber das musste noch warten.

»Gleich«, wiederholte Jaren, als die letzten Sonnenstrahlen hinter dem Horizont verschwanden.

Tipp stemmte sich hoch auf die Knie, während Naari ihren Apfel kaute und wachsam die umliegenden Dächer beobachtete. Kiva blinzelte gegen das schwindende Licht. Sie hatte keine Ahnung, wonach sie Ausschau halten sollte, zumal es nun immer schneller dunkel wurde.

»Sollen wir –« Kiva verstummte, als mit einem Mal ein Kaleidoskop an Farben die Szenerie unter ihnen erhellte und gleichzeitig ein Orchester aufspielte, das in der ganzen Stadt zu hören sein musste. Woher die Musik kam, war unmöglich auszumachen, die regenbogenfarbigen Lichter jedoch hatten ihren Ursprung auf der goldenen Palastbrücke. Von dort strömten sie direkt in die Fluten des Serins und ließen das Wasser berauschend flimmern.

Die Menge spendete stürmischen Beifall, der Kiva selbst aus der Ferne in den Ohren dröhnte und sie geradewegs zurück nach Zalindov versetzte – zurück zu dem Tag, an dem sie sich dazu bereit erklärt hatte, die Strafe ihrer Mutter auf sich zu nehmen. Damals waren die Häftlinge auf dem Gefängnishof ebenfalls in lautes Gejohle ausgebrochen. Kivas Handflächen wurden feucht. Doch anders als in Zalindov wirkte der Jubel hier in der Stadt nicht gehässig, sondern fröhlich und die allgemeine Ausgelassenheit tat ihr Übriges, um die Enge in ihrer Brust zu lösen.

»Na endlich«, sagte Jaren an Kivas Seite, als die bunten Lichtstrahlen zu kreiseln begannen. Er ahnte nichts von dem mentalen

Schlachtfeld, über das Kiva sich in diesem Moment bewegte. Dabei gehörte er zu den wenigen Menschen, die ihr Trauma nachvollziehen konnten. Kiva hatte ihn durch die Wände des Winterpalasts oft genug im Schlaf schreien gehört, um zu wissen, dass er selbst mit seinen Erinnerungen zu kämpfen hatte. Allerdings hatte sie ihn nie darauf angesprochen, ihm nie von ihren eigenen Albträumen erzählt. Oder von all den Nächten, in denen sie wach lag und darauf wartete, dass seine qualvollen Schreie verklangen.

Kiva schob die düsteren Gedanken beiseite und kniete sich neben Tipp.

Sekunden später erschien ein kleines Boot auf dem erleuchteten Fluss, das von den bunten Strahlen umringt wurde. Am Heck stand eine einzelne Gestalt. Sie war von Kopf bis Fuß in Weiß gekleidet und ihr Gesicht unter einer Kapuze verborgen, die lediglich den Rand einer goldenen Maske erkennen ließ.

Während die Musik sich zu einem Crescendo steigerte, reckte die Gestalt majestätisch die Arme in die Luft. Die Lichtstrahlen bewegten sich immer hektischer, gleichzeitig begann das Flusswasser, zu brodeln und zu schäumen. Ein Strudel formte sich um das Boot, das jedoch weiter vollkommen reglos im Wasser lag. Und dann –

»*Wow!*«, platzte es aus Tipp heraus, als sich mit einem Mal ein Schwan aus den Wellen erhob, dreimal so groß wie das Boot – und vollständig aus Wasser. Sämtliche Regenbogenlichter richteten sich auf den riesigen Vogel, der langsam emporschwebte und ein paarmal mit den wassertriefenden Flügeln schlug.

»D-da!«, rief Tipp und Kiva konzentrierte sich wieder auf die Gestalt im Boot, die nun im Takt der Musik die Hände kreisen ließ und sie Richtung Wasser streckte.

Diesmal schoss eine Gruppe Delfine aus den Fluten hervor, ebenfalls magisch vergrößert. Unzählige Lichtstrahlen strichen über die Wasseroberfläche, während die Tiere auf- und abtauchten, um kurz darauf erneut emporzuschnellen und einen akrobatischen Sprung nach dem anderen zum Besten zu geben.

Als die Gestalt im Boot das nächste Mal aufs Wasser deutete, ballten sich die Fluten des Serins zu gigantischen Fontänen zusammen, die in der Höhe zu gelb leuchtenden Sonnenblumen erblühten.

»Was hat das zu bedeuten?«, flüsterte Kiva.

»Beim Flussfest feiern wir das Leben«, erklärte Jaren, während dem Serin nun eine gewaltige Eiche entwuchs. Vögel mit schillerndem Gefieder huschten von Zweig zu Zweig, ehe sie sich zu dem Schwan gesellten, der noch immer hoch über dem Boot schwebte. Ein Schleier aus Wassertröpfchen ging über dem Fluss nieder. »Die Vorführungen dienten jahrhundertelang als Mahnung an die Menschen, dass wir unser Leben im Einklang mit den Jahreszeiten führen und nach dem überstandenen Winter die Freuden des Frühjahrs genießen sollen. Heutzutage steht allerdings das Feiern im Vordergrund.« Die Orchestermusik schwoll wieder an und Jaren musste die Stimme heben. »Es gibt vier dieser Feste pro Jahr: im Frühling das Flussfest, im Sommer den Blumenball, im Herbst die Nacht der glühenden Kohlen und im Winter die Kristallwinde. Jedes Fest hat eine der vier Elementarkräfte zum Thema – Wasser im Frühling, Erde im Sommer, Feuer im Herbst und Luft im Winter. Sie sollen dem Volk eine Kostprobe der Magie geben, mit der wir es schützen.«

Kiva blinzelte zu der Gestalt im Boot hinunter. »Das da unten ist die Königin, oder?«

Sie musste es sein. Der König, der in die Vallentis-Familie eingeheiratet hatte, besaß keine magischen Kräfte. Prinzessin Mirryns Fähigkeiten umfassten Wind und ein wenig Feuer, während Prinz Oriel für seine Erdmagie bekannt war. Jaren war der Einzige, der Einfluss auf alle vier Elemente zugleich hatte – was auch der Grund war, warum er anstelle seiner älteren Schwester zum Thronfolger ernannt worden war. Soweit die Bevölkerung jedoch wusste, verfügte er lediglich über etwas Wind- und eine außergewöhnlich starke Feuermagie, wegen der ihm nach Arianas Tod die Krone zufallen würde. Nur sehr wenige Menschen hatten eine Vorstellung davon, wie mächtig er wirklich war. Und Kiva gehörte zu ihnen.

»Ja, das ist meine Mutter«, bestätigte Jaren. Nichts in seiner Stimme verriet etwas über seine Gefühle gegenüber der Frau, die ihn über die Jahre immer wieder misshandelt hatte und süchtig nach einer Droge namens Engelsstaub war. Noch so etwas, wovon die Öffentlichkeit nichts ahnte.

»Ihre Kräfte sind wirklich beeindruckend«, merkte Kiva zögerlich an.

Bevor Jaren antworten konnte, erhob sich eine kolossale Schlange aus den Fluten des Serins. Mit weit aufgerissenem Maul verschlang sie zuerst die Eiche, dann das Sonnenblumenfeld. Anschließend bäumte sie sich auf, um sich Vögel, Delfine und ein paar tänzelnde Pferde einzuverleiben. Als nur noch die Schlange selbst übrig war, begann sie, anstelle des Strudels das Boot zu umkreisen.

»Ich weiß, es sieht nicht danach aus, doch im Grunde erfordert diese Art von Tricks nicht sonderlich viel Energie«, sagte Jaren. »Mutter wird am Ende vielleicht ein bisschen müde sein, mehr aber nicht.« Er deutete aufs Wasser. »Jetzt kommt das Finale, das wird dir gefallen.«

Kiva hätte gern noch weitere Fragen gestellt, konzentrierte sich jedoch wieder auf die Schlange, die nun abermals aus dem Fluss auftauchte und eine Weile wie ein flügelloser Drache durch die Luft glitt. Als die Musik einen Höhepunkt erreichte, schlug Königin Ariana die Hände zusammen und die Schlange explodierte zu Millionen von Wassertropfen, die wie Diamanten am Himmel hingen.

Kurz darauf erwachte der gesamte Flusspalast zum Leben und

Kiva entfuhr erneut ein leises »*Oh*«. Das Luminium erstrahlte so hell, dass sie mit einer Hand die Augen abschirmen musste.

Die Menge brach in noch lauteren Jubel aus als zuvor. Am Ufer begannen Menschen, Laternen in Lotusblütenform anzuzünden und sie auf die Wasseroberfläche zu setzen, bis erst Dutzende, dann Hunderte und schließlich Tausende gemächlich über den Fluss trieben.

»Das ist ja noch t-toller, als ich es mir vorgestellt habe«, flüsterte Tipp ergriffen.

Der Junge hatte nicht unrecht: Die regenbogenbunten Tropfen in Kombination mit den schwimmenden Laternen und das alles vor dem Hintergrund des prächtig erleuchteten Palasts – etwas Schöneres hatte Kiva zweifellos noch nie gesehen.

Dann fing das Feuerwerk an.

Als hoch über dem Palast die Raketen explodierten, stieß Tipp einen Juchzer aus, während Kiva vor Schreck über den ersten Knall zusammenzuckte. Doch der Lärm ging beinahe in der noch immer anhaltenden Orchestermusik und dem Jubel der Zuschauer unter.

»Und das geht jetzt das ganze Wochenende so?« Kiva musste fast schreien, damit Jaren sie verstand.

»Die nächsten zwei Tage werden etwas ruhiger«, antwortete er, ebenfalls aus voller Kehle. »Da geht es mehr um Kunst, Kultur und die Gemeinschaft als um dramatische Effekte.«

Dramatisch traf es ziemlich gut, fand Kiva. Das Fest war von der ersten Sekunde an ein atemberaubendes Spektakel gewesen. Das Boot der Königin war inzwischen allerdings verschwunden. Vermutlich hatte sie sich unbemerkt in den Palast zurückgezogen, um ihr Volk ungestört feiern zu lassen.

Kiva genoss den Himmelszauber in vollen Zügen und stieß zusammen mit Tipp leise Laute des Staunens aus. Erst nachdem das letzte Fünkchen verloschen war, rieselten die in der Luft hängenden Wassertropfen zurück in den Serin und die Palastbeleuchtung wurde allmählich wieder gedimmt. Nur die Lotuslaternen erhellten weiterhin den Fluss. Sobald das Orchester im Anschluss an das große Feuerwerksfinale verstummt war, übernahmen Straßenmusiker mit ihren fröhlichen Liedern das Unterhaltungsprogramm.

»Wir sollten gehen«, sagte Naari und strich sich im Aufstehen ein paar Krümel von der ledernen Uniform, die sich kaum von der unterschied, die sie in Zalindov getragen hatte. »Damit wir zurück im Palast sind, bevor es da unten allzu wild wird. Ich möchte mich lieber nicht vor dem König und der Königin verantworten müssen, weil ihr Sohn und seine Freunde in eine Straßenschlägerei geraten sind.«

»Eine Straßen-sch-schlägerei? D-das w-würde ich gern sehen!«, rief Tipp und sprang ebenfalls auf.

Naari legte ihm einen Arm um die Schultern. »Ein andermal, Kleiner.«

Tipp zog ein enttäuschtes Gesicht, doch gleich darauf strahlte er wieder. »Ori wird so n-neidisch sein«, schwärmte er. »Ich k-kann's gar nicht erwarten, ihm z-zu erzählen, wie das Ganze v-von hier oben a-ausgesehen hat.«

»Wo ist Oriel überhaupt?«, erkundigte sich Kiva. Seit Tipp und der quirlige junge Prinz sich vor zwei Tagen kennengelernt hatten, waren sie einander kaum mehr von der Seite gewichen. Wo der eine sich aufhielt, war der andere nie weit – zumindest bis heute Abend.

»Die Königsfamilie sieht sich die Eröffnung traditionellerweise vom Palast aus an«, erklärte Naari, bevor sie mit einem Blick zu Jaren hinzufügte: »Alle zusammen.«

Auch Kiva wandte sich dem Prinzen zu. »Wenn du dich schon davonmachst, soll es sich auch lohnen, was?« Doch nachdem sie selbst sechs Wochen im Winterpalast und auf Reisen mit seiner hochnäsigen Schwester Mirryn und seinem draufgängerischen Cousin Caldon verbracht hatte, konnte sie es ihm kaum verübeln.

»Es war nicht das erste Mal und ganz bestimmt auch nicht das letzte«, antwortete Jaren mit einem alles andere als reumütigen Grinsen. »Was glaubst du, wie ich auf diesen Platz hier oben gestoßen bin? Schon seit Jahren komme ich hierher.«

Naari brummelte etwas Unverständliches vor sich hin und kommandierte schließlich bestimmt: »Dann mal alles zusammengepackt. Auf geht's.«

Da der offizielle Teil des Abends ohnehin vorbei war, erhob niemand Einwände. Tipp half, die Reste des Picknicks zurück in den Korb zu räumen, und steckte sich dabei immer wieder ein Stück Salzgebäck oder Käse in den Mund, als fürchtete er, nie wieder etwas zu essen zu bekommen. Was Kiva nur allzu gut nachvollziehen konnte. Sie fragte sich, wie lange es wohl dauern würde, bis diese Angst abklang – bei ihr genauso wie bei Tipp.

Eine Windböe ließ Kiva frösteln und sie rieb sich die Arme. Sogleich zog Jaren seine Jacke aus, um sie ihr um die Schultern zu legen. Als Kiva hineinschlüpfte, breitete sich Wärme in ihr aus und der tröstliche Geruch nach Waldboden, Meersalz, Morgentau und Kaminrauch stieg ihr in die Nase. Erde, Luft, Wasser und Feuer – Jarens Duft.

»Danke«, flüsterte sie und wandte entschlossen den Blick von seiner muskulösen Brust ab, über der sein Hemd verführerisch spannte.

»Für dich doch immer«, sagte Jaren und zwinkerte ihr zu. Dann beugte er sich vor, um die letzten Sachen einzusammeln. Wodurch seine Proportionen im Mondlicht nur noch wirksamer in Szene gesetzt wurden. Sein Körper war so makellos, so –

»Ähem.« Naari zog ein strenges Gesicht, aber ihre Bernsteinaugen funkelten amüsiert.

Kiva versuchte, die Röte aus ihren Wangen zu vertreiben, während sie die Decke zusammenfaltete und sie Jaren reichte. Dieser hatte bereits Tipp den viel zu schweren Korb abgenommen.

»Fertig«, sagte er zu Naari, die nichts Unstandesgemäßes daran zu finden schien, dass der Kronprinz beladen war wie ein Packesel. Vermutlich war sie es einfach gewohnt, dass Jaren nicht immer so handelte, wie es seiner Stellung angemessen schien. Davon zeugte auch die z-förmige Narbe auf seinem Handrücken. Sie war der beste Beweis dafür, dass der Prinz sich voll und ganz in den Dienst seines Volkes stellte und allerlei Entbehrungen auf sich nahm, damit die Menschen in Sicherheit leben konnten.

Wieder regte sich in Kiva das schlechte Gewissen, doch sie verdrängte es und folgte Naari übers Dach. Diesmal gingen sie aber an der Tür vorbei und weiter zu einer zweiten Treppe, die direkt hinunter auf die Straße führte. Kiva drehte sich fragend zu Jaren um. Warum hatte er sie nicht auf diesem viel sichereren Weg hier hochgebracht? Doch der Prinz wich ihrem Blick geflissentlich aus.

Wie wär's, wenn du mir einfach mal vertraust?

Beinahe hätte Kiva ein Schnauben ausgestoßen. Jaren hatte ihr also lediglich vor Augen führen wollen, dass sie bei ihm sicher war – immer.

Als hätte sie das nicht längst gewusst.

»Na kommt, Beeilung«, riss Naari sie aus ihren verräterischen Gedanken und scheuchte Kiva und die anderen die Gasse hinunter. Eine unheilvolle Spannung lag in der Luft, beinahe als würden sie beobachtet. Kivas Sorgen verflüchtigten sich jedoch, als sie sich wieder der Uferstraße mit all ihren Lichtern und dem Feierlärm näherten, der mit jedem Schritt lauter wurde.

Die Massen von Menschen, die Schulter an Schulter tanzten, lachten und zur Musik sangen, ließen Naari fluchen. Zwar war die Stimmung vergnügt und ausgelassen – allerdings blockierten die Leute die gesamte Straße bis zu den Palasttoren.

»Das gefällt mir gar nicht.« Naari biss sich auf die Lippe.

Kiva konnte kaum ein Wort verstehen.

»Daran wird sich bis zum Morgengrauen aber nichts ändern«,

merkte Jaren an, woraufhin Naaris Miene sich noch weiter verfinsterte. »Wir könnten natürlich auch einfach so lange hierbleiben, wenn es dir lieber –«

Angesichts von Naaris Blick hielt er schnell den Mund.

»Ich bahne uns einen Weg. Ihr drei bleibt direkt hinter mir«, kommandierte Naari, eine Hand auf dem Schwertknauf, als wäre sie bereit, alles und jeden niederzustrecken, der ihnen in die Quere kam. »Nicht stehen bleiben, nicht in der Gegend rumgucken. Einfach nur schnurstracks zum Tor.«

Sie wartete kurz, bis ihre Worte auch zu Tipp durchdrangen, der mit großen, verträumten Augen ins Getümmel starrte. Als er schließlich begriff, was Naari von ihm wollte, murmelte er widerstrebend seine Zustimmung.

Naari ging voraus und wurde sofort von der Menge verschluckt. Kiva gab Tipp einen Schubs, damit er nicht den Anschluss verlor, während Jaren sie wiederum vor sich schob, um selbst das Schlusslicht zu bilden. Was Naari sicher nicht recht gewesen wäre. Aber Jarens Einschätzung von zuvor schien zu stimmen: Offenbar interessierte sich niemand hier sonderlich dafür, dass sich der Kronprinz unter ihnen befand. Für die Festbesucher waren sie einfach vier ganz normale Bürger, die vorbeiwollten.

Auf halbem Weg zum Palasttor setzte plötzlich andere Musik ein und eine Woge der Begeisterung brandete durch die Menge. Stampfende Füße und hüpfende, schwitzende Körper ließen den Boden erzittern. Über dem Krach hörte Kiva nun gar nichts mehr, auch Naari konnte sie vor ihnen kaum noch ausmachen. Jaren hatte irgendwann den Picknickkorb und die Decke fallen lassen, um Kiva mit beiden Händen zu schützen, so wie sie selbst es für Tipp tat.

Das Gedränge wurde immer erdrückender und Panik erfasste Kiva, als ein Betrunkener sie grob zur Seite stieß. Tipps Hand wurde ihr entrissen und Kiva geriet ins Straucheln. Nur dank Jaren, der ihre

Taille umklammerte, konnte sie sich auf den Beinen halten. Gemeinsam taumelten sie in eine Gruppe Tanzender hinein, die jedoch zu sehr im Feierrausch war, um es auch nur zu bemerken.

Sofort vergewisserte Kiva sich, dass Naari noch in Sichtweite war. Von Tipp dagegen fehlte jede Spur.

Plötzlich war das Gedränge vergessen und Kiva schrie verzweifelt seinen Namen. Jaren neben ihr tat dasselbe. Mit vereinten Kräften kämpften sie sich vorwärts, bis sie Tipp schließlich entdeckten. Der Junge war zu Boden gestoßen worden und schaffte es nicht allein wieder hoch.

»Die trampeln ihn tot!«, schrie Kiva. Ihr Herz krampfte sich zusammen.

Noch bevor sie den Satz beendet hatte, stürzte Jaren bereits an ihr vorbei und bahnte sich einen Weg zu Tipp. Er erreichte ihn im selben Moment wie Naari und gemeinsam zogen die beiden den Jungen auf die Beine.

Gerade als Kiva zu ihren Freunden aufschließen wollte, wurde sie von hinten angerempelt und eine Hand packte sie beim Arm. Erfolglos versuchte sie, sich dem Griff zu entwinden, wurde jedoch rückwärtsgerissen. In dem Gewirr von Leibern konnte sie nicht erkennen, wer ihr Angreifer war. Mit einem Mal durchzuckte sie eine ganz andere Art von Panik. Ein Stück vor ihr untersuchten Jaren und Naari Tipp auf Verletzungen, der unversehrt schien, und kurz stieg Erleichterung in ihr auf. Doch dann wurde sie mit einem weiteren Ruck nach hinten gezerrt und prallte gegen einen harten Körper. Kiva schlug um sich, wollte schreien, doch jemand drückte ihr ein Stück Stoff auf Mund und Nase. Der durchdringende Geruch nach Weißriegel und Tamadrin trieb ihr Tränen in die Augen. Sie ahnte, dass der nächste Atemzug ihr das Bewusstsein rauben würde. Daher hielt sie die Luft an, wehrte sich nach Kräften und betete, dass Jaren und Naari sich zu ihr umdrehten.

Der Angreifer hinter ihr fluchte, als ihm klar wurde, dass sie sich nicht kampflos geschlagen geben würde. Das Stück Stoff vor ihrem Gesicht verschwand. Kurz schöpfte Kiva Hoffnung, dass der Mann beschlossen hatte, sie sei den Aufwand nicht wert. Im nächsten Moment jedoch ließ ein scharfer Schmerz sie Sternchen sehen und sie sackte in den Armen des Mannes zusammen. Dann wurde es schwarz um sie.

KAPITEL DREI

»… blieb mir keine andere Wahl.«

»Bist du verrückt geworden? Guck dir mal an, wie ihr Gesicht zugerichtet ist! Dafür reißt der General dir den Kopf ab!«

Füßescharren ertönte, gefolgt von einem gemurmelten »Die Kommandantin hat gesagt, wir sollen sie um jeden Preis allein hierherbringen«.

Ein nervöses Lachen. »Tja, viel Glück mit dieser Ausrede.«

Ganz langsam öffnete Kiva die Augen. Sofort pochte es in ihrer Schläfe und sie unterdrückte ein Stöhnen. Als sie versuchte, sich zu bewegen, stellte sie fest, dass sie an einen Stuhl in der Mitte einer schäbigen Kammer gefesselt war. Stricke schnitten ihr in die Handgelenke und Knöchel und ein Knebel hinderte sie am Sprechen. Eine geöffnete Tür gab den Blick auf einen hell erleuchteten Flur und die Schatten der beiden Wachen frei, deren Stimmen sie geweckt hatten.

Vorsichtig stemmte Kiva sich gegen die Fesseln, was ihre wunde Haut jedoch nur noch mehr reizte und ihr obendrein ein paar Holzsplitter vom Stuhl einbrachte. So leicht würde ihr die Flucht also nicht gelingen. Nicht ohne Hilfe.

Sie war erst seit zwei Tagen in Vallenia und damit eigentlich viel zu kurz, um sich Feinde zu machen. Ganz zu schweigen von solchen, die unter dem Befehl einer *Kommandantin* standen. Andererseits, wenn jemand sie zusammen mit Jaren gesehen hatte … Immerhin war er der Thronerbe des mächtigsten Königreichs von ganz Wenderall und hatte vermutlich Gegner in sämtlichen Territorien des Kontinents. Falls irgendein rivalisierender Monarch darauf aus war, ihm zu schaden, wäre es wohl nur logisch, dass er die Menschen ins Visier nahm, die Jaren nahestanden.

Kiva schluckte, tröstete sich jedoch mit dem Gedanken, dass Jaren und Naari ihr früher oder später zu Hilfe eilen würden. Sobald sie Tipp in den Palast gebracht hätten, würden sie die gesamte Stadt auf den Kopf stellen, um Kiva zu finden. Sie musste ihnen bloß die nötige Zeit verschaffen. Ihnen und sich selbst.

Im Flur wurden Schritte laut und Kiva erstarrte, den Blick fest auf die Tür gerichtet.

»Habt ihr sie?«, ertönte eine weibliche Stimme.

Einer der Wächter antwortete, zu leise, als dass Kiva etwas hätte verstehen können, aber definitiv zu lang für ein schlichtes Ja oder Nein.

»Ihr habt recht, begeistert wird er nicht sein«, erwiderte die Frau mit einem Seufzen. »Aber überlasst ihn ruhig mir, er ist schon auf dem Weg hierher.«

Tausend Fragen schossen Kiva durch den Kopf, die im nächsten Moment allerdings wie weggeblasen waren, als eine junge Frau in der Tür erschien.

»*Uurriiga*«, nuschelte Kiva in ihren Knebel hinein, wodurch das Wort, der Name, zur Unkenntlichkeit verzerrt wurde.

Doch das änderte nichts an der Tatsache: Soeben hatte Zuleeka Meridan – Zuleeka *Corentine* – die Kammer betreten.

Mit dem dunklen Flechtzopf und Augen, die an flüssiges Gold vermischt mit Honig erinnerten – wie die ihres Vaters –, sowie der mondscheinbleichen Haut ähnelte sie noch immer dem elfjährigen Mädchen, das Kiva gekannt hatte. Aber Zuleeka war nicht mehr das unschuldige Kind von damals. Heute, zehn Jahre später, strahlte sie eine unmissverständliche Härte aus. Ihre kantigen Gesichtszüge wirkten streng und ihre Hände lagen auf den Waffen an ihrem Gürtel. Ihre Haltung war entspannt und bedrohlich zugleich. Wobei letzterer Eindruck sich verstärkte, als sie das Gesicht zu einem grimmigen Lächeln verzog. »Hallo, Schwesterchen.«

Kiva konnte sie bloß anstarren, nicht sicher, ob sie imstande gewesen wäre zu antworten, selbst wenn der Knebel sie nicht daran gehindert hätte.

Zuleeka trat auf sie zu und befreite ihren Mund von dem Stück Stoff. »Wie ich höre, hast du es Borin nicht leicht gemacht.« Sie schnalzte missbilligend mit der Zunge. »Dabei hat er lediglich seine Befehle befolgt. Wir beobachten dich schon, seit du vor zwei Tagen in der Stadt angekommen bist. Aber dich zu erwischen, war gar nicht so leicht.«

»Dieser Borin hätte ja einfach mal nett fragen können«, entgegnete Kiva mit rauer Stimme.

Zuleeka schnaubte belustigt, Kiva dagegen war kein bisschen nach Lachen zumute.

Stattdessen wartete sie schweigend ab. »Willst du mich nicht vielleicht mal losbinden?«, drängte sie dann, als ihre Schwester sich nicht regte.

»Gleich«, antwortete Zuleeka und trommelte mit den Fingern auf ihren Oberschenkeln. »Zuerst habe ich ein paar Fragen an dich.« Sie machte eine bedeutungsvolle Pause. »Wie es scheint, hast du ziemlich mächtige Freunde gefunden.«

Kiva gefror das Blut in den Adern.

Zehn Jahre.

Zehn Jahre hatte sie in diesem gottverdammten Gefängnis gesessen. Ihre Eltern waren dort gestorben und Kiva hatte Höllenqualen durchlitten, bevor ihr schließlich die Flucht gelungen war. Und das Erste, was ihrer Schwester nach alldem einfiel, war ein Verhör?

Kiva holte tief Luft und versuchte, sich in Zuleeka hineinzuversetzen. Möglicherweise wäre sie an ihrer Stelle genauso sehr darauf bedacht gewesen, Kivas Loyalität auf den Prüfstand zu stellen. Dennoch versetzte ihr die Enttäuschung einen Stich.

»Wir haben unsere Spione, musst du wissen«, redete Zuleeka im lockeren Plauderton weiter, als Kiva nichts erwiderte. »Die sind dir seit deiner Flucht aus Zalindov bis hierher gefolgt. Deine Nachricht hat uns bereits Wochen vor deiner Ankunft erreicht. *Ich bin auf dem Weg nach Vallenia. Zeit, dass wir unser Königreich zurückerobern.* Das war deine Botschaft. Dein erklärter Wille, dir zurückzuholen, was unserer Familie rechtmäßig zusteht. Verfasst mit deinem eigenen Blut.«

Zuleeka irrte sich, es war nicht Kivas eigenes Blut gewesen. Und die Nachricht hatte noch einen weiteren Satz enthalten.

Mutter ist tot.

Diese erste Zeile hatte Zuleeka nicht einmal erwähnt. Hatten ihre Spione – ihre *Rebellen* – sie etwa nicht über Tildas Tod unterrichtet? Oder war er ihr schlichtweg egal?

»Ich muss schon sagen, du warst ganz schön fleißig.« Zuleeka legte den Kopf schief. »Erst hast du das Elementarurteil überlebt – was eigentlich als unmöglich gilt –, dann bist du aus Zalindov entkommen – was eigentlich als genauso unmöglich gilt – und ganz nebenbei hast du dich auch noch so sehr bei unserem Kronprinzen eingeschmeichelt, dass er dich eingeladen hat, mit ihm und seiner Familie im noblen Flusspalast zu leben.« Sie grinste. »Dafür muss man wirklich abgebrüht sein. Ich ziehe den Hut vor deinem Manipulationsgeschick. Und deinem Schauspieltalent.«

In Kivas Innerem begann es zu brennen und mit jedem Wort aus Zuleekas Mund wurde es stärker. Entschlossen kämpfte sie das Gefühl nieder, um nicht darüber nachdenken zu müssen, was es ausgelöst hatte.

»Es sei denn natürlich«, fügte Zuleeka bedächtig hinzu, »du musstest dich gar nicht verstellen.«

Kiva richtete sich kerzengerade auf und erwiderte den herausfordernden Blick ihrer Schwester.

»Er soll ja schon ziemlich gut aussehen«, fuhr Zuleeka fort und schnippte mit den Fingern gegen Kivas Ärmel – ein eindeutiges Zeichen, dass ihr bewusst war, wessen Jacke ihre Schwester da trug. »Prinz Deverick. Aber so nennst du ihn nicht, stimmt's? Wer ihm nahesteht, ruft ihn bei seinem Zweitnamen. Jaren, nicht wahr?«

»Was genau wirfst du mir eigentlich vor?«, fragte Kiva unumwunden.

In gespielter Unschuld presste sich Zuleeka eine Hand aufs Herz. »Gar nichts, Schwesterchen. Ich versuche lediglich herauszufinden, wie es um deine Prioritäten bestellt ist.«

»An meinen Prioritäten hat sich nichts geändert«, erwiderte Kiva fest. »An erster Stelle steht wie eh und je unsere Familie.« Nach allem, was sie auf sich genommen hatte, konnte sie einfach nicht fassen, dass ihre Schwester das auch nur infrage stellte.

»Zeit, dass wir unser Königreich zurückerobern«, zitierte Zuleeka abermals Kivas Nachricht, bevor sie mit verschlagener, regelrecht boshafter Miene hinzufügte: »Du musst schon entschuldigen, aber da stellt sich mir unweigerlich die Frage, wie du das bewerkstelligen willst, wenn du mit dem Prinzen das Bett teilst.«

Das Brennen in Kivas Brust griff schlagartig auf ihr Gesicht über, allerdings nicht aus Scham.

»Ich habe ja keine Ahnung, woher du deine Informationen beziehst«, erwiderte sie kühl, »aber vielleicht solltest du mal ein ernstes Wort mit deinen Spionen reden, damit sie aufhören, die Tatsachen zu verdrehen.«

Zuleeka zog ihre dunklen Augenbrauen in die Höhe. »Also streitest du ab, dass –«

»Ich streite gar nichts ab«, unterbrach Kiva sie wutschäumend.

»Weil das überhaupt nicht nötig sein sollte. Ich bin deine Schwester. Das allein sollte Grund genug für dich sein, mir zu vertrauen.«

»Ich vertraue niemandem«, konterte Zuleeka. »Schon gar nicht jemandem, der die letzten zehn Jahre genauso gut hätte tot sein können.«

Kivas Kopf zuckte so ruckartig zurück, als hätte Zuleeka sie geohrfeigt. Zum ersten Mal wurden die Züge ihrer Schwester ein wenig weicher und sie öffnete den Mund, wie um sich zu entschuldigen. Doch bevor Zuleeka etwas sagen konnte, ertönten abermals Schritte im Flur. Dann eine Männerstimme: »Wo ist sie?«

Eine der Wachen stammelte eine Antwort und wenige Sekunden später kam ein junger Mann zur Tür hereingestürmt. Als sein Blick auf Kiva fiel, blieb er wie angewurzelt stehen.

Seine Augen waren smaragdgrün, genau wie ihre.

Und die ihrer verstorbenen Mutter.

»*Kiva*«, hauchte ihr Bruder Torell. Es klang wie ein Stoßgebet.

Auch ihre Kehle zog sich zusammen. »Hallo, Tor«, flüsterte Kiva.

Er trat einen weiteren Schritt auf sie zu. Dann jedoch wurden seine Augen schmal, als er die Fesseln, den Knebel und ihre linke Schläfe bemerkte. Letztere musste wohl ein riesiger Bluterguss zieren, so wie sie sich anfühlte.

»Was zum Teufel hat das zu bedeuten?«, knurrte Torell und wandte sich Zuleeka mit einer derart wütenden Miene zu, dass Kiva erschauderte.

»Beruhige dich, Bruder«, sagte Zuleeka. »Kiva und ich waren gerade dabei, uns wieder miteinander bekannt zu machen.«

Tors Miene verfinsterte sich noch mehr und er biss die Zähne zusammen, als müsste er eine vernichtende Entgegnung unterdrücken. Dann zog er einen Dolch aus dem Gürtel, ging vor Kiva auf die Knie und fing an, die Fesseln zu durchtrennen. Sobald Kiva frei war, zog er sie mit sich auf die Beine und direkt in seine Arme.

»Kiva«, murmelte er erneut und drückte sie so fest an sich, dass ihr beinahe die Luft wegblieb. Doch Kiva beklagte sich nicht. Stattdessen erwiderte sie seine Umarmung mit derselben Inbrunst und blinzelte ein paar Tränen fort.

So hatte sie sich das Wiedersehen mit ihren Geschwistern vorgestellt. *So* hatte sie es sich gewünscht.

Torell, der Zweitälteste ihrer Geschwister, war knapp zehn Jahre alt gewesen, als Kiva ihn zum letzten Mal gesehen hatte – ein dürrer kleiner Junge mit permanent aufgeschlagenen Knien. Aber von diesem Kind war in dem jungen, hochgewachsenen Mann vor ihr nichts mehr zu erkennen. Sein schwarzes Haar und die leuchtenden Augen von damals wurden nun von tief gebräunter Haut, breiten Schultern und einem gestählten Körper untermalt, der auf jahrelange Disziplin schließen ließ. Sein gesamtes Erscheinungsbild – angefangen bei den dunklen Kleidern bis hin zu der schieren Menge an Waffen, angesichts derer sicher selbst Naari vor Neid erblasst wäre – war das eines Kämpfers, eines Kriegers. Was Kiva verriet, dass er sich, genau wie Zuleeka, in den letzten zehn Jahren sehr verändert hatte.

»Bei den Göttern, Kiva, hast du mir gefehlt«, murmelte Tor und wischte ihr die Tränen weg, bevor er ihr eine Hand unters Kinn legte, um den Bluterguss in ihrem Gesicht zu inspizieren. Seine attraktiven Züge verhärteten sich. »Wer hat dir das angetan?«, fragte er gefährlich leise.

»Ach, die kleine Beule«, winkte Zuleeka ab, ehe Kiva antworten konnte. »Es gab Komplikationen, als die Männer sie von ihren Freunden trennen mussten, und wegen des Gedränges da draußen sind die Dinge wohl ein bisschen aus dem Ruder gelaufen. Aber es geht ihr gut, das sieht man doch.«

Sosehr Kiva sich wünschte, dass der brutale Borin zur Rechenschaft gezogen wurde, so spürte sie doch, dass es in diesem Moment klüger war, ihren Bruder zu beschwichtigen. Daher legte sie eine Hand über seine, die nun ihre unversehrte Wange umfasste, und sagte: »Alles gut. Ich habe schon Schlimmeres erlebt.«

Was jedoch offenbar genau die falsche Antwort war, denn Tors Augen verdunkelten sich, als ihm aufging, wo – und warum – ihr derart viel Schmerz zugefügt worden war.

Sein Kehlkopf hüpfte auf und ab und mit einem Mal war seine Wut wie verpufft. »Ich hätte es fast geschafft«, flüsterte er kaum hörbar.

Kiva konnte ihm seine Qualen vom Gesicht ablesen und brachte nichts als ein verwirrtes »Was?« hervor.

»Wir waren so nah dran«, fuhr Tor fort. Sein Blick ging ins Leere, als wäre er in Gedanken meilenweit weg. »Ich hatte meine besten Soldaten bei mir und wir hätten alles getan, um Mutter und dich zu befreien.«

Kiva schnappte nach Luft, als sie verstand.

»Wir haben uns in den Bergen versteckt und einen Angriff auf das Gefängnis vorgetäuscht, um den Vorsteher dazu zu bringen, die Wachposten zu verdoppeln«, erzählte Tor weiter. »Aber das war nur eine Finte, um ihn von unserem eigentlichen Plan abzulenken.«

Daran konnte Kiva sich erinnern. Am Abend vor ihrer zweiten Prüfung war sie im Refektorium gewesen und hatte eine Gruppe von Häftlingen belauscht, die über einen gescheiterten Rettungsversuch der Rebellen gesprochen hatten. Aber offenbar war der Versuch gar nicht gescheitert, sondern bloß ein Täuschungsmanöver gewesen …

»Wir waren perfekt vorbereitet«, sagte Tor, seine Stimme nun ganz hohl. »Alles war bereit für den Angriff, doch dann –«

»Dann habe ich Befehl gegeben, die Mission abzubrechen«, schaltete sich Zuleeka ein. Nach einem prüfenden Blick auf Kiva schien sie eine Entscheidung zu treffen, denn sie nickte knapp. Als sie kurz darauf weiterredete, wirkte sie wesentlich aufrichtiger als zuvor:

»Zwar hat Tor als General dieselben Befugnisse wie ich, aber da Mutter mich vor ihrem Aufbruch nach Zalindov zu ihrer stellvertretenden Kommandantin ernannt hatte, wäre es keine gute Idee gewesen, wenn wir uns gegeneinander aufgelehnt hätten. Darum blieb Tor nichts anderes übrig als der Rückzug, auch wenn er nicht glücklich darüber war.«

Tors Gesichtsausdruck nach zu schließen, war das eine gewaltige Untertreibung.

»Hast du gerade gesagt, Mutters *Aufbruch* nach Zalindov?« Diese Formulierung klang, als hätte Tilda sich freiwillig in Gefangenschaft begeben, was einen seltsamen Geschmack in Kivas Mund hinterließ. »Wurde sie denn nicht … gefangen genommen? In Mirraven?«

Bevor einer der beiden antworten konnte, ertönten drei laute Klopfzeichen über ihren Köpfen. Staub und Gipsbröckchen rieselten von der Decke herab.

»Wir haben keine Zeit mehr«, sagte Zuleeka und strich sich die weißen Krümel von den Kleidern. »Wie es scheint, sind deine neuen Freunde besser im Fährtenverfolgen, als ich ihnen zugetraut hätte.«

Kiva ignorierte ihren abfälligen Tonfall sowie die Wärme, die sie beim Gedanken an Jaren und Naari erfüllte. Wenigstens diese beiden hatten keine zehn Jahre verstreichen lassen, bis sie einen Rettungsversuch unternahmen.

»Du musst es mir sagen«, beharrte Kiva mit leicht zitternder Stimme. »Ist Mutter –«

»Es gibt so einiges, was ich dir sagen muss«, entgegnete Zuleeka, und obwohl sie spöttisch klang, blieb ihre Miene ernst. »Aber nicht jetzt.«

Tor seufzte und drückte Kiva aufmunternd die Schulter. »Zulee hat recht. Ich habe gehört, in welchen Kreisen du neuerdings verkehrst. Wir sollten machen, dass wir wegkommen, bevor jemand von denen hier aufkreuzt.«

Kiva wappnete sich für noch mehr Anschuldigungen von derselben Sorte, wie Zuleeka sie bereits geäußert hatte, doch Torell grinste bloß. »Cleverer Zug, sich mit dem Kronprinzen und seinem Goldenen Schild anzufreunden. Ich kann mir keinen effektiveren Weg vorstellen, an vertrauliche Informationen zu kommen.«

Aus seinem Blick sprach Anerkennung. Aber Kiva sah darin auch noch etwas anderes, etwas, was sie nicht deuten konnte. Es war kein Vorwurf, kein Misstrauen oder sonst eine Emotion, die ihr aus Zuleekas Augen entgegengefunkelt hatte. Dennoch machte es sie unruhig; es war beinahe, als würde sie in einen Spiegel schauen. Bevor sie jedoch weiter darüber nachdenken konnte, blinzelte Torell und der Ausdruck war verschwunden.

Wieder ertönten über ihnen die drei Klopfzeichen und ein paar Sekunden später ein weiteres.

»Wir müssen los«, sagte Zuleeka und deutete auf Kiva. »Setz dich wieder hin.«

Kiva blickte auf den Stuhl und dann zurück zu ihrer Schwester. »Wie bitte?«

Zuleeka hob die Reste der Fesseln auf, die Torell zerschnitten hatte, und stieß einen leisen Pfiff aus. Einer der Wachmänner kam in den Raum, nahm sie ihr ab und händigte ihr ein Bündel intakter Seile aus, ehe er wieder verschwand.

»Setz dich wieder hin«, wiederholte Zuleeka. »Du wurdest entführt, schon vergessen? Reiß dich zusammen und spiel deine Rolle.«

»Ich –« Kiva wusste nicht, was sie sagen sollte. Eigentlich hatte sie am nächsten Tag nach Oakhollow reisen wollen, um sich dort auf die Suche nach ihren Geschwistern zu machen. Jetzt war das plötzlich nicht mehr nötig. Zuleeka und Torell standen vor ihr, endlich waren sie alle drei wieder vereint. Sie hatte zahllose Fragen, so vieles, was sie mit den beiden besprechen wollte, doch sie stieß bloß verwirrt hervor: »Nehmt ihr mich denn nicht mit?«

Zuleeka schnaubte. »Wie willst du den Prinzen ausspionieren, wenn du bei uns im Rebellenlager sitzt?«

Kiva erstarrte.

Mit hochgezogenen Augenbrauen fuhr Zuleeka fort: »Jetzt sag bloß nicht, dass dich das überrascht. Wir haben bereits Spitzel im Palast, aber Deverick – entschuldige, *Jaren* – ist sogar noch argwöhnischer als ich. Es gibt Dinge, die er nicht mal mit dem königlichen Rat oder seiner Familie teilt. Zumindest behaupten das meine Quellen. Aber vielleicht vertraut er ja dir. Du kannst ihm so nahekommen wie sonst niemand von uns. Du kannst herausfinden, was er plant, welche Schwächen er hat. Du kannst ihn dazu bringen, dir seine Geheimnisse zu verraten.« Sie hielt kurz inne und schloss schließlich: »Und das können wir uns zunutze machen.«

Sorgsam darauf bedacht, ihre Gesichtszüge unter Kontrolle zu halten, erwiderte Kiva nichts. Zuleeka hatte recht; Jaren vertraute ihr und deswegen kannte sie bereits einige seiner größten Geheimnisse. Doch irgendetwas hielt sie davon ab, ihren Geschwistern davon zu erzählen. Jetzt war einfach nicht der richtige Moment dafür, redete sie sich ein. Fast schaffte sie es, sich selbst zu überzeugen.

»Ich geb's ja nur ungern zu, aber in der Hinsicht bin ich ganz Zuleekas Meinung«, sagte Torell. »Du musst hierbleiben. Es ist am sichersten für dich, sie in dem Glauben zu lassen, du wärst entführt worden.«

Sein Blick wanderte zu dem Bluterguss an ihrer Schläfe, dann über die Schürfwunden an ihren Handgelenken. Er presste die Lippen aufeinander. Sie würde keine großen Schwierigkeiten haben, ihren Rettern glaubhaft zu versichern, dass sie nicht freiwillig hier war.

Anders als Zuleeka sagte Tor jedoch nichts weiter über ihre Mission als Spionin und deutete auch mit keinem Wort an, dass sie für die Rebellen nur so wertvoll war wie die Informationen, die sie ihnen lieferte. Stattdessen schloss er sie noch einmal rasch in die Arme und flüsterte: »Wir sehen uns bald wieder. Versprochen.«

Nachdem er sich von ihr gelöst hatte, zog er etwas aus der Manteltasche, das wie eine silberne Maske aussah. Doch bevor Kiva mehr erkennen konnte, drehte er sich Zuleeka zu. »Ich sorge dafür, dass wir sicher hier rauskommen. Kümmere du dich um Kiva – diesmal aber *sanfter* –, dann treffen wir uns draußen. Und mach schnell.«

Zuleeka nickte, und nachdem Torell Kiva ein letztes Mal versichert hatte, dass er sein Versprechen halten würde, verschwand er.

»Hinsetzen«, kommandierte Zuleeka und nun gehorchte Kiva.

Zügig fesselte Zuleeka sie mit den neuen Stricken und knotete ihr den Knebel wieder über den Mund.

Über ihnen klopfte es erneut, so nachdrücklich, dass selbst Kiva begriff, dass ihre Schwester sich beeilen musste, wenn sie nicht erwischt werden wollte.

»Tor weiß nichts davon, aber ich habe ein paar von unseren Leuten befohlen, zurückzubleiben und sich eine kleine Schlägerei mit deinen Freunden zu liefern«, erklärte Zuleeka. Dann legte sie den Kopf schief. »Tut mir wirklich leid. Ich weiß, er hat mich gebeten, sanft zu sein, aber auch das hier muss schließlich echt wirken.«

Kiva blinzelte verwirrt, riss jedoch im nächsten Moment erschrocken die Augen auf, als ihre Schwester ihren Dolch zog und Kiva ohne Vorwarnung den Griff gegen die bereits stark lädierte Schläfe rammte. Schmerz flammte auf … und wieder wurde es dunkel um sie.

KAPITEL VIER

Schwere Schritte und das Krachen von Metall auf Metall drangen an Kivas Ohren, während sie langsam wieder zu Bewusstsein kam. Sie stieß ein leises Wimmern aus. Das Abschiedsgeschenk ihrer Schwester hatte ein Gefühl hinterlassen, als bohrte sich eine Klinge direkt von ihrer Schläfe bis ins Gehirn.

Ihr wurde übel und die schmuddelige Kammer begann, sich um sie zu drehen. Erst als vor der Tür ein weiteres Krachen ertönte und jemand hereingestürzt kam, klang ihre Benommenheit ein wenig ab.

»Bei den Göttern, Apfelbäckchen! Dich haben sie ja übel zugerichtet.«

Erleichterung und Enttäuschung zugleich durchströmten Kiva beim Anblick von Prinz Caldon, Jarens Cousin.

»Ich weiß, ich weiß.« Als er sich vorbeugte, um ihre Fesseln zu lösen, brachte das Licht sein goldenes Haar zum Schimmern und seine breiten Schultern warfen kantige Schatten auf den Boden. »Du bist entzückt, mich zu sehen. Völlig hingerissen. Es gibt niemanden, den du jetzt lieber an meiner Stelle hier hättest. Ehrlich, Sonnenschein, du musst wirklich mal lernen, deine Begeisterung zu zügeln. Ist ja kaum auszuhalten.«

Sobald der letzte Strick zu Boden gefallen war und Caldon sie vom Knebel befreit hatte, stöhnte Kiva auf. Dann, bevor sie auch nur ein Wort der Warnung herausbrachte, lehnte sie sich zur Seite – und übergab sich auf den schäbigen Teppich.

Caldon rettete sich fluchend aus der Gefahrenzone, um sich Kiva kurz darauf von der Seite zu nähern und ihr das Haar aus dem Gesicht zu halten. »Ich muss schon sagen, normalerweise bin ich etwas andere Reaktionen gewohnt. Aber keine Sorge, ich nehm's nicht persönlich.«

»Tut mir leid«, krächzte Kiva und wischte sich den Mund ab. Sie betastete ihren Kopf; ihre linke Schläfe war heiß, geschwollen und pochte.

»Du kannst ja nichts dafür«, entgegnete Caldon, der nun wieder vor sie trat. »Prächtiges Veilchen hast du dir da eingefangen. Betont deine wunderschönen Augen.«

Kiva stöhnte erneut. »Hör auf mit dem Geplänkel, sonst wird mir gleich wieder schlecht.«

Caldon hob kapitulierend die Arme, und da Kiva endlich wieder einigermaßen klar sehen konnte, erkannte sie, dass seine Kleidung voller Blut war.

»Bist du verletzt?«, fragte sie und musterte ihn genauer.

Caldon schnaubte. »So ein paar lausige Rebellen können mir doch nichts anhaben.« Auf ein Geräusch hin, das vom Flur zu ihnen drang, wandte er den Kopf und lauschte einen Moment, bevor er fortfuhr: »Aber es klingt, als wäre Verstärkung im Anmarsch. Komm, du Jungfrau in Nöten, wir sollten lieber zusehen, dass wir Land gewinnen.«

Kiva hatte zu große Schmerzen, um an seiner Bemerkung Anstoß zu nehmen. Kommentarlos ließ sie zu, dass Caldon ihr auf die Beine half und sie so lange behutsam stützte, bis sie aus eigener Kraft stehen konnte.

»Alles in Ordnung, Sonnenschein?«, fragte er und benutzte abermals den Kosenamen, den er sich während ihrer gemeinsamen Zeit im Winterpalast angewöhnt hatte; eine Anspielung auf ihr alles andere als sonniges Gemüt, so seine Erklärung.

»Geht schon«, antwortete sie. Mittlerweile hatte sie es aufgegeben, ihm den Namen ausreden zu wollen, zumal Caldon ihr großzügig angeboten hatte, sie stattdessen Knastvogel zu nennen. Auf diesen

Vorschlag hin hatte sie ihm ein Zierkissen ins lachende Gesicht geschleudert, und zwar mit Wucht.

Als ihr der Hintergrund ihres zweiten Kosenamens – Apfelbäckchen – zu Ohren gekommen war, hatte sie etwas wesentlich Schwereres nach ihm geworfen.

»Ich würde ja gerne sagen, dass wir uns ruhig Zeit lassen können, aber ich habe die Erfahrung gemacht, dass es meistens keine gute Idee ist, hübsche Frauen anzulügen.« Caldon schlang den Arm um sie und bugsierte sie Richtung Tür, ohne dabei die Hand vom Griff seines blutverschmierten Schwerts zu nehmen. »Du musst schleunigst zurück in den Palast, damit die anderen wissen, dass du in Sicherheit bist.«

»Wo sind die eigentlich?«, fragte Kiva und blinzelte, als sie den grell erleuchteten Flur betraten.

»Wir mussten uns aufteilen«, erklärte Caldon, während er mit einem Fuß einen reglos am Boden liegenden Mann aus dem Weg schob. Offenbar hatte Caldon ihn ausschalten müssen, um zu ihr zu gelangen. Hastig sah Kiva weg. Zum einen, weil der Anblick grausige Erinnerungen an den Gefangenenaufstand in Zalindov in ihr weckte, zum anderen, weil der Tote einer der Männer sein musste, denen Zuleeka befohlen hatte, hierzubleiben und zu kämpfen. Er hatte sein Leben für die Rebellen gegeben. Für *ihre* Familie.

»Deine Entführer sind ziemlich clever vorgegangen«, fuhr Caldon fort. »Haben ein paar falsche Fährten gelegt. Darum hat es eine Weile gedauert, bis wir dahintergekommen sind, in welche Richtung sie dich verschleppt haben. Und das Flussfestchaos hat es natürlich auch nicht besser gemacht. Jaren und Naari haben sich den Osten der Stadt vorgenommen, Hauptmann Veris und seine Soldaten sind in den Norden und Süden ausgeschwärmt und mir haben sie den Westen überlassen.« Er grinste großspurig. »Ich war schon immer der Beste im Fährtenlesen. Nichts zu danken übrigens.«

»Noch sind wir ja nicht in Sicherheit«, merkte Kiva an, ehe ihr Zuleekas Auftrag wieder einfiel. »Außerdem würde ich wirklich gern wissen, warum sie mich überhaupt entführt haben.«

»Hat niemand was gesagt?«, fragte Caldon erstaunt, während er Kiva in einen großen Raum mit hoher Decke schob, der einst als Küche gedient haben mochte.

»Ich bin erst ein paar Sekunden vor deiner Ankunft aufgewacht«, erklärte Kiva. Was zwar nicht gelogen war, aber auch nicht ganz der Wahrheit entsprach. Ein weiteres Mal besann sie sich auf ihre Rolle. »Du hast vorhin die Rebellen erwähnt – was könnten die denn von mir wollen?«

Caldons kobaltblaue Augen blitzten auf und er schob das Kinn vor. Dann aber wurde seine Miene wieder entspannter. »Da bin ich genauso ratlos wie du, Apfelbäckchen.« Er stupste ihr die Nase. »Aber eins weiß ich ganz sicher: Du bist ein verlockender Köder für einen viel dickeren Fisch.«

Kiva wollte ihm einen Klaps auf die Finger geben, doch Caldons Hand war bereits zurück zu seinem Schwert geschnellt und er blieb abrupt stehen. Seine Augen wurden schmal, während er zu der Tür am anderen Ende der Küche hinübersah, sein Blick fixiert auf etwas, das sich Kivas Wahrnehmung entzog.

»Was –«

Caldon hielt ihr blitzschnell den Mund zu und schob sie hinter eine Bank in der Mitte des verwahrlosten Raums.

»Psst«, zischte er und drückte sie in die Hocke. »Wir kriegen Gesellschaft.«

Zuleeka hatte erwähnt, *ein paar* ihrer Leute zurückzulassen, und Kiva war davon ausgegangen, dass Caldon sich bereits um alle gekümmert hatte. Wie viele mussten denn noch kämpfen – und sterben –, um diese Farce aufrechtzuerhalten?

»Sieht aus, als wäre unsere Glückssträhne zu Ende«, raunte Caldon.

Er zückte ein zweites Schwert für sich selbst und anschließend einen scharfen Dolch, den er Kiva hinhielt. »Kannst du mit so was umgehen?«

Kiva nahm die Waffe unsicher zwischen Daumen und Zeigefinger. »Ich, äh … vielleicht?«

Caldon murmelte etwas vor sich hin, das stark nach »Mein Glück mal wieder« klang.

»Ob du es glaubst oder nicht«, verteidigte sich Kiva, »aber bewaffneten Kampf haben sie uns im Gefängnis tatsächlich nicht beigebracht.«

Der Prinz grinste, ehe ein Geräusch aus dem Nebenzimmer seine Miene wieder ungewohnt ernst werden ließ.

Er packte Kivas Hand, schloss ihre Finger um den Dolchgriff und flüsterte: »Wenn es zu brenzlig wird, hau ab und versteck dich, ich komme dann später nach. Und setz das Ding hier nur ein, wenn es unbedingt nötig ist. Egal, was du machst, verletz dich bloß nicht selbst damit, sonst bekomm ich's mit Jaren zu tun.« Nach kurzem Nachdenken fügte er hinzu: »Und mich bitte auch nicht, wenn's geht.«

Kiva zog die Augenbrauen in die Höhe und sparte sich einen Kommentar darüber, dass sie, wenn es nach ihr ginge, *niemanden* verletzen würde.

»Klingt, als wären da drüben fünf, sechs Leute, vielleicht auch mehr«, redete Caldon weiter und lauschte abermals nach Geräuschen, die Kiva nicht hörte.

»Gibt es keinen anderen Weg nach draußen?«, fragte sie.

»Am Hinterausgang warten sie vermutlich auch«, entgegnete Caldon. »Durch das Zimmer da gelangt man direkt zur Vordertür, also wäre das der leichteste Weg.« Er zerzauste ihr liebevoll das Haar. »Keine Sorge, Sonnenschein. Gegen ein halbes Dutzend komme ich locker an. Dir passiert schon nichts.«

Caldon mochte ein unverbesserlicher Schwerenöter sein, aber Kiva hatte im Laufe der vergangenen sechs Wochen die Erfahrung gemacht, dass er keineswegs der verwöhnte Höfling war, für den man ihn halten konnte. Auch wenn er – aus Gründen, die sie noch nicht ganz durchschaut hatte – alles dafür tat, um genau diesen Eindruck zu vermitteln. Dabei trug er seine Waffen nicht zur Zierde. Im Winterpalast hatte Kiva ihn mehrmals bei Übungskämpfen mit Jaren beobachtet und beiden mangelte es weder an Schnelligkeit noch an Kraft und Geschick. Wenn Caldon sagte, dass ihr nichts passieren würde, dann glaubte sie ihm. Allerdings machte sie sich um ihr eigenes Leben ohnehin keine großen Sorgen. Die Gegner, die er aus dem Weg räumen würde, waren schließlich Rebellen, die nur dafür herhalten mussten, dass Kivas Tarnung gewahrt blieb.

»Komm bloß nicht auf die Idee, noch mal zu kotzen«, meinte Caldon und stemmte sich hoch auf die Füße, beide Schwerter fest in den Händen. »Wenn ich vorausgehe, bin ich direkt in der Spucklinie. Und dann kann ich die Jacke wegwerfen.«

Da das maßgeschneiderte grüne Kleidungsstück bereits voller Blutflecken war, die silbernen Zierborten rostrot verkrustet, ahnte Kiva, dass er nur scherzte, um sie zu beruhigen.

Während sie Caldon folgte, versuchte sie, sich für das zu wappnen, was sie im Nebenzimmer erwartete. Doch ehe sie die Tür erreichten, stürmte die Gruppe von Rebellen bereits unter lautem Geschrei die Küche.

Caldon schubste Kiva fluchend zurück und begann dann, mit beiden Schwertern gleichzeitig die Angreifer abzuwehren. Der Kampf stand in krassem Gegensatz zu seinen Trainingseinheiten mit Jaren, die geradezu elegant angemutet hatten; eine vollendete Abfolge flinker, routinierter Schläge. Dieses Aufeinandertreffen dagegen wirkte grob und chaotisch, geprägt von hitzigem Zorn aufseiten der Rebellen und der kühlen Berechnung des Kriegerprinzen.

Der erste Rebell ging zu Boden, bevor Kiva auch nur ganz die Balance wiedergefunden hatte. Der zweite folgte, ehe sie überflüssigerweise ihren Dolch heben konnte. Sie war Heilerin; ihre Aufgabe war es nicht, Menschen zu verletzen, sondern sie gesund zu pflegen. Allerdings war Kiva sich nicht mehr so sicher, wie viel Zuleeka ihren Soldaten anvertraut hatte – ob sie wirklich wussten, dass Kiva eine der ihren war, oder ob sie sie nicht doch für eine Feindin hielten.

Caldon erledigte mit Leichtigkeit einen dritten, dann einen vierten Gegner. Dabei zischten seine Schwerter so schnell durch die Luft, dass sie vor Kivas Augen verschwammen. Gleichzeitig parierte er immer wieder Angriffe oder duckte sich unter ihnen weg. Bald kamen fünf weitere Rebellen ins Zimmer gerannt, von denen sich drei direkt auf den Prinzen stürzten. Die übrigen beiden dagegen wichen dem Kampfgemenge aus und hielten geradewegs auf Kiva zu.

Kiva wich zurück und umklammerte ihren Dolch so fest, dass ihre Finger schmerzten. Die Männer bewegten sich auf sie zu wie zwei Raubtiere; immer wieder leckten sie sich über die Lippen und wechselten bedeutungsvolle Blicke.

»Mit dir werden wir garantiert unseren Spaß haben«, sagte der vordere, dessen Akzent erkennen ließ, dass er aus Mirraven stammte. Zwar hatte Kiva schon gehört, dass die Rebellen auch außerhalb Evalons Mitstreiter rekrutierten, dennoch war sie überrascht, jetzt den Beweis dafür vor sich zu sehen. »Keine Sorge, Zuckerpüppchen. Wird dir sicher gefallen.«

Als sie die Gier in den Augen der Männer bemerkte, die schiere Vorfreude angesichts ihrer Hilflosigkeit, stieg Kiva die Galle hoch. Der Dolch in ihrer Hand begann zu zittern, aber sinken ließ sie ihn nicht.

Sie schaute kurz zu Caldon hinüber und stellte fest, dass er noch immer mit zwei Gegnern beschäftigt war. Die beiden schienen allerdings kampferprobter zu sein als diejenigen, die bereits auf dem schmutzigen Boden lagen. Was Caldon jedoch nicht davon abhielt, sich zwischendurch nach Kiva umzudrehen.

»Worauf wartest du noch?«, schrie er, als er die Männer bemerkte, die auf Kiva zusteuerten. Gleichzeitig wehrte er einen Überkopfschlag ab, der ihm mit ziemlicher Sicherheit den Schädel gespalten hätte. *»Lauf!«*

Der Befehl riss Kiva aus ihrer Starre. Endlich wirbelte sie herum und floh aus der Küche. Auf der Suche nach einem Versteck rannte sie den Flur hinunter, hinter ihr das Stampfen zweier Paar Füße. Der Schmerz in ihrer Schläfe wich der panischen Erkenntnis, dass sie sich nicht würde wehren können, schon gar nicht gegen zwei derart kräftige Männer. Und solange Caldon in der Nähe war, durfte sie ihnen auch nicht zu erkennen geben, wer sie war. Doch wenn die beiden sie erwischten –

Da. Eine offene Tür auf halber Strecke.

Kiva rannte hindurch und gelangte in einen dunklen Raum, der nur von dem silbernen, durch das schmierige Fenster hereinfallenden Mondlicht erleuchtet wurde. Da sie keinen anderen Ausgang entdeckte, schlug sie die Tür hinter sich zu, schob den Riegel vor und betete, dass er standhalten würde.

Kurz darauf wurde von außen an der Tür gerüttelt und ein schweres Rumsen ertönte, als sich einer der Männer dagegenwarf.

Die Türangeln ächzten. »Glaubst du im Ernst, so wirst du uns los, Zuckerpüppchen?«

Der nächste Versuch war aggressiv genug, um einen dünnen Riss im morschen Holz zu verursachen. Kiva sprang nach vorn und stemmte sich mit ihrem ganzen Gewicht gegen die Tür. Ihr Herz hämmerte und sie schloss die Finger noch fester um den Dolch, als ihr klar wurde, dass es sich nur noch um Sekunden handeln konnte, bis das Holz nachgab.

Das nächste Rumsen war das bisher lauteste. Es folgten ein gedämpfter Fluch und ein Krachen, das die Wände wackeln ließ. Kiva wusste, dass es kein Entkommen mehr gab. Sie würde den Männern aber auch nicht rechtzeitig offenbaren können, dass sie eine der ihren war. Und selbst wenn, hieß das noch lange nicht, dass sie ihr glauben würden. Ihr blieb nichts anderes übrig: Sie musste kämpfen.

Ein Stiefel brach durch die Tür und brachte das Holz rings um den Riegel zum Splittern, ehe ein weiterer Tritt Kiva rückwärtsschleuderte. Sie gestattete sich keine Sekunde des Zögerns, sondern stürzte sich unter lautem Gebrüll blindlings auf die dunkle Gestalt vor ihr und stach mit ihrem Dolch auf sie ein. Übelkeit wallte in ihr auf, als sie spürte, wie die Klinge in Fleisch einsank.

»*Verdammt,* Kiva, was soll das?«

Im nächsten Moment wurde ihr die Waffe entrissen und Kiva selbst wurde grob hinaus in den helleren Flur gezerrt – wo sie sich einem wutschnaubenden Caldon gegenübersah, der sich die blutende Schulter hielt.

»Ich hab doch gesagt, du sollst mich nicht verletzen!«, blaffte er sie an. »War das denn zu viel verlangt?«

»Caldon«, keuchte Kiva und streckte reflexartig die Hand nach seiner Wunde aus. »Tut mir leid. Ich –« Dann holte sie scharf Luft und verschränkte die Hände hastig hinter dem Rücken.

Nein. *Nein, nein, nein.*

Ihre Augen mussten ihr einen Streich gespielt haben. Vielleicht war es der Adrenalinrausch, der sie halluzinieren ließ, oder ihre Kopfverletzung. Oder war etwa tatsächlich gerade ein Hauch goldenen Lichts aus ihren Fingerspitzen geströmt?

Das goldene Licht ihrer Heilmagie.

Einer Magie, von der niemand wissen durfte, dass Kiva sie besaß.

Schon gar kein Vallentis-Prinz.

Sie ballte die Hände so fest zu Fäusten, dass sich ihre Fingernägel in die Haut gruben. Als sie es schließlich wagte, zu Caldon hochzublicken, entfuhr ihr ein erleichterter Seufzer: Er inspizierte bloß mit finsterer Miene seine Wunde und nichts wies darauf hin, dass ihm irgendetwas Sonderbares aufgefallen war.

»Ist alles in Ordnung mit dir?«, erkundigte sie sich zaghaft.

Caldons kobaltblaue Augen bohrten sich in ihre. »*So*« – er zeigte auf seine Schulter – »machst du dir jedenfalls keine Freunde. Und die, die du schon hast, wirst du auf diese Weise auch ziemlich schnell wieder los.«

»Tut mir leid«, wiederholte Kiva kleinlaut. Die Hände hielt sie weiterhin sorgsam hinter dem Rücken verborgen, sosehr ihr Heilerinneninstinkt sie auch dazu drängte, die Wunde zu untersuchen. »Ich dachte, du wärst –«

»Ist mir klar, was du dachtest«, schnitt Caldon ihr das Wort ab und deutete mit dem Kinn auf die beiden Männer am Boden. Als er jedoch sah, wie blass Kiva wurde, seufzte er auf, riss sich merklich zusammen und streckte ihr eine Hand entgegen. »Na komm, wir müssen dich von hier wegbringen.«

Kiva starrte ihn an und wieder schnürte sich ihr vor Angst die Brust zu.

Caldon, der ihre Reaktion falsch verstand, nickte ihr ermutigend zu. »Die Gefahr ist vorbei, versprochen.«

Zögernd öffnete Kiva die Fäuste und atmete erneut leise auf, als daran keine Spur von Gold zu entdecken war.

Vielleicht war es ja tatsächlich bloß Einbildung gewesen.

Andererseits … Die Kraft, die unter ihrer Haut pulsierte, ließ sich kaum leugnen – ein elektrisierendes, süchtig machendes Kribbeln, das darum flehte, entfesselt zu werden. Es kostete Kiva sämtliche Selbstbeherrschung, um es niederzukämpfen. Endlich klang das seltsame Gefühl ab und erst dann wagte sie es, Caldons Hand zu ergreifen. Sein Griff war stark und tröstlich, als sie gemeinsam den Flur entlanggingen und hinaustraten in die Nacht.

KAPITEL FÜNF

Nachdem sie das Gebäude verlassen hatten, führte Caldon Kiva eine schmale Gasse hinunter. Dass er dabei noch immer ihre Hand hielt, hatte nichts Romantisches an sich; es war vielmehr, als wollte er ihr dadurch Kraft spenden und sie daran erinnern, dass sie an seiner Seite in Sicherheit war.

»Danke«, sagte Kiva leise. »Dass du mich da rausgeholt hast.«

»Ich nehme mal an, mit ›da rausgeholt‹ meinst du ›mir den Allerwertesten gerettet‹«, brummte er, während er in die nächste dunkle Seitenstraße einbog. »Du schuldest mir eine neue Jacke.«

»Ich hab doch an dir vorbeigespuckt«, protestierte Kiva.

»Ja, und dann hast du mir einen Dolch in die Schulter gerammt«, entgegnete er. »Jetzt hat der Stoff ein Loch, bestimmt drei Zentimeter breit und dann auch noch mitten durch die Zierborte. Die ist komplett hinüber.«

Kiva biss sich auf die Lippe. Immerhin war die Jacke nicht das Einzige, was Schaden genommen hatte. »Tut es sehr weh?«

Caldon, der ihr die Sorge anzuhören schien, winkte ab. »Ist nur eine oberflächliche Wunde, Sonnenschein«, beruhigte er sie. »Kaum mehr als ein Kratzer.«

Sie wusste, dass er log. Schließlich hatte sie gespürt, wie tief sich die Klinge ins Fleisch gebohrt hatte. Trotzdem war sie ihm für seine Worte dankbar.

Die nächste Gasse war heller erleuchtet als die vorherigen und aus der Ferne drangen wieder Feiergeräusche an Kivas Ohr. Sie hatte das Gefühl, als wären seit der Magievorführung der Königin Jahre vergangen. Erschöpfung machte sich in ihr breit und das Pochen in ihrem Kopf wurde immer schmerzhafter. Sie sehnte sich nach einem langen heißen Bad in einem der riesigen Zuber der Palastbäder. Danach würde sie sicher die nächsten drei Monate durchschlafen.

»Eigentlich haben die Rebellen uns einen Gefallen damit getan, dich ans andere Flussufer zu verschleppen«, witzelte Caldon. »Von hier aus können wir nämlich den Hintereingang des Palasts nehmen und müssen nicht noch einmal durch die Menge.«

Kiva fragte sich, ob ihre Schwester das wohl so geplant hatte – ein kleines ironisches Geschenk als Trost für das, was Kiva heute hatte ertragen müssen.

»Ist nicht mehr weit«, fuhr der Prinz fort. »Kannst du noch? Oder sollen wir kurz verschnaufen?«

Erst jetzt wurde Kiva bewusst, dass Caldon ihr zuliebe langsamer geworden war. »Mir geht's gut«, antwortete sie und beschleunigte ihren Schritt.

»Du hast da am Kopf eine Beule so groß wie ganz Wenderall«, bemerkte Caldon trocken. »Nicht gerade die klassische Definition von ›gut‹.«

Kiva zog eine Grimasse und konterte: »Und du blutest aus schätzungsweise zehn Wunden. Wenn hier jemand eine Verschnaufpause nötig hat, dann ja wohl du.«

»Genau genommen blutet nur eine ernsthaft«, korrigierte Caldon sie mit einem vielsagenden Blick.

Auf einen Schlag kehrte Kivas schlechtes Gewissen zurück und sie schwieg.

Caldon drückte ihre Hand. »Keine Sorge, Sonnenschein, ich verzeihe dir«, lenkte er ein. »Ich weiß ja, dass du es nicht so gemeint hast.«

Womit er natürlich recht hatte. Allerdings war das genau das Problem. Denn Caldon war ein Vallentis. Und wenn sie ehrlich war, nicht einmal einer, der ihr besonders am Herzen lag. Dennoch konnte sie den Gedanken kaum ertragen, dass er nun ihretwegen Schmerzen litt.

Empathie war für eine Heilerin unverzichtbar, rief Kiva sich in Erinnerung. Was sie empfand, war also absolut normal, ein grundlegender Teil ihrer Persönlichkeit. Aber sie könnte diesen Teil kontrollieren. Weil sie es *musste*. Seit zehn Jahren wünschte sie sich nichts sehnlicher, als sich an der königlichen Familie zu rächen – Caldons Familie. Und von dieser Mission würde sie niemand abbringen, erst recht nicht sie selbst.

»Trautes Heim, Glück allein«, verkündete Caldon, als die nächste Biegung sie ans Ufer des Serins führte. Das Wasser schwappte leise gluckernd gegen die Mauer an der Rückseite des Palasts. Von vorn betrachtet boten die beiden Gebäudeteile mit ihren Zierbalustraden und den Toren aus goldüberzogenem Schmiedeeisen einen geradezu märchenhaften Anblick. Die Rückseiten hingegen wirkten eher abweisend, militärisch-schlicht und Ehrfurcht gebietend, wodurch sie in starkem Kontrast zum einladenden Charme der Hauptportale standen.

Caldon marschierte unbeirrt auf ein paar bewaffnete Wachen zu. Die Gruppe stand neben einem großen Durchgang in der Mauer, der offenbar von Lieferanten und Palastbediensteten genutzt wurde.

»'n Abend«, grüßte Caldon die Wachen.

»Prinz Caldon, sind Sie verletzt?«, fragte eine junge Soldatin, als sie das Blut an seiner Kleidung sah.

»Nicht der Rede wert«, beschwichtigte Caldon sie. »Könnten Sie die Suchtrupps zurück in den Palast beordern? Unser entflohener Sträfling ist wohlbehalten wieder aufgetaucht.«

Kiva trat ihm alles andere als unauffällig auf den Fuß.

Die Frau lächelte kokett und hauchte: »Natürlich, Majestät.«

Zu Kivas Überraschung schenkte der Prinz dem einladenden

Funkeln in den Augen der Soldatin keinerlei Beachtung. Er wünschte den Wachen lediglich eine gute Nacht und zog Kiva weiter den schmalen Kiesweg hinauf zum Palast.

»Nanu, du bist ja gar nicht auf ihre Flirtversuche eingegangen. Bist du etwa doch ein bisschen müde?«, konnte Kiva es sich nicht verkneifen anzumerken, während sie dem Pfad folgten. Luminiumlaternen leuchteten ihnen den Weg und das fahle Mondlicht ließ den gepflegten Palastgarten wie eine verzauberte Feenlandschaft wirken.

»Vorsicht«, warnte Caldon, der beim Gehen wie ein kleines Kind ihre verschränkten Händen baumeln ließ, »sonst könnte noch jemand auf die Idee kommen, du wärst eifersüchtig.«

Kiva schüttelte grinsend den Kopf. »Träum weiter, *Majestät*«, imitierte sie das ergebene Säuseln der Soldatin.

Belustigung trat in Caldons Blick. »Ich fürchte, mein Cousin unterschätzt dich.«

Genau darauf hoffte Kiva.

Auch wenn sich bei der Vorstellung in ihr alles verkrampfte.

Am Ende des Pfads bog Caldon in Richtung des Westpalasts ab, der Residenz des Königspaars, in die Kiva noch nie zuvor einen Fuß gesetzt hatte. Kaum, dass sie durch den Hintereingang getreten waren, erschien ein Diener und informierte Caldon nach einer tiefen Verneigung darüber, dass seine Tante ihn im Flusssalon erwarte.

Seine Tante – Königin Ariana.

Ein nervöses Brodeln stieg in Kivas Magen auf, während Caldon sie einen langen Flur hinunterführte. An den Wänden hingen Gemälde, denen sie jedoch kaum Beachtung schenkte, genauso wenig wie den vielen Golddetails, dem weißen Marmorboden und den elegant geschwungenen, mit rotem Teppich ausgelegten Treppen. Das alles kannte sie bereits aus dem Ostpalast; im Hinblick auf Prunk standen die beiden Hälften einander in nichts nach. Im Gebäude am gegenüberliegenden Ufer gab es ebenfalls einen Flusssalon. Er war ihr liebstes Zimmer: klein genug, um gemütlich zu sein, und mit einer Fensterfront, von der aus man eine wunderschöne Aussicht auf den Serin sowie die Stadt dahinter hatte.

Als sie nun den Flusssalon des Westpalasts erreichten, stellte Kiva fest, dass dieser das exakte Gegenstück seines östlichen Zwillings war, bis hin zu dem prachtvollen Luminiumkronleuchter in der Mitte der Decke. Der einzige Unterschied bestand in der Person, die ihnen von dem bequemen Samtdiwan aus entgegenblickte.

Kiva schnappte nach Luft, als sie die Königin von Evalon zum ersten Mal aus der Nähe sah.

Mit ihrem goldenen, zu einem makellosen Knoten aufgesteckten Haar und den saphirblau funkelnden Augen war die Königin unbestreitbar wunderschön. Was Kiva jedoch stutzen ließ, war der Gesichtsausdruck der Monarchin, mit dem diese nun auf sie zugeeilt kam. Die Erleichterung, die Wärme, die schiere *Güte* darin. Die aufrichtige Sorge, mit der sie Kivas Schläfe und Caldons blutverschmierte Kleider betrachtete. Ohne eine Sekunde zu zögern, beauftragte die Königin einen der Diener damit, einen Heiler zu rufen. Erst dann breitete sie die Arme aus – aber nicht für ihren Neffen. Stattdessen ergriff sie fürsorglich Kiva bei den Händen und zog sie zu sich. »Ich bin so froh, dass es dir gut geht, Kiva. Bitte, setz dich doch. Kaum auszudenken, was du alles durchmachen musstest.«

»Und was ist mit mir?«, erkundigte sich Caldon gespielt empört. »Dein Lieblingsneffe steht nämlich blutend vor dir, falls dir das entgangen sein sollte.«

»Lieblingsneffe?« Ariana hob eine goldene Augenbraue. »Wer hat dir denn den Unsinn erzählt?«

Caldon lachte. »Du bist so gemein.«

Die Züge der Königin wurden noch weicher. Sie ließ eine von Kivas Händen los, um Caldon über die Wange zu streichen. Dabei schien sie sich nicht an dem getrockneten Blut auf seiner Haut zu stören. »Danke, dass du sie zurückgeholt hast, mein Schatz. Ich bin wie immer entsetzlich stolz auf dich.«

»Schon besser«, urteilte Caldon zufrieden.

Tief in Kivas Inneren regte sich etwas. Ein Gefühl, das sie nicht verstand. So hatte sie sich ihr erstes Aufeinandertreffen mit der sagenumwobenen Ariana Vallentis nicht vorgestellt. Ihrer Fantasie zufolge hätte die Königin von Evalon hochmütig und kalt, intrigant und gnadenlos sein müssen. Immerhin war sie das Sinnbild für Kivas schlimmste Albträume, verantwortlich für all das Leid, das ihrer Familie widerfahren war.

Kiva konnte nur staunen. Nichts von dem, was Jaren ihr über seine Mutter erzählt hatte – ihre Sucht nach Engelsstaub und die grausamen Misshandlungen, die er über die Jahre durch sie erlitten hatte –, schien zu der Frau zu passen, die jetzt barfuß und voller Mitgefühl vor Kiva stand.

»Heiße Schokolade ist auf dem Weg«, verkündete Ariana nun wieder an Kiva gewandt. »Und ich habe frische Rosinenbrötchen bringen lassen.« Wieder schlossen sich ihre weichen Hände um Kivas. »Aber jetzt setz dich erst einmal und ruh dich aus, bis diese schreckliche Beule behandelt wird.«

Befangen folgte Kiva der Königin und grübelte unterdessen fieberhaft über deren Verhalten ihr gegenüber nach. Schließlich wusste Ariana genau, wo Kiva die letzten zehn Jahre ihres Lebens verbracht hatte. Welche Monarchin hieß eine entflohene Gefangene derart herzlich in ihrem Palast willkommen, selbst wenn diese sich die Freiheit auf ehrlichem Wege erkämpft hatte? Welche Monarchin empfing eine mutmaßliche Verbrecherin mit offenen Armen und ließ zu, dass sie sich mit ihren Kindern anfreundete, ihrem *Thronerben*? Dennoch … Kiva suchte vergeblich nach dem geringsten Anzeichen von Heuchelei in Arianas Lächeln, während die Königin sich abermals ihrem Neffen zuwandte.

»Caldon, sei so gut und achte darauf, dass der Diwan keine Blutflecken bekommt«, bat sie. »Das letzte Mal musste ich ihn neu beziehen lassen und dieses Muster gefällt mir doch so ausgesprochen gut.«

Caldon gab eine trockene Antwort, die jedoch kaum zu Kiva durchdrang. Dafür war sie schlicht zu benommen von allem Geschehenen. Ein Gefühl, das sich nur noch verstärkte, als sie am Ende des Diwans Tipp vorfand, der zusammengerollt in den Polstern lag und leise vor sich hin schnarchte.

Ariana strich ihm über das glänzende rote Haar. »Der arme Kleine war dermaßen krank vor Sorge um dich, dass wir ihm eine Dosis Moradin verabreichen mussten. Sonst hätte er sich vermutlich auf eigene Faust auf die Suche nach dir gemacht. Und dann wollte ich ihn nicht fortbringen lassen, bevor du hier warst und dich davon überzeugen konntest, dass er wohlauf ist.«

Beim Gedanken daran, wie sehr Tipp ihretwegen gelitten hatte, zog sich Kivas Herz zusammen und trotz ihrer Vorbehalte der Königin gegenüber war sie ihr dankbar. Moradin war ein starkes Beruhigungsmittel, das den Patienten rasch in einen tiefen, traumlosen Schlaf versetzte. Tipp würde voraussichtlich nicht vor morgen früh wieder aufwachen.

Um ihn nicht zu stören, folgte sie der Königin zu einem zweiten Diwan, neben dem bereits ein Tablett wartete. Ihr Magen begann zu knurren, als Ariana ein Rosinenbrötchen dick mit Butter bestrich und es ihr reichte.

Dass die Königin von Evalon sie hier von vorn bis hinten bediente, überforderte Kivas strapazierten Verstand erst recht und sie hob das Brötchen wie in Trance an den Mund. Unterdessen befragte Ariana ihren Neffen dazu, wie er Kiva ausfindig gemacht hatte. Caldon hatte seinen Bericht gerade zur Hälfte beendet, als eine junge Frau den Salon betrat. Sie war schätzungsweise ein oder zwei Jahre älter als Kiva und trug die vertraute weiße Robe einer Silverthorn-Heilerin.

»Majestät.« Sie vollführte einen ehrerbietigen Knicks vor der Königin. Ihre helle Haut hatte einen rosigen Schimmer, und obwohl ihr Gesicht ein wenig zu scharf geschnitten war, um im herkömmlichen Sinne als hübsch zu gelten, waren ihre kastanienbraunen Augen und das aschblonde, nachlässig zurückgebundene Haar offenbar attraktiv genug, um Caldons Interesse zu wecken.

»Danke, dass Sie so schnell gekommen sind.« Ariana stand auf und winkte die Heilerin näher. »Ich weiß, es ist spät.«

»Als Heilerin ruht man nie«, erwiderte die junge Frau liebenswürdig und ihr Lächeln schien den gesamten Raum zu erhellen. Dann sah sie von Caldon zu Kiva und schnalzte mit der Zunge. »Sieht aus, als wäre der Spaß beim Flussfest ein bisschen ausgeartet.«

»Unter *Spaß* versteh ich was anderes«, entgegnete Caldon, der sich zurücklehnte und die Heilerin mit einem ebenso verschmitzten wie vielsagenden Lächeln bedachte. »Aber die Nacht ist ja noch jung.«

Kiva unterdrückte mit Mühe ein Würgen und zog eine Grimasse in Caldons Richtung, während die junge Frau ihre Heilertasche öffnete. Seine Augen blitzten belustigt.

»Ich bin Rhessinda Lorin«, stellte die Heilerin sich vor und wandte sich an Kiva, während sie hinzufügte: »Aber meine Freunde nennen mich Rhess.«

»Entzückt, deine Bekanntschaft zu machen, *Rhess*«, schnurrte Caldon. Kiva wusste nicht, ob sie lachen oder aufstöhnen sollte. Gleichzeitig wuchs ihr Respekt für die Heilerin immer mehr, da diese den Aufmerksamkeiten des Prinzen keinerlei Beachtung schenkte und sich stattdessen auf die Utensilien in ihrer Tasche konzentrierte.

»Wer zuerst?«, fragte sie dann.

»Sie«, antwortete Caldon und Kiva hatte nicht genug Energie zu protestieren, als die Heilerin Arianas verlassenen Platz einnahm. Die Königin war zwar in der Nähe geblieben, hielt jedoch sorgsam Abstand, um nicht im Weg zu sein.

Rhessinda drehte Kivas Schläfe dem Licht zu und tastete behutsam die Beule ab. »Kannst du mir sagen, wie du heißt?«

»Kiva.«

»Alter?«

»Siebzehn.«

»Welchen Tag haben wir heute?«

»Freitag.«

»Lieblingsfarbe?«

Rhessinda stellte noch ein paar weitere Fragen, bis sie offenbar zufrieden war und eine kleine Luminiumlampe aus der Tasche zog, mit der sie Kiva in die Augen leuchtete. Kiva zuckte zurück und sog scharf die Luft ein.

»Autsch«, kommentierte Rhess. »Das sah unangenehm aus.«

Kiva warf erst ihr einen finsteren Blick zu und gleich darauf Caldon, der erfolglos versuchte, sein Lachen mit einem Hüsteln zu tarnen.

»Du hast eine üble Gehirnerschütterung, aber ich glaube, davon abgesehen besteht kein Grund zur Sorge«, diagnostizierte Rhessinda schließlich, während sie die Wunde mit entzündungshemmender Aloekrautpaste bestrich. Ihre schwieligen Finger kratzten ein wenig auf Kivas gereizter Haut. »Ich lasse dir etwas gegen die Schmerzen da, damit solltest du dich morgen früh wieder besser fühlen. Falls nicht oder wenn auch noch Symptome wie Übelkeit oder Seh- und Gleichgewichtsstörungen auftreten, melde dich bitte in der Silverthorn.«

Kiva nickte nur knapp. Immerhin kannte sie sich selbst gut genug mit Kopfverletzungen aus, um zu wissen, dass sie keiner weiteren Behandlung bedurfte. Und sie legte auch keinen Wert darauf, in Watte gepackt zu werden.

»Dann zu Ihnen, Majestät«, wandte Rhess sich an Caldon. »Würden Sie sich bitte frei machen?«

»Ich dachte schon, du fragst nie«, feixte er und spannte sichtlich die Muskeln an, während er erst seine grüne Jacke und dann das weiße Hemd auszog, bis er nur noch in Hose und Stiefeln dasaß.

Wie zuvor zeigte sein penetrantes Balzverhalten keinerlei Wirkung, genauso wenig wie sein bewundernswert wohlgeformter Körper. Rhessinda schien voll und ganz auf ihre Aufgabe fokussiert zu sein. Kiva beugte sich vor, um Caldons Verletzungen zu inspizieren. Beim Anblick des Geflechts von alten Narben, das seinen Oberkörper überzog, stutzte sie kurz. Eine davon sah aus, als hätte jemand versucht – und sich dabei redlich bemüht –, ihn auszuweiden. Schließlich jedoch richtete Kiva ihren Fokus auf die frische Stichwunde an seiner Schulter. Die Haut um den Schnitt herum war rot und geschwollen, das Blut bereits verkrustet. Eine kleine Naht und ein bisschen Desinfizieren und die Sache wäre erledigt.

Rhess, die zu einem ähnlichen Schluss zu kommen schien, entkorkte eine Glasflasche. »Nichts allzu Ernstes«, kommentierte sie.

Kiva atmete auf, als sie den Befund der Heilerin hörte. Da ertönten plötzlich Stimmen und eilige Schritte im Flur. Kurz darauf platzte eine Gruppe von Soldaten in den Salon. Vorneweg lief Jaren und seine unverkennbare Erleichterung, als er Kiva entdeckte, ließ ihren Magen einen freudigen Purzelbaum schlagen – ob sie es nun wollte oder nicht.

Mit ein paar großen Schritten durchquerte Jaren den Raum und Kiva blieb gerade noch Zeit, um aufzustehen, bevor er sie stürmisch in die Arme schloss.

»Ich hab mir solche Sorgen gemacht«, flüsterte er.

Kiva wusste, dass sie sich hätte losmachen sollen, doch sie brachte es einfach nicht über sich. Stattdessen erwiderte sie seine Umarmung und wünschte sich insgeheim, sie könnte Widerwillen oder Hass empfinden. Alles, nur nicht diese Geborgenheit und Zuneigung.

»Mir geht's gut«, erwiderte sie leise.

Jaren lehnte sich ein wenig zurück, um ihr ins Gesicht sehen zu können, und seine Miene wurde ernst, als sein Blick auf ihre Schläfe fiel.

»Ist bloß ’ne kleine Beule«, wiegelte sie hastig ab. »Ich spüre sie kaum.«

Ein höhnisches Schnauben seitens Caldons zog Jarens Aufmerksamkeit auf sich. »Falls du’s genau wissen willst, hat sie eine so schlimme Gehirnerschütterung, dass sie bewusstlos geworden ist, mir vor die Füße gekotzt hat, kaum aus eigener Kraft stehen kann und sich beim winzigsten Lichtschein vor Schmerzen windet«, stellte er schonungslos richtig und zuckte dann mit der unverletzten Schulter. »Aber klar, *bloß ’ne kleine Beule.*«

Kiva spürte, wie Jarens Körper sich anspannte. »Kannst du bitte einfach mal den Mund halten?«, fauchte sie Caldon an. »Du machst alles nur schlimmer.«

Caldon schmunzelte, verzog dann aber das Gesicht zu einer gequälten Grimasse, als Rhess Silberkernöl auf seine Wunde tupfte und der scharfe Geruch nach Desinfektionsmittel den Raum erfüllte.

»Und was ist mit dir passiert?«, fragte Jaren seinen Cousin.

Caldon schaute verschmitzt zu Kiva. »Deine Süße ist mit dem Dolch auf mich losgegangen.«

Kiva errötete, als alle sie anstarrten – sämtliche Soldaten, die Mitglieder der Königsfamilie und selbst die Heilerin. »Das war ein Versehen«, erklärte sie, ohne auf das Wort »Süße« einzugehen. »Aber wenn du so weitermachst, ist das nächste Mal keins«, fügte sie warnend hinzu.

Der Prinz schenkte ihr ein großspuriges Grinsen. Ein leises Glucksen an Kivas Ohr ließ sie den Kopf heben und sie sah geradewegs in Jarens amüsiert funkelnde Augen.

Abstand, sie brauchte Abstand. Sonst würde sie es nie schaffen, ihren Plan in die Tat umzusetzen.

Mit einem Räuspern befreite sie sich aus Jarens Umarmung und drehte sich zu den Neuankömmlingen um. Auch Naari war darunter und nickte Kiva erleichtert zu. Hinter ihr stand eine Einheit der königlichen Garde, angeführt von Hauptmann Veris, den Kiva offiziell bei ihrer ersten Elementarprüfung in Zalindov kennengelernt hatte. In Wirklichkeit war sie ihm dagegen bereits zehn Jahre zuvor begegnet. Es fiel ihr schwer, ihn anzusehen; zum einen, weil sie ständig fürchtete, dass er sie wiedererkennen könnte, und zum anderen, weil sein Anblick ihr jene schreckliche Winternacht in Erinnerung rief, die ihr Leben für immer verändert hatte.

»Nun«, sagte die Königin mit einem liebevollen Lächeln, »das war ein aufregender Abend für uns alle. Danke für Ihre Hilfe bei der Suche nach unserem Gast. Sie haben gute Arbeit geleistet.«

Freundlich, aber bestimmt entließ sie die Soldaten. Veris nickte respektvoll und führte seine Leute aus dem Salon. Sicherlich würde der Hauptmann später einen ausführlichen Bericht über die Ereignisse erhalten und Kiva war der Königin dankbar, dass sie dabei nicht anwesend sein musste.

Nachdem die Wachen gegangen waren, warteten Jaren, Naari und Ariana mit ihren eigenen Fragen darauf, dass auch Rhessinda sich zurückzog. Die Heilerin, die das zu spüren schien, vernähte rasch Caldons Wunde, legte ihm einen Verband an und erklärte dann ihre Arbeit für beendet. Bevor sie ging, reichte sie Kiva aber noch eine kleine Flasche Mohnsaft und schärfte ihr ein, im Laufe der Nacht alle paar Stunden etwas davon einzunehmen und, falls nötig, noch mal Hilfe kommen zu lassen.

Jetzt, da Kiva mit der Königsfamilie und Naari – und dem noch immer schlafenden Tipp – allein war, blieb ihr nichts anderes übrig, als zu erzählen, was sich zugetragen hatte. Sie begann damit, wie sie mitten im Flussfestgetümmel bewusstlos geschlagen worden war. Den Mittelteil mit ihren Geschwistern ließ sie aus und sprang stattdessen direkt zu ihrer Rettung durch Caldon, der hier und da ein paar Einzelheiten ergänzte.

Als Kiva fertig war, diskutierten ihre Zuhörer darüber, was die Rebellen mit der Aktion wohl bezweckt haben mochten. Caldon äußerte die interessante – wenn auch Kivas Meinung nach ziemlich weit hergeholte – Theorie, es habe sich bei den Entführern möglicherweise nicht ausschließlich um Rebellen gehandelt, da mindestens ein Mirravener unter den Angreifern gewesen war. Jaren wandte ein, dass die Rebellen schon seit Längerem Mitstreiter aus anderen Königreichen rekrutierten, was Caldon jedoch nicht überzeugte. Er warf Kiva einen Blick zu, als erhoffte er sich von ihrer Seite Unterstützung. Kiva zuckte aber lediglich mit den Schultern und merkte an, dass sie die letzten zehn Jahre in Gefangenschaft verbracht hatte und somit keine Ahnung von der Vorgehensweise der Rebellen habe.

Was nicht einmal gelogen war.

Kiva war sich darüber im Klaren, dass Zuleeka und Torell vermutlich jede Einzelheit dieses Gesprächs würden hören wollen. Doch die Anstrengungen der letzten Stunden forderten ihren Tribut und schon bald konnte Kiva kaum mehr die Augen offen halten.

Gefühlt nur wenige Sekunden später strich jemand ihr sanft über die Wange, um sie aus ihrem Schlummer zu wecken. Sie blinzelte und sah Jaren neben dem Diwan hocken, auf dem sie sich zusammengerollt hatte, ohne dass sie sich daran hätte erinnern können.

»Zeit, dass du ins Bett kommst«, flüsterte er.

Jaren half ihr hoch und Kiva protestierte nicht, als er ihr die Flasche Mohnsaft hinhielt, sondern stürzte den gesamten Inhalt hinunter. Sie wusste, dass ihr damit gerade genug Zeit bleiben würde, um es zurück in den Ostpalast zu schaffen und dort ins Bett zu fallen, bevor der Trank seine Wirkung entfaltete.

»Wir sehen uns bald wieder«, verabschiedete sich Königin Ariana leise von Kiva und gab ihr einen Kuss auf die Stirn.

Kiva war so erschlagen, dass nicht einmal diese unerwartete Zuneigungsbekundung seitens ihrer Erzfeindin sie mehr in Panik versetzte. »Gute Nacht«, murmelte sie bloß und beobachtete matt, wie Jaren Tipp auf seine Arme hob.

»Na komm, Sonnenschein, auf geht's, bevor wir dich auch noch über den Fluss tragen müssen«, sagte Caldon und schob sie zur Tür.

Kiva musste sich mit aller Kraft darauf konzentrieren, einen Fuß vor den anderen zu setzen, weshalb sie Caldon kaum zuhörte, während er sie durch die Palastflure in Richtung der privaten Brücke führte. Nur einmal merkte sie lange genug auf, um ihn verkünden zu hören: »Und damit eins klar ist: Gleich morgen früh treffen wir uns auf dem Kasernenhof und arbeiten an deinen nicht existenten Nahkampffähigkeiten. Ich hab nämlich kein Interesse daran, wieder als Kollateralschaden zu enden, wenn du das nächste Mal eine Waffe in die Finger kriegst.«

Das war das Letzte, was Kiva wahrnahm, ehe die Wirkung der Mohnmilch einsetzte und die Welt vor ihren Augen verschwamm. Kurz darauf sackte sie voll bekleidet auf ihrem Bett zusammen und war im nächsten Moment eingeschlafen.

KAPITEL SECHS

Am nächsten Morgen wurde Kiva ziemlich unsanft geweckt. Und das gleich doppelt.

Zuerst kam Tipp panisch in ihr Zimmer gestürmt, um sich mit eigenen Augen davon zu überzeugen, dass es ihr gut ging. Kiva murmelte ihm ein paar beruhigende Worte zu, bevor sie ihn kurzerhand zu sich ins Bett zog und ihm befahl weiterzuschlafen.

Das zweite Mal war deutlich unangenehmer.

»Aufwachen, Sonnenschein«, ertönte Caldons Stimme dicht an ihrem Ohr.

»Lassmisch«, nuschelte sie schläfrig.

»Nichts da, Apfelbäckchen. Wird Zeit, dass du kämpfen lernst.«

Er pikste sie in die Schulter und Kiva schlug nach ihm. Als sie langsam zu sich kam, kehrte die vage Erinnerung zurück, dass er etwas über den Kasernenhof gesagt hatte, ehe der Mohnsaft seine Wirkung entfaltet hatte.

Sie riss die Augen auf und sah in sein grinsendes Gesicht.

»Ich hab nicht Ja gesagt«, stellte sie fest.

»Ich hab auch nicht gefragt.«

Und damit zog er sie aus dem Bett, während Tipp selig weiterschnarchend eins ihrer Kissen umschlang und nichts von dem mitbekam, was um ihn herum vorging.

»In fünf Minuten hole ich dich ab«, verkündete Caldon. »Und ich klopfe nicht an. Ob du dann was anhast oder nicht, liegt ganz bei dir.«

Kiva warf ein Kissen nach ihm, doch er duckte sich darunter weg und verließ lachend das Zimmer.

Sosehr Kiva sich danach sehnte weiterzuschlafen, das Risiko, dass der aufdringliche Prinz ein zweites Mal hereinplatzte und ihr höchstpersönlich beim Anziehen half, wollte sie dann doch lieber nicht eingehen. Also wankte sie selbst zu ihrem Schrank, ohne dabei jedoch viel erkennen zu können. Draußen vor ihrem Balkon, der einen Blick über den Serin bot, hatte kaum die Dämmerung eingesetzt.

Kiva stöhnte über die frühe Stunde und versuchte, sich damit aufzumuntern, dass zumindest das Pochen in ihrem Kopf verschwunden war. Der tiefe Schlaf schien ihr gutgetan zu haben.

Rasch ging sie ihre Kleider durch. Manche davon waren Leihgaben von Prinzessin Mirryn, die sie aus dem Winterpalast mitgebracht hatte. Die meisten allerdings hatten einfach bei ihrer Ankunft in Vallenia auf sie gewartet. Anfangs war es seltsam gewesen, etwas anderes zu tragen als die graue Sträflingsuniform. Zum ersten Mal seit Jahren durfte Kiva sich ihre Kleidung endlich wieder selbst aussuchen, ein Luxus, den sie auch nach sechs Wochen noch zu schätzen wusste. Heute jedoch, mit Caldons Warnung im Ohr, gestattete sie es sich nicht zu trödeln, sondern schnappte sich kurz entschlossen eine Hose und einen locker sitzenden beigefarbenen Pullover. Je bequemer, desto besser, dachte sie sich.

Sie huschte in ihr privates Badezimmer – noch so eine neue Annehmlichkeit, besonders das fließende warme Wasser. Beim Waschen bewunderte sie die Gold- und Perlmutttöne, in denen der Raum gehalten war, genau wie ihr Zimmer und der restliche Palast; alles war elegant, stilvoll und unaufgeregt.

Nachdem sie sich einige Handvoll Wasser ins Gesicht gespritzt hatte, wählte sie ein Paar Stiefel aus und betrat den Wohnbereich, den sie sich mit Tipp teilte. Die Einrichtung war schlicht, aber gemütlich, und auch die großen Fenster hier boten eine Aussicht auf den Fluss. Hinter der Tür gegenüber lag Tipps Schlafzimmer und durch eine weitere gelangte man in den Flur.

»Das waren sechs Minuten«, monierte Caldon vom Sofa aus. »Was bedeutet, dein Training verlängert sich um eine Minute.«

»Was dieses ›Training‹ angeht –«, begann Kiva.

»Nichts da«, schnitt Caldon ihr das Wort ab, sprang auf und scheuchte sie in Richtung Tür. »Das ist beschlossene Sache. Ab heute hole ich dich jeden Morgen ab, ob's regnet, schneit oder hagelt. Keine Widerrede.«

Zwar hatte Kiva keinerlei Interesse an dem, was er für sie geplant hatte, aber sie wusste, dass sie die Gelegenheit nutzen musste, um Informationen zu sammeln. Zuleeka und Torell würden sie lynchen, wenn sie herausfanden, dass sie gekniffen hatte. Besonders Zuleeka.

Der Palast war so groß, dass es eine Weile dauerte, bis Kiva und Caldon auch nur das Erdgeschoss erreichten. Schließlich aber traten sie nach draußen und marschierten zügig durch die morgendliche Kälte. Caldon summte fröhlich vor sich hin, während sie sich den Kasernen näherten – einem ausladenden Gebäudekomplex, in dem neben den Schlafquartieren der Soldaten ein Speisesaal, eine kleine Krankenstation, ein Stall, eine Rüstkammer und sogar eine eigene Waffenschmiede untergebracht waren. Im Innenhof erstreckte sich eine weite Rasenfläche bis über das restliche Palastgelände. Sie diente den Soldaten als Trainingsstätte.

Im Näherkommen staunte Kiva, wie viele der Wachen bereits auf den Beinen waren und sich im Nahkampf, Schwertfechten, Bogenschießen, Dolchwerfen und zahllosen anderen todbringenden Disziplinen übten.

Naari, die ausnahmsweise mal nicht mit Argusaugen Jaren bewachte, schoss gerade auf eine extrem weit entfernte Zielscheibe. Dabei spannte sie ihren Bogen in so irrwitzigem Tempo mit neuen Pfeilen nach, dass man ihre Hände nur noch verschwommen erkennen konnte.

Jaren trainierte ein Stück weiter. Offenbar war er schon seit einer ganzen Weile dabei, so schweißdurchtränkt wie sein Hemd war. Noch vor sechs Wochen war er kaum in der Lage gewesen, einen Fuß vor den anderen zu setzen, ganz zu schweigen davon, ein Schwert zu schwingen. Doch während ihres langen Aufenthalts im Winterpalast hatten all die Wunden, die er sich im Gefängnis zugezogen hatte, Zeit gehabt zu verheilen. Davon zeugten die flinken, kraftvollen Bewegungen, die er bei einem schonungslosen Schlagabtausch mit Hauptmann Veris vollführte.

Kiva konnte nicht anders, als zu den beiden hinüberzustarren. Der Kronprinz hatte etwas so Anziehendes an sich, etwas regelrecht süchtig Machendes – die Art, wie er sich bewegte, die starken, anmutigen Konturen seines Körpers, die konzentrierte Miene, die perfekte –

»Achtung, du sabberst, darf ich mal?«

Kiva schlug Caldons Hand beiseite und warf ihm einen finsteren Blick zu. »Warum sind die zu dieser götterlosen Zeit eigentlich schon alle auf den Beinen?«, brummte sie.

»Tja, klingt vielleicht verrückt, aber nicht jeder verschlummert selig den ganzen Vormittag«, entgegnete Caldon trocken. Dann schob er sie weiter und fügte hinzu: »Wenn wir heute irgendwas schaffen wollen, sollten wir uns wohl an eine Stelle begeben, die keine Sicht auf eine gewisse Person hier bietet.«

Kiva schwieg nur, um sich wenigstens noch einen letzten Rest Würde zu bewahren.

Caldon führte sie in eine Ecke am anderen Ende der Rasenfläche. »Warte kurz«, befahl er ihr. »Bin gleich wieder da.«

Während er weg war, sah Kiva einer Gruppe Soldaten zu und bewunderte ihre fließenden, kraftvollen Bewegungen. Der Anblick erinnerte sie an den Gefangenenaufstand in Zalindov, bei dem die Häftlinge alle möglichen Werkzeuge zu Waffen umfunktioniert hatten und mit ihren Spitzhacken, Hämmern und Meißeln gegen wesentlich tödlicheres Kampfgerät vorgegangen waren. Kivas Handflächen wurden feucht, so frisch waren ihr die Bilder noch im Gedächtnis. Die Schreie, das But, der Tod.

Sie atmete tief ein, wischte sich die Hände an der Hose ab und zwang ihren Herzschlag zur Ruhe. Gerade als sie sich wieder einigermaßen unter Kontrolle hatte, kam Caldon zurück und ließ direkt hinter ihr eine Holzkiste zu Boden krachen. Kiva zuckte zusammen und ihr Puls beschleunigte sich erneut.

Der Prinz quittierte ihre Reaktion mit einem Stirnrunzeln. Aber als er ihr bleiches Gesicht bemerkte, schien er zu ahnen, welche Erinnerungen das Kampftraining in Kiva weckte. Zu ihrer Erleichterung sprach er sie jedoch nicht darauf an, sondern sagte bloß: »Fangen wir mit ein paar Dehnübungen an.«

Nachdem Kivas Muskeln ausreichend gelockert waren, deutete sie auf zwei Wachen, deren Schwerter alle paar Sekunden mit schrillem Geklirr aufeinanderprallten. »Und jetzt machen wir damit weiter?«, fragte sie.

Caldon warf den Kopf in den Nacken und lachte. »Du glaubst doch wohl nicht im Ernst, dass ich dich so schnell wieder in die Nähe einer Waffe lasse.«

Kiva verschränkte die Arme vor der Brust.

Caldons Gelächter verklang. »Zuerst muss ich sehen, womit ich es hier überhaupt zu tun habe. Stell dich mal so gerade hin, wie du kannst.«

Kiva gehorchte und Caldon ließ den Blick an ihr hinuntergleiten, wenn auch nicht auf die gewohnt anzügliche Art. Diesmal wirkte er dabei vielmehr so ernst, dass Kiva zu ahnen begann, welch große Bedeutung er alldem zumaß; der Kampfkunst an sich und der dafür notwendigen Disziplin.

»Tja, schlimmer als gedacht«, befand er.

»Wie bitte?«

»Bist du sicher, dass du nicht aufrechter stehen kannst?«

»Ich stehe doch –«

»Wenn du gestattest?« Ohne ihre Antwort abzuwarten, drückte Caldon ihre Schultern zurück, schob mit dem Fuß ihre Beine auseinander, richtete ihr Rückgrat auf und hob ihr Kinn an. »Besser. Und jetzt so halten.«

Schon nach wenigen Sekunden sackten Kivas Schultern wieder ab, direkt gefolgt von ihrem Kinn. Beides wäre ihr nicht einmal aufgefallen, wenn Caldon ihre Haltung nicht erneut korrigiert hätte. Ein leichter Schmerz meldete sich in ihrem unteren Rücken und breitete sich von dort sowohl nach oben als auch nach unten aus, während sie versuchte, die Position beizubehalten. Ihre Nackenmuskeln schrien.

»Was soll das denn bringen?«, fauchte Kiva durch zusammengebissene Zähne, als Caldon abermals ihre Schultern zurechtrückte.

»Wir müssen deinen Gleichgewichtssinn und deine Körpermitte stärken«, erklärte er und deutete mit seiner Schwertspitze auf ihren Bauch. »Du hast siebzehn Jahre voller schlechter Angewohnheiten auszugleichen und diese beiden Punkte sind die wichtigsten. Es hat keinen Sinn, mit etwas Anspruchsvollerem anzufangen« – er nickte in Richtung der beiden kämpfenden Soldaten – »solange die Grundlagen nicht vorhanden sind.«

»Ich stehe doch einfach nur rum.«

»Deine Haltung beim Stehen beeinflusst jede deiner Bewegungen«, erwiderte Caldon. »Wenn du nicht richtig stehen kannst, wirst du auch bei allem anderen Abstriche machen.«

Kiva stieß ein missmutiges Brummeln aus, obwohl seine Worte ihr insgeheim durchaus einleuchteten.

Als Caldon die Übung für beendet erklärte, gab Kiva sich die größte Mühe, nicht direkt wieder einen krummen Rücken zu machen. Sie ignorierte den dumpfen Schmerz in ihrem Kreuz und Nacken und erwiderte Caldons amüsierten Blick, wütend darüber, dass der Prinz ganz genau zu wissen schien, wie es ihr in Wirklichkeit ging.

»Gut, nachdem du jetzt also weißt, wie deine Haltung sein *sollte*, steig mal hier rauf.« Caldon zog die Holzkiste heran.

Kiva fragte sich, ob er sich über sie lustig machen wollte, dennoch gehorchte sie zögerlich. Obwohl die Kiste nicht sonderlich hoch war, spürte sie beim Hinaufsteigen ein deutliches Ziehen in den Beinmuskeln.

»Und gleich noch mal, aber diesmal mit geradem Rücken«, instruierte Caldon sie.

Kiva wiederholte die Übung in der korrekten Haltung, was ein Brennen durch ihren ganzen Körper jagte.

»Gut«, lobte Caldon. »Und weiter.«

Also machte Kiva weiter.

Und weiter.

Und weiter.

Da die Aufgabe wenig geistige Mitarbeit erforderte, ließ Kiva ihren Blick über den Hof schweifen, auf der Suche nach irgendetwas, das für ihre Geschwister von Interesse sein könnte. Doch sie hätte ja nicht einmal die Kampftechniken benennen können, die hier trainiert wurden. Bald schon musste sie sich ohnehin mit aller Kraft darauf konzentrieren, dass ihre Beine nicht unter ihr nachgaben, während sie immer wieder rauf- und runterstieg, rauf und runter.

Ihre Oberschenkelmuskeln schienen in Flammen zu stehen und auch dem Rest ihres Körpers erging es wenig besser. Sie spürte Schweiß an Stellen, von denen sie nicht einmal gewusst hatte, dass man dort schwitzen konnte. Bis Caldon ihr endlich erlaubte aufzuhören und sie sich erschöpft auf die Kiste plumpsen ließ.

»Na, wie fühlst du dich?«, fragte er.

»Ziemlich mordlustig«, keuchte sie und massierte sich die Beine.

»Perfekt«, entgegnete er. »Dann sind wir auf dem richtigen Weg.«

Kiva brachte nicht einmal genügend Energie auf, um ihn böse anzufunkeln.

Eine Wasserflasche schob sich in ihr Blickfeld und sie griff gierig danach.

»Langsam«, mahnte Caldon und nahm ihr die Flasche wieder weg, bevor Kiva sie komplett leeren konnte. »Wenn du zu viel trinkst, wirst du es nur bereuen. Wir sind nämlich noch nicht fertig.«

Als Caldon sie unbarmherzig wieder auf die Beine zog, verbiss Kiva sich ein Wimmern.

»Wie gesagt, Gleichgewicht und eine starke Körpermitte sind das A und O«, erklärte er. »Aber im Moment hast du eben auch keinerlei Ahnung vom Kämpfen und das wird sich nicht über Nacht ändern. Wenn dich also jemand angreifen sollte, sagen wir, um dich – schon wieder – zu entführen, dann lautet deine beste Option: Wegrennen.«

Leise Furcht regte sich in Kiva.

»Dank deiner Zeit in Zalindov ist deine Kondition allerdings gleich null, darum müssen wir als Nächstes an deiner Ausdauer arbeiten.« Ein Grinsen breitete sich auf seinem Gesicht aus. »Wenn du mich jetzt schon ermorden willst, warte ab, wie es dir nach dem nächsten Programmpunkt geht.«

Eine halbe Stunde später fragte Kiva sich, ob *Mordlust* nicht noch viel zu harmlos war, um ihre Gefühle gegenüber Caldon zu beschreiben. Spätestens nachdem sie sich zum dritten Mal ins Gebüsch am Rand des Kasernenhofs übergeben hatte.

»Ich hab dich ja gewarnt, dass du nicht zu viel trinken sollst«, merkte er an, ohne selbst auch nur außer Atem zu sein.

»Daran ist nicht das Wasser schuld«, brachte sie halb stöhnend, halb keuchend hervor. »Sondern ein gewisser sadistischer Mistkerl von Prinz –«

»Na, na.« Caldon schnalzte missbilligend mit der Zunge.

»– der mir keine Pause gönnt, selbst wenn ich ihm sage, dass ich sterbe.«

»Trotzdem bist du wundersamerweise noch am Leben«, konterte er. »Was macht dein Kopf?«

Die Beule an ihrer Schläfe war Kivas geringstes Problem, nachdem Caldon sie gezwungen hatte, dreimal um das riesige Trainingsgelände zu laufen, mit nur jeweils einer einzigen Minute Pause zwischen den Runden. In der sie gerade genug Zeit gehabt hatte, sich ihres Mageninhalts zu erleichtern.

»Was macht deine Schulter?«, spielte sie die Frage an Caldon zurück, um nicht zugeben zu müssen, wie elend sie sich fühlte. Während ihrer zweiten Runde hatte sie aus dem Augenwinkel beobachtet, wie er die Hand auf seine Wunde gepresst und das Gesicht über die Erschütterungen verzogen hatte, die die schnellen Schritte durch seinen Körper sandten.

»Hat sich schon mal besser angefühlt«, murmelte er.

Kiva trat auf ihn zu. »Zeig her.«

Caldon zog bereitwillig seinen Hemdkragen beiseite und präsentierte ihr den blutbefleckten Verband.

Kiva löste die Bandage und stellte erleichtert fest, dass die Naht nicht wieder aufgeplatzt war. Vorsichtig, um die Wunde nicht mit ihren ungewaschenen Händen zu berühren, tastete sie die umliegende Haut ab, auf der Suche nach Anzeichen für eine Infektion.

»Alles in Ordnung«, sagte sie. »Eine Weile wird es wahrscheinlich noch wehtun, aber wenn du die Wunde sauber hältst, dürfte sie schnell verheilen.«

»Ist weder die erste noch die schlimmste Stichwunde, die ich je gehabt habe, Sonnenschein«, erwiderte Caldon, woraufhin Kiva an seine vielen Narben denken musste, die sie am Abend zuvor gesehen hatte. »Und die letzte wird es vermutlich auch nicht gewesen sein. Ich weiß, wie so was abläuft.«

Kiva versuchte, die Unruhe zu unterdrücken, die jäh in ihr aufstieg. Gerade verband sie Caldons Schulter neu …

… als plötzlich ihre Hände zu leuchten begannen.

Nein.

Mit einem Schlag kehrte ihre Übelkeit zurück, diesmal hervorgerufen durch schiere Furcht. Kiva kämpfte gegen die Magie an und konnte nur beten, dass das Glühen im hellen Sonnenschein unterging. Glücklicherweise war Caldon auf einen Übungskampf in der Nähe konzentriert, sodass er das goldene Licht, das direkt vor seiner Nase aus Kivas kribbelnden Fingerspitzen strömte, nicht registrierte.

Nein, nein, nein.

Mit zusammengebissenen Zähnen versuchte Kiva, die Kontrolle über ihre Gabe zurückzuerlangen. Es kostete sie all ihre Willenskraft, der Panik nicht vollends nachzugeben. Ihre Hände zitterten vor Anstrengung, während sie langsam und systematisch Caldons Wunde verband. Beinahe im selben Moment, als das Leuchten endlich verlosch, wandte Caldon sich ihr wieder zu.

»Du hast ja magische Hände.«

Kiva traf beinahe der Schlag. »Was?«, krächzte sie über das Donnern ihres Herzens hinweg.

Caldon ließ probeweise die Schulter kreisen. »Keine Ahnung, wie du das gemacht hast, aber es fühlt sich schon viel besser an. Danke, Sonnenschein.«

»Ich –« Kiva unterbrach sich, bevor sie matt fortfuhr: »Ich habe eigentlich gar nichts gemacht.«

Was ja auch der Wahrheit entsprach. Zumindest nach nicht magischen Maßstäben. Aber ihre Heilkräfte …

Kiva wagte es nicht, den Gedanken zu Ende zu denken, aus Angst, das goldene Licht dadurch erneut hervorzulocken.

Es war ein Ausrutscher, versuchte sie, sich einzureden, genau wie der Vorfall am Abend zuvor. Ausgelöst durch Erschöpfung und

Stress. Das war alles. Immerhin hatte sie es zehn Jahre lang geschafft, ihre Gabe zu verbergen, und es gab keinen Grund, warum sich daran etwas geändert haben sollte. Zumindest nicht, solange –

»Wie war das Training?«

Kiva stieß ein erschrockenes Quieken aus, als mit einem Mal Jaren neben ihr auftauchte. Er war schweißüberströmt, aber im Gegensatz zu ihr wirkte er regelrecht erfrischt durch die Anstrengung. Seine Haare waren feucht, die Wangen gerötet und seine Augen funkelten kristallklar in der Morgensonne.

Ausnahmsweise ließ Kiva sich nicht von seinem guten Aussehen ablenken, sondern studierte eingehend sein Gesicht. Als jedoch nichts darauf hinwies, dass er beim Näherkommen etwas Ungewöhnliches bemerkt hatte, schob sie ihre Ängste beiseite und beruhigte sich damit, dass eine durchgeschlafene Nacht die Sache schon wieder richten würde.

»Sie bekommt in jedem Fall Pluspunkte dafür, dass sie bis zum Ende durchgehalten hat«, antwortete Caldon an ihrer Stelle. »Aber ansonsten ist definitiv noch Luft nach oben.«

Was sehr wohlwollend formuliert war. Kiva war nur allzu bewusst, wie viel Arbeit noch vor ihr lag.

»Wie sieht's aus, wollen wir gehen?«, wandte Jaren sich wieder an sie.

»Was für eine Frage«, stöhnte sie.

»Morgen um dieselbe Zeit, Sonnenschein«, rief Caldon ihr nach, während er sein Schwert zog und ohne Rücksicht auf seine Verletzung zu Naari ging, die schon mit ihrer eigenen Klinge bereitstand. »Da fängt der Tag gleich gut an«, fügte er über die Schulter hinzu und zwinkerte ihr spitzbübisch zu.

Kiva starrte ihm hinterher. »Wie nahe steht ihr zwei euch eigentlich?«, fragte sie Jaren nach einem Moment.

Der Prinz legte den Kopf schief. »Wieso?«

»Ich hab mich bloß gefragt, wie schlimm es wohl für dich wäre, wenn ihm etwas zustoßen würde«, erklärte sie leichthin. »Wenn er einen Unfall hätte oder so. Rein hypothetisch natürlich«, schloss sie.

»Natürlich.« Jarens Mundwinkel zuckten.

»Ach, ist auch egal«, murmelte Kiva und stocherte mit der Schuhspitze im Dreck.

Jaren lachte in sich hinein und ging dann voran Richtung Kaserne. »*Rein hypothetisch*, würde ich sagen, hat er es sich meist selbst zuzuschreiben, wenn ihm ein Unglück widerfährt.«

Kiva nickte nachdrücklich. »Ganz meine Meinung.«

Jaren lachte abermals, wurde jedoch gleich darauf wieder ernst. »Du weißt, dass du nicht mit ihm trainieren musst, wenn du nicht willst, oder?«

»Gutes Stichwort: Warum trainiert Caldon mich eigentlich?«, entgegnete Kiva. »Warum nicht du oder Naari oder … oder … irgendwer, *egal* wer sonst?«

»Weil er der Beste ist«, antwortete Jaren und schlug einen Bogen um einen Mann und eine Frau, die in einen Ringkampf verstrickt waren. »Cal ist einer der größten Krieger unseres Königreichs. Seine Mutter – die Schwester meiner Mutter – war Generalin unserer Armee und sein Vater der Marinekommandant. Er hat seine gesamte Kindheit damit verbracht, sich in den Kampfkünsten und der strategischen Kriegsführung zu bilden. Darum gibt es niemanden, der qualifizierter wäre, dich zu unterrichten. Dich und jeden sonst.«

Kiva runzelte die Stirn. »Reden wir hier über dieselbe Person?«

Jaren schüttelte den Kopf – vor Belustigung, nicht als Antwort auf ihre Frage. »Ich weiß, manchmal ist er ein bisschen …«

»Arrogant? Selbstgefällig? Hundsgemein?«, ergänzte Kiva.

»Um nur ein paar Beispiele zu nennen, genau.« Jaren grinste. »Aber mein lieber Cousin hat eben auch noch ganz andere Seiten.«

Dieser Eindruck drängte sich Kiva ebenfalls langsam auf. »Hast du gerade gesagt, seine Mutter *war* Generalin? Und sein Vater *war* Kommandant?«

Jarens Heiterkeit verflog. »Meine Tante und mein Onkel sind vor drei Jahren mit einem unserer Schiffe rausgefahren. Sie wollten zusammen mit einer Gruppe von Elitesoldaten auf hoher See ein Übungsmanöver durchführen. Eigentlich hätte Cal auch dabei sein sollen, aber er wurde an dem Morgen plötzlich krank. Seine Schwester, Ashlyn, blieb bei ihm, um sich um ihn zu kümmern.« Jarens Kehlkopf bebte. »Nachmittags zog ganz unerwartet ein Sturm auf. Die Stadt wurde so schlimm verwüstet, dass es Monate dauerte, bis alle Schäden repariert waren. Und das waren nur die an Land. Meine Tante und mein Onkel waren mit ihren Soldaten draußen auf dem Meer, als das Unwetter losbrach.« Er schluckte abermals. »Sie sind nie zurückgekehrt.«

Kiva blieb abrupt stehen. »Heißt das …?«

»Cal hat damals auf einen Schlag beide Eltern verloren«, bestätigte Jaren mit grimmiger Miene. »Zwar wurde er von Geburt an darauf vorbereitet, eines Tages die Nachfolge seiner Mutter anzutreten und General zu werden – genau wie Ash ihren Vater als Befehlshaberin der Kriegsflotte beerben sollte –, aber natürlich hatten die zwei nicht damit gerechnet, dass dieser Moment so früh kommen würde.«

»Wie ging es danach weiter?«, fragte Kiva leise. Die Kampfgeräusche vom Hof rückten in den Hintergrund, während sie Jarens Erzählung lauschte.

»Mein Onkel hatte bei der Marine ein paar überaus kompetente Leute in den Reihen, die alle in der Lage waren, ihn zu vertreten. Aber die Armee … Meine Tante war so beliebt bei ihren Soldaten, dass die Leutnants nach ihrem Tod große Schwierigkeiten hatten, die Ordnung aufrechtzuerhalten.« Jarens Blick schweifte in die Ferne. »Cal und Ash waren tief in Trauer, doch es wurde immer offensichtlicher, dass einer von ihnen schleunigst das Kommando übernehmen musste. Eigentlich hätte es Cal sein müssen, schließlich war es von Anfang an so geplant gewesen und er hatte so lange darauf hingearbeitet. Aber –«

Jaren stieß den Atem aus. »Er wollte nicht. Hat es einfach nicht über sich gebracht. Also ist Ashlyn an seine Stelle getreten. Sie ist nur ein paar Jahre älter als er und wurde zur jüngsten Generalin in der Geschichte Evalons. Der Respekt, den unsere Streitkräfte ihr – und auch Cal – trotzdem entgegenbringen, ist einzigartig. Diese Männer und Frauen würden nicht bloß für Ashlyn kämpfen, sondern, ohne zu zögern, ihr Leben für sie geben. Denn sie wissen, dass Ash es umgekehrt genauso tun würde. Ohne sie hätte das damals wohl ein böses Ende genommen«, gab er leise zu.

»Wie meinst du das? Hätte die Armee sich sonst aufgelöst?« Kiva konnte es kaum fassen, dass etwas derart Mächtiges so leicht zum Zerfall zu bringen war.

»Dazu hätten wir es nicht kommen lassen«, erwiderte Jaren. »Das Problem war eher der ungünstige Zeitpunkt. Vor drei Jahren, als das alles passiert ist, hat sich nämlich auch die Rebellenbewegung allmählich zu einer Plage entwickelt.«

Eine *Plage*. Kiva konnte sich im letzten Moment ein Schnauben verkneifen, als sie sich ausmalte, wie Torell und Zuleeka auf diese Bezeichnung reagiert hätten.

»Die Rebellen wurden immer dreister und schreckten auch vor Gewalt nicht mehr zurück. Sie zerstörten ganze Dörfer und wer sich wehrte, musste mit dem Tod rechnen. Um die größeren Städte machten sie einen Bogen – das tun sie noch immer –, aber kleinere Siedlungen waren ihnen von Anfang an schutzlos ausgeliefert. Es war …« Jaren schüttelte den Kopf. »Es war ein einziges Elend, um ehrlich zu sein. Und das Chaos innerhalb unserer Streitkräfte machte es natürlich nicht besser. Ein neuer Anführer musste her. Also sprang Ashlyn ein.«

Zerstörte Dörfer. Wer sich wehrte, musste mit dem Tod rechnen. Kiva schob die Bilder von sich. Dafür musste es eine gute Erklärung geben, da war sie sich sicher. Schließlich standen die Rebellenkämpfer unter dem Befehl ihres Bruders und Tor würde sinnlose Gewalt niemals dulden.

»Warum ist Ashlyn nicht mit der Armee gegen die Rebellen vorgegangen?«, fragte Kiva.

»Dafür war es zu spät«, antwortete Jaren. »Die Rebellen hatten bereits genug Zeit, um Fuß zu fassen und ihre Gefolgschaft zu vergrößern. Sie haben jahrelang unbemerkt Anhänger rekrutiert und sich über die Grenzen Evalons hinaus verbreitet, wodurch es nahezu unmöglich wurde, sie alle zu erwischen und unschädlich zu machen. Aber Ash hat das Volk – so gut sie konnte – vor den schlimmsten Attacken bewahrt. Und sogar die Rebellen hat sie beschützt – vor sich selbst. Auch wenn ihnen das vermutlich nicht bewusst ist. Oder einfach gleichgültig.«

Kiva fragte sich, was wohl ihre Geschwister von Jarens Sicht der Dinge halten würden und ob sie ihr etwas entgegenzusetzen hätten. Doch dann fiel ihr Blick auf Caldon, der am anderen Ende des Hofs noch immer in seinen Trainingskampf mit Naari vertieft war. Kiva wollte den Rest seiner Geschichte hören.

»Wie ging es danach mit ihm weiter?«, fragte sie leise.

»Gar nicht«, antwortete Jaren genauso leise. »Das ist ja das Problem. Er fängt einfach nichts mit seinem Leben an, gibt ihm keinen Sinn, hat keine Ziele. Vor dem Tod seiner Eltern hat er seine gesamte Zeit mit Trainieren und Lernen verbracht, um eines Tages General zu werden. Jetzt weigert er sich, auch nur einen unserer Armeestützpunkte zu besuchen. Seine Schwester hat er seit drei Jahren nicht mehr gesehen, seit dem Tag, an dem sie ihre Stellung angetreten hat. Immer wenn Ashlyn nach Vallenia kommt, muss er auf einmal dringend anderswo etwas erledigen. Es ist, als würde er bewusst allem aus dem Weg gehen, was ihn an seine Eltern erinnern könnte.«

»Aber er wirkt so …« – Kiva suchte nach dem richtigen Wort – »sorglos.«

Jaren schwieg einen langen Moment, während er seinen Cousin beim Kämpfen mit Naari beobachtete. »Oft haben gerade die Menschen, die so tun, als hätten sie keine Sorgen, die meisten. Ihre Gefühle sind so stark, dass sie regelrecht davon überwältigt werden. Und um nicht vor aller Augen zusammenzubrechen, verstecken sie sich hinter einem fröhlichen Gesicht und ausgelassenem Lachen, geben vor, ihnen wäre alles egal. So verhindern sie, dass sie verletzt werden.«

»Das ist aber ziemlich ungesund«, merkte Kiva an. Dabei stand es ihr wohl kaum zu, darüber zu urteilen, nachdem sie sich selbst jahrelang vor anderen Menschen zurückgezogen hatte, um sich zu schützen.

»Kann schon sein.« Jaren drehte sich um und bedeutete Kiva, ihm zu folgen. »Aber Menschen gehen nun mal auf ganz unterschiedliche Weise mit ihren Gefühlen um. Solange Cal noch nicht bereit ist, sich der Vergangenheit zu stellen, können wir nichts anderes tun, als für ihn da zu sein. Selbst wenn er sich manchmal aufführt wie der letzte Vollidiot.«

»Manchmal?«, brummte Kiva, doch die Stichelei war nur halb ernst gemeint. Die Vorstellung, dass Jarens verwegener Cousin so jung seine Eltern verloren und damit mehr mit ihr gemeinsam hatte, als ihr lieb war, machte ihr zu schaffen. Nicht zuletzt, weil das Mitgefühl, das sie für ihn empfand, ihre Mission nur zusätzlich erschweren würde.

Was hatten diese Vallentis-Prinzen bloß an sich, dass es ihnen mehr und mehr gelang, sich in ihr Herz zu schleichen? Warum waren sie so … so …

Kiva gestattete sich nicht, den Satz zu Ende zu denken. Energisch schob sie dem Thema im Geiste einen Riegel vor.

»Aber«, riss Jaren sie aus ihren Grübeleien, »was ich vorhin gesagt habe, gilt trotzdem. Du musst nicht mit Caldon trainieren. Du musst mit überhaupt niemandem trainieren, wenn du nicht willst.«

»Was sollte ich denn deiner Meinung nach tun?«, fragte Kiva.

Jaren überlegte eine Weile, während er sie durch die Kasernenanlage zurück auf den Kiesweg führte. »Falls sich so was wie gestern Abend wiederholen sollte, wäre mir tatsächlich wohler, wenn ich wüsste, dass du dich verteidigen kannst. Oder dass du zumindest in der Lage bist wegzurennen«, meinte er. »Aber hier geht es nicht darum, was ich will. Die Frage ist: Was willst *du*?«

Darauf konnte Kiva keine ehrliche Antwort geben. Nicht Jaren. Und vielleicht nicht einmal sich selbst. »Du hast recht« war alles, was sie sagte.

»Also willst du weitertrainieren?«

»Fürs Erste, ja«, erwiderte Kiva, wenn auch ein wenig widerwillig.

»Das freut mich«, entgegnete Jaren sichtbar erleichtert. »Falls es mit Cal zu anstrengend wird, lass es mich wissen, dann rede ich mit ihm. Ich will nicht, dass du dich unwohl fühlst. Nie.«

Seine Worte erfüllten Kiva mit Wärme, dennoch winkte sie ab. »Ich werde schon mit ihm fertig.«

»Ich weiß«, entgegnete Jaren und die Wärme wurde noch intensiver. »Das Angebot steht trotzdem.«

Bevor Kiva abermals ablehnen konnte, näherte sich ihnen vom Palast her ein Diener. Mit einer tiefen Verbeugung reichte er Jaren einen Brief und verschwand wieder.

Jaren brach das Wachssiegel und überflog den Text. Dann wandte er sich mit undurchdringlicher Miene Kiva zu.

»Was ist los?«, fragte sie.

»Meine Mutter lädt dich zum Frühstück ein.«

Kiva blinzelte. »Was?«

»Und die königliche Ratsversammlung bittet mich zu einer Unterredung.« Jaren faltete den Brief wieder zusammen. »Sieht also aus, als dürftest du bergeweise Leckereien verdrücken, während ich mit einer Truppe Leute, von denen jeder sich selbst für den Klügsten im Raum hält, in einem stickigen Keller hocken muss.«

Kiva konnte ihre Neugier nicht verbergen. »In einem Keller?«

»Die Ratskammer liegt unter der Erde«, erklärte er. »Aus Sicherheitsgründen. Je weniger Fenster, desto unwahrscheinlicher, dass jemand lauscht.«

Kiva hätte alles dafür gegeben, diese Unterredung hören zu dürfen. Doch sie wusste beim besten Willen nicht, wie sie Jaren davon hätte überzeugen können, sie mitzunehmen. Zumal sie schließlich zeitgleich bei der Königin eingeladen war. Also setzte sie ein Lächeln auf. »Es wird mir nicht leichtfallen, aber ich werde meine Pflicht erfüllen, genau wie du deine.«

Auch Jarens Mundwinkel hoben sich. »Sehr anständig von dir.« Dann seufzte er und seine gute Laune war wieder dahin. »Eigentlich wollte ich mit dir zu den Ställen und einen Ausritt über das Palastgelände machen, aber das muss offenbar leider warten. Wie du schon sagst – die Pflicht ruft.«

KAPITEL SIEBEN

Kiva hatte gerade genug Zeit, sich zu waschen und umzuziehen, da erschien auch schon eine Dienerin, die sie in den Flusssalon im Westpalast geleitete. Dort wurde sie von Königin Ariana auf einem der bequemen Diwane erwartet. Ihr gegenüber saß ihre Tochter Mirryn, bei deren Anblick Kivas Nervosität wuchs. Zwar wusste sie, wie fürsorglich und großzügig die Prinzessin sein konnte, aber auch, dass sie launisch war und zum Zynismus neigte.

»Kiva, Liebes, wie schön, dass du uns Gesellschaft leistest.« Königin Ariana erhob sich und gab Kiva einen Kuss auf die Wange. Mirryn neigte nur huldvoll den Kopf, strich ihr weinrotes Kleid glatt und musterte Kiva dann von oben bis unten. Auch Ariana trug ein elegantes Kleid, dunkelblau mit aufwendiger Perlenstickerei, und Kiva bereute, dass sie sich nicht schicker gemacht hatte.

»Danke für die Einladung«, entgegnete sie. »Es ist mir wirklich eine Ehre.«

Die Königin lächelte freundlich. »Kein Grund für solche Förmlichkeiten. Du bist hier unter Freunden.«

Tapfer erwiderte Kiva das Lächeln. Vermutlich hätte sie sich in diesem Moment selbst in einem Schlangennest wohler gefühlt als hier.

»Ich war mir nicht sicher, was du gerne isst, darum habe ich ein bisschen was von allem bringen lassen.« Die Königin ging zu einem Tisch, auf dem sich unfassbare Mengen an Essen türmten. »Warte, ich mache dir einen kleinen Teller fertig.«

Kiva ließ sich steif auf dem Diwan nieder. Es war ihr unangenehm, sich schon wieder von der Königin bedienen zu lassen, aber Ariana machte sich bereits fröhlich vor sich hin summend an die Arbeit. Die Königin wirkte so sanft und liebenswürdig, dass es Kiva erneut schwerfiel, sie mit der rücksichtslosen Schurkin aus ihrer Vorstellung zu vereinbaren. Doch jetzt war es zu spät, um ihre Meinung zu ändern. Vielleicht spielte Ariana ja auch bloß eine Rolle und hatte ihr gesamtes Auftreten und Handeln minutiös auf die Anforderungen ihres Titels abgestimmt. Unmöglich zu sagen, was für ein Mensch sich hinter der warmherzigen Fassade wirklich verbarg.

Eine Stunde später hatte Kiva nahezu vergessen, dass sie sich in der Gesellschaft ihrer Todfeinde befand, nicht zuletzt, weil die Königin eine amüsante Anekdote nach der nächsten aus Jarens Kindheit erzählte.

»… und seitdem hat er eine ausgewachsene Schildkrötenphobie«, schloss sie soeben.

Mirryn kicherte in ihre Teetasse. »Stimmt«, bestätigte sie. »Ich war damals dabei.«

»Mein furchtloser kleiner Prinz«, seufzte Ariana voller Zuneigung, bevor sie an Kiva gewandt hinzufügte: »Er würde im Boden versinken, wenn er wüsste, dass wir diese ganzen alten Geschichten ausplaudern.«

»Von mir erfährt er nichts«, gelobte Kiva mit einem aufrichtigen Grinsen.

»Genau. Stell ihn damit lieber bei Gelegenheit so richtig schön bloß«, sagte Mirryn. »Hin und wieder tut es ihm ganz gut, wenn ihn jemand von seinem hohen Ross holt.«

Kiva wunderte sich etwas über den Kommentar der Prinzessin. Schließlich war in Wahrheit eher sie diejenige, deren Ego gut einen kleinen Dämpfer hätte vertragen können.

»Wahrscheinlich hast du selbst ein paar interessante Geschichten über meinen Sohn zu erzählen«, merkte Ariana an, während sie

Kivas zierliche Teetasse auffüllte. »Jaren redet nicht viel über seine Zeit in Zalindov. Wie habt ihr zwei euch eigentlich kennengelernt? Und wie war das Leben dort?«

All die köstlichen Speisen, die Kiva während der letzten Stunde zu sich genommen hatte, lagen ihr plötzlich tonnenschwer im Magen.

Zu ihrer Überraschung kam ihr Mirryn zu Hilfe. »Ich würde ja lieber mehr über deine Entführung hören. Natürlich hat gestern mal wieder keiner daran gedacht, mir Bescheid zu geben. Ich weiß noch gar nicht, was passiert ist.«

»Wie konnte ich das bloß vergessen?«, rief die Königin bestürzt aus und inspizierte umgehend Kivas Schläfe. »Wie geht es deinem Kopf?«

»Schon viel besser«, antwortete Kiva.

»Diese Silverthorn-Heiler sind wirklich Gold wert«, stellte Ariana fest.

»Wo wir gerade von Gold reden …« Mirryn wandte sich mit leuchtenden Augen ihrer Mutter zu. »Was hältst du von Mitternachtsblau und Gold als Farbschema für meine Party?«

Kiva hatte das Gefühl, etwas verpasst zu haben, die Königin jedoch nickte nachdenklich.

»Ich werde die Raumgestalter instruieren«, versprach sie und erklärte dann auf Kivas verwirrten Blick hin: »Mirryn hat in knapp zwei Wochen Geburtstag und zu diesem Anlass veranstalten wir hier im Palast einen Maskenball.«

»Nachdem wir in den Bergen so lange auf passendes Reisewetter warten mussten, wird die Zeit für die Vorbereitungen ganz schön knapp«, fügte Mirryn hinzu. »Seit wir wieder hier sind, laufe ich rum wie ein aufgescheuchtes Huhn, um alles noch rechtzeitig zu organisieren.«

»Na, man kann wohl kaum behaupten, dass du dich mit nichts anderem beschäftigt hast«, bemerkte Ariana und lächelte verschmitzt.

»Wie man hört, bleibst du ständig bis spät in die Nacht auf, um Briefe an deine geheimnisvolle Freundin zu schreiben. Hast du eigentlich vor, sie uns an deinem Geburtstag endlich vorzustellen?«

Mirryn wischte sich ein paar Brotkrümel vom Schoß. »Da sie in ihrem letzten Brief geschrieben hat, wir sollten lieber getrennte Wege gehen, und sie seitdem nicht mehr auf meine Nachrichten antwortet, ist es wohl eher unwahrscheinlich, dass sie kommt.«

Arianas Lächeln verschwand. »Oh, Mirry. Das tut mir leid. Ich weiß, wie glücklich sie dich gemacht hat.«

»Nur Dummköpfe suchen ihr Glück in anderen Menschen«, entgegnete Mirryn kühl, dennoch sah Kiva ihr an, wie verletzt sie war. Ariana setzte sich neben die Prinzessin und ergriff ihre Hände.

»Nimm es nicht so schwer, meine Schöne«, tröstete sie ihre Tochter, »irgendwo da draußen gibt es einen Menschen, der perfekt zu dir passt, das verspreche ich dir.«

Mirryn drehte den Kopf zur Seite, aber Kiva hatte die Tränen in ihren Augen bereits bemerkt. »Ich weiß«, murmelte sie. »Ich hab ihn gerade verloren.«

»Ach, Liebling«, flüsterte Ariana und schloss ihre Tochter in die Arme.

Kiva wandte den Blick ab und kämpfte gegen einen Anflug von Neid. Von Sehnsucht. Es war über zehn Jahre her, dass sie selbst die liebevolle Berührung einer Mutter gespürt hatte. Als Ariana nun Mirryn tröstete, hinterließ das eine beklemmende Enge in ihrer Brust, zusammen mit der schmerzhaften Erkenntnis, dass sie so etwas nie wieder erfahren würde.

Mit einem Räuspern löste Mirryn sich von ihrer Mutter und wischte sich die Tränen weg. Dann griff sie nach ihrer Teetasse und sagte, ohne jemandem in die Augen zu sehen: »Ich finde, wir sollten Laveau mit dem Menü beauftragen. Aber den Kuchen will ich vom Euphorium. Nuru ist einfach der Beste, was Geschmack *und* Optik betrifft.«

Ariana, die zu spüren schien, welche Qualen ihre Tochter wegen ihrer verflossenen Liebe litt, ging auf den abrupten Themenwechsel ein. »Du hast recht«, sagte sie schlicht. »Die zwei haben ihr Können ja schon auf einigen unserer Feiern unter Beweis gestellt.«

Kurz darauf waren die beiden voll und ganz in die Planung vertieft, diskutierten über das Motto für den Maskenball und sammelten Ideen für Dekoration, Musik und Speisen. Kiva schwieg die meiste Zeit über und bemühte sich, das Mitgefühl zu verdrängen, das sie beim Anblick der Traurigkeit in Mirryns Augen überkommen hatte. Hin und wieder richtete eine der beiden Frauen eine Frage an sie und Kiva versuchte, stets eine zufriedenstellende Antwort darauf zu finden. Gerade als sie überlegte, wie sie sich am geschicktesten aus der Unterhaltung zurückziehen konnte, flog die Salontür auf und ein kleiner Wirbelwind fegte herein.

Zwei kleine Wirbelwinde, um genau zu sein.

Tipp und Oriel, die offenbar gerade eine Pause zwischen ihren Unterrichtsstunden hatten.

Hinter den beiden betraten Caldon, Naari und Jaren den Raum. Letzterer sah in seinem schwarzen Hemd mit den hochgekrempelten Ärmeln, die seine sehnigen Unterarme zur Schau stellten, unverschämt gut aus.

»Da b-bist du ja!« Tipp rannte schnurstracks auf Kiva zu und setzte ihrem unverhohlenen Schmachten ein Ende.

»Tipp«, ermahnte sie den Jungen, als er sich neben sie auf den Diwan plumpsen ließ. »Wo sind denn deine Manieren?«

»Oh, t-tut mir leid«, sagte er, sprang wieder auf und setzte sich noch einmal langsamer.

»So meinte ich das n–« Kiva seufzte. »Ach, schon gut.«

Alle im Raum, die älter waren als elf, schmunzelten. Kivas Aufmerksamkeit dagegen richtete sich auf Oriel, der ihr schüchtern eine Blume hinhielt. Eine Schneeblüte.

»Ist die für mich?«, fragte Kiva.

Oriel nickte, ohne vom Boden aufzublicken, und seine Wangen verfärbten sich dunkelrosa. »Ich hab Magie geübt und Jaren meinte, die hier magst du besonders.«

Kiva bemerkte das warme Lächeln in Jarens Gesicht. Sie hatte dem Prinzen erst nach ihrer Flucht aus Zalindov von ihrer Vorliebe für die strahlend weißen Blumen erzählt, nachdem ihr wieder eingefallen war, wie er in den Tunneln aus dem Nichts ein Exemplar davon hatte erblühen lassen. Bis heute konnte sie nicht sagen, ob sie die Blumen schon immer so sehr gemocht hatte oder erst hinterher.

»Sie ist wunderschön«, meinte sie zu Oriel, atmete den süßen, frischen Duft ein und steckte sich die Blüte hinters Ohr.

Oriel errötete noch stärker.

Um ihn nicht weiter in Verlegenheit zu stürzen, beugte Kiva sich zu ihm vor und flüsterte: »Weißt du, was?«

»Was?«, flüsterte er zurück.

Kurzerhand schob sie die Blüte in die weichen goldenen Locken des jungen Prinzen. »Ich finde, an dir sieht sie viel besser aus.« Sie tippte ihm mit dem Zeigefinger auf die Nase, was ihn zum Kichern brachte. »Was hältst du davon, sie für mich aufzubewahren?«

Oriel nickte eifrig und ein genauso schüchternes wie strahlendes Grinsen überzog sein Gesicht.

»Ich w-will auch so eine!«, krähte Tipp und hüpfte neben Kiva auf und ab. »B-bitte, Ori!«

Der Prinz runzelte konzentriert die Stirn und wenige Sekunden später erschien eine zweite Pflanze in seiner ausgestreckten Hand. Tipp bedankte sich überschwänglich und steckte sich die Blume ebenfalls hinters Ohr.

»Jetzt sind wir Z-Zwillinge!«, verkündete er strahlend.

»Und hübsche noch dazu«, pflichtete Königin Ariana, die nach wie vor neben ihrer Tochter saß, ihm bei. »Die hübschesten Zwillinge des ganzen Königreichs.«

»Pass auf, nicht, dass Jaren noch eifersüchtig wird«, stichelte Mirryn. Die letzten Spuren von Traurigkeit waren aus ihrem Blick verschwunden und ihre Gefühle wieder sorgsam verhüllt. »Schließlich ist er keine Konkurrenz gewohnt.«

»Und ob er das ist«, wandte Caldon großspurig ein, woraufhin Naari die Augen verdrehte.

»Hier, Jaren«, sagte Oriel und ließ eine weitere Schneeblüte erscheinen.

»Danke, Ori, die ist toll«, meinte Jaren und strubbelte seinem Bruder durchs Haar.

»Und wo ist meine?«, wollte Caldon wissen.

Oriel schob die Unterlippe vor. »Du hast gestern gesagt, Flox wäre zu dick. Dabei hat er bloß flauschiges Fell.«

Caldon zog eine Augenbraue in die Höhe. »Und was genau hat das hiermit zu tun?«

»Du kriegst nur eine Blume, wenn du dich bei ihm entschuldigst.«

Als hätte er auf sein Stichwort gewartet, kam in diesem Moment Oriels über alles geliebtes Haustier in den Salon gerannt und sauste wie ein silberweißer Blitz auf Jaren zu. Nachdem er dem Prinzen ein paarmal ausgiebig um die Beine gestrichen war, rollte er sich auf seinen Stiefeln zusammen.

Kiva hatte Flox gleich bei ihrer Ankunft im Flusspalast kennengelernt und war noch immer nicht ganz sicher, um was für ein Tier es sich eigentlich handelte. Sie tippte auf eine Art Fuchs-Frettchen-Waschbär-Mix, kombiniert mit einer großzügigen Dosis Frechdachs. Fest stand nur, dass er genauso lebhaft war wie Tipp und Oriel und eine ausgeprägte Schwäche für Jaren besaß. Was Kiva ihm kaum verdenken konnte.

»Vergiss das mit der Blume, Kleiner.« Caldon beobachtete mit unverhohlener Schadenfreude, wie Jaren sich von Flox zu befreien versuchte. Die Aktion hatte allerdings lediglich zur Folge, dass die pelzige Kreatur sich noch entschlossener an ihn krallte. »Das mit der Entschuldigung kannst du dir nämlich abschminken.«

»So schön es ist, euch zu sehen«, meldete sich Königin Ariana zu Wort, »gibt es einen Grund, warum ihr uns mit eurer Gesellschaft beehrt?«

Die Frage war an niemand Konkreten gerichtet und schließlich war es Caldon, der antwortete: »Jaren muss ein bisschen Dampf ablassen. Hättet ihr zwei vielleicht Zeit für einen Ausflug nach unten?« Er sah von Ariana zu Mirryn. »Ist alles mit Oris Lehrerin abgeklärt.«

Ein Ausdruck von Sorge huschte über Arianas Gesicht, als sie sich an ihren ältesten Sohn wandte. »Ist die Ratsversammlung nicht gut gelaufen?«

»Sie ist überhaupt nicht gelaufen«, erwiderte Jaren gepresst. »Großmeister Horeth hat eine Nachricht geschickt und das Ganze auf heute Nachmittag verschoben.« Er gab seine Versuche auf, Flox loszuwerden, und drückte das zappelnde Pelzknäuel stattdessen an seine Brust, bis es sich beruhigte. Innerhalb von Sekunden fielen Flox die Augen zu und er schlummerte selig ein.

Kiva sog das Bild gierig in sich auf; es hatte etwas so Heimeliges, Tröstliches an sich.

»Gut, aber dann schnell. Ich muss heute noch mit meinen Planungen weiterkommen.« Mirryn stand auf und ging gemeinsam mit der Königin Richtung Tür.

Kiva verstand zwar nicht, wovon die anderen redeten, trotzdem erhob sie sich ebenfalls, während Tipp zu Oriel huschte, der Jaren hastig Flox abnahm.

Doch ehe sie auch nur zwei Schritte weit gekommen war, hielt Caldon sie am Ellenbogen zurück.

»Tut mir leid, Sonnenschein, aber du musst dich eine Weile allein beschäftigen.« Dann schaute er Tipp an. »Und du dich auch, Kleiner.«

Tipp machte ein enttäuschtes Gesicht.

»Ach, Cal, lass die beiden doch mitkommen«, sagte Jaren.

Ariana und Mirryn, die mittlerweile die Tür erreicht hatten, drehten sich ungläubig zu ihm um.

Auch Caldon warf seinem Cousin einen warnenden Blick zu. »Davon zu wissen – also, zumindest Kiva weiß es ja –, ist eine Sache. Aber es dann tatsächlich zu sehen, ist noch mal eine Nummer für sich.«

Kiva blinzelte verwirrt. Genau wie Tipp. Die restlichen Anwesenden verzogen dagegen keine Miene.

»Ich finde, Caldon hat recht«, meinte die Königin.

Und wieder war es unerwarteterweise Mirryn, die Kiva beisprang. »Wäre aber doch nicht das erste Mal, dass sie so was zu sehen bekommt. Und übrigens auch zu spüren.«

»Das war was völlig anderes«, protestierte Caldon.

»Ich vertraue ihnen«, sagte Jaren. »Wenn ihr ein Problem damit habt, dann bleibt eben hier.«

Ohne ein weiteres Wort verließ er den Salon.

»Der hat ja reizende Laune«, brummte Mirryn.

»Horeth hat in seiner Nachricht durchblicken lassen, dass Jaren sich für sein Verhalten in letzter Zeit rechtfertigen soll«, erklärte Naari. Missbilligend presste sie die Lippen zusammen, bevor sie fortfuhr: »Er weiß, dass ihn ein unangenehmer Nachmittag erwartet.«

Wieder trat Sorge in die Augen der Königin und weder sie noch einer der anderen erhob erneut Einwände dagegen, dass Kiva und Tipp sie begleiteten. Schließlich eilte Ariana ihrem Sohn nach, flankiert von Mirryn und Naari. Oriel und Tipp folgten ihnen.

So fand Kiva sich allein mit Caldon wieder, unsicher, ob er sie aufhalten würde.

Als der Prinz ihr Zögern bemerkte, schenkte er ihr ein entschuldigendes Lächeln, das jedoch nicht ganz bis zu seinen Augen reichte. »Tut mir leid, Sonnenschein. Aber wenn es um die Familie geht, meldet sich einfach mein Beschützerinstinkt.«

Kiva dachte an die tragische Geschichte von Caldons Eltern und ihr Herz krampfte sich zusammen. »Kann ich verstehen. Familie geht über alles.« Bei den Göttern, das war ihr nur zu bewusst.

Ein Schatten huschte über Caldons Gesicht, als er ihren Blick erwiderte. »Nicht über alles. Nicht ausnahmslos. Manchmal muss man sich auch von ihr lösen.«

Seine Schwester. Diesen Teil der Geschichte hatte Kiva beinahe vergessen. Sie bezweifelte allerdings, dass Ashlyn Vallentis glücklich über Caldons Entscheidung war, ihr die letzten drei Jahre aus dem Weg gegangen zu sein.

»Aber manchmal muss man auch an ihr festhalten«, widersprach Kiva und musste unwillkürlich an das Wiedersehen mit ihrer eigenen Schwester denken, das alles andere als glatt verlaufen war. Sie konnte nur hoffen, dass ihr Verhältnis nicht für immer derart angespannt bleiben würde. Oder noch schlimmer: dass sie enden würden wie Caldon und Ashlyn und sich überhaupt nicht mehr sahen. Kiva nahm sich vor, sich bei ihrer nächsten Begegnung mit Zuleeka mehr Mühe zu geben, die Kluft zwischen ihnen zu überwinden. Vielleicht würde ihre Schwester das ja anerkennen und ihr ein wenig entgegenkommen.

»Tja, einigen wir uns drauf, dass wir uns in diesem Punkt nicht einig sind, Apfelbäckchen«, versuchte Caldon, das Gespräch wieder in lockere Bahnen zu leiten, und legte Kiva den Arm um die Schultern. »Na komm.« Er schob sie Richtung Tür. »Wenn Jaren meint, es ist an der Zeit, dass du uns beim Training zuschaust, machen wir uns besser auf den Weg, bevor du noch das Beste verpasst.«

Kiva bemühte sich, mit ihm Schritt zu halten, und wiederholte stirnrunzelnd: »Training?«

»Beeil dich, dann wirst du schon sehen«, lautete Caldons Antwort.

KAPITEL ACHT

Jaren wartete auf Caldon und Kiva am Ende des Flurs; die anderen waren schon vorausgegangen. Er schwieg, während sie sich gemeinsam auf den Weg ins Erdgeschoss und von dort aus noch weiter nach unten begaben.

Bei ihrer Ankunft hatte Kiva Zweifel daran geäußert, wie gut ein Palast, der durch einen Fluss in zwei Hälften geteilt wurde, sich verteidigen ließ. Jaren hatte ihr jedoch versichert, dass die königliche Residenz nahezu unmöglich einzunehmen war. Wenn der Feind auf der einen Seite eindrang, konnte die Monarchenfamilie einfach über die private Brücke ans andere Ufer fliehen. Und sollte diese Brücke nicht passierbar sein, gab es immer noch ein weit verzweigtes Tunnelnetz, das die beiden Palasthälften unterhalb des Serins miteinander verband. Dadurch war es auch den Dienern und Wachen möglich, zu jeder Tages- und Nachtzeit zwischen den Gebäuden hin- und herzuwechseln.

Kiva war ein wenig flau im Magen geworden, als sie erfahren hatte, wie gut es um die Wehrhaftigkeit des Palasts bestellt war – eine weitere Hürde, die ihre Familie auf ihrem Weg an die Macht überwinden müsste. Bislang hatte sie noch keine Gelegenheit gehabt, die unterirdischen Tunnel zu betreten, sondern war lediglich davon ausgegangen, dass sie denen aus Zalindov glichen. Doch wie sich nun herausstellte, hatte sie sich geirrt. Statt in einem weitläufigen Geflecht dunkler, erstickend enger und teilweise überfluteter Röhren fand sie sich auf einer Art marmornen Prachtstraße wieder. Diese wurde von Säulen gestützt und war breit genug für drei nebeneinanderfahrende Kutschen. Unzählige Luminiumlaternen tauchten den Weg in ein helles, freundliches Licht.

»Nicht schlecht, was?«, sagte Caldon, der Kivas Miene richtig deutete.

Kiva nickte stumm, während sie sich im Stillen jeden Torbogen und jede Abzweigung einprägte und sich vornahm, später noch einmal zu einem ausgiebigeren Erkundungsgang zurückzukommen.

Als sie die Stelle erreichten, über der sich das Flussufer befinden musste, bogen sie in einen schmaleren Korridor ab, der schon weit mehr Ähnlichkeit mit den Tunneln von Zalindov aufwies. Kiva bekam eine Gänsehaut und ungebetene Erinnerungen prasselten auf sie ein. Doch sie schob sie entschlossen beiseite und atmete tief durch. Sie würde ihre Angst nicht die Oberhand gewinnen lassen.

Der Tunnel endete vor einer massiven Holztür mit einem eisernen Schloss. Anstatt einen Schlüssel hervorzuziehen, vollführte Mirryn mit den Fingern eine knappe Aufwärtsgeste. Ein *Wusch* wie von einer Windböe ertönte, gefolgt von einem Klicken, und die Tür schwang knarzend auf.

»W-Wahnsinn!«, staunte Tipp.

Auf der anderen Seite der Tür war eine Treppe in den blanken Stein gehauen. Auch diese führte abwärts, diesmal allerdings in wesentlich steilerem Winkel als zuvor. Hier gab es keine Luminiumlaternen und der Weg verlor sich schon nach wenigen Stufen in der Dunkelheit, was jedoch niemanden zu beunruhigen schien. Mirryn, Jaren und Caldon nahmen sich aus einem Korb neben dem Eingang hölzerne Fackeln, die auf einen Wink von Jaren hin aufloderten.

Beklommen folgte Kiva den anderen nach unten, bis sie schließlich das Ende der Treppe erreichten und einen feuchten, nach Erde riechenden Raum betraten. Kivas Oberschenkel schmerzten noch vom morgendlichen Training, doch das quälende Brennen in ihren Muskeln war jäh vergessen, als Jaren abermals die Hand hob. Ein

Feuerball sauste an den Wänden entlang und entzündete unzählige Fackeln. Der Anblick, der sich Kiva nun bot, raubte ihr schier den Atem.

Vor ihr lag eine riesige unterirdische Höhle. Von der hohen Kalksteindecke hingen Stalaktiten, denen sich vom felsigen Boden mächtige Stalagmiten entgegenreckten. In der Mitte des Hohlraums glitzerte ein türkisfarbener Fluss, der hinter einer Kurve verschwand. Die Wasseroberfläche wirkte ruhig, nur ein leises Schwappen drang von den zerklüfteten Ufern herüber.

Tipp stieß einen beeindruckten Pfiff aus.

»Willkommen in unserer Trainingsgruft«, verkündete Caldon und breitete die Arme aus.

»Was trainiert ihr denn hier?«, fragte Kiva, obwohl sie die Antwort schon erahnte.

»Magie«, antwortete Prinzessin Mirryn und bestätigte damit Kivas Verdacht.

Jaren steckte seine brennende Fackel in eine Wandhalterung und trat neben Kiva. Seine Sorge wegen der Ratsversammlung war ihm noch immer deutlich anzusehen. »Da wir mit magischen Kräften auf die Welt gekommen sind, gehen die meisten Leute davon aus, dass wir automatisch wissen, wie man sie anwendet«, sagte er. »Und teilweise stimmt das auch. Ich hab dir ja gestern erklärt, dass unsere Magie wie ein Teil unseres Körpers ist, untrennbar mit dem verbunden, was uns ausmacht. Wie ein Arm oder ein Bein oder ein Muskel, den man trainieren muss.« Er deutete um sich. »Und dafür brauchen wir einen abgeschiedenen Ort, wo uns niemand sieht.« Er trat von einem Fuß auf den anderen. »Oder zumindest mich.«

Kiva begann zu begreifen. Nur eine Handvoll Menschen wusste, dass Jaren Macht über alle vier Elemente hatte. Daher war es wohl kein Wunder, dass er es vorzog, seine Fähigkeiten im Verborgenen zu trainieren. Ein leises Stimmchen in ihrem Kopf mahnte an, dass vermutlich auch ihre eigene Magie wie ein Muskel funktionierte, den sie besser regelmäßig benutzen und dehnen sollte, um ihn zu kräftigen. Doch Kiva blendete diese Stimme aus und konzentrierte sich wieder auf Jaren. Dieser beugte sich gerade zu Tipp hinunter, bis er auf Augenhöhe mit ihm war.

»Du wirst gleich ein paar Sachen zu sehen bekommen, von denen du niemandem erzählen darfst, das musst du mir versprechen. Ich habe eben gesagt, dass ich dir vertrauen kann«, rief er ihm eindringlich in Erinnerung. »Damit liege ich doch hoffentlich richtig?«

Tipp nickte ernster, als Kiva ihn je erlebt hatte, und antwortete: »Ich sch-schwöre, Jaren. Du k-kannst dich auf mich verlassen.«

»Guter Mann.« Jaren klopfte Tipp auf die Schulter. Dann ging er zu Kiva, zog die Schneeblüte hinter seinem Ohr hervor und steckte sie ihr ins Haar. »Pass für mich darauf auf, ja? Sie bedeutet mir sehr viel.«

Als Kiva ihm in die Augen sah, regte sich in ihr der leise Verdacht, dass er dabei nicht von der Blume sprach. Mit einem Daumen strich er ihr über die Wange, so sanft, dass ihre Knie weich wurden. Dann drehte er sich um und marschierte tiefer in die Höhle, Richtung Wasser.

Mirryn, Ariana und Caldon folgten ihm wortlos und auch Oriel setzte sich in Bewegung, nachdem er Kiva den noch immer schlummernden Flox in die Arme gelegt hatte.

Kopfschüttelnd schaute sie auf die leise schnarchende Kreatur hinunter. Als Kiva sich ebenfalls zu den Mitgliedern der Königsfamilie gesellen wollte, hielt Naari sie zurück.

»Wir gehen besser ein bisschen auf Abstand«, erklärte die Soldatin und deutete auf einen flachen Felsvorsprung, von dem aus man einen hervorragenden Blick über das Flussufer hatte.

Kiva nahm zwischen Naari und Tipp Platz und wartete schweigend ab, was als Nächstes passieren würde. Auch Tipp war ungewohnt still, aber Kiva merkte, wie er neben ihr regelrecht bebte vor Spannung.

Sie strich Flox über den weichen Pelz und entlockte ihm damit einen schläfrig-wohligen Laut. Langsam packte auch sie die Aufregung und ihr Puls beschleunigte sich. Sie wusste nicht, was sie erwartete, doch sie ahnte, dass es etwas sein würde, das nur sehr wenige Menschen auf der Welt je zu sehen bekamen.

Unten am Ufer hatte Jaren sich mit dem Rücken zum Wasser positioniert, während seine Familie ihm in einiger Entfernung gegenüberstand. Erst in diesem Moment wurde Kiva klar, was die fünf verkörperten. Ariana hatte Macht über das Wasser, Mirryns Kraft richtete sich hauptsächlich auf den Wind, Oriel konnte die Erde kontrollieren und Caldon, der mütterlicherseits mit den Vallentis verwandt war, verfügte über Feuermagie.

Und dann war da Jaren, der alle vier Elementarkräfte in sich vereinte.

»W-was haben die v–«, flüsterte Tipp, verstummte jedoch, als von einer Sekunde auf die andere grelles Licht die Höhle erfüllte.

Aber es war kein gewöhnliches Licht.

Caldon hatte die Arme erhoben, als dirigierte er ein Orchester, und deutete mit den Händen in Richtung der Fackeln an den Wänden. Deren Flammen loderten höher und höher, bis sie mit einem Mal emporflogen und als leuchtende Feuerbälle durch die Luft schossen – geradewegs auf Jaren zu.

Auch der Kronprinz hob nun die Hände, woraufhin sich im Fluss hinter ihm eine Welle aufbaute, die ihn umschloss und die Flammen löschte, sobald sie ihn erreichten.

Als Nächstes trat die Königin vor. Mit einem Fingerzeig ließ sie immer mehr Flusswasser aufsteigen und schloss damit eine Wand um Jaren, bis er dahinter kaum mehr zu erkennen war.

Kiva drückte Flox so fest an sich, dass das Tier ein empörtes

Quäken von sich gab. Doch sie schenkte ihm keine Beachtung. Zu groß war ihre Angst, mitansehen zu müssen, wie Jaren vor ihren Augen ertrank.

Wie sich jedoch rasch zeigte, war Jaren alles andere als wehrlos. In diesem Moment streckte er mit einem Ruck die Arme zu den Seiten aus und das Wasser um ihn herum schien zu explodieren. Ein Schauer aus Millionen feiner Tröpfchen ergoss sich über seine Familie, während er selbst vollkommen trocken blieb.

Und das war erst der Anfang.

Mirryn stieß die Hand nach vorn und Jaren wurde mit einem gedämpften »Uff« nach hinten geschleudert, bis seine eigene Windmagie ihn über dem Fluss zum Stillstand brachte. Bevor er es jedoch zurück ans Ufer schaffte, hallte ein ohrenbetäubendes Krachen durch die Höhle. Hoch über ihren Köpfen löste sich ein Stalaktit von der Decke, den Oriel wie einen tödlichen Speer auf seinen Bruder hinuntersausen ließ. Auch das schien Jaren kaum zu beeindrucken; mit einem Händeklatschen verwandelte er den Tropfstein zu einer Wolke Kalkstaub, die harmlos über dem Wasser herabrieselte. Oriels Angriff war allerdings bloß ein Ablenkungsmanöver, damit Caldon eine weitere Salve Flammenbälle in Jarens Richtung feuern konnte. Zeitgleich malte Mirryn mit einem Finger einen Kreis in die Luft und hüllte ihren Bruder so in einen winzigen Tornado, der ihn unkontrolliert um seine eigene Achse wirbelte.

Kiva fürchtete, dass Caldons Flammen seinem Cousin ernsthafte Verbrennungen zufügen würden, besonders als sich der Fluss Jarens Befehl widersetzte. Denn der Kronprinz wollte sich eigentlich mittels Wassermagie schützen, doch die Königin drückte die aufbäumenden Fluten nieder und hinderte sie so daran, Jaren zu Hilfe zu kommen.

Kiva bekam keine Luft. Zuerst dachte sie, die Angst um Jaren hätte ihr den Atem geraubt, doch als plötzlich sämtliche Flammen in der Höhle erloschen, wurde ihr klar, dass Jaren dafür verantwortlich war.

Er hatte kurzerhand den Sauerstoff aus der Höhle gesaugt, um den Tornado seiner Schwester loszuwerden und gleichzeitig Caldons Feuerbälle zu ersticken.

Zweifellos ein cleverer Zug. Doch Kiva konnte Jarens taktisches Geschick kaum angemessen würdigen; im Dunkeln rang sie um Atem und hörte voller Sorge, dass es Tipp und Naari sowie dem verstörten Flox nicht besser ging. Alles, was sie davon abhielt, vollends in Panik zu geraten, war die Überzeugung, dass Jaren seiner Familie und ihr niemals willentlich Schaden zufügen würde.

Und tatsächlich strömte nach wenigen Sekunden wieder frische Luft in ihre Lungen und Feuerschein erhellte die Höhle. Allerdings rührte das Licht nicht bloß von den Fackeln an den Wänden; auch über Jarens Fingerspitzen züngelten Flammen, die er nun seinem Cousin entgegenschleuderte.

Caldon duckte sich und die Geschosse prallten Funken sprühend gegen die Felswand hinter ihm. Als Jaren gleich darauf eine zweite Salve nachschickte, beschwor Caldon einen Feuerschild herauf, der die Flammen im letzten Moment verschluckte.

»Mehr hast du nicht zu bieten?«, höhnte er.

Jaren blieb keine Zeit zu antworten, denn die anderen Familienmitglieder setzten ihre Attacken ungebrochen fort. Windböen zerrten an seinen Kleidern und seinem Haar, ohne ihn jedoch aus dem Gleichgewicht zu bringen – was Kiva als Zeichen dafür interpretierte, dass Jarens Magie Mirryns überlegen war. Gleichzeitig ballte sich das Flusswasser wieder zusammen und formte sich zu einer ganz ähnlichen Schlange wie der, die Kiva am Abend zuvor beim Flussfest bewundert hatte. Die triefende Kreatur bäumte sich angriffslustig auf, woraufhin Jaren auf den Boden zu seinen Füßen deutete. Mit einem gewaltigen Krachen brach ein Teil des Felsens los, stieg empor und schirmte ihn von der Wasserschlange ab. Unterdessen hatte jedoch auch Oriel unbemerkt wieder zum Angriff angesetzt und ließ ein kaum sichtbares Gewirr aus Ranken über den Boden kriechen, das sich um Jarens Fußknöchel schlang. Eine einzige Handbewegung und der junge Prinz riss seinem Bruder die Beine weg und brachte ihn zu Fall. Nichts als sein Felsenschild schützte Jaren nun noch vor Arianas Schlange, während er gleichzeitig gegen Oriels Ranken ankämpfen musste, die unaufhaltsam an ihm hochkletterten, seine Glieder fesselten und ihm die Luft aus den Lungen pressten.

Ein Lichtblitz ließ Kiva zurückzucken, als Jaren ein Flammenschwert heraufbeschwor und damit die Ranken zerhackte. Endlich befreit, katapultierte er sich mit einer halben Rolle vorwärts zurück auf die Füße und warf seinem kleinen Bruder einen anerkennenden Blick zu. Für mehr blieb ihm keine Zeit, denn Caldon, Mirryn und Ariana ließen keine Sekunde von ihm ab und auch Oriel stürzte sich mit unvermindertem Elan zurück in den Kampf.

Kiva konnte nicht sagen, wie lange die fünf so weitermachten und sich diese unglaubliche Schlacht der Elemente lieferten. Eiszapfen schossen durch die Luft wie Dolche, der Boden unter Jarens Füßen klaffte entzwei, während gleichzeitig ein Flammenpferd samt Reiter auf ihn zupreschte und ihn um ein Haar in den Fluss drängte. Die Angriffe wurden immer raffinierter und komplizierter. Kivas Magen zog sich zusammen, als sie sich bewusst machte, wie groß die Macht der Vallentis war – und was Kiva und ihre Familie erwartete, wenn sie die Königsfamilie offen zum Kampf um die Krone herausforderten.

Kein Wunder, dass Caldon keine Zuschauer gewollt hatte. Diese Art von Magie überstieg alles, was Kiva sich je hätte ausmalen können. Natürlich hatte sie gewusst, dass die Vallentis die Elemente kontrollieren konnten. In den vergangenen Monaten hatte sie sogar immer wieder kleine Kostproben ihrer Kräfte zu sehen bekommen. Dennoch war ihr das volle Ausmaß bis heute nicht klar gewesen. Sie hatte schlicht nicht darüber nachgedacht, was es bedeutete, dass die

Königin einen Menschen mit einem Fingerschnippen ertrinken lassen konnte. Dass die Prinzessin ihrem Gegner sämtliche Luft aus den Lungen saugen, der junge Oriel ihn lebendig begraben, Caldon ihn allein durch die Kraft seiner Gedanken in Flammen aufgehen lassen konnte. Und Jaren … Jaren war zu alldem auf einmal fähig und, wie Kiva jetzt begriff, zu noch viel mehr.

Er war unbesiegbar. Egal, was seine Familie ihm entgegensetzte, er fand jedes Mal einen Weg, sich zu verteidigen. Entweder, indem er ihr eigenes Element dazu brachte, sich gegen sie zu wenden, oder dadurch, dass er auf eine der anderen drei Kräfte zurückgriff, über die er verfügte.

Er war ein Phänomen.

Und eine Bedrohung.

Je länger Kiva ihn beim Kämpfen beobachtete, desto mehr verstand sie, warum der königliche Rat ihn anstelle Mirryns zum Thronfolger ernannt hatte. Unter Jarens Herrschaft wäre das Volk sicher, weil keine gegnerische Macht ihn jemals würde bezwingen können.

Was Kiva vor ein Problem stellte.

Und ihre Familie.

Die Rebellen.

Als Jaren das Training schließlich für beendet erklärte, war Kiva schweißgebadet. Jaren selbst atmete schwer, doch es war, als hätte sich eine Last von seinen Schultern gehoben. Er strahlte den Rest seiner Familie an, der ebenso zufrieden schien. Kiva verstand nicht, was sie zueinander sagten, aber Jaren warf auf einen Kommentar von Caldon hin lachend den Kopf in den Nacken und wirkte dabei so sorglos, dass sich ihr das Herz zusammenzog.

Hatte die Magie diese Wirkung auf ihn? Auf die ganze Familie? Wenn ja, wusste Kiva nicht, was sie davon halten sollte. Ihre eigene Magie hatte noch nie etwas so Positives in ihr ausgelöst. Dass sie überhaupt darüber verfügte, war ihr vor ihrer Ankunft in Zalindov kaum bewusst gewesen. Und dann hatte sie ihrem Vater versprechen müssen, niemals davon Gebrauch zu machen. Sie konnte nicht nachvollziehen, warum Jaren und seine Familie nach dem Training so fröhlich und unbeschwert wirkten. Aber zugleich keimte Neid in ihr auf – vermischt mit einem Hauch von Neugier. Wenn sie anfinge, ihre Kräfte zu trainieren, würden diese dann ebenfalls wachsen wie ein Muskel? Würde sie ihre Magie dann womöglich nicht mehr als Bürde wahrnehmen, sondern vielleicht sogar als Segen? Kiva wusste es nicht. Und solange sie hier im Königspalast lebte, würde sie der Sache ohnehin nicht auf den Grund gehen können, also nahm sie sich vor, nicht länger darüber nachzugrübeln.

Nachdem die Königsfamilie noch eine Weile geplaudert hatte, kamen sie zurück zu Kiva, Naari und Tipp. Oriel stürmte vorweg, um Kiva den mittlerweile hellwachen und etwas zappeligen Flox abzunehmen.

»Dass er eben kurz keine Luft bekommen hat, war nicht so nach seinem Geschmack.« Kiva stand auf und warf Jaren einen vorwurfsvollen Blick zu. Der Prinz verzog zerknirscht das Gesicht, denn natürlich war es offensichtlich, dass seine Magie nicht nur Oriels Haustier zugesetzt hatte.

»Armer Floxi«, gurrte Oriel und kraulte das Tier, bis es eine Art Schnurren von sich gab.

Auch Naari und Tipp hatten sich erhoben und Letzterer starrte die Königsfamilie mit leuchtenden Augen an. »Das war g-g-g-gigantisch«, flüsterte er.

»Ach, das war gar nichts. Bloß ein paar Fingerübungen«, winkte Caldon ab und schüttelte sich Aschereste von den Kleidern und aus dem goldenen Haar. »Du solltest uns mal erleben, wenn wir richtig in Fahrt sind.«

Niemand widersprach ihm, woraus Kiva schloss, dass er nicht bloß prahlte. Es kostete sie einige Mühe, ihr Entsetzen zu verbergen.

Wozu waren diese Menschen erst in der Lage, wenn sie es tatsächlich ernst meinten?

»Wenn wir dann hier fertig sind«, meldete sich Mirryn zu Wort und wrang nebenbei ihren Rock aus, »gehe ich jetzt meine Geburtstagstorte bestellen.«

»Ich mache mich auch auf«, schloss Königin Ariana sich ihr an. »Mein ganzer Schreibtisch quillt über vor Korrespondenz, die ich schon seit Tagen vor mir herschiebe.« Sie wandte sich an Oriel und Tipp. »Und ihr solltet langsam zurück in den Unterricht.«

Tipp sah aus, als würde er auf der Stelle tot umfallen, wenn er die Königsfamilie nicht sofort mit einer Million Fragen löchern konnte. Doch als Ariana ihm einen strengen Blick zuwarf, stieß er einen resignierten Seufzer aus.

»Keine Sorge, wir schreiben uns einfach Zettel, wenn Edna nicht hinguckt«, flüsterte Oriel ihm zu.

Die Königin schnalzte missbilligend mit der Zunge und ihr jüngster Sohn blinzelte ertappt.

»Äh, in der Pause, meine ich natürlich«, fügte er schnell hinzu.

Tipp kicherte, bis Ariana ihn wieder ins Visier nahm, woraufhin er schuldbewusst zu Boden starrte.

»Hab ich einen Hunger«, verkündete Caldon und drehte sich zu Kiva um. »Und du brauchst dringend Proteine, also kommst du am besten direkt mit in die Küche.«

Ohne auf Kivas Zustimmung zu warten, marschierte er los. Tipp und Naari folgten ihm, nur Jaren zögerte. Da Kiva spürte, dass er etwas auf dem Herzen hatte, blieb sie ebenfalls stehen.

Erst als die anderen außer Hörweite waren, räusperte sich der Prinz. »Tipp hat das Ganze ja erstaunlich gut weggesteckt«, bemerkte er. »Unsere Magie, meine ich.«

Sie schnaubte. »Wenn er dich nicht vorher bereits angebetet hätte, würde er es spätestens jetzt tun.«

»Und was ist mit dir?«

Kiva wurde wieder ernst, da ihr klar wurde, dass Jaren sich gar nicht um Tipps Reaktion sorgte, sondern um ihre.

»Ich wusste doch schon von deiner Magie«, antwortete sie ausweichend.

»Aber nicht von ihrem wahren Ausmaß.«

Sie musterte ihn aufmerksam und räumte schließlich ein: »Nein. Da hast du recht.«

Jaren wandte den Blick ab und fuhr sich nervös durchs Haar.

»Jaren.« Sie streckte die Hand aus, zog sie jedoch in letzter Sekunde zurück und ballte sie zur Faust, um zu verhindern, dass er sie festhielt. »Was ist denn los?«

»Ach, ich …«, begann er unsicher. »Ich will bloß nicht, dass du Angst vor mir hast.«

Kiva runzelte die Stirn. »Angst?«

»Vor meiner Gabe«, präzisierte er. »Davor, dass ich dir damit wehtun könnte.«

Kiva war so perplex, dass sie nicht wusste, was sie darauf antworten sollte. Dann aber sah sie die Sorge in seinen Augen und gestand: »Als du die Luft aus dem Raum gesaugt hast, da wäre ich fast in Panik geraten. Aber eben nur *fast*. Und weißt du, warum?«

Jaren schüttelte den Kopf.

»Weil ich mir sicher war, dass du deiner Familie niemals Schaden zufügen würdest. Und mir auch nicht«, fügte sie leise hinzu.

Seine Anspannung löste sich ein wenig. »Nein. Das würde ich nie tun.«

Kiva war schmerzlich bewusst, dass schon bald der Tag kommen könnte, an dem er dieses Versprechen brechen müsste. Aber sie hatte nicht gelogen; sie hatte keine Angst vor ihm. Vor seiner Gabe schon, das ließ sich nicht bestreiten. Aber nicht vor ihm. Nie.

Was sollte sie nur tun?

Sie biss sich auf die Lippe und zwang sich wegzusehen. Doch in dem Moment schien eine Veränderung zwischen ihnen vorzugehen, als würden sie beide plötzlich merken, wie nah sie einander waren, wie *allein* sie miteinander waren. Wieder blickte sie ihm in die Augen und der Ausdruck darin erfüllte sie mit Wärme.

»Kiva«, flüsterte er und trat noch näher. »Ich –«

»Ich störe ja nur ungern«, hallte vom Höhleneingang Caldons Stimme zu ihnen herüber, »aber wollt ihr mich verhungern lassen?«

»Hab ich eigentlich schon mal erwähnt, wie sehr ich deinen Cousin mag?«, brummte Kiva mit pochendem Herzen. In Wahrheit aber war sie mehr als froh über die Unterbrechung. Was hätte sich wohl zwischen Jaren und ihr abgespielt, wenn Caldon nicht genau im richtigen Moment wieder aufgetaucht wäre?

Dumm. Sie war so dumm. Sie musste vorsichtiger sein, *um*sichtiger. Was gerade passiert war – oder um ein Haar passiert *wäre* –, durfte sich auf keinen Fall wiederholen.

»Ich konnte ihn auch schon mal besser leiden«, witzelte Jaren gedämpft.

»Ihr wisst schon, dass ich bei der Akustik hier drin jedes Wort mitkriege?«, rief Caldon. »Und jetzt kommt endlich mal in die Gänge!«

Jaren und Kiva seufzten im Chor und grinsten einander an, ehe sie sich auf den Weg zum Tunneleingang machten und die endlose Treppe zurück zum Palast in Angriff nahmen. Kivas Beinmuskeln schmerzten bei jeder Stufe, als wollten sie ihr fortwährend in Erinnerung rufen, wo sie war, wer bei ihr war – und was sie überhaupt hier machte.

Sie hatte einen Plan zu befolgen. Eine Mission zu erfüllen.

Und egal, was kam, sie würde ihre Familie nicht im Stich lassen.

KAPITEL NEUN

Noch am selben Nachmittag ging Kiva zurück in die Tunnel und schlenderte mit einer Selbstsicherheit über die breite Marmorstraße, als hätte sie jedes Recht, dort zu sein. Es war ein gewagtes Unterfangen, aber nachdem die königliche Ratsversammlung nun schon einmal verschoben worden war, musste sie einfach versuchen, heimlich dabei zu sein.

Auf dem Weg zur Trainingshöhle hatte Kiva Jaren aufmerksam im Auge behalten. Daher war ihr nicht entgangen, wie sich seine Miene verfinstert hatte, als sie an einem bestimmten Durchgang vorbeigekommen waren – ein so ungewohnter Anblick an ihm, dass Kiva innerlich triumphiert hatte. Allerdings wusste sie nicht, wann genau der Rat zusammenkommen würde. Deshalb hatte sie beschlossen, notfalls den ganzen Nachmittag hier unten zu verbringen, wenn das ihre Chancen erhöhte, wichtige Informationen aufzuschnappen.

Jaren selbst befand sich im Moment noch im oberirdischen Teil des Palasts und Kiva nutzte die Zeit bis zum Versammlungsbeginn dazu, sich einen Plan zurechtzulegen. Nach dem gemeinsamen Mittagessen mit den beiden Prinzen hatte sie ihre Kopfverletzung vorgeschoben und behauptet, sie wolle sich ein wenig ausruhen. Jaren hatte so aufrichtig besorgt gewirkt, dass sie prompt ein schlechtes Gewissen bekommen hatte. Aber sie hatte sich gezwungen, es zu ignorieren. Egal, was sie für ihn empfand, egal, wie unverhohlen er ihr seine Zuneigung zeigte, im Kampf um den Thron befanden sie sich nun mal auf unterschiedlichen Seiten. Und aufgrund der jahrhundertealten Feindschaft zwischen ihren Familien würde sich daran auch nie etwas ändern.

Es gab keine Hoffnung für sie beide.

Es hatte niemals welche gegeben.

Und Kiva konnte es sich nicht leisten, das zu vergessen.

Auf keinen Fall.

Bestimmt brachte sie die unangenehmen Gedanken zum Schweigen und folgte weiter dem Tunnel, wobei sie dem Drang widerstehen musste, sich ganz am Rand außerhalb der Reichweite der Luminiumlaternen zu halten. Es war verhältnismäßig ruhig und nur wenige Bedienstete waren auf dem Weg von einer Palastseite zur anderen. Zu Kivas Erleichterung gab es hier unten keine Wachen. Die einzigen Soldaten, die sie entdeckte – zwei schweißüberströmte junge Frauen, die offenbar gerade vom Kasernenhof kamen –, schienen nicht im Dienst zu sein und waren so sehr in ihr Gespräch vertieft, dass sie nicht einmal in Kivas Richtung sahen.

Derart unbeobachtet erreichte Kiva problemlos die Tür, deren Anblick Jarens Laune am Vormittag so getrübt hatte. Sie schlüpfte hindurch – und stöhnte auf, als sie die Treppe dahinter entdeckte.

Der Tunnel führte steil nach unten, aber anders als der Weg zur Trainingshöhle war dieser von kleinen Luminiumkugeln erleuchtet. Ihr Schein verlor sich in der Ferne, wie eine Herausforderung, ihnen zu folgen.

Kiva hatte jedoch nicht so lange überlebt, indem sie überstürzte Entscheidungen traf. Es war unmöglich zu sagen, wie weit sich der Tunnel erstreckte oder was an seinem Ende lag. Und wenn die Ratsmitglieder auftauchten, während sie hier unten herumschnüffelte … Wenn *Jaren* sie überraschte und bei ihrer Lüge ertappte …

Sie biss sich auf die Lippe und überlegte kurz, ehe sie schließlich ihre Zweifel beiseiteschob. Fluchend über ihre schmerzenden Beine machte sie sich auf den Weg nach unten. Doch auch am Ende der Treppe wurde es nicht besser, denn dort kam sie an eine Gabelung.

Kiva spähte in die beiden Tunnel hinein, unsicher, für welchen sie sich entscheiden sollte. Beleuchtet war keiner davon, sodass sie im Stockdunkeln weitergehen müsste, egal, welchen sie wählte.

Da sie nicht trödeln durfte, bog Kiva kurz entschlossen in den rechten Gang ein. Eine Hand an der Wand, die andere vor sich ausgestreckt, um nicht gegen irgendetwas zu prallen, betete sie zu sämtlichen lang vergessenen Göttern, dass der Pfad nicht unvorhergesehen in eine weitere Treppe überging und sie blindlings stürzen würde.

Gerade als sie das Gefühl hatte, die Dunkelheit keine Sekunde länger ertragen zu können, und umkehren wollte, stieß sie mit dem Zeh gegen etwas Hartes.

Zischend vor Schmerz hielt sie sich für einen Moment den Fuß, bevor sie in die Hocke ging und nach dem steinernen Hindernis suchte. Es war tatsächlich eine Treppe, allerdings die unterste Stufe. Kiva kniff die Augen zusammen und meinte, ein Stück weiter oben einen fahlen Lichtschein ausmachen zu können, der auf einen kurzen Aufstieg hoffen ließ.

Die Treppe führte in eine Sackgasse und Kivas Herz machte einen kleinen Hüpfer, als das Leuchten intensiver wurde und sie sah, worum es sich handelte.

Sonnenlicht.

Sie hatte nicht den Versammlungsraum gefunden, aber enttäuscht war sie keineswegs. Denn über ihrem Kopf verschloss ein eisernes Gitter eine Öffnung im Fels. Kiva spähte durch die Schlitze und erkannte, dass sie sich am Ufer des Serins befand, und zwar außerhalb der Palastmauern.

Ohne es darauf angelegt zu haben, war sie auf eine Art Notausgang aus dem Tunnelsystem gestoßen.

Einen unbewachten Fluchtweg.

Kiva nahm an, dass er dazu diente, den königlichen Rat im Notfall in Sicherheit zu bringen. Am liebsten hätte sie sofort versucht, das Gitter zu öffnen. Doch so gern sie aus dem dunklen Tunnel hinaus ins Tageslicht gekrochen wäre, sie wusste, dass ihre Aufgabe hier unten noch nicht erledigt war.

Also drehte sie sich um und tastete sich vorsichtig die Treppe und den stockdunklen Tunnel wieder hinunter. Dabei versuchte sie erfolglos, nicht über die Tragweite ihrer Entdeckung nachzudenken. Wenn diese unbewachte Öffnung als Ausgang genutzt wurde, dann konnte man dadurch genauso gut hineingelangen – und dieses Wissen war gefährlich. Beinahe wünschte sie sich, gar nicht darauf gestoßen zu sein. Dann hätte sie nun nicht entscheiden müssen, was sie damit anfangen und mit wem sie es teilen sollte.

Kiva stolperte über einen losen Stein und verfluchte sich für ihre Unaufmerksamkeit. Allein die Tatsache, dass sie nicht sicher war, ob sie ihrer Familie von ihrem Fund erzählen sollte, ließ ihre Eingeweide verkrampfen. Doch schließlich beruhigte sie sich damit, dass sie die Entscheidung ja nicht sofort treffen müsste. Sie konnte ganz in Ruhe überlegen, ob es sinnvoll war, die Information weiterzugeben – und ob sie bereit war, die Konsequenzen dafür zu tragen.

Während sie sich bemühte, einen kühlen Kopf zu bewahren und das Pochen ihres verräterischen Herzens zu verlangsamen, erreichte sie abermals die Gabelung. Diesmal bog sie direkt in den linken Tunnel, noch immer ohne irgendetwas vor sich ausmachen zu können. Zum Glück dauerte es nicht lange, bis sie auf Widerstand stieß. Gerade als sie die Befürchtung beschlich, in einer weiteren Sackgasse – diesmal aber ohne Ausgang – gelandet zu sein, ertastete sie die unverwechselbare Form einer Türklinke. Nach kurzem Zögern drückte Kiva sie hinunter.

Licht flutete den Tunnel, so hell, dass sie zurückzuckte und ihren

Augen einen Moment Zeit geben musste, sich daran zu gewöhnen. Als sie kurz darauf wieder sehen konnte, breitete sich ein triumphierendes Lächeln auf ihrem Gesicht aus.

Vor ihr lag eine fensterlose Kammer, in deren Mitte ein runder Mahagonitisch auf einem dicken purpurroten Teppich stand. An der Decke hing ein Luminiumkronleuchter und rechts von der Tür erhob sich ein riesiges Regal voller Bücher, die Themen von Militärstrategie und Politik über Handelsrecht bis hin zu Religion und Kulturgeschichte behandelten.

Kiva bestaunte die Landkarten an der Wand – eine für jedes der acht Königreiche und außerdem eine neunte, die den gesamten Kontinent Wenderall abbildete. Dann jedoch fiel ihr Blick auf einen Eschenholzsekretär ihr gegenüber. Auf dessen Schreibplatte lag ein entrolltes Pergament, das förmlich um Aufmerksamkeit bettelte.

Die Vernunft riet ihr, zurück zur Gabelung zu gehen und sich im Dunkel des rechten Tunnels zu verstecken, bis Jaren und die Ratsmitglieder auftauchten. Danach konnte sie sich unbehelligt hierher zurückschleichen und ein Ohr an die Tür pressen. Das Holz war nicht allzu dick, daher würden die Stimmen bestimmt gedämpft, aber immer noch verständlich zu ihr herausdringen.

Doch das Pergament war einfach zu verlockend.

Einen Moment lang lauschte sie in den Tunnel hinein, aber es deutete nichts darauf hin, dass jemand hierher unterwegs war. Trotzdem, sie musste sich beeilen, wenn sie nicht auf dem Weg zur Gabelung den Ratsmitgliedern begegnen wollte.

Mit zitternden Knien umrundete Kiva den Tisch. Sie achtete darauf, das Pergament auf dem Sekretär nicht zu berühren, aus Angst, jemandem könnte die veränderte Position auffallen. Es war ohnehin nicht nötig, das Pergament aufzuheben. Sie erkannte sofort, dass es sich um einen handgeschriebenen Brief handelte. In einer fremden Sprache.

Kiva fluchte leise und suchte die Zeilen nach vertrauten Wörtern ab. Es gab in ganz Wenderall eine gemeinsame Sprache, aber einige der Königreiche hatten zusätzlich dazu ihre eigenen Landessprachen. So zurückgezogen Kiva in Zalindov auch gelebt hatte, ein paar vereinzelte Brocken davon hatte sie von ihren redseligeren Patienten dennoch hin und wieder aufgeschnappt.

Kiva runzelte konzentriert die Stirn und suchte am Ende des Briefs nach dem Namen des Absenders: Navok Kildarion.

Schockiert las sie den Namen noch einmal, nur um ganz sicherzugehen.

Die Kildarions herrschten über Mirraven. Als Kind hatte Kiva manchmal ihre Eltern über dieses grausame Königshaus aus dem Norden reden hören. Es hieß, König Arakkis' eigene Ehefrau hätte sich dermaßen vor ihm gefürchtet, dass sie bei Nacht und Nebel geflohen sei und ihre zwei Kinder, Prinzessin Serafine und Prinz Navok, bei ihm zurückgelassen habe.

Die Frage war nur: Was hatte der Prinz von Mirraven dem königlichen Rat von Evalon mitzuteilen?

Erneut überflog Kiva Navoks Brief, in der verzweifelten Hoffnung, irgendeinen Anhaltspunkt zu entdecken. Diesmal erkannte sie Arrakis' und Serafines Namen sowie noch einen weiteren: Voshell. Wenn sie sich recht erinnerte, war Voshell Aravine der Kronprinz von Caramor. Abgesehen davon ergab für sie jedoch keines der Wörter einen Sinn und Kiva stieß einen frustrierten Seufzer aus.

Am liebsten hätte sie das Pergament gestohlen und es jemandem vorgelegt, der Mirravenisch sprach. Allerdings ließ das Wenige, das sie hatte entziffern können, keinen Zweifel daran, dass der Brief zu wichtig war, um nicht vermisst zu werden. Sie würde einen anderen Weg finden müssen, um herauszufinden, worum es darin ging.

Enttäuscht ließ sie den Blick über die Schreibplatte des Sekretärs wandern und griff nach einer halb leeren Kristallkaraffe. Der bernsteinfarbene Inhalt schwappte hin und her, als sie den Korken herauszog. Der Geruch trieb ihr Tränen in die Augen. Also verschloss sie die Karaffe rasch wieder und stellte sie zurück neben eine Reihe säuberlich gestapelter filigraner Becher, die der königliche Rat offenbar für feierliche – oder besonders kräftezehrende – Momente bereithielt.

Kiva war bewusst, dass mit jeder Sekunde die Gefahr zunahm, erwischt zu werden. Eilig öffnete sie die unteren Türen des Sekretärs, fand dort jedoch nichts als leere Pergamentrollen und ein paar weitere Flaschen Alkohol.

Als sie den Schrank wieder schloss, spürte sie ein Kribbeln im Nacken. Sie hatte keine Ahnung, wann die Ratsmitglieder auftauchen würden, aber ihre wachsende Nervosität war ein unmissverständliches Zeichen dafür, dass es an der Zeit war zu gehen.

Auf dem Weg zur Tür fiel Kivas Blick erneut auf die Karten an der Wand. Ein Gefühl von Bedeutungslosigkeit überkam sie, als ihr bewusst wurde, wie unglaublich groß Wenderall war. Selbst in ihrer Heimat Evalon gab es so vieles, was sie noch nicht kannte, und in die anderen Territorien hatte sie noch nie auch nur einen Fuß gesetzt. Früher hatte sie davon geträumt, irgendwann die unberührten Wälder Nerines zu bereisen, die Salzberge von Valorn, das Wüstenkönigreich Hadris und die sonnenverwöhnten Ebenen von Jiirva. Sie hatte sich ausgemalt, wie es sein würde, durch die raue Landschaft von Caramor zu wandern und sich über Mirraven und seine berüchtigte Festung von Darkwell in den unbewohnten Norden vorzuwagen. Sie hatte mit dem Gedanken gespielt, auf einem Schiff anzuheuern und das wilde Odon zu erkunden, vielleicht sogar die verlassenen Schlangeninseln oder einen der Kontinente jenseits des Ozeans, um die sich so viele Mythen rankten.

Diese Kindheitsfantasien hatten sie durch die Jahre in Zalindov begleitet und ihr an den finstersten Tagen Trost gespendet. Noch heute gab Kiva sich gern ihren Träumereien hin, dem grenzenlosen Spiel ihrer Gedanken. Der Vorstellung, dass sie eines Tages all die Wunder von Wenderall entdecken durfte. Dass sie eines Tages die Freiheit besitzen würde –

Kiva erstarrte, als ein Geräusch an ihre Ohren drang und sie unbarmherzig in die Wirklichkeit zurückholte. Mit aller Kraft schärfte sie ihre Sinne und versuchte, über dem panischen Hämmern ihres Herzens etwas auszumachen.

Stimmen.

Und sie kamen näher.

KAPITEL ZEHN

Kiva gefror das Blut in den Adern. Eine Weile starrte sie nur reglos auf die offene Tür, bevor sie aus ihrer Trance erwachte und nach vorn stürzte, um sie zu schließen. Glücklicherweise waren die Stimmen so weit entfernt, dass ihre Besitzer noch nicht die Gabelung erreicht und das Licht aus der Kammer bemerkt haben konnten. Noch wussten sie nichts von Kivas Anwesenheit. Noch.

Aber der königliche Rat war auf dem Weg hierher.

Jaren war auf dem Weg hierher.

Und sie saß in der Falle.

Eine einzige entsetzliche Sekunde lang ergab Kiva sich ihrer Panik, unfähig, einen klaren Gedanken zu fassen. Dann aber riss sie sich zusammen und machte sich auf die Suche nach einem Versteck.

Als Erstes fiel ihr Blick auf das vollgestopfte Bücherregal, das ihr jedoch keinerlei Schutz bieten würde. Dasselbe galt für den Mahagonitisch. Hektisch sah sie sich um und wieder zog der Sekretär ihre Aufmerksamkeit auf sich. Mit einem hoffnungsvollen Keuchen kauerte sie sich davor nieder, riss die Türen auf und schob die Flaschen und Pergamentbögen darin beiseite. Ihre schmerzenden Muskeln protestierten, als sie sich unter erheblichen Verrenkungen in das viel zu kleine Fach quetschte, die Beine angezogen und die Arme um die Knie. Drei Versuche brauchte sie, bis es ihr gelang, die Schranktüren hinter sich zu schließen.

Sie konnte nichts sehen und der durchdringende Geruch nach Holz und Alkohol – offenbar war irgendwann einmal eine der Flaschen ausgelaufen – raubte ihr beinahe die Sinne. Die Düsternis und

Enge waren überwältigend. Und sie katapultierten Kiva zurück in die zwei Wochen, die sie in einer stockdunklen Zelle im Purgatorium hatte verbringen müssen, dem Straftrakt Zalindovs.

Gefangen.

Genau wie jetzt.

Ihr Atem wurde flacher und ihre Brust schnürte sich zusammen, während die schrecklichen Erinnerungen ihr den Angstschweiß auf die Stirn trieben.

Sie war blind.

Sie bekam keine Luft.

Sie musste hier raus.

Sie musste hier raus.

Nach und nach gewöhnten sich ihre Augen jedoch an die Dunkelheit und Kiva konzentrierte sich mit aller Kraft auf den schmalen Lichtstreifen, der durch den Spalt zwischen den Schranktüren fiel. Zitternd atmete sie aus und presste das Gesicht gegen das Holz, um in den Raum zu spähen.

Genau in diesem Moment ging die Tür auf und der königliche Rat trat ein, angeführt von Jaren. Auch Königin Ariana war dabei, die offenbar beschlossen hatte, dass die Korrespondenz auf ihrem Schreibtisch noch länger warten konnte.

Kiva rief sich in Bewusstsein, dass sie zwar nicht im Purgatorium eingesperrt war, es wohl allerdings bald wieder sein würde, wenn man sie hier entdeckte. Sie musste Ruhe bewahren und durfte absolut keinen Mucks von sich geben.

Vor allem aber musste sie zuhören. Denn ob es nun so geplant gewesen war oder nicht, sie hatte das perfekte Versteck gefunden, um die königliche Ratsversammlung zu belauschen.

»... wünschten uns lediglich, Sie würden zumindest eingestehen, wie waghalsig und gefährlich dieses Unterfangen war«, ließ ein ergrauender Mann mittleren Alters vernehmen, die Brauen über seinen durchdringenden Augen unwirsch zusammengezogen. »Um nicht zu sagen, absolut töricht. Es muss Ihnen doch bewusst sein, wie viel dabei hätte schiefgehen können. Wie viel schiefgegangen *ist.*«

»Horeth, wenn Sie vorhaben, mich den ganzen Nachmittag lang zurechtzuweisen wie ein Kind, sagen Sie es lieber gleich«, entgegnete Jaren ungeduldig. »Dann kann ich meine Zeit nämlich sinnvoller nutzen.«

Horeth. Diesen Namen hatte Kiva bereits am Morgen irgendwo gehört. Der Großmeister des königlichen Rats, der Jaren weiterhin verdrossen musterte. Genau wie der Rest der Leute, die nun den Raum betraten, zwei Frauen und ein Mann. Alle trugen rote Roben und schimmernde Stirnreife – Horeths war aus Gold, die der anderen aus Silber.

Jaren und Ariana nahmen am Tisch Platz und die Ratsmitglieder folgten ihrem Beispiel. Kiva verrenkte sich fast den Hals, um sie alle im Blick zu behalten.

»Ich bin mir sicher, meinem Sohn ist die … *Kühnheit* seines Handelns bewusst«, schaltete sich Ariana beschwichtigend ein. »Aber als er erfahren hat, dass Tilda Corentine nach Zalindov gebracht werden sollte, hat er einfach eine Chance gewittert, die er nicht ungenutzt lassen konnte.«

Bei der Erwähnung ihrer Mutter zuckten Kivas Finger.

»Das ändert nichts daran, dass er dabei fast umgekommen wäre«, wandte eine dunkelhäutige Frau ein, deren schwarzes Haar zu einem straffen Knoten im Nacken gebunden war.

»Ganz meine Meinung, Yisari.« Horeth nickte gebieterisch und warf Jaren einen strengen Blick zu. »Wie wir alle Naari Arells Bericht entnehmen konnten, hätte sich ursprünglich Eidran Ridley in Zalindov einschleusen sollen. Ebenso müsste uns allen bewusst sein, dass Ridleys ungelegener Unfall dem Plan ein Ende hätte setzen sollen.

Daher stellt sich nun die Frage, warum dem nicht so war. Warum ausgerechnet Sie – als zukünftiger Herrscher dieses Königreichs – es für richtig befunden haben, Ihr Leben aufs Spiel zu setzen und sich vollkommen überstürzt an diesen gefährlichen Ort zu begeben. Beim Schattenreich, schauen Sie sich doch nur Ihre Hand an. Diese Narbe werden Sie bis an Ihr Lebensende tragen! Und die Götter wissen, wie viele weitere noch.«

Offensichtlich hatte Horeth Jaren noch nie ohne Hemd gesehen, sonst hätte er gewusst, dass das *Z* auf seinem Handrücken noch das harmloseste Andenken an seine Zeit in Zalindov war. Dennoch verspürte Kiva einen Anflug von Scham; schließlich war sie es gewesen, die Jaren den Buchstaben in die Haut geritzt hatte. Sie fragte sich, ob das ebenfalls in Naaris Bericht stand.

Der Prinz lehnte sich bloß zurück und verschränkte die Arme vor der Brust. »Wie nett, dass Sie sich nach Eidrans Befinden erkundigen. Es geht ihm schon viel besser«, erwiderte er sarkastisch. »Er hat einen schlimmeren Bruch erlitten als zunächst gedacht, darum wird es noch eine Weile dauern, bis sein Bein vollends verheilt ist. Im Moment erholt er sich bei seiner Familie in Albree, aber ich bestelle ihm selbstverständlich gern Ihre Genesungswünsche.«

Auf Jarens scharfzüngigen Kommentar hin breitete sich Schweigen aus und Kivas Mundwinkel hoben sich. Diese Seite kannte sie noch gar nicht an ihm, so aufmüpfig und *prinzenhaft*.

»Vielleicht sollten wir zum nächsten Thema übergehen«, murmelte der Mann mit dem Silberreif. Er war kahlköpfig und hatte milchweiße Haut. »Wie wir alle sehen, ist Prinz Deverick wohlbehalten zurückgekehrt. Zudem haben wir ja erst nach seiner Flucht aus Zalindov erfahren, dass er überhaupt dort war. Und über die Vergangenheit zu streiten, hat nun mal keinen Sinn.«

»Das sind weise Worte, Feldor, wie gewohnt«, meinte die zweite Ratsdame. Auch sie hatte sehr helle Haut; allerdings war ihr Gesicht voller Sommersprossen und vom Alter gezeichnet; durch ihr rötlich braunes Haar zogen sich graue Strähnen.

»Nun gut«, versetzte der Großmeister missmutig. »Wenn wir unsere Königliche Hoheit nicht auf seine beispiellose Leichtsinnigkeit hinweisen dürfen, dann sprechen wir doch über seine ebenso unbesonnene Entscheidung, zwei entflohene Verbrecher mit nach Hause zu bringen. Und zwar nicht bloß nach Vallenia, sondern geradewegs in den Palast.«

Kiva erschrak, wenn auch nicht als Reaktion auf Horeths neuen Themenvorschlag. Vielmehr war es der Zorn in Jarens Blick, der ihre ohnehin verkrampften Muskeln dazu veranlasste, sich noch weiter anzuspannen.

»Wählen Sie Ihre Worte mit Bedacht, Großmeister«, warnte Jaren kühl und aus seinen Augen schienen nadelspitze Eiszapfen zu schießen. »Bei einem dieser Verbrecher, wie Sie sich auszudrücken belieben, handelt es sich um einen kleinen Jungen, dem man nichts vorwerfen kann außer der Liebe zu seiner Mutter –«

»Die eine Diebin war –«

»– und die zweite *Verbrecherin*«, fuhr Jaren ungerührt fort und ein Muskel in seinem Kiefer zuckte, »war kaum sieben Jahre alt, als sie nach Zalindov gebracht wurde. Sagen Sie, was Sie wollen, doch ich bin der Meinung, dass mit unserem Rechtssystem etwas Grundlegendes nicht stimmen kann, wenn es vorsieht, dass *Kinder* zum Sterben ins Gefängnis geschickt werden.«

»Aber sie –«

»Lassen Sie uns außerdem nicht vergessen, dass Kiva Meridans Freilassung rechtmäßig erkämpft wurde, immerhin hat sie sich dem Elementarurteil gestellt. Selbst wenn es nicht zu dem Gefangenenaufstand gekommen wäre, hätte der Vorsteher sie gehen lassen müssen.«

»Wir wissen doch alle, dass Sie ihr in den Prüfungen zum Sieg verhol–«

»Und selbst wenn man das alles außer Acht lässt«, unterbrach Jaren den Großmeister abermals, »hat sie sich Tag und Nacht unter großen persönlichen Entbehrungen um ihre Mithäftlinge gekümmert. Für mein Empfinden macht sie das zu einer Heldin. Behalten Sie das im Hinterkopf, falls sie noch einmal vorhaben, sie eine Verbrecherin zu nennen.«

Nachdem Jaren ihm so oft ins Wort gefallen war, fauchte Horeth mit feuerroten Wangen und funkelnden Augen: »Ihrem Vater wurde vorgeworfen –«

»Ich weiß alles über ihren Vater.«

Ein Satz – und Kivas Welt geriet aus den Fugen.»Glauben Sie denn, ich hätte mich nicht über sie informiert?«, fragte er fassungslos in die Runde. »Nachdem wir den Winterpalast erreicht hatten, habe ich als Erstes meinen Cousin gebeten, mir ihre Gefangenenakte zu beschaffen. Aber Caldon war mir längst drei Schritte voraus. Er hatte schon nach Kivas Luftprüfung – seiner ersten Begegnung mit ihr – angefangen, Nachforschungen über sie anzustellen. Darum konnte er mir direkt alles erzählen, was ich über sie wissen musste.«

Kivas Entsetzen wich einer eisigen, lähmenden Taubheit.

»Dann wissen Sie also, dass –«, begann Horeth, doch auch diesmal ließ Jaren ihn nicht ausreden.

»Ich weiß, dass Faran Meridans mutmaßliche Verbindung zu den Rebellen nicht mehr und nicht weniger war als das: *mutmaßlich*.« Jarens Tonfall war so unnachgiebig wie seine Miene. »Er wurde nach Zalindov geschickt, weil er eines Verrats bezichtigt wurde, den man ihm nie nachweisen konnte. Bei den Göttern, der Mann hat sein Leben damit verbracht, andere zu *retten*. Und wie wurde es ihm gedankt? Mit einem frühen Tod und dem Wissen, dass seine Tochter für ein Verbrechen büßen müsste, das er womöglich gar nicht mal begangen hat. Weshalb sie seine Verhaftung vereiteln wollte.«

»Ganz genau!«, rief Horeth aufgebracht. »*Sie wollte seine Verhaftung vereiteln!* Das ist ein krimineller Tatbest–«

»Sie war sieben Jahre alt!«, schrie Jaren nun förmlich, die Hände auf der Tischplatte zu Fäusten geballt. »Sie hatte kurz zuvor mitansehen müssen, wie ihr jüngerer Bruder getötet wurde – was absolut vermeidbar gewesen wäre. Und dann wurde auch noch ihr Vater mit Gewalt davongezerrt. Natürlich hat sie sich da widersetzt. *Jeder* hätte das!«

Horeths Antwort ging in dem Dröhnen unter, das sich in Kivas Ohren erhoben hatte. Sie versuchte, ihr rasendes Herz damit zu beruhigen, dass sie Jaren einen Teil dieser Geschichte schon vor Monaten selbst erzählt hatte. Daher hatte er gewusst, dass Kerrin gestorben war. Allerdings nicht, *wie*. Und auch nicht, dass sie dabei gewesen war. Zwar hatte sie ihm verraten, dass ihr Vater nach Zalindov geschickt worden war, den Grund für seine Verhaftung hatte sie ihm aber ebenso verschwiegen. All diese Informationen hätte Jaren zum Anlass nehmen können, Kivas Ziele zu hinterfragen. Spätestens nachdem klar gewesen war, dass sie ihm nicht die ganze Wahrheit anvertraut hatte.

Aber … wenn Jaren schon seit ihrem ersten Tag im Winterpalast davon gewusst hatte und Caldon sogar noch früher …

Die Enge in Kivas Brust löste sich ein wenig, als sie begriff, dass das *alles* war, was die beiden wussten. Offenbar hatte Caldon keine weiteren Ermittlungen angestellt, nachdem er ihre Gefangenenakte gelesen hatte. Dafür hatte es schließlich auch keinerlei Grund gegeben. Die Vorwürfe gegen ihren Vater waren haltlos gewesen, daher endete die Spur in einer Sackgasse. Vorsteher Rookes Aufzeichnungen enthielten nichts, was auf eine Verbindung Kivas – oder Farans – mit Tilda hingewiesen hätte. Weder Kiva noch ihr Vater hatten jemals einen anderen Namen als Meridan benutzt und auf Tildas Seite der Familie war der Name Corentine schon viele Generationen zuvor abgelegt worden. Bevor Kiva und Faran nach Zalindov gebracht worden waren, hatten die Meridans sich stets von jeglicher Rebellenaktivität ferngehalten, weshalb sich auch nichts Belastendes in ihrer Vergangenheit fand.

Also war ihr Geheimnis sicher.

Dennoch, Kiva hatte die beiden unterschätzt. Sowohl Jaren als auch Caldon. Und das durfte nicht noch einmal passieren.

»Zum Glück«, sprach Jaren weiter und fuhr sich aufgebracht durchs Haar, »war Kiva damals anscheinend zu jung, um sich daran zu erinnern, dass es die königliche Garde war, die ihr Leben zerstört hat. Noch dazu unter der Führung von Hauptmann Veris persönlich.« Da irrte er sich, aber Kiva würde ganz sicher nicht aus ihrem Versteck springen und die Sache richtigstellen. »Zumindest deutet nichts an ihrem Verhalten darauf hin, dass sie ihn erkannt hat. Veris selbst erinnert sich dagegen, als wäre es gestern gewesen. *Nie werde ich diese Augen vergessen*, hat er einmal zu mir gesagt.« Jaren starrte auf den Tisch und verzog dann gequält das Gesicht. »Götter, wenn sie die Wahrheit wüsste, würde sie nie wieder ein Wort mit mir sprechen«, flüsterte er.

Auch da irrte er sich, sosehr Kiva sich auch wünschte, die Dinge lägen anders.

»Was natürlich eine Tragödie wäre«, erwiderte Horeth trocken, ehe er sich an die Königin wandte. »Hoheit, Sie können es doch unmöglich gutheißen, dass dieses Meridan-Mädchen in Ihrem Palast herumstrolcht. Und dann der Junge – Tripper oder wie er heißt. Sie sind alle beide ein Sicherheitsrisiko und sollten zumindest jederzeit von Wachen eskortiert werden.«

Jaren schien protestieren zu wollen, aber Ariana legte beschwichtigend die Hand auf seine geballte Faust.

»Ich muss gestehen, dass ich mir tatsächlich Sorgen gemacht habe, als ich von den Reisegefährten meines Sohnes erfahren habe«, antwortete sie. »Doch ich weiß auch, dass Jaren niemals etwas tun würde, was unserer Familie – oder unserem Königreich – schaden könnte. Er vertraut den beiden und ich vertraue seinem Urteilsvermögen.« Sie sah jedem der Ratsmitglieder in die Augen, bis ihr Blick schließlich auf Horeth verharrte. »Und das sollten Sie auch tun.«

»Wer zu viel vertraut, wird leicht verraten«, entgegnete der Großmeister kopfschüttelnd; ob vor Enttäuschung oder Abscheu, vermochte Kiva nicht zu sagen. Dennoch jagten seine prophetischen Worte ihr eine Gänsehaut über den Rücken.

»Horeth hat nicht ganz unrecht«, meldete sich der kahlköpfige Feldor zu Wort. »Worauf gründet denn Ihr Vertrauen, Prinz Deverick? Wenn Sie uns das erklären könnten, fiele es uns vielleicht leichter, Ihren Standpunkt nachzuvollziehen.«

»Kiva hat mir das Leben gerettet«, sagte Jaren schlicht, woraufhin alle Anwesenden die Köpfe hoben. »Ohne sie läge ich heute tot in einem Tunnel unterhalb von Zalindov. Ich konnte kaum ohne ihre Hilfe stehen, wie hätte ich es da jemals aus eigener Kraft zurück an die Oberfläche schaffen sollen? Sie hätte mich meinem Schicksal überlassen können. Aber das hat sie nicht.«

Mit jedem von Jarens Worten wurde Königin Arianas schönes Gesicht blasser, dabei musste sie doch längst alles über seine Flucht aus Zalindov wissen.

Horeth dagegen stieß ein abfälliges Schnauben aus. »Nun, Naari hätte Sie wohl früher oder später gefunden. Und selbst wenn nicht, was ist mit Ihrer Magie? Sie hätten diesen Tunnel nicht zu Fuß verlassen müssen, Hoheit, das wissen Sie genauso gut wie ich.«

Kiva blinzelte in die Dunkelheit, als ihr aufging, dass Horeth recht hatte. Wenn Jaren in der Lage war, über einem unterirdischen Fluss zu schweben, dann hätte er sich damals mit Leichtigkeit in die Luft erheben und von seiner Magie zum Ausgang tragen lassen können. Ach was, er hätte einfach mit einem Fingerschnippen die Erde spalten und schnurstracks zurück an die Oberfläche steigen können.

»Sie vergessen, dass ich zwei Wochen lang gefoltert worden war und davor über Monate in den Minen schuften musste, bei kaum mehr als Wasser und Brot«, erklärte Jaren, woraufhin seine Mutter noch bleicher wurde. »Meine Magie war erschöpft und ich hatte keine Kraft, ihre Speicher wieder aufzufüllen. Mehr als ein paar Funken hätte ich damals nicht zustande gebracht.«

Er *hatte* nicht mehr als ein paar Funken zustande gebracht. Weil er Kiva zuvor durch das Elementarurteil geholfen hatte. Und mit dem bisschen, was ihm an Magie geblieben war, hatte er ihnen auf ihrer Wanderung zum Tunnelausgang den Weg geleuchtet – und anschließend die Flucht aus Zalindov ermöglicht.

»Wir sollen Ihnen also allen Ernstes glauben, dass Sie nur dank Kiva Meridan heute noch am Leben sind?«, höhnte Horeth.

»Es ist mir vollkommen gleich, was Sie glauben«, entgegnete Jaren. »Ich erwarte lediglich, dass Sie Kiva und Tipp mit Respekt behandeln. Die beiden sind meine Gäste und ich möchte kein Wort mehr gegen sie hören.«

Er starrte einem Ratsmitglied nach dem anderen in die Augen, als wollte er sie provozieren, sich ihm zu widersetzen.

Eine der Frauen nahm die Herausforderung an, wenn auch auf andere Art als gedacht.

»Ist das der einzige Grund, weshalb die zwei hier sind?« Um den Mund der Ratsdame mit dem rötlich braunen Haar spielte ein Lächeln. »Ich habe das Mädchen bisher nur von Weitem gesehen, aber mir scheint, als wäre sie … nun ja, nicht unbedingt von ausgemachter Hässlichkeit.«

Jaren straffte den Rücken. »Sehen Sie sich vor, Zerra.«

Das Lächeln der Frau wurde breiter, während sie gleichzeitig beschwichtigend die Hände hob. »Vergeben Sie einer schrulligen alten

Frau ihre Neugier, aber vielleicht möchten Sie uns verraten, welche Absichten Sie im Hinblick auf das Mädchen verfolgen. Höre ich da Hochzeitsglocken läuten?«

Diese Frage löste in Kiva eine Ganzkörperreaktion aus. Ein heftiger Ruck durchfuhr sie, ihre Augen weiteten sich, ihre Wangen begannen zu glühen. Und bevor sie es verhindern konnte, stahl sich ein leises, aber dennoch gefährliches Keuchen über ihre Lippen.

»*Hochzeitsglocken?*«, prustete Horeth. »Das ist doch wohl ein Scherz, Zerra. Dieses Mädchen ist eine dahergelaufene Bürgerliche. Nein, nicht einmal das; sie ist eine Verbr–«

»Diesen Satz sollten Sie besser nicht zu Ende führen«, sagte Jaren.

Doch er war nicht der Einzige am Tisch, der vor Wut schäumte.

»Mein Ehemann, *Ihr König*, wurde auch als dahergelaufener Bürgerlicher geboren«, warf Königin Ariana in einem Tonfall ein, der Kiva einen Schauer über den Rücken jagte. »Sie bewegen sich auf sehr dünnem Eis, Großmeister. Ich warne Sie.«

»Verzeihen Sie, Majestät«, ruderte Horeth eilig zurück. »Ich wollte lediglich meine Sorge um Ihren Sohn und die Zukunft unseres Königreichs zum Ausdruck bringen. Wenn er tatsächlich vorhat –«

»Was ich vorhabe, geht den königlichen Rat nichts an«, sagte Jaren, der nun eindeutig keinen Widerspruch mehr duldete. »Sollte eine Situation eintreten, die daran etwas ändert, dann – *und nur dann* – werde ich den Rat von meinen Plänen in Kenntnis setzen. Verstanden?« Er wartete, bis alle vier Ratsmitglieder nickten, ehe er fortfuhr: »Kiva war mehr als ihr halbes Leben lang in einem Albtraum gefangen. Das Letzte, was ich will, ist, ihr das Gefühl zu geben, von einem Käfig in den nächsten geraten zu sein, auch wenn es ein goldener ist. Ich weiß nicht, was die Zukunft für uns bereithält, aber für den Moment möchte ich ihr einfach die Möglichkeit geben, ihr Leben zu genießen und ihre Träume zu verwirklichen. Ich selbst kann nur hoffen, dass sie mir dabei einen Platz an ihrer Seite zugesteht. Und wenn das der Fall sein sollte, werden Sie sich daran gewöhnen müssen. Ich denke, ich habe mich klar genug ausgedrückt.«

Als sie diese tief empfundenen Worte von Jaren hörte, zog sich Kiva erneut die Brust zusammen. Doch noch während sie sich bemühte, das Gesagte nicht an sich heranzulassen, spürte sie, wie die Worte geradewegs in ihr Herz vordrangen und es mit Wärme füllten.

»Das Volk wird sie niemals akzeptieren, wenn erst ihre Vergangenheit an die Öffentlichkeit gelangt.«

Horeths gehässiger Tonfall ließ die Wärme auf einen Schlag verpuffen. Doch Jaren hielt dem Blick des Großmeisters stand und zog demonstrativ die z-förmige Narbe auf seinem Handrücken nach, während er erwiderte: »Wenn das Volk mich akzeptiert, dann wird es das auch bei ihr können. Sie tun den Menschen in diesem Land unrecht, wenn Sie ihnen unterstellen, genauso voreingenommen zu sein wie Sie selbst.«

Der Großmeister zog ein finsteres Gesicht, doch ehe er antworten konnte, kam Ariana ihm zuvor.

»Ich denke, wir haben für heute genug über das Privatleben meines Sohnes gesprochen«, sagte sie und ließ keinen Zweifel daran, dass die Angelegenheit damit beendet war. »Was steht sonst noch auf der Tagesordnung?«

Jaren nutzte das Zögern der Ratsmitglieder dazu, selbst ein neues Thema anzuschneiden: »Ich wüsste gern, wie die Ermittlungen zu Vorsteher Rooke voranschreiten. Seit unserer Abreise aus dem Winterpalast habe ich nichts mehr davon gehört. Ist er mittlerweile wegen Amtsmissbrauchs angeklagt worden?«

Kiva zuckte erneut zusammen. Ihre verkrampften Glieder schrien auf vor Schmerz, aber sie konnte nichts dagegen tun. Rooke sollte angeklagt werden? Würde er – würde er tatsächlich für das, was er getan hatte, zur Rechenschaft gezogen werden?

Feldor kratzte sich die Glatze. »Wir haben beantragt, dass die Sache überprüft wird, Hoheit, aber streng genommen unterliegt Rooke nicht unserer Richtbarkeit. Er ist kein Bürger Evalons, sondern allen acht Königreichen zugleich unterstellt. Und bislang stimmen leider nur Nerine und Valorn Ihrer Forderung nach einem Gerichtsverfahren zu. Uns sind die Hände gebunden.«

Kivas Hoffnung welkte so schnell dahin, wie sie aufgekeimt war. Doch sie tröstete sich damit, dass sie sich selbst an Rooke rächen würde. Irgendwann.

»Wie, und das war's?«, fragte Jaren merklich frustriert. »Er hat die offizielle Erlaubnis, seine Häftlinge zu terrorisieren? Sie zu vergiften, wenn er findet, dass es zu viele werden?«

»Das ist nicht erwiesen«, warnte Yisari.

»Ich war doch dabei«, konterte Jaren. »Naari, Kiva, Tipp – wir haben gesehen, wie die Gefangenen einer nach dem anderen gestorben sind. Wir hatten Angst, die Nächsten zu sein.«

»Belegen lässt es sich trotzdem nicht«, wiederholte Yisari und hob bedauernd die Hände. »Rooke hat Zalindov über zehn Jahre unter Kontrolle gehalten und damit länger als jeder Vorsteher vor ihm. Sein Wort steht gegen Ihres. Ohne handfeste Beweise werden wir die anderen Königreiche kaum dazu bringen können, sich gegen ihn zu wenden. Nachdem er so gute Arbeit geleistet hat, würde es niemand gern sehen, wenn er ersetzt wird.«

»Er ist ein Mörder«, knurrte Jaren.

»Seine Opfer waren allerdings auch nicht gerade Unschuldslämmer«, merkte Horeth an, bevor er einschränkte: »Zumindest die meisten.«

Jaren warf dem Großmeister einen zornigen Blick zu und wandte sich dann an seine Mutter. »Wir müssen dringend unsere Strafgesetzgebung prüfen. Natürlich kann ich nicht für die anderen Königreiche sprechen, aber ich persönlich werde nicht länger dulden, dass die Einwohner dieses Landes ohne fairen Prozess ins Gefängnis geworfen werden. Nie wieder darf ein Unschuldiger in Zalindov landen. Nie. Und selbst den erwiesenen Verbrechern, die verdienterweise ihr Dasein hinter Gittern fristen, müssen weiterhin ihre Grundrechte gewährt werden.« Erst da bezog Jaren wieder den Rest der Runde mit ein: »Wenn wir Rooke schon nicht das Handwerk legen können, dann sollten wir wenigstens versuchen, unsere Landsleute hinter diesen Gefängnismauern zu schützen. Und dafür sorgen, dass niemand dort landet, der dort nicht hingehört.«

Einen Moment lang schienen die Ratsmitglieder völlig aus dem Konzept gebracht – was Kiva genauso ging –, aber schließlich nickte Ariana, ein kleines, stolzes Lächeln auf den Lippen.

»Ich bin ganz deiner Meinung«, sagte sie. Dann drehte sie sich zu Horeth um. »Rufen Sie die Justiziare zusammen und veranlassen Sie, dass die Gesetzbücher auf Passagen geprüft werden, die der Überarbeitung bedürfen. Und zwar mit oberster Priorität.«

Der Großmeister blinzelte unschlüssig. So leichtfertig, sich einem direkten Befehl seiner Königin zu widersetzen, war er allerdings doch nicht und er nickte letztlich steif.

Als Kiva begriff, wie viele Menschenleben eine solche Gesetzesanpassung retten würde, gestattete sie sich ein winziges Aufatmen. Doch ihr blieb keine Zeit, länger über Jarens Reformpläne nachzudenken – oder darüber, welche Gefühle diese in ihr auslösten –, denn die Ratsversammlung war noch lange nicht vorbei.

»Wie steht es um die Rebellen?«, ging Königin Ariana zum nächsten Punkt über. »Seit Tildas Tod hatten sie eigentlich viel ruhiger gewirkt, trotzdem haben sie gestern Abend Kiva entführt. Vermutlich, um Jaren unter Druck zu setzen. Glauben Sie, sie bereiten wieder einen Angriff vor?«

»Leider haben wir in letzter Zeit nicht viel Neues in Erfahrung gebracht«, antwortete Zerra ernst. »Seit Rhune und Whitlock getötet wurden, konnten wir keine Spione mehr in den inneren Kreis einschleusen, geschweige denn ihnen Zugang zum Hauptquartier verschaffen. Es ist, als hätten die Viper und der Schakal einen sechsten Sinn, was Loyalität angeht.«

Die Viper und der Schakal. Wen Zerra damit meinte, war leicht zu erraten, dennoch fragte Kiva sich, wie ihre Geschwister zu diesen Codenamen gekommen waren. Außerdem verstörte sie der Gedanke an die zwei toten Agenten. Bei der Vorstellung, dass Torell oder Zuleeka dafür verantwortlich sein könnten, wurde ihr übel.

»Was vermutlich ein Zeichen dafür ist, dass *sie* Spione unter *uns* platziert haben«, entgegnete Jaren seufzend. »Sie brauchen keinen sechsten Sinn, wenn sie jemanden haben, der sie über alles auf dem Laufenden hält.« Müde fuhr er sich mit der Hand übers Gesicht. »Ich wünschte, Eidran wäre hier. Er wüsste ganz genau, was wir tun sollen und wem wir vertrauen können.«

»Eidran hat Rhune und Whitlock ausgebildet, nicht wahr?«, fragte Feldor.

Jaren nickte. »Ihr Tod hat ihn schwer getroffen. Das war auch der Grund, warum Naari und ich ihn damals mit in den Winterpalast genommen haben. Damit er nicht in der Stadt sitzt und auf dumme Gedanken kommt. Aber er hat trotzdem ununterbrochen darüber nachgegrübelt und immer neue Wege gesucht, die Rebellen zu unterwandern.« Jaren hielt inne, als würde er sich plötzlich an etwas erinnern. »Kurz bevor wir aufgebrochen sind, hat er erwähnt, auf einen geheimen Treffpunkt hier in Vallenia gestoßen zu sein. Er wollte ihn sofort nach unserer Rückkehr auskundschaften.«

Ein Funkeln trat in Yisaris dunkle Augen. »Hat er Ihnen verraten, wo genau er ist?«, wollte sie wissen.

Jaren stieß ein belustigtes Schnauben aus. »Vor einer halben Stunde haben Sie mich noch als töricht und waghalsig bezeichnet. Glauben Sie, Eidran wäre nicht klar gewesen, was ich mit solchen Informationen anstellen würde?«

Niemand antwortete.

Schließlich wandte Königin Ariana sich Zerra zu. »Schicken Sie jemand Vertrauenswürdigen nach Albree. Ich will genau wissen, was Eidran herausgefunden hat. Und dann setzen Sie einen unserer neueren Spione darauf an.«

»Eidran wird nichts sagen«, prophezeite Jaren. »Seit der Sache mit Rhune und Whitlock weiß er, dass wir irgendwo eine undichte Stelle haben. In seinen Augen ist im Moment jeder verdächtig.«

»Er wird keine andere Wahl haben«, entgegnete Horeth. »Nicht, wenn er nach seiner Genesung auf seinen alten Posten in der königlichen Garde zurückkehren will.«

Darauf hatte Jaren nichts zu erwidern. Die vier Ratsmitglieder begannen, darüber zu debattieren, wen man nach Albree entsenden solle und wer sich am besten eigne, um ein geheimes Treffen der Rebellen zu infiltrieren. Nach und nach widmete sich die Diskussion der Frage, wie man den Spionen der Rebellen auf die Schliche kommen könne. Auch Ariana steuerte hin und wieder eine Idee bei.

Keiner der fünf achtete mehr auf Jaren, und so entging ihnen der nachdenkliche Ausdruck auf seinem Gesicht. Genau wie die Tatsache, dass er Yisaris Frage zuvor geschickt ausgewichen war, indem er mit einer eigenen Gegenfrage gekontert hatte.

Glauben Sie, Eidran wäre nicht klar gewesen, was ich mit solchen Informationen anstellen würde?

Kiva wettete darauf, dass Jaren mehr wusste, als er zugab. Und wenn Eidran ihm tatsächlich Genaueres über den geheimen Treffpunkt der Rebellen verraten hatte, war so gut wie garantiert, dass Jaren dem Hinweis folgen würde. Was bedeutete, dass Kiva ihn in nächster Zeit gut im Auge behalten müsste, um nichts zu verpassen.

»… tun also weiterhin unser Bestes, um die Situation mit den Rebellen nicht außer Kontrolle geraten zu lassen«, sagte Zerra, als Kiva ihre Aufmerksamkeit zurück auf das Gespräch richtete. »Sie sind lästig, aber am Ende dürfte uns wohl allen klar sein, dass sie keine ernst zu nehmende Gefahr für Evalon darstellen.«

Kiva öffnete empört den Mund, nur um ihn hastig wieder zu schließen.

»Erzählen Sie das mal denen, die durch die Schuld der Rebellen einen geliebten Menschen verloren haben«, entgegnete Jaren angewidert. »Oder ihr Zuhause, ihr komplettes Dorf. Ich wage zu bezweifeln, dass diese Menschen die Rebellen bloß als *lästig* bezeichnen würden.«

»Wir wollen die zivilen Unruhen, die sie verursachen, nicht verharmlosen, schon gar nicht den dadurch entstandenen Schaden«, bekundete Großmeister Horeth überraschend beschwichtigend. »Aber Zerra hat recht. Es wird den Rebellen niemals gelingen, eine Armee aufzustellen, die es mit unseren Streitkräften aufnehmen könnte. Und solange sie die Königliche Triade nicht haben, wäre ein Krieg ihre einzige Möglichkeit, sich die Krone zu sichern.«

Kiva horchte auf. Die Königliche Triade – was mochte das sein? Und was hatte sie mit der Krone zu tun? Kiva nahm sich vor, ihre Geschwister danach zu fragen, wenn sie die beiden das nächste Mal traf. Genau wie nach den Schäden, die sie durch ihre Aufstände verursacht hatten – in der Hoffnung, dass es dafür eine gute Erklärung gab.

»Mehr können wir derzeit nicht gegen die Rebellen unternehmen«, fuhr Horeth fort. »Oder besser gesagt: Mehr *müssen* wir auch nicht unternehmen. Wie ja bereits festgestellt wurde, verhalten sich die Rebellen seit einiger Zeit ruhiger. Ohne ihre Königin werden sie vermutlich ohnehin bald aufgeben. Wir sollten einfach abwarten.«

»So schnell geben die Viper und der Schakal sich bestimmt nicht geschlagen«, widersprach Jaren und fasste damit exakt Kivas Gedanken zusammen. »Eidran ist überzeugt, dass einer der beiden – vielleicht sogar beide – direkt mit Tilda verwandt ist. Ihre Geschwister, Cousins, Cousinen, ihre Kinder. Niemand Außenstehendes hat jemals ihre Gesichter gesehen. Wir kennen nicht mal ihr genaues Alter. Aber wenn Eidran richtigliegt und die beiden nun die Führung der Rebellen übernommen haben, dann heißt das –«

»– sie könnten tatsächlich von den Corentines abstammen«, murmelte Ariana und ihre saphirblauen Augen wurden schmal.

Plötzlich war Kiva heilfroh, dass Eidran so weit weg war. Denn ohne seine Informationen über die Rebellen schien der königliche Rat nicht recht weiterzukommen.

»Das ist zugegebenermaßen eine beunruhigende Vorstellung«, räumte Horeth ein, »aber es ändert nichts an den Fakten. Corentines oder nicht, sie werden ihr Ziel nicht erreichen. Wir werden weiterhin Soldaten in Gebiete mit hoher Rebellenaktivität schicken. Darüber hinaus bleibt uns jedoch nichts anderes übrig, als abzuwarten, dass sie ihre Mission selbst als gescheitert erklären.«

Jaren missfiel es sichtlich, zur Untätigkeit verdammt zu sein; mit finsterer Miene starrte er vor sich auf den Tisch.

»Und außerdem«, fuhr Horeth fort, »gibt es eine wichtigere Angelegenheit zu besprechen.«

Jaren sah hoch, als Horeth seinen Stuhl zurückschob und aufstand. Sein roter Umhang floss an seinem drahtigen Körper hinunter wie Blut.

Dann setzte er sich in Bewegung.

Geradewegs auf Kiva zu.

Sie hielt die Luft an, um nicht den geringsten Laut von sich zu geben, der sie verraten könnte. Direkt vor dem Sekretär blieb der Großmeister stehen und blockierte ihr die Sicht. Wenn er sich jetzt bückte und die Türen öffnete, dann –

»Wir haben einen Brief aus Mirraven erhalten«, erklärte Horeth. Pergament raschelte und Kiva konnte sich im letzten Moment ein erleichtertes Wimmern verkneifen. Kurz darauf hatte sie wieder freie Sicht, da Horeth mit dem Schreiben an seinen Platz zurückkehrte.

Jaren stöhnte. »Lassen Sie mich raten: Womit droht König Arakkis uns diesmal? Wenn wir ihm Evalon freiwillig überlassen, schenkt er uns freundlicherweise das Leben? Oder ist ihm doch tatsächlich mal etwas Neues eingefallen?«

Schweigen breitete sich aus, bis Königin Ariana sich schließlich an ihren Sohn wandte. »Arakkis ist tot«, sagte sie leise.

Jaren fuhr zusammen. »Was?«

»Das hatte ich dir doch geschrieben.« Ariana runzelte die Stirn. »Gleich nachdem du zum Winterpalast aufgebrochen warst.«

Jaren schüttelte den Kopf. »Die einzigen Nachrichten, die ich dort erhalten habe, waren die von Tildas Festnahme in Mirraven und euren Verhandlungen darüber, dass sie nach Zalindov geschickt wird.«

»Da war Arrakis bereits tot. Die Verhandlungen haben wir damals mit –«

»Sag es nicht«, flüsterte Jaren, der mit einem Mal leichenblass war.

»Navok ist der neue König von Mirraven«, erklärte Ariana noch leiser und aus ihren Worten sprach Bedauern. »Wie du weißt, kann laut mirravenischem Gesetz jeder, der von königlichem Blut ist und den amtierenden Monarchen im Kampf schlägt, den Thron für sich beanspruchen. Navok hat Arakkis herausgefordert. Und gewonnen.«

»Er hat seinen eigenen Vater getötet«, stellte Jaren tonlos fest.

»Arakkis war selbst kein Heiliger«, wandte der Großmeister ein.

»Verglichen mit seinem Sohn schon.«

Jarens schroffer Kommentar hallte ein paar Sekunden im Raum nach, ehe Horeth sich schließlich räusperte und auf das Pergament deutete. »Das Schreiben hat uns gestern Nacht erreicht. Davor hatte Mirraven auf keinen unserer Briefe reagiert. Übrigens genauso wenig wie Caramor.«

Jaren griff nach dem Brief und überflog ihn hastig.

»Wie Sie sehen«, redete Horeth weiter, »droht Navok uns nicht mit einer Invasion.«

»Nein, dazu ist er viel zu gerissen«, murmelte Jaren, die Stirn konzentriert gerunzelt, während er das Mirravenische im Stillen übersetzte. An einem Punkt stutzte er und hob den Kopf. »Serafine soll Voshell heiraten?«

»Eine von Navoks ersten Amtshandlungen als König bestand darin, die Verlobung seiner Schwester mit dem Kronprinzen von Caramor in die Wege zu leiten«, bestätigte Horeth, bevor er etwas säuerlich hinzufügte: »Als wären die Bande zwischen diesen beiden Territorien nicht bereits eng genug.«

»Allerdings«, stimmte Jaren ernst zu. »Die halten zusammen wie Pech und Schwefel. Aber ich bezweifle, dass diese Hochzeit die Verbindung noch zusätzlich stärken wird. Zumal wir doch alle wissen, dass Serafine eher sterben würde, als Voshell zu heiraten. Was hat Navok vor? Das ergibt überhaupt keinen Sinn.«

»Vielleicht will er sie aus dem Weg schaffen, damit sie nicht auf die Idee kommt, ihn herauszufordern«, vermutete Yisari und strich sich eine lose schwarze Haarsträhne hinters Ohr.

»Serafine Kildarion würde keiner Fliege etwas zuleide tun«, hielt Jaren dagegen. »Wenn sie ihrem Bruder und ihrem Vater optisch nicht so ähnlich sähe, könnte man fast glauben, sie wäre adoptiert. Sie ist kein bisschen wie die beiden.«

»Dann schlägt sie charakterlich wohl nach ihrer Mutter«, meinte Zerra.

»Hoffen wir, dass sie nicht dasselbe Ende ereilt«, brummte Feldor.

Kiva zog die Augenbrauen hoch und fragte sich, ob die ehemalige Königin womöglich doch nicht geflohen war.

Oder ob sie bei dem Versuch von ihrem grausamen Ehemann gestoppt worden war.

»Arme Serafine«, seufzte Jaren voll aufrichtigem Bedauern. »Ganz offensichtlich missbraucht Navok sie für seine Machtspielchen. Das hat sie nicht verdient. Sie war die Einzige aus ihrer ganzen Familie, die ich damals während unserer Diplomatenreise in den Norden in meiner Nähe ertragen konnte. Mirryn mochte sie ebenfalls gern, die beiden haben sich sogar angefreundet. Und Caldon – tja, der hat selbstverständlich auch Gefallen an ihr gefunden. Serafine war allerdings klug genug, nicht auf seine Avancen einzugehen.«

Jaren verdrehte die Augen und erntete damit verhaltenes Gelächter. Dann ließ er das Pergament sinken und die Runde wurde wieder ernst.

»Im Grunde sagt uns dieser Brief eigentlich gar nichts, oder? Das sind alles nur höfliche Floskeln. Vermutlich will Navok uns bloß verunsichern, damit wir uns fragen, was er im Schilde führt.« Jaren trommelte mit den Fingern auf die Tischplatte. »Trotzdem sollten Sie Ashlyn davon in Kenntnis setzen. Die Armee muss einsatzbereit sein, falls Mirraven und Caramor einen Militärschlag planen.«

»Unsere Armee ist immer einsatzbereit«, beteuerte Yisari mit hörbarem Stolz. »Wenn diese Barbaren aus dem Norden glauben, unser Land wäre so leicht einzunehmen, rufen wir ihnen gern in Erinnerung, warum Evalon das mächtigste Königreich von ganz Wenderall ist.«

Jaren nickte abwesend und konzentrierte sich abermals auf den Brief. »Irgendetwas hieran kommt mir merkwürdig vor. Navok prahlt regelrecht mit Serafines anstehender Heirat. Aber warum?« Er wandte sich an Yisari. »Haben wir Informanten in Mirraven?«

»Bis jetzt nicht; zumindest keine, die in der Lage wären, uns brauchbare Einblicke zu verschaffen«, antwortete sie.

»Setzen Sie Ashlyn darauf an«, ordnete Jaren an. »Sie soll ihre besten Agenten mobilisieren. Navok ist nicht nur durchtrieben, sondern auch äußerst wachsam. Der erkennt einen Spion, bevor er auch nur einen Fuß nach Zadria gesetzt hat. Darum brauchen wir jemanden, der genauso erfinderisch wie anpassungsfähig ist.«

»Ich werde noch heute Abend einen Boten entsenden«, versprach Yisari.

»So wie ich Ash kenne, hat sie da oben schon längst irgendwen postiert, von dem wir gar nichts wissen.« Jaren reichte den Brief an seine Mutter weiter. »Aber falls nicht, wird sie sich schnellstmöglich darum kümmern.«

»Und bis dahin?«, fragte Horeth.

»Bis dahin warten wir ab«, sagte Jaren, »und halten Augen und Ohren offen.«

»Falls sie doch angreifen sollten, werden wir sie aufhalten«, verfügte Königin Ariana mit stählerner Stimme. »Niemand bedroht meine Familie und mein Königreich, ohne dafür zur Rechenschaft gezogen zu werden. Niemand.«

Der Zorn in Arianas Stimme ließ Kiva erschaudern und die Worte hallten ihr noch durch den Kopf, als der königliche Rat sich längst anderen Themen zugewandt hatte. Handelsbeziehungen mit dem Ausland, Städteplanung, Anliegen der Zünfte … Alles Dinge, die für Kiva nicht von Interesse waren. Schon bald begann sie sich zu langweilen, wodurch ihr die unbequeme Position, die schmerzenden Muskeln und ihre tauben Gliedmaßen umso bewusster wurden.

Gerade als sie überzeugt war, es keine Minute länger in dem engen Schrank auszuhalten, erklärten Jaren und Ariana die Versammlung für beendet und erhoben sich. Kiva wäre vor Erleichterung beinahe in Tränen ausgebrochen, als sie beobachtete, wie die Ratsmitglieder den beiden in den dunklen Tunnel folgten und die Tür hinter sich schlossen.

Um kein Risiko einzugehen, ließ Kiva noch ein wenig Zeit verstreichen. Erst als sie sicher war, dass die Gruppe es zurück an die Oberfläche geschafft haben musste, stieß sie die Schranktüren auf – und purzelte hilflos auf den harten Steinboden. Eine Weile blieb sie einfach liegen und wartete mit zusammengebissenen Zähnen darauf, dass das Kribbeln und Stechen in ihren Gliedern nachließ.

Doch der Schmerz blieb.

Sie verfluchte Caldon und sein grausames morgendliches Training, obwohl ihr klar war, dass der Prinz sie nicht dazu gezwungen hatte, sich für einen Großteil des Nachmittags in einen winzigen Schrank zu zwängen.

Trotzdem, es hatte sich gelohnt, befand sie, während sie sich mit schmerzverzerrtem Gesicht auf die Füße stemmte. Nicht einmal Naari hatte bei der Versammlung dabei sein dürfen und selbst Mirryn schien nicht in die Geheimnisse des königlichen Rats eingeweiht zu sein. Nur die Königin und ihr Thronerbe.

Und nun auch Kiva.

Jetzt musste sie nur einen Weg finden, ihr Wissen an Torell und Zuleeka weiterzugeben.

Ein flaues Gefühl breitete sich in ihr aus, als sie sich humpelnd auf den Rückweg machte. Sie versuchte, sich einzureden, dass sie bloß hungrig war und ihr Unbehagen nichts damit zu tun hatte, dass sie kurz davor war, die Königsfamilie zu verraten.

Jaren zu verraten.

Das Letzte, was ich will, ist, ihr das Gefühl zu geben, von einem Käfig in den nächsten geraten zu sein.

Bei der Erinnerung an seine Worte verkrampfte sich ihr Magen noch mehr.

Für den Moment möchte ich ihr einfach die Möglichkeit geben, ihr Leben zu genießen und ihre Träume zu verwirklichen.

Wenn es nur so einfach wäre, dachte Kiva. Wenn nur die letzten zehn Jahre nie gewesen wären. Wenn nur ihre Pflicht gegenüber ihrer Familie nicht wäre.

Ich selbst kann nur hoffen, dass sie mir dabei einen Platz an ihrer Seite zugesteht.

Jaren würde an ihrer Seite sein. Bis zu dem Moment, in dem sie ihm die Krone raubte.

Kiva blieb in der Dunkelheit stehen. Allein der Gedanke zerriss ihr das Herz.

Und dann ging sie weiter.

Weil sie es musste.

Sie versuchte, den Schmerz zu verdrängen, doch sosehr sie sich auch bemühte, er begleitete sie auf dem ganzen Weg zurück in den Palast, für den Rest des Nachmittags und bis tief in die Nacht hinein. Eine stetige Folter, die einfach nicht nachlassen wollte.

KAPITEL ELF

Kiva brannte.

Fiel.

Ertrank.

Wasser. So viel Wasser. Sie bekam keine Luft.

Ihre Haut stand in Flammen, brannte. *Kiva* brannte.

Sie fiel immer schneller, Windböen zerrten an ihren Gliedern, eisige Kälte schälte ihr die Haut von den Knochen.

Das Knallen einer Peitsche. Das leise Stöhnen eines Mannes.

Blut, das in einen Abfluss rann.

Dunkelheit – so viel Dunkelheit.

SIE BEKAM KEINE LU–

»Wach *auf*!«

Keuchend schreckte sie hoch. Eine Silhouette beugte sich über ihr Bett; jemand umklammerte bestimmt ihre Schultern. Kiva schrie und trommelte mit den Fäusten auf den nackten Oberkörper des Mannes ein, versuchte, sich aus seinem Griff zu befreien. Doch er stieß bloß ein »Uff« aus und hielt sie noch fester, presste ihr die Arme an die Seiten. Sie öffnete den Mund zu einem weiteren Schrei, aber dann –

»Kiva! *Kiva!* Ich bin's!«

Endlich drang Jarens Stimme zu ihr durch und sie erstarrte.

»Es war nur ein Albtraum«, sagte er und zog sie an seine warme, starke Brust. »Ich bin ja bei dir. Du bist in Sicherheit.« Er strich ihr das schweißnasse Haar aus der Stirn »Ich bin da.«

»J-J-Jaren?«, stotterte Kiva, während sie weiterhin um Atem rang.

Es war dunkel im Zimmer; nur das Mondlicht, das zum Fenster hereinfiel, erhellte gerade so sein besorgtes Gesicht.

»Ich bin bei dir«, wiederholte er und streichelte ihr beruhigend den Rücken.

Unwillkürlich schmiegte Kiva sich an Jaren, vergrub ihr Gesicht an seinem Hals. Sie vergaß, dass sie ihn von sich hätte stoßen müssen, und klammerte sich zitternd an ihn wie ein kleines Kind.

»G-geht es ihr gut?«, ertönte Tipps schüchterne Stimme von der Tür her.

»Alles in Ordnung«, antwortete Jaren leise. »Aber es war richtig, dass du mich geholt hast. Warum weckst du nicht Ori und ihr zwei holt euch in der Küche eine schöne heiße Schokolade, bevor ihr weiterschlaft? Du kannst morgen mit Kiva reden.«

Tipp schien zu zögern, doch kurz darauf hörte Kiva, wie er ihre Zimmertür hinter sich schloss.

Sie bebte noch immer am ganzen Körper und brachte es nicht über sich, Jaren loszulassen. Es war ihr vollkommen gleich, dass sie miteinander allein waren, dass sie eng umschlungen auf ihrem Bett hockten und er nur halb angezogen war. Bei ihm fühlte sie sich sicher. Seine Arme waren alles, was sie zusammenhielt.

Er war alles, was sie zusammenhielt.

»Weißt du, ich habe auch oft welche«, flüsterte Jaren und fuhr ihr mit den Fingern durchs Haar. »Solche Träume. Seit Zalindov.«

Bei der Erinnerung an die gedämpften Schreie, die sie im Winterpalast durch die Wände gehört hatte, drängte sie sich noch dichter an ihn.

Ohne das Gesicht von seinem Hals zu lösen, hauchte sie: »Wovon träumst du?«

Sie musste weg von ihm.

Doch sie rührte sich nicht.

Nur dieses eine Mal, sagte sie sich.

Nur dieses eine Mal würde sie sich gestatten zu vergessen, wer er war – wer *sie* war –, und sich seiner tröstlichen Umarmung hingeben.

»Ich träume von Dunkelheit, von Tod«, antwortete Jaren ebenso leise. »Ich träume, dass du von diesem Turm stürzt und ich dich nicht rechtzeitig auffangen kann. Ich träume, dass du diesen Brennofen betrittst und nie wieder rauskommst. Ich träume, dass … dass …« Er schluckte. »Ich träume, dass ich dich reglos am Grund des Steinbruchsees finde.« Er erschauderte. »Ich träume, dass du stirbst, immer und immer wieder, und ich nichts dagegen tun kann.«

Bruchstücke ihres eigenen Albtraums zuckten Kiva durch den Kopf.

Wie sie fiel.

Wie sie brannte.

Wie sie ertrank.

Wie sie in der seelenzermürbenden Finsternis des Purgatoriums hockte. Und –

»Ich sehe, wie du ausgepeitscht wirst.«

Der Satz rutschte ihr ungewollt über die Lippen.

Jaren erstarrte.

Nach dem Tag, der hinter ihr lag, nach allem, was sie erfahren und empfunden hatte – was sie noch immer empfand –, war ihre Selbstbeherrschung erschöpft. Darum fuhr sie nun fort: »Es war meine Schuld. Du … du hast mich gerettet und er … er hat dich dafür bestraft.« Ihre Stimme versagte; nur noch ein abgehacktes, ersticktes Krächzen drang aus ihrer Kehle.

»Ach, Liebes«, murmelte Jaren und gab ihr einen Kuss auf die Schläfe.

Kivas Widerstand schmolz dahin. Sie konnte nichts dagegen tun.

»Es tut mir so leid«, flüsterte sie aus tiefstem Herzen. »Ich weiß, das habe ich dir noch nie gesagt. Aber ich hätte es tun sollen.«

»Es gibt nichts, was dir leidtun müsste.«

»Nicht mal bedankt habe ich mich bei dir«, warf Kiva sich selbst unbeirrt vor. So schläfrig, wie sie war, hatte sie keinerlei Kontrolle über das, was ihr über die Lippen kam. »Du hast mir das Leben gerettet und ich habe mich nicht mal bedankt. Ich war einfach so wütend, weil du mich angelogen hattest, aber du – du hast mich gerettet. Nur deinetwegen bin ich noch am Leben.« Ihre Stimme wurde rau. »Wie konnte ich dafür nicht mal Danke sagen?«

Jaren streichelte sie sanft. »Ich bin mir ziemlich sicher, dass du dich bedankt hast.«

»Nein«, widersprach sie und klammerte sich noch fester an ihn. »Habe ich nicht.«

»Jetzt schon«, entgegnete Jaren beschwichtigend.

»Ich hätte es viel früher tun sollen.«

»Jetzt hast du es ja.«

Kiva schwieg, gelähmt von all den Gefühlen, die in ihr tosten. Ihr Albtraum hatte sie vollkommen aus der Bahn geworfen. Sie empfand so viel – *zu* viel – auf einmal. Alles, was sie in den letzten sechs Wochen, in den letzten *zehn Jahren*, so entschlossen niedergekämpft hatte, bahnte sich nun einen Weg an die Oberfläche.

»Es tut mir leid«, wisperte sie.

»Du wiederholst dich, meine Schöne«, flüsterte Jaren und zog sie noch enger an sich.

Doch diesmal entschuldigte Kiva sich nicht für das, was bereits passiert war.

Sondern für das, was vor ihnen lag.

Und während Jaren sie weiter in den Armen hielt und versprach, bei ihr zu bleiben, bis sie wieder eingeschlafen war, dämmerte ihr, dass sie in größerer Gefahr war als je zuvor.

Denn sie wollte ihn nicht loslassen.

Und sie wusste nicht, ob sie es jemals könnte.

Als Kiva am nächsten Morgen erwachte, wartete ein Prinz in ihrem Schlafzimmer. Nur dass es nicht der Prinz war, der sie nach ihrem Albtraum zurück in den Schlaf gewiegt hatte.

»Zeit fürs Training, Sonnenschein«, begrüßte Caldon sie. »Na los, raus aus den Federn!«

Schlaftrunken kroch Kiva unter ihrer Bettdecke hervor. Sie fragte sich, wann Jaren wohl gegangen sein mochte, und war froh, dass Caldon sie nicht zusammen im Bett gefunden hatte.

Ein gequältes Wimmern entwich ihr, als sie aufstand und ihre Muskeln nach all den Strapazen mit Meuterei drohten. Caldon jedoch zeigte kein Erbarmen. Die zweite Trainingseinheit war der ersten ziemlich ähnlich, abgesehen von ein paar zusätzlichen Minuten Kistensteigen und einer Laufrunde mehr.

Wie schon am Tag zuvor trieb Caldon sie gnadenlos an ihre körperlichen Grenzen – und darüber hinaus –, bis sie sich abermals ins Gebüsch erbrach.

Kiva wusste kaum noch, wie sie es anschließend schweißüberströmt und schmerzgepeinigt zurück in ihr Zimmer geschafft hatte. Doch nachdem sie ein langes heißes Bad genommen und sich frische Kleider angezogen hatte, begann sie allmählich, sich wieder wie ein Mensch zu fühlen. Beim Gedanken an die vergangene Nacht stieg leise Scham in ihr auf, aber Kiva schob sie entschlossen beiseite. Jaren war für sie da gewesen, als sie ihn gebraucht hatte. Jaren war *immer* für sie da, wenn sie ihn brauchte. Aber das schob sie ebenso beiseite, denn sonst …

Auch heute Morgen hatte Jaren sich auf dem Kasernenhof wieder mit Hauptmann Veris gemessen. Bei ihrer Ankunft hatte er eine Sekunde innegehalten und ihr ein aufmunterndes Lächeln geschenkt, ehe er dem nächsten Hieb ausgewichen war. Doch dieses Lächeln allein hatte Kiva die Gewissheit gegeben, dass das, was letzte Nacht – und davor in der Höhle – zwischen ihnen passiert war, keiner Erklärung bedurfte. Keiner Definition. Sie waren einfach, was sie waren. Jaren und Kiva. Zwei Menschen, die das gemeinsam Erlebte zusammengeschweißt hatte, auf Gedeih und Verderb. Darüber musste Kiva nicht lange nachdenken. Nein, darüber *durfte* sie nicht lange nachdenken, jedenfalls nicht, wenn sie sich ein Mindestmaß an geistiger Zurechnungsfähigkeit bewahren wollte. Denn an ihren Plänen hatte sich nichts geändert. Sosehr sich ihr Herz auch dagegen sträubte.

Ein Klopfen an ihrer Zimmertür riss sie aus ihren Grübeleien. Kiva nahm an, dass es Tipp war, der sich nach dem nächtlichen Zwischenfall vergewissern wollte, dass es ihr gut ging. Zu ihrer Überraschung jedoch wartete draußen eine ältere Bedienstete und machte einen kleinen Knicks.

»Verzeihung, Miss. Die Heilerin, die Sie vorgestern Nacht behandelt hat, lässt ausrichten, sie erwarte Sie an der Silverthorn-Akademie.«

»Rhessinda?«, fragte Kiva.

Die Frau nickte. »Ja, Miss. Aber wenn es Ihnen lieber ist, kann ich auch veranlassen, dass sie hierher in den Palast kommt.«

»Nein, schon in Ordnung«, entgegnete Kiva. »Es ist so ein schöner Tag, da mache ich gern einen kleinen Spaziergang.«

Vermutlich würde die Bewegung auch ihren schmerzenden Muskeln guttun. Ganz zu schweigen davon, dass sie dadurch für eine Weile Jaren aus dem Weg gehen konnte. Sie brauchte Abstand von ihm, rief sie sich ihren Vorsatz in Erinnerung, an den sie sich bislang mehr schlecht als recht gehalten hatte.

»Wie Sie wünschen, Miss«, erwiderte die Dienerin mit einem weiteren Knicks und verschwand.

Eigentlich hatte Kiva vorgehabt, ein wenig den Palast zu erkunden, aber nach allem, was sie am Tag zuvor erfahren hatte, entschied sie, sich eine Pause zu gönnen. Schließlich hatte sie ihre Informationen noch nicht einmal weitergeben können, sondern musste darauf warten, dass ihre Geschwister wieder Kontakt mit ihr aufnahmen.

Nachdem sie in ihre Stiefel geschlüpft war, begab Kiva sich ins Erdgeschoss und trat hinaus in die Frühlingssonne. Bei ihrer Ankunft in Vallenia hatte man ihr zugesichert, die Soldaten am Palasttor hätten Befehl, sie jederzeit passieren zu lassen. Sie könne kommen und gehen, wie es ihr gefalle. Also lächelte sie den Wachen höflich zu und erntete ein respektvolles Nicken.

Kiva schlenderte entspannt die Uferstraße hinunter in Richtung der Silverthorn, atmete die frische Luft ein und genoss die warme Sonne auf ihrer Haut. Heute war der letzte Tag des Flussfests, aber die Straßen waren längst nicht mehr so überlaufen wie am ersten Abend. Nirgendwo herrschte Gedränge, nur hier und da tanzten ein paar Kinder zu den beschwingten Liedern der Musikanten am Wegesrand.

Viel zu schnell erreichte Kiva den Fuß des Hügels, auf dem die Akademie thronte, und der steile Aufstieg löste erneut ein Brennen in ihren Muskeln aus. Mit steifen Beinen wandte sie sich der größten der drei Krankenstationen zu. Zwar hatte sie keine Ahnung, ob sie Rhess dort finden würde, aber sicher würde ihr dort zumindest jemand weiterhelfen können.

Auf dem Weg durch die Arkadengänge bewunderte Kiva die üppigen Gartenanlagen des Sanatoriums und genoss die friedliche Stimmung. Dabei war sie derart in Gedanken versunken, dass sie um ein Haar mit einer entgegenkommenden Frau zusammengestoßen wäre. Im letzten Moment hüpfte sie beiseite.

»Oh, Entschuldigung, ich habe Sie nicht –« Sie verstummte, als sie die Silverthorn-Dekanin erkannte.

»Miss Meridan, was für eine Überraschung«, begrüßte Maddis sie liebevoll. »Ich hatte gehofft, dass wir uns bald wiedersehen würden.«

»Äh, hallo«, stammelte Kiva peinlich berührt darüber, dass sie die ältere Frau beinahe angerempelt hätte.

»Und? Haben Sie sich schon entschieden, ob Sie ein Studium bei uns aufnehmen wollen?«, fragte Maddis und schob die Drahtgestellbrille auf ihrer Nase höher.

»Ich … also …« Kiva wollte gerade antworten, dass sie kein Interesse habe, da überkam sie die Furcht, dass die Heilerin ihre Lüge sofort durchschauen würde. »Ich denke noch darüber nach.«

Maddis lächelte verständnisvoll. »Nehmen Sie sich alle Zeit, die Sie brauchen. Wie gesagt, das Angebot steht.«

Kiva versuchte, den Kloß in ihrer Kehle hinunterzuschlucken. »Danke.«

Die Frau setzte ihre Brille ab und steckte sie in die Tasche ihrer weißen Robe. »Was führt Sie hierher, wenn Sie nicht gekommen sind, um mit mir zu sprechen?«

»Heilerin Rhessinda hat mich herbestellt«, antwortete Kiva und deutete auf ihre Schläfe. »Wahrscheinlich möchte sie wissen, wie es mir geht.«

»Ach herrje.« Maddis hob die Hand und drehte behutsam Kivas Gesicht zur Seite. »Das sieht aber böse aus.«

»Die Schwellung ist zum Glück schnell zurückgegangen«, erwiderte Kiva, »aber die Stelle ist immer noch sehr empfindlich.«

»Wer, sagten Sie, hat Sie behandelt? Heilerin Lucinda?«

»Rhessinda«, korrigierte Kiva.

Maddis überlegte kurz, zuckte dann aber entschuldigend mit den Schultern. »Früher kannte ich alle unsere Heilerinnen und Heiler beim Namen, aber mittlerweile sind es dafür einfach zu viele. Und mein Gedächtnis ist auch nicht mehr das, was es einmal war. Lucinda, Rhessinda, Jacinda, Melinda – wer soll da noch den Überblick behalten! Tja, das ist wohl eine klassische Alterserscheinung, und längst nicht die schlimmste.« Ein selbstironisches Lächeln huschte über ihre dunklen Züge und sie deutete an sich hinunter. »Wenn sich der Körper einmal der Schwerkraft ergeben hat, gibt es kein Halten mehr. Stellen Sie sich schon mal darauf ein.«

Kiva konnte sich ein Kichern nicht verkneifen.

»Dort am Empfang wird Ihnen sicher jemand weiterhelfen«, fuhr Maddis fort und nickte in Richtung der Station, zu der Kiva ohnehin unterwegs gewesen war. Dann fiel der Blick der Heilerin auf eine Gruppe weiß gekleideter Novizen, die matt im Gras lagen und leicht grünlich um die Nasen wirkten. Mit einem tiefen Seufzer erklärte sie: »Bitte entschuldigen Sie mich, ich muss mit unseren Neulingen wohl ein ernstes Wörtchen über ihr Verhalten gestern Abend beim Flussfest reden.«

Sie tätschelte Kiva die Schulter und marschierte los. Nach ein paar Schritten jedoch drehte sich Maddis noch einmal zu ihr um. »Ich würde mich freuen, von Ihnen zu hören, sobald Sie Ihre Entscheidung gefällt haben.«

Kiva antwortete nicht, denn sie wollte der Heilerin keine falschen Hoffnungen machen. Genauso wenig wie sich selbst. Doch das hier war nicht der richtige Zeitpunkt, um sich darüber den Kopf zu zerbrechen; sie hatte Wichtigeres zu tun. Was sie wollte, war nicht von Belang.

Für den Moment möchte ich ihr einfach die Möglichkeit geben, ihr Leben zu genießen und ihre Träume zu verwirklichen.

Wieder hallten ihr Jarens Worte von der Ratsversammlung durch den Kopf, aber Kiva sperrte sich dagegen. Selbst wenn sie so egoistisch gewesen wäre, ihren eigenen Wünschen nachzugeben, die Narbe an ihrer Hand markierte sie bis in alle Ewigkeit als Verbrecherin. Kein Patient würde ihr sein Vertrauen schenken, keine Heilakademie der Welt sie annehmen. Sobald Maddis das *Z* entdeckte, würde sie ihr Angebot zurückziehen.

Andererseits …

Kiva seufzte, als Jarens Worte sich in ihr festhakten, sosehr sie sich auch bemühte, sie zu ignorieren. Ob sie wollte oder nicht, sie war einfach noch nicht bereit, ihre Träume aufzugeben.

Denn ihre Träume waren alles, was sie hatte.

Träume, in denen ihre Familie in Sicherheit war und ein unbeschwertes Leben führte.

Träume, in denen sie selbst an der Silverthorn studieren und für all die Menschen da sein konnte, die Hilfe brauchten. In denen sie Schmerzen linderte, Trost spendete, Hoffnung schenkte und mit ihrem Licht die Dunkelheit vertrieb.

Träume, in denen sie und Jaren –

Nein.

Jaren hatte in ihren Träumen nichts zu suchen.

»Kiva! Hier drüben!«

Kiva blickte hoch und stellte fest, dass sie schon fast an der Krankenstation angelangt war, ohne zu bemerken, dass Rhessinda ihr von einer der Bänke im Sanatorium aus zuwinkte.

Sie trat durch einen der steinernen Torbögen und ging auf die junge Heilerin zu, spürte das weiche Gras unter ihren Füßen und roch den Duft nach Flieder und Lavendel.

»Ich habe deine Nachricht bekommen«, sagte Kiva und setzte sich, als Rhess einladend neben sich auf die Bank klopfte.

Die Uniform der jungen Heilerin war makellos, ihr aschblondes Haar hatte sie dagegen wie bei ihrer letzten Begegnung zu einem nachlässigen Knoten gebunden und ein paar Strähnen umrahmten lose ihr Gesicht. »Wie geht's deinem Kopf?«, erkundigte sie sich und richtete ihre kastanienbraunen Augen auf Kivas Schläfe, genau wie Maddis zuvor.

»Schon viel besser«, antwortete Kiva. »Die Aloekrautpaste hat die Schwellung schnell zurückgehen lassen.«

»Und der Mohnsaft dürfte auch nicht geschadet haben«, fügte Rhess augenzwinkernd hinzu.

Kiva grinste. »Jedenfalls habe ich in der Nacht geschlafen wie eine Tote. Obwohl ich nicht weiß, ob das nach einer Kopfverletzung unbedingt positiv zu werten ist.«

»Wenn ich mich recht erinnere, hatte ich dir eigentlich geraten, dich in regelmäßigen Abständen wecken zu lassen«, rügte Rhess. »Abgesehen von der Schwellung gab es keine weiteren Symptome? Keine Sprachstörungen, Taubheitsgefühle, Koordinationsprobleme? Benommenheit, Kopfschmerzen, Erbrechen? Nichts in der Art?«

Genau genommen hatte Kiva in den vergangenen Tagen jedes einzelne dieser Symptome durchlitten, aber daran war einzig und allein Caldons Training schuld, also schüttelte sie den Kopf.

»Als du gerade auf mich zugekommen bist, hast du allerdings gehumpelt.« Rhess musterte sie prüfend.

»Ich habe vor Kurzem mit einem neuen Trainingsprogramm angefangen«, gestand Kiva, so nüchtern sie konnte, um sich ihren Unmut über besagtes Trainingsprogramm nicht anmerken zu lassen. Womit sie, Rhess' belustigtem Gesichtsausdruck nach zu urteilen, kläglich scheiterte.

»Ah«, machte die Heilerin. »Also bloß herkömmlicher Muskelkater?«

»Wenn du mit ›herkömmlich‹ Todesqualen meinst, dann ja.«

Rhess lachte. »Ich kann dir etwas dagegen geben, wenn du möchtest.«

»Gern, wenn's keine Umstände macht?«

Kiva hatte erwartet, dass die Heilerin ihr irgendein muskelentspannendes Mittel in den Palast schicken würde, doch zu ihrer Überraschung griff Rhess in die Tasche ihrer Robe und förderte einen kleinen Tiegel mit einem blassorangenen Pulver darin zutage.

Als Rhess Kivas erstaunten Blick auffing, erklärte sie: »Ich schleppe immer eine halbe Apotheke mit mir durch die Gegend. Bin einfach gern für alle Eventualitäten gerüstet.« Sie reichte Kiva den

Tiegel. »Misch eine Prise davon in eine Tasse Tee, kurz bevor du heute Abend ins Bett gehst. Und dann morgen früh noch mal, direkt nach dem Aufstehen. Das hilft sofort, versprochen.«

Kiva schraubte den Behälter auf und hob ihn an die Nase. »Butterkresse, Ingwerkraut, Glorienschoten und …« Sie schnupperte abermals. »Lurkumawurzel?«

»Gut erkannt«, lobte Rhess. »Mir ist schon zu Ohren gekommen, dass du selbst einiges an Heilerfahrung hast.«

»Nichts verglichen mit dem, was ihr hier lernt.« Kiva zog nervös ihren linken Ärmel runter, sodass er die Narbe an ihrem Handrücken bedeckte.

»Die Silverthorn ist eine Klasse für sich, da hast du recht«, entgegnete Rhessinda und der ehrfürchtige Blick, den sie über das Gelände schweifen ließ, sprach Kiva aus der Seele. Die junge Heilerin lebte den Traum, von dem Kiva sich nur wünschen konnte, dass er eines Tages auch für sie in Erfüllung ging.

»Danke, dass du den ganzen Weg hierher auf dich genommen hast«, fuhr Rhessinda fort. »Nach dieser Sache vorgestern wollte ich unbedingt noch mal nach dir sehen. Es muss schrecklich gewesen sein, entführt zu werden.«

»Die meiste Zeit war ich ja gar nicht bei Bewusstsein«, griff Kiva auf ihre bereits bewährte Lüge zurück. »Hast du Caldons Wunde auch noch mal untersucht? Die war viel ernster als meine Verletzung.«

Rhess ließ kurz zwei junge Heiler an ihnen vorbeigehen, ehe sie antwortete: »Nach allem, was man so hört, hat der Prinz schon wesentlich Schlimmeres überstanden. Wenn es Anlass zur Sorge gäbe, hätte er sich sicher gemeldet.«

»Die wenigsten würden sich die Gelegenheit entgehen lassen, ein bisschen Zeit mit ihm zu verbringen«, konnte Kiva es sich nicht verkneifen anzumerken. Dann fügte sie hinzu: »Er sieht schon ziemlich gut aus, findest du nicht?«

Rhess rümpfte die Nase. »Davon scheint zumindest er selbst überzeugt zu sein.«

Kiva lachte überrascht – und entzückt – über die Unverfrorenheit der Heilerin. »Die meisten Frauen werfen sich ihm zu Füßen.«

»Zum Glück bin ich nicht wie die meisten Frauen.«

Das merkte auch Kiva immer deutlicher. Und sie konnte Rhess nur dafür bewundern. »Heißt das, du gehst ihm aus Prinzip aus dem Weg oder weil er neulich Abend versucht hat, mit dir zu flirten?«

»Ich gehe ihm überhaupt nicht aus dem Weg«, entgegnete Rhess. »Ich will einfach nur nichts mit ihm zu tun haben.« Als Kivas Mundwinkel zuckten, wurden Rhess' Augen schmal. »Dir ist schon klar, dass *du* diejenige von uns beiden bist, die mit dem Dolch auf ihn eingestochen hat?«

Kiva zog eine betretene Grimasse. »Zu meiner Verteidigung: Ich dachte, er wäre jemand anderes.«

Einen Moment lang schwiegen sie. Dann fing Rhess unvermittelt an zu lachen und Kiva fiel mit ein.

»Ich fasse es nicht, dass du einem Prinzen von Evalon einen Dolch in die Schulter gerammt hast!«, prustete die Heilerin und hielt sich den Bauch.

»Das ist nicht lustig!«, rügte Kiva, obwohl ihre Stimme ebenfalls vor unterdrücktem Kichern bebte. »Und solltest du als Heilerin nicht ein bisschen mehr Mitgefühl zeigen?«

»Da bist du nicht die Erste, die mich das fragt«, antwortete Rhess, noch immer glucksend. »An dem Tag, als wir dieses Thema im Unterricht durchgenommen haben, muss ich gefehlt haben.«

Kiva schüttelte grinsend den Kopf; die Heilerin wurde ihr immer sympathischer. Sie beide schienen sich auf Anhieb zu verstehen – was Kiva in Zalindov sofort zum Anlass genommen hätte, sich zurückzuziehen. Aber sie war nicht mehr in Zalindov. Sie musste nicht mehr alle auf Abstand halten, um sich den Kummer zu ersparen, wenn sie starben. Das gehörte der Vergangenheit an.

Und darum nahm sie Rhess' Vorschlag, gemeinsam unten am Fluss zu Mittag zu essen, fast ohne Zögern an.

Es war in Ordnung, sich ein neues Leben aufzubauen und Freundschaften zu schließen, beruhigte sie sich im Stillen. Ganz besonders außerhalb des Königspalasts. Denn ihre Beziehungen zu den Menschen dort würden vermutlich allzu bald in Trümmern liegen.

»Erzähl mal ein bisschen was von dir«, forderte Rhess sie auf, während sie gemeinsam das Akademiegelände verließen und sich auf den Weg den Hügel hinunter machten.

»Da gibt es nicht viel zu erzählen«, entgegnete Kiva ein wenig zu schnell.

»Na sicher.« Wieder zwinkerte Rhess ihr zu.

»Nein, wirklich«, beharrte Kiva. »Ich bin einfach ein ganz normales, stinklangweiliges Mädchen.«

»Die Narbe an deiner linken Hand erzählt aber eine andere Geschichte.«

Kiva wäre beinahe über ihre eigenen Füße gestolpert.

Doch Rhess redete einfach weiter: »Ganz abgesehen davon, dass du gerade von den Rebellen entführt wurdest, im Königspalast wohnst und der Kronprinz dir Blicke zuwirft, als würde er für dich, ohne mit der Wimper zu zucken, die Welt in Schutt und Asche legen. Aber klar, ein ganz normales, stinklangweiliges Mädchen.«

Kiva schwieg, nicht sicher, welche von Rhess' Beobachtungen die schlimmste war.

»Also ich persönlich finde ja sowieso, Normalsein wird völlig überbewertet«, fuhr die Heilerin fort. Sie löste ihren Haarknoten und ließ ihre aschblonden Locken im Wind wehen. »Normal zu sein, ist einfallslos und öde. Die interessantesten Menschen sind immer die mit einer Vergangenheit. Diejenigen, die Dinge erlebt haben, von denen andere nur träumen können – oder Albträume bekommen.« Sie warf einen vielsagenden Blick auf Kivas Hand. »Menschen wie du.«

Kiva unterdrückte den Impuls, ihre Narbe zu verstecken; das hatte nun keinen Sinn mehr. Doch zu ihrem Erstaunen lag keinerlei Urteil in Rhessindas Worten, bloß Neugier.

Sie hatten die Uferstraße erreicht und Rhessinda wich einem kleinen Kind aus, das seiner Mutter davongewatschelt war. »Also, *ich* habe jedenfalls eine Vergangenheit«, schloss die Heilerin.

Eine unmissverständliche Einladung. Kiva hätte nichts lieber getan, als sich nach mehr Details zu erkundigen, aber sie wusste: Wenn sie Antworten verlangte, musste sie bereit sein, auch selbst welche zu geben.

Sie schluckte trocken. »Ich nehme an, die hat etwas damit zu tun, wie du an der Silverthorn gelandet bist?«

Rhess blieb an einer Brüstung mit Aussicht auf den Fluss stehen und ihre Miene verfinsterte sich. »Kann schon sein.«

Kiva überlegte eine Weile und kam zu einem Entschluss. Nachdem Rhess ihre Narbe ohnehin schon gesehen hatte und obendrein von ihren Verbindungen zur Königsfamilie wusste, konnte sie ihr genauso gut auch den Rest erzählen.

Also tat sie es.

Sie berichtete der Heilerin von ihrer Zeit in Zalindov und ihrer Begegnung mit Jaren. Sie berichtete von ihrer gemeinsamen Flucht, ihrem wochenlangen Aufenthalt in den Bergen und dem Weg in die Hauptstadt. Sie berichtete von ihrem neuen Leben im Palast, vom Training mit Caldon und wie sie nach und nach die Königsfamilie besser kennenlernte. Dann jedoch hielt sie inne. Auf keinen Fall durfte sie einer nahezu Fremden von ihrer Familie oder den Rebellen erzählen. Aber auch so hatte sie Rhess bereits mehr anvertraut als irgendjemandem sonst zuvor.

Als sie nicht weiterredete, stieß Rhess einen leisen Pfiff aus. »Ich hatte Gerüchte darüber gehört, dass die Rebellenkönigin nach Zalindov gebracht wurde und jemand sich stellvertretend für sie dem Elementarurteil unterzogen hat. Du hast Courage, so viel steht fest.«

Kivas Eingeweide zogen sich zusammen. »Es gab Gerüchte über mich?«

Kiva warf einen Blick die Uferstraße hinunter, halb in der Erwartung, die dahinschlendernden Passanten würden jeden Moment stehen bleiben und mit den Fingern auf sie zeigen.

»Die Leute tratschen nun mal gern«, winkte Rhess ab. »Aber keine Sorge, mittlerweile halten die dich sowieso für tot.«

Kiva fuhr zusammen. »Was?«

Rhess zuckte mit den Schultern. »Na ja, nach der vierten Prüfung hat man plötzlich nichts mehr von dir gehört. Darum sind wohl alle davon ausgegangen, du hättest sie nicht überlebt.« Kurz darauf fügte sie beschwichtigend hinzu: »Dürfte allerdings kein Problem sein, die Nachricht über deinen Sieg zu verbreiten, falls dir etwas daran liegt. Du wärst die Sensation.«

»Nein«, erwiderte Kiva entsetzt. »Nein danke. Da wäre ich lieber tot.«

Rhess unterdrückte ein Lachen und auch Kiva musste grinsen. »Also in der öffentlichen Wahrnehmung. Jedenfalls will ich bestimmt nicht von Wildfremden mit Fragen gelöchert werden«, erklärte sie dann.

»Puh, *Wildfremde* …« Rhess schüttelte sich gespielt angewidert. »Furchtbar.«

Kiva verdrehte die Augen. »Jetzt bist du dran. Wie kommt es, dass du Heilerin geworden bist?«

Rhess zupfte an ihrer weißen Robe und wurde schlagartig wieder ernst. »Meine Eltern waren Heiler, also könnte man wohl sagen, ich bin in ihre Fußstapfen getreten.«

»Leben die beiden hier in Vallenia?«

»Nein.«

Etwas an Rhessindas Tonfall jagte Kiva eine Gänsehaut über den Rücken.

Die Heilerin seufzte, als müsste sie sich genauso zum Reden überwinden wie Kiva zuvor. Dann aber begann sie zu erzählen. »Als ich vierzehn war, hat eine Bande mirravenischer Söldner es an den Grenzsoldaten vorbeigeschafft und unser Dorf überfallen. Das ist bei uns im Norden nichts Ungewöhnliches. Normalerweise beschränken sie sich allerdings aufs Plündern und verschwinden dann wieder. Aber damals war es anders. Es war mitten im Winter und die Angreifer waren nicht auf Geld aus. Die wollten jemanden, der ihnen das Bett wärmt. Egal, wie sehr dieser Jemand sich sträubte. Unsere Leute haben sich nach Kräften gewehrt, aber gegen die Söldner hatten sie keine Chance. Und die«, Rhess starrte aufs Wasser hinaus, »haben uns dafür bezahlen lassen. Uns alle.«

Kiva schluckte. Ihr graute es vor dem, was als Nächstes kam.

»Meine Eltern haben versucht, mich zu beschützen.« Rhess' Stimme zitterte leicht, ehe sie tief Luft holte und tonlos hinzufügte: »Sie wurden vor meinen Augen ermordet.«

Kiva entwich ein entsetztes Keuchen.

»Und dann haben die Söldner sich mich geschnappt und –« Rhess brach ab, unfähig, den Satz zu beenden, doch das war auch nicht nötig. Ihr Blick sagte Kiva alles, was sie wissen musste.

Die Heilerin hielt kurz inne, um sich zu sammeln, bevor sie ihren Bericht fortsetzte: »Irgendwann konnte ich fliehen. Glück, Schicksal, Zufall – nenn es, wie du willst. Vielleicht war es auch eine Mischung aus allen dreien. Danach hat mich eine andere Familie aufgenommen, bis es mir wieder besser ging.«

Schatten verhüllten ihr Gesicht. »Aber es gab schlimme Tage. Tage, an denen ich einfach aufgeben wollte. Tage, an denen ich alles versucht habe, um nichts fühlen zu müssen – wirklich alles. Tage, an denen ich nichts fühlen *konnte.*« Ihre Stimme senkte sich zu einem Flüstern. »Das waren die schlimmsten. Denn an diesen Tagen gab es nichts mehr, was mich noch hier hielt.«

Kivas Herz zog sich zusammen.

Rhess atmete stoßartig aus und die Dunkelheit in ihren Augen begann sich langsam wieder zu lichten. »Meine neue Familie war meine Rettung, in vielerlei Hinsicht. Es hat seine Zeit gedauert, aber am Ende haben sie mir gezeigt, dass das Leben zu wertvoll ist, um es wegzuwerfen. Egal, wie hart es sein mag, egal, wie sehr man leidet. Ohne sie –« Ihr Kehlkopf hüpfte auf und ab. »Ohne sie wäre ich jetzt wohl nicht mehr hier.«

Kiva musste ein paar Tränen wegblinzeln beim Gedanken daran, dass … beim Gedanken an die Entscheidung, die die junge Heilerin beinahe getroffen hatte.

Doch sie hatte es nicht getan.

Rhess war hier und sie war am Leben; sie hatte der Finsternis die Stirn geboten und sie besiegt.

Sie hatte überlebt.

Genau wie Kiva.

»Ich hab's dir ja gesagt«, flüsterte Rhess und sah ihr geradewegs in die Augen. »Die interessantesten Menschen sind die mit einer Vergangenheit. Selbst wenn sie sich wünschten, es wäre anders.«

Kiva stieß zittrig den Atem aus und brachte nichts außer einem ernsten Nicken zustande. Sie wusste, dass Rhess ihr nicht alles erzählt hatte, genauso wenig, wie Kiva selbst es getan hatte, aber für den Moment hatten sie beide genug gesagt.

Die Heilerin schien zu einem ähnlichen Schluss zu kommen, denn sie meinte leise: »Normalerweise rede ich nicht über meine Familie, schon gar nicht mit Leuten, die ich kaum kenne. Aber es wäre nicht fair gewesen, dir meine Geschichte vorzuenthalten, nachdem du mir deine anvertraut hast. Trotzdem wäre ich dir dankbar, wenn du sie für dich behalten würdest. Ich möchte kein Mitleid.«

Kiva nickte. »Natürlich«, versprach sie.

»Deine Geheimnisse sind bei mir ebenfalls sicher«, erklärte Rhess. »Das versteht sich von selbst.«

Was Kivas Erfahrung nach nicht unbedingt zutraf. Doch zu Rhess spürte sie eine tiefe Verbundenheit. Sie beide hatten als junge Mädchen Schreckliches durchlebt und es war, als hätten ihre Seelen ineinander ihr Ebenbild erkannt. All das Leid, all den Schmerz … und den langen Weg zur Heilung.

»Na komm.« Rhess stieß sich von der Brüstung ab und deutete auf einige kleine Marktstände, die ein Stück den Fluss hinunter aufgebaut waren. »Von so viel Gefühlsduselei kriege ich immer Hunger. Ich muss jetzt mindestens mein eigenes Körpergewicht in Schokowecken verdrücken.«

Und damit war die finstere Stimmung wie verflogen.

»Schokowecken?«, wiederholte Kiva.

Rhess riss entsetzt die Augen auf. »Sag nicht, die habt ihr im Gefängnis nicht bekommen.«

Kiva warf ihr einen Blick zu, der jede Antwort überflüssig machte.

Die Heilerin ergriff sie beim Ellenbogen und zog sie mit in Richtung der Stände. »Dann wird dein Leben sich jetzt grundlegend verändern, meine Liebe.«

Rhess hatte recht und unrecht zugleich.

Die Schokowecken – ein Teig, der auf der Zunge zerging, durchsetzt mit samtig weichen Schokoladenstückchen – waren tatsächlich himmlisch. Doch so gut sie auch schmeckten, Kivas Leben veränderte sich dadurch nicht. Nein, dazu kam es erst später, nachdem Rhess und sie sich so viel von dem süßen Gebäck genehmigt hatten, dass sie sich mit Bauchschmerzen zurück den Hügel hinaufschleppten und einander schworen, nie wieder auch nur einen Bissen zu essen.

Gerade als sie das Akademietor erreichten und sich voneinander verabschieden wollten, humpelte ein Mann vorbei, der offensichtlich einen Heiler brauchte. Mit schmerzverzerrtem Gesicht hielt er sich die Seite. Doch als Rhess ihm ihre Hilfe anbot, lehnte er höflich ab.

Der Mann schlurfte weiter und Kiva hätte vermutlich nicht weiter an ihn gedacht, wenn nicht mit einem Mal ihre Hände zu kribbeln begonnen hätten. Als sie heruntersah, strömte goldenes Licht aus ihren Fingerspitzen.

Rhess schnappte nach Luft. »Was –«

Schiere, ungezügelte Panik erfasste Kiva und sie erstickte ihre Magie so energisch wie noch nie zuvor. Das goldene Leuchten erlosch wie die Flamme einer Kerze und hinterließ nichts als unversehrte Haut. Doch die Anstrengung, die dafür nötig war, raubte Kiva derart viel Kraft, dass ihr übel wurde und es hinter ihren Schläfen schmerzhaft hämmerte.

Rhessinda inspizierte argwöhnisch Kivas Finger. »Hast du gerade auch gesehen, wie –«

»Ich muss nach Oakhollow«, stieß Kiva hervor, nicht nur, um Rhess abzulenken, sondern auch, weil sich die Tatsache nicht mehr länger leugnen ließ. Dreimal in drei Tagen hatte Kivas Magie sich nun gegen ihren Willen einen Weg an die Oberfläche gebahnt. Zwar hatte sie keine Ahnung, was diese Durchbrüche auslöste, aber so durfte es auf keinen Fall weitergehen. Nicht, solange sie im Palast lebte. Wenn Jaren etwas davon mitbekäme … Oder irgendjemand sonst …

Kiva musste mit ihren Geschwistern reden. Sie konnte nicht darauf warten, dass die beiden sich meldeten. Denn es könnte Tage dauern, bis sie Kontakt zu ihr aufnahmen. Vielleicht sogar Wochen.

Und wenn Kivas Magie sich weiterhin derart seltsam verhielt, war es gut möglich, dass ihr so viel Zeit nicht blieb. Daher würde sie sich selbst bis zu Torell und Zuleeka durchschlagen und hoffen, dass sie ihr helfen könnten. Soweit Kiva wusste, hatte früher zwar keiner der beiden über magische Fähigkeiten verfügt, aber das konnte sich im Laufe der Jahre geändert haben. Zumindest ihre Mutter hatte Heilkräfte besessen, auch wenn sie diese nicht eingesetzt hatte, um ihre Familie zu schützen. Vielleicht hatte Tilda ja im Laufe der Jahre irgendetwas erwähnt, das erklärte, was gerade mit Kivas Magie vor sich ging. Etwas, das ihr einen Hinweis dafür lieferte, wie sie ihre Kräfte wieder unter Kontrolle bringen könnte.

»Oakhollow?«, wiederholte Rhessinda. »Was willst du denn da?«

Kiva schluckte und rang sich dazu durch, der Heilerin etwas anzuvertrauen, was nicht einmal Jaren wusste: »Dort lebt meine Familie.« Dann schluckte sie abermals, bevor sie fragte: »Weißt du vielleicht, wie ich da hinkomme?«

Rhess musterte sie eingehend, wobei ihr Blick immer wieder von Kivas Gesicht zu ihren Händen huschte und zurück. Schließlich schüttelte sie den Kopf, als hätte sie beschlossen, dass das, was sie gerade gesehen hatte, bloß Einbildung gewesen sein konnte. Kiva schwanden beinahe die Sinne vor Erleichterung.

»Ist ganz einfach«, sagte die Heilerin und strich sich eine vom Wind umhergepeitschte Strähne hinters Ohr. »Du musst bloß der Uferstraße folgen und dann die Stadt durchs Südtor verlassen. Ab da gehst du immer geradeaus durch die Felder, bis zur allerersten Kreuzung. Dort biegst du nach links ab, dann nach rechts und dann …«

Rhess setzte ihre Wegbeschreibung fort und Kiva versuchte, sich all die Details einzuprägen, doch nach einem Blick in Kivas Gesicht hielt die Heilerin abrupt inne.

»Ach, weißt du, was? Ich muss diese Woche sowieso zu ein paar Hausbesuchen nach Oakhollow«, sagte sie. »Was hältst du davon, wenn ich die auf morgen vorverlege und dich mitnehme? Vor Ort hätte ich dann ein paar Stunden zu tun, aber so bliebe dir auf jeden

Fall genug Zeit, um deine Familie zu besuchen. Und du würdest dich nicht rettungslos verlaufen.«

Kiva war Rhess so dankbar, dass sie ihr am liebsten um den Hals gefallen wäre.

»Wie gesagt, ich muss sowieso dorthin. Außerdem könnte ich mir unangenehmere Weggefährtinnen vorstellen als dich.« Rhess' Grinsen gab Kiva Anlass zu der Vermutung, dass sie nicht die Einzige war, die eine freundschaftliche Verbindung zwischen ihnen spürte.

Und aus diesem Grund – sowie einer geschätzten Milliarde weiterer, ungleich dringenderer – fragte Kiva: »Wann sollen wir aufbrechen?«

Sie verabredeten, den nächsten Morgen direkt nach Kivas nächster Trainingseinheit mit Caldon loszugehen. Für den Fall, dass jemand Fragen stellte, würde Kiva einfach behaupten, sie träfe sich mit einer Silverthorn-Heilerin. Das wäre nicht einmal gelogen, auch wenn es so klänge, als würde sie den Tag an der Akademie verbringen. Die perfekte Tarnung, befand Kiva, verdrängte kurzerhand ihre aufflackernden Schuldgefühle und konzentrierte sich stattdessen auf das Positive.

Morgen würde sie ihren Bruder und ihre Schwester wiedersehen. Und abgesehen davon, dass sie den beiden einiges zu erzählen hatte – und dringend Hilfe bei ihrem Magieproblem brauchte –, war sie fest entschlossen, die Gelegenheit bestmöglich zu nutzen.

Denn sie hatte Fragen und es wurde verdammt noch mal Zeit, dass jemand sie beantwortete.

KAPITEL ZWÖLF

Den nächsten Tag begann Kiva wie geplant mit ihrem frühmorgendlichen Trainingsprogramm – einer weiteren mörderisch anstrengenden Einheit, bei der sie sich jedoch immerhin nur ein einziges Mal übergab.

Eine winzige Komplikation trat auf, als sie gerade den Hof verlassen wollte und Jaren nach ihr rief. Kiva fürchtete schon, er könnte seine Termine abgesagt haben, um Zeit mit ihr zu verbringen. Zu ihrer Erleichterung aber wollte er sich bloß dafür entschuldigen, dass er am Vortag so beschäftigt gewesen war. Er habe die Stadt verlassen müssen, um bei den Wiederaufbauarbeiten eines nahe gelegenen Dorfs zu helfen, erklärte er.

Bevor sie ihm dazu Fragen stellen konnte, erkundigte er sich nach ihrem Besuch an der Silverthorn und Kiva erzählte ihm von Rhess. Jaren wirkte hocherfreut, nicht nur über die neue Freundschaft, sondern auch, weil Kiva dadurch Gesellschaft hatte, während ihm heute schon wieder eine endlose Abfolge von Versammlungen bevorstand. Daher kaufte er Kiva ihre erfundenen Pläne nur zu bereitwillig ab.

Im ersten Moment ärgerte Kiva sich über die verpasste Gelegenheit zum Lauschen. Doch als Jaren die Händlergilde, die Hafenarbeiterunion und die Gesellschaft der Minnesänger erwähnte – und vieles mehr –, drängte sich ihr der Verdacht auf, dass die heutigen Sitzungen in etwa so aufregend sein würden wie die zweite Hälfte der gestrigen Ratsversammlung. Und somit für ihre Mission vollkommen irrelevant.

Schließlich eilte ein Bediensteter mit einer Nachricht des Finanzministers herbei, der Jaren umgehend sprechen wollte. Jaren warf Kiva einen flehentlichen Blick zu, als hoffte er auf Rettung. »Armer kleiner Prinz«, neckte sie ihn jedoch nur grinsend und versuchte, ihn damit zu trösten, dass er seine Termine umso schneller hinter sich haben würde, je früher er dazu aufbrach.

Zurück in ihrem Zimmer nahm Kiva ein Bad, frühstückte und zog sich an. Nach kurzem Überlegen entschied sie sich für einen Kapuzenumhang, der sie auf ihrem Ausflug nicht nur vor dem rauen Küstenwind schützen würde, sondern auch vor neugierigen Augen.

Im letzten Moment fiel ihr Rhess' Muskelentspannungspulver wieder ein. Auch die heutige Trainingseinheit mit Caldon würde mit Sicherheit Schmerzen nach sich ziehen, daher streute sie eine Prise davon in ihren Tee, stürzte ihn hastig hinunter und machte sich dann auf den Weg. Bevor sie das Palasttor erreichte, wurde sie aber noch zweimal aufgehalten: zuerst von Tipp und Oriel, die Flox durch die Flure hinterherjagten, dicht gefolgt von ihrer sichtlich um Fassung ringenden Lehrerin Edna, und schließlich von Naari, die in der Eingangshalle Kivas Namen rief.

»Ich hab gehört, du willst heute wieder an die Silverthorn«, sagte sie.

Zunächst wunderte sich Kiva, dass die Soldatin nicht wie gewohnt an Jarens Seite war. Dann wurde ihr jedoch klar, dass vermutlich viele der Gespräche, die er heute führen musste, vertraulich waren, genau wie die Ratsversammlung.

»Ich treffe mich mit einer der Heilerinnen«, bestätigte Kiva und bemühte sich um einen aufrichtigen Gesichtsausdruck.

Naari musterte sie aufmerksam. »Jaren ist es wichtig, dass du dich hier nicht eingesperrt fühlst«, erklärte sie. »Er findet, nach zehn Jahren Gefangenschaft hast du dir ein bisschen Freiheit verdient.«

Das Letzte, was ich will, ist, ihr das Gefühl zu geben, von einem

Käfig in den nächsten geraten zu sein. Die Erinnerung an Jarens Worte versetzte Kiva einen wehmütigen Stich.

»Trotzdem macht er sich natürlich Sorgen um dich«, fuhr Naari fort, »besonders nach deiner Entführung neulich. Er will dich nicht in deiner Bewegungsfreiheit einschränken – das würde er dir niemals antun. Darum bitte ich dich, sei vorsichtig.« Ihr bernsteinfarbener Blick war ernst. »Ich habe ein paar zusätzliche Wachen an der Uferstraße postiert, die auf dich achten sollen, aber auf der Strecke zur Silverthorn herrscht immer viel Trubel und selbst der wachsamste Soldat kann seine Augen nicht überall haben. Jaren sagt nichts, weil er nicht will, dass du dich eingeengt fühlst, und ich denke, du weißt, dass es ihm das Herz brechen würde, wenn dir etwas zustoßen sollte. Also pass auf dich auf, ja?«

Kiva blieb für einen Moment die Luft weg und sie brachte keine Antwort heraus. Daher nickte sie nur schweigend, um ihre Einsicht – und Zustimmung – zu signalisieren.

»Caldon meint zwar, du kannst mit so etwas nicht umgehen«, redete Naari dann weiter und zog einen Dolch unter ihrem Mantel hervor, »aber mir wäre trotzdem wohler, wenn du den hier bei dir tragen würdest. Nur für alle Fälle.«

Kiva versuchte, ihre Hände vom Zittern abzuhalten, als sie den Dolch entgegennahm. Naari zeigte ihr, wie sie ihn sich um die Wade schnallen sollte, sodass er unter dem Schaft ihres Stiefels verborgen, aber dennoch stets griffbereit war.

»Versuch, dich nicht selbst zu erdolchen«, warnte Naari.

»Wie oft muss ich mir das eigentlich noch anhören?«, brummte Kiva.

Naaris Mundwinkel zuckten, ehe sie Kiva ein letztes Mal zur Vorsicht ermahnte und im Palast verschwand.

Mit einem tiefen Seufzer setzte Kiva sich wieder in Bewegung und dachte dabei über Naaris Worte nach. Die Vorstellung, dass Jaren sich Sorgen um sie machte, ließ erneut Schuldgefühle in ihr aufsteigen. Dann jedoch tadelte sie sich selbst, denn eigentlich sollte sie sich überhaupt nicht um seine Befindlichkeiten scheren.

Das Letzte, was ich will, ist, ihr das Gefühl zu geben, von einem Käfig in den nächsten geraten zu sein.

Bei den Göttern, warum musste er auch nur so … *jarenhaft* sein? Sie wusste, er hätte einfach ein paar Soldaten auf sie ansetzen oder ihr gleich ganz verbieten können, das sichere Palastgelände zu verlassen. Doch das hatte er nicht getan. Stattdessen hatte er, wie so oft, ihre Bedürfnisse über seine eigenen gestellt.

Unwillig schüttelte Kiva den Kopf und marschierte zügig die Uferstraße entlang. Sie bildete sich ein, die Blicke von Naaris Soldaten zu spüren, die sie aus dem Schutz der Menge beobachteten. Doch der Gedanke verlieh Kiva keine Sicherheit, sondern jagte ihr ein Kribbeln über die Haut, als könnten die Wachen ihre Gedanken lesen – und ihr schlechtes Gewissen erahnen. Das Gefühl klang erst ab, als sie an den Fuß des Hügels gelangte und schließlich das Akademiegelände erreichte. Dort wartete Rhessinda bereits am Tor auf sie.

»Pünktlich auf die Minute«, begrüßte die Heilerin sie breit lächelnd. Sie trug eine große Tasche über der Schulter, in der sich vermutlich die Ausrüstung für ihre Hausbesuche befand. »Na, bereit für unser kleines Abenteuer?«

Bereit war gar kein Ausdruck. Trotzdem bekam Kiva vor Nervosität einen flauen Magen, während sie Rhess zu dem kleinen Stallgebäude gleich auf der anderen Seite des Tors folgte.

»Ich vermute mal, du hast in den letzten zehn Jahren nicht allzu oft auf einem Pferd gesessen?« Rhess steuerte direkt auf einen Stalljungen zu, der die Zügel zweier kräftiger Pferde bereithielt, eines fuchsrot, das andere grau.

»Da vermutest du richtig«, erwiderte Kiva und beäugte die Tiere skeptisch. Das letzte Pferd, das sie geritten hatte, war das gutmütige alte Pony ihrer Familie gewesen, ein wesentlich kleineres Exemplar als diese beiden hier.

»Wir fangen ganz langsam an«, versprach Rhess und half Kiva auf die graue Stute, die auf den hübschen Namen Bluebell hörte.

Kiva versuchte zu verdrängen, wie weit entfernt der Boden plötzlich war. Sie wartete, bis Rhess den Fuchs bestiegen hatte, ehe sie wie beiläufig fragte: »Meinst du, wir schaffen es irgendwie aus der Stadt, ohne dafür über die Uferstraße zu müssen?«

»Will sich da etwa jemand heimlich davonstehlen?«, entgegnete die Heilerin nach kurzem Schweigen.

Kiva dachte an die Soldaten, die die Hauptstraße bewachten. »Ich habe niemandem erzählt, wo wir hinwollen«, gestand sie, »und dabei würde ich es auch lieber belassen. Zumindest bis … bis …« Sie wusste nicht, wie sie den Satz zu Ende führen sollte, doch Rhess' Miene entspannte sich wieder.

»Schon gut, wir haben schließlich alle unsere Geheimnisse«, meinte sie verständnisvoll. »Und solange du dich oder mich damit nicht in Gefahr bringst, bewahre ich deine gern. Was ich gestern gesagt habe, war ernst gemeint. Du kannst mir vertrauen.«

Kiva atmete auf. »Danke.«

Rhessinda dachte kurz nach. »Ich kenne ein paar Schleichwege, über die wir bis zum Südtor kommen. Aber sobald wir auf der anderen Seite der Mauer sind, müssen wir zurück auf die Hauptstraße.«

»Das ist in Ordnung«, erwiderte Kiva. Wahrscheinlich hätten sie sogar von Anfang an die Uferstraße nehmen können. Naari hatte ja bereits erwähnt, dass es den Wachen schwerfallen würde, im Gedränge den Überblick zu behalten, zumal sie Kiva wohl kaum hoch zu Ross erwarten würden. Aber wenn sie sich an die Nebenstraßen hielten, war das Risiko dennoch geringer.

Nachdem die Route feststand, gab Rhess Kiva eine kurze Auffrischung der Grundlagen des Reitens und dann brachen sie auf.

Zu Pferd brauchte man nach Oakhollow etwa eine halbe Stunde – von Vallenias Stadtrand aus. Allerdings mussten sie diesen erst einmal erreichen und auf Rhess' Schleichwegen kamen sie noch langsamer voran, als wenn sie direkt am Fluss entlanggeritten wären. Trotzdem erreichten sie bald das weit offen stehende Südtor. Viele der Reisenden, die die Hauptstadt verließen oder gerade erreichten, lenkten Ochsenkarren voller Handelswaren, während andere Insignien an ihrer Kleidung trugen, die sie als Boten auswiesen. Unter den Leuten befanden sich jedoch auch ganz normale Bürger, die ihren täglichen Besorgungen nachgingen.

Kiva zog ihre Kapuze tiefer ins Gesicht und mied die Blicke der Wachsoldaten, während sie und Rhessinda das Tor passierten. Dann ritten sie in flottem Tempo die breite, ungepflasterte Straße außerhalb der Befestigungsmauern entlang. Anfangs herrschte weiterhin viel Betrieb, doch schon bald säumten nur noch vereinzelte Gehöfte den Weg, und als sie schließlich Richtung Küste abbogen, waren sie quasi allein.

»Und, wie sattelfest fühlst du dich jetzt?«, erkundigte sich Rhess mit einer Geste auf Bluebell. »Meinst du, wir können ein bisschen schneller werden?«

»Tja, ich schätze, wenn ich runterfalle und mir sämtliche Knochen breche, bin ich bei dir wenigstens in guten Händen«, entgegnete Kiva nur halb im Scherz.

Die Heilerin grinste und trieb ihr Pferd an. Kiva blieb nichts anderes übrig, als es ihr gleichzutun. Die langen Beine ihrer Stute trugen sie über eine sanfte Anhöhe auf den schmalen Klippenpfad. Der Wind riss Kiva die Kapuze vom Kopf und ließ ihr offenes Haar flattern. Und während sie hoch über dem himmelblauen Ozean dahingaloppierten, fühlte sie sich so lebendig wie seit Langem nicht mehr. Am liebsten hätte sie laut geschrien und gelacht. Sie wünschte sich, dieser Rausch würde für immer und ewig anhalten. Zu ihrem

Bedauern jedoch kehrten sie dem Meer allzu früh wieder den Rücken und gelangten schließlich über mehrere Wegkreuzungen in einen dichten Wald.

»Bald sind wir da«, verkündete Rhess und warf Kiva einen Wasserbeutel zu. Dann deutete sie auf die Bäume ringsum. »Das hier ist der Emelda-Wald, der erstreckt sich bis runter nach Avila. Oakhollow liegt ziemlich am Rand, aber trotzdem kann man sich hier leicht verirren, also entfern dich lieber nicht zu weit vom Ortskern. Du wärst nicht die Erste, die nie wieder rausfindet.«

Kiva erschauderte und mit einem Mal erschienen ihr die Schatten im Unterholz tiefer als zuvor. Nach einer Weile jedoch begannen die Bäume sich zu lichten und ein kleines malerisches Dörfchen kam in Sicht.

»Meinst du, du findest den Weg zu deiner Familie allein, wenn ich dich an der Taverne absetze?«, fragte Rhess, als sie hinaus in den Sonnenschein ritten.

Zwar hatte Kiva keine Ahnung, wo genau ihre Geschwister sich aufhielten, dennoch nickte sie. In der Taverne würde sie sich immerhin nach ihnen erkundigen können.

Sie ritten vorbei an hübschen Holzhäuschen mit Blumentöpfen vor den Fenstern, einer Schmiede, einer Apotheke, einer Schneiderwerkstatt, einer Backstube und ein paar Marktständen. Am Dorfplatz erhob sich ein größeres Gebäude, über dessen Tür ein Schild mit der Aufschrift *Zur beschwipsten Wildsau* hing. Darunter prangte das Bild eines tanzenden Schweins, das tatsächlich einen recht angetrunkenen Eindruck machte.

»Der Stall ist hinter dem Haus«, erklärte Rhess, als sie vor dem Eingang hielten, und bevor sie weiterreden konnte, eilte auch schon ein junges Mädchen auf sie zu. Die Strohhalme an ihren schmutzstarrenden Kleidern und der durchdringende Mistgeruch, der sie wie eine Wolke umgab, ließen keinen Zweifel an ihrer Aufgabe.

Rhess warf ihr eine Silbermünze zu und bedeutete Kiva abzusteigen. Als sie auf dem Boden aufsetzte, entfuhr Kiva ein Stöhnen. Ihre Beine waren steif und ihr Hinterteil schmerzte trotz des Pulvers, das sie am Morgen eingenommen hatte.

»Wart's ab, das wird bis heute Abend noch schlimmer«, meinte Rhess lachend.

Das Stallmädchen führte Bluebell hinters Haus und Kiva fragte: »Also treffen wir uns in ein paar Stunden wieder hier?«

»Sagen wir, gegen Nachmittag«, entgegnete Rhess und nahm ihre Zügel wieder auf. »Wäre vermutlich besser, wenn du vor Einbruch der Dunkelheit zurück in der Stadt bist.«

Kiva nickte. Nicht, dass noch jemand im Palast auf die Idee kam, an der Silverthorn nach ihr zu suchen.

»Falls du Hilfe mit einem deiner Patienten brauchst …«, begann Kiva, brach aber ab, als ihr klar wurde, dass sie keine Ahnung hatte, wie sie den Satz zu Ende führen sollte. Schließlich konnte sie kaum sagen: *Dann weißt du ja, wo du mich findest*.

Glücklicherweise schien Rhess ihr Zögern nicht zu bemerken. »Danke«, meinte sie, »aber genieß du lieber die Zeit mit deiner Familie.«

Kiva konnte nur hoffen, dass es etwas zu genießen geben würde. Nach der letzten Begegnung mit ihren Geschwistern würde sie jedenfalls nicht darauf wetten.

Rhessinda winkte zum Abschied und trieb ihr Pferd wieder an. Kiva sah ihr nach, bis sie hinter der nächsten Hausecke verschwunden war. Dann richtete sie ihre Aufmerksamkeit wieder auf das alkoholisierte Schwein auf dem Tavernenschild. Sorgsam darauf bedacht, sich ihr Befremden nicht anmerken zu lassen, trat sie durch die offene Eingangstür.

Von innen wirkte die *Beschwipste Wildsau* wie jedes andere Gasthaus, das Kiva in ihrem Leben gesehen hatte, ob als Kind zusammen mit ihren Eltern oder in den vergangenen Wochen auf ihrer Reise vom Winterpalast nach Vallenia. Luminiumlaternen verströmten ihren schummrigen Schein, dennoch hatte der schmuddelige Gastraum etwas Düsteres, beinahe Zwielichtiges an sich. Daran vermochte nicht einmal das Sonnenlicht etwas zu ändern, das durch die schmutzigen Fenster auf die zahlreichen ausgestopften Wildschweinköpfe an den Wänden fiel.

Der überwältigende Geruch nach Bier schlug Kiva entgegen, als sie zwischen den Holztischen hindurchging, an denen bereits ein paar Gäste saßen. Obwohl es gerade erst früher Vormittag war, schien der ein oder andere sich schon jetzt kaum mehr auf seinem Hocker halten zu können. Mit gesenktem Blick steuerte Kiva auf die wuchtige Eichentheke am anderen Ende des Raums zu, hinter der ein Mann mittleren Alters stand und mit einem fleckigen Lappen das Holz polierte.

»Guten Morgen«, grüßte Kiva.

Der Wirt hob den Kopf und musterte sie aus dunklen Augen, sagte jedoch nichts.

»Ich, äh, bin auf der Suche nach jemandem und ich dachte, Sie können mir vielleicht helfen«, fuhr sie fort.

»Willst du was bestellen?«, knurrte er barsch.

»Ich … also …«, stammelte Kiva, ehe sie ein freundliches Lächeln aufsetzte. »Dafür ist es mir noch ein bisschen zu früh. Vielleicht später, wenn ich gefunden habe, wen ich suche.«

Der Wirt schwieg.

Kiva deutete das mal als Einverständnis und fragte: »Kennen Sie zufällig Zuleeka und Torell Meridan?« Sie wagte es nicht, den Namen Corentine zu benutzen, und konnte nur hoffen, dass ihre Geschwister nicht so leichtsinnig gewesen waren, damit zu prahlen. »Sie sind ein bisschen älter als ich und sehen mir ziemlich ähnlich.«

»Und wer will das wissen?«, erwiderte der Wirt.

»Die Schwester der beiden«, antwortete Kiva. »Kiva Meridan.«

Ein *Klonk* ertönte, als ein Krug mit solcher Wucht auf die Theke geknallt wurde, dass das Bier überschwappte. Ein älterer Mann ließ sich auf den Hocker neben ihr fallen und lehnte sich unangenehm dicht zu ihr herüber. »Kiiiiiiiva«, lallte er. »Das is' 'n 'übscher Name. 'ch bin Grum...Grumed...Grumedon.«

Hochzufrieden, dass es ihm trotz der vielen Hickser schließlich gelungen war, seinen Namen auszusprechen, schenkte er Kiva ein breites, faulzahniges Lächeln.

»Wie wär's mit 'nem Kanten Brot, Grum?«, bot der Wirt an, den der Anblick des Mannes etwas sanfter zu stimmen schien. »Oder 'ner Schale Eintopf? Geht auch aufs Haus.«

Grumedon trank einen Schluck. »'s mir zu früh für Essen. Aber hiervon nehm ich noch eins.« Er hob seinen Krug, woraufhin das Bier abermals überschwappte und auf Kivas Stiefel spritzte.

»Grum– «, begann der Wirt, doch der Betrunkene redete einfach über ihn hinweg.

»Was macht'n so 'ne gut aussehende Spelunke wie du in so 'nem ollen Mädel?«, wandte er sich an Kiva.

»Ich suche nach meinen Geschwistern«, beantwortete sie seine verdrehte Frage. »Zuleeka und Torell Meridan.«

»Ha!«, machte der Mann und knallte seinen Krug noch lauter hin als zuvor. Schaum ergoss sich über die hölzerne Theke. »Wussichs doch.«

Mehr sagte er nicht. »Sie, äh – *was* wussten Sie?«, hakte Kiva nach.

Grumedon deutete mit dem Finger auf sie. »Du hassie gleichn Augn wie deine Mama.«

Und dann, ehe Kiva ihren Schock über diese Eröffnung verwinden konnte, sackte er in sich zusammen. Diesmal war es sein Kopf, der krachend auf der Theke landete, und im nächsten Moment drang lautes Schnarchen aus seinem weit geöffneten Mund.

Der Wirt räumte seufzend den Krug beiseite und wischte das vergossene Bier auf. »Immer dasselbe. Der ist jetzt erst mal für ’n paar Stunden weg.« Offenbar veranlasste ihn irgendetwas in Kivas Blick zu einer Erklärung, denn er sagte: »Grum hat’s nich’ leicht gehabt im Leben, aber dafür schlägt er sich wacker. Hat Leute gefunden, die sich um ihn kümmern. Die werden wohl bald aufkreuzen und ihn mitnehmen, dahin, wo er in Sicherheit is’ und’s schön warm hat. Keine Sorge, der wird schon wieder.«

Kiva konnte nicht länger an sich halten und stieß hervor: »Hat zu diesen Leuten auch meine Mutter gehört?«

Der Wirt beantwortete ihre Fragen wie schon die meisten vorangegangenen – mit Schweigen. Dann aber zog er zu Kivas Überraschung eine Schreibfeder und ein Stück Pergament hervor.

»Hinterlass ’ne Nachricht. Dann guck ich, was ich tun kann«, bot er ihr an, so mürrisch wie zuvor.

Kiva schöpfte ein wenig Hoffnung. »Ich muss sie aber heute sehen«, sagte sie. »So schnell wie möglich. Es ist dringend.«

Der Wirt verzog keine Miene. »Ich guck, was ich tun kann«, wiederholte er.

Kiva ahnte, dass mehr nicht aus ihm herauszuholen war, und machte sich eilig daran, eine Botschaft zu verfassen.

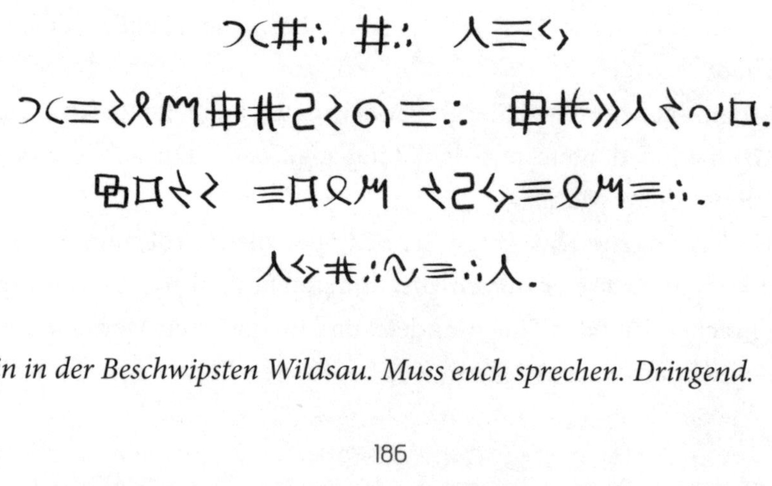

Bin in der Beschwipsten Wildsau. Muss euch sprechen. Dringend.

Zwar war am Inhalt nichts Verfängliches, aber Kiva benutzte rein aus Gewohnheit die Geheimschrift, die niemand außer ihren Geschwistern verstand.

»Was'n das?«, fragte der Wirt und hob den Zettel stirnrunzelnd ins Licht.

»Für Zuleeka und Torell Meridan«, rief Kiva ihm in Erinnerung. »Die können es lesen.«

Mit einem Grunzen steckte der Mann das Papier in die Tasche, rührte sich jedoch nicht vom Fleck.

»Als ich gesagt habe, dass es dringend ist, meinte ich, es stehen Menschenleben auf dem Spiel«, präzisierte Kiva. Zumindest ihr eigenes, wenn sie nicht bald ihre Magie unter Kontrolle bekäme. »Bitte, ich habe nur ein paar Stunden Zeit.«

Er sah sie an. »Willst du was bestellen?«

Kiva biss die Zähne zusammen und schüttelte den Kopf.

Der Wirt deutete mit dem Daumen auf eine Tür am hinteren Ende des Gastraums. »Dann warte gefälligst draußen.«

»Bitte«, flüsterte Kiva erneut.

Doch der Mann wiederholte bloß seine Geste, drehte sich um und verschwand in der kleinen Kammer hinter der Theke. Kurz darauf nahm seinen Platz ein Mädchen ein, das mit angewiderter Miene den dreckigen Wischlappen aufhob und ihn durch einen frischen ersetzte.

Kiva erkannte, dass sie wohl oder übel darauf vertrauen musste, dass der Wirt ihre Nachricht überbrachte, und stand seufzend auf. Hinter der Tür, auf die er gezeigt hatte, lag ein kleiner, unüberdachter Innenhof.

Da außer ihr niemand dort war, zog sie ihren Mantel aus und setzte sich auf eine der Holzbänke. Sekunden später tauchte das Schankmädchen auf und stellte einen dampfenden Becher vor ihr auf den Tisch. Als Kiva fragend aufsah, lächelte die junge Frau und zwinkerte ihr zu. »Richte Tor meine Grüße aus«, sagte sie, bereits im Umdrehen.

Kiva, die keine Ahnung hatte, was sie davon halten sollte, nippte an dem Getränk – es war Gewürzmilch mit Honig. Dann wandte sie ihr Gesicht der Sonne zu, lockerte ihre schmerzenden Beinmuskeln und wartete.

KAPITEL DREIZEHN

Nachdem sie ihre Milch ausgetrunken hatte, wanderte Kiva rastlos im Innenhof auf und ab. Die Zeit kroch quälend langsam dahin und von ihren Geschwistern war noch immer keine Spur zu sehen. Sie konnte unmöglich den ganzen Tag hier herumsitzen. Wenn der Wirt ihr nicht half, musste sie eben jemand anderen finden.

Entschlossen schlüpfte Kiva in ihren Mantel. Doch gerade als sie zurück in den Gastraum gehen wollte, näherten sich schwere Schritte und eine hochgewachsene Gestalt erschien in der Tür.

Kiva ließ erleichtert die Schultern sinken, als sie ihren Bruder erkannte, der schnurstracks auf sie zuschritt.

»Bist du verrückt geworden?«, fuhr er sie an, während er sie gleichzeitig in die Arme schloss. »Was hast du dir dabei gedacht, einfach so hierherzukommen?«

»Ich find's auch schön, dich zu sehen, Tor«, entgegnete Kiva, bemüht, sich ihre Enttäuschung nicht anmerken zu lassen.

Torell ließ sie los, musterte sie für einen Moment aus smaragdgrünen Augen und umarmte sie gleich noch einmal. Dicht an ihrem Ohr stieß er einen leisen Seufzer aus.

»Tut mir leid«, murmelte er in Kivas Haar. »Natürlich freue ich mich. Aber das hier ist so gefährlich. Wie hast du es überhaupt geschafft, dich aus dem Palast zu schleichen? Bist du sicher, dass dir niemand gefolgt ist? Hast du –«

Kiva löste sich von ihm. »Früher warst du noch nicht so ein Angsthase«, neckte sie ihn grinsend.

»Bin ich auch jetzt nicht«, erwiderte Torell, ehe er eindringlich hinzufügte: »Außer es geht um meine kleine Schwester, die ich über alles liebe. Weswegen ich gern verhindern würde, dass ihr etwas zustößt.«

Kiva schnürte sich die Kehle zu. »So klein bin ich ja wohl auch nicht mehr.«

»Für mich wirst du das immer sein«, widersprach Tor. »Ob du sieben bist oder siebzig, ich werde niemals aufhören, mich um dich zu sorgen.« Dann wich er einen Schritt zurück. »Aber jetzt erzähl mir erst mal, warum du hier bist, Mäuschen. Ist irgendwas passiert?«

Mäuschen.

So hatte ihr Vater sie immer genannt.

Kiva blinzelte ein paar Tränen weg. Sie hatte vollkommen vergessen, dass auch Tor den Kosenamen manchmal benutzt hatte, und es dauerte einen Moment, bis sie ihre Stimme wiederfand. »Irgendwas ist nicht in Ordnung mit mir«, antwortete sie. »Ich muss mit dir und Zulee reden, allein.«

Torell sah ihr in die Augen. Dann nickte er, nahm ihre Hand und führte sie zurück in die Taverne. Seine Finger waren kräftig und voller Schwielen, was Kivas Aufmerksamkeit auf die Furcht einflößende Sammlung an Waffen lenkte, die er bei sich trug, genau wie bei ihrer letzten Begegnung.

Ihr Bruder, der Krieger.

Er war so anders als der Junge, mit dem sie damals auf der Wiese neben dem Haus Wildblumen gepflückt und Schmetterlinge gejagt hatte. So anders als das Kind, das ein verletztes Rehkitz gesund gepflegt und verkündet hatte, sein Leben damit verbringen zu wollen, kranken Tieren zu helfen. Von dieser Warmherzigkeit war in dem jungen Mann, der Kiva nun durch den schummrigen Gastraum geleitete, nichts mehr zu erkennen. Alles an ihm wirkte hart, bedrohlich. Zumindest auf den ersten Blick. Doch Kiva war sich sicher, dass er noch immer etwas von dem Bruder in sich tragen musste, dem sie sich von all ihren Geschwistern am meisten verbunden gefühlt hatte.

Schon als Kivas Magie zum ersten Mal in Erscheinung getreten war, hatte sie bei Tor Hilfe gesucht. Ihre Eltern hatten ihr nichts von der Gabe ihrer Vorfahren erzählt, in der Hoffnung, dass keines ihrer Kinder deren Heilkräfte geerbt hatte. Kiva erinnerte sich daran, wie sie ihre Mutter um Geschichten über Sarana Vallentis und Torvin Corentine, das sagenumwobene Königspaar, angebettelt hatte. Wie sehnlich sie sich gewünscht hatte, ebenfalls solche Fähigkeiten zu besitzen.

Als dann eines Tages tatsächlich goldenes Licht aus ihren Fingerspitzen geströmt war, war es Tor gewesen, der sie in den Arm genommen und beruhigt hatte, während ihre Mutter sie endlich in das Geheimnis einweihte – sie warnte, dass niemand jemals davon erfahren durfte, sonst könne sie sich genauso gut eine Zielscheibe auf den Rücken malen. Es war Tor gewesen, der ihr die Tränen abgewischt und versprochen hatte, dass er sie beschützen werde, dass ihr niemals etwas zustoßen werde.

Ein Versprechen, das er nicht hatte halten können. Zumindest nicht als Kind.

Doch etwas sagte Kiva, dass der Mann, zu dem er inzwischen herangewachsen war, für sie kämpfen würde, und zwar bis zum letzten Atemzug.

»Setz deine Kapuze auf«, raunte Torell, sobald sie den Ausgang des Gasthauses erreichten. Er nickte dem Mädchen hinter der Theke knapp zu, der Wirt war nirgends zu entdecken. Kiva nahm sich vor, sich später bei ihm zu bedanken.

»Die Stute, auf der ich hergeritten bin, steht hinten im Stall«, sagte sie, als ihr Bruder sie zu einem dunkelbraunen Pferd führte, das an einem Pfosten angebunden war. »Soll ich –«

Doch bevor sie ausreden konnte, hatte Torell sich bereits in den

Sattel geschwungen und Kiva zu sich heraufgezogen. Hastig versuchte sie, sich zwischen den vollgestopften Satteltaschen Platz zu machen.

»Achte darauf, dass niemand dein Gesicht sieht«, wies er sie an, »und halt dich fest.«

Unvermittelt galoppierte Torell los, sodass Kiva die Kapuze vom Kopf flog, doch sie wagte es nicht, ihren Bruder loszulassen, vor Angst, aus dem Sattel geschleudert zu werden.

Am Dorfrand dirigierte Torell das Pferd von der Hauptstraße in den Wald, wo sie mit nahezu unverminderter Geschwindigkeit unter niedrig hängenden Ästen hindurchrasten und Bäche durchquerten, dass das Wasser in alle Richtungen spritzte. Erst als sie endlich langsamer wurden, lockerte Kiva atemlos ihren Klammergriff.

»Willst du uns umbringen?«, krächzte sie und gab ihm einen Klaps auf die Schulter.

Torell besaß die Unverfrorenheit zu kichern. »Olix kennt jeden Zentimeter dieses Walds. Auf seinem Rücken kann uns nichts passieren.«

»Ein falscher Schritt und wir hätten uns den Hals gebrochen!«

»Du weißt, dass ich das niemals zulassen würde«, entgegnete Tor. »Ist deine Kapuze noch oben?«

»Nein, ist sie nicht«, knurrte Kiva zähneknirschend. »Nicht, seit du versucht hast, den Rekord in berittenem Kurzstrecken-Irrsinn zu brechen.«

Tor lachte auf, wurde jedoch gleich darauf wieder ernst. »Wir nähern uns dem Lager und ich will nicht, dass jemand dein Gesicht sieht, also setz sie bitte wieder auf.« Dann öffnete er eine der Satteltaschen und zog etwas Silbernes daraus hervor. »Und am besten auch das hier.«

Kiva registrierte vage, wie Tor noch ein zweites silbernes Objekt hervorholte, offenbar für sich selbst, doch ihr Blick war fest auf das in ihrer eigenen Hand gerichtet.

Es war eine Maske. Aus einem Geflecht verschlungener Schlangen. Vipern, wenn Kiva sich nicht täuschte.

Als sie sich nach vorn lehnte, sah sie, dass Torells Maske einer Art Hundeschnauze nachempfunden war.

»Die Viper und der Schakal«, murmelte sie. »Also weiß wirklich niemand, wer ihr seid, oder?«

»Wir entscheiden sehr sorgfältig, wem wir vertrauen«, antwortete Torell, während er sich die Maske überstreifte, »selbst unter unseren eigenen Leuten.«

Auch Kiva setzte Zuleekas Maske auf – denn sie musste ihrer Schwester gehören – und richtete abermals ihre Kapuze.

»Bislang hat diese Strategie uns gute Dienste geleistet«, fuhr Torell fort, während sich der Wald um sie herum langsam lichtete. »Nur unsere engsten Verbündeten kennen unsere wahre Identität. Den Rest der Zeit tragen wir unsere Masken, selbst wenn wir zusammen mit den anderen die Alltagsarbeiten im Lager verrichten. Das war Mutters Idee. *Wer königlichen Blutes ist, trägt Maske*, hat sie immer gesagt. Obwohl es ihr wohl in erster Linie darum ging, dass Zulee und ich uns so frei wie möglich bewegen können, ohne ständig auf der Hut sein zu müssen.«

Seine Stimme hatte plötzlich einen traurigen, etwas wehmütigen Unterton angenommen und Kiva, die die Arme noch immer um ihren Bruder geschlungen hielt, drückte ihn sanft an sich. Gern hätte sie ein paar tröstende Worte gesagt, doch in diesem Moment erreichten sie den Waldrand. Die Bäume gaben jäh den Blick auf eine große Wiese frei. Und was sich darauf befand, entlockte Kiva ein leises Keuchen.

Vor ihr standen Reihen um Reihen von Zelten, viel zu viele, um sie zu zählen. Es waren einfache Behausungen sowie ein paar größere Exemplare im Zentrum, die Tor nun ansteuerte. Männer und Frauen jedes Alters grüßten ehrerbietig, als sie vorbeiritten.

Er war ihr General, erinnerte sich Kiva. Er hatte Seite an Seite mit ihnen gekämpft, *für* sie gekämpft. Er tat alles für diese Menschen – seine Rebellen.

Ihre Rebellen.

Denn auch Kiva gehörte zu ihnen. Ihrer Familie hatten sich die Rebellen verschrieben, um zurückzuholen, was man ihnen einst geraubt hatte. Damals als ihr Vorfahr beinahe getötet und ins Exil geschickt worden war. Die Rebellenbewegung, die dafür kämpfte, eines Tages in Torvins Namen die Krone zurückzuerobern, war im Laufe der Jahrhunderte stetig gewachsen. Doch nie zuvor hatten sie einen seiner Erben in ihren Reihen gehabt – und damit eine rechtmäßige Chance darauf, die Vallentis-Familie vom Thron zu stoßen.

Kiva musste wissen, wie es dazu gekommen war. Wie Zuleeka zur Kommandantin der Rebellen aufgestiegen war und Torell zu ihrem General. Warum hatte ihre Mutter ihre eigene Warnung in den Wind geschlagen, nachdem sie so lange darauf bestanden hatte, den Fortbestand der Linie Corentine geheim zu halten? Über Jahrzehnte hatte Tilda ihre eigene Magie verborgen, um ihre Familie zu schützen. Und jetzt stand Kiva hier, umgeben von den Anhängern einer Bewegung, der ihre Eltern sich niemals hatten anschließen wollen.

»Zuleeka ist im Kommandozelt, gleich da vorn«, riss Tor sie aus ihren Gedanken. »Die Stoffwände sind dick, das heißt, wir können uns drinnen ungestört unterhalten, ohne dass uns jemand hört.«

Kivas Handflächen wurden feucht, als sie vor dem großen Zelt zum Stehen kamen. Tor half ihr beim Absteigen, dann ließ er sich selbst aus dem Sattel gleiten und klopfte Olix kräftig den Hals. Auf ein leises Pfeifen hin kam ein Junge herbeigelaufen, der ihrem Bruder mit einem anbetungsvollen Lächeln die Zügel abnahm.

»Nach dir«, sagte Tor und wies Richtung Eingang.

Kiva straffte die Schultern und betrat das Zelt. Es war geräumig und leer bis auf ein paar Stühle und einen langen Holztisch, auf dem sich Pergamentrollen stapelten. An einer der Wände war eine Karte von Wenderall befestigt, nahezu identisch mit der, die sie in der königlichen Ratskammer gesehen hatte. Aus dem Augenwinkel nahm sie eine Bewegung wahr. Sie wandte den Kopf und entdeckte Zuleeka, die an einem dampfenden Becher nippte und Kiva eindringlich musterte. Ihr ausdrucksloses Gesicht zeigte keine Spur von Überraschung. Und auch keine Spur von Wärme, besonders als sie sagte: »Du dürftest gar nicht hier sein.«

Ernüchtert löste Kiva ihre Maske. »Wenn du neulich noch ein bisschen fester zugeschlagen hättest, wäre ich das wohl auch nicht.«

Auch Torell nahm nun seine Maske ab, sodass seine verwirrte Miene zum Vorschein kam. »Was soll das heißen?«

Zuleeka antwortete nicht, und sosehr Kiva ihr die Kopfverletzung auch nachtrug, würde sie ihre Schwester doch niemals verpfeifen. Schließlich hatte Kiva sich vorgenommen, ein gutes Verhältnis zu ihr aufzubauen, und war entschlossen, sich nicht davon abbringen zu lassen. Auch wenn dieser Anfang alles andere als vielversprechend war.

»Ach, nichts«, winkte sie ab. »Ich habe nicht viel Zeit. Eine Freundin und ich sind aus Vallenia hergeritten und wir treffen uns in ein paar Stunden wieder in der Taverne.«

»Eine Freundin?« Zuleeka hob eine dunkle Augenbraue. »Aus dem Palast?«

»Nein«, entgegnete Kiva. »So dumm bin ich nun auch nicht.«

Das höhnische Lächeln ihrer Schwester gefiel ihr nicht, weshalb sie ihr entschieden den Rücken zukehrte, ihre Maske auf den Tisch legte und sich auf einen der Stühle setzte. Tor nahm neben ihr Platz und bedeutete Zuleeka mit einem strengen Blick, sich dazuzugesellen. Sie tat wie geheißen, jedoch nicht ohne die honiggoldenen Augen zu verdrehen, als käme Kivas Besuch höchst ungelegen.

»Dann erzähl mal, Schwesterchen, was führt dich zu uns?«, wandte Zuleeka sich schließlich zuckersüß an sie. »Hattest du Sehnsucht? Sollen wir ein bisschen kuscheln?«

So viel unverhohlene Feindseligkeit brachte Kivas gute Vorsätze zum Zerplatzen. »Was hast du eigentlich gegen mich? Ich bin auf eurer Seite, schon vergessen? Also spar dir gefälligst solche Kommentare.«

»Keine Ahnung, was du meinst«, entgegnete Zuleeka und rührte in ihrem Tee. »Ich bin absolut entzückt, dich zu sehen. Das hier ist der Höhepunkt meiner Woche.«

Torell seufzte resigniert und brummte etwas vor sich hin, was Kiva nicht verstand.

Sie atmete tief durch und rief sich in Erinnerung, dass sie nicht wissen konnte, was Zuleeka während ihrer Abwesenheit alles erlebt hatte. Zwar konnte sie sich kaum vorstellen, dass es einem Jahrzehnt in Zalindov gleichkam, aber sie wusste auch, dass die Hölle für jeden Menschen ein anderes Gewand trug.

Kiva überlegte, wo – und wie – sie ihren Bericht beginnen sollte. Sie hatte den beiden so viel zu erzählen. Doch dann gab sie ihrer Neugier nach.

»Ich würde so gern mehr über Mutter wissen«, sagte sie. »Wie ist sie in Zalindov gelandet? Und wie kam es, dass ihr euch den Rebellen angeschlossen habt? Was ist passiert nach … der Nacht damals?«

Zuleeka schnaubte. »Hast du etwa dein Leben riskiert, damit wir dir eine Gutenachtgeschichte erzählen? Das passt ja.«

»Ich habe nicht mein Leben riskiert.«

»Nein, stimmt. *Unser aller* Leben.« Zuleekas Belustigung verflüchtigte sich so schnell, dass Kiva erkannte, wie todernst es ihr war. »Hast du dir das auch nur für einen Moment vor Augen geführt, bevor du aus Vallenia abgehauen bist? Hast du mal an irgendjemand anderen gedacht als an dich selbst? Früher warst du jedenfalls noch nicht so egoistisch, aber ich vermute mal, zehn Jahre, in denen man sich selbst die Nächste ist, gehen an niemandem spurlos vorbei.«

»Zuleeka«, fuhr Tor sie an. »Das reicht.«

Kiva versuchte, sich nicht anmerken zu lassen, wie sehr die Worte ihrer Schwester sie getroffen hatten, wie ungerecht sie waren. Tapfer schluckte sie den Kloß hinunter, der sich in ihrer Kehle gebildet hatte, und antwortete: »Ich bin hergekommen, weil meine Magie verrücktspielt und ich eure Hilfe brauche, damit ich nicht entlarvt werde.« Wieder schluckte sie. »Aber ich werde mich auch nicht auf den Rückweg machen, ehe ihr mir von Mutter erzählt habt. Ich will endlich die Wahrheit wissen.« Die königliche Ratsversammlung erwähnte sie nicht, da sie nicht all ihre Karten auf einmal ausspielen wollte.

»Was ist denn los mit deiner Magie?«, erkundigte Torell sich mit besorgter Miene.

Kiva schüttelte den Kopf. »Ihr zuerst.«

Als ihr Bruder ihren unnachgiebigen Blick sah, gab er sich geschlagen. »In der Nacht, als die Soldaten kamen, sind wir zu einer Hütte in den Bergen geflohen«, begann er. »Dort haben Leute auf uns gewartet. Rebellen.«

»Aber die Rebellen wussten doch gar nichts von unserer Familie«, wandte Kiva ein. »Mama und Papa waren immer so darauf bedacht –«

»Sie wussten nichts Genaues, Gerüchte gab es allerdings schon seit Jahren. Und eins davon hat sie schließlich zu uns nach Riverfell gebracht. Galdric, der damalige Rebellenführer, hatte Mutter und Vater kurz vor jener Nacht auf dem Marktplatz angesprochen, aber die beiden haben ihn abgewimmelt.« Tor spannte die muskulösen Unterarme an. »In der Nacht, als … das alles passiert ist … hat Mutter uns zu Galdric gebracht und angeboten, sich der Gruppe anzuschließen. Unter einer Bedingung.«

»Welcher?«, fragte Kiva atemlos.

Diesmal war es Zuleeka, die antwortete. Mit einem einzigen Wort: »Rache.«

Ungebetene Erinnerungen fluteten Kivas Gedanken – Kerrins Tod und Farans Festnahme durch die königliche Garde. Energisch schob sie die Bilder beiseite, obwohl ihr klar war, dass sie sie niemals ganz loswerden würde.

»Die nächsten fünf Jahre sind wir bei Galdric und seinen engsten Vertrauten geblieben und haben uns von einem Unterschlupf zum anderen durchgeschlagen, während Mutter gemeinsam mit ihnen Pläne schmiedete«, fuhr Tor fort. »Wir haben gelernt, zu kämpfen und uns zu verteidigen. Und Mutter –« Seine Stimme versagte kurz. »Mutter hat angefangen, ihre Magie einzusetzen, ohne Rücksicht auf die Gefahr, entdeckt zu werden.«

»Komm endlich zum Punkt, Tor«, drängte Zuleeka, die noch immer in ihrem Tee rührte. »Kiva braucht keine Geschichtslektion.«

»Du darfst jederzeit gern übernehmen«, fauchte Torell.

Zuleeka schenkte ihm ein klebrig süßes Lächeln. »Ach nein, du machst das doch so gut.«

Kiva musterte ihre Geschwister aufmerksam. Die Spannungen zwischen den beiden waren mit Händen greifbar, dabei hatten sie sich als Kinder gut verstanden. Vielleicht waren sie nicht ganz so unzertrennlich gewesen wie Kiva und Tor, aber daran, dass sie einander liebten, hatte es nie Zweifel gegeben. Jetzt allerdings – dieser aggressive Ton, diese unterschwellige Wut, wenn sie miteinander sprachen … Kiva fragte sich, was der Auslöser dafür gewesen sein mochte.

»Irgendwann wurde beschlossen, dass Mutter Galdrics Position einnehmen sollte«, erzählte Torell weiter. »Immerhin war sie eine Corentine und somit die rechtmäßige Anführerin der Rebellen. *Unsere* rechtmäßige Anführerin«, korrigierte er sich. »Galdric blieb ihr engster Berater, aber die Entscheidungen traf ab sofort sie. In den

Jahren zuvor war unsere Anhängerzahl stetig gestiegen, nachdem Gerüchte über eine zurückgekehrte Erbin Torvins aufgekommen waren. Aber Mutter war rastlos; es ging ihr nicht schnell genug. Nachdem sie einmal die Zügel in der Hand hielt, startete sie einen regelrechten Rekrutierungsfeldzug und schickte Rebellen von Dorf zu Dorf, um immer mehr Menschen zu überzeugen, sich auf ihre Seite zu stellen. Auf *unsere* Seite.«

Abgesehen von der erneuten Korrektur gab es noch etwas, was Kiva stutzig machte. »Wie genau hat sie die Leute denn überzeugt?«, hakte sie nach.

Torell sah geflissentlich an ihr vorbei. »Sie hat getan, was nötig war. So wie wir *alle*.«

Die Rebellen wurden immer dreister und schreckten auch vor Gewalt nicht mehr zurück. Sie zerstörten ganze Dörfer, und wer sich wehrte, musste mit dem Tod rechnen.

Kivas Magen zog sich zusammen, als ihr Jarens Worte von vor zwei Tagen durch den Kopf schossen.

»Ihr habt Menschen angegriffen«, flüsterte sie. »Habt sie getötet.«

»Nur diejenigen, die uns zuerst angegriffen haben«, stellte Zuleeka richtig und inspizierte ihre Fingernägel. »Sie haben bekommen, was sie verdient hatten.« Als sie Kivas entsetzte Miene bemerkte, wurde ihr Blick eiskalt. »Einen Krieg gewinnt man nicht ohne Opfer, Schwesterchen. Wer nicht unser Freund ist, ist unser Feind und Feinde verdienen keine Gnade. Warum sollten wir diesen Leuten mehr Achtung entgegenbringen als sie uns?«

Doch Zuleeka irrte sich. Kiva kannte mindestens einen Menschen, der *jeden* in diesem Königreich achtete, auch die Rebellen.

»Hat Mutter jemals in Erwägung gezogen, dass es einen anderen Weg geben könnte?«, fragte Kiva heiser. »Bei dem keine Unschuldigen zu Schaden kämen?«

»Unschuldige?« Zuleeka stieß ein harsches Lachen aus. »Du hast eindeutig zu viel Zeit mit deinem hübschen Prinzen verbracht. Ging ja ganz schön schnell, was? Ein Paar himmelblaue Augen und ein goldener Lockenkopf und schon verrätst du alles, wofür wir gekämpft haben.«

»Ganz genau, *ihr* habt gekämpft«, erwiderte Kiva gepresst. »Nicht ich. Denn nur für den Fall, dass du es vergessen haben solltest: Ich war die ganze Zeit eingesperrt und hatte keine Ahnung, was hier draußen vor sich ging.«

»Wie könnte ich das vergessen«, giftete Zuleeka. »Du konntest dich zehn Jahre lang zurücklehnen und Däumchen drehen, während wir hier draußen alles gegeben haben. Unser Blut, unseren Schweiß, unsere Tränen, und zwar für dich.«

»*Zehn Jahre lang zurück–*«, begann Kiva wutentbrannt und verstummte dann abrupt. »Moment mal, was soll das bedeuten, ›für mich‹?«

»Ach komm, hast du es etwa immer noch nicht begriffen?«, schnaubte Zuleeka.

»Was begriffen?«

»Dass Mutter deinetwegen tot ist.«

Ihre Worte waren wie ein Fausthieb in den Magen. »Was?«, hauchte Kiva.

»Zulee– «

»Nein, Tor«, schnitt Zuleeka ihm mit einem stechenden Blick das Wort ab. »Sie wollte die Wahrheit hören, also soll sie sie auch bekommen.«

Ein Muskel in Torells Wange zuckte, aber er versuchte nicht noch einmal, seine Schwester zu bremsen.

Kiva saß da wie versteinert. »Mutter war krank«, fuhr Zuleeka schließlich an sie gewandt fort. »Ohne Chance auf Besserung. Sie konnte jeden Menschen auf der Welt innerhalb von Sekunden heilen, nur bei ihr selbst zeigte ihre Magie keine Wirkung. Über die

Jahre ist die Krankheit immer weiter fortgeschritten, was uns allen aber erst klar wurde, als es zu spät war.«

Bei der Erinnerung daran, in welchem Zustand Tilda in Zalindov eingetroffen war – mehr tot als lebendig –, schloss Kiva die Augen.

»Kurz bevor es mit ihr zu Ende ging, war sie plötzlich wie besessen davon, dich zu retten. Sie fand, du solltest ihre Nachfolge als Rebellenkönigin antreten«, redete Zuleeka mit grimmiger Miene weiter. »Aber Galdric und die anderen wussten, dass das Risiko einfach zu groß war. Zalindov ist viel zu gut gesichert. Anfangs, nachdem wir uns ihnen gerade erst angeschlossen hatten, hätten sie sich vermutlich noch darum gerissen, die Rettungsmission anzuführen. Zumal Mutter ihnen endlos davon vorschwärmte, wie mächtig deine Magie sei, selbst als Kind schon. Damals war der Plan, Mutter auf den Thron zu bringen und dich als ihre Erbin einzusetzen. Denn dank deiner Magie wäre deine Abstammung unabstreitbar gewesen. Doch nachdem Tor zum General aufgestiegen war und auch ich mir den Respekt Galdrics und seiner Leute verdient hatte, beschlossen sie, dass wir genauso gut eines Tages Mutters Platz einnehmen konnten, selbst ohne deine ach so unermesslichen Kräfte. Sie wussten, dass wir Nachkommen Torvins waren, und das war Grund genug, uns zu Mutters Thronfolgern zu ernennen. Aber Mutter …« Zuleeka wandte den Blick. »Je kränker sie wurde, desto mehr verrannte sie sich in die Idee, dich noch ein letztes Mal zu sehen.«

Kiva fiel das Atmen schwer. »Mir hat man erzählt, sie sei in Mirraven gefangen genommen worden.«

»Wurde sie auch«, antwortete Tor mit erstickter Stimme.

»Aber nur, weil sie schnurstracks nach Zadria marschiert ist und dort ans Stadttor geklopft hat«, sagte Zuleeka. »König Navok war natürlich mehr als bereit, einen Handel mit der Rebellenkönigin zu schließen, um damit die Vallentis zu verärgern, die Mutter nur zu gern in die Finger gekriegt hätten. Im Gegenzug musste er lediglich dafür sorgen, dass die Königreiche sich darauf einigten, sie nach Zalindov zu bringen. Zu *dir.*«

Mit rauer Stimme entgegnete Kiva: »Ich konnte nicht mal mit ihr sprechen. Nicht richtig jedenfalls. Sie war schon so schwach, als sie ankam. Und sie war – sie war blind. Du sagst, sie wollte mich sehen, aber –« Kiva schnappte krampfhaft nach Luft und starrte runter auf den Tisch. »Aber das konnte sie nicht mehr.«

»Nein, konnte sie nicht«, bestätigte Zuleeka. »Und du hast es nicht für nötig befunden, sie zu heilen.«

Kivas Kopf ruckte hoch. »Ich –«

»Stattdessen hast du deine Kräfte an irgendeinen dahergelaufenen Jungen verschwendet«, sprach Zuleeka weiter. »Bravo, Schwesterchen. Da sieht man gleich, wie wichtig dir deine Familie ist.«

»Nein.« Kiva schüttelte den Kopf. »Nein, das … Tipp war nicht … es war zu spät. Ich war nicht dabei, als sie gestorben ist. Darum konnte ich nichts mehr für sie tun. Ich kann – ich kann keine Toten zum Leben erwecken.«

»Und was ist mit Vater?«, blaffte Zuleeka. »Warst du, als er gestorben ist, zufällig auch gerade in einer Elementarprüfung?«

Kiva wandte sich Torell zu, der dreinblickte, als wollte er nichts lieber als ihr beispringen, doch auch er zögerte. Unbewältigte Trauer schimmerte in seinen Augen, während er auf ihre Antwort wartete.

»Papa hat mir ein Versprechen abgenommen«, flüsterte Kiva. »Ich musste ihm schwören, niemals meine Magie einzusetzen. Nicht mal zu seinen eigenen Gunsten.«

»Und jetzt haben wir keine Eltern mehr, aber dafür ist dieser fremde Junge – entschuldige, *Tipp* – wohlauf?«, knurrte Zuleeka. »Na, wenn das kein fairer Tausch ist.«

»Das reicht, Zulee«, schritt Tor endlich ein, wenn auch kaum hörbar.

Zuleeka jedoch schenkte ihm keine Beachtung, sondern hielt ihren vernichtenden Blick weiter auf Kiva gerichtet. »Ein einziges Mal hättest du dich durchringen müssen. Was nutzt einem Magie, wenn man sich davor fürchtet?«

Tränen brannten in Kivas Augen, doch sie weigerte sich, sie fließen zu lassen. Es stimmte, sie *hatte* sich gefürchtet. Das tat sie noch immer. Und trotzdem hatte sie am Ende Tipps Leben mehr Bedeutung beigemessen als ihrem eigenen, hatte nicht mitansehen können, wie er –

»Moment mal, woher weißt du eigentlich von Tipp?«, fragte sie tränenerstickt. »Ich bin mir ganz sicher, dass niemand mit uns in der Krankenstation war.« Niemand außer Tilda, die bereits tot gewesen war.

Zuleeka fuhr mit dem Zeigefinger über den Rand ihrer Tasse. »Eine meiner Kontaktpersonen innerhalb Zalindovs hatte Befehl, Mutter zu beschützen. Als der Aufstand ausbrach, ist sie zur Krankenstation gelaufen, aber irgendwer war ihr zuvorgekommen. Sie hat den Jungen in einer Blutlache auf dem Boden liegen sehen und wusste, dass die Wunde tödlich war. Und kurz darauf hat sie beobachtet, wie du mit ihm in den Armen aus dem Haupttor geflohen bist. Sie dachte, du hättest seine Leiche aus Gefühlsduseligkeit mitgeschleppt. Wie hätte sie auch ahnen sollen, wie es wirklich war?« Zuleeka hielt inne. »Meine Spione im Palast haben mir dann berichtet, dass der Junge dort aufgetaucht ist und sich bester Gesundheit erfreut. Da musste ich bloß noch eins und eins zusammenzählen.«

Das war eine ganze Menge zu verdauen, doch Kiva fragte nur: »Deine Kontaktperson in Zalindov – war das Cresta Voss?«

Zuleeka nickte. »Sie unterstützt uns, wo sie nur kann. Selbst von innerhalb der Gefängnismauern.«

»Tja, von außen wird sie die wohl auch nie wiedersehen«, brummte Kiva in sich hinein. Sie und Cresta waren einander spinnefeind gewesen, obwohl Kiva der zänkischen Steinbrucharbeiterin kurz nach deren Ankunft sogar das Leben gerettet hatte. »Dir ist schon klar, dass sie mich hasst, oder?«, fügte sie dann lauter hinzu. »Sie hat damit gedroht, Tipp zu töten, wenn ich Mutter nicht am Leben halte.«

Zuleeka zuckte mit den Schultern. »Sie hatte keine Ahnung, wer du bist. Sie hat bloß ihre Befehle befolgt.«

»Jedenfalls hätte ich keine Extraeinladung gebraucht«, zischte Kiva durch zusammengebissene Zähne. »Ich hätte Mutter niemals –« Sie verstummte, als sie das triumphierende Funkeln im Blick ihrer Schwester sah.

»Sterben lassen?«, vollendete diese ihren Satz. »Du hättest Mutter niemals *sterben lassen*?«

»Das reicht jetzt wirklich«, ging Tor abermals dazwischen, ehe Kiva sich erneut verteidigen konnte. »Du hast deine Antworten bekommen. Und jetzt –«

»Warte«, unterbrach Kiva ihn. »Neulich Nacht hast du doch noch behauptet, du hättest versucht, uns zu retten.«

Tor nickte langsam. »Ja. Aber dann haben wir Befehl erhalten, den Rückzug anzutreten.«

»Und was ist mit diesem Galdric? Der angeblich nicht wollte, dass Mutter mir Rebellen zu Hilfe schickt? Warum hat er seine Meinung plötzlich geändert?«

»Hat er nicht.« Tors Augen wurden dunkel vor Kummer. »Mutter hatte niemandem erzählt, dass sie nach Mirraven wollte. Sie hat sich einfach mitten in der Nacht abgesetzt und nichts als eine kurze Nachricht hinterlassen, in der stand, wohin sie wollte und warum. Soweit wir es uns zusammenreimen konnten, hat Galdric Mutters Verschwinden als Erster bemerkt und ist ihr sofort gefolgt, wahrscheinlich um sie aufzuhalten. Aber er – er ist nie zurückgekehrt. Irgendwann haben wir seinen Mantel gefunden. Er war voller Blut.« Tors Kehlkopf hüpfte auf und ab. »Zu viel Blut.«

Kiva lehnte sich matt zurück. »Ihr glaubt – sie hat ihn *umgebracht*?«

Tor starrte auf seine Hände. »Sie war damals kaum mehr bei Sinnen, kurz vor dem Ende.«

Mehr sagte er nicht. Doch Kiva hörte den Schmerz in jedem seiner Worte und ahnte, wie viel Galdric ihrem Bruder bedeutet hatte. Und dass er wegen Tildas Tat am Boden zerstört war, egal, ob ihre Mutter dabei nun zurechnungsfähig gewesen war oder nicht.

Kiva griff nach seiner Hand und verschränkte ihre Finger mit seinen, um ihm wenigstens auf diese Weise Trost zu spenden. Und dann dachte sie an das, was er gesagt hatte. Dass sie ihre Antworten bekommen hatte, auch wenn sie ihr nicht gefielen.

»Danke«, wandte sie sich an ihn und Zuleeka zugleich. »Dass ihr mir die Wahrheit erzählt habt.«

Zuleeka wich ihrem Blick aus, aber zumindest war Kiva nun etwas klarer, warum ihre Schwester einen solchen Groll gegen sie hegte.

Sie gab Kiva die Schuld am Tod ihrer Mutter.

Zu Unrecht, aber Kiva wusste, dass ein trauernder Mensch in der Lage war, Dinge zu tun, zu denken und auszusprechen, die unter anderen Umständen niemals ans Tageslicht gedrungen wären. Es hatte keinen Sinn, Zuleeka darauf hinzuweisen, dass Kiva nicht für das Handeln ihrer Mutter verantwortlich war. Und dass sie Tilda – hätte diese sie um ihre Meinung gebeten – ganz sicher nicht dazu ermutigt hätte.

»Jetzt bist du dran«, sagte Tor und riss Kiva damit aus ihren schwermütigen Gedanken. »Was stimmt nicht mit deiner Magie?«

KAPITEL VIERZEHN

Kiva berichtete ausführlich über die unkontrollierbaren Magieausbrüche und ihre Angst, so etwas könnte ihr im Beisein der Königsfamilie passieren. Als sie fertig war, breitete sich Schweigen im Zelt aus, während ihre Geschwister über das Problem nachdachten.

»Hat Mutter mal etwas in der Art erwähnt?«, fragte Kiva. »Schließlich hat sie ihre Magie selbst jahrelang unterdrückt. Und falls das eine Art Nebenwirkung davon ist –«

»Sie hat sie nicht unterdrückt«, korrigierte Tor. Da Kiva ihm widersprechen wollte, erklärte er: »Sie hat sie bloß nicht offen benutzt. Nicht mal vor Vater.«

»›Kleine Zauber‹, so hat sie es genannt«, fügte Zuleeka hinzu, deren Feindseligkeit von zuvor merklich abgeflaut war, als hätte sie ihrem Zorn bloß einmal gründlich Luft machen müssen. Ihr boshaftes Zähnefletschen war einem nachdenklichen Ausdruck gewichen. »Als sie ihre Kräfte langsam wiederaufgebaut hat, um sie für unsere Zwecke einzusetzen, hat sie uns gestanden, dass sie sie all die Zeit über genutzt hatte, aber nur in ganz geringen Dosen. Eine Prellung hier, ein Kratzer da, immer wenn wir geschlafen haben oder gerade abgelenkt waren. Sie hat gesagt, komplett aufzuhören, wäre unmöglich gewesen, denn die Magie hätte sich niemals derart zum Schweigen bringen lassen.«

Kiva rieb sich die Stirn. »Aber wenn das stimmt, wie kommt es dann, dass ich meine zehn Jahre lang bezwingen konnte?«

»Vielleicht ist deine Magie ja schwächer, als ihre es war?«, schlug Tor vor.

Ein berechnendes Funkeln trat in Zuleekas Augen. »Oder stärker. Irgendeinen Grund muss es ja haben, dass sie unbedingt dich als ihre Erbin wollte.«

In Zuleekas Worten schwang ein Unterton mit, den Kiva geflissentlich ignorierte.

»Willst du wissen, was ich glaube?«, fragte ihre Schwester, sprach jedoch weiter, ohne Kivas Antwort abzuwarten: »Ich glaube, deine Magie nimmt es dir übel, dass du sie so lange ignoriert hast, und diese spontanen Ausbrüche sind ihre Art, deine Aufmerksamkeit einzufordern. Vielleicht solltest du auf sie hören. Und sie benutzen.«

Kiva beugte sich vor. »Ich schlafe drei Zimmer entfernt von Jaren Vallentis«, zischte sie. »Ich *kann* sie nicht benutzen. Das muss aufhören.« Doch genauso schnell, wie ihr Ärger aufgeflammt war, verpuffte er auch wieder. Sie sackte zurück gegen ihre Stuhllehne. »Bitte. Wenn ihr irgendeine Idee habt …« Sie senkte die Stimme zu einem Flüstern und wiederholte: »Das muss aufhören.«

Torell musterte sie voller Mitgefühl, Zuleeka dagegen schien noch immer zu überlegen, wie sie die Situation zu ihrem Vorteil nutzen könnte.

»Eine Möglichkeit gäbe es«, sagte sie dann langsam. »Jemanden, der dir vielleicht helfen kann.«

»Wen?«, stieß Kiva hervor, die sich selbst zum Betteln nicht zu schade gewesen wäre.

Tor schien mit einem Mal zu begreifen, worauf seine Schwester hinauswollte, denn er schüttelte entschieden den Kopf. »Niemals. Bist du verrückt geworden?«

Zu Kivas Erstaunen begann Zuleeka zu grinsen. »*Ich* nicht.«

»Aber *sie* ist es – und zwar nicht zu knapp.« Wieder schüttelte Tor den Kopf.

»Wenn du einen besseren Vorschlag hast …« Zuleeka hob eine Augenbraue.

Kiva hatte genug. »Würde einer von euch mir freundlicherweise erklären, wovon ihr redet?«

Tor massierte sich die Nasenwurzel und gab mit der anderen Hand einen auffordernden Wink Richtung Zuleeka. Diese sprach daraufhin zwei für Kiva vollkommen sinnentleerte Worte aus.

»Nanna Delora.«

Kiva blinzelte. »Nanna was?«

»Unsere Großmutter«, erklärte Zuleeka. »Mamas Mutter. Delora Corentine.«

Kiva erstarrte. Ihr war nicht klar gewesen, dass sie noch irgendwelche lebenden Verwandten hatte, erst recht nicht Corentines.

»Sie besitzt auch Magie. Oder *hat* zumindest früher welche besessen«, korrigierte Zuleeka sich. »Wenn irgendwer sich damit auskennt, wie man seine Kräfte unterdrückt, dann sie.«

»Und außerdem ist sie heillos übergeschnappt«, merkte Torell an. »Mutter hat uns einmal mit zu ihr genommen, kurz nachdem wir uns den Rebellen angeschlossen hatten. Sie wollte sie um irgendein Familienerbstück bitten, aber bereits nach dem ersten Blick auf uns hat Nanna Delora losgezetert, wir sollten sie gefälligst nicht bei ihrem Lesekränzchen stören. Hat uns die Tür vor der Nase zugeknallt und geschrien, sie würde höchstpersönlich nach Vallenia reiten und uns alle verpfeifen, wenn wir ihr je wieder unter die Augen träten.«

Kiva starrte ihn einen Moment lang an, bevor sie fragte: »Was denn für ein Familienerbstück?«

»Ein Dolch«, antwortete Zuleeka, ohne von ihrem inzwischen kalt gewordenen Tee aufzuschauen. »Torvin Corentines Dolch, der von Generation zu Generation weitergereicht wurde. Das Symbol seiner Herrschaft. Nachdem Mutter die Führung der Rebellen übernommen hatte, dachte sie, dass sie mit dem Dolch ihre Machtposition stärken könnte. Als Beweis für ihre – *unsere* – Abstammung. Aber Delora wollte ihn nicht rausrücken.«

»Sie stellt Arzneien her«, erklärte Torell. »Wetten, sie benutzt den Dolch unserer Ahnen zum Kräuterhacken? Ihr wisst ja, wie Apotheker sind. Denen sind ihre Messer heilig. Manche lassen sich sogar damit beerdigen.« Er schüttelte den Kopf und wandte sich dann wieder an Zuleeka. »Es muss jemand anderen geben, der Kiva helfen kann.«

»Delora mag ihre Fehler haben, aber ich fürchte, sie ist unsere beste Option.«

»Wie kann ich sie finden?«

Die Köpfe ihrer Geschwister ruckten zu ihr herum. »Wenn du wirklich zu ihr willst, musst du ohne uns gehen«, meinte Torell, als er die Entschlossenheit in Kivas Gesicht sah. »Sie hat uns letztes Mal ziemlich deutlich zu verstehen gegeben, dass wir bei ihr nicht willkommen sind.«

»Ja, klingt ganz danach«, stimmte Kiva ihm zu. »Ich brauche ohnehin keinen Babysitter. Ich muss bloß wissen, wo ich sie finde.«

»Gut möglich, dass sie sich weigert, dir zu helfen«, warnte Tor. »Sie hat gesagt, sie will nichts mehr mit –«

»Tor, *bitte*«, unterbrach Kiva ihn sanft. »Ich muss es einfach versuchen.«

»Sie lebt in einer kleinen Hütte am Rand des Grimmsumpfs, gleich hinter den Wildauen«, beantwortete Zuleeka ihre Frage, ohne sich um Tors vorwurfsvollen Blick zu scheren. »In der Nähe liegt ein kleines Dorf namens Blackwater, das findest du auf der Landkarte. Am besten fragst du dort jemanden nach dem Weg.«

»Danke«, sagte Kiva ernst.

»Kiva –«

»Keine Sorge, Tor, ich mache mir keine großen Hoffnungen«, unterbrach sie ihn. »Aber wenn die Chance besteht, dass sie mir helfen kann, dann muss ich es wenigstens versuchen.«

Ihrem Bruder war deutlich anzusehen, wie sehr ihr Plan ihm missfiel, doch er rang sich zu einem steifen Nicken durch. »Nur – sei wenigstens vorsichtig. Delora ist unberechenbar. Und sie hat einen ziemlich ungewöhnlichen Wachhund. Einen, vor dem man sich lieber in Acht nehmen sollte.«

Zuleeka schnaubte, woraufhin Kiva beschloss, lieber nicht genauer nachzufragen.

»Ich muss bald zurück nach Oakhollow«, sagte sie. »Rhess weiß zwar, dass ich vorhatte, euch zu treffen, aber ich sollte wohl besser vor ihr wieder in der Taverne sein.«

»Rhess?« Zuleeka sah Torell fragend an. Doch ihr Bruder war erst in der *Beschwipsten Wildsau* eingetroffen, als sie bereits weg gewesen war.

»Rhessinda Lorin«, antwortete Kiva daher. »Eine Heilerin von der Silverthorn. Ich habe ihr erzählt, dass ich herkommen wollte, und da sie ein paar Hausbesuche hier im Dorf zu erledigen hatte, hat sie angeboten, mich mitzunehmen.«

»Du kommst ja ganz schön rum in letzter Zeit«, brummte Zuleeka.

»Wohl kaum«, entgegnete Kiva spitz. »Bisher war ich nämlich ziemlich beschäftigt damit, von meinen eigenen Geschwistern entführt zu werden, mich von einem Prinzen schikanieren zu lassen und Tee mit einer Königin zu trinken, die keine Ahnung hat, dass sie mein Leben zerstört hat. Da bleibt nicht viel Raum für Freizeitvergnügungen.«

Ein gefährliches Blitzen trat in Tors Augen. »Was soll das heißen, ›dich von einem Prinzen schikanieren zu lassen‹?«

Kiva winkte beschwichtigend ab. »Caldon bringt mir das Kämpfen bei. Oder zumindest ist das langfristig das Ziel. Im Moment führt er mir bloß jeden Morgen ziemlich schmerzhaft meine zehn Jahre Unterernährung und Bewegungsmangel vor Augen.«

Tors Anspannung wich. »Du lässt dich von Prinz Caldon trainieren?«

»›Foltern‹ würde es eher treffen«, entgegnete Kiva.

»Was für eine Zeitverschwendung.« Zuleeka lachte. »Die einzige Waffe, die du jemals brauchen wirst, trägst du in deinen Fingerspitzen.«

Kiva schaute auf ihre Hände. »Magie ist keine Waffe«, sagte sie, bevor ihr einfiel, was Jaren und seine Familie mit ihren Kräften zu tun vermochten. »Zumindest meine nicht.«

»Magie ist das, was man daraus macht«, entgegnete Zuleeka. »Sie beugt sich deinem Willen.«

»Waffen fügen Menschen Verletzungen zu. Meine Magie heilt.«

»Du hast selbst gesagt, dass du sie seit zehn Jahren unterdrückst. Woher willst du da wissen, wozu sie in der Lage ist? Wozu *du* in der Lage bist?«

Ehe Kiva etwas darauf erwidern konnte, meldete sich Tor zu Wort.

»Dieses Gespräch führt doch zu nichts«, meinte er mit einem strafenden Blick in Zuleekas Richtung. »Kiva, wenn du vor Rhessinda in der Taverne sein willst, sollten wir uns auf den Weg machen.«

Er wollte aufstehen, doch Kiva zog ihn zurück.

»Warte. Ich habe euch noch mehr zu erzählen.«

Zuleeka und Torell horchten sichtlich auf.

»Ich –«, begann Kiva, ehe sie plötzlich der Mut verließ.

»Lass dir ruhig Zeit, wir haben ja schließlich nichts anderes zu tun«, spottete Zuleeka.

Wieder warf Tor ihr einen Blick zu. Dann wandte er sich an Kiva. »Keine Eile. Ordne erst mal deine Gedanken.«

Auf seinen Zuspruch hin gab Kiva sich einen Ruck. »Den Thron mit Gewalt einzunehmen, ist keine gute Idee.«

»Ach, und warum nicht?« Zuleekas Augen wurden schmal.

»Ich weiß ja nicht, wie viele Rebellen es mittlerweile gibt, aber es wird ohnehin keinen Unterschied machen. Der Palast ist zu gut gesichert«, erklärte Kiva. Spontan entschied sie, den beiden nichts von dem geheimen Tunneleingang zu erzählen, schließlich würde sich kaum die komplette Rebellenarmee unentdeckt dort hineinstehlen können. Oder zumindest redete sie sich das ein, um ihr schlechtes Gewissen zu besänftigen. »Selbst wenn ihr es irgendwie an der königlichen Garde vorbeischafft, bleibt immer noch die Armee. Und die würde den Thron gleich wieder zurückerobern.«

»›Wir‹ wolltest du wohl sagen«, bemerkte Zuleeka trocken.

Kiva ging nicht darauf ein. »Der einzig sichere Weg auf den Thron führt über das Gesetz. Das evalonische Volk wird euch – *uns* – nicht als Herrscher akzeptieren, solange wir ihm keinen triftigen Grund geben. Die Menschen wollen, dass alles rechtmäßig und fair zugeht. Oder die Familie Vallentis müsste freiwillig abdanken. Aber das wird wohl kaum passieren.«

»Rechtmäßig und fair«, wiederholte Zuleeka nachdenklich, bevor ein unheilvolles Lächeln über ihr Gesicht huschte. »Wie wär's denn, wenn du einen Prinzen heiraten würdest, Schwesterchen? Rechtmäßiger geht es doch gar nicht.«

Kiva fuhr förmlich zurück, ihre Reaktion genauso heftig wie in der Ratskammer, als Zerra sich nach Jarens etwaigen Heiratsplänen erkundigt hatte. Was sie anwiderte, war jedoch nicht die Vorstellung, Jaren zu heiraten, sondern die, ihn dermaßen zu hintergehen.

»Das ist doch lächerlich«, schimpfte Torell zu Kivas Erleichterung. »Wir zwingen unsere Schwester ganz bestimmt nicht zur Heirat. Kommt nicht infrage.« Als Zuleeka ergeben die Hände hob, fuhr er an Kiva gewandt fort: »Unsere Anhängerschaft ist zwar stark, aber du hast recht, durch rohe Gewalt werden wir das Volk niemals für uns einnehmen. Und selbst wenn, hätten wir es nicht verdient.«

Zuleeka schnippte mit dem Fingernagel gegen ihren Teebecher. »Scheint, als hätten wir eine neue Aufgabe für dich, Schwesterchen. Finde einen rechtmäßigen Weg, wie wir den Thron einnehmen können, einen Weg, wie das Volk Evalons uns widerstandslos als neue Herrscher anerkennt.«

»Ach, mehr nicht?«, entgegnete Kiva sarkastisch.

»Entweder das oder du findest heraus, wie wir diesen Vallentis-Abschaum in die Knie zwingen können«, antwortete Zuleeka. »Ich muss sagen, die Vorstellung, dass sie freiwillig abdanken, hat durchaus ihren Reiz.«

»So schlimm sind sie nun auch wieder nicht«, rutschte es Kiva heraus, bevor sie sich bremsen konnte.

Tor reagierte nicht, doch Zuleekas Miene versteinerte sich.

»Du musst dich entscheiden, Kiva«, flüsterte sie. »Du kannst nicht behaupten, auf unserer Seite zu sein, und gleichzeitig deinen Prinzen anhimmeln. Ab jetzt heißt es: Er oder wir. Die Vallentis oder wir. Beides geht nicht.«

Kivas Magen zog sich zusammen, denn sie wusste, dass Zuleeka recht hatte: Sie konnte nicht weiter hier sitzen und mit den Rebellen Eroberungspläne schmieden, während sie gleichzeitig mit der Königsfamilie sympathisierte.

Und dennoch … Zuleeka hatte auch unrecht. Denn die Entscheidung war bereits vor zehn Jahren gefallen. Kiva hatte keine Wahl. Hatte niemals eine gehabt.

Sie würde ihrer Familie den Vorzug geben. So wie immer.

»Es gibt noch etwas, was ich euch erzählen muss.« Kiva rutschte unruhig auf ihrem Stuhl hin und her. »Ich habe eine königliche Ratsversammlung belauscht.«

Neben ihr setzte sich Tor kerzengerade auf und mit einem Mal wich sämtlicher Ärger aus Zuleekas Gesicht.

»Sie haben sich stundenlang beraten, hauptsächlich über das alltägliche Regierungsgeschäft, aber ein paarmal wurde es wirklich interessant.« Sie hielt kurz inne. »In Mirraven scheint irgendetwas im Gange zu sein und das macht ihnen Sorgen.«

»Mirraven hat Evalon schon mit einer Invasion gedroht, als wir noch nicht mal auf der Welt waren«, schnaubte Torell abfällig. »Sie haben es bis heute nicht geschafft, also werden sie es auch diesmal nicht.«

»Jedenfalls nicht ohne Hilfe«, setzte Zuleeka hinzu.

»Sie haben Caramor«, wandte Kiva ein. »Und bald werden sie das Bündnis durch eine Heirat festigen.«

»Davon habe ich auch schon gehört, Prinzessin Serafine und Prinz Voshell.« Zuleeka kicherte hämisch. »Was für ein Gespann.« Bevor Kiva nachhaken konnte, was daran so amüsant war, fuhr ihre Schwester fort: »Und wieso sollte das für uns von Interesse sein?«

Kiva bleckte die Zähne. »Weil der Rat sich Sorgen wegen Mirraven macht, aber nicht wegen der Rebellen.«

Zuleeka starrte sie an. »Das musst du schon genauer erklären.«

»Die Königsfamilie hat Spione in euren Reihen. Aber das wisst ihr vermutlich längst, sonst würdet ihr wohl kaum zu derartigen Maßnahmen greifen.« Kiva tippte kurz die silberne Maske an, die neben ihr auf dem Tisch lag. »Bisher haben sie es wohl noch nicht geschafft, sonderlich tief vorzudringen, aber ein Mitglied der königlichen Garde ist an ein paar ziemlich wichtige Informationen gelangt. Unter anderem an die, dass ihr – die Viper und der Schakal – von den Corentines abstammt.«

Torell fluchte. Zuleeka hingegen wirkte wenig beeindruckt.

»Wer?«

Kiva öffnete den Mund, doch ehe sie Eidrans Namen preisgeben konnte, fiel ihr ein, dass erst kürzlich zwei seiner Spione zu Tode gekommen waren. Für so etwas wollte sie nicht verantwortlich sein, schließlich hatte sie bereits mit genug anderen Dämonen zu kämpfen.

»Das haben sie nicht erwähnt«, log sie daher. »Es klang, als hätte derjenige die Garde verlassen und würde jetzt irgendwo im Norden leben« – zumindest bis er sich von seiner Verletzung erholt hatte – »also spielt es wohl ohnehin keine Rolle.«

Zuleeka schien trotzdem auf weitere Details über den Spion drängen zu wollen, weshalb Kiva rasch fortfuhr: »Und da war noch etwas. Vor seinem Fortgang hat der Gardist offenbar etwas über einen geheimen Versammlungsort der Rebellen aufgeschnappt. Vielleicht solltet ihr eure Leute in Vallenia warnen. Es könnte nämlich sein, dass er Jaren davon erzählt hat.«

»Das übernehme ich persönlich«, erklärte Zuleeka.

Kiva atmete erleichtert auf. Wenn Eidran Jaren tatsächlich eingeweiht hatte, würde der Prinz dort nun vermutlich keine Rebellen mehr vorfinden und auch nicht in Gefahr geraten.

Kaum hatte sie diesen Gedanken formuliert, versetzte sie sich im Geiste einen Klaps. Denn eigentlich hätte es ihr weitaus mehr Sorgen machen sollen, dass Jaren überhaupt an solch sensible Informationen über die Rebellen gelangen konnte. Sie musste dringend ihre Prioritäten überdenken, um nicht erneut von Zuleeka angegangen zu werden.

»Wurde bei der Versammlung sonst noch etwas erwähnt?«, wollte Torell wissen.

Kiva antwortete mit einer Gegenfrage: »Was ist die Königliche Triade?«

Sie erntete ausdruckslose Mienen.

»Die Königliche Triade?«, wiederholte Zuleeka. »Triade – also irgendwas mit drei?« Sie runzelte die Stirn. »Aber was?«

Kiva zuckte mit den Schultern. »Wie gesagt, der Rat ist nicht sonderlich beunruhigt wegen der Rebellen. Sie glauben, dass ihr … *wir* … irgendwann aufgeben werden, jetzt, da wir Mutter als unsere Galionsfigur verloren haben.«

»Dann werden sie bald ihr blaues Wunder erleben«, entgegnete Zuleeka kühl.

»Jedenfalls«, fuhr Kiva fort, »hat der Großmeister in diesem Zusammenhang die Königliche Triade erwähnt.«

»Was genau hat er denn gesagt?« Torell legte den Kopf schief.

Kiva versuchte, sich an Horeths Worte zu erinnern. »Es klang, als wäre die Königliche Triade neben einem Putschversuch die einzige Möglichkeit, sich die Krone zu sichern.«

Torell und Zuleeka erstarrten.

Kiva stutzte. »Seid ihr sicher, dass ihr noch nie davon gehört habt?«

Zuleeka, die sich als Erste erholte, schüttelte den Kopf. »Ich werde unsere Palastspione darauf ansetzen.« Auch Tor öffnete den Mund, doch Zuleeka kam ihm zuvor. »Hast du sonst noch Informationen für uns?«

Kiva erwiderte den Blick ihrer Schwester. Sie dachte an all das, was sie herausgefunden hatte – und schließlich das größte Geheimnis von allen.

Jarens Magie.

Ich vertraue ihnen.

Mit diesen Worten hatte er seiner Familie gegenüber seinen unerschütterlichen Glauben an Kivas und Tipps Loyalität bekundet.

Der Gedanke war kaum mehr als ein Flüstern, doch er tat seine Wirkung.

»Nein«, antwortete Kiva und ihre Stimme überschlug sich leicht. »Ich habe euch alles gesagt, was ich weiß.«

Die Lüge hinterließ einen schalen Geschmack auf ihrer Zunge, während sich gleichzeitig eine schwere Last von ihren Schultern hob. Ihren Geschwistern von Jarens Kräften zu erzählen, würde nichts ändern – die beiden wussten bereits, dass er Macht über zwei Elemente besaß, was machte es da für einen Unterschied, dass er in Wirklichkeit alle vier beherrschte?

Kiva ignorierte das Ziehen in ihrem Bauch und hielt dem Blick ihrer Schwester stand, Honiggold gegen Smaragdgrün. Zuleeka sah als Erste weg, allerdings nur, um Torell zu bitten: »Könntest du uns kurz allein lassen?«

Ihr Bruder zögerte, als versuchte er abzuschätzen, ob Kiva damit einverstanden war. Dann nahm er seine Schakalsmaske und erhob sich.

»Wir sollten jetzt wirklich bald aufbrechen«, sagte er zu Kiva. »Ich lasse Olix satteln und warte draußen auf dich.«

Kiva nickte und ihr Puls beschleunigte sich, als Torell das Zelt verließ.

»Ich weiß, ich war nicht sonderlich nett zu dir.«

Kiva fuhr zu ihrer Schwester herum.

»Nach der Sache mit Mutter –« Zuleeka brach ab. Sie schaute weg und biss sich auf die Unterlippe. »Das ist alles nicht leicht für mich. Ich weiß natürlich, dass ich nicht dir die komplette Schuld geben kann. Aber es ist … schwer. Jedes Mal wenn ich dich ansehe, muss ich daran denken, wie sie uns verlassen hat, um dich zu retten. Sie ist gegangen und dann ist sie gestorben. Um deinetwillen.«

Kiva fühlte sich, als steckte ihr eine Messerklinge im Rachen.

»Und das ist noch nicht alles«, fuhr Zuleeka fort, anscheinend unfähig, jetzt noch aufzuhören. »Als ich erfahren habe, dass der Prinz bei dir in Zalindov war und ihr zwei euch gut versteht, war ich so wütend. Ich habe einfach nicht verstanden, wie du dich mit ihm abgeben konntest, während Mutter vor deinen Augen im Sterben lag.«

»Ich wusste nicht, wer er war«, krächzte Kiva.

»Aber irgendwann musst du es ja herausgefunden haben und trotzdem hast du dich nicht von ihm zurückgezogen«, entgegnete Zuleeka. »Angeblich hast du ihm ja sogar das Leben gerettet. Einem *Vallentis*. Du hättest ihn einfach in diesen Tunneln verrotten lassen können, aber das hast du nicht getan.«

»Er hat mir zuerst das Leben gerettet«, hielt Kiva schwach dagegen. »Mehrmals. Und ohne ihn und Naari wäre mir niemals die Flucht gelungen.«

Zuleeka verzog das Gesicht. »Ach stimmt, mit der hast du dich ja auch angefreundet, wie man hört. Seinem Goldenen Schild.«

Kiva wollte sich abermals verteidigen, doch ihre Schwester hob die Hand.

»Warte.« Zuleeka stieß einen langen Atemzug aus. »Das läuft alles völlig falsch.«

»*Was* läuft völlig falsch?«

»Meine Entschuldigung.«

Das Wort ließ Kiva verstummen.

»Ich war nicht sonderlich nett zu dir«, wiederholte Zuleeka. »Wegen Mutter und weil ich dachte, du wärst auf die andere Seite übergewechselt. Aber nach dem, was du uns heute erzählt hast, ist mir klar geworden, dass ich mich geirrt habe. Eine königliche Ratsversammlung zu belauschen – nicht mal ich hätte von dir verlangt, ein solches Risiko einzugehen. Ich war voreingenommen und das tut mir leid.«

Kiva hatte keine Ahnung, was sie darauf erwidern sollte. Wobei sie bei all den Emotionen, die sie übermannten, ohnehin nicht zum Sprechen in der Lage gewesen wäre.

»Ich kann dir nicht versprechen, dass ich nicht hin und wieder in mein altes Verhalten dir gegenüber zurückfalle«, warnte Zuleeka. »Ich – ich brauche einfach Zeit, um das alles zu verarbeiten, besonders die Sache mit Mutter. Und um nicht jedes Mal sie zu sehen, wenn du vor mir stehst.«

Kiva verzog gequält das Gesicht.

»Aber wenn du bereit bist, mir diese Zeit zu gewähren, werde ich mir Mühe geben«, schloss Zuleeka. »Das verspreche ich dir.«

Wieder trafen sich ihre Blicke. Diesmal war es Kiva, die ihren zuerst abwandte. »Natürlich gebe ich dir die Zeit«, flüsterte sie.

»Danke, Schwesterchen«, erwiderte Zuleeka ebenso leise. Dann räusperte sie sich, und als sie weiterredete, schien ihre Stimme von jeglicher Gefühlslast befreit. »Wahrscheinlich solltest du jetzt gehen, damit Tor sich keine Sorgen machen muss, wir könnten uns hier drinnen an die Gurgel gehen.«

Kiva überraschte sich selbst mit einem Kichern. »Er ist viel angespannter als früher.«

»Er ist viel mehr von *allem*.« Zuleeka verdrehte theatralisch die Augen. »Aber so gerne ich ihm manchmal auch den Hals umdrehen möchte, er ist ein verdammt guter General. Unsere Armee würde für ihn durch die Hölle gehen. So viel Ergebenheit, das ist …« Sie schüttelte den Kopf. Kiva las Staunen in ihrem Blick – und einen Hauch von Neid, der jedoch in der nächsten Sekunde wieder verschwand.

Als könnte er es beim besten Willen nicht länger aushalten, steckte in diesem Moment Tor den Kopf ins Zelt. »Kommst du?«, rief er Kiva zu.

Seufzend stand sie auf und unterdrückte dabei einen Schmerzenslaut, da sie die Bewegung bis in die allerletzte Muskelfaser spürte.

»Bis zum nächsten Mal«, sagte Zuleeka.

In ihren Worten lag eine Wärme, die Kivas Herz mit Hoffnung füllte. Und selbst lange nachdem sie die Silbermaske aufgesetzt, sich von ihrer Schwester verabschiedet und das Zelt verlassen hatte, glühte das Gefühl in Kiva nach.

Während Kiva und Torell zurück nach Oakhollow ritten – diesmal wesentlich gemächlicher als auf dem Hinweg –, grübelte sie über all das nach, was Zuleeka ihr unter vier Augen anvertraut hatte.

Tor schien ebenfalls tief in Gedanken versunken zu sein, denn er brach erst, als der Wald sich vor ihnen zu lichten begann, das Schweigen. »Sie war nicht immer so.«

Unwillkürlich verstärkte Kiva ihren Griff um seine Taille. Sie hatte ihm nichts von Zuleekas Entschuldigung erzählt und tat es auch jetzt nicht, neugierig, was Torell als Nächstes sagen würde.

»Sie und Mutter standen einander sehr nahe, besonders am Ende«, erklärte er. »Sie haben jede Minute gemeinsam verbracht, sind oft für Stunden im Wald verschwunden und lachend zurückgekommen, als könnte ihnen nichts auf der Welt etwas anhaben. Wenn sie zusammen waren, strahlten sie eine unglaubliche Zufriedenheit aus, so viel Hoffnung und Liebe.«

Wehmut erfasste Kivas Herz.

»Und dann ist Mutter verschwunden«, fuhr Tor fort, während er Olix um einen umgestürzten Baumstamm lenkte. »Danach war Zulee wie verwandelt. Es ist, als würde sie plötzlich eine Art Finsternis erfüllen, eine grenzenlose Wut, die knapp unter der Oberfläche schwelte. Zuerst habe ich gedacht, es ist einfach Trauer, kombiniert mit dem Druck, der als Rebellenführerin auf ihr lastet. Erst recht, nachdem wir auch noch Galdric verloren hatten. Aber mittlerweile ist das alles Monate her und es scheint eher schlimmer zu werden als besser.« Er senkte die Stimme. »Sie hat Geheimnisse vor mir, schleicht sich tags und nachts aus dem Lager. Sie weiht mich nicht in ihre Pläne ein und verrät mir nicht einmal, woher sie ihre Informationen bezieht. Die Palastspione, die sie erwähnt hat – ich habe keine Ahnung, wer diese Leute sind. Doch wie es scheint, haben sie Zugriff auf streng vertrauliches Wissen.«

»Du machst dir Sorgen um sie«, stellte Kiva leise fest.

»Ich habe das Gefühl, sie überhaupt nicht mehr zu kennen«, erwiderte er. »Unsere Anführerin ist mir vollkommen fremd. Das macht mir keine Sorgen, sondern eine Heidenangst.«

Kiva schmiegte sich tröstend an ihn. »Ich dachte, ihr führt die Rebellen gemeinsam.«

Tor schnaubte. »So hat Mutter es gewollt, ja. Und Galdric auch. Aber in Wirklichkeit läuft es meistens wie bei meinem Versuch,

Mutter und dich aus Zalindov zu befreien: Wenn ich eine Idee vorbringe, kann ich mir sicher sein, dass Zuleeka etwas daran auszusetzen hat. Und in unserer Position können wir es uns nicht leisten, unterschiedlicher Meinung zu sein. Die Menschen, die uns folgen, sind mir einfach zu wichtig, als dass ich das Risiko einer Spaltung eingehen würde. Dabei habe ich –« Er brach hastig ab.

»Dabei hast du was, Tor?«

Es dauerte einen Moment, bis er weiterredete, diesmal flüsternd. »Dabei habe ich es so satt, Kiva. Ich habe es satt mitanzusehen, wie so viele Menschen sich für etwas aufopfern, von dem ich nicht mal sicher bin, ob ich noch daran glaube. Ob ich *jemals* daran geglaubt habe.«

Kiva versteifte sich.

Als hätte das Geständnis seine Zunge vollends gelockert, fuhr Tor nun lauter fort: »Zuleeka hat vorhin verlangt, dass du dich entscheidest. Aber mir hat nie jemand diese Wahl gelassen. Ich war neun Jahre alt, als ich zu den Rebellen kam, die mich nach und nach zu ihrer Waffe geformt haben. Zu ihrem *General.*« Der Abscheu, den er für seinen Titel empfand, war deutlich zu hören. Dann atmete er jedoch tief durch und fügte resigniert hinzu: »Die Rebellen haben mich zu dem gemacht, der ich heute bin. Ich bin stark und selbstbewusst. Ich bin ihr Anführer. Ein Krieger. Und dafür werde ich ihnen ewig dankbar sein. Trotzdem … dieses Leben hätte ich mir niemals ausgesucht.«

»Tor«, flüsterte Kiva und umarmte ihn fest.

Wieder seufzte er und schob einen tief hängenden Zweig zur Seite. »Tja, es ist nun mal, wie es ist. Und verglichen mit vielen anderen kann ich mich wohl glücklich schätzen.« Es folgte eine Pause. »Verglichen mit dir zum Beispiel.«

Kiva runzelte die Stirn. »Mit mir?«

»Ich hätte alles getan, *alles*, um dir die Jahre in Zalindov zu ersparen«, sagte er. »Ich hätte mein Leben gegeben, wenn sie dich im Austausch dafür freigelassen hätten. Ich hasse –« Seine Stimme brach. »Es frisst mich auf, dass du so lange dort warst. Ganz allein. Ich kann mir kaum vorstellen, was du durchmachen musstest, um da drin zu überleben. Ich kann kaum fassen, *dass* du überlebt hast.«

»Manchmal kann ich das selbst nicht«, gestand Kiva, während finstere Erinnerungen auf sie einstürzten. »Aber ich habe es geschafft und wir sind wieder zusammen. Das ist alles, was zählt.«

Tor nahm eine Hand vom Zügel und legte sie auf Kivas. »Wenn dir jemals etwas zustößt –«

»Wird es nicht«, entgegnete Kiva fest. Dabei ignorierte sie bewusst die Tatsache, dass ihre Magie immer mehr außer Kontrolle geriet, während sie gleichzeitig im Begriff war, die Königsfamilie zu stürzen, und mit jedem Atemzug Hochverrat beging. »Aber was ist mit dir? Das klingt ja alles, als hättest du mittlerweile ernste Zweifel.«

»Das spielt keine Rolle. Ich habe mich nun mal dieser Sache verschrieben.«

»Einer Sache, an die du nicht mehr glaubst, wie du selbst gerade zugegeben hast«, merkte Kiva an.

»Und trotzdem werde ich tun, was nötig ist, um sie zu Ende zu bringen.«

Seine Stimme klang so unnachgiebig und zugleich absolut frei von Emotionen, als hätte er sich tatsächlich voll und ganz mit seinem Schicksal abgefunden.

Kivas Herz zog sich zusammen, als sie an den kleinen Jungen dachte, der er einst gewesen war und der seine Träume in derselben Nacht hatte aufgeben müssen wie sie ihre.

»Warum kämpfen die Rebellen eigentlich für uns?«, fragte sie gedämpft. »Mir ist klar, warum *wir* diesen Weg eingeschlagen haben. Aber warum sollten unsere Ziele jemand anderem so wichtig sein, dass er sein Leben dafür riskiert?«

»Für die Rebellen sind wir die wahren Herrscher von Evalon.« Tor hielt seinen Tonfall sorgsam neutral. »Diese Leute haben sich jahrhundertelang gewünscht, dass wieder ein Corentine den Thron besteigt. Oder zumindest gilt das für die glühendsten Anhänger Torvins, diejenigen, in deren Familien die Treue zu ihm von Generation zu Generation weitergegeben wurde.«

»Aber was ist mit den neueren Rekruten, die sich nicht für die korrekte Erbfolge interessieren?«, bohrte Kiva weiter. »Haben die einfach was gegen die Vallentis?«

»Es wird immer Menschen geben, die nicht damit einverstanden sind, wie das Land regiert wird, egal, wer auf dem Thron sitzt. Auf einige trifft das also mit Sicherheit zu«, bestätigte Tor. »Andere sind vermutlich bloß darauf aus, Anarchie zu stiften. Und was den Rest angeht … Unterschätze niemals die Macht der Hoffnung, Mäuschen.«

Kiva starrte nachdenklich voraus zwischen die Bäume. »Wie meinst du das?«

»Die Rebellen waren nicht immer so gewaltbereit«, sagte er. »Damals als wir angefangen haben, aktiv Mitglieder anzuwerben, sind die Leute zu uns gekommen, weil Mutter ihnen genau das bot, was sie brauchten. Sie hat sie von ihren Krankheiten und Verletzungen geheilt, genau wie Torvin es einst getan hat, bevor er ins Exil verbannt wurde. Aber dann –«

Tor hielt unvermittelt inne und Kiva versetzte ihm einen auffordernden Knuff. »Aber dann was?«

Ihr Bruder ließ Olix durch einen flachen Bach waten, ehe er antwortete: »Zuerst hat Mutter keine Gegenleistungen verlangt. Wann immer wir ein neues Dorf erreichten, heilte sie jeden, der sie um Hilfe bat. Doch eines Tages fing sie an zu behaupten, die Menschen müssten sich die Behandlung verdienen, indem sie den Rebellen die Treue schworen. Tja, und da die Leute sich eben so verzweifelt wünschten, dass ihre Lieben – oder sie selbst – wieder gesund wurden, schlossen sie sich uns an. In der Hoffnung, dass Tilda Corentine sie eines Tages dafür entlohnen würde. Aber mit der Zeit stellte Mutter das Heilen vollständig ein und weidete sich stattdessen an dem Chaos, das entstand, wenn ihre Leute wieder einmal irgendwo die Stadtwachen provozierten. Sie schien darauf zu zählen, dass all das Blutvergießen umso mehr Menschen zu uns treiben würde. Vermutlich ging diese Strategie sogar manchmal auf, bloß zu welchem Preis?« Tor schüttelte den Kopf. »Ich kann es nicht nachvollziehen, doch tatsächlich schließen sich uns bis zum heutigen Tag neue Leute an, weil sie hoffen, geheilt zu werden.«

»Aber … Mutter ist doch tot«, wandte Kiva zögerlich ein. »Und weder du noch Zuleeka besitzt Magie.« Dann riss sie die Augen auf. »Oder erwarten die etwa, dass *ich* –«

»Nein, nein«, erstickte Tor ihre aufwallende Panik im Keim. »Die meisten von ihnen wissen noch gar nicht von Mutters Tod. Und wie gesagt, Mutter hat auch davor schon lange niemanden mehr geheilt – so lange, dass irgendwann Zuleeka und mir die Führung übertragen wurde, obwohl wir über keine Magie verfügen. Es reicht, dass die Menschen *glauben*, wir hätten welche, einfach weil wir Corentines sind.«

Sein bitterer Tonfall ließ keinen Zweifel daran, was er von dieser Täuschung hielt.

Kiva schloss die Augen. Zwar verstand sie die Rebellenbewegung jetzt besser, aber gleichzeitig wünschte sie sich ihre frühere Unwissenheit zurück. »Was ist, wenn wir Erfolg haben?«, fragte sie fast lautlos.

Diese Frage hatte sie bis jetzt schlicht verdrängt. Unter anderem aus Angst vor dem, was die Antwort in ihr auslösen würde. Einerseits hatte sie sich so lange nach Rache verzehrt, nach Gerechtigkeit, andererseits konnte sie sich eine Zukunft, in der ihre Familie tatsächlich die Herrschaft über Evalon übernahm, kaum vorstellen.

»Um ehrlich zu sein, habe ich keine Ahnung«, sagte Tor und stieß einen weiteren, lang gezogenen Seufzer aus. »Theoretisch würden du, Zuleeka und ich wohl gemeinsam den Thron besteigen.« Er klang, als müsste er einen Mundvoll Nägel schlucken, was Kiva absolut nachempfinden konnte. Allein der Gedanke, das Königreich zu regieren – ob ihr das Recht dazu nun in die Wiege gelegt worden war oder nicht –, war …

Mit einem Mal sah sie die Silverthorn vor sich, wie ein Sinnbild für all das, was sie in diesem Fall würde aufgeben müssen. Ihre Hoffnungen, ihre Träume, ihre Ziele.

Ihre Zukunft.

Doch dem Bild folgten noch mehr.

Kerrin, tödlich verwundet durch eine Schwertklinge.

Faran, verhaftet von der königlichen Garde.

Tilda, blutüberströmt, mit blinden Augen, die für immer ins Nichts starrten.

Drei Menschenleben, einfach ausgelöscht.

Kiva konnte nicht länger abstreiten, dass sie Zweifel an der Richtigkeit ihrer Mission hegte, genau wie Tor. Doch ebenso wenig konnte sie die Grausamkeiten vergessen, die ihre Familie hatte erleiden müssen, den Schmerz, den sie nie wirklich verwinden würde. Und das alles hatten die Vallentis ihr angetan.

Ihr blieb keine andere Wahl, als es ihnen mit gleicher Münze heimzuzahlen, egal, wie sehr sich ihr Herz auch dagegen sträubte.

Egal, wie groß ihre Angst vor dem Preis war, den sie dafür würde zahlen müssen.

KAPITEL FÜNFZEHN

Torell setzte Kiva an der *Beschwipsten Wildsau* ab, jedoch nicht, ohne ihr vorher das Versprechen abzunehmen, unter keinen Umständen noch einmal nach Oakhollow zu kommen. Das Risiko, erwischt zu werden, sei einfach zu groß. Kiva gab ihrem Bruder Zuleekas Maske zurück und umarmte ihn zum Abschied.

Kurz darauf traf auch Rhessinda wieder in der Taverne ein. Auf dem Rückritt nach Vallenia bestritt die Heilerin die Unterhaltung größtenteils allein. Als sie schließlich vor den Stallungen der Silverthorn-Akademie von ihren Pferden stiegen, versank die Sonne bereits hinter dem Horizont.

Rhess, die Kivas Rastlosigkeit zu spüren schien, schickte sie los. »Ich bin jeden Tag zur Morgenschicht hier. Komm einfach vorbei, wenn du mal eine Pause vom Palastleben brauchst«, bot sie an. »Dann gehen wir uns Schokowecken holen.«

»Das klingt wunderbar«, sagte Kiva, ehe sie sich über die Uferstraße auf den Weg zum Palast machte und ihr Ziel in Rekordzeit erreichte.

Kaum, dass sie ihren Mantel ausgezogen hatte, klopfte es ungeduldig an ihre Zimmertür.

Eine Million Schreckensszenarien auf einmal schwirrten ihr durch den Kopf.

Was, wenn sie beim Verlassen der Stadt beobachtet worden war?

Was, wenn man ihr bis nach Oakhollow gefolgt war?

Was, wenn jemand sie im Rebellenlager gesehen hatte?

Was, wenn sie trotz Maske erkannt worden war?

Was, wenn –

»K-Kiva, ich weiß, dass du da drin bist! Ich hab dich g-g-gehört!«

Kiva atmete erleichtert auf. Als sie die Tür öffnete, stand Tipp vor ihr, das sommersprossige Gesicht zu einem Schmollen verzogen.

»Wo warst du denn den g-g-ganzen Tag?«

Der vorwurfsvolle Unterton in seiner Stimme war nicht zu überhören, auch wenn Kiva nicht ganz verstand, was der Grund dafür war.

»Ich bin zur Silverthorn gegangen.«

Was zwar nicht gelogen war, aber auch nicht die ganze Wahrheit und sie hasste sich selbst dafür.

»Ich w-w-wollte dir zeigen, was Ori und ich heute in der K-Kunststunde gemacht haben, aber du warst nicht da!«, jammerte er. »Dabei w-weiß ich sonst immer, wo du b-bist!«

Erst jetzt begriff Kiva, warum der Junge so aufgebracht war.

In den vergangenen drei Jahren hatte Tipp jederzeit zu ihr kommen können, wenn er sie brauchte. In Zalindov war sie nahezu rund um die Uhr auf der Krankenstation zu finden gewesen. Auch danach, während sie und Tipp sich im Winterpalast an ihre neue Freiheit gewöhnt hatten, waren sie einander kaum von der Seite gewichen. Und selbst nach ihrer Ankunft in Vallenia war Kiva bisher nie einfach so für ein paar Stunden verschwunden.

Tipp hatte sie schlicht vermisst.

Unwillkürlich stiegen ihr Tränen in die Augen, doch sie blinzelte sie rasch weg, um ihn nicht in Verlegenheit zu bringen. »Tut mir leid, ich habe einfach die Zeit vergessen. Warum zeigst du es mir nicht jetzt?«

Von einer Sekunde auf die andere war Tipps Ärger verflogen und er zog sie mit sich in ihr gemeinsames Wohnzimmer. Auf einer Staffelei am Fenster lehnte eine Leinwand, verdeckt von einem Tuch, das Tipp jedoch nun mit einem Ruck beiseiteriss.

»D-das sind wir!«, verkündete er stolz und deutete auf das Porträt, das darunter zum Vorschein kam.

Die Tränen, die Kiva eben noch niedergekämpft hatte, kehrten plötzlich mit aller Macht zurück.

Die Pinselführung mochte unpräzise sein, die Farbauswahl exzentrisch, dennoch erkannte Kiva in einer der Figuren, die Tipp gemalt hatte, auf den ersten Blick sich selbst. Ihr dunkles Haar wehte im Wind und ihre aufgerissenen Augen erzeugten unfreiwillig einen etwas komischen Effekt. Neben ihr stand, breit grinsend, ein rothaariger, sommersprossiger Junge, dem sie den Arm um die Schultern gelegt hatte, während ihre andere Hand –

»Das sind du und ich und Jaren«, verkündete Tipp und setzte sogleich zu einer ausführlichen Erklärung an. Offenbar hatte die Lehrerin ihm und Ori die Aufgabe erteilt, mit Farbe und Pinsel festzuhalten, wie sie ihre Zukunft sahen. Kivas Herz zog sich so schmerzhaft zusammen, dass sie Tipps Stimme einen Moment ausblenden musste und sich stattdessen konzentriert den Details seines Kunstwerks widmete.

Auf diesem war Kivas zweite Hand mit Jarens verschränkt und sie lächelten einander an. Hinter ihnen war der Flusspalast zu sehen und –

Sie trugen Kronen auf dem Kopf.

Sie beide.

Außerdem ließen sich im Hintergrund die verschwommenen Umrisse von Oriel, Mirryn, Caldon, Naari, Königin Ariana und einem Mann erahnen, von dem Kiva annahm, dass er König Stellan darstellte. Sogar Flox war mit von der Partie und lag zusammengerollt auf Jarens Füßen.

Es war ein Familienporträt.

Gemalt von einem Elfjährigen.

Der seine Zukunft hatte darstellen sollen.

»… meinte sie, G-Gras darf nicht lila sein, aber da hab ich sie d-dran erinnert, dass sie gesagt hat, ich soll meiner F-Fantasie freien Lauf lassen, und in m-meiner Fantasie ist Gras eben lila.«

Nun hielt Tipp inne, um Luft zu holen. Dann sah er Kiva an, gespannt auf ihr Urteil.

Kiva hatte das Gefühl, als steckten plötzlich unzählige Nadeln in ihrer Zunge. Dennoch gelang es ihr irgendwie, ein »Es ist wunderschön« hervorzustoßen.

Tipps Zahnlückengrinsen erleuchtete den ganzen Raum. Kiva konnte nicht anders, als den Jungen in die Arme zu schließen, nicht nur, um ihr Entsetzen vor ihm zu verbergen, sondern auch, um ihn dicht bei sich zu spüren, gesund und lebendig.

Er würde niemals die Zukunft bekommen, die er sich ausgemalt hatte, aber sie würde verdammt noch mal dafür sorgen, dass er überhaupt eine hatte. Und egal, was in den nächsten Wochen auch passieren mochte, sie würde ihn nicht im Stich lassen. Tipp würde jederzeit ein Zuhause im Palast haben, ganz gleich, wer das Land regierte. Das schwor sie sich.

»Tut mir leid, störe ich? Ich kann auch später wiederkommen.«

Als Kiva den Kopf hob, stand Jaren in der Tür. Sein Haar war zerzaust – ein Zeichen dafür, dass er es sich den ganzen Tag immer wieder gerauft hatte – und seine Kleidung wirkte zerknittert. Er sah aus, als hätte er mehrere Nächte in Folge nicht geschlafen. Was ihn allerdings kein bisschen weniger attraktiv machte, sondern bloß noch echter, noch menschlicher, noch –

Kiva versetzte sich eine mentale Ohrfeige und löste sich von Tipp. Während der Junge freudestrahlend auf Jaren zustürmte, nutzte sie die Gelegenheit, um das Gemälde schnell wieder mit dem Tuch zu verhüllen.

»J-Jaren!«, quietschte Tipp und krachte auch schon ungebremst in ihn hinein. »W-willst du mal sehen, was ich –«

»Wie waren die Versammlungen?«, unterbrach Kiva ihn hastig.

»Lang«, antwortete Jaren und seufzte, als Flox ins Zimmer gehuscht kam und es sich prompt auf seinen Füßen bequem machte. »Wie war dein Ausflug zur Silverthorn?«

»Sie war den *g-ganzen* Tag weg«, klagte Tipp erneut, wenn auch etwas weniger aufgebracht als zuvor. Er klaubte Flox' Krallen von Jarens Lederstiefeln, um das pelzige Geschöpf auf den Arm zu nehmen.

Jaren zog die goldenen Brauen in die Höhe. »Den ganzen Tag? Dann musst du ja todmüde sein.«

»Das sagt der Richtige«, entgegnete Kiva mit einer Geste auf sein derangiertes Erscheinungsbild.

»Ja, heute war … ziemlich anstrengend«, gab Jaren zögernd zu. Zunächst schien er noch mehr erzählen zu wollen, aber dann sagte er lediglich: »Wenn bei euch beiden nichts anderes ansteht, haben wir wohl alle zum ersten Mal seit unserer Ankunft hier den Rest des Tages frei. Was haltet ihr von einem Abendessen mit der ganzen Familie?«

Kivas Magen zog sich zusammen, Tipp dagegen krähte begeistert: »Au j-jaaa!«

»Dann geh dir am besten schon mal die Hände waschen, Kleiner.« Jaren nickte in Richtung von Tipps Zimmer. »Wir warten hier auf dich.«

Tipp reichte Jaren den missmutig brummelnden Flox – dessen Laune sich jedoch schlagartig besserte, als er sich in den Armen des Prinzen wiederfand – und rannte los.

»Sollte ich mich, äh …« Kiva deutete an sich hinunter, besorgt, dass sie für ein Abendessen mit der Königsfamilie nicht passend gekleidet war.

Jarens Augen waren fest auf ihr Gesicht gerichtet, als er leise antwortete: »Nein, du bist perfekt, so wie du bist.«

Die tiefere Bedeutung seiner Worte war unmissverständlich und verschlug Kiva für einen kurzen Moment den Atem. Glücklicherweise kam jedoch gerade Tipp zurück ins Zimmer gehüpft. »F-fertig!«

Hätte man Kiva später gefragt, wie ihr Fußmarsch zum Westpalast verlaufen war, hätte sie wohl keine Details nennen können, da ihre Gedanken unaufhörlich um Jarens Worte gekreist waren – Worte sanft wie Federn auf ihrer Haut.

Du bist perfekt, so wie du bist.

Als sie schließlich das kleine, gemütliche Esszimmer betraten, in dem bereits der Rest seiner Familie wartete, war ein Teil von ihr wütend auf Jaren. Warum musste er immer so nett sein, so rücksichtsvoll, so *jaren*haft? Warum konnte er nicht wenigstens ein kleines bisschen arrogant und eingebildet sein, wie es sich für einen Prinzen gehörte? So wie seine Schwester. Oder sein draufgängerischer Cousin, der Kiva zwar zunehmend ans Herz wuchs, dessen Persönlichkeit allein aber jede Romantik im Keim erstickte.

Du bist perfekt, so wie du bist.

Kiva war nach Weinen zumute. Stattdessen straffte sie die Schultern und versuchte, nicht darüber nachzudenken, wie gut sich Jarens Hand auf ihrem Rücken anfühlte, während er sie durch den Raum dirigierte.

Sie steuerten auf eine große Eschenholztafel in der Mitte des Zimmers zu, die mit Schnitzereien verziert war und auf der sich Unmengen von Speisen türmten: Fleisch, gebratenes Gemüse, Soßenterrinen, Käseplatten, dicke, knusprige Brotscheiben und unzählige weitere Köstlichkeiten, bei deren Anblick Kiva das Wasser im Mund zusammenlief. Eine Spur aus zarten Luminiumtropfen schlängelte sich zwischen den goldenen Tellern hindurch und tauchte das Ganze in ein geradezu magisches Licht, besonders in Kombination mit den Kristallvasen voller Schneeblüten. Durch eine lange Reihe bodentiefer Fenster hinter der Tafel konnte man den gepflegten Palastgarten sehen, der schon im Dunkeln beeindruckend war und bei Tag nicht weniger als spektakulär.

Kiva konnte all die Pracht jedoch kaum angemessen würdigen, da sich in diesem Moment sämtliche Mitglieder der Königsfamilie zu Jaren, Tipp und ihr umdrehten.

Beklommenheit breitete sich in ihr aus. Tipp dagegen, den all die Aufmerksamkeit nicht zu kümmern schien, rannte fröhlich zu dem freien Platz neben Oriel. Sofort steckten die beiden Jungen die Köpfe zusammen und fingen an, miteinander zu tuscheln. Normalerweise hätte Kiva Tipp streng zurechtgewiesen, jetzt aber war sie zu sehr damit beschäftigt, selbst Ruhe zu bewahren, während Jaren sie behutsam voranschob.

»Ich glaube, du hast meinen Vater noch nicht kennengelernt«, sagte er, als am Kopfende der Tafel ein elegant gekleideter Mann mittleren Alters aufstand.

Der König von Vallenia. Und er erhob sich für Kiva.

»Ich habe schon so viel von dir gehört.« König Stellan trat auf sie zu und nahm ihre Hände in seine. Kivas Finger fühlten sich taub an, doch die Berührung war sanft und der König blickte sie freundlich an.

Er hatte dasselbe Lächeln wie Jaren.

Und das war nicht die einzige Gemeinsamkeit.

Zwar hatte der König dunkleres Haar als der Rest seiner Familie, doch der satte Karamellton erklärte die braunen Strähnen in Jarens Goldschopf. Auch seine kupferbraunen Augen standen in deutlichem Kontrast zu den leuchtend blauen seiner Frau und Kinder; nur Jaren hatte seine goldumrahmten Iris geerbt.

Hochgewachsen, breite Schultern, honiggoldener Teint. Abgesehen von seiner Haar- und Augenfarbe entsprach der König exakt Kivas Vorstellung von Jaren in zwanzig Jahren.

Keine schlechten Aussichten.

Ganz im Gegenteil.

Und doch … hatte Stellan etwas an sich, was Kiva nicht recht benennen konnte. Vielleicht lag es an seinem leicht fahlen Teint und der kaum wahrnehmbaren Anspannung in seinem Gesicht, dem minimal getrübten Blick. Vermutlich hätte sie all dem keine weitere Beachtung geschenkt, wenn sie es nicht durch die Berührung seiner Hände gespürt hätte.

Der König war krank.

Das fühlte Kiva bis in die letzte Faser ihres Körpers. Mit ihrer Magie. Und plötzlich waren ihre Finger nicht mehr taub, sondern fingen an zu kribbeln.

Nein!, schrie sie innerlich.

Wenn es einen Ort gab, an dem sie absolut nicht die Kontrolle über ihre Kräfte verlieren durfte, dann hier vor der versammelten Königsfamilie.

Kiva kämpfte mit aller Macht dagegen an, so wie sie es in Rhessindas Gegenwart getan hatte, und betete zu den Göttern, dass das goldene Glühen sich nicht Bahn brechen würde.

Denn das wäre ihr sicherer Tod.

Ihr Kopf schmerzte vor Anstrengung, ihr Magen krampfte sich zusammen, ihre Knochen schienen in Flammen zu stehen, doch als der König sie schließlich losließ …

… sahen ihre Hände völlig unverdächtig aus.

Die Erleichterung erfasste sie mit solcher Wucht, dass ihr die Knie weich wurden, doch sie zwang sich, Stellans Lächeln zu erwidern. »Es ist mir eine Ehre, Sie kennenzulernen, Majestät.«

Der König winkte ab. »Bitte, lassen wir doch die Förmlichkeiten.« Ein Funkeln trat in seine Augen und er beugte sich zu ihr vor. »Wir sind doch unter uns.«

Sein Blick wanderte vielsagend von ihr zu Jaren und Kiva errötete. Hatte Stellan etwa mit einem Mitglied des königlichen Rats gesprochen, womöglich gar mit Zerra? Oder einfach mit Königin Ariana, die schließlich auch bei der Versammlung anwesend war? Wenn sich das Gespräch bei diesem Abendessen auch nur in die Nähe irgendwelcher mutmaßlichen Absichten vonseiten Jarens ihr gegenüber bewegte, würde Kiva vor Scham im Boden versinken.

»Setz dich doch zu mir«, fuhr Stellan fort und zog einen Stuhl für sie zurecht. »Ich will alles über diese außergewöhnliche junge Frau erfahren, die zehn Jahre in –«

»Ich dachte, vielleicht erzählen wir Kiva und Tipp lieber ein bisschen was über unsere Familie«, fiel Jaren ihm geschmeidig ins Wort. »Damit sie uns besser kennenlernen.«

Da Kiva ahnte, dass er ihr Unbehagen gespürt und sich deshalb eingeschaltet hatte, warf sie ihm einen dankbaren Blick zu.

»Oho, Familiengeschichten?«, meldete sich Caldon zu Wort, der neben Mirryn saß. Mit einem durchtriebenen Grinsen hob er seinen Becher und deutete damit auf Kiva. »Mach dich auf was gefasst, Sonnenschein. Ich hab über jeden hier am Tisch ein paar Schmankerl in petto. Das wird großartig.«

»Mein lieber Caldon, ich glaube nicht, dass –«, begann Ariana, stoppte jedoch, als Naari und Hauptmann Veris eintraten.

Kivas Herz machte einen erschrockenen Satz und sie fürchtete kurz, einer der beiden könnte herausgefunden haben, wo sie heute wirklich gewesen war. Dann aber registrierte sie, dass sowohl die Soldatin als auch der Hauptmann in Zivil gekleidet waren und ungewohnt entspannt wirkten.

»Entschuldigt die Verspätung«, sagte Naari und ließ sich auf den freien Platz neben Caldon sinken. »Wir mussten noch ein bisschen die neuen Rekruten exerzieren.«

»Und, wie machen sie sich?«, erkundigte sich Stellan.

Da Kiva immer noch reglos dastand, schob Jaren sie zu dem Stuhl, den der König ihr anbot. Dann setzte er sich rechts neben sie, während sein Vater wieder seinen Platz zu ihrer Linken am Kopfende der Tafel einnahm und …

… Hauptmann Veris sich ihr gegenüber niederließ.

Ein nervöser Schauer überlief Kiva, als der Hauptmann sie mit einem – höflichen? respektvollen? – Nicken grüßte. Sie zwang sich, tief durchzuatmen, und dachte daran, was Jaren bei der Ratsversammlung gesagt hatte. Daran, dass Veris sich sehr wohl an sie erinnerte, aber Caldon bei seinen Nachforschungen auf nichts Belastendes gestoßen war. Sie war einfach Kiva Meridan; niemand kannte ihre wahre Identität.

»Ist ein ganz schön wilder Haufen dieses Jahr«, beantwortete der Hauptmann die Frage des Königs. »Sie sind gut und das wissen sie auch. Doch wir werden ihnen schon noch Gehorsam einpeitschen.«

Kiva musste ein entsetzter Laut entwichen sein, denn während die anderen anfingen, sich am Essen zu bedienen, lehnte Jaren sich zu ihr herüber. »Das war nicht wörtlich gemeint«, flüsterte er. »Unsere Soldaten werden nicht ausgepeitscht.«

»Nein, unsere Soldaten müssen bloß so lange um den Kasernenhof rennen, bis ihnen vor lauter Langeweile die Augen bluten«, merkte Caldon trocken an und bestrich sich eine Scheibe Brot mit Butter.

»Tja, welche drei Eigenschaften zeichnen noch gleich einen guten Soldaten der königlichen Garde aus?«, fragte Veris mit einem Blick an Naari vorbei auf Caldon. Das grau melierte Haar des Hauptmanns glänzte im Licht des Luminiumkronleuchters.

»Ach herrje«, stöhnte der Prinz und griff nach seinem Wein. »Ich fürchte, ich brauche was Stärkeres zu trinken.«

»Disziplin«, zählte Veris an den Fingern ab. »Disziplin. Und Disziplin.«

»Das ist genau *eine* Eigenschaft«, entgegnete Caldon. »Worauf ich dich schon des Öfteren hingewiesen habe. *Jedes Mal*, wenn du davon anfängst, um genau zu sein.«

»Vielleicht verinnerlichst du ja auf diese Weise eines Tages, was ich damit meine«, konterte Veris.

»Ich kann wenigstens bis drei zählen«, brummte Caldon, während er seinen Becher nachfüllte und den Inhalt gleich wieder hinunterstürzte.

»Kinder, bitte keinen Streit an der Familientafel«, schalt Königin Ariana und schaute belustigt zwischen Caldon und Veris – der älter war als sie selbst – hin und her.

Ihre Wortwahl ließ Kiva erstarren.

Familientafel.

Mit einem unguten Gefühl griff sie nach ihrem eigenen Becher, dessen Inhalt sich auf ein vorsichtiges Schnuppern hin als warmer Apfelmost entpuppte. Sie hatte gerade einen großen Schluck genommen, als mit einem Mal Oriel auf seinem Stuhl zu zappeln anfing und sich an den Hauptmann wandte.

»Onkel Veris –«

Kiva hätte beinahe ihren Most ausgespuckt.

»– Mutter sagt, ich darf mit dem Training anfangen, wenn ich zwölf bin. Kann Tipp auch mitmachen?«

»Ich wüsste nicht, was dagegenspräche«, antwortete Veris und spießte sich Bohnen auf die Gabel. »Solange ihr beide die Sache ernst nehmt.«

»Machen wir«, gelobte Oriel und Tipp an seiner Seite nickte eifrig.

Kiva konnte sich ein ungläubig gehauchtes *»Onkel?«* nicht verkneifen.

Der Hauptmann, dem Kivas Reaktion nicht entgangen war, lächelte. »Nicht der leibliche«, klärte er sie auf.

»Veris und ich sind zusammen aufgewachsen«, fügte König Stellan hinzu und reichte ihr eine Schüssel mit gebackenen Kartoffeln. »Ich habe meine Eltern in frühen Jahren ans Flussfieber verloren und Veris' Familie hat mich aufgenommen. Als Veris dann Rekrut bei der königlichen Garde wurde, hat er mich zu seiner Vereidigungsfeier eingeladen und dort habe ich meine große Liebe kennengelernt.«

Die Königin errötete – ja wirklich, sie *errötete* – unter dem Blick, den Stellan ihr zuwarf, bevor sie den Faden aufnahm: »Meine Eltern waren damals alles andere als begeistert, als sie erfuhren, dass ein Mann ohne Rang und Namen mir den Hof machte. Und noch dazu ein Waisenkind. Aber Veris hat sich einiges einfallen lassen, damit wir uns heimlich treffen konnten. Wenn er nicht gewesen wäre … Tja, wer weiß, wie sich die Dinge dann entwickelt hätten?«

»Zum Glück haben selbst Aris Eltern irgendwann eingesehen, was für ein toller Fang ich war«, übernahm wieder der König und lächelte Kiva zufrieden an. »Und jetzt sind wir glücklich bis an unser Lebensende.«

Seine Worte senkten sich schwer über die Tafel. Nur Tipp und Oriel schienen nichts davon mitzubekommen, sondern aßen vergnügt weiter und steckten kichernd Flox unterm Tisch kleine Häppchen zu. Alle anderen dagegen …

Jedem hier schien bewusst zu sein, dass der König krank war und sein Lebensende vermutlich früher bevorstand, als ihnen lieb war.

Kiva räusperte sich und tat so, als spürte sie die Traurigkeit nicht. »Was für eine schöne Geschichte«, sagte sie.

»Ja, mir wird gleich schlecht«, kommentierte Caldon gespielt angewidert. Dann rammte er seine Gabel in ein Stück glasierten Schweinebraten und deutete damit auf Kiva. »Aber ich hab dir schließlich ein bisschen Unterhaltung versprochen, darum bin ich jetzt wohl an der Reihe. Und ich glaube, ich weiß genau das Richtige.«

Da wurde Kiva klar, dass Caldon nicht einfach bloß eine Nervensäge war. Er war eine *verdammt scharfsinnige* Nervensäge. Auch er hatte den Stimmungsumschwung bemerkt und steuerte augenblicklich mit etwas Fröhlichem dagegen an. Kiva fragte sich, wie oft er seine flamboyante Persönlichkeit wohl dafür einsetzte, seine Familie in finsteren Momenten auf andere Gedanken zu bringen.

Nachdenklich aß sie weiter und hörte mit halbem Ohr zu, wie Caldon von einer Diplomatenreise in den Wüstenstaat Hadris ganz im Westen von Wenderall erzählte, die er einmal gemeinsam mit Jaren unternommen hatte. Bereits nach den ersten paar Worten stöhnte Jaren gequält auf und wich Kivas Blick aus, während er sich schweigend sein Essen in den Mund schaufelte. Und als Caldon schließlich zur Pointe der turbulenten Geschichte kam, verstand Kiva auch, warum.

»… hatte natürlich keine Ahnung, dass ich sein Getränk ein bisschen aufgepeppt hatte. Aber ich dachte mir: Wenn es sich irgendwer verdient hat, mal so richtig die Sau rauszulassen, nachdem er vierzehn Stunden am Stück Angebote für arrangierte Ehen ablehnen musste, dann ja wohl unser Jaren. Wer hätte auch ahnen können, dass er nicht einfach tot ins Bett fällt wie jeder normale Mensch, sondern die Mitternachtsmärkte stürmt und bis zum Morgengrauen durchtanzt?«

»Das habe ich ein kleines bisschen anders in Erinnerung«, bemerkte Jaren trocken. »Und im Übrigen war ich ja wohl kaum der einzige Tanzwütige.«

Caldon schien ihn gar nicht zu hören. »Bei den Leuten in Hadris bist du heute noch als ›Prinz Jaren Ohnehose‹ bekannt«, verkündete er mit einem breiten Grinsen.

»Was allerdings noch lange nichts gegen den Spitznamen ist, den sie für *dich* haben, lieber Cousin«, schaltete sich Mirryn mit einem heimtückischen Blitzen in den Augen ein.

Kiva sah Caldon fragend an. »Wie nennen sie –«

»Tut nichts zur Sache!«, entgegnete er hastig, stopfte sich eine Gabelvoll Karotten in den Mund und wiederholte: »Tut gar nichts zur Sache!«, was jedoch eher nach »Ku kanikf fur Wache« klang.

Der Blick, mit dem er erst Jaren und dann Mirryn maß, ließ keinen Zweifel daran, dass jeder, der das Thema weiterverfolgte, es bitter bereuen würde.

Offenbar war die Prinzessin ausnahmsweise einmal in versöhnlicher Stimmung, denn sie begann eine neue Anekdote aus ihrer Kindheit. Sie handelte davon, wie Caldon, Jaren und sie sich eines Nachts zusammen aus dem Palast geschlichen hatten. Zuvor hatten die drei belauscht, wie ein Gesandter aus Nerine verkündete, ein Rotes Haus aufsuchen zu wollen, ehe er seine Rückreise antrat. In ihrer kindlichen Unschuld hatten sie angenommen, er meinte einfach ein ungewöhnlich angestrichenes Haus. Daher waren sie dem Mann bis hinunter zu den Docks gefolgt. Und was sie dort gesehen hatten –

»Danach hatten wir einen Monat lang Hausarrest«, erzählte Mirryn. »Aber nicht, weil wir mitten in der Nacht ausgebüxt waren. Sondern dafür, dass wir den armen königlichen Gesandten aus Nerine furchtbar in Verlegenheit gebracht haben. Dieser musste uns zurück zu unseren Eltern bringen, nachdem er uns völlig verstört auf der Straße aufgegabelt hatte. Ich werde nie vergessen, wie er mit knallrotem Kopf irgendwas davon gefaselt hat, er habe einfach noch tiefer in unsere Kultur vordringen wollen.«

»Tief vorgedrungen ist er mit Sicherheit, aber nicht in unsere Kultur«, prustete Caldon in seinen Wein.

»Caldon«, ermahnte ihn Ariana.

»Als ob du nicht genau dasselbe gedacht hättest, Tante Ari.«

Die Königin antwortete nicht, sondern brach sich schweigend ein Stück Brot ab und tunkte es in Öl. »Wer kennt noch eine Geschichte? Vielleicht ausnahmsweise mal eine, bei der niemand vor Scham im Boden versinken muss?«

»Aber das sind ja wohl die besten von allen«, murrte Caldon und lehnte sich zurück.

Mirryn warf ihm einen verschwörerischen Blick zu. »Wisst ihr noch, wie Jaren damals im Palast Lyras' von diesen Höflingen gefüttert wurde?«

Jaren gab einen verzweifelten Laut von sich. »Kann mich bitte einfach jemand umbringen? Jetzt gleich?«

Die Prinzessin schenkte ihm ein boshaftes Grinsen und holte zu einer Erzählung über eine Gruppe von Fanatikern aus, die es Jaren nicht erlaubt hatte, während seines Aufenthalts in ihrem Königreich ohne Hilfe zu essen.

»Es gilt als grob unhöflich, die valornische Gastfreundschaft auszuschlagen«, erklärte Mirryn, die kaum noch an sich halten konnte. »Und der arme Jaren ist wohl einfach ein klein wenig *zu* beliebt bei unseren westlichen Alliierten.«

Kiva kicherte mit den anderen, während Jaren neben ihr leise aufseufzte. Doch als sie zu ihm hinüberschielte, sah sie das selbstironische Schmunzeln um seinen Mund und ahnte, dass er seiner Familie niemals den Spaß verderben würde, egal, wie sehr ein Witz auf seine Kosten ging.

Seine Gutmütigkeit sollte auf eine harte Probe gestellt werden, denn seine Verwandten gruben eine peinliche Erinnerung nach der anderen aus.

»Warum hab ich davon noch nie gehört?«, keuchte Caldon zwischen zwei Lachanfällen, nachdem Oriel eine Begebenheit aus einem Urlaub am Meer zum Besten gegeben hatte. Damals war eine freundliche alte Dame überzeugt gewesen, in Jaren ihren verschollen geglaubten Enkel wiedergefunden zu haben.

»Vielleicht, weil mir dadurch bisher Momente wie dieser hier erspart geblieben sind«, antwortete Jaren. »So. Könnte sich jetzt *bitte* mal jemand erbarmen und irgendwas erzählen, worin es nicht um mich geht?«

»Ich wüsste da was«, meldete sich Hauptmann Veris zu Wort und schob seinen leeren Teller beiseite. »Über ein sturköpfiges halbwüchsiges Mädchen, das aus einer jiirvanischen Arena entkommen ist. Das mit nichts als den Schwertern auf seinem Rücken das Verlorene Land durchquert, sich durch die tödlichen unterirdischen Straßen von Ersa geschlagen und es schließlich als blinde Passagierin auf einem evalonischen Schiff nach Vallenia geschafft hat.« Er zwinkerte Naari väterlich zu. »Im Groben wisst ihr das alles natürlich schon. Aber ich habe noch nie erzählt, was passiert ist, nachdem ich unsere liebe Naari« – er deutete mit dem Daumen auf die Soldatin – »an Deck erwischt habe. Wo sie sich gerade in hohem Bogen über die Reling übergab.«

Es folgte die haarsträubende Geschichte, wie Veris Naari kennengelernt und sie ihn dazu überredet hatte, sie unter seine Fittiche zu nehmen, anstatt sie den Haien zum Fraß vorzuwerfen.

Seine geistreiche Art zu erzählen ließ die Königsfamilie immer wieder in schallendes Gelächter ausbrechen, während Naari die Augen verdrehte. Kiva dagegen konnte sich kaum konzentrieren, denn ihr spukte etwas durch den Kopf, was Veris ganz am Anfang erwähnt hatte.

Naari hatte in einer von Jiirvas berüchtigten Arenen gekämpft?

Kiva hatte genug Gerüchte gehört, um zu wissen, dass es zwar nicht direkt einer Todesstrafe gleichkam, dorthin geschickt zu werden – im Gegensatz zu Zalindov –, aber dass jeder, der in den Arenen landete, sie entweder als Krieger wieder verließ … oder als Leiche.

Und als wäre das noch nicht spektakulär genug gewesen, war Naari sogar von dort *entkommen* und hatte ganz allein das Verlorene Land durchquert.

Kiva hatte ohnehin schon riesigen Respekt vor der Soldatin gehabt, die in ihrem jungen Leben einiges an Schicksalsschlägen hatte erleiden müssen. Nicht zuletzt, als sie ihre Hand verloren hatte, um Jaren vor einem Angriff zu schützen. Jetzt jedoch wuchs ihre Ehrfurcht ins Unermessliche.

Genauso wie ihre Sorge.

Naari würde eher sterben, bevor sie zuließ, dass Jaren zu Schaden kam. Und das nicht nur, weil es ihre Aufgabe war, ihn zu beschützen, sondern auch, weil sie – wie ihre Anwesenheit bei dieser *Familientafel* bestätigte – viel mehr war als der Goldene Schild des Prinzen. Kiva wusste, dass Naari sie, ohne zu zögern, ausschalten würde, wenn sie auch nur einen Hauch von Verrat witterte. Egal, wie nahe sie sich in der Zwischenzeit gekommen waren.

Ihr Essen lag Kiva wie ein Stein im Magen, als sie ihre Aufmerksamkeit wieder dem Gespräch zuwandte. Mittlerweile hatte Naari selbst das Wort ergriffen und erging sich in einer Reihe von Details, die Veris verlegen in sich hineinlachen und sich jeglichen Kommentars enthalten ließ. Dabei bekam sie Unterstützung vom König persönlich, der mit sichtlichem Vergnügen seine eigene Version der Ereignisse schilderte und damit für erneutes Gelächter sorgte.

So verstrichen die Stunden. Jeder berichtete etwas aus seinem Leben – manche Geschichten waren fröhlich, andere peinlich und wieder andere gaben völlig neue Einblicke in die Vergangenheit des Erzählers. Womit genau der Zweck erfüllt wurde, den Jaren mit seinem anfänglichen Vorschlag verfolgt hatte: dass Kiva und Tipp die Gelegenheit erhielten, die königliche Familie besser kennenzulernen.

Kivas Verzweiflung wuchs mit jeder neuen Anekdote. Äußerlich gab sie sich genauso amüsiert wie alle anderen, innerlich jedoch konnte sie das Bild, das sich immer klarer herauskristallisierte, kaum noch ertragen.

Die Vallentis waren eine ganz normale Familie.

Und sie waren einander von Herzen zugetan. Das zeigte sich in jedem Wort, jedem Blick, jeder scherzhaften Schmähung und jedem beschwichtigenden Kompliment.

Noch dazu galt das nicht bloß für die eigentliche Familie. Die Vallentis verhielten sich Veris und Naari, ja sogar Kiva und Tipp gegenüber, genauso. Es herrschte eine solch liebevolle Atmosphäre der Offenheit und Akzeptanz, dass sich ein Schraubstock um Kivas Brust zu schließen schien.

Ich habe es satt mitanzusehen, wie so viele Menschen sich für etwas aufopfern, von dem ich nicht mal sicher bin, ob ich noch daran glaube, ertönte Torells erschöpfte Stimme in ihrem Kopf.

Dann wieder hörte sie Jarens Worte.

Du bist perfekt, so wie du bist.

Doch er irrte sich.

Sie war nicht perfekt und das würde er schon bald am eigenen Leib zu spüren bekommen.

Und dann würde er sie dafür hassen.

Allein bei dem Gedanken daran fiel Kiva das Atmen schwer. Dennoch lächelte sie tapfer weiter, während Jaren und seine Familie alles taten, um sie und Tipp in ihrer Mitte willkommen zu heißen.

Kiva hatte sich selbst noch nie so sehr gehasst wie an diesem Abend. Und sie wusste, dass dieses Gefühl nicht so schnell wieder vergehen würde.

Vielleicht sogar niemals.

KAPITEL SECHZEHN

Es war kaum überraschend, dass Kiva in dieser Nacht kein Auge zutat.

Sie war gleich nach dem Abendessen zu Bett gegangen und hatte sich eine Weile hin und her gewälzt, schlaflos vor Scham und Schuldgefühlen. Schließlich hatte sie aufgegeben, sich einen seidenen Morgenmantel übergezogen und das Zimmer verlassen.

Da es mitten in der Nacht war, begegnete sie auf ihrem Weg durch die weiß-goldenen Korridore keiner Menschenseele, weshalb sie fest damit rechnete, dass sie auch an ihrem Ziel allein sein würde. Doch als sie den Flusssalon betrat, stellte sich heraus, dass sie falschgelegen hatte.

Vor der großen Fensterfront stand Jaren und schaute, ohne Kiva zu bemerken, auf den Serin hinab.

Er trug nichts außer einer locker sitzenden Hose und das spärliche Licht hob die Narben auf seinem Rücken hervor. Der Anblick war Kiva nicht neu. Gerade zwei Nächte zuvor, als Jaren sie in ihrem Bett tröstete, hatte sie die Erhebungen unter ihren Händen gespürt. Dennoch bereitete Kiva die bloße Vorstellung, wie jemand Jaren Leid zufügte – sei es nun der grausame Metzger von Zalindov oder seine Mutter oder sonst wer –, Qualen. Körperliche wie seelische.

Einen Krieg gewinnt man nicht ohne Opfer, Schwesterchen, hörte sie wieder Zuleekas schroffe Worte.

Ab jetzt heißt es: Er oder wir. Die Vallentis oder wir. Beides geht nicht.

Kiva schloss die Augen, denn eines war sicher: Sie selbst würde

Jaren Leid zufügen. *Sie* würde der Grund dafür sein, dass ihm etwas Schreckliches zustieß. Und *sie* –

Sie konnte es nicht zulassen.

Aber verhindern konnte sie es auch nicht.

Kiva starrte den Prinzen an und es zerriss sie innerlich. Auf der einen Seite standen ihre Familie und die Sache, für die sie kämpften. Und auf der anderen –

Jaren.

Aber auch Caldon.

Und Naari.

Der kleine Oriel und Flox.

Auch Prinzessin Mirryn, Königin Ariana und König Stellan.

Die ganze Vallentis-Familie.

Selbst Veris, dem Kiva zugestehen musste, dass es nicht seine Klinge gewesen war, die ihren kleinen Bruder getötet hatte, auch wenn der Hauptmann in jener Nacht dabei gewesen war. Noch heute erinnerte sie sich an seine gegrollten Worte: *Das hätte nicht passieren sollen. Es hätte niemals passieren dürfen.*

Ohne ihre Erlaubnis hatten diese Menschen es geschafft, bis tief in ihr Herz vorzudringen, sodass Kiva sie nun nicht mehr als bloße Herrscher und Soldaten sah, sondern als Menschen. Als *Familie.*

Zehn Jahre lang hatte sie sich nichts sehnlicher gewünscht, als sich an der Familie zu rächen, die ihre eigene zerstört hatte. Aber jetzt, da sie diese besser kannte …

Ich habe es satt mitanzusehen, wie so viele Menschen sich für etwas aufopfern, von dem ich nicht mal sicher bin, ob ich noch daran glaube.

Kiva wusste, dass Torells Satz ihr nicht so schnell aus dem Kopf gehen würde.

Da sie es nicht länger aushielt, trat sie lautlos den Rückzug an, um Jaren nicht auf sich aufmerksam zu machen und seiner unerschöpflichen Güte zu entgehen, die ihr nur noch mehr Qualen bereiten würde. Doch irgendetwas veranlasste Jaren genau in diesem Moment dazu, sich umzudrehen. Kurz erstarrte er, bevor er Kiva sah und sich wieder entspannte.

»Konntest du nicht schlafen?«, fragte er, während er der Fensterfront den Rücken zukehrte und auf sie zukam.

»Scheint, als wäre ich nicht die Einzige«, entgegnete Kiva, die Stimme rau vor unterdrückten Gefühlen.

»Sollen wir uns setzen?« Jaren nickte zu einem der Diwane. »Ich könnte ein bisschen Gesellschaft gebrauchen.«

Kiva musterte ihn. Die Unrast von zuvor war in sein Gesicht zurückgekehrt, eine tiefe Erschöpfung vermischt mit einer großzügigen Portion Sorge.

Du kannst ihm so nahekommen wie sonst niemand von uns. Du kannst herausfinden, was er plant, welche Schwächen er hat.

Zuleekas Worte aus der Nacht ihrer Entführung ließen Kivas inneren Tumult nur noch anwachsen, denn sie wusste, was ihre Geschwister von ihr erwarteten.

Langsam hockte sie sich ans äußerste Ende des Diwans. »Du siehst aus, als würdest du das Elend der ganzen Welt auf den Schultern tragen.«

Obwohl sie ihm jede Menge Platz gelassen hatte, setzte Jaren sich mit einem Seufzer so dicht neben sie, dass ihre Arme einander streiften.

»Willst du mir davon erzählen?«, bot Kiva an und wünschte sich gleichzeitig, er würde Nein sagen.

Doch das tat er nicht.

Weil er nun mal Jaren war.

Und ihr vertraute.

Also begann er: »Der königliche Rat sorgt sich um die Sicherheit Evalons.«

»Wegen der Rebellen?«, stellte Kiva sich dumm.

»Nein«, antwortete Jaren. »Oder doch, irgendwie schon, aber andererseits auch nicht.«

Kiva wartete darauf, dass er weiterredete, auch wenn sie nach der belauschten Ratssitzung natürlich längst wusste, worum es ging.

»Die Rebellen verhalten sich seit Tildas Tod einigermaßen ruhig«, sagte er und zog entschuldigend den Kopf ein, da er wusste, wie sehr Kiva in ihrer Rolle als Heilerin um das Leben der Rebellenkönigin gekämpft hatte. »Natürlich machen sie immer noch Ärger, aber nicht so schlimm wie vor dem Winter. Mal abgesehen von deiner Entführung, mit der sie sich uns vermutlich in Erinnerung rufen wollten.«

Er hielt kurz inne. »Es geht das Gerücht um, dass Tilda möglicherweise einen Erben hinterlassen hat, der alt genug ist, um ihren Platz einzunehmen. Vielleicht sogar mehrere. Genaueres werden wir wohl erst erfahren, wenn sie ihre Angriffsserie fortsetzen.« Er stieß einen langen, frustrierten Atemzug aus und massierte sich den Nacken. »Und das heißt, bis dahin sind die Rebellen zum ersten Mal seit Jahren nicht meine größte Sorge.«

»Trotzdem hast du irgendetwas auf dem Herzen«, gab Kiva sich weiterhin unwissend. »Seit wir in Vallenia angekommen sind, hetzt du von einer Versammlung zur nächsten und wirkst nach jeder grantiger als zuvor.«

»Grantiger?«, wiederholte Jaren leicht belustigt.

Kiva überlegte kurz. »So wie Flox, wenn man ihn davon abhält, dir überallhin zu folgen. Grantig eben.«

Anstatt zu lachen, legte Jaren ihr blitzschnell die Hand über den Mund. »Pssst. Sag seinen Namen bloß nicht zu laut, sonst weckst du den kleinen Teufel noch auf.«

Er deutete mit dem Kinn zum Fenster, an dem Jaren bei ihrer Ankunft gestanden hatte, und Kiva entdeckte die pelzige Kreatur zusammengerollt auf dem Boden. Und tatsächlich schlug das Tier in dieser Sekunde die Augen auf, hob den Kopf und ließ ein unverkennbar missbilligendes Miauen vernehmen, weil es sich ohne Jaren wiederfand. Dann sah Flox sich jedoch um und sein kleines silbergraues Gesicht hellte sich auf, als er sie beide fand.

Jaren stöhnte, denn Flox wetzte los und sprang geradewegs auf seinen Schoß, wo er sich abermals einrollte und nur Sekunden später leise weiterschnarchte.

Der Prinz schaute Kiva vorwurfsvoll an. »Na, herzlichen Dank auch.«

Kiva verkniff sich ein Lachen und strich Flox über das seidige Fell. »Was kann ich dafür, dass du so unwiderstehlich bist?«

Erst nachdem sie die Worte ausgesprochen hatte, wurde ihr klar, was sie gerade gesagt hatte.

»Unwiderstehlich, so so«, wiederholte Jaren und ein Funkeln trat in seinen Blick.

»Na ja, zumindest in den Augen eines solchen – Fuchsdings«, relativierte sie hastig, um nicht das Fenster aufreißen und in den Serin springen zu müssen.

Was Jarens Belustigung jedoch erst recht anzufachen schien. »So ein Fuchsdings?«

»Na, was ist er denn sonst? Ein Frettchen? Ein Marder?«

Jaren lachte in sich hinein. »Ein Silberbär.«

Kiva betrachtete das schlummernde Tier. »Wie ein Bär sieht er aber nicht aus.«

»Tja, ich habe mir die Bezeichnung nicht ausgedacht«, erwiderte Jaren, noch immer grinsend. »Ist jedenfalls eine ziemlich seltene Art, die nur ganz weit draußen in den nördlichen Bergen von Odon vorkommt. Flox war ein Geschenk des dort herrschenden Königspaars.«

»An Oriel?«

»An mich«, korrigierte er, bevor er leicht verlegen hinzufügte: »Man könnte es wohl eher einen Bestechungsversuch nennen.«

»Lass mich raten«, entgegnete Kiva trocken. »Sie haben eine Tochter im heiratsfähigen Alter?«

Jaren wich ihrem Blick aus, was Antwort genug war. »Ori war damals furchtbar einsam. Es gab nicht viele Kinder hier im Palast und Mirry, Cal, Ash und ich waren die ganze Zeit mit unserem Training oder irgendwelchen politischen Angelegenheiten beschäftigt. Darum habe ich ihm Flox geschenkt und die beiden waren sofort ein Herz und eine Seele.«

»Und trotzdem ist er absolut besessen von dir«, merkte Kiva an.

»Ich habe mir sagen lassen, das läge daran, dass ich so unwiderstehlich bin.«

Bei dem Ausdruck, mit dem Jaren sie ansah, überkam Kiva direkt von Neuem der Wunsch, sich aus dem Fenster zu stürzen.

Sie räusperte sich und wandte sich wieder ihrem vorherigen Gesprächsthema zu. »Bevor wir unterbrochen wurden« – sie strich Flox über den Rücken –, »hast du eine Gefahr für Evalon erwähnt.«

Jaren schwieg, so lange, dass Kiva sich zu fragen begann, ob er sich dazu entschlossen hatte, ihr seine Sorgen doch nicht anzuvertrauen. Dann aber sagte er: »Erinnerst du dich, wie ich dir in Zalindov erzählt habe, dass die anderen Königreiche fürchten, die Rebellenbewegung könnte zu ihnen rüberschwappen? Und dass es in einigen Fällen bereits dazu gekommen ist?«

Kiva biss sich auf die Wange und nickte.

»Und erinnerst du dich auch daran, was ich noch gesagt habe? Dass Mirraven und Caramor nur auf einen Moment der Schwäche unsererseits lauern?«

»Glaubst du, sie planen einen Angriff?«, fragte Kiva, wobei sie ihre Beunruhigung nicht mal vortäuschen musste.

»Da oben im Norden ist irgendetwas im Gange«, antwortete Jaren ausweichend. »Es hat immer schon Warnzeichen gegeben, auch Drohungen. Aber etwas hat sich verändert, ungefähr seit dem Zeitpunkt, als wir mit Mirraven in Verhandlungen über Tildas Auslieferung gegangen sind. Sie haben sich von Anfang an quergestellt und sich geweigert, uns auch nur ein winziges Stück entgegenzukommen, egal, wie großzügig unsere Konditionen auch waren.«

Letzteres war Kiva neu und sie setzte sich interessiert auf.

»Das meiste davon habe ich erst erfahren, nachdem wir aus Zalindov zurück waren«, fuhr er fort. »Und es ergibt einfach keinen Sinn. Wir haben den Mirravenern einiges angeboten, auf das sie schon seit Ewigkeiten aus waren. Unter anderem hätten wir uns bereit erklärt, ihnen erweiterten Zugriff auf unsere Luminiumvorräte zu gewähren und die Handelsbestimmungen zwischen unseren Ländern zu lockern. Beides hätte erhebliche Einbußen für unsere Wirtschaft bedeutet, während ihre davon profitiert hätte. Aber sie sind nicht darauf angesprungen.«

Ein seltsames Gefühl überkam Kiva und sie presste sich die Hand auf den Magen, als ihr die Worte ihrer Schwester wieder einfielen.

König Navok war natürlich mehr als bereit, einen Handel mit der Rebellenkönigin zu schließen, um damit die Vallentis zu verärgern, die Mutter nur zu gern in die Finger gekriegt hätten. Im Gegenzug musste er lediglich dafür sorgen, dass die Königreiche sich darauf einigten, sie nach Zalindov zu bringen.

Kiva war so überwältigt von all den Neuigkeiten gewesen, dass sie gar nicht auf die Idee gekommen war, sich nach der Gegenleistung zu erkundigen, die Tilda den Herrschern von Mirraven dafür in Aussicht gestellt hatte, dass sie Evalons Bitte um ihre Auslieferung ablehnten. Bis jetzt. Worin mochte Tildas Angebot bestanden haben? Was hatte sie getan?

»Der Rat macht sich Gedanken darüber, was diese Unwilligkeit zur Kooperation bedeuten könnte, zumal die Mirravener neuerdings unsere Briefe ignorieren«, sagte Jaren. »Dasselbe gilt übrigens für Caramor. Die beiden Königreiche sind seit jeher neidisch auf Evalon gewesen, weil unser Land im Gegensatz zu ihrem reich und fruchtbar ist. Sie haben nie ein Geheimnis daraus gemacht, dass sie Evalon gern besetzen würden. Allerdings müssten sie dafür erst mal die Tanestraberge überwinden, und da unsere Armee für jeden Angriff gerüstet ist, waren sie bislang klug genug, es gar nicht erst zu versuchen. Aber jetzt … So langsam fürchte ich, sie könnten beschlossen haben, dass der Moment günstig ist, solange wir durch unsere Probleme mit den Rebellen abgelenkt sind.«

Mit trockener Kehle fragte Kiva: »Aber hast du nicht eben noch gesagt, die Rebellen würden sich im Moment ruhig verhalten?«

Jaren nickte, aber sonderlich überzeugt wirkte er nicht.

»Warum machst du dir dann trotzdem solche Sorgen?«

»Weil –« Jaren fuhr sich mit der Hand durchs Haar, sodass seine goldenen Locken in alle Richtungen abstanden. »Weil ich mir nun mal *immer* Sorgen um unser Volk mache. Das kann ich einfach nicht abstellen; ich will all die Menschen, die mir am Herzen liegen, vor Unheil schützen. Darum bereitet mir diese potenzielle Bedrohung solches Kopfzerbrechen, egal, wie viel Vertrauen ich in unsere Streitkräfte habe.«

Kiva hob unwillkürlich eine Augenbraue. »Du bist der Thronerbe des wohlhabendsten Königreichs in ganz Wenderall. Du wirst immer mit irgendwelchen potenziellen Bedrohungen zu tun haben.«

Jaren stieß eine Mischung aus Lachen und Stöhnen aus. »Glaub mir, das ist mir absolut bewusst.« Dann straffte er die Schultern. »Selbst wenn Mirraven und Caramor sich zum Angriff entschließen sollten, werden sie nicht weit kommen. Dafür sind wir zu gut geschützt. Es dennoch zu versuchen, wäre ein absolutes Himmelfahrtskommando. Das ist der einzige Grund, warum ich nachts noch ruhig schlafen kann.«

Als Kiva einen skeptischen Blick aus dem Fenster hinaus in die Dunkelheit warf, schränkte Jaren ein: »Na ja, zumindest meistens.«

»Also machst du dir eher allgemein Sorgen, nicht über irgendwas Bestimmtes«, fasste Kiva zusammen.

»Ich mache mir Sorgen über sehr viel Bestimmtes.« Jaren sah hinunter auf Flox, ehe er trocken hinzufügte: »Zum Bespiel darüber, ob ich jemals wieder diesen Raum verlassen kann. Geschweige denn den Palast.«

»Tja, das ist wirklich eine ausweglose Lage«, neckte Kiva.

Jaren lächelte, wurde jedoch gleich wieder ernst. »Apropos den Palast verlassen. Ich wollte dir eigentlich schon vorhin davon erzählen, aber dann kam mir das peinlichste Abendessen meines Lebens dazwischen.«

Kiva kicherte.

»Ich muss morgen früh nach Fellarion«, fuhr er fort. »Die Stadtverwalter wollen mit mir über verschiedene Infrastruktur- und Landwirtschaftsthemen und noch ein paar andere Sachen sprechen. Darum werde ich für mindestens vier Tage weg sein, vielleicht sogar mehr.«

»Oh«, entgegnete Kiva, insgeheim froh. Wenn Jaren nicht da war, sollte es ihr ohne größere Probleme gelingen, sich für ein paar Stunden fortzuschleichen. Nach der erneuten magiebedingten Beinahekatastrophe beim Abendessen war sie nämlich entschlossener denn je, ihre Großmutter zu besuchen. »Danke … dass du mir Bescheid gibst.«

»Ursprünglich hatte ich überlegt, dich zu fragen, ob du mitkommen möchtest«, sagte er. »Aber ich kann einfach nicht verantworten, dass du dich zu Tode langweilst.«

»Sehr rücksichtsvoll von dir«, erwiderte Kiva, die bei der Erinnerung an die zweite Hälfte der königlichen Ratssitzung innerlich erschauderte.

»Außerdem habe ich gehört, dass man dir einen Platz an der Silverthorn angeboten hat«, fuhr Jaren fort. »Und da wollte ich dich nicht davon abhalten, dir deinen Traum zu erfüllen.« Er beugte sich zu ihr herüber und in seinem Blick stand Stolz. »Herzlichen Glückwunsch, Kiva.«

Für den Moment möchte ich ihr einfach die Möglichkeit geben, ihr Leben zu genießen und ihre Träume zu verwirklichen.

Kivas Brust schnürte sich zusammen. »Ich habe noch nicht zugesagt.«

»Auch das habe ich gehört.« Jaren legte den Kopf schief. »Obwohl ich es nicht ganz verstehe.«

»Ich –« Kiva schluckte. »Ich will mir zuerst sicher sein, dass ich für diesen Schritt bereit bin.«

»Maddis wirkte ziemlich überzeugt davon.«

Doch Kiva meinte eine andere Art von *bereit.* »Das tut sie nur, weil sie meinen Vater gekannt hat.«

»Ach, wirklich?«, fragte er überrascht. »Du hast mir erzählt, dass er Heiler war. Hat er etwa an der Silverthorn studiert?«

»In gewissem Sinne ja«, antwortete Kiva ausweichend. »Maddis meinte, er wäre einer ihrer besten Schüler gewesen.« Weitere Details über die Vergangenheit ihrer Familie würde sie nicht preisgeben. Jaren wusste jetzt schon wesentlich mehr, als ihr lieb war. Andererseits … hatte er ihren Vater gegenüber dem königlichen Rat verteidigt. Und damit indirekt auch Kiva.

»Tja, der Apfel fällt wohl nicht weit vom Stamm«, sagte Jaren voller Zuneigung und legte ihr einen Arm um die Schultern.

Seine Worte hallten in Kiva nach und sie schaffte es nicht, gleich darauf zu antworten.

Jaren hatte recht. Sie war ihrem Vater tatsächlich sehr ähnlich. Sie hatte seine Leidenschaft für die Heilkunst geerbt, seine Empathie, und irgendwann einmal hatte sie mit demselben unerschütterlichen Optimismus auf die Welt geblickt wie er.

Aber dann war Zalindov geschehen.

Und Faran war gestorben.

In all den Jahren seither war sie so besessen von dem Gedanken gewesen, seinen Tod zu rächen, dass sie sich nie gefragt hatte, was ihr Vater sich eigentlich selbst gewünscht hätte. Für Kiva. Und seine Familie.

Oder vielleicht hatte sie auch bloß nicht darüber nachgedacht, weil sie die Antwort längst kannte.

Faran hätte sich gewünscht, dass sie den Vallentis vergab. Er hätte sich gewünscht, dass seine Kinder ihr Leben genossen und ihre Träume verwirklichten. Dass sie glücklich wurden.

Er hätte nicht gewollt, dass sie auf Rache sannen.

Er hätte sich gewünscht, sie in Sicherheit zu wissen.

Und tief in ihrem Herzen wusste Kiva, dass er entsetzt gewesen wäre, wenn er gewusst hätte, was sie und ihre Geschwister planten.

»Da wir gerade von Vätern sprechen«, wechselte Kiva mit heiserer Stimme das Thema, um nicht weiter über sich selbst nachdenken zu müssen. »König Stellan, ist er … äh …«

»Ist er was?«

»Krank?«, flüsterte sie.

Jaren fuhr leicht zusammen. Dann jedoch zog er sie dichter an sich, entweder um Kiva zu trösten oder sich selbst. »Ja.«

»Gibt es eine Chance auf Heilung?«

Jaren schüttelte den Kopf. »Es ist etwas in seinem Blut.« Mit der freien Hand kraulte er Flox hinter den Ohren. »In letzter Zeit hatte er mehr schlechte Tage als gute. Darum hast du ihn auch erst heute Abend kennengelernt. Er lag die ganze Woche im Bett.«

»Wie viel Zeit bleibt ihm noch?«, fragte Kiva kaum hörbar.

»Das wissen wir nicht«, antwortete Jaren genauso leise. »Es könnten Jahre sein, aber wahrscheinlich eher Monate. Vielleicht sogar nur Wochen.«

»Und man kann wirklich nichts tun?«

Jaren senkte den Kopf. »Wir haben alles versucht. Und jetzt machen wir es ihm einfach so angenehm wie möglich.«

Sein unverhohlener Schmerz brachte Kiva dazu, sich an ihn zu schmiegen, die Wange an seine Schulter zu lehnen und ihm den Arm um die Taille zu schlingen, sorgsam darauf bedacht, ja nicht Flox zu wecken. Sie wusste, dass das keine gute Idee war, dass sie auf Abstand hätte bleiben sollen.

Sie wusste es. Aber es kümmerte sie nicht.

Nicht, wenn es Jaren so schlecht ging.

Nicht, wenn er sie brauchte.

»Das tut mir leid«, murmelte sie.

Als Antwort gab er ihr einen sanften Kuss auf die Schläfe.

Schweigend saßen sie da. Kiva war vage bewusst, dass es höchste Zeit war, zurück in ihr Zimmer zu gehen. Doch bevor sie sich dazu durchringen konnte, fielen ihr die Augen zu und sie war eingeschlafen.

KAPITEL SIEBZEHN

Als Kiva am nächsten Morgen erwachte, lag sie in ihrem Bett und die Decke war sorgfältig um sie festgesteckt. Jaren musste sie in der Nacht zurück in ihr Zimmer getragen haben.

Sie stöhnte auf vor Scham, doch in dem Moment klopfte es an ihrer Tür und sie setzte sich kerzengerade auf. Caldon rief ihr von der anderen Seite zu, es sei Zeit für ihr Training. Das Letzte, wonach Kiva heute Morgen der Sinn stand, war, sich auf dem Kasernenhof abzurackern, schließlich musste sie so dringend Nanna Delora finden. Aber ihr war klar, dass der Prinz sich nicht abwimmeln lassen würde, also stand sie eilig auf und zog sich an.

»Ich hasse früh aufstehen«, brummte sie, als sie zu ihm in den Salon trat.

»Dir auch einen wunderschönen guten Morgen, Sonnenschein«, erwiderte Caldon und knuffte sie in die Nase.

Kiva schnitt eine Grimasse und folgte ihm lustlos nach draußen. Wie um sie für ihre negative Einstellung zu bestrafen, ließ Caldon sie an diesem Morgen doppelt so oft auf die Kiste steigen und zwei Extrarunden um den Hof drehen. So lange, dass Kiva glaubte, sterben zu müssen, und gleichzeitig stolz war, sich nur ein einziges Mal übergeben zu haben.

»Ich glaube, ich mache langsam Fortschritte«, keuchte sie nach der letzten Runde.

»Wir sind noch nicht fertig für heute, Apfelbäckchen«, meinte Caldon, ohne auch nur außer Atem zu sein.

Kiva wollte protestieren, nicht nur, weil sie mit ihren Kräften am

Ende war, sondern auch, weil sie sich so schnell wie möglich auf den Weg nach Blackwater zu ihrer Großmutter machen wollte, um wieder zurück zu sein, ehe jemandem auffiel, dass sie überhaupt fort gewesen war.

Dann jedoch förderte Caldon zwei Holzschwerter zutage und bei der Aussicht darauf, eine – wenn auch kindersichere – Waffe in der Hand zu halten, schluckte sie jegliche Einwände hinunter.

»Für ein echtes Exemplar aus Stahl bist du noch nicht bereit«, erklärte der Prinz, »aber wir können mit ein paar Grundübungen anfangen, damit du dich an das Gefühl gewöhnen und weiter an der Stärkung deiner Körpermitte arbeiten kannst.«

Kiva wechselte das Schwert von einer Hand in die andere. »Ist das nicht ein bisschen leicht?«

Caldon gluckste erheitert. »Wart's ab, ob du das in ein paar Minuten immer noch so siehst.«

Dennoch war Kiva von einer naiven Selbstsicherheit erfüllt, als Caldon ihr zunächst ein paar grundlegende Bewegungsabläufe zeigte. Er ermahnte sie, an die korrekte Haltung zu denken, die er sie nun schon seit Tagen üben ließ. Sein eigenes Holzschwert zog er nicht einmal aus der Scheide, sondern ließ Kiva bloß in die Luft schlagen. Ihre Rumpfmuskeln spannten sich an, während sie ihre Hüften mal in die eine, mal in die andere Richtung drehte und Caldons Anweisungen gemäß zustieß oder in Verteidigungsstellung ging – alles im Schneckentempo.

»Das Wichtigste sind Balance und Körperbeherrschung«, sagte Caldon. »Und Üben bis zum Umfallen natürlich.«

Nach nur wenigen Minuten begannen Kivas Muskeln – und zwar *alle* – zu schmerzen, während Caldon ihre Bewegungen schonungslos korrigierte: »Kopf hoch!«, »Den Rücken gerade!«, »Die Füße nicht vergessen!«, »Langsamer!«, »Bauch anspannen!«.

Erst gegen Ende forderte der Prinz sie auf, die Geschwindigkeit ein wenig zu erhöhen, und ließ sie ein paar Abfolgen von Sprüngen und Ausfallschritten ausführen, die nicht nur eine absolut exakte Fußarbeit erforderten, sondern auch ein Höchstmaß an Konzentration. Als er das Training schließlich beendete, war Kiva sowohl körperlich als auch geistig am Ende.

»Gar nicht schlecht für den Anfang«, befand Caldon und beugte sich über Kiva, die, alle viere von sich gestreckt, am Boden lag. »Aber wir haben noch jede Menge Arbeit vor uns.«

Kiva stieß ein Wimmern aus. »Ist es ein gutes oder ein schlechtes Zeichen, dass der einzige Teil von mir, der nicht wehtut, meine Haare sind?«

»Eher Letzteres.« Caldon grinste und fügte hinzu: »Denn solange es noch irgendeinen Teil von dir gibt, der nicht wehtut, heißt das, unser Training war nicht hart genug.«

Kiva hatte keine Energie, um zu antworten. Oder zu weinen, denn danach war ihr im Moment am ehesten zumute. Sie war Rhessinda dankbarer denn je für das Muskelentspannungspulver, das oben in ihrem Zimmer auf sie wartete. Wenn sie nur irgendwie die Kraft aufbringen könnte, dorthin zu gelangen.

»Na schön, Apfelbäckchen, dieses eine Mal helfe ich dir noch«, sagte Caldon und zog sie auf die Füße.

»Zu gütig von dir«, grollte Kiva, doch ihre Worte gingen in ein schmerzerfülltes Stöhnen über, als sie mit aller Kraft ihre Beine davon abzuhalten versuchte, unter ihr nachzugeben.

»Ich muss gestehen, dass ich heute nicht ganz uneigennützig handle«, erwiderte Caldon.

»Ganz im Gegensatz zu sonst«, schnaubte Kiva.

»Nicht frech werden«, warnte Caldon, »sonst spiele ich nicht den Fremdenführer für dich.«

Es dauerte eine Sekunde, bis seine Worte zu ihr durchdrangen. »Entschuldige – was?«

»Dein Liebster hatte ein schlechtes Gewissen, weil er dich einfach hier allein lässt«, erklärte Caldon und schnippte ein Stäubchen von seinem Hemd. »Deshalb hat er mich gebeten, dir ein bisschen die Zeit zu vertreiben. Mit einer Stadtführung und ein paar Ausflügen zu den hübschesten Fleckchen Vallenias. Was mir eben so einfällt.«

Vor Schreck vergaß Kiva beinahe ihre Schmerzen. »Das ist nicht nötig«, winkte sie ab, ehe sie hastig richtigstellte: »Und Jaren ist nicht mein Liebster.«

Caldon zwinkerte ihr zu. »Ach, das ist doch Wortklauberei.«

»Nein, im Ernst«, beharrte Kiva. »Ich kann mich ganz wunderbar allein beschäftigen.«

»Mag sein, aber ich hab's meinem Cousin nun mal versprochen«, entgegnete Caldon, während er Kivas Holzschwert aufhob und sie Richtung Palast schob. »Bis er zurückkommt, gehen wir zwei uns ein bisschen amüsieren, basta.« Dann fügte er mit einem verschmitzten Grinsen hinzu: »Betrachte mich als deinen neuen besten Freund, Sonnenschein. Wohin auch immer du gehst, ich bin dabei! Klingt doch toll, oder?«

In den nächsten Tagen konnte Kiva nicht einmal niesen, ohne dass Caldon gleich mit einem Taschentuch bereitstand.

Jeden Morgen absolvierten sie gemeinsam ihr Sportprogramm samt Schwertübungen, was Kiva nur mithilfe großzügig bemessener Dosen von Rhess' Muskelentspannungspulver überstand. Wenn Caldon das Training für beendet erklärte, blieb ihr gerade genug Zeit, um sich frisch zu machen und umzuziehen, ehe er schon wieder an ihre Tür klopfte, um sein Versprechen gegenüber Jaren einzulösen und ihr die Stadt zu zeigen.

Kiva hatte nicht einmal Gelegenheit, über einen Ausreißversuch *nachzudenken*, und obwohl es zu keinen weiteren Magieausbrüchen kam, war sie sich der Macht, die knapp unter ihrer Haut schwelte, bewusster denn je. Wie einer geflüsterten Erinnerung, dass sie da war – und frei sein wollte. Kiva fielen die »kleinen Zauber« ihrer Mutter wieder ein und sie fragte sich, ob ihr so etwas wohl ebenfalls helfen könnte, ihre Magie im Zaum zu halten. Doch die Angst, erwischt zu werden, war zu groß, daher verwarf sie die Idee wieder.

Am Samstagmorgen war Kiva schließlich verzweifelt genug, um einen waghalsigen Plan auszuhecken. Jaren hatte gesagt, er würde mindestens vier Tage unterwegs sein. Heute war bereits der fünfte Tag nach seiner Abreise, was bedeutete, dass er nun jederzeit zurückkommen konnte. Und wenn er, zusammen mit Naari und Hauptmann Veris, erst wieder hier war, würde es sich weitaus schwieriger gestalten, unbemerkt die Stadt zu verlassen.

Zuerst hatte Kiva erneut einen Besuch an der Silverthorn vorschieben wollen, genau wie bei ihrem heimlichen Ausflug nach Oakhollow. Dann aber war ihr klar geworden, dass Caldon ihr vermutlich auch dorthin folgen würde, so hartnäckig wie er an ihren Fersen klebte. Daher beschloss sie, die Akademie auf andere, wenn auch etwas drastischere Weise zu nutzen, um den Prinzen abzuschütteln.

Den ersten Teil ihres Plans setzte sie gleich am Morgen in die Tat um, als Caldon sie nach dem Training darüber informierte, welche Sehenswürdigkeiten er für den heutigen Tag ausgewählt hatte. Anfangen würden sie beim Tempel der Vergessenen Götter, gefolgt von einem Spaziergang durch die Singenden Gärten. Anschließend würden sie ein Bad in der Sarana-Therme nehmen und zu guter Letzt die Kriegertreppe erklimmen, um sich vom Gipfel aus den Sonnenuntergang über der Stadt anzusehen.

Allein schon bei dieser Aufzählung wurde Kiva müde. Und genau das nutzte sie, um Caldon einen überzeugend flehenden Blick zuzuwerfen. »Hättest du was dagegen, wenn wir kurz an der Silverthorn haltmachen?«, fragte sie. »Ich würde gern etwas abholen.«

»Klingt ja geheimnisvoll.« Caldon fuhr mit den Fingern über die Klinge seines Holzschwerts.

Kiva stemmte die Hände in die Hüften und log schamlos drauflos. »Die Details hätte ich dir gern erspart, aber da du ja anscheinend in alles deine Nase stecken musst: Ich habe Unterleibskrämpfe und brauche Mondminze.«

Caldon runzelte die Stirn. »Warum hast du mir nicht gleich gesagt, dass du Schmerzen hast? Dann hätte ich dich beim Training ein bisschen geschont.«

»Bei *deinem* Training habe ich sowieso jeden Morgen Schmerzen«, fauchte Kiva, obwohl sie aufgrund seines unerwarteten Mitgefühls sofort ein schlechtes Gewissen bekam. »Und bislang hat dich das auch nie interessiert.«

»Das ist was anderes«, entgegnete er. »Wie du sicher weißt.«

Wenn Kiva tatsächlich unter Monatsbeschwerden gelitten hätte, wäre sie ihm in diesem Moment vermutlich im Gefühlsüberschwang um den Hals gefallen. Jetzt jedoch schluckte sie ihre Dankbarkeit hinunter und erklärte, sie könnten sich auf den Weg machen, sobald sie sich gewaschen habe.

Der zweite Teil ihres Plans trat in Kraft, als sie die Silverthorn erreichten und Kiva zu ihrer Erleichterung Rhessinda auf derselben Bank entdeckte wie bei ihrem letzten Besuch.

»Würdest du mich kurz mit ihr allein lassen?«, bat sie Caldon mit einer Geste in Rhess' Richtung. »Ich würde gern über ein paar, äh, Symptome mit ihr sprechen.«

Der Prinz wirkte überrascht über ihre vorgetäuschte Scham und Kiva fluchte innerlich, als ihr aufging, dass sie sich als Heilerin kaum für derart natürliche Körperfunktionen genieren dürfte. Zum Glück jedoch hakte Caldon nicht nach, sondern blieb bereitwillig stehen und lehnte sich an einen der Steinbögen, um zu warten.

Rhessinda stand auf, als sie Kiva auf sich zueilen sah.

»Wozu hast du denn deinen blaublütigen Leibwächter mitgebracht?«, scherzte sie und warf sich ihren aschblonden Zopf über die Schulter.

»Das ist kein Leibwächter, eher ein wohlmeinender, aber extrem anhänglicher Babysitter.« Kiva schüttelte den Kopf. »Jedenfalls brauche ich deine Hilfe. Können wir vielleicht kurz in den Heilkräutergarten gehen?«

Rhessinda stellte keine Fragen. »Kein Problem. Komm, ich kenne eine Abkürzung, du scheinst es ja ziemlich eilig zu haben.«

Kiva bedeutete Caldon, dass sie in ein paar Minuten zurück sein würde. Zuerst war sie überrascht, dass er ihr nicht folgte, als sie sich zusammen mit Rhess auf den Weg machte, doch dann fiel ihr wieder ein, dass sie schließlich keine Gefangene mehr war. Caldon verbrachte den Tag mit ihr, weil er dachte, sie würde sich darüber freuen. Weil *Jaren* dachte, sie würde sich darüber freuen. Unter anderen Umständen hätte sie das den beiden hoch angerechnet. Caldon hatte immerhin schon so viele Stunden dafür aufgewandt, ihr die wunderschöne Stadt zu zeigen.

»Willst du mir jetzt vielleicht erzählen, was los ist?«, fragte Rhess, als sie den schmalen Bach im Sanatorium überquerten und anschließend einen kleinen Zitrushain betraten, in dem es nach Orangen, Limetten und Zitronen duftete.

»Ich muss dich um einen Gefallen bitten, aber ich will dir keine Probleme bereiten«, antwortete Kiva.

Rhess schnaubte. »Also bitte. Wirke ich etwa wie jemand, der vor ein paar Problemchen zurückscheut?«

Nein. Was genau der Grund war, warum Kiva sich mit ihrem Anliegen an sie wandte. »Ich müsste noch mal für einen Tag unbemerkt die Stadt verlassen.«

»Willst du wieder nach Oakhollow?« Sie steuerten auf ein riesiges Gewächshaus zu, das Kiva noch nicht von innen gesehen hatte. Bei ihrem Rundgang an ihrem ersten Tag hatte sie lediglich die Apothekerwerkstatt besucht, in der die Heilmittel fabriziert und für die Abholung bereitgestellt wurden.

»Nein. Diesmal muss ich woandershin.«

Sosehr Kiva ihre neue Freundschaft mit Rhess zu schätzen wusste, es gab Dinge, die sie ihr nicht anvertrauen konnte. Doch die Heilerin drängte sie auch nicht, sondern fragte bloß: »Und wie kann ich dir helfen?«

Kiva erklärte rasch, dass Caldon ihr auf Schritt und Tritt folgte, weshalb sie ihn für ein paar Stunden abschütteln musste. »Ich dachte an ein Schlafmittel oder etwas in der Art. Vielleicht eine Mischung aus Moradin und Rosaron?« Normalerweise würde sie nur auf Moradin zurückgreifen, das Mittel, das Königin Ariana in der Nacht von Kivas Entführung Tipp verabreicht hatte. Bei einem erwachsenen Mann wie Caldon empfahl es sich allerdings, etwas Rosaron hinzuzugeben, das für einen besonders tiefen Schlaf sorgen würde.

»Das sollte funktionieren«, befand Rhess ohne eine Spur von Missbilligung.

Schließlich erreichten sie den Heilkräutergarten, eine eingezäunte Aneinanderreihung von Beeten, in denen die verschiedensten Pflanzen wuchsen. Wenn Kiva es nicht so eilig gehabt hätte, wäre sie vermutlich Stunden dort umhergestreift und hätte auch das Gewächshaus in der Mitte erkundet. Heute blieb dafür jedoch keine Zeit.

»Wo müssen wir jetzt hin?«, fragte Kiva mit einem Nicken in Richtung des Gartens.

Die Heilerin zögerte, als überlegte sie nun doch, ob es eine gute Idee war, Kiva unerlaubt mit Kräutern aus der Akademie zu versorgen. Dann aber stieg sie über den niedrigen Zaun und marschierte auf eine große Übersichtstafel zu. Kiva wurde klar, dass sie Rhess' Hilfe nicht einmal benötigt hätte, da auf dem Plan die Bepflanzung jedes einzelnen Beets verzeichnet war.

»Moradin und Rosaron, richtig?«, vergewisserte sich Rhess.

»Genau«, bestätigte Kiva.

Nach kurzem Suchen fand Rhess die beiden Kräuter im selben Beet und setzte sich wieder in Bewegung.

»Du willst also Prinz Caldon unter Drogen setzen, um dich aus dem Palast an einen nicht näher definierten Ort zu schleichen?«, fragte die Heilerin, während sie den Gartenpfad hinunterschlenderten. »Wenn das mal nicht wohldurchdacht klingt.«

»Ich muss zu meiner Familie.«

»Ich dachte, die hättest du gerade besucht.«

»Zu einem anderen Teil meiner Familie.«

»Dann hoffe ich, ich leiste keine Beihilfe dazu, dass du dich in Schwierigkeiten bringst«, erwiderte Rhess. »Oder dich verirrst. Ist es weit bis dorthin?«

Sie näherten sich dem Beet und Kiva biss sich auf die Lippe, als ihr einfiel, dass sie vergessen hatte, vor ihrem Aufbruch eine Landkarte zurate zu ziehen. »Ich muss nach Blackwater. Weißt du, wo das ist?«

»Klar, das liegt bloß ein Stück nördlich von hier.« Rhess blieb stehen.

»Am Rand des Grimmsumpfs, gleich hinter den Wildauen«, zitierte Kiva.

Die Heilerin musterte sie aus schmalen Augen. »Du hast keine Ahnung, wie du dort hinkommst, hab ich recht?«

Seufzend schüttelte Kiva den Kopf.

Rhess kicherte in sich hinein. »Keine Sorge, Blackwater ist wirklich leicht zu finden. Du nimmst einfach von Vallenia aus die Straße nach Norden und folgst dann den Wegweisern. Und der Weg führt ganz am östlichen Rand der Wildauen entlang, das heißt, du musst nicht mitten hindurch.« Warnend fügte sie hinzu: »Aber geh ja nicht weiter als bis nach Blackwater. Sonst verschluckt dich der Sumpf bei lebendigem Leib.«

Kiva erschauderte. »Danke«, sagte sie. Rhessinda hatte sie wieder einmal gerettet.

Die Heilerin zuckte bloß mit den Schultern und deutete nach vorn. »Da sind wir.«

Kiva hockte sich hin, um ein paar leuchtend rote Moradinblüten zu pflücken, und rupfte anschließend eine Handvoll gelb gestreifter Blätter vom Rosaronstrauch. »Wunderbar.«

In dem Wissen, dass Caldon jederzeit auftauchen könnte, um nach ihr zu sehen – weshalb sie sich auch nicht davongestohlen hatte, denn ihr war klar, dass er sie bitter dafür bezahlen lassen würde, wenn er ihr Verschwinden bemerkte –, eilte Kiva zusammen mit Rhessinda zurück durch das Sanatorium. Als Caldon sie kommen sah, schenkte er der Heilerin ein anzügliches Lächeln, was diese jedoch ignorierte. Dann erkundigte er sich bei Kiva, ob sie fertig sei.

»Können wir noch mal kurz zurück in den Palast?«, fragte sie, nachdem sie sich von Rhess verabschiedet hatten. »Meine neuen Stiefel scheuern und ich möchte mir keine Blasen laufen.«

Der Prinz zeigte keine Spur von Ungeduld, sondern pflichtete ihr lediglich bei, dass das bei all dem, was sie heute vorhatten, vernünftiger wäre.

Kivas Magen zog sich vor Nervosität zusammen, als sie Tipps und ihr Wohnzimmer betraten und ihr Plan in die entscheidende Phase ging.

»Setz dich ruhig«, forderte sie Caldon auf und deutete auf einen Sessel am Fenster. »Ich brauche noch ein paar Minuten.«

»Zieh einfach deine bequemsten Schuhe an«, sagte Caldon, nahm jedoch bereitwillig Platz.

Anstatt direkt in ihrem Schlafzimmer zu verschwinden, trat Kiva zu einem Tablett, auf dem die Bediensteten zu jeder Tageszeit warmen Tee bereitstellten. Mit zitternden Händen schenkte sie zwei

Tassen ein, während sie gleichzeitig die Moradinblüten und Rosaronblätter aus der Tasche holte und sie in Caldons Tee versenkte.

Nach den Wochen, die sie mit ihm im Winterpalast verbracht hatte, wusste sie, dass er einer Tasse Tee eigentlich nie abgeneigt war. In der Hoffnung, dass dem auch jetzt so wäre, setzte sie ein breites Lächeln auf und servierte ihm das dampfende Getränk.

»Wir hätten doch auch in der Stadt welchen trinken können«, merkte der Prinz an, während er die Tasse entgegennahm. »Ich wollte sowieso auf dem Weg zum Tempel mit dir in diesem gemütlichen kleinen Teehaus vorbeischauen. Die Inhaberin war früher Apothekerin und der Laden ist ein regelrechter Kräuterdschungel. Ich dachte, das würde dir vielleicht gefallen. Aber vielleicht heben wir uns den Besuch dann doch lieber für den Rückweg auf.«

Er setzte die Tasse an die Lippen und Kiva konnte sich im letzten Moment davon abhalten, sie ihm aus der Hand zu schlagen. Zwar hatte Jaren seinen Cousin darum gebeten, ihr die Stadt zu zeigen, aber all diese Ideen, was Kiva interessieren könnte, stammten von Caldon selbst. Sie hasste sich dafür, dass sie ihm zum Dank für seine Nettigkeit Drogen einflößte. Doch ihr blieb nun mal keine andere Wahl.

Nach dem ersten Schluck stutzte Caldon. »Schmeckt irgendwie anders als sonst.« Kivas Herz setzte einen Schlag aus. Der Prinz schnupperte an dem Getränk. »Ist da Zimt drin?«

Dann nahm er einen weiteren großen Schluck und die Wirkung setzte so schnell ein, dass Kiva gar nicht mehr antworten musste.

Sie hatte noch nie zuvor mit Moradin und Rosaron gearbeitet, da nichts von beidem in ihrem mittelmäßig ausgestatteten Heilkräutergarten in Zalindov vorhanden gewesen war. Zum Glück hatte ihr Vater ihr erklärt, wie die Arzneien anzuwenden waren. Sie hatte Caldon eine Dosis verabreicht, die ihn für mehrere Stunden außer Gefecht setzen würde. Außer einer leichten Mattigkeit und schwacher Orientierungsstörungen beim Aufwachen – beides Dinge, die ihr in die Hände spielen würden – erwartete sie aber keine Nebenwirkungen.

Allerdings hatte sie nicht damit gerechnet, dass der Effekt so schlagartig eintreten würde. Sie musste einen beherzten Satz nach vorne machen und den Prinzen festhalten, damit er nicht kopfüber aus seinem Sessel kippte. Die Teetassen zerschellten auf dem Boden und braune Flüssigkeit spritzte in alle Richtungen.

Doch Caldon wachte nicht auf. Und das war alles, was zählte.

Hier in ihrem Wohnzimmer war er in Sicherheit. Tipp würde bis zum frühen Abend zusammen mit Oriel beim Unterricht im Westpalast sein, und wenn Bedienstete hereinkamen, würde es einfach wirken, als hielte der Prinz ein kleines Nickerchen. Kiva konnte nur hoffen, dass Caldon dasselbe dachte, wenn er wieder zu sich kam. Aber selbst wenn nicht, würde sie früh genug wieder zurück sein, um ihn davon zu überzeugen, dass er eingeschlafen war, während sie ihre Stiefel gewechselt hatte.

Kiva zog ihren Reisemantel an, bevor sie sich ein letztes Mal vergewisserte, dass der Prinz es bequem hatte. Sie wollte gerade anfangen, den Tee aufzuwischen, da ging plötzlich die Tür zum Flur auf.

Und Tipp kam hereingehüpft.

Zuerst hellte seine Miene sich auf, als er Kiva sah, aber dann fiel sein Blick auf den bewusstlosen Caldon und den verschütteten Tee auf dem Boden.

Tipp war nicht auf den Kopf gefallen. Es dauerte keine zwei Sekunden, bis er die Situation richtig gedeutet hatte – was nicht zuletzt an Kivas Reisemantel und ihrem erschrockenen Gesichtsausdruck lag.

»Was m-m-machst du denn da?«, fragte er vorwurfsvoll.

Kiva hob die Hände. »Es ist nicht so, wie es aussieht.«

»Es s-sieht aus, als hättest du C-Caldon unter Drogen gesetzt.«

Kiva verzog das Gesicht. »Warum bist du denn schon so früh wieder da?«

»Ich b-brauche was zum Überziehen. Wir wollen r-raus in den Garten und es sieht nach R-Regen aus.«

Kiva war auf dem Rückweg von der Silverthorn ebenfalls aufgefallen, dass der Himmel sich zugezogen hatte, aber von so ein paar Wolken würde sie sich bestimmt nicht von ihrem Plan abbringen lassen.

»Ich w-will jetzt wissen, was hier los ist.« Tipp stemmte die Hände in die Hüften.

Tipp hatte lange genug in der Krankenstation von Zalindov ausgeholfen, um sofort zu erkennen, dass Caldons Zustand kein natürlicher Schlaf war. Daher beschloss Kiva, ihm zumindest teilweise die Wahrheit zu sagen. »Seit Jaren weg ist, hängt Caldon an mir wie eine Klette. Ich brauche einfach mal ein bisschen Zeit für mich.«

»Und da s-setzt du ihn gleich unter *Drogen*? Caldon hat uns nie was g-getan, Kiva. Seine ganze F-Familie ist nett zu uns! Wie k-kannst du n-nur?« Seine Stimme überschlug sich. »Und warum?«

Kivas schlechtes Gewissen trieb sie dazu, Tipp eine weitere Halbwahrheit anzuvertrauen, in der Hoffnung, ihn dadurch ein wenig zu besänftigen. »Ich muss jemanden besuchen und dazu kann ich ihn nicht mitnehmen.«

»B-besuchen? Wen denn?«

Kiva wusste, dass sie ein Wagnis einging, aber sie war sich sicher, dass Tipp ihr Geheimnis wahren würde – wenn sie ihn darum bat.

Zumindest einen Teil des Geheimnisses.

»Meine Geschwister«, flüsterte sie also.

Tipps Ärger verflog. »Deine w-was?«

»Ich habe einen Bruder und eine Schwester. Die beiden wohnen ein Stück außerhalb der Stadt«, antwortete Kiva, die sich wohler dabei fühlte, dem Jungen von Zuleeka und Tor zu erzählen als von Delora. Ihre Geschwister lebten gut verborgen und daran würde sich auch nichts ändern. Ihre Großmutter dagegen war ein unkalkulierbares Risiko. »Dahin möchte ich.«

Tipps sommersprossige Stirn legte sich in Falten. »Caldon wäre ganz b-bestimmt mitgegangen.«

»Ich habe die beiden seit zehn Jahren nicht gesehen«, log Kiva und ließ künstlich ihre Unterlippe zittern, was ihr nicht schwerfiel, so grauenhaft, wie sie sich fühlte. »Ich weiß nicht mal, ob sie mich überhaupt sehen möchten nach … allem. Und wenn sie mich wegschicken, will ich mich in Ruhe in irgendeine Ecke verkriechen und meine Wunden lecken. Darum würde ich lieber niemanden dabeihaben.« Leise fügte sie hinzu: »Es ist bloß ein Schlafmittel.«

Tipp sah nachdenklich zwischen ihr und Caldon hin und her. »Dieser B-Besuch ist dir wirklich wichtig, oder?«

Kiva nickte. »Du ahnst gar nicht, wie wichtig.«

Wenigstens das war die Wahrheit.

Der Junge schwieg einen weiteren Moment und nickte schließlich. »Dann d-decke ich dich.«

Kiva blinzelte überrascht, doch Tipp war noch nicht fertig.

»Es denken sowieso alle, C-Caldon wäre mit dir unterwegs«, plapperte er weiter, während er kurz in seinem Schlafzimmer verschwand. »Ich sorge einfach d-dafür, dass Ori nicht hierherkommt. Und falls irgendwer f-fragt, sage ich, Caldon war gestern Nacht aus und muss seinen R-Rausch ausschlafen.«

Tipp kam zurück ins Wohnzimmer marschiert, schob dem Prinzen ein Kissen unter den Kopf und breitete eine Decke über ihm aus.

»Wenn er aufwacht, b-bevor du wieder da bist –«

»Das wird er nicht«, unterbrach Kiva ihn. »Ich beeile mich.«

»Aber falls d-doch«, beharrte Tipp, »dann erzähle ich ihm, d-du hättest gedacht, er wäre k-krank, und ihn darum schlafen lassen.«

Kiva kämpfte vor Dankbarkeit mit den Tränen. »Und du verrätst niemandem etwas? Von meinen Geschwistern?«

»N-nicht, wenn du es nicht willst.«

Kiva konnte nur stumm den Kopf schütteln.

»Wenn dir die Sache w-wichtig ist, dann ist sie es m-mir auch«, fuhr Tipp leise fort und schlang die Arme um ihre Taille. »Wir sind ein T-Team, Kiva. Für immer und ewig.«

Sie zog ihn an sich und ließ ihn erst wieder los, als er sich in ihrem Griff zu winden begann. Mit einem gutmütigen Zahnlückengrinsen schob er sie Richtung Tür.

Einer weiteren Ermutigung bedurfte Kiva nicht, daher eilte sie auf direktem Weg zu den Ställen. Caldon hatte an zwei der vergangenen drei Tage Ausritte mit ihr unternommen, und so erhob niemand Einspruch, als Kiva höflich um ein Pferd bat. Wenige Minuten später saß sie im Sattel und winkte im Vorbeireiten den Wachen am Tor zu.

Erst als sie das Palastgelände hinter sich gelassen hatte, stieß sie erleichtert den Atem aus und wandte sich nach Norden, um sich endlich, endlich, auf die Suche nach ihrer Großmutter zu machen.

KAPITEL ACHTZEHN

Der Ritt nach Blackwater war kürzer als erwartet. Am Horizont wölbten sich die sanften Hügel der Wildauen und bereits zwanzig Minuten, nachdem Kiva die Stadt verlassen und ihr Pferd zu einem gemächlichen Galopp angetrieben hatte, wurde das Landschaftsbild flacher und der Boden morastiger – beides Vorboten des nahenden Sumpfgebiets.

Kiva war zuversichtlich, dass sie in diesem Tempo nicht nur zurück im Palast sein würde, ehe Caldon aufwachte, sondern auch, bevor die finsteren Regenwolken sie einholten. Ihr Optimismus wuchs weiter, als ein alter Mann mit Hund ihr bereitwillig den Weg durch das verschlafene kleine Dorf zu Deloras Haus wies. Allerdings nicht, ohne Kiva zu warnen, dass Delora kein besonders geselliger Mensch sei. Der schmale, stellenweise etwas matschige Pfad führte zwar wesentlich tiefer in den Grimmsumpf hinein, als es Kiva lieb war, erwies sich jedoch immerhin als einigermaßen begehbar.

»Ganz ruhig«, raunte sie ihrem Pferd zu und tätschelte ihm den Hals. »Bald haben wir's geschafft.«

Nach der letzten Biegung erblickte Kiva schließlich ein Stück vor sich das Haus. Eingebettet in ein Baumgrüppchen stand die kleine Steinhütte am Ufer eines trüben Sees und wirkte mit ihrem Strohdach und dem rauchenden Schornstein beinahe idyllisch, wenn auch auf etwas gespenstische Art.

Kiva zügelte ihr Pferd und war kaum abgestiegen, als auch schon die Haustür aufflog und eine weißhaarige Frau nach draußen gehumpelt kam, den Gehstock erhoben wie ein Schwert.

»Betreten verboten!«, krächzte sie von ihrer Veranda aus. »Das hier ist ein Privatgrundstück! Kannst du nicht lesen?«

Sie deutete auf ein Schild am Wegrand, das so moosüberwuchert war, dass Kiva kaum das B am Anfang entziffern konnte.

»Ich suche Delora«, sagte Kiva, ohne sich von ihrem Pferd zu entfernen – für den Fall, dass sie unverrichteter Dinge die Flucht ergreifen musste.

Die alte Frau musterte sie eine Weile aus schmalen Augen, ehe sie resolut ihren Stock in den Boden stieß und einen wütenden Schritt auf Kiva zu machte. »Ich hab dir doch gesagt, du sollst dich hier nicht mehr blicken lassen! Von mir kriegst du gar nichts, weder heute noch sonst irgendwann!«

Kiva erstarrte. Zuleeka und Torell hatten erwähnt, dass sie einmal zusammen mit ihrer Mutter hier gewesen waren, aber das musste inzwischen Jahre her sein. Hielt Delora sie etwa für Tilda? Ihre eigene Tochter?

»Entschuldigung«, entgegnete Kiva leicht erstickt, »aber wir kennen uns noch gar nicht. Ich bin Kiva.«

Delora kniff die Augen – die das typische Smaragdgrün der Corentines besaßen – noch enger zusammen, dann jedoch schien sie sich ein wenig zu beruhigen. »Ah, du bist gar nicht die Hexe. Aber ich vermute mal, sie hat dich geschickt. Dir werde ich ihn jedenfalls auch nicht geben, du kannst also gleich wieder gehen. Kschhh!«

»Bitte.« Kiva hob beschwichtigend die Hände. »Ich will überhaupt nichts von dir. Oder na ja, schon, aber nicht –«

»Du kriegst ihn nicht!«, kreischte Delora.

Kiva wusste nicht mehr weiter, also sagte sie einfach die Wahrheit. »Meine Magie spielt verrückt, darum brauche ich deine Hilfe.«

Deloras Mund klappte zu. Sie presste die Lippen aufeinander und musterte Kiva erneut von Kopf bis Fuß. »Du bist die, die sie in diesem Gefängnis hat versauern lassen, oder? Die, von der sie meinte, du wärst dort besser dran.«

Kiva spürte, wie ihr alles Blut aus den Wangen wich. Dann aber rief sie sich in Erinnerung, dass Delora ihre Mutter seit fast zehn Jahren nicht gesehen hatte. Ganz sicher war Tilda nicht der Meinung gewesen, Kiva sei in Zalindov »besser dran«.

»Ich war zehn Jahre eingesperrt und habe meine Magie geheim gehalten«, erklärte Kiva. »Bis vor ein paar Wochen, als ich jemanden geheilt habe, der im Sterben lag. Und seitdem bricht meine Kraft immer wieder unkontrolliert aus mir hervor.«

»Und wo ist das Problem?« Delora hob zwei buschige weiße Augenbrauen.

»Das *Problem* ist«, fuhr Kiva durch zusammengebissene Zähne fort, »dass ich derzeit im Palast lebe. Bei der Königsfamilie.«

Delora warf den Kopf in den Nacken und brach in schallendes Gelächter aus, woraufhin sich im trüben Wasser des Sees etwas regte – etwas ziemlich Großes. Doch bevor Kiva Genaueres erkennen konnte, war es schon wieder verschwunden.

Sie hat einen ziemlich ungewöhnlichen Wachhund, hatte Torell sie gewarnt.

Ihr lief ein Schauder über den Rücken, während sie abwartete, dass ihre Großmutter sich wieder fing. Nach einer Weile verschränkte Kiva die Arme vor der Brust. »Ist ja schön, dass dich das erheitert.«

»Kleinen Moment noch«, prustete die alte Frau. »Allein die Vorstellung! Ich nehme mal an, die haben keine Ahnung, wer du bist, stimmt's?«

»Genau. Und ich hätte gern, dass es dabei bleibt.«

»Lass mich raten.« Delora stützte sich schwer auf ihren Stock. »Du folgst blind dem hirnrissigen Plan deiner Familie und hast vor, einen Thron an dich zu reißen, von dem du glaubst, dass er dir aufgrund irgendeiner verwässerten Blutlinie zusteht. Hab ich recht?«

Kiva sagte nichts.

Delora schnaubte, dann drehte sie sich um und humpelte zurück ins Haus. »Dabei kann ich dir nicht helfen.«

»Kannst du nicht oder willst du nicht?«, rief Kiva, während sie ihren Zügel um einen tief hängenden Ast knotete und ihrer Großmutter die Verandastufen hinauffolgte.

»Ich will nicht.« Delora sah sich über die Schulter um. »Und jetzt scher dich mit deinen albernen Rachefantasien zurück in den Palast und lass mich in Frieden.«

»*Bitte*«, flehte Kiva. »Ich will doch nur, dass es aufhört. Mehr nicht. Irgendwas, womit ich es unter Kontrolle bekomme. Es muss – es muss einfach aufhören.«

Delora blieb auf der Türschwelle stehen und drehte sich nun ganz zu Kiva um. Nach einem langen, prüfenden Blick vergewisserte sie sich: »Und du bist wirklich nur deswegen hergekommen?«

»Wenn sie rausfinden, wer ich bin, töten sie mich«, erwiderte Kiva leise.

»Na und? Hast du umgekehrt etwa nicht dasselbe vor?«, hielt Delora eiskalt dagegen.

Kiva verzog das Gesicht. »Nein. Nein, ich –« Ihre Stimme versagte. »Ich wünsche ihnen nicht den Tod.«

Wieder schnaubte Delora. »Nur den Untergang.«

Es war keine Frage.

»Hilfst du mir nun oder nicht?«

Delora schwieg, so lange, dass Kiva ein wenig Hoffnung zu schöpfen begann, aber dann –

»Geht nicht.«

Kiva ließ die Schultern hängen. Doch bevor sie erneut zu betteln anfangen konnte, schob Delora verwirrenderweise nach: »Ich hab gleich mein Lesekränzchen.«

»Du – was?«, stammelte Kiva.

»Heute ist Samstag«, führte Delora aus, als wäre das Erklärung genug. »Und samstags hab ich immer mein Lesekränzchen. Die anderen müssen jeden Moment hier sein.« Sie deutete mit ihrem Stock auf die Rückseite des Hauses. »Dahinten ist ein Schuppen. Stell dein Pferd unter und dann komm rein. Ich muss noch Kuchen backen. Du kannst die Sahne schlagen.«

Bevor Kiva antworten konnte, war die alte Frau auch schon zurück ins Haus gewatschelt und hatte die Tür hinter sich zugeschlagen.

»Was war denn das?«, flüsterte Kiva verdutzt. Sie hatte keine Ahnung, ob ihre Großmutter sich gerade bereit erklärt hatte, ihr zu helfen, oder nicht. Doch da Delora sie zumindest nicht endgültig vom Hof gejagt hatte, beeilte sie sich, ihren Anweisungen zu folgen, und hoffte, dass dieses Lesekränzchen keine nachmittagsfüllende Aktivität war.

Stunden – *Stunden* – später saß Kiva inmitten vollgestopfter Bücherregale in Deloras heimeliger Wohnstube. Ein prasselndes Kaminfeuer hielt die Kühle des Unwetters in Schach, das draußen mittlerweile losgebrochen war und bei dem es nur unwesentlich lauter krachte als in der Diskussion der fünf alten Damen, die im Kreis saßen und einander ankeiften.

»Und ich bleib dabei, diesem Burschen steht im nächsten Band ein großer kathartischer Moment bevor!«, krakeelte Clovis und rammte so nachdrücklich den Zeigefinger in ihr aufgeschlagenes Buch, dass sie dabei fast ihre Teetasse umgestoßen hätte.

Bretwalda, die sich so ungeschickt anstellte, dass alles rings um sie herum bereits von Teeflecken übersät war, hielt dagegen: »Aber wir reden doch erst mal über *dieses* Buch hier. Und Gavon ist ja wohl sowieso viel schnuckeliger.«

»Mich interessiert's nicht die Bohne, ob Killian seine Katharsis kriegt«, nuschelte Yinn, den Mund voller Kuchen. Soeben hatte das vierte Blech den Ofen verlassen. »Der ist als Bösewicht doch viel attraktiver.«

Merrilee nickte beipflichtend. Die Frau mit den rosigen Wangen hatte seit ihrer Ankunft kaum fünf Worte geflüstert und war aus genau diesem Grund Kivas Liebling. Denn die anderen vier – Kivas Großmutter mit eingeschlossen – gingen so schamlos auf jedes pikante Detail des Liebesromans ein, dass Kiva fürchtete, nie wieder zu ihrer normalen Gesichtsfarbe zurückzufinden.

Zum tausendsten Mal warf sie einen Blick aus dem kleinen quadratischen Fenster. Es regnete in Strömen und der Himmel, über den immer noch Blitze zuckten, begann sich bereits zu verdunkeln. Kiva war klar, dass sie noch eine Weile hier festsitzen würde, selbst wenn das Lesekränzchen wie durch ein Wunder ein baldiges Ende fand.

Unruhe wand sich durch Kivas ganzen Körper wie eine Schlange. Caldon musste längst wach sein, und selbst wenn er Tipp seine Lüge abnahm, dass Kiva ihn aus Rücksicht nicht geweckt hatte, würde sie ihm zumindest erklären müssen, wo sie gewesen war – genau das, was sie hatte vermeiden wollen. Ihr Plan war gescheitert, und wenn sie zurück in den Palast kam, würde sie die Konsequenzen dafür tragen müssen.

Bei dem Gedanken wurde ihr beinahe schlecht.

Eine Stunde und ein weiteres Kuchenblech später begann sich das Unwetter allmählich zu verziehen und der Regen ebbte zu einem leichten Nieseln ab. Dafür war die Dämmerung schon weit fortgeschritten.

So dringend Kiva zurück nach Vallenia musste, sie brauchte noch immer die Hilfe ihrer Großmutter. Als Deloras vier Freundinnen endlich ihre Sachen zusammenpackten, konnte sie kaum mehr still sitzen.

»Ich finde, du solltest ihr aus der Klemme helfen, Delly«, sagte Clovis aus heiterem Himmel, während sie sich mühsam mithilfe ihres hölzernen Gehgestells aus dem Sessel hochstemmte. »Scheint doch ein ganz liebes Mädchen zu sein.«

Delora rümpfte die Nase. »Das Problem ist nur, dass sie keine Ahnung hat, was gut für sie ist.«

Kiva erstarrte, als ihr klar wurde, dass die beiden über sie sprachen.

Sie hatte an diesem Nachmittag ein paarmal den Raum verlassen, um auf Befehl ihrer Großmutter für Kuchennachschub zu sorgen. Delora musste eine dieser Gelegenheiten dazu genutzt haben, ihren Freundinnen von Kivas Magieproblem zu erzählen. Was zumindest die neugierigen Blicke erklären würde, die die vier ihr zuwarfen.

Hieß das etwa, diese Frauen wussten, wer sie war? Wer Delora war? Von wem sie beide abstammten?

»Nur, weil sie eine Nachfahrin von Torvin ist, macht sie das noch lange nicht zu einem schlechten Menschen. Aus dir ist schließlich auch noch was geworden«, sagte Bretwalda und tätschelte Delora liebevoll die runzlige Hand.

Womit Kivas Frage wohl beantwortet war.

Allerdings war ihr nicht ganz klar, warum Bretwalda so etwas über Torvin sagte. Immerhin hatte er sein Leben lang Kranke geheilt. Und sein Volk hatte ihn so sehr verehrt, dass Sarana aus Eifersucht versucht hatte, ihn zu töten – ihren eigenen Ehemann –, woraufhin er gezwungen gewesen war, seinen Thron aufzugeben und zu fliehen. Wenn jemand ein schlechter Mensch war, dann doch wohl Sarana, nicht Torvin.

»Aus mir ist was geworden, weil ich mich bewusst von alldem abgewandt habe«, erwiderte Delora. »Aber sie verkehrt immer noch mit dieser Hexe und die ist nur auf eines aus.«

Ihre Worte versetzten Kiva einen Stich und in dem Moment wurde ihr klar, dass sie ihrer Großmutter noch immer nicht erzählt hatte, dass Tilda tot war.

»Trotzdem ist sie ein eigenständiger Mensch«, wandte Yinn ein, während sie sämtliche Kuchenreste vom Tisch in ihrem Leinenbeutel verschwinden ließ. »Und sie will ihre Magie schließlich nur unter Kontrolle kriegen, nicht anderen Leuten damit schaden.«

»Behauptet sie zumindest«, brummte Delora mit einem argwöhnischen Blick auf Kiva. »Sie wäre nicht die erste Corentine, die lügt, dass sich die Balken biegen. Dieses Talent ist uns allen in die Wiege gelegt.«

»Ich bin nur deswegen hergekommen«, schaltete Kiva sich nun selbst ein. »Das schwöre ich dir.«

»Pah«, wischte Delora ihre Worte beiseite.

Kiva öffnete den Mund, um sich noch weiter zu verteidigen. Doch in dem Moment stand Bretwalda auf und klatschte dabei versehentlich Merrilee mit solcher Wucht ihre büchergefüllte Tasche ins Gesicht, dass die zarte alte Dame zurück in ihren Sessel plumpste. An ihrer Wange klaffte eine Platzwunde.

Als Kiva das Blut sah, stürzte sie auf Merrilee zu, um den Schaden zu begutachten. Allerdings ließ sich ihre Magie, die nun schon den ganzen Tag ungeduldig unter der Oberfläche gebrodelt hatte, nicht länger zurückhalten. Machtvoller und gleißender denn je brach sie aus ihr hervor. Da diese Frauen ohnehin ihr Geheimnis kannten, beschloss Kiva, dass sie der benommen dahockenden Merrilee genauso gut helfen konnte. Selbst wenn sie später auf dem Rückweg nach Vallenia vermutlich ziemlich erschöpft davon sein würde.

Behutsam bündelte sie ihre Kraft an den Fingerspitzen, so wie sie es als Kind gelernt hatte, und versiegelte den Schnitt.

Deine Magie ist wie eine Freundin, hatte ihr Vater ihr eingeschärft, nachdem ihre Mutter sich geweigert hatte, Kiva etwas darüber beizubringen. *Sei nett zu ihr, dann wird sie den Gefallen erwidern.*

Kiva war nicht nett zu ihrer Magie gewesen, sondern hatte sie jahrelang niedergekämpft. Kein Wunder, dass sie nun rebellierte.

Als Kiva schließlich zurücktrat, herrschte Stille im Zimmer. Die Wunde an Merrilees Wange war verschwunden.

»*Wolltest* du sie heilen? War das Absicht?«, fragte Delora herrisch, nachdem Merrilee sich leise bedankt hatte.

Kiva schüttelte den Kopf.

Ihre Großmutter seufzte und rieb sich das verwitterte Gesicht, bevor sie sich an ihre Freundinnen wandte. »Seid vorsichtig da draußen. Matschello treibt sich nach Unwettern gern an Land herum. Und ihr wisst ja, wie schreckhaft er ist.«

Kiva dachte an das Wesen, das sich bei ihrer Ankunft im Wasser geregt hatte, und schüttelte sich unwillkürlich.

»Allerdings.« Clovis lupfte ihren Rock und präsentierte eine alte Narbe. »Noch einen Bissen kriegt der nicht von mir.«

»Wenn man ihn in Frieden lässt, tut er keiner Fliege was zuleide«, entgegnete Delora kühl. »Und jetzt ab mit euch, bevor es wieder zu regnen anfängt.«

Kiva wusste nicht, was ihr mehr Sorgen bereitete: Die Tatsache, dass vier Greisinnen, von denen eine auf eine Gehhilfe angewiesen war, durch den dunklen Sumpf irren würden, während dort eine offensichtlich blutrünstige Kreatur ihr Unwesen trieb, oder der Gedanke, dass sie in Kürze dieselbe Reise würde antreten müssen. Die alten Damen schienen jedoch nicht allzu beunruhigt über die Aussicht. Sie wünschten Delora und ihr einen schönen Abend und verschwanden dann nach draußen.

Delora stieß erneut einen langen, resignierten Seufzer aus und ging an eins ihrer Bücherregale, aus dem sie ein schwarz gebundenes Buch mit dem Titel 1001 Kuchen und Törtchen hervorzog. Als sie es aufschlug, sah Kiva, dass es innen ausgehöhlt war und einen schlanken Dolch enthielt. Abgesehen von einem in den Griff eingelassenen farblosen Edelstein war nichts Besonderes daran. Dennoch ließ Delora Kiva nicht aus den Augen, während sie die Waffe entnahm.

Das hier musste Torvins berühmter Dolch sein, das Familienerbstück, das Tilda erfolglos in ihren Besitz zu bringen versucht hatte. Da Kiva jedoch nicht riskieren wollte, dass Delora sie schnurstracks vor die Tür setzte, gab sie sich ahnungslos. »Hast du vor, mich zu erstechen?«, witzelte sie bemüht. »Das wirst du nämlich müssen, falls du vorhast, mich wegzuschicken, ohne mir zu helfen.«

Die Anspannung wich aus Deloras Schultern, als hätte sie befürchtet, dass Kiva sich auf sie stürzen und ihr die Waffe aus der Hand reißen könnte. Doch für Kiva hatte der Dolch absolut keinen Wert und sie gab sich größte Mühe, nicht zu interessiert darauf zu starren, damit Delora ihre Meinung nicht änderte.

»Komm mit«, kommandierte die alte Frau und schlurfte aus dem Zimmer.

Misstrauisch folgte Kiva ihr in die winzige Küche. Die Arbeitsfläche war voller Mehl vom Kuchenbacken. Delora schenkte dem Chaos allerdings keinerlei Beachtung, sondern trat an eine Reihe von Wandregalen, auf denen sie offenbar seltene Kräuter und Pflanzen zog – einige in Töpfen, andere in Wassergläsern.

Kiva verkniff sich ihre unzähligen Fragen und sah schweigend zu, wie Delora ein paar Blätter, Stängel und Blüten auswählte, sie auf ein Schneidbrett legte und wieder nach dem Dolch griff. Dann hielt sie plötzlich inne. »Umdrehen«, blaffte sie Kiva an.

Bei der Vorstellung, dieser Frau, die eine potenziell tödliche Waffe in der Hand hielt, den Rücken zuzukehren, wurde Kiva mulmig. »Was?«, fragte sie.

»Du sollst dich umdrehen«, wiederholte Delora und beschrieb mit der Klinge einen kleinen Kreis in der Luft. »Das Rezept ist geheim.«

»Aber ich –« Kiva brach ab und biss die Zähne zusammen, als sie den eisernen Blick ihrer Großmutter auffing.

»Wenn du meine Hilfe willst, dann dreh dich um. Sonst kannst du direkt wieder gehen.«

Also wirbelte Kiva gehorsam herum, wenn auch nicht, ohne dabei ein paar saftige Verwünschungen vor sich hin zu murren.

»Ich mag vielleicht alt sein, aber taub bin ich nicht«, merkte Delora an, doch zu Kivas Erstaunen lag ein Hauch von Belustigung in ihrer Stimme.

Während Kiva darauf lauschte, wie ihre Großmutter hinter ihr vor sich hin werkelte, fiel ihr ein, dass ihr Bruder gesagt hatte, Delora würde Arzneien herstellen.

Wetten, sie benutzt den Dolch unserer Ahnen zum Kräuterhacken?

Torell hatte recht gehabt. Statt eines herkömmlichen Küchenmessers hatte Delora Torvins Dolch zu ihrem Arbeitsgerät gemacht. Die Waffe, die symbolisch für seine Regentschaft stand, für den Thronanspruch der Familie Corentine, seiner Erben.

Kiva schüttelte den Kopf über diese Respektlosigkeit.

»So, das wär's«, verkündete Delora nach wenigen Minuten, und als Kiva sich umdrehte, stand ein fertig verkorktes Fläschchen neben dem Schneidbrett.

Delora hob es hoch und drehte es zwischen den Fingern. »Du hast gesagt, du willst, dass es aufhört. Meintest du damit, dass du deine Magie für immer loswerden willst?«

Meine Magie ist ein Teil meines Körpers. Wie ein Arm oder ein Bein, kamen ihr Jarens Worte wieder in den Sinn, während sie über die Frage ihrer Großmutter nachdachte. Sosehr die Magie ihr derzeit auch zur Last fiel, Kiva konnte sich gar nicht vorstellen, sie unwiederbringlich zu verlieren. Selbst während der zehn Jahre, in denen sie ihre Kräfte unterdrückt hatte, waren sie immer da gewesen, bereit für den Moment, in dem Kiva sie endlich entfesselte. Wenn ihre Magie nun komplett verschwinden würde …

»Nein«, antwortete sie. »Aber diese unkontrollierten Ausbrüche müssen aufhören. Die muss ich in den Griff bekommen, damit ich meine Kräfte zumindest noch eine Weile verbergen kann.«

Irgendwann würde das nicht mehr nötig sein und dann würde sie mit ihrer Magie jede Menge Gutes tun. Sie würde in Torvins Fußstapfen treten und so vielen Menschen helfen, wie sie nur konnte.

Delora wirkte nicht gerade glücklich über Kivas Antwort, dennoch reichte sie ihr das Fläschchen.

»Das hier wird deine Magie dämpfen, sie ein wenig einschläfern. Nimm jetzt einen Schluck davon und dann jeden Morgen zum Frühstück einen weiteren.«

Kiva entkorkte das Fläschchen und schnupperte daran. Sie erkannte Noten von Tilliblüten, Silberweizen, Wolfsgarbe und Finstermoos. Außerdem hatte sie auf dem Brett einen Tumumin und Bärenklau entdeckt, bevor ihre Großmutter sie aufgefordert hatte, sich umzudrehen. Ohne zu erwähnen, dass sie sich selbst ein wenig mit der Kunst des Trankbrauens auskannte, sagte sie: »Das reicht doch kaum für drei Tage.«

»Stimmt. Weil es auch keine dauerhafte Lösung ist«, entgegnete Delora. »Und selbst wenn, hätte ich für mehr gerade nicht genug Zutaten vorrätig.«

Kiva riss panisch die Augen auf. »Aber was soll ich denn danach –«

»Komm am Dienstag wieder, bis dahin versuche ich, Nachschub parat zu haben«, fiel Delora ihr ins Wort. »Solange kommst du hiermit aus. Nur die Ruhe.«

Kiva war alles andere als zuversichtlich, erst recht mit Blick auf das, was sie bei ihrer Rückkehr im Palast erwartete. Gut möglich, dass die Vallentis sie nie wieder vor die Tür ließen.

Natürlich … gab es immer noch den geheimen Notausgang in den Tunneln, wenn ihr gar nichts anderes übrig blieb. Aber woher sollte sie ein Pferd nehmen?

»Ich weiß nicht, ob ich das schaffe«, wandte Kiva ein. »Es ist schwer, mich wegzu–«

»Komm wieder oder lass es bleiben, was kümmert's mich?«,

unterbrach Delora sie und wischte den Dolch mit einem Lappen sauber.

Kiva sagte sich, dass ihr immerhin noch drei Tage blieben, um sich eine Lösung für das Problem zu überlegen. Dann hob sie das Fläschchen an die Lippen und zog eine Grimasse über den bitteren Nachgeschmack. Innerhalb von Sekunden begann es unter ihrer Haut zu prickeln, doch ehe sie sich deswegen Sorgen machen konnte, verschwand es schon wieder und wich einer unvermittelten Kälte. Und bevor sie sich *daran* gewöhnen konnte, schlug die Kälte um in ein so schmerzhaftes Brennen, dass sie beinahe aufgeschrien hätte. Einen Moment später schienen ihre Adern abermals zu vereisen und dann –

Nichts.

Absolut nichts.

Kiva spürte die Veränderung, als hätte ein Teil von ihr sich in Luft aufgelöst. Zitternd streckte sie die Hand aus und versuchte, ihre Magie hervorzurufen, wartete auf das Kribbeln, das goldene Licht. Doch da war nichts.

Meine Magie ist ein Teil meines Körpers. Wie ein Arm oder ein Bein.

Kiva wurde klar, dass Jaren recht gehabt hatte. Dieses Gefühl, dass etwas fehlte, ein so elementarer Bestandteil ihres Wesens … Dieses Gefühl war so schrecklich, dass sie Deloras Fläschchen am liebsten zu Boden geschleudert hätte.

Doch das tat sie nicht.

Es ist nicht für immer, rief Kiva sich nahezu verzweifelt in Erinnerung. Eine Weile würde sie sich schon damit abfinden können – schließlich war es nur ein kleines Opfer, das sie für ein weitaus wichtigeres Ziel brachte.

Nachdem sie ein paarmal tief durchgeatmet und sich zumindest ein wenig an die Veränderung gewöhnt hatte, fragte sie Delora: »Nimmst du dieses Mittel auch? Um deine Magie zu unterdrücken?«

»Es ist keine dauerhafte Lösung, hab ich doch gerade gesagt«, antwortete Delora. »Du musst deine Magie kontrollieren lernen, dann brauchst du sie auch nicht zu unterdrücken. Nur so kriegst du die Ausbrüche in den Griff.«

»Und wie hast du das gemacht?«

»Gar nicht.«

Kiva wartete darauf, dass Delora weiterredete, aber ihre Großmutter schwieg.

»Also … setzt du sie immer noch ein?«, fragte Kiva. Sie erinnerte sich an die Behauptung ihrer Geschwister, ihre Mutter hätte derlei Probleme nicht gehabt, weil sie niemals ganz aufgehört hatte, ihre Magie anzuwenden.

»Nein.«

Kiva runzelte die Stirn. »Aber wenn du das hier nicht nimmst«, sie hob das Fläschchen, »und deine Magie auch nicht einsetzt, wie hältst du sie dann davon ab –«

»Die Fragestunde ist beendet«, unterbrach Delora sie so barsch, dass Kiva es nicht wagte, sie weiter zu bedrängen.

Die alte Frau humpelte zurück in die Wohnstube und legte den Dolch zurück in sein Versteck. »Bis in drei Tagen also«, sagte sie und ächzte dann angesichts der wieder aufflammenden Panik in Kivas Augen: »Bis dahin mache ich mir Gedanken, ob ich dir nicht noch auf andere Weise helfen kann. Aber versprechen kann ich nichts.«

Wenn Kiva nicht hätte fürchten müssen, eins mit dem Gehstock übergezogen zu bekommen, wäre sie ihrer unleidlichen Großmutter womöglich um den Hals gefallen.

»Danke schon mal hierfür«, meinte sie leise, während sie ihren Mantel anzog und das Fläschchen in ihrer Tasche verstaute. Trotz der unangenehmen Nachwirkungen des Tranks konnte sie nicht leugnen, dass sie sich in Bezug auf ihre Magie nun wesentlich sicherer fühlte.

Delora winkte ab. »Na los, raus mit dir. Und sei vorsichtig da draußen.«

Beklommen dachte Kiva an den berüchtigten Matschello, der dort auf der Pirsch war. Hastig nickte sie ihrer Großmutter zu und ging. Je früher sie diesen Sumpf hinter sich ließ, desto besser.

Und doch musste sie in drei Tagen zurückkommen.

Sie würde schon einen Weg finden.

Wie immer.

KAPITEL NEUNZEHN

Auf halber Strecke zurück nach Vallenia öffnete der Himmel abermals seine Schleusen und schließlich passierte Kiva als zitterndes und triefendes Bündel das Palasttor.

Mit einem liebevollen Halsklopfen ließ sie ihr schlammbespritztes Pferd in der Obhut der königlichen Stallburschen zurück und stapfte den nassen Kiesweg hoch zum Palast.

Kiva war nur zu bewusst, wie spät es war. Während sie kleine Pfützen auf den mit rotem Teppich ausgelegten Stufen hinterließ, wappnete sie sich, in ihrem Salon auf Caldon zu treffen, der nur darauf wartete, ihr die Hölle heißzumachen.

Wofür sie jedoch *nicht* gewappnet war: dass in der Zwischenzeit Jaren zurückgekehrt war und der Vorstellung beiwohnen würde.

Kiva unterdrückte ein Wimmern, als der Kronprinz bei ihrem Eintreten ruckartig zu ihr herumfuhr. Sein Gesicht wirkte besorgniserregend ausdruckslos.

Caldon dagegen starrte ihr zornig entgegen. Er hatte die Arme vor der Brust verschränkt und seine kobaltblauen Augen blitzten.

Die beiden Prinzen erhoben sich zusammen mit Naari, die Kiva sichtlich enttäuscht musterte. Nur Mirryn schien das Ganze überaus unterhaltsam zu finden und blieb gemütlich sitzen.

Kiva beachtete fürs Erste weder die Prinzessin noch einen der anderen drei, denn ihr Blick war auf die letzte Person im Raum gefallen. Auf dem Sessel, in dem sie Caldon zurückgelassen hatte, kauerte Tipp – blass im Gesicht, die Arme um die Knie geschlungen – und sah überall hin, nur nicht in Kivas Augen.

Besorgt eilte sie zu ihm und hockte sich hin, wobei ihre Kleider ein feuchtes Schmatzen von sich gaben.

»Tipp?«

Er antwortete nicht, was sie nur noch mehr beunruhigte. Schließlich hob er jedoch den Kopf und gestand mit zitternder Unterlippe: »T-t-tut mir leid. Du w-warst so lange weg und alle h-haben sich solche Sorgen gemacht. Ich m-musste es ihnen sagen.«

Kiva schloss die Augen. All die Ausflüchte, die sie sich auf dem Heimritt zurechtgelegt hatte, würden ihr nun nichts mehr nützen. Dennoch legte sie Tipp ihre eiskalte Hand auf die Wange und flüsterte: »Ist schon gut. Ich bin dir nicht böse.«

Dann richtete sie sich wieder auf. Die anderen sagten nichts, sondern warteten darauf, dass Kiva zuerst das Wort ergriff. Doch als sie ihnen bloß ruhig entgegenblickte, hielt Caldon es nicht mehr aus. »Wo zum Teufel warst du?«, knurrte er und deutete anklagend mit einem Finger auf sie.

»Ich –«

»Du bist vor gerade mal einer Woche entführt worden!«, unterbrach er sie sofort wieder. »Da stromert man nicht alleine durch die Gegend. Und schon gar nicht verlässt man die Stadt, um seine Geschwister zu besuchen, die sich zehn Jahre lang einen Dreck um einen geschert haben! Verdammt, Kiva, für so dumm hatte ich dich wirklich nicht gehalten.«

»Aber ich –«

Wieder schnitt er ihr das Wort ab. »Und die Höhe, die *wirklich absolute Höhe* ist ja wohl, mich dafür auch noch unter Drogen zu setzen!« Jetzt schrie er. *»Hast du denn völlig den Verstand verloren?«*

Kiva schlang die Arme um sich selbst. Sie wusste nicht, was sie seinem unbändigen – wenn auch zugegebenermaßen gerechtfertigten – Zorn entgegensetzen sollte.

»Cal«, schaltete sich Jaren ein. »Lass sie erst mal antworten.«

»Das dürfte interessant werden«, kommentierte Mirryn von der Couch aus, einen Kelch Wein in der Hand.

Kiva ignorierte sie weiter. Es war schwer genug, sich zu entscheiden, ob sie Caldon oder Jaren ansehen sollte – den Prinzen, der vor Wut schäumte, oder den, der gespenstisch ruhig war.

Schließlich schluckte sie, zog ihren durchnässten Mantel fester um sich und fragte: »Was hat Tipp euch denn erzählt?«

»Vergiss es«, fuhr Caldon sie an. »So servierst du uns nur genau das, was wir schon wissen. Wir waren krank vor Sorge, Kiva, *stundenlang*! Fast hätten wir eine Sucheinheit losgeschickt – schon wieder. Und darum solltest du uns jetzt besser die Wahrheit sagen. Ist das klar?«

Jaren blieb weiterhin stumm; sein Blick leer. Caldons Zorn konnte Kiva ja noch irgendwie verkraften. Aber Jarens Schweigen?

Das war einfach zu viel.

»Es tut mir leid«, flüsterte sie an beide zugleich gewandt. »Ich wollte euch keine Angst machen. Ich wollte –« Wieder versuchte sie, sich all die Emotionen, die in ihr tobten, für ihre Antwort zunutze zu machen, so wie am Vormittag bei Tipp. »Ich wollte bloß meine Familie sehen. Weil ich wissen wollte, ob sie – ob sie –« Sie schluckte demonstrativ und ließ Tränen in ihre Augen steigen. »Ich wollte wissen, ob sie überhaupt noch etwas mit mir zu tun haben wollen. Nach Zalindov.«

Caldons Augen funkelten weiterhin gefährlich, in Jarens dagegen trat Mitleid und seine Miene wurde weich. Er griff nach Tipps Decke, in die sie zuvor Caldon gehüllt hatte, und legte sie Kiva um.

»Du warst wirklich lange weg«, sagte er leise.

»Das Unwetter hat mich aufgehalten«, entgegnete Kiva, was zumindest die halbe Wahrheit war. »Ich dachte, es wäre sicherer zu warten, bis es vorbei ist.« Sie setzte ein reumütiges Lächeln auf und deutete an sich hinunter. »Mit einem weiteren Wolkenbruch hatte ich nicht gerechnet.«

»Das Unwetter ist erst am späten Nachmittag aufgezogen«, merkte Caldon an, ohne auf ihren Versuch, die Stimmung aufzulockern, einzugehen. »Da hattest du vorher ja wohl genug Zeit, um dich auf den Rückweg zu machen.«

»Wir hatten immerhin zehn Jahre aufzuholen«, log Kiva. »Ich hab einfach nicht auf die Uhr gesehen.«

»Und übrigens hast du uns immer noch nicht verraten, wo du eigentlich genau warst«, bemerkte Caldon. »Selbst Tipp konnte uns lediglich sagen, dass deine Geschwister ›ein Stück außerhalb der Stadt‹ wohnen. Wir hätten nicht mal gewusst, wo wir nach dir suchen sollen.«

»Ich wollte ja auch nicht, dass ihr nach mir sucht«, rutschte es Kiva heraus, bevor sie es verhindern konnte.

»Verstehst du es denn immer noch nicht?«, erboste sich Caldon von Neuem. »Du bist uns wichtig, Kiva. Mal ganz abgesehen davon, dass du mich mehr oder weniger mit Gewalt davon abgehalten hast, dich zu begleiten – was ich liebend gern getan hätte, wie du ganz genau weißt –, haben wir uns hier die schlimmsten Dinge ausgemalt, als du nicht wieder aufgetaucht bist. Hast du eigentlich eine Ahnung, was es für ein Gefühl ist, wenn jemand, den man gernhat, einfach verschwindet? Wenn man fürchtet, dieser Jemand könnte in Gefahr sein, und man keine Möglichkeit hat, ihn zu finden?«

Diesmal waren Kivas Tränen echt.

Caldon hatte seine Eltern in einem Sturm auf See verloren. Auch damals hatte er keine Möglichkeit gehabt, sie zu finden, wusste ja bis heute nicht mal mit Sicherheit, ob sie überhaupt tot waren.

Mit ihrem Verschwinden hatte Kiva ungewollt die schlimmsten Erinnerungen seines Lebens in ihm wachgerufen.

»Es tut mir leid«, wiederholte sie erstickt.

Doch Caldon ließ sich nicht besänftigen. »Das ändert jetzt auch nichts mehr. Im Moment ertrage ich es nicht mal, dich anzusehen.«

Wie um seinen Worten Nachdruck zu verleihen, drehte er sich zu Jaren um. »Wir reden später weiter.«

Und damit stürmte er aus dem Zimmer.

Kiva starrte ihm wie betäubt hinterher.

»Er wird sich schon wieder beruhigen. Lass ihm einfach Zeit.«

Langsam wandte Kiva sich Jaren zu und stieß einen Seufzer aus. Sein Gesicht war nicht länger ausdruckslos, sondern spiegelte stattdessen all das, was er während ihrer Abwesenheit empfunden haben musste. Sorge, Furcht, Verzweiflung. Und Erleichterung. Schier unermessliche Erleichterung darüber, dass es ihr gut ging.

Ihre Knie wurden weich, als ihr bewusst wurde, welche Macht sie über ihn besaß.

Und er umgekehrt über sie – ein einziger Blick genügte.

Ein Blick, dem Kiva nun nicht länger standhalten konnte, *wollte*, und so ließ sie zu, dass er sie in die Arme schloss.

»Ich werde nicht sagen: ›Tu das ja nie wieder‹«, flüsterte er. »Ich will nicht, dass du dich hier eingesperrt fühlst. Aber, bitte, Kiva, es würde schon reichen, wenn du nächstes Mal wenigstens jemandem verrätst, wo du hinwillst.«

Kiva nickte an seiner Brust, denn sie brachte es nicht über sich, ihm ins Gesicht zu lügen. Seine Großzügigkeit und Rücksicht versetzten ihr einen Stich.

Das hier war der Jaren, den sie hasste.

Und zwar weil das hier der Jaren war, den sie – den sie –

Kiva dachte den Gedanken nicht zu Ende, weigerte sich, die tiefen Gefühle zuzulassen, die sie für den Prinzen hegte.

Und nicht nur für ihn. Der seltsamen Leere in ihrer Brust nach zu urteilen, hatte nämlich auch Caldon sich einen festen Platz in ihrem Herzen erobert. Sosehr sie sich auch bemühte, sie bekam die Erinnerung an seine blitzenden Augen und seinen wutschnaubenden Abgang einfach nicht aus dem Kopf.

Mit einem Räuspern löste sie sich von Jaren. Sie wollte einfach nur noch ins Bett und den Tag für beendet erklären.

»War's das etwa schon?«, meldete sich Mirryn vom Sofa. »Ich meine, wir wollen doch schließlich alle wissen, wie das Wiedersehen gelaufen ist, oder?«

»Mirry«, tadelte Jaren leise, aber bestimmt. »Kiva muss uns nicht davon erzählen, wenn sie nicht möchte.«

»Mich würde es auch interessieren.«

Das kam von Naari, die bis dahin geschwiegen hatte. Kiva musste sie nur kurz ansehen, um zu erkennen, dass die Soldatin nach wie vor aufgebracht war. Kein Wunder, immerhin hatte sie Kiva eigens darum gebeten, um Jarens willen vorsichtig zu sein. Und Kiva konnte wohl kaum von sich behaupten, sich heute daran gehalten zu haben.

»K-Kiva?«, fragte Tipp zögerlich. »Erzählst du es uns? B-bitte. Wie war es bei deiner F-Familie?«

Jaren bedeutete ihr mit einem Blick, dass die Entscheidung bei ihr lag. Doch nach allem, was sie den anderen heute zugemutet hatte, fühlte Kiva sich verpflichtet, ihnen zumindest diesen Wunsch zu erfüllen.

»Es war … ganz gut«, sagte sie. »Wir haben Kuchen gegessen und Tee getrunken und stundenlang beisammengesessen.«

Jetzt vermischte sie auch noch ihre Lügen. Wenn sie nicht aufpasste, würde sie sich bald in ihrem eigenen Netz verstricken.

»Du warst bei deinen Geschwistern, oder?«, fragte Jaren. »Das hat Tipp zumindest behauptet.«

»Ja. Zuleeka und Torell.« Kiva wagte es nur deswegen, die Namen der beiden zu verraten, weil es dem königlichen Rat bislang nicht gelungen war, die wahren Identitäten der Viper und des Schakals zu enthüllen. Außerdem hatte Tor ihr versichert, dass sie ihre Namen streng geheim hielten, um sich freier bewegen zu können.

»Und wo hat diese rührende Familienzusammenführung stattgefunden, wenn ich fragen darf?« Mirryn musterte Kiva über den Rand ihres Weinkelchs hinweg.

Da Torell und Zuleeka ohnehin tief im Wald versteckt waren, rang Kiva sich zu einer weiteren Halbwahrheit durch. »In Oakhollow.«

Naari schnappte nach Luft. »Du bist ganz allein nach Oakhollow geritten? Weißt du eigentlich, wie viele Leute sich in diesem Wald verirren?«

»Ich war ja nicht im Wald«, log Kiva weiter. Beinahe wünschte sie sich, sie hätte von Anfang an zugegeben, dass sie ihre Großmutter in Blackwater besucht hatte. Allerdings kannten dort nun mindestens vier alte Damen ihr Geheimnis. Wenn jemand aus dem Palast sich auf den Weg in den Sumpf machen und anfangen würde herumzufragen … Nein, da war es sicherer, die Geschichte über den Besuch bei ihren Geschwistern weiterzuspinnen. Die beiden wären weitaus schwerer ausfindig zu machen.

Zumindest dachte Kiva das, bis Mirryn vorschlug: »Warum lädst du sie nicht mal zum Mittagessen ein? Am besten gleich morgen.«

Kiva riss die Augen auf. »Was?«

»Das wäre nur fair«, fuhr die Prinzessin fort. »Du hast unsere Familie kennengelernt und jetzt sind wir natürlich gespannt auf deine.«

»Ich … äh …« Kiva durchforstete ihr Gehirn nach einer Ausrede, aber es war wie leer gefegt.

»Abgemacht also.« Mirryn erhob sich anmutig. »Lass den beiden eine Nachricht zukommen. Und ich sage dem Küchenpersonal, sie sollen sich was Nettes ausdenken. Am besten schmeißen wir eine richtige Party.«

»Nein, bitte, ich will n–«, setzte Kiva an.

Mirryn gestikulierte mit ihrem inzwischen leeren Kelch. »Ach, war doch nur Spaß. Bloß ein ganz ungezwungenes Mittagessen, kein Grund, so entsetzt zu gucken. Das wird sicher lustig.«

Lustig war so ziemlich das letzte Wort, das Kiva dazu eingefallen wäre, doch bevor sie abermals protestieren konnte, war Mirryn schon zur Tür hinausgeschwebt.

»Ich weiß nicht, ob sie es so kurzfristig einrichten können«, sagte Kiva kläglich zu Jaren und Naari. Einzig Tipp schien sich über die Aussicht, ihre Geschwister kennenzulernen, zu freuen. Nachdem er die Gewissheit hatte, dass Kiva nicht ernsthaft in Schwierigkeiten steckte, war er inzwischen wieder so munter wie eh und je.

»Zumindest fragen kannst du ja.« Naari deutete auf einen kleinen Sekretär in der Zimmerecke. »Schreib ihnen eine Nachricht, dann veranlasse ich, dass der königliche Kurier sie heute noch ausstellt.«

Notgedrungen setzte Kiva sich in Bewegung. Alles in ihr schrie, dass dies eine entsetzliche Idee sei. Doch da sie keinen Grund anführen konnte, der dagegensprach, nahm sie wiederstrebend Platz und griff nach einem frischen Bogen Pergament. Frustriert stellte sie fest, dass Naari neben sie trat und ihr beim Schreiben über die Schulter spähte.

Liebster Bruder und liebste Schwester,

es war schön, euch heute nach so langer Zeit wiederzusehen. Vielen Dank, dass ihr mich in Oakhollow willkommen geheißen und mir geholfen habt, meine Gefühle in den Griff zu bekommen. Ich bin zuversichtlich, dass mir dies in den nächsten Tagen schon leichterfallen wird.

Im Gegenzug möchte ich euch für morgen zum Mittagessen in den Flusspalast einladen. Bitte antwortet baldmöglichst. Aber solltet ihr so schnell nicht abkömmlich sein, habe ich natürlich vollstes Verständnis.

In Liebe
Kiva

»Fertig?«, fragte Naari, die schamlos mitgelesen hatte.

Kiva nickte, in der Hoffnung, dass ihr hastiges Geschreibsel unschuldig genug wirkte und ihre Geschwister dennoch die verschlüsselten Botschaften darin erkennen würden – dass Kiva einen Weg gefunden hatte, ihre Magie zu bändigen, und die beiden die Einladung besser ablehnen sollten.

Jaren trat näher und Kiva machte sich darauf gefasst, dass auch er ihre Nachricht würde lesen wollen, doch er warf lediglich einen flüchtigen Blick darauf. »Keine Geheimschrift?«, fragte er.

Kiva erstarrte. »Was?«

»Die Nachricht, die du deiner Familie aus Zalindov geschickt hast, war in Geheimschrift verfasst«, führte Jaren aus. »Ich dachte, das würdet ihr unter euch Geschwistern immer so machen.«

»Stimmt«, entgegnete Kiva heiser. »Ich, äh, wollte noch einen kleinen Zusatz darunterschreiben, damit die zwei auch sicher wissen, dass der Brief von mir ist.«

Nur mit Mühe konnte sie ihre Hand vom Zittern abhalten, als sie die Feder abermals in die Tinte tunkte und weiterschrieb.

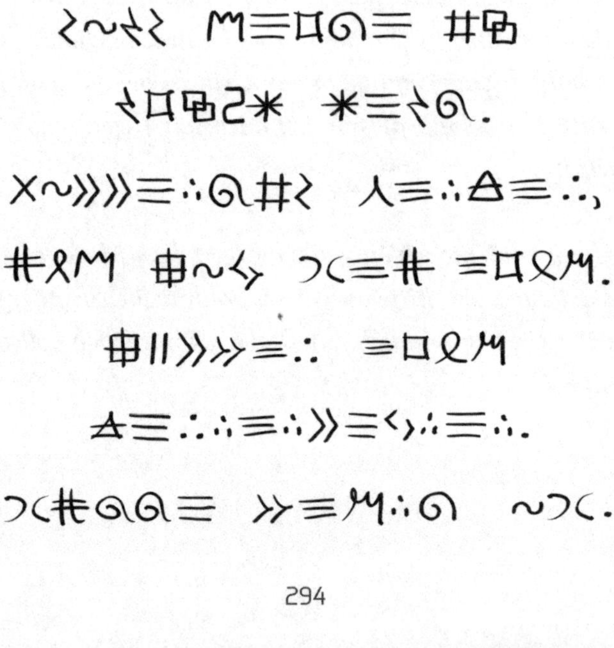

Saß heute im Sumpf fest. Vallentis denken, ich war bei euch. Wollen euch kennenlernen. Bitte lehnt ab.

Am liebsten hätte Kiva den letzten Satz unterstrichen, aber das kam ihr dann doch zu auffällig vor.

»Was heißt das?«, wollte Naari wissen, die neugierig die Zeichen studierte.

»Dass ich mich freuen würde, sie wiederzusehen«, log Kiva. Sie faltete den Brief zusammen und adressierte ihn an *Torell und Zuleeka Meridan*, bevor sie nach kurzem Zögern *Zur Beschwipsten Wildsau, Oakhollow* hinzufügte.

Als Naari die Nachricht entgegennahm, lag in ihrem Blick ein Hauch von Argwohn, doch da das nichts Ungewöhnliches für sie war, ließ Kiva sich davon nicht verunsichern.

»Ich k-kann's gar nicht erwarten, deine F-Familie kennenzulernen«, jubelte Tipp. »Das war eine t-t-tolle Idee von Mirry!«

Kiva rang sich ein Lächeln ab und hoffte, man sah ihr nicht an, wie elend sie sich fühlte.

Tor und Zuleeka würden sicher nicht so unvernünftig sein, die Einladung anzunehmen.

Andererseits … während die anderen sich verabschiedeten, beschlich Kiva zunehmend die Furcht, dass die beiden aus reiner Neugier doch kommen könnten, und beim Gedanken an den nächsten Tag zog sich ihr Magen zusammen.

KAPITEL ZWANZIG

Als Kiva an diesem Abend ins Bett ging, rangen zahlreiche Sorgen um ihre Aufmerksamkeit. Vor allem Caldons zorniges Gesicht konnte sie nicht vergessen. So hatte sie ihn noch nie erlebt, nicht einmal, als sie ihm aus Versehen den Dolch in die Schulter gerammt hatte.

Sie musste zu ihm, beschloss sie, und schlug die Decke zurück. Sie musste zumindest versuchen, die Sache wiedergutzumachen. Ansonsten würde sie einfach keine Ruhe finden.

Das Problem war nur, dass Caldon nicht im Palast schlief – sondern in der Kaserne.

Daher konnte sie nicht einfach in ihren Morgenmantel schlüpfen und den Flur hinunter zu seinem Zimmer schlurfen. Stattdessen musste sie einen Umhang und ein Paar trockene Stiefel aus dem Schrank kramen. Zwar war ihr dunkler Seidenpyjama darunter kaum zu sehen, dennoch hielt sie den Schlitz ihres Mantels sorgsam geschlossen, als sie sich aus ihrem Zimmer und die Treppe hinunterschlich.

Nach dem Unwetter lag eine beißende Kälte in der Luft, die Kiva zu noch stärkerer Eile antrieb, während sie auf die hell erleuchtete Kaserne zuschritt. Caldon war mit ziemlicher Sicherheit schon zu Bett gegangen, und wenn sie sich recht erinnerte, befanden sich die Schlafquartiere der Soldaten zwischen dem Speisesaal und der Krankenstation.

Als Kiva den Eingang erreichte, verließen soeben zwei Wachen das Gebäude: ein Mann und eine Frau in glänzend polierten Rüstungen, offenbar auf dem Weg zu ihrer Nachtschicht. Die beiden musterten Kiva neugierig, hielten sie jedoch nicht auf, als sie an ihnen vorbeimarschierte. Weshalb Kiva schließlich selbst stehen blieb und sich zu ihnen umdrehte. »Entschuldigung, wo finde ich Cal … äh, Prinz Caldon?«

Die Soldatin hob eine Augenbraue und Kiva verfluchte sich innerlich, da ihr aufging, wie ihr unangemeldetes und vor allem spätnächtliches Aufkreuzen wirken musste. Sie zog ihren Umhang noch enger zusammen und hielt den Kopf hocherhoben, während sie sich mit aller Kraft bemühte, nicht zu erröten.

Der Mann hingegen – den Kiva vom Kasernenhof wiederzuerkennen meinte – schien kein bisschen irritiert. Kiva konnte nur hoffen, dass er seine Kameradin davon abhalten würde, irgendwelche skandalösen Gerüchte in Umlauf zu bringen.

»Der Prinz hat ein Privatquartier«, antwortete er und ließ eine knappe Wegbeschreibung folgen.

Kiva bedankte sich und betrat das Gebäude. Trotz ihrer Neugier ging sie schnurstracks an der Krankenstation vorbei und schenkte auch keiner der zahlreichen Türen rechts und links Beachtung. Vermutlich befanden sich dahinter die Privatunterkünfte, Versammlungsräume oder Schlafsäle der einfachen Fußsoldaten.

Je näher sie Caldons Quartier kam, desto größer wurde ihre Nervosität. Vor seiner Tür blieb sie einen Moment stehen und starrte auf das Holz, ehe sie den Mut fand, leise zu klopfen. Als keine Antwort kam, runzelte sie die Stirn und klopfte erneut, diesmal lauter.

Plötzlich kam ihr der Gedanke, Caldon könnte womöglich Gesellschaft haben, und zwar von der Art, bei der man nicht gestört werden wollte. Sie zog eine Grimasse und wollte gerade kehrtmachen, da ging die Tür auf und vor ihr erschien der Prinz in Pyjamahose und einem offenen, verknitterten Hemd. Sein Haar war zerzaust und er blinzelte ins helle Flurlicht. Offenbar hatte Kiva ihn unsanft aus dem Schlaf gerissen.

Sie biss sich auf die Lippe, aus Angst, ihn damit nur noch wütender auf sie gemacht zu haben – falls das überhaupt möglich war. Und tatsächlich schien der Prinz ernsthaft zu erwägen, ihr die Tür vor der Nase zuzuschlagen.

»Bitte, Caldon«, krächzte sie. »Ich würde gern mit dir reden.«

Er presste die Lippen zu einem schmalen Strich zusammen, trat aber schließlich zur Seite, um sie hereinzulassen.

Kiva schlüpfte an ihm vorbei und betrachtete mit unverhohlener Neugier sein Zimmer. Die Einrichtung – bestehend aus einem Bett, einem Schreibtisch, einem Bücherregal und einem Schrank – war spärlich, praktisch, zweckmäßig. An den Wänden hingen keine Bilder, auf dem Boden lag keine Kleidung. Alles war penibel aufgeräumt, frei von jeder persönlichen Note, was einen derart krassen Gegensatz zu Caldons Charakter darstellte, dass Kiva geradezu erschrak. Und so rutschte ihr, anstelle der geplanten Entschuldigung, als Erstes ein entsetztes »Warum wohnst du denn nicht im Palast?« heraus.

Caldon schloss die Tür und lehnte sich dagegen, die Arme vor der halb nackten Brust verschränkt. »Was willst du, Kiva?«

Ihre Frage beantwortete er nicht. Wesentlich beunruhigender war jedoch, dass er sie bei ihrem richtigen Namen genannt hatte. Nicht Sonnenschein, nicht Apfelbäckchen. Sosehr Kiva diese Kosenamen hasste – oder sich das zumindest einredete –, in diesem Moment hätte sie alles gegeben, um einen davon aus seinem Mund zu hören.

»Darf ich mich setzen?« Kiva deutete auf den Stuhl an seinem Schreibtisch.

Caldon rührte sich nicht vom Fleck. »Nein.«

Dass es nicht leicht werden würde, damit hatte sie ja gerechnet, aber Caldon schien tatsächlich entschlossen, es ihr so schwer wie möglich zu machen.

»Ich weiß, dass du wütend auf mich bist«, sagte sie betreten. »Und dazu hast du auch jedes Recht.«

»Wie großzügig von dir«, entgegnete er, ohne eine Miene zu verziehen.

Kiva zuckte innerlich zusammen und machte sich abermals bewusst, *warum* er so wütend war. Es ging hier nicht nur um das Schlafmittel, das sie ihm verabreicht hatte.

Hast du eigentlich eine Ahnung, was es für ein Gefühl ist, wenn jemand, den man gernhat, einfach verschwindet? Wenn man fürchtet, dieser Jemand könnte in Gefahr sein, und man keine Möglichkeit hat, ihn zu finden?

Unfähig, seinem frostigen Blick länger standzuhalten, schaute Kiva sich erneut im Raum um. Dabei entdeckte sie auf dem Schreibtisch etwas, was sie zuvor übersehen hatte, einen einsamen Farbklecks inmitten all der Kargheit.

Es war ein kleines, gerahmtes Gemälde, das einen Jungen und ein Mädchen zeigte, Arm in Arm und beide mit einem breiten Grinsen im Gesicht. Hinter ihnen standen ein Mann und eine Frau, die liebevoll auf die zwei herabsahen.

Kivas Herz zog sich jäh zusammen und sie machte einen Schritt auf das Bild zu. Am liebsten hätte sie danach gegriffen und es genauer betrachtet, doch sie widerstand dem Drang. Denn sie wusste auch so, wen es zeigte: Caldon und seine Familie, bevor die Tragödie sie auseinandergerissen hatte.

»Ich weiß, ich habe Mist gebaut«, flüsterte sie.

Caldon hob überrascht den Kopf.

»Das heute war nicht in Ordnung von mir. Ich hätte dir einfach sagen sollen, dass ich ein bisschen Zeit für mich brauche. Und es –« Ihre Stimme überschlug sich leicht. »Es bricht mir das Herz, was ihr meinetwegen durchmachen musstet.«

Jetzt streckte sie doch die Hand nach dem Bild aus und strich behutsam über den Rahmen.

»Ich weiß, wie es ist, wenn man seine Familie verliert«, fuhr sie heiser fort. »Wenn man das Gefühl hat, diese Leere – dieser *Schmerz* – würde nie wieder weggehen.«

Caldon schluckte.

»Ich weiß, wie es ist, wenn man dieser Dunkelheit nachgibt«, redete Kiva weiter, bevor sie ein leises, gefährliches Geständnis ablegte: »Ich weiß, wie es ist, wenn man sich von ihr verschlingen lässt. Es ist einfach so viel leichter, sich in der Nacht zu verkriechen, als sich zurück ans Tageslicht zu kämpfen.«

Ja, das wusste sie.

»Und ich weiß auch, wie verlockend es ist, sich vor alldem zu verschließen«, fuhr sie flüsternd fort. »Andere Menschen auszusperren, damit man nie wieder diesen Schmerz erleben muss. Ich weiß es, Cal. *Ich weiß*.«

Er löste die verschränkten Arme und in seinen Augenwinkeln schimmerten Tränen.

»Ich habe meine Familie vor zehn Jahren verloren«, erklärte sie. »Und was ich heute getan habe, war falsch. Aber kannst du mir guten Gewissens versichern, dass du, wenn du die Gelegenheit dazu bekämst, nicht auch alles tun würdest, um deine Eltern wiederzusehen?«

Es war unfair, seine eigene Trauer gegen ihn zu verwenden, doch nichts von dem, was Kiva gesagt hatte, war gelogen. Diesmal nicht.

»Es tut mir unendlich leid«, setzte sie leise hinzu. »Mehr, als du ahnen kannst.«

Caldons Kiefer war verkrampft. Als er aber die aufrichtige Reue in Kivas Gesicht sah, entspannte er sich ein wenig und stieß einen lauten Seufzer aus. »Komm her«, blaffte er.

Kiva zögerte. Würde er sie jetzt vor die Tür setzen?

Doch da machte Caldon selbst ein paar große Schritte auf sie zu und zog ihren schreckensstarren Körper in seine Arme.

»Jag mir nie wieder so eine Angst ein, klar?«, wisperte er. Dann hielt er sie ein Stück von sich weg, um ihr in die Augen zu sehen, ehe er wesentlich strenger hinzufügte: »Und wenn du mich noch mal unter Drogen setzt, lasse ich dich für eine geschlagene Woche in den Kerker werfen. Vielleicht auch länger. Verstanden?«

Kiva nickte. Sie war noch immer völlig perplex, sowohl von seiner Umarmung als auch über die Tatsache, dass er ihr offenbar einfach verzieh.

»Du hast recht. Damit, dass du Mist gebaut hast«, fuhr er fort. »Aber auch damit, dass der einzig akzeptable Grund für so was die Familie ist.« Er trat noch einen Schritt zurück, ohne sich jedoch ganz von ihr zu lösen. »Jaren war vorhin hier und hat mir erzählt, was ich nach meinem Abgang verpasst habe. Ich hoffe, dass deine Geschwister morgen kommen, und sei's auch nur, damit ich mir ein Bild davon machen kann, ob sie das Chaos wert sind, das du heute gestiftet hast.«

Bei der Erinnerung daran zog sich Kivas Magen zusammen.

»Und?«

Kiva blinzelte verwirrt. Das Wort hatte geklungen wie ein Peitschenknall. »Was, *und*?«

»Sind sie es wert?«, präzisierte Caldon mit ernster Miene. »Du hast eine Menge riskiert, um sie wiederzusehen. Trotzdem bist du zu uns zurückgekommen und wohnst weiterhin hier statt bei ihnen. Das sagt doch wohl einiges aus.«

Wie Zuleeka vor über einer Woche angemerkt hatte, konnte Kiva die Königsfamilie schlecht ausspionieren, wenn sie im Rebellenlager hockte. Andererseits … Zum ersten Mal fragte sie sich, wo sie wohnen würde, wenn sie frei entscheiden könnte.

Dabei kannte sie die Antwort eigentlich längst. Panik ergriff sie, als ihr klar wurde, wie gern sie im Palast lebte – und zwar nicht wegen all des Komforts, sondern wegen der Menschen, die sie hier um sich hatte.

Du liebes Schattenreich.

Bemüht, die Fassung zu wahren, setzte Kiva ein Lächeln auf. »Willst du mich etwa loswerden?«

Caldon verdrehte die Augen. »Du bist ja hier schon schwieriger zu hüten als ein Sack Flöhe, darum nein.« Er legte den Kopf schief. »Zumindest nicht, solange du mir keinen triftigen Grund dafür lieferst.«

»So schlimm bin ich ja wohl auch nicht«, protestierte Kiva, wenn auch hauptsächlich, um sich selbst von der Tatsache abzulenken, dass es zahlreiche Gründe gab, aus denen er sie besser von seiner Familie ferngehalten hätte.

»Und ob«, entgegnete er. »Erst wirst du von Rebellen entführt, dann von Mirravenern angegriffen, dann verschwindest du mir nichts, dir nichts, um deine Fam–«

»Moment mal«, unterbrach Kiva ihn. »Von Mirravenern angegriffen? Was soll das heißen?«

Caldon lehnte sich mit der Hüfte an die Schreibtischkante. »Ich glaube, neulich bei deiner Entführung hatten wir es nicht nur mit Rebellen zu tun. Jaren, Naari, Veris – die waren ja alle nicht dabei. Aber nachdem ich deine Kidnapper erledigt und dich befreit hatte … Die Gruppe, die uns da angegriffen hat … Ich glaube, die hatten mit der ersten gar nichts zu tun. Die wollten etwas ganz anderes. *Darum* hab ich mir heute solche Sorgen um dich gemacht. Weil ich dachte, die Mirravener hätten dich geschnappt.«

Kiva spürte, wie sie erbleichte, als ihr wieder einfiel, dass Caldon seinen Verdacht schon damals geäußert hatte, nur hatte ihn niemand ernst genommen. Doch wenn er recht hatte –

»Warum sollten die Mirravener mich entführen?«

Caldon warf ihr einen eindringlichen Blick zu. »Warum sollten die Rebellen dich entführen?«

Diese Frage konnte Kiva kaum wahrheitsgemäß beantworten,

wenn sie sich nicht zu der vorgetäuschten Entführung bekennen wollte.

»Tja, jedenfalls«, fuhr Caldon fort, als Kiva schwieg, »ist es einfacher, dich im Auge zu behalten, wenn ich weiß, wo du bist. Oder zumindest, wo du theoretisch sein solltest.« Wieder sah er ihr fest in die Augen. »Also verkneif dir in Zukunft bitte solche Eskapaden wie heute.«

Kiva senkte schuldbewusst den Kopf. Sie war nicht sicher, was sie von Caldons Theorie mit den Mirravenern halten sollte. Schließlich hatten die Rebellen auch hoch im Norden Mitglieder rekrutiert. Vielleicht hatte Zuleeka ja mehr Leute auf die Entführung angesetzt, als sie zuzugeben bereit war. Jedenfalls erschien Kiva das immer noch wahrscheinlicher, als dass eine zweite, unbekannte Gruppe sie am selben Abend ins Visier genommen haben sollte. Das wäre doch einfach ein zu großer Zufall. Sie beschloss, nicht weiter darüber nachzudenken – schließlich hatte sie genug andere Sorgen, auch ohne solche völlig aus der Luft gegriffenen Behauptungen.

Caldon stieß sich laut gähnend von der Schreibtischkante ab. »So-sehr ich unser mitternächtliches Plauderstündchen genieße, ich brauche meinen Schönheitsschlaf. Komm, ich bringe dich zurück in dein Zimmer. Morgen wird ein aufregender Tag.«

»Nicht nötig. Ich finde schon allein zurück«, lehnte Kiva ab. Beim Gedanken an die Einladung stieg in ihr abermals ein ängstliches Kribbeln auf.

»Nach dir, Sonnenschein«, brummte Caldon, hielt ihr die Tür auf und gab ihr mit einem Nicken unmissverständlich zu verstehen, dass Protest zwecklos war.

Kiva war so erleichtert, ihren Kosenamen aus seinem Mund zu hören, dass das Kribbeln einer wohligen Wärme wich.

Als sie jedoch an Caldon vorbei auf den verlassenen Gang trat, konnte sie es sich nicht verkneifen, ihre Frage vom Anfang zu wiederholen: »Warum wohnst du nicht im Palast?«

Diesmal antwortete Caldon. »Da oben hab ich auch eine Suite. Guck dir doch mal den winzigen Schrank hier drinnen an. Was glaubst du, wo ich meine ganzen Sachen aufbewahre?« Er zwinkerte ihr zu. Kiva musste grinsen, wurde jedoch schnell wieder ernst, als er hinzufügte: »Mir ist es einfach lieber so. Ich bin als Kind immer von Kaserne zu Kaserne gezogen und das Leben hier erinnert mich daran. An eine andere Zeit, die –« Seine Stimme versagte kurz den Dienst. »Die ich nicht vergessen will.«

Kiva wurde die Kehle eng, als sie dieses Geständnis hörte. Jaren hatte falschgelegen, als er behauptet hatte, Caldon würde alles meiden, was ihn an seine Eltern erinnerte. Das Gegenteil war der Fall – er tat sein Möglichstes, um sie nicht zu vergessen. Außer vielleicht die Dinge, die zu sehr wehtaten. Wie zum Beispiel, seine Schwester zu sehen. Oder die Stützpunkte der Armee zu besuchen. Oder die Position als ihr Anführer anzutreten, wie es ihm vorbestimmt gewesen war. Dabei hatte er so hart dafür gearbeitet, hatte es sich so sehr gewünscht.

Man musste kein Genie sein, um dahinterzukommen, dass Caldon sich selbst bestrafte. Dass seine Trauer auch nach drei Jahren noch frisch genug war, um sein Urteilsvermögen zu trüben.

Kiva verstand das, und zwar besser als jeder sonst. Daher ahnte sie, dass er kein Mitleid würde haben wollen, und erwiderte mit einem schiefen Lächeln: »Ja, ich kann mir vorstellen, warum es dir hier gefällt. Man hat seine Privatsphäre. Und so viel Platz. Eine regelrechte Oase des Friedens und der Abgeschiedenheit.«

Genau in dem Moment kamen sie an der offenen Tür eines der größeren Schlafsäle vorbei. Darin stand Hochbett neben Hochbett und lautes Schnarchen – untermalt von anderen Körpergeräuschen – erfüllte den Raum.

Caldons Mundwinkel zuckten. »Wir haben bestimmt noch eine Pritsche frei, wenn's dir hier so gut gefällt.«

Kiva zog eine Grimasse und auf Caldons Gesicht breitete sich ein Grinsen aus.

»Es ist ziemlich kalt draußen«, merkte sie an, statt auf seinen Witz einzugehen, was den Prinzen jedoch erst recht zum Lachen brachte. »Vielleicht solltest du wenigstens dein Hemd zuknöpfen, damit du dir nicht den Tod holst.«

Caldon gluckste weiter in sich hinein, ohne seine Kleidung zu richten. »Bauchmuskeln wie die hier darf man doch wohl ein bisschen zur Schau tragen.«

Kiva schnaubte.

Wesentlich entspannterer Stimmung verließen sie gemeinsam die Kaserne und folgten dem Kiesweg hoch zum Palast. Beim Eingang angekommen beharrte Kiva darauf, dass sie nun wirklich keine Eskorte bis zu ihrer Schlafzimmertür brauche, und wünschte Caldon leise eine gute Nacht.

Doch als sie sich zum Gehen wenden wollte, rief er sie noch einmal zurück.

»Du hast eben gesagt, du hättest der Dunkelheit nachgegeben und dich von ihr verschlingen lassen.« Seine kobaltblauen Augen blickten sanft. »Aber das nehme ich dir nicht ab. Mir ist noch nie jemand begegnet, der so hell strahlt wie du.«

Und nach diesem ebenso unerwarteten wie aufrichtig wirkenden Kompliment drehte er sich um und marschierte von dannen, während Kiva stumm dastand und mit den Tränen kämpfte.

KAPITEL EINUNDZWANZIG

Noch immer ein wenig verstört nach Caldons Abschiedsworten machte Kiva sich auf den Weg zurück in ihr Zimmer.

Noch während sie durch den Palast lief, brach mit einem Mal die Erschöpfung über sie herein und sie hätte auf der Stelle einschlafen können. Doch ihre Vorfreude darauf, endlich ins Bett zu fallen, verpuffte, als sie eine schwarz gekleidete Gestalt entdeckte, die blitzschnell um die nächste Ecke verschwand.

Diese Schultern. Die würde sie überall erkennen.

Es waren Jarens. Aber … warum schlich er spätnachts durch seinen eigenen Palast wie ein Dieb?

Glauben Sie, Eidran wäre nicht klar gewesen, was ich mit solchen Informationen anstellen würde?

Kiva stöhnte auf. Natürlich musste Jaren sich ausgerechnet heute Nacht aussuchen, um den geheimen Versammlungsort der Rebellen auszukundschaften. Wenn das denn tatsächlich sein Plan war. So oder so war Kivas Neugier zu groß, um ihr nicht nachzugeben.

Sie wünschte, sie hätte etwas anderes angezogen, bevor sie sich auf den Weg zu Caldon gemacht hatte, und hüllte sich fester in ihren Umhang. Dann nahm sie in sicherem Abstand Jarens Verfolgung auf.

Er huschte die Treppen hinunter, eine nach der anderen, bis ins Erdgeschoss. Und noch weiter.

Hinab in die Tunnel.

Je weiter sie unter dem Fluss hindurch Richtung Westpalast eilten – immer darauf bedacht, im Schatten zu bleiben –, desto deutlicher kristallisierte sich heraus, dass Jaren auf keinen Fall dabei gesehen werden wollte, wie er das Gelände verließ. Denn er hielt auf den geheimen Notausgang zu.

Kivas Puls beschleunigte, als Jaren den Haupttunnel tatsächlich durch die richtige Tür verließ. Ab hier musste sie den Abstand zu ihm vergrößern, sonst würde er sie in dem schmaleren Gang ganz sicher bemerken.

Es war die reinste Qual. Obwohl sie fürchtete, jeden Moment entdeckt zu werden, zwang sie sich, stehen zu bleiben, und trat nervös von einem Fuß auf den anderen. Zum Glück war es mitten in der Nacht und das unterirdische Tunnelsystem gespenstisch verlassen. Niemand wusste, dass sie hier unten war. Niemand wusste, dass *Jaren* hier unten war.

Naari würde ihn umbringen, wenn sie dahinterkam.

Falls sie dahinterkam, korrigierte Kiva sich in Gedanken.

Als sie glaubte, endlich lange genug gewartet zu haben, öffnete sie leise die Tür und schlüpfte hindurch. Sie huschte die lange, spärlich beleuchtete Treppe hinunter und hielt erst an, als sie die Gabelung erreichte.

Ein paar Sekunden lang lauschte sie angestrengt, um abzuschätzen, wie weit Jaren ihr wohl voraus sein mochte. Wenn er langsamer geworden war, lief sie Gefahr, ihn im Dunkeln einzuholen; wenn er schneller geworden war, hängte er sie womöglich ab. Sie musste unbedingt sehen, in welche Richtung er ging, nachdem er durch die Luke geklettert war. Draußen in der Stadt würde sie ihn niemals wiederfinden.

Kiva entschied sich gegen das Warten und hastete ins Dunkel des rechten Tunnels. Irgendwo weit vor sich hörte sie ein verräterisches metallisches Quietschen. Ihr Herz fing an zu hämmern, als ihr klar wurde, dass Jaren es schon so gut wie nach draußen geschafft hatte. Und sie viel zu weit zurücklag.

Sie setzte alles auf eine Karte und sprintete blindlings los, bis ein Schimmer von Mondlicht den Tunnel in mitternächtliches Blau tauchte. Schlitternd kam sie zum Stehen und ging dann langsamer weiter bis zum Fuß der Treppe.

So schnell sie es wagte, rannte sie die Stufen hinauf. Das Eisengitter war bereits wieder geschlossen. Sie drückte es hoch, schob es zur Seite und verzog dabei das Gesicht über das elend laute Geräusch. Doch sie hätte sich keine Sorgen machen müssen, dass Jaren – oder sonst jemand – sie hörte. Denn als sie den Kopf nach draußen steckte, vernahm sie nichts als das sanfte Schwappen des Flusswassers. Die Luke war viel näher am Ufer, als sie gedacht hatte.

Schnell schaute sie sich um. Hinter ihr erhob sich die Palastmauer, rechts von ihr lag der Serin und nichts als ein Stück dunkles Parkgelände trennte sie von der Stadt. Auch die Tatsache, dass nirgends vergoldete Zäune in Sicht waren, sprach dafür, dass sie sich auf der Palastrückseite befand – nicht weit von dem bewachten Eingang, den Caldon und sie in der Nacht ihrer Entführung genutzt hatten. Keine Menschenseele war zu sehen. Außer Jaren, der sich jedoch immer weiter entfernte und mit den Schatten der Bäume verschmolz.

Kiva hievte sich durch die Öffnung und rannte los, bemüht, den Prinzen nicht aus den Augen zu verlieren. Dieser folgte nun dem Ufer, vorbei an Luxusvillen mit Flussblick sowie Zunfthallen, Handelskontoren und Warenlagern. Zwar waren viele der Häuser hell erleuchtet, der Weg jedoch war dunkel genug, dass man darauf unentdeckt blieb.

Weiter und weiter liefen sie, bis sie ein etwas heruntergekommenes Wohngebiet erreichten, das direkt an die Docks grenzte und im Vergleich zum Rest der Stadt wohl als Armenviertel gelten konnte. Da sie sich allerdings nur ganz am Rande hielten, immer noch nahe genug an den gepflegteren Gassen der Innenstadt, machte Kiva sich wenig Sorgen, hinterrücks überfallen und ausgeraubt zu werden.

Während der Verfolgungsjagd beschlich sie der Gedanke, dass ihr Entschluss, Jaren nachzuspionieren, womöglich überstürzt gewesen war. Selbst wenn der Prinz tatsächlich Eidrans Hinweis nachging, hatte Zuleeka schließlich angekündigt, die Hauptstadtrebellen warnen zu wollen. Daher würde Jaren an seinem Ziel wohl kaum etwas – oder jemanden – von Interesse vorfinden. Somit hätte sie eigentlich genauso gut wieder umkehren können.

Aber das kam jetzt nicht mehr infrage.

Schon gar nicht, als sie sah, wie Jaren nun in eine Gasse einbog, kurz vor einem dunklen Gebäude stehen blieb und dann nach einem raschen Blick über die Schulter darin verschwand.

Kiva zog die Augenbrauen hoch, während sie sich der scharlachrot angestrichenen Tür näherte. Musik und laute Stimmen drangen nach draußen und hallten durch die stille Gasse. Doch das war nicht alles, was Kiva vernahm. Da waren auch noch andere, leisere Geräusche, wie man sie wohl nur in einem Roten Haus zu hören bekam, einem von Vallenias berüchtigten Bordellen.

Hitze schoss Kiva in die Wangen, als in ihr der Verdacht aufkeimte, dass Jaren den Palast vielleicht doch aus anderen Gründen als angenommen verlassen hatte. Aber … *Nein.* Wenn sie es irgendjemandem zutraute, sich nachts in ein solches Etablissement davonzustehlen, dann schon eher Caldon. Jaren dagegen erschien ihr einfach nicht wie ein Mann, der in dieser Hinsicht die Dienste völlig Fremder in Anspruch nahm. Das hier musste die Adresse sein, die Eidran ihm genannt hatte.

Kiva holte tief Luft, zog sich die Kapuze über den Kopf und betrat das Haus. Penetranter Weihrauchgeruch umfing sie, während ihre Augen sich an die schummrigen Lichtverhältnisse gewöhnten. Sämtliche Luminiumlaternen waren mit Tüchern verhängt und tauchten jede Oberfläche in roten Schein.

Der Raum war voller Menschen, einige in lange Mäntel gehüllt, andere weit spärlicher bekleidet. Manche standen, während ein paar auf weinroten Diwanen lümmelten und wieder andere sich zu den schwülen Klängen der Musik wiegten. Von der Decke hingen dünne Vorhänge, die eine Illusion von Privatsphäre schufen. Doch der Stoff war so zart, dass man direkt hindurchsehen konnte – der Traum eines jeden Voyeurs.

Kiva achtete sorgsam darauf, ihr Gesicht verdeckt zu halten, und bewegte sich langsam durch den Raum. Es war so voll, dass es eine Weile dauerte, bis sie Jaren entdeckte. Er sprach gerade mit einer untersetzten Frau, die in eine Ecke deutete. Dankend senkte Jaren den kapuzenverhüllten Kopf und folgte ihrer Geste.

Kiva versuchte zu erkennen, was sich dort befand, doch die vielen sich windenden Körper und wehenden Vorhänge nahmen ihr die Sicht. Mühsam bahnte sie sich einen Weg in Jarens Richtung. Dabei ignorierte sie die Hände, die im Vorübergehen nach ihr griffen, und lehnte geflüsterte Angebote ab. Wohin sie auch sah, entdeckte sie glasige Augen und zu enthemmt lächelnde Münder, Haut, die trotz der Kühle vor Schweiß glänzte, und glitzernde Puderreste auf Lippen, Nasen und Fingern.

Engelsstaub.

Und vermutlich noch andere Drogen, möglicherweise sogar eine Spezialmischung, eigens für die Gäste dieses Hauses.

Kiva schüttelte den Kopf und drängelte sich weiter, bis sie endlich wieder einen Blick auf Jaren erhaschte, der die Zimmerecke nun beinahe erreicht hatte. Dort saß eine kleine Gruppe von Leuten, die sich kein bisschen für das Treiben ringsum zu interessieren schienen.

Nein. Kiva stockte der Atem. Zuleeka hätte die Rebellen doch benachrichtigen sollen. Sie hätten sich einen neuen Versammlungsort suchen oder sich am besten überhaupt nicht mehr treffen sollen – was immer nötig gewesen wäre, um unentdeckt zu bleiben.

Jaren war kein Dummkopf. Er hatte sich nach Zalindov eingeschlichen, da würde er sicher mit Leichtigkeit ein paar Rebellen davon überzeugen können, dass er einer der ihren war. Kiva musste sie warnen.

Oder besser … ihn?

Denn als ein weiteres tanzendes Paar sich an ihr vorbeischob und der letzte Vorhang beiseitewehte, sah Kiva etwas, was ihr zunächst verborgen geblieben war: Eine der Gestalten trug eine silberne Maske aus miteinander verschlungenen Schlangen.

Die Viper war hier.

Zuleeka war hier.

Und einen Wimpernschlag später war sie auf den Beinen und stürzte sich mit gezücktem Schwert auf den Kronprinzen von Evalon.

KAPITEL ZWEIUNDZWANZIG

Sämtliche Luft wich aus Kivas Lungen, als die Klinge auf Jaren zuraste.

»Nein!«, schrie sie, doch niemand außer den Menschen in ihrer unmittelbaren Nähe hörte es. Die Musik war zu laut, das Gedränge zu dicht. Sie war zu weit weg, um irgendetwas tun zu können, außer mit entsetzt aufgerissenen Augen zuzusehen.

Zuleeka war schnell, ihr Schwert nichts als eine verschwommene Linie in der Luft.

Aber Jaren war schneller.

Kiva sah ihn nicht einmal sein Schwert ziehen. Aber bevor Zuleekas Klinge ihm den Rumpf aufschlitzen konnte, erklang das Klirren von Stahl auf Stahl, was ungleich mehr Aufmerksamkeit erregte als Kivas Schrei zuvor.

Viele der Gäste drehten sich träge zu dem Geräusch um, während nun auch die restlichen Rebellen aufsprangen und ihre Schwerter auf Jaren richteten.

Gegen eine solche Überzahl hatte er keine Chance.

Doch dann wendete sich das Blatt.

Denn mit einem Mal war Naari da. Ihre Kapuze flog ihr vom Kopf und enthüllte ihre grimmige Miene, während ihre beiden Schwerter aufblitzten.

Die Viper – *Zuleeka* – fokussierte nun Naari, als hätte sie den Goldenen Schild sofort als die größere Bedrohung erkannt. Die zwei Frauen hieben unbarmherzig aufeinander ein, während Jaren sich den übrigen Rebellen stellte. Womit er nicht nur sich selbst schützte, sondern auch die anderen Gäste, die allmählich die Gefahr erkannten und auseinanderstoben. Schreie wurden laut – und dann noch lauter, als mit einem Mal die Eingangstür aufflog und eine Einheit der königlichen Garde in silbernen Rüstungen den Raum stürmte, angeführt von Hauptmann Veris.

Bei diesem Anblick wurden selbst die benebeltsten Gäste auf einen Schlag nüchtern. Wer halb nackt war, grapschte sich gehetzt seine Kleider; wer unerkannt bleiben wollte, zog seine Kapuze noch tiefer. Genau wie Kiva.

Sie musste hier weg, und zwar schleunigst.

Doch ehe sie sich unter die Flüchtenden mischen konnte, erhaschte sie einen Blick auf ihre Schwester. Zuleeka hatte nun ebenfalls die Soldaten bemerkt und gab irgendjemandem hinter Kiva ein rasches Zeichen, woraufhin sämtliche Lichter im Raum erloschen.

Die Schreie schwollen zu ohrenbetäubendem Gekreische an und Kiva bekam von allen Seiten Schultern und Ellenbogen zu spüren. Wenige Sekunden später flammten die Luminiumlaternen wieder auf, doch sie wusste schon, welcher Anblick sich ihr bieten würde.

Zuleeka und die Rebellen waren verschwunden.

Kiva nutzte das Chaos, um sich von der panischen Menge bis vors Haus schwemmen zu lassen. Von dort flüchtete sie sich in die nächste dunkle Gasse, bevor jemand sie erkannte. Beim Gedanken daran, was Jaren nun bevorstand, wurde ihr flau im Magen. Naari musste rasend vor Wut sein.

Das war knapp gewesen – zu knapp. Wenn Naari nicht genau im richtigen Moment aufgetaucht wäre, hätte Jaren Zuleeka und ihren Rebellen ganz allein gegenübergestanden. Und diese wären ohne den Überraschungsangriff der Soldaten möglicherweise nicht geflohen. Dann hätte es Verletzte gegeben. Vielleicht sogar Tote.

Und das wäre einzig und allein Kivas Schuld gewesen. Denn sie hatte sich an der Nase herumführen lassen.

Während sie langsam dem Flussufer folgte, erkannte sie immer deutlicher, dass Zuleeka nie vorgehabt hatte, die Rebellen zu warnen. Stattdessen hatte sie ihr Wissen dazu genutzt, Jaren eine Falle zu stellen.

Ein cleverer Zug, das musste Kiva ihr lassen. Und wenn der Plan funktioniert hätte –

Sie ertrug es nicht, den Gedanken zu Ende zu denken.

Den gesamten Rückweg zum Palast konnte Kiva sich nicht entscheiden, auf wen sie am wütendsten war: Zuleeka, Jaren oder sich selbst. Zuleeka hatte viel riskiert, indem sie heute Nacht in die Stadt gekommen war, und noch mehr durch ihren Angriff auf den Kronprinzen. Jaren wiederum hatte absolut fahrlässig gehandelt; er war ganz allein einer gefährlichen Spur gefolgt und geradewegs in Zuleekas Fänge geraten.

Und auf sich selbst war Kiva wütend wegen ihrer inneren Zerrissenheit. Denn sie hätte nicht zu sagen vermocht, um wen sie bei diesem Kampf mehr Angst gehabt hatte: Zuleeka oder Jaren. Sie wusste nicht, was sie getan hätte, wenn ihre Schwester verletzt oder gefangen genommen worden wäre. Doch dasselbe galt für Jaren, der sich in ebenso großer Gefahr befunden hatte, wenn nicht gar größerer.

So konnte es nicht weitergehen. Kiva fühlte sich, als tobte in ihrem Inneren ein Krieg. Was nicht nur anstrengend war, sondern sie langsam, aber sicher in den Wahnsinn trieb.

Sie rieb sich die Schläfen, als sie schließlich die eiserne Luke erreichte und zurück in den Tunnel hinunterstieg. Sie war müde, ihr war kalt und sie wollte nur noch ins Bett.

Doch als sie es endlich zurück in ihr Zimmer geschafft hatte, stellte sich heraus, dass die Sache noch nicht ausgestanden war.

Denn im Dunkeln auf ihrer Bettkante saß Naari und fragte mit tödlich leiser Stimme: »Hattest du einen netten Spaziergang?«

Kiva erstarrte in der Tür, ihr Kopf wie leer gefegt unter dem funkelnden Bernsteinblick der Soldatin.

»Was für ein Glück, dass das Unwetter sich verzogen hat«, fuhr Naari in trügerischem Plauderton fort. »Im Regen wäre das wohl kein schöner Ausflug gewesen.«

»Ich war nicht –«, versuchte Kiva, sich dumm zu stellen, doch weiter kam sie nicht.

»An deiner Stelle würde ich mir ganz genau überlegen, was ich als Nächstes sage«, warnte Naari und erhob sich mit einer fließenden Bewegung. Unter ihrer ledernen Uniform bebte sie vor Wut.

Kiva biss sich auf die Wange und schloss die Tür hinter sich. Sanftes Mondlicht fiel zum Fenster herein, aber die Szene war alles andere als friedlich.

Schließlich stieß sie einen ergebenen Seufzer aus. »Wenn du mir eine Strafpredigt halten willst, dann tu es einfach.«

Naaris Augen wurden schmal. »Und warum sollte ich das wollen, Kiva? Gibt es einen Grund, warum ich wütend auf dich sein sollte?«

Kiva wusste aus Erfahrung, dass sie jetzt besser den Mund hielt.

»Ist dir eigentlich bewusst, wie das alles hätte enden können?«, fragte die Soldatin. »Wenn ich nicht zufällig gesehen hätte, wie Jaren und du euch aus dem Palast geschlichen habt?«

Kiva zuckte zusammen. Sie war also von Anfang an aufgeflogen.

»Und wenn ich nicht sofort Veris alarmiert hätte, weil ich mir denken konnte, wohin ihr unterwegs wart?« Naari hielt inne und brummte dann mehr zu sich selbst: »Zum Glück hat Eidran mich darüber informiert, was er Jaren erzählt hat. War ja klar, dass er nicht tatenlos zu Hause sitzen würde.«

Kiva fluchte innerlich. Natürlich. Eidran und Naari hatten zusammen mit Jaren die Zalindov-Mission geplant – sie waren ein eingeschworenes Team.

»Ich weiß gar nicht, wer von euch beiden leichtsinniger und dümmer ist: Jaren oder du. Immerhin bist du ihm einfach gefolgt, anstatt ihn aufzuhalten«, sagte Naari mit finsterer Miene. »Warum im Namen der Götter hast du das getan, Kiva? Das erschließt sich mir einfach nicht.«

Kiva rieb sich die Arme, um Zeit zu schinden, während sie verzweifelt nach einer plausiblen Ausrede suchte.

»Na?«, bohrte Naari.

»Wenn du gesehen hättest, wie Jaren sich heimlich aus dem Palast schleicht, wärst du da nicht auch neugierig gewesen?«, antwortete Kiva mit einer Gegenfrage.

»Ich wäre ihm jedenfalls nicht durch die halbe Stadt hinterhergelaufen.«

Kiva merkte wohlweislich nicht an, dass Naari doch genau das getan hatte. Stattdessen legte sie alles, was sie an Emotionen aufbringen konnte, in ihre nächsten Worte. »Er hat seit Zalindov kaum eine Nacht durchgeschlafen. Ich habe mir einfach Sorgen um ihn gemacht.«

»Also, was denn nun?« Naari glaubte ihr offensichtlich kein Wort. »Hast du dir Sorgen um ihn gemacht oder warst du neugierig?«

»Beides«, erwiderte Kiva und verfluchte im Stillen ihre Erschöpfung, der dieser Denkfehler geschuldet war. »Ich bin ihm gefolgt, weil ich da sein wollte, falls er Hilfe braucht. Ich hatte ja keine Ahnung, wohin er unterwegs war.«

»Und selbst als der Groschen bei dir gefallen ist – du weißt schon, als die *Schwerter* ins Spiel kamen –«, schob Naari gehässig ein, »erschien es dir nie sinnvoll, dich zu erkennen zu geben und mit uns gemeinsam in den Palast zurückzukehren?«

Kiva setzte eine zerknirschte Miene auf. »Jaren sollte doch nicht wissen, dass ich ihm gefolgt bin. Wie hätte ich ihm das denn erklären sollen?«

»Tja, gute Frage.«

»Hast du es ihm etwa erzählt?«, fragte Kiva, nun ernsthaft besorgt.

Naari starrte sie eine Weile an, als könne sie sich nicht entscheiden, ob Kiva wirklich so unschuldig war, wie sie tat, oder nicht. Dann stieß sie geräuschvoll den Atem aus. »Nein«, sagte sie. »Ich habe ihm bloß ordentlich den Kopf gewaschen und dann bin ich direkt hergekommen, um dich abzufangen. Er hat keine Ahnung, dass du auch im Roten Haus warst und alles mitbekommen hast.«

»Was habe ich denn überhaupt mitbekommen?«, fragte Kiva betont arglos. »Wer waren diese Angreifer?«

Naari setzte sich zurück auf die Bettkante und klopfte auf den Platz neben sich. Befangen hockte Kiva sich hin und gab sich alle Mühe, ihre Anspannung zu verbergen.

»Jaren ist einem Hinweis nachgegangen, demzufolge die Rebellen einen geheimen Treffpunkt in der Stadt haben«, erklärte Naari. »Und diesen Ort wollte er heute auskundschaften.«

Kiva gab sich schockiert. »Das waren *Rebellen*? Aber – Moment mal. Wenn Jaren davon wusste, warum hat er sich dann ganz allein auf den Weg gemacht?«

Ihr schauspielerisches Talent war regelrecht preisverdächtig.

»Weil er nun mal Jaren ist«, antwortete Naari und fuhr sich frustriert mit der Hand durch ihr raspelkurzes Haar. »Weil er sein Volk beschützen will. Die Rebellen haben sich in letzter Zeit verdächtig ruhig verhalten und Jaren wollte wissen, warum. Und ob er dem Frieden trauen kann. Wenn er mit einer bewaffneten Einheit in dem Roten Haus aufgekreuzt wäre, hätte er aber wohl kaum viel in Erfahrung gebracht.«

»Wie es scheint, ist sein Plan trotzdem nicht aufgegangen«, merkte Kiva an.

»Stimmt, man hätte fast meinen können, die Rebellen hätten ihn erwartet«, murmelte Naari mit gerunzelter Stirn. »Dabei lässt die Viper sich normalerweise nie in der Stadt blicken. Und sie wirkte auch nicht sonderlich überrascht, Jaren zu sehen. Sie ist direkt zum Angriff übergegangen, ehe er auch nur den Mund aufmachen konnte.«

Jetzt musste Kiva auf der Hut sein. »Die Viper?«, fragte sie bemüht unwissend. »War das die mit der Maske?«

Naari nickte und ihre Miene verfinsterte sich noch mehr. »Sie ist eine der Rädelsführerinnen. Oder vielleicht auch das neue Oberhaupt, seit die Rebellenkönigin tot ist.« Sie spreizte die Finger. »Wir beide sind uns nicht zum ersten Mal begegnet.«

Entsetzen durchzuckte Kiva, als sie Naaris Blick folgte.

Zu deren Handprothese.

»War sie … Hat *sie* …?« Kiva brachte die Frage einfach nicht über die Lippen.

»Das hier ist vor drei Jahren passiert, als die Rebellen sich allmählich zu einem Problem entwickelten.« Naari starrte weiterhin auf ihre Finger, ohne Kivas Erschütterung zu registrieren. »Ich war achtzehn und erst seit Kurzem in Evalon, nachdem ich mich auf Veris' Schiff gestohlen hatte. Veris hat schon damals an mich geglaubt, mehr als jeder andere. Dennoch hatte ich das Gefühl, mich beweisen zu müssen, vor allem mir selbst gegenüber. Zu der Zeit war ich noch nicht Jarens Leibwächterin, aber meine Einheit hat ihn auf seiner Reise durch die Dörfer begleitet, in denen die Rebellen am schlimmsten gewütet hatten. Er wollte sich selbst ein Bild von der Lage machen, wollte wissen, wie es den Menschen dort ging, und ihnen beim Wiederaufbau helfen.«

Naari schaute in die Ferne, während sie weitererzählte: »In einem dieser Dörfer erfuhr Jaren von einer Familie, deren Sohn im Kampf mit den Rebellen verletzt worden war. Er wollte sich persönlich davon überzeugen, dass der Junge wohlauf war. Der letzte Rebellenüberfall in der Gegend lag schon eine Weile zurück, darum hat sich niemand etwas dabei gedacht, Jaren das kurze Stück allein gehen zu lassen. Nur ich wollte kein Risiko eingehen und habe ihn begleitet.«

Es folgte eine lange Pause, als durchlebte Naari die Geschehnisse im Geiste von Neuem.

»Wie oft habe ich in den letzten drei Jahren über diesen Tag nachgegrübelt.« Jetzt klang sie abwesend, nachdenklich. »Ich glaube, die Rebellen wussten nicht mal, dass wir dort waren – dass Jaren dort war. Es war einfach nur ein unglücklicher Zufall.«

Kiva wagte kaum zu atmen. »Was ist passiert?«

Naari ballte ihre künstlichen Finger zur Faust. »Es waren nur zwei, die Rebellenkönigin und die Viper. Aus heiterem Himmel standen sie plötzlich vor uns. Sie waren aus dem Wald gekommen und hatten gerade noch miteinander geplaudert. Ich schätze, sie wollten bloß im Dorf ihre Vorräte aufstocken. Aber als die maskierte Viper Jaren erkannte, zog sie sofort ihr Schwert und griff an.«

Kiva konnte das Ganze lebhaft vor sich sehen: den Schock in Zuleekas Gesicht, als sie sich unerwartet Jaren gegenübersah und ihr klar wurde, dass sie diese Chance nicht ungenutzt lassen durfte.

»Ich – ich war wie versteinert.«

Naaris Geständnis schien von irgendwo tief in ihr, von einem Ort voller Finsternis und Reue, an die Oberfläche zu steigen.

»Da hatte ich jahrelang in den jiirvanischen Arenen gekämpft und nie war mir so etwas passiert, *nie*«, flüsterte sie. »Ich weiß bis heute nicht, was mit mir los war. Es wurde schwarz um mich und meine Glieder gehorchten mir nicht mehr. Klassische Anzeichen einer Panikattacke, ich weiß. Es war –« Sie schüttelte den Kopf. »So was hatte ich noch nie erlebt. Es war schrecklich, derart die Kontrolle zu verlieren. Einfach nichts tun zu können.«

Zitternd holte sie Luft. »Es war, als verginge die Zeit plötzlich langsamer. Ich konnte nur zusehen, wie die Viper mit ihrer Klinge nach

Jaren ausholte, wie er gerade noch rechtzeitig sein eigenes Schwert zog. Genau wie vorhin. Tilda schrie ›Nein!‹ und hob die Hand, wie um mich aufzuhalten, aber von mir ging sowieso keine Bedrohung aus. Ich stand so stocksteif da, dass ich kaum atmen konnte. Doch dann setzte auf einmal ein Adrenalinschub ein, es blitzte und die Dunkelheit um mich verpuffte. Im selben Moment stolperte Jaren rückwärts und die Viper stürzte sich auf ihn.« Naari schluckte. »Ich habe mich dazwischengeworfen, während sie zuschlug, und mir blieb keine Zeit, mein eigenes Schwert zu ziehen. Also habe ich einfach den Arm ausgestreckt, um Jaren abzuschirmen, und da …«

Naari führte den Satz nicht zu Ende. Aber das musste sie auch nicht.

Kiva wusste auch so, was passiert war.

Bei dem Gedanken wurde ihr übel. Sie würde sich übergeben, gleich hier auf den flauschigen Teppich. Ihre Schwester hatte –

Naari räusperte sich und öffnete die Faust. »An das, was danach kam, erinnere ich mich nur wie durch einen Schleier. Veris und die anderen Soldaten hatten unterdessen gemerkt, dass irgendwas im Gange war, und rannten auf uns zu. Tilda zerrte die Viper mit sich und die beiden verschwanden wieder im Wald. Jaren sorgte dafür, dass sich die besten Heiler um mich kümmerten und ich die modernste Prothese bekam, die für Geld zu haben war. Und dann machte er mich zu seinem Goldenen Schild – eine Ehre, die seit über fünfzig Jahren keinem Soldaten der Leibgarde mehr zuteilgeworden war.« Naari zuckte verlegen mit den Schultern. »Scheint, als hätte ich damals doch irgendwas richtig gemacht.«

Kiva kämpfte den Strudel an Emotionen hinunter, der in ihr umherwirbelte, und krächzte: »Hast du … die Viper heute Nacht zum ersten Mal seitdem wiedergesehen?«

»Nein, in den vergangenen drei Jahren haben wir uns noch mehrmals im Kampf gegenübergestanden«, antwortete Naari. »Aber irgendwie ist es ihr jedes Mal gelungen, sich davonzumachen. Meistens genau in dem Moment, als ich sie endlich in die Ecke gedrängt hatte, so wie heute. Sie hätten ihr besser den Namen *Ratte* oder *Wiesel* geben sollen. Wobei, andererseits gibt es vermutlich kaum etwas, das so schwer zu fassen ist wie eine Schlange.«

Und so giftig wie eine Viper, ergänzte Kiva in Gedanken.

»Tja«, fuhr Naari fort und zupfte am Saum ihrer Lederhandschuhe. »Jedenfalls habe ich noch eine Rechnung mit ihr offen. Eines Tages führen wir zu Ende, was wir begonnen haben. Und glaub mir, für mich kann dieser Tag nicht früh genug kommen.«

Kiva musste mit aller Macht einen Schauder unterdrücken. Allein die Vorstellung, wie Naari und Zuleeka erneut gegeneinander kämpften, dass eine von ihnen dabei zu Schaden kommen könnte …

Bei den Göttern, Kiva musste endlich Ordnung in ihr Gefühlschaos bringen.

Ab jetzt heißt es: Er oder wir. Die Vallentis oder wir. Beides geht nicht.

Sie schloss die Augen, als Zuleekas Worte ihr wieder einfielen, und mit einem Mal überkam sie eine bleierne Erschöpfung.

»Es war ein langer Tag«, sagte Naari und stand auf. »Ich werde Jaren nicht verraten, dass du ihm heute Nacht gefolgt bist. Aber wenn so etwas noch einmal passiert, wenn einer von euch sich noch einmal mitten in der Nacht aus dem Palast schleicht –«

»Ich ganz sicher nicht«, versicherte Kiva ihr hastig. »Versprochen.«

Aus Angst, Naari könnte ihr die Lüge sofort vom Gesicht ablesen, verdrängte sie den Gedanken daran, dass sie sich in drei Tagen erneut nach Blackwater würde davonstehlen müssen.

»Versuch, noch ein bisschen zu schlafen, Kiva«, riet Naari ihr nun wesentlich sanfter. »Und mach dir keine Sorgen wegen der Viper und der Rebellen. Ich habe den Großteil meines Lebens in einem

Land verbracht, in dem Hass und Verzweiflung herrschen, unter einem korrupten König, der sein Volk unterdrückt. Ich bin nicht ohne Grund von dort geflohen und werde alles tun, damit es hier nicht so weit kommt. Die Rebellen werden uns nicht besiegen, niemals. Bei uns bist du sicher. Und daran wird sich nie etwas ändern.«

Mit einem kleinen Lächeln wandte sich die Soldatin zum Gehen, ohne auch nur zu ahnen, was ihre Worte in Kiva anrichteten.

KAPITEL DREIUNDZWANZIG

Im Morgengrauen ertönte Caldons mittlerweile vertrautes Klopfen an der Tür und aufgrund ihrer Müdigkeit hätte Kiva in Tränen ausbrechen können. Dann aber war sie auf einen Schlag hellwach, als der Prinz sie mit einem angespannten Lächeln begrüßte und ihr die unwillkommene Nachricht überbrachte, ihre Geschwister hätten die Einladung zum Mittagessen angenommen.

Zwar hatte Kiva damit schon fast gerechnet, dennoch war sie außer sich vor Wut, dass die beiden ihre Warnung in den Wind geschlagen hatten. Besonders Zuleeka, besonders nach letzter Nacht. Wenn man sie entlarvte, würden sie alle drei des Hochverrats angeklagt werden. Als Strafe darauf stand eine öffentliche Hinrichtung – falls Jarens Familie gnädig gestimmt war – oder eine Reise nach Zalindov. Beide Aussichten jagten Kiva trotz der kühlen Morgenluft den Angstschweiß auf die Stirn, während sie Caldon zum Kasernenhof folgte.

Der Prinz, der nichts von ihrer inneren Qual ahnte, trieb sie beim Training härter an als je zuvor. Möglicherweise hatte er ihr doch noch nicht ganz verziehen, selbst wenn er nach außen hin wieder ganz der Alte zu sein schien. Nach der Einheit war Kiva jedenfalls zu nichts mehr in der Lage, als zurück in den Palast zu humpeln und sich ein langes heißes Bad zu gönnen.

Obwohl sie beim Frühstück kaum etwas hinunterbrachte, zwang sie sich, zumindest ihren verordneten Schluck von Deloras bitterem Trank einzunehmen. Sie erschauderte, als mit einem seltsamen Kribbeln dessen Wirkung einsetzte. Zum Glück, so tröstete sie sich, war das Mittel lediglich eine Übergangslösung und irgendwann würde sie es ohnehin nicht mehr brauchen. Vielleicht würde sie sich sogar eines Tages mit ihrer Magie anfreunden, so wie Jaren. Vielleicht würde sie lernen, sie zu kräftigen, sie weiterzuentwickeln und zum Guten einzusetzen, sodass sie ihr nicht mehr bloß wie eine Bürde erschien. Heute jedoch, während des Besuchs ihrer Geschwister, war es wichtiger denn je, dass sie ihre Kräfte unter Kontrolle hielt – oder zumindest unter Verschluss.

»Hallo, jemand da?«, ertönte Mirryns Stimme von der Tür her und Kiva blieb gerade noch genug Zeit, das Fläschchen zu verkorken und in der Nachttischschublade verschwinden zu lassen, bevor die Prinzessin in ihr Zimmer platzte.

Mirryn musterte Kiva grinsend von Kopf bis Fuß. »Ich weiß, ich hab gesagt, es wird ein ganz ungezwungenes Mittagessen, aber vielleicht solltest du deinen Aufzug trotzdem noch mal überdenken. Wir wollen doch nicht, dass den guten Jaren der Schlag trifft.«

Nach dem Bad hatte Kiva sich noch nicht wieder angezogen und wickelte sich nun fester in ihr Handtuch. »Bitte, komm doch rein«, entgegnete sie sarkastisch. »Privatsphäre wird sowieso überbewertet.«

»Du hattest zehn Jahre lang keine Privatsphäre«, erwiderte Mirryn ungerührt und machte es sich auf Kivas Bett bequem. »Da wirst du ein paar Minuten mehr schon verkraften.«

Die paar Minuten dehnten sich jedoch beträchtlich aus, nachdem Mirryn sich zu Kivas persönlicher Modeberaterin erklärt hatte. Die Prinzessin ließ sich ihre gesamte Garderobe vorführen, bis sie meinte, die perfekte Kombination für das Mittagessen gefunden zu haben.

An jedem anderen Tag hätte Kiva die Prinzessin gebeten, sie in Ruhe zu lassen. Da sich ihr Magen heute jedoch vor Nervosität verknotete und sie zudem ohne die tröstliche Präsenz ihrer Magie – die Kiva erst zu schätzen gelernt hatte, seit sie fehlte – auskommen musste, war sie auf gewisse Weise dankbar für Mirryns unablässiges Geplapper.

Die Prinzessin war ungewohnt guter Laune. Sie streckte sich auf dem Bett aus und brachte Kiva auf den neuesten Stand über die Vorbereitungen für ihren Maskenball, der in drei Tagen stattfinden sollte. Dann, viel zu früh für Kivas Geschmack, verkündete sie, dass sie sich allmählich auf den Weg machen sollten. Dabei ließ sie Kiva die Wahl, ob sie ihre Geschwister lieber vor dem Palasteingang oder im Flusssalon empfangen wollte, wo bereits die Tafel gedeckt war.

Kiva konnte sich für keine der Optionen erwärmen, also traf Mirryn die Entscheidung für sie. Ungeduldig zog sie Kiva mit nach draußen, wo sie neben Jaren, Caldon, Tipp und Naari Aufstellung nahmen.

Das einzig Gute, was Kiva diesem Vormittag abgewinnen konnte, war die Tatsache, dass der König und die Königin außer Haus waren, um der Eröffnung einer Brücke beizuwohnen. Auch Prinz Oriel hatten sie mitgenommen, der seinerseits versucht hatte, Tipp zum Mitkommen zu überreden. Doch der rothaarige Junge hatte darauf bestanden, bei Kiva zu bleiben, um ihre Geschwister kennenzulernen.

»Du siehst aus, als müsstest du dich gleich übergeben«, merkte Caldon an, als sie neben ihn trat. »Oder in Ohnmacht fallen. Bin mir noch nicht sicher.«

»Tja, die Wetten laufen«, brummte Kiva, was ihn zum Lachen brachte. »Vielleicht schaffe ich ja sogar beides gleichzeitig.«

»Wird schon gut gehen«, ermutigte er sie ungewohnt teilnahmsvoll und stupste sie sanft in die Rippen. »Und wenn nicht, halb so wild. Was soll schon Schlimmes passieren?«

Darüber durfte Kiva gar nicht nachdenken, wenn sie nicht anfangen wollte zu hyperventilieren. Sie schaute rüber zu Jaren, sehnte sich nach seiner beruhigenden Nähe. Aber der Kronprinz war schon die ganze Zeit so schweigsam, wobei er nicht abweisend, sondern eher in Gedanken versunken wirkte. Sie fragte sich, ob es daran lag, dass Naari ihn letzte Nacht erwischt und ihm vermutlich eine gehörige Standpauke gehalten hatte. Irgendetwas sagte ihr jedoch, dass das nicht alles war. Normalerweise hatte er ein bewundernswertes Gespür für Kivas Befinden, heute dagegen schien er ihr Bedürfnis nach einer Schulter zum Anlehnen nicht wahrzunehmen. Stattdessen wandte er den Blick nicht vom Palasttor und seine Miene umwölkte sich noch mehr, als schließlich zwei Gestalten zu Pferd darin erschienen.

Du liebes Schattenreich, stöhnte Kiva innerlich und ballte die Fäuste. *Jetzt geht es los.*

Nach gefühlt nur wenigen Sekunden kamen Torell und Zuleeka vor ihnen zum Stehen, stiegen ab und reichten den wartenden Stallburschen ihre Zügel. Beide waren schlicht gekleidet. Tor trug eine schwarze Hose zu einem tannengrünen Hemd mit bis über die Ellenbogen hochgekrempelten Ärmeln und Zuleeka eine schmucklose Tunika mit einer eng anliegenden Hose. Keine Spur von Waffen. Oder Masken.

Heute waren sie nicht die Viper und der Schakal.

Aber gleichzeitig waren sie es mehr denn je.

Mit zitternden Knien trat Kiva auf sie zu, setzte ein entzücktes Lächeln auf und versuchte, Tipps überbordende Fröhlichkeit nachzuahmen.

»Wie schön, dass ihr kommen konntet!«, begrüßte sie die beiden voller Enthusiasmus.

Tor erwiderte ihr Lächeln und seine Augen funkelten vor unterdrückter Belustigung, als er sie umarmte.

»Wird schon gut gehen«, flüsterte er ihr ins Ohr und wiederholte dabei, ohne es zu wissen, Caldons Worte von eben. »Einfach tief durchatmen.«

Sie befolgte seinen Rat, fühlte sich jedoch nur geringfügig besser, als sie sich wieder von ihm löste.

»Schön, dich wiederzusehen, Schwesterchen«, säuselte Zuleeka und in ihrem Blick lag eine solche Wärme, dass Kiva regelrecht erschrak. Umso mehr, als sie kurz darauf spürte, wie sich ein Paar Arme um sie schloss.

Zuleeka umarmte sie.

Zum ersten Mal seit zehn Jahren.

Wie benommen erwiderte Kiva die Geste und Tränen stiegen ihr in die Augen, da ihr wieder einfiel, was Zuleeka bei ihrer letzten Begegnung gesagt hatte.

Ich werde mir mehr Mühe geben. Das verspreche ich dir.

Kiva war nicht naiv. Sie wusste, dass Zuleeka die Rolle der liebenden Schwester nur vor der Königsfamilie spielte. Und doch wirkte ihre Herzlichkeit echt. Zuleeka gab sich tatsächlich Mühe, genau wie sie es versprochen hatte. Auch wenn sie wohl beide eine Weile brauchen würden, bis sie sich von ihrem etwas unglücklichen ersten Wiedersehen erholt hatten, keimte in Kiva mit einem Mal Hoffnung auf und verdrängte nach und nach die Furcht.

Doch auch das hielt Kiva nicht davon ab, Zuleeka ins Ohr zu flüstern: »Ich war dabei gestern Nacht. Du hast mir später eine Menge zu erklären.«

Kiva ließ ihre Schwester wieder los und erhaschte einen kurzen Blick auf deren überraschte Miene. Dann hakte Kiva sich bei ihren Geschwistern unter und führte sie zu den anderen. »Das hier sind mein Bruder Torell und meine Schwester Zuleeka«, verkündete sie. »Tor, Zuleeka, das sind, äh …«

Sie hielt abrupt inne, als ihr klar wurde, dass sie keine Ahnung hatte, wie sie die Königsfamilie ihren schlimmsten Feinden vorstellen sollte.

»Ich bin Caldon«, sprang dieser ihr elegant zur Seite und trat vor, um Tor die Hand zu schütteln und Zuleeka einen Kuss auf ihre zu drücken. Zu Kivas Überraschung versuchte er nicht, mit ihr zu flirten. Anscheinend war ihm klar, dass jetzt nicht der richtige Zeitpunkt war, um Kivas Schwester Avancen zu machen.

»Ich bin Mirryn«, führte die Prinzessin die Runde fort, ehe sie auf den Rest der Gruppe deutete. »Das da sind Naari und Tipp und –«

»Prinz Deverick«, schaltete sich Jaren ein und verschränkte demonstrativ abweisend die Arme.

Kiva stutzte, nicht nur wegen des formellen Namens, sondern auch über seinen frostigen Tonfall. Seine Augen blitzten wie blaues Eis, umrahmt von goldenen Flammenringen.

»Es ist uns eine Ehre, Hoheit.« Zuleeka vollführte einen tiefen Knicks und spähte unter gesenkten Wimpern zu Jaren hoch. »Vielen Dank, dass Ihr Euch unserer Schwester angenommen habt. Das bedeutet uns unsagbar viel. Genau wie Kiva selbst.«

Kiva erschauderte über die künstliche Süße in ihrer Stimme.

»Jetzt, wo sie zurück ist, sind wir endlich wieder eine Familie. Genau wie wir es uns immer gewünscht haben«, fügte Zuleeka hinzu und strahlte Kiva an.

Jaren schwieg mit versteinerter Miene.

Irgendetwas stimmte hier nicht.

War Jaren dahintergekommen, dass er letzte Nacht von Zuleeka angegriffen worden war? Wusste er, dass er in diesem Moment der Viper und dem Schakal gegenüberstand? Warum sonst sollte er so wütend sein?

Doch er rief keine Wachen herbei, sondern erklärte lediglich knapp: »Das Essen steht bereit.« Dann machte er auf dem Absatz kehrt und marschierte voraus in den Palast.

»Da ist aber jemandem eine Laus über die Leber gelaufen», bemerkte Caldon gedämpft. Kiva war allerdings zu sehr damit beschäftigt, ihre Panik zu unterdrücken, um zu antworten.

Es konnte nicht sein. Jaren konnte nichts davon wissen. Zuleeka und Torell wären niemals hergekommen, wenn auch nur die geringste Gefahr bestand, dass ihre Tarnung aufgeflogen war. Aber warum sonst war Jaren derart aufgebracht?

Und dann war da noch Naari, die ihm nun hinterhereilte. Naari, die keine Ahnung hatte, dass sie mit ihrer Todfeindin beim Mittagessen sitzen würde, der Frau, durch deren Schuld sie ihre Hand verloren hatte.

Natürlich konnte die Soldatin davon nichts ahnen. Zuleeka dagegen musste klar sein, dass es Naari war, die sie vor drei Jahren so grausam verstümmelt hatte. Und der sie seither noch häufiger im Kampf gegenübergestanden hatte, gestern Nacht mit eingeschlossen.

Bei den Göttern, Kiva wusste nicht, wie sie dieses Mittagessen durchstehen sollte.

Aber sie hatte keine andere Wahl. Also holte sie tief Luft und folgte ihren Geschwistern in den Palast, während sie mit halbem Ohr Mirryn lauschte, die die Rolle der Fremdenführerin übernommen hatte, begeistert unterstützt durch Tipp.

»Warum hast du denn nie erwähnt, dass dein Bruder so aussieht?«, raunte Caldon, der zusammen mit Kiva das Schlusslicht der Gruppe bildete.

»Wie aussieht?«, erwiderte sie geistesabwesend.

»Wie ›wie aussieht‹?«, äffte Caldon sie ungläubig nach. »Na, *so*!«, präzisierte er mit einer Geste auf Tors breiten Rücken. »Der ist ja zum Anbeißen.«

Was Kiva schlagartig aus ihren Grübeleien riss. Ihr Kopf ruckte zu dem Prinzen herum. »Ich dachte, du interessierst dich für Mädchen.«

Caldon verzog das Gesicht »Also erstens«, begann er, »Frauen. Ich interessiere mich für *Frauen*, nicht Mädchen. Das ist ein himmelweiter Unterschied.«

Kiva hob entschuldigend die Hände. »Ist ja gut.«

»Und zweitens«, fuhr er nachdrücklich fort, »interessiere ich mich für jeden attraktiven Menschen, egal welchen Geschlechts. Und der da« – wieder nickte er in Torells Richtung – »ist ja wohl der Inbegriff von attraktiv. Ich fasse es nicht, dass du ihn mir so lange vorenthalten hast«, fügte er ein wenig vorwurfsvoll hinzu.

»Ich habe ihn doch gestern selbst zum ersten Mal seit zehn Jahren wiedergesehen«, verteidigte Kiva sich mit der nun schon vertrauten Lüge.

Dagegen konnte Caldon schwerlich etwas einwenden, allerdings hatte sein Schweigen irgendetwas an sich, irgendeine verborgene Tiefe, die Kiva nicht ergründen konnte. Kurz darauf jedoch näherten sie sich auch schon dem Flusssalon und Caldon raunte ihr zu: »Hör mal, ich weiß nicht, was gerade mit Jaren los ist, aber ich habe so einen Verdacht. Ich werde tun, was ich kann, doch wenn ich richtigliege, könnte uns allen ein ziemlich ungemütliches Mittagessen bevorstehen. Was auch immer passiert, denk daran, dass du ihm eine Menge bedeutest. Und dass das der Grund ist, warum er wütend ist. *Sehr* wütend.« Caldon hielt kurz inne. »Ich auch, ehrlich gesagt. Aber einer von uns muss schließlich die Fassung wahren. Und da ich weiß, was Jaren für dich empfindet, glaube ich, dass ihm seine Rolle als umgänglicher Kronprinz heute schwerfallen wird. Also … versuch, es ihm nachzusehen.«

»Wovon redest du eigentlich?«, flüsterte Kiva zurück und hielt ihn am Ellenbogen fest.

»Denk mal scharf nach, Apfelbäckchen.« Caldon sah ihr tief in die Augen. »Wie würdest du denn reagieren, wenn jemand, in den du total verschossen bist, die Hälfte seines Lebens weggesperrt war und dann auf einmal dessen Geschwister vorbeischneien und nach zehn Jahren ohne Kontakt einen auf glückliche Familie machen wollen?« Caldon schüttelte den Kopf. »Das ist nicht in Ordnung, Sonnenschein, und das weißt du.«

Kiva starrte Caldon mit offenem Mund an. »Jaren ist wütend auf meine Familie, weil ich nach Zalindov geschickt wurde? Aber … aber …« Sie geriet kurz ins Stocken, bevor sie fauchte: »Das ist doch Blödsinn! *Sie* haben mich schließlich nicht verhaften lassen!«

Damit hatte sie sich auf dünnes Eis begeben, doch glücklicherweise schien Caldon nicht allzu genau hingehört zu haben.

»Aber sie haben dich da drin komplett im Stich gelassen«, entgegnete er. Dann fügte er angesichts ihrer verständnislosen Miene hinzu: »Du hast wirklich keine Ahnung, wovon ich rede, oder?«

»Wollt ihr zwei uns heute vielleicht auch noch mit eurer Anwesenheit beehren?«, ertönte in dem Moment Mirryns Stimme aus dem Salon.

Caldon umfasste Kivas Hand, die auf seinem Ellenbogen lag und plötzlich eiskalt wurde. Dann zog er Kiva weiter.

»Bitte entschuldigt vielmals. Nur ein kleiner Ehekrach«, verkündete er mit einem einnehmenden Lächeln.

Mit finsterem Blick versuchte Kiva, ihm ihre Hand zu entziehen, doch Caldon ließ nicht los und schob sie zum Tisch. Dieser war ähnlich üppig gedeckt wie bei dem Abendessen mit der Königsfamilie. Heute jedoch umfasste das hübsch arrangierte Angebot unzählige Sorten Salat, Käse und Brot, kalten Braten und frisches Gemüse, abgerundet durch Kristallkaraffen voller Most aus verschiedenen Früchten und Vasen mit Schneeblüten. Jenseits der großen Fenster im Hintergrund glitzerte der Serin im Licht der Frühlingssonne wie flüssiges Gold.

Normalerweise hätte Kiva den einladenden Anblick bewundert, aber in diesem Moment musste sie sich mit aller Macht zusammenreißen, um nicht aus dem Zimmer zu stürmen.

Der Rest der Anwesenden hatte bereits Platz genommen, als Caldon sie zu dem freien Stuhl neben Jaren geleitete und sich dann auf ihrer anderen Seite niederließ.

Angesichts der Sitzordnung fingen Kivas Hände an zu zittern. Naari und Tipp stellten kein Problem dar, aber Zuleeka war neben der Prinzessin platziert, was nur in einem Desaster enden konnte. Torell saß Jaren direkt gegenüber, und obwohl der Prinz ihren beiden Geschwistern finstere Blicke zuwarf, schien sein Zorn in erster Linie ihrem Bruder zu gelten.

»Das sieht ja köstlich aus«, schwärmte Kiva bemüht und erkannte ihre eigene Stimme nicht wieder.

»Und um Längen besser als alles, was wir gewohnt sind, so viel ist mal sicher«, pflichtete Torell ihr freundlich bei und wartete dann, bis seine adeligen Gastgeber sich an den Speisen bedienten, ehe er ihrem Beispiel folgte.

»Kiva hat erzählt, ihr zwei lebt in Oakhollow«, sagte Jaren, der als Einziger am Tisch seinen Teller nicht mit Essen füllte. »Und welcher Arbeit geht ihr dort nach?«

»Ich bin Schmied«, antwortete Torell, während er sich ein ofenwarmes Brötchen mit Schinken belegte. Seine kräftigen Armmuskeln verliehen seiner Lüge Glaubhaftigkeit. »Und Zulee ist Schneiderin.«

Kiva war froh, dass sie gerade nicht den Mund voll hatte, sonst hätte sie womöglich alles in hohem Bogen über den Tisch gespuckt.

»Schneiderin?«, wiederholte Mirryn und musterte skeptisch Zuleekas schlichte Kleidung.

»Ich bin keine große Künstlerin.« Zuleeka neigte betont bescheiden den Kopf. »Aber unsere Mutter hat mich immer dazu ermutigt, meine Träume zu verwirklichen.«

Die Worte trafen Kiva mitten ins Herz.

»Und du hast davon geträumt, Schneiderin zu werden?« Diesmal war die Herablassung in Mirryns Stimme nicht zu überhören.

Auch Jaren schien das nicht entgangen zu sein, denn trotz seines unterkühlten Auftretens bewahrte er Zuleeka vor einer Antwort, indem er sagte: »Wir wissen noch kaum etwas über eure Mutter. Lebt sie auch mit euch in Oakhollow?«

Nun wünschte sich Kiva doch, er hätte Zuleeka Mirryns Geringschätzung preisgegeben. Soweit sie sich erinnern konnte, hatte sie ihre Mutter ihm gegenüber kaum je erwähnt – aus gutem Grund. Und in der Gefängnisakte, die Caldon ausgegraben hatte, waren mit Sicherheit nur Informationen über ihren Vater enthalten gewesen. Fieberhaft überlegte sie, wie sie das Thema wechseln konnte.

Zuleeka jedoch erwiderte vollkommen gefasst: »Das hat sie. Aber sie ist leider gestorben, während Kiva in Zalindov war. Die Ärzte sagen, es sei ein natürlicher Tod gewesen. Aber wenn man mich fragt, ist Mutter am Schmerz über ihre verlorene Tochter zugrunde gegangen. Es war ein schrecklicher Verlust für uns alle.«

Jedes Mal wenn ich dich ansehe, muss ich daran denken, wie sie uns verlassen hat, um dich zu retten. Sie ist gegangen und dann ist sie gestorben. Um deinetwillen.

Bei der Erinnerung an Zuleekas Worte umklammerte Kiva ihre Gabel so fest, dass ihre Finger schmerzten.

»Das tut mir leid«, entgegnete Jaren leise und Kiva wusste, dass sein Mitgefühl ihr galt.

»Ja, es ist wirklich tragisch, dass unsere beiden Eltern schon von uns gegangen sind«, redete Zuleeka weiter und knabberte an einem Stück Käse. »Aber zumindest hat Kiva noch uns.«

Jaren griff nach seinem Wein und wirkte dabei so angespannt, dass es Kiva nicht gewundert hätte, wenn der zierliche Kelch zwischen seinen Fingern zerbrochen wäre.

»Könnt ihr uns ein p-paar Geschichten aus Kivas K-Kindheit erzählen?«, fragte Tipp hoffnungsvoll.

Am liebsten hätte Kiva sich über den Tisch gelehnt und dem Jungen einen Kuss gegeben, dafür, dass er das Gespräch unwissentlich in weniger gefährliche Bahnen gelenkt hatte.

»Je peinlicher, desto besser«, bekräftigte Caldon. »Wir können gut ein bisschen Munition für die nächste Familientafel gebrauchen.«

»Familientafel?«, wiederholte Zuleeka, ihre Miene eine perfekte Kopie des Ausdrucks, mit dem Mirryn sie zuvor bedacht hatte. »Das klingt ja … beschaulich.«

»So etwas gab es bei uns früher auch.« Torell warf seiner Schwester einen warnenden Blick zu. »Eigentlich sogar jeden Tag; unsere Eltern hatten schließlich kein Königreich zu regieren.« Er rang sich ein kurzes Lachen ab und wandte sich dann an Tipp. »Kiva war als Kind ein ziemlicher Wildfang. Ein richtiger kleiner Plagegeist.«

»Ach, im Ernst?« Caldon beugte sich begeistert vor. Kiva konnte nicht sagen, ob sein Interesse echt war oder ob er sich ebenfalls bemühte, die Stimmung am Tisch aufzulockern.

»Ständig ist sie weggelaufen und hat sich im Wald verirrt, ist so weit in den Fluss rausgeschwommen, dass die Strömung sie mitgerissen hat, oder hat sich auf Blumenwiesen gewälzt, bis sie von oben bis unten voller Erde war. Ich könnte euch eine endlose Liste an Dummheiten aufzählen, die sie angestellt hat.«

»Tu nur nicht so, als wärst du nicht bei den meisten davon dabei gewesen«, sagte Kiva und deutete mit der Gabel auf ihn.

Tor hörte gar nicht hin. »Aber sie hatte auch noch eine andere Seite. Eine ernstere, die immer dann zum Vorschein kam, wenn sie unserem Vater mit seinen Patienten half. So mitfühlend und geduldig. Wir wussten schon damals, dass sie eines Tages in seine Fußstapfen treten würde. Unsere Schwester, die Heilerin.« Voller Zuneigung sah er Kiva über den Tisch hinweg an und fügte hinzu: »Die Welt kann sich glücklich schätzen, dass es jemanden wie sie gibt.«

In Kivas Kehle bildete sich ein Kloß.

»Kiva ist die *b-beste* Heilerin, die es g-gibt«, bestätigte Tipp mit vollem Mund. »Sie hat mir in Z-Zalindov das Leben gerettet. Ohne sie w-wäre ich überhaupt nicht mehr hier.«

Seine Worte ließen Kiva erstarren.

Hieß das etwa, er … *erinnerte* sich?

Das Bild seines blutüberströmten Körpers stieg vor ihr auf, ihre Finger, aus denen goldenes Licht strömte, während ihre Magie die tödliche Wunde verheilen ließ, bis nicht mehr als ein Kratzer davon übrig war. Wenn Tipp wusste, was sie damals getan hatte –

»Ich war furchtbar k-krank«, fuhr Tipp mit ernster Miene fort. »Ganz viele M-Menschen sind gestorben. Aber Kiva ist bei mir geblieben und hat sich um mich gek-kümmert, bis es mir wieder b-besser ging.« Kiva kamen fast die Tränen, wenn auch nicht allein wegen seines treuherzigen Blicks, sondern hauptsächlich vor Erleichterung.

Nein, er erinnerte sich nicht.

Ihr Geheimnis war sicher.

»Sie hat während ihrer Jahre dort Hunderten von Menschen das Leben gerettet, Kleiner«, merkte Jaren an. »Während der viel zu vielen Jahre«, fügte er dann leiser hinzu.

Als Kiva die Traurigkeit in seiner Stimme hörte, konnte sie nicht anders, als ihm unter dem Tisch die Hand aufs Knie zu legen. Woraufhin Jaren sofort seine Finger mit ihren verschränkte. Mit dem Daumen strich er sanft kreisend über ihre Haut, als wäre Kiva diejenige, die Trost brauchte, nicht er.

»Schon lustig«, bemerkte Zuleeka. »Kiva hat in Zalindov vermutlich mehr Menschen geheilt, als wenn sie in unserem kleinen Dorf geblieben wäre. Man könnte fast meinen, dass sich letztlich doch alles zum Besten gewendet hat.«

Jarens Hand spannte sich an. Doch ehe Kiva sich allzu große Sorgen darüber machen konnte, was er sagen – oder *tun* – könnte, kam Torell ihm zuvor.

»Zuleeka«, ermahnte er seine Schwester scharf, verstummte aber gleich wieder. Dennoch war sein Tonfall, gepaart mit seinem strengen Blick, unmissverständlich.

Zuleeka schaute in die Runde und ihr Mund klappte auf, als sie die betroffenen Gesichter sah. »Du liebe Götter, das klang jetzt seltsam, oder?« Hastig schüttelte sie den Kopf. »Ich meinte bloß, dass nun ein paar sehr gefährliche Menschen in Kivas Schuld stehen, weil sie ihr das Leben verdanken. Und daran kann doch wohl nichts Schlechtes sein, oder?«

Da niemand antwortete – und Jaren sie anstarrte, als würde er am liebsten seinen Kelch nach ihr schleudern –, legte Zuleeka eine reumütige Miene auf und stibitzte eine Olive von Mirryns Teller. Entsetzt schnappte Kiva nach Luft, die Prinzessin hingegen schien sich über Zuleekas Unverfrorenheit zu amüsieren. Entweder das oder sie erwog im Stillen, ihrer Sitznachbarin die Gabel in die Hand zu rammen.

»Vorsicht, Zuleeka«, kommentierte Caldon trocken. »Meine Cousine ist nicht gerade für ihre Großzügigkeit bekannt. Wenn du nicht aufpasst, könntest du bald einen Finger weniger haben.«

Zuleeka zeigte ihm kurz die Zähne und schnappte sich eine weitere Olive. »So leicht bin ich nicht einzuschüchtern.«

Diesmal war es Kiva, die sich beherrschen musste, ihrer Schwester nicht den nächstbesten Gegenstand an den Kopf zu werfen. »Zulee –«

»Ich h-hab eine Idee!«, rief Tipp plötzlich und hüpfte auf seinem Stuhl auf und ab. Da er schon wieder den Mund voll hatte, klang es mehr wie »Ifh-habnnidee«, dann aber schluckte er und schaute Mirryn an, bevor er erklärte: »Die beiden müssen am M-Mittwoch auch kommen!«

Kiva erstarrte. »Tipp –«

»Was ist denn am Mittwoch?«, wollte Zuleeka wissen.

»Mirrys G-Geburtstag«, antwortete Tipp. »Darum gibt es ein richtig g-großes Fest. Einen M-Maskenball.«

»Klingt ja toll«, sagte Zuleeka, in deren Augen ein gefährliches Funkeln getreten war.

»Wird es b-bestimmt!«, rief Tipp. »Dürfen sie k-kommen, Mirry?«

»Tipp«, schaltete sich nun Kiva ein, um weiteren Schaden zu verhindern. »Du kannst doch keine Gäste zu anderer Leute Geburtstagsfeiern einladen. So was macht man nicht.«

»Aber ich h-hatte noch nie eine eigene Feier, zu der ich G-Gäste einladen konnte«, erwiderte er und Kiva schluckte.

»Ist schon gut«, winkte Mirryn gönnerhaft ab und wandte sich dann an Zuleeka und Tor. »Ihr seid selbstverständlich herzlich willkommen. Immerhin seid ihr Kivas engste Verwandte.«

»Nein«, stieß Kiva hervor, bevor ihre Geschwister antworten konnten. »Das ist nett von dir, aber ich bin mir sicher, das kommt etwas zu kurzfristig.«

Sie warf den beiden einen flehenden Blick zu.

»Kiva hat recht«, sagte Torell, der ihr Unbehagen zu spüren schien. »Das ist ein sehr nettes Angebot, doch wir können –«

»– auf keinen Fall eine Einladung der Königsfamilie ausschlagen«, vollendete Zuleeka geschmeidig seinen Satz. »Wir kommen sehr gern, Prinzessin. Vielen Dank!«

»Zulee–«, setzte Tor an, der Gesichtsausdruck seiner Schwester ließ ihn jedoch abrupt innehalten.

»Mutter hat uns gelehrt, niemals eine unverhoffte Gunst auszuschlagen, lieber Bruder«, merkte sie an. Ihre Worte, so unschuldig sie auch wirkten, schlossen sich wie ein Schraubstock um Kivas Brustkorb. Ein Gefühl, das nur noch schlimmer wurde, als Jaren sich an Torell wandte und das Thema wechselte.

»Wenn du Schmied bist«, sagte der Prinz mit einem Blick auf Torells muskulöse Arme, »heißt das, du weißt auch mit einem Schwert umzugehen?«

»Ein wenig Erfahrung habe ich, ja«, antwortete Torell mit Bedacht. »Ich habe ein Weilchen freiwillig in der Dorfwache gedient, das ist allerdings Jahre her.«

»Wie wär's dann mit einem kleinen Duell?«, schlug Jaren vor und tätschelte sich den makellos flachen Bauch. »Dabei könnten wir unser Mittagessen wieder abarbeiten.«

Da Kiva nicht entgangen war, dass Jaren sogar noch weniger gegessen hatte als sie selbst, fand sie seine Begründung ziemlich fadenscheinig. Tor musste es ähnlich gehen, dennoch legte er sein Besteck hin und stand auf.

»Es wäre mir eine Ehre, Hoheit«, sagte er, bevor er mit einem schiefen Grinsen hinzufügte: »Obwohl ich mich wohl besser gleich im Voraus für meine schludrige Fußarbeit entschuldigen sollte.«

Nein, nein, nein, nein, nein.

Was zum Teufel dachte Torell sich dabei? Er konnte es doch unmöglich für eine gute Idee halten, gegen den Prinzen im Kampf anzutreten, schon gar nicht, wenn dieser in derart schlechter Stimmung war.

»Du wirst dich bestimmt schnell wieder einfinden«, erwiderte Jaren, der nun seine Hand aus Kivas plötzlich tauben Fingern löste und sich ebenfalls erhob.

»Jaren«, murmelte Caldon nach einem Blick in Kivas immer bleicher werdendes Gesicht, »vielleicht solltest du lieber –«

»Bloß ein kleines Duell in aller Freundschaft«, sagte Jaren, doch der Ausdruck in seinen Augen war eisig. Dann deutete er zur Tür. »Wollen wir?«

Kiva flehte ihren Bruder im Stillen an, aber Tor schenkte ihr bloß ein winziges Lächeln, das sie nicht im Geringsten beruhigte.

»Männer und ihre Schwerter«, schnaubte Mirryn und verdrehte an Zuleeka gewandt sehr unprinzessinnenhaft die Augen, während sie sich zusammen mit dem Rest der Gesellschaft Richtung Tür bewegten. »Den Göttern sei Dank, dass wir Frauen über etwas kultiviertere Methoden verfügen, um uns mit unseren Gefühlen auseinanderzusetzen.«

»Stimmt. Obwohl ich mir relativ sicher bin, dass deine und meine Methoden sich dennoch um einiges unterscheiden«, entgegnete Zuleeka, ehe sie ebenso rasch wie spöttisch hinzufügte: *»Hoheit.«*

Mirryn, der dieser unterschwellige Affront nicht entgangen war, musterte sie aus schmalen Augen.

Kiva begann ernsthaft zu fürchten, ihre Geschwister in nicht allzu ferner Zukunft im königlichen Verlies besuchen zu dürfen, wenn die beiden nicht endlich ein bisschen mehr Respekt zeigten. Mit einem letzten warnenden Blick in Zuleekas Richtung eilte sie Jaren und ihrem Bruder nach.

Kurz darauf holte Naari sie ein. Die Soldatin hatte die ganze Mahlzeit über geschwiegen, vermutlich, weil sie damit beschäftigt gewesen war, Kivas Geschwister scharf auf jedes noch so kleine Anzeichen von Gefahr hin zu beobachten. Jetzt jedoch schenkte sie ihr ein aufmunterndes Lächeln. »Mach dir keine Sorgen«, murmelte sie Kiva zu. »Jaren weiß, was er tut.«

Da war Kiva sich nicht so sicher.

»Deinem Bruder wird nichts passieren«, beharrte Naari. »Du weißt, dass Jaren niemals jemandem etwas zuleide tun würde, der dir nahesteht.«

Die Worte trafen Kiva tief, denn im Grunde war ihr klar, dass Naari recht hatte. Jaren würde nicht riskieren, dass Tor zu Schaden kam. Aber würde Tor es genauso halten? Immerhin war ihr Bruder ein ausgebildeter Krieger, ein *General.* Was, wenn –

»Tief durchatmen, Sonnenschein«, sagte Caldon, der nun an Kivas andere Seite trat. »Kein Grund zur Panik.«

Er hatte leicht reden. Schließlich waren es nicht zwei der Menschen, die *ihm* auf der Welt am allermeisten bedeuteten, die gerade im Begriff waren, sich »in aller Freundschaft« ein Duell zu liefern.

Kiva ermahnte sich zur Ruhe, während sie nach draußen traten. Neben ihr hüpfte Tipp dahin und als Letzte folgten Mirryn und

Zuleeka. Viel zu schnell für ihren Geschmack erreichten sie den Kasernenhof, wo Torell bereits mit gezücktem Schwert Jaren gegenüberstand. Beide Männer gingen in Angriffsposition.

»Könnt ihr denn nichts unternehmen?«, wandte Kiva sich flehend an Naari, an Caldon, an jeden, der bereit war, ihr zuzuhören.

»Ich glaube, ein bisschen Dampf abzulassen, wird ihm ganz guttun, Apfelbäckchen«, entgegnete Caldon und legte den Arm um sie.

»Ja, Kiva«, schloss Naari sich ihm an. »Ich wäre schon längst eingeschritten, wenn ich mir Sorgen machen würde – egal, um wen von beiden.«

Die beruhigenden Worte der Soldatin mochten ja gut gemeint sein, aber Naari hatte keine Ahnung, wie erfahren Torell im Umgang mit dem Schwert war. Verdammt, Kiva wusste es ja selbst nicht, schließlich hatte sie ihn noch nie in Aktion gesehen. Jaren jedoch schon, im Kampf gegen Caldon, gegen Hauptmann Veris, ein paarmal sogar gegen beide gleichzeitig, plus Naari. Sie hatte selbst miterlebt, wie er auf Zuleekas Attacke im Roten Haus reagiert und die Rebellen beinahe im Alleingang zurückgedrängt hatte. Die Erinnerung half ihr, die lähmende Furcht in ihrer Brust in Schach zu halten.

Im nächsten Moment flammte sie allerdings umso heftiger wieder auf, als zum ersten Mal die Klingen aufeinanderkrachten. In einem verschwommenen Gewirr aus Angriffen und Paraden, Überkopfschlägen und Unterhandstößen sausten sie durch die Luft.

Caldon ließ einen anerkennenden Pfiff ertönen. »Und ich dachte, noch attraktiver könnte ich deinen Bruder gar nicht mehr finden«, bemerkte er, bevor er süffisant hinzufügte: »Wer hätte gedacht, dass ein Schmied zu so was in der Lage ist?«

Kiva beobachtete die beiden zu konzentriert, um zu antworten. Die Bewegungen ihres Bruders waren genauso präzise wie Jarens, was Naari unruhig von einem Fuß auf den anderen treten ließ. Trotzdem griff die Leibwächterin noch immer nicht ein. Vermutlich, weil sie zu demselben Schluss gekommen war wie Kiva selbst: Jaren und Torell kämpften entschlossen, hielten sich aber gleichzeitig beide zurück.

»Mich würde interessieren«, hallte Jarens Stimme zwischen zwei Schlägen zu ihnen herüber, »was für ein Gefühl es ist, wenn die eigene Schwester im Gefängnis sitzt.« Mühelos parierte er Torells Angriff. »Ist es dir über die Jahre immer leichtergefallen, den Gedanken an sie zu verdrängen? So zu tun, als hätte es sie nie gegeben?«

Kivas Magen zog sich zusammen. Sie wollte auf die beiden zugehen, doch Caldons Griff um ihre Schultern verstärkte sich.

»Lass sie«, raunte er.

»Ich habe jeden Tag an sie gedacht«, antwortete Tor, während er eine Finte nach links vollführte. »Sie hat mir jeden Tag gefehlt.«

Jaren fiel nicht auf das Manöver herein, sondern ließ sein eigenes Schwert in einem weiten Bogen auf Tor niedersausen, der den Schlag eilig abfing. Das Klirren von Stahl auf Stahl dröhnte Kiva in den Ohren.

»Und trotzdem habt ihr nichts unternommen«, fuhr Jaren fort, der jetzt leise keuchte vor Wut. »Ihr habt sie da drin ihrem Schicksal überlassen. Ein *Kind.*«

»Bei dir klingt es, als hätten wir eine Wahl gehabt«, hielt Torell dagegen und seine smaragdgrünen Augen funkelten, während er eine Reihe blitzschneller Hiebe auf Jaren einprasseln ließ.

»Sie war sieben Jahre alt«, schrie Jaren förmlich zurück, wich in rascher Folge aus, duckte sich weg oder sprang über Torells Schwert hinweg, um dann mit einer Serie von Gegenangriffen zu kontern. »Sie hat mehr als ihr halbes Leben an diesen elendigen Ort verloren und du, ihr *ach so liebender Bruder*« – ein rascher Stoß nach vorn, den Tor in letzter Sekunde abwehren konnte –, »hast sie dort *verrotten* lassen.«

»Jaren, hör auf«, krächzte Kiva, doch der Prinz hörte sie nicht über dem Krachen der Schwerter.

»Was hätten wir denn machen sollen?« Eine weitere Finte, diesmal nach rechts. »Die Gefängnistore stürmen? Die Mauern einreißen? Es mit den Aufsehern aufnehmen? Das wüsste ich nämlich zu gern, Hoheit. Wie genau hätte ich meine Schwester vor diesen grauenhaften zehn Jahren bewahren sollen – vor dem Gefängnis *deiner* Familie?«

»Sie war ein *Kind*«, wiederholte Jaren durch zusammengebissene Zähne, als wäre damit alles gesagt. »Ein unschuldiges kleines Mädchen.«

Mit einem Mal wurde Kiva schwindelig, als sie den wahren Grund begriff, warum Jaren so aufgebracht war, so voller Zorn. Denn plötzlich wisperte Aufseher Rookes Stimme durch ihren Kopf – eine Erinnerung an ein Gespräch über Tipp, das sie mit ihm geführt hatte:

Solange es niemanden gibt, der sich um ihn kümmert, bleibt er ein Ziehkind Zalindovs. Sobald jemand sich bereit erklärt, ihn bei sich aufzunehmen, lasse ich ihn gern frei.

Tipp hatte niemanden gehabt, der sich seiner hätte annehmen können. Kiva dagegen …

Sie geriet ins Schwanken, bis nur noch Caldons Arm um ihre Schultern sie aufrecht hielt.

Jaren senkte sein Schwert, machte einen Schritt auf Torell zu und sah ihm fest in die Augen. »Das evalonische Gesetz besagt, dass Kinder unter zwölf Jahren nicht in lebenslange Gefangenschaft genommen werden dürfen. Kiva ist mit dem Tod ihres Vaters in die Obhut des Vorstehers von Zalindov übergegangen. Aber wenn *du*« – er bohrte einen Zeigefinger in Torells Brust – »dich als ihr gesetzlicher Vormund hättest einsetzen lassen, wäre sie auf der Stelle entlassen worden. Das bedeutet, du hattest *fünf Jahre* Zeit, um sie da rauszuholen. Du hättest bloß fragen müssen, und das weißt du verdammt noch mal ganz genau.«

Kiva bekam keine Luft mehr.

Ihre Kehle war plötzlich zu rau, ihre Luftröhre zu eng.

Ihre Verzweiflung zu überwältigend.

»*Atmen*, Sonnenschein.«

Caldons hektisches Flüstern drang kaum zu Kiva durch. Erst als schwarze Pünktchen am Rand ihres Blickfelds zu tanzen begannen, gelang es ihr schließlich doch, einen schmerzhaften Atemzug zu nehmen.

»Gut so«, murmelte Caldon.

Sie beachtete ihn nicht.

Denn kaum, dass sie sich aus ihrer eigenen Wolke des Schmerzes freigekämpft hatte, fiel ihr Blick auf Torells leichenblasses, vor Entsetzen verzerrtes Gesicht.

Ich hätte alles getan, alles, *um dir die Jahre in Zalindov zu ersparen,* hatte er ihr noch vor einer Woche versichert. *Ich hätte mein Leben gegeben, wenn sie dich im Austausch dafür freigelassen hätten.*

Jaren irrte sich. Torell hatte das Gesetz nicht gekannt, hatte nicht gewusst, dass er Kiva bis zu ihrem zwölften Geburtstag problemlos hätte nach Hause holen können. Er war gerade mal zwei Jahre älter als sie und damals selbst noch ein Kind gewesen. Wie hätte er davon wissen sollen? Dennoch war ihm die Qual wie ins Gesicht geschrieben, so unübersehbar, dass selbst Jarens Wut ein wenig abzuebben schien.

»Torell, ich –«, begann der Prinz sich zu entschuldigen, doch Tor hob eine Hand, um ihm das Wort abzuschneiden.

Mit Tränen in den Augen sah er zuerst Kiva an und wandte sich dann mit rauer Stimme an Zuleeka: »Hast du davon gewusst?«

»Natürlich nicht«, antwortete diese rasch.

Kivas Herz brach, als sie die Lüge in der Stimme ihrer Schwester hörte. Und Torells Miene nach zu urteilen, ging es ihm genauso.

Zuleeka hatte davon gewusst.

Kiva hätte fünf Jahre früher freikommen können. Es hätte lediglich jemand in Zalindov vorsprechen müssen. Jemand, der ihr nahestand. Jemand, der sie bei sich haben wollte.

Und wenn Zuleeka davon gewusst hatte –

»Und Mutter?«, hauchte Tor.

Zuleeka erwiderte seinen Blick und wiederholte: »Natürlich nicht.«

Gelogen.

Gelogen, gelogen, *gelogen*.

Torell schloss die Augen und Tränen liefen ihm übers Gesicht, als er Jaren sein Schwert zurückreichte. »Ich glaube, es wird Zeit, dass meine Schwester und ich uns auf den Heimweg machen.«

»Torell –«, versuchte Jaren, ihn zurückzuhalten, doch Tor unterbrach ihn auch diesmal.

»Danke, dass du getan hast, was ich nicht konnte«, flüsterte er, als hätte seine Stimme endgültig ihren Dienst versagt. »Danke, dass du dich um sie gekümmert hast, dass du sie befreit hast. Ich wünschte –« Die nächsten Worte blieben ihm beinahe im Hals stecken. »Ich wünschte, ich hätte davon gewusst. Dann hätte ich – dann hätte ich –«

Jaren legte ihm die Hand auf die Schulter. »Ich weiß. Es tut mir leid.«

Torell nickte und wischte sich die Tränen ab. Leise verabschiedete er sich von Mirryn, Caldon, Tipp und Naari, die schweigend dastanden. Er brachte es nicht einmal über sich, Kiva in die Augen zu sehen, bevor er mit einem letzten vernichtenden Blick auf Zuleeka in Richtung der Stallungen losmarschierte.

»Seht es meinem Bruder nach«, sagte Zuleeka nach einer langen Pause. »Manchmal hat er seine Gefühle nicht recht im Griff.« Dann setzte sie ein Lächeln auf, das niemand erwiderte, nicht einmal Tipp, und fuhr fort: »Ich gehe mich wohl besser um ihn kümmern. Wir freuen uns schon auf den Maskenball.«

Sie machte einen flüchtigen, beinahe höhnischen Knicks und eilte Torell hinterher.

»Bitte entschuldigt mich«, wisperte Kiva mit gesenktem Kopf.

Sie rannte los und holte ihre Geschwister am Eingang zu den Stallungen ein, wo sie auf ihre Pferde warteten.

»Was sollte das denn bitte, Tor?«, fuhr Zuleeka gerade ihren Bruder an. »Du –«

»Lass mich in Ruhe«, fauchte Torell wutentbrannt.

Kiva griff nach seiner Hand, öffnete sanft seine geballte Faust und verflocht ihre Finger mit seinen.

»Ist schon gut, Tor«, sagte sie leise, die Stimme erstickt vor unvergossenen Tränen.

»Nein, ist es nicht«, zischte er mit der Wucht einer niederschnellenden Peitsche. Doch dann wurden seine Züge weich. »Es tut mir so leid, Mäuschen. Ich hatte keine Ahnung, dass –«

»Ich weiß«, unterbrach sie ihn. »Ich glaube dir.« Dann drehte sie sich zu Zuleeka um. »Aber du hast davon gewusst. Und Mutter auch.«

Und diesmal, ohne königliches Publikum, stritt Zuleeka es nicht ab.

Kiva schluckte. »Ihr hättet mich befreien können. Ganz ohne Gewalt sogar. Sie hätten mich einfach gehen lassen.«

Zuleeka sah ihr nicht in die Augen, sondern ließ ihren Blick durch den gepflegten Palastgarten wandern. »Das glaubst du mir jetzt wahrscheinlich nicht, aber du warst in Zalindov sicherer als hier draußen.«

»*Was?*«, fragte Kiva ungläubig.

»Du warst da dr–«

»Hast du eigentlich die geringste Vorstellung davon, wie es in Zalindov ist?«, unterbrach sie ihre Schwester. »Ich musste Tag für Tag um mein Leben fürchten. Manchmal sogar Minute für Minute. Und das schon ohne die Elementarprüfungen, von denen ich *keine einzige* überstanden hätte, wenn Jaren mich nicht unterstützt hätte. Es ist ein Wunder, dass ich es überhaupt bis dahin geschafft habe.«

Zuleeka kaute auf ihrer Unterlippe und starrte zu Boden.

»Warum, Zuleeka?« Kivas Stimme brach. »Warum habt Mutter und du mich da drin alleingelassen? Bitte sag es mir«, flehte sie. »Wenigstens das bist du mir schuldig.«

Zuleeka stieß laut die Luft aus. »Solche Dinge sollten wir nicht hier besprechen.« Sie nickte in Richtung der Stallanlagen, in denen rege Betriebsamkeit herrschte.

»Dann lass dir was einfallen«, erwiderte Torell unbarmherzig. »Kiva verdient es, die Wahrheit zu erfahren. Und ich will es auch wissen.«

Zuleeka warf ihm einen giftigen Blick zu. Doch als sie sich zurück an Kiva wandte, wurden ihre Züge wieder sanfter. »Dieses Problem, das du hast und das du unter Kontrolle zu bekommen versuchst«, begann sie vorsichtig. »*Das* ist der Grund, warum Mutter der Meinung war, du wärst dort drinnen sicherer. Sie meinte, in Zalindov würdest du am wenigsten Gefahr laufen, entdeckt zu werden. Und wenn doch, dann hätte es uns oder … *unseren Freunden* hier draußen zumindest keine Schwierigkeiten bereitet.« Sie hielt für einen Moment inne. »Selbst wenn jemand dahintergekommen wäre, hätte es keine schlimmen Folgen für dich gehabt. Schließlich warst du schon eingesperrt.« Wieder eine Pause. »Aber wenn es dich beruhigt: Mutter hatte immer vor, dich eines Tages zu befreien. Sie hat bloß auf den richtigen Zeitpunkt gewartet.«

Schweigen breitete sich aus, bis Torell schließlich murmelte: »Das ist ja noch schlimmer, als ich dachte. Warum wusste ich nichts von alldem?«

»Weil du Mutters Anweisungen nicht befolgt und auf eigene Faust versucht hättest, Kiva zu befreien«, erklärte Zuleeka.

»Da hast du verdammt noch mal recht«, knurrte Tor. »Und genau das hättest du auch tun sollen. Ich fasse es einfach nicht, dass du –«

»Was passiert ist, ist passiert«, fiel Zuleeka ihm ins Wort. Anscheinend verlor sie langsam die Geduld. »Wir können die Vergangenheit nicht ändern, folglich hat es auch keinen Sinn, damit zu hadern. Kiva hat überlebt. Sie ist hier und sie ist wohlauf. Das ist alles, was zählt.«

Kiva fühlte sich so unendlich verraten. Von ihrer eigenen Familie. Ihrer Schwester. Ihrer *Mutter*.

Du bist die, die sie in diesem Gefängnis hat versauern lassen, oder? Die, von der sie meinte, du wärst dort besser dran.

Also hatte Delora gestern doch die Wahrheit gesagt. Aber was – *was* um alles in der Welt – hatte Tilda zu der Annahme gebracht, dass Kiva an einem Ort wie Zalindov sicherer sein könnte? Warum hatte sie es für die beste Lösung gehalten, ihre Tochter einsperren zu lassen, damit niemand von ihrer Magie erfuhr, während sie ihre eigene längst wieder ganz offen eingesetzt hatte? War ihre Angst, sie könnte auffliegen und ihre Rachepläne scheitern, so groß gewesen, dass sie ihre Tochter lieber zehn Jahre lang unnötig hatte leiden lassen?

Das wollte Kiva einfach nicht in den Kopf. Das Einzige, was sie empfand, war Schmerz. Unbeschreiblicher Schmerz. Sie musste erst einmal in Ruhe über alles nachdenken.

»Geht jetzt«, flüsterte sie, ohne ihre Geschwister dabei anzusehen. »Ich brauche Zeit. Für mich.«

Zuleeka streckte die Hand nach ihr aus, doch Kiva wich zurück.

»Bitte, du musst das verstehen«, ließ Zuleeka nicht locker. »Einen Krieg gewinnt man nicht ohne Opfer, das hab ich dir ja gesagt …«

Kivas Kopf ruckte abrupt hoch, als ihr klar wurde, dass in diesem Plan *sie* das Opfer gewesen war.

»… und natürlich ist es Mutter schwergefallen. Aber sie musste nun mal die Risiken abwägen und ist dabei zu der Entscheidung gelangt, dass es für uns alle das Beste wäre, wenn du in Zalindov bleiben würdest, bis –«

»Halt den Mund«, fuhr Torell sie an. »Kiva will nichts davon hören. Und ich auch nicht. Geh – geh einfach nachsehen, ob die Pferde bereit sind.«

Doch Zuleeka hielt Kivas Blick fest und ihre honiggoldenen Augen flehten um Verständnis.

Ich werde mir mehr Mühe geben. Das verspreche ich dir.

Kiva sah weg.

Zuleeka seufzte leise. »Wir sehen uns auf dem Maskenball«, sagte sie und verschwand im Stall.

Kiva wartete kurz ab, bis ihre Schwester außer Hörweite war. Dann fragte sie Tor: »Glaubst du, du kannst sie davon abhalten, zu Mirryns Ball zu kommen? Es wäre furchtbar gefährlich. Und alles andere als klug. Außerdem … will ich sie dort nicht sehen.«

Sosehr sie ihre Familie all die Jahre vermisst hatte, in diesem Augenblick wünschte Kiva ihre Schwester so weit von sich weg wie nur möglich.

Torell stieß den Atem aus. »Ich sehe mal, was ich tun kann. Aber du weißt ja, wie sie ist.«

Im nächsten Moment verzog er das Gesicht, als ihm klar wurde, was er gerade gesagt hatte – denn Kiva wusste eben *nicht*, wie Zuleeka war. Weil diese rein gar nichts mehr mit dem Kind von damals gemein hatte.

»Es tut mir so leid, Mäuschen«, wiederholte er leise. »Zehn Jahre … Ich weiß einfach nicht, was ich sagen soll.«

»Ich will nicht mehr darüber reden«, erwiderte Kiva heiser. »Aber ich … Dir mache ich keine Vorwürfe. Das weißt du, oder?«

»Solltest du aber«, entgegnete er voller Bitterkeit und Selbsthass. »Ich tue es jedenfalls.«

Kiva drückte seine Hand fester. »Bitte nicht, Tor. Wenn ich mir neben allem anderen auch noch deswegen Sorgen machen muss, dann ist das … einfach zu viel.«

Wieder atmete Torell tief durch und zog sie dann in seine Arme. »Ich kann eben nicht anders. Ich liebe dich so sehr, natürlich zermartere ich mir da ständig den Kopf wegen dem, was du durchmachen musstest. Besonders jetzt, wo ich weiß, dass wir dich schon vor Jahren hätten befreien können.«

»Fühl dich nur bitte nicht für etwas verantwortlich, worauf du keinen Einfluss hattest«, sagte Kiva. »Das musst du mir versprechen.«

Torell schwieg einen Moment, ehe er schließlich einwilligte. »Ich werde es versuchen.«

Mehr konnte Kiva nicht von ihm verlangen, das wusste sie. Sie löste sich von ihm, wischte sich die Augen trocken und schob ihn sanft auf den Stalleingang zu. »Dann geh jetzt«, sagte sie. »Und straf sie von mir aus gern den gesamten Rückweg über mit Schweigen.«

»Darauf kannst du dich verlassen«, brummte Tor. Dann gab er Kiva einen Kuss auf die Stirn und ging. Kiva blieb allein zurück, mit nichts als ihren rastlosen Gedanken und einem gebrochenen Herzen.

KAPITEL VIERUNDZWANZIG

Kiva schlich sich zurück in ihr Zimmer und verkroch sich im Bett. Den Rest des Tages wollte sie niemanden sehen, denn sie musste all das, was sie heute erfahren hatte, erst einmal verarbeiten. Sie musste *trauern*.

Im Laufe des Nachmittags erschienen zahlreiche Besucher vor ihrer Tür, die Kiva anhand ihres zaghaften Klopfens und ihrer noch zaghafteren Stimmen als Jaren, Tipp, Caldon, Naari und sogar Mirryn identifizierte. Einer nach dem anderen erkundigten sie sich nach ihrem Befinden und baten um Einlass. Doch als Kiva nicht antwortete, betrat niemand ungebeten das Zimmer. Sie gewährten ihr die Ruhe, die sie jetzt dringender benötigte als alles andere.

Draußen vor den Fenstern wurde es dunkel und trotz ihres knurrenden Magens holte Kiva sich nichts zu essen, sondern blieb zusammengerollt liegen, bis ihr das Atmen wieder leichterfiel. In erster Linie half ihr dabei Zuleekas Bemerkung, die Vergangenheit lasse sich nun mal nicht ändern. Kivas Mutter hatte ihre jüngste Tochter in Zalindov ihrem Schicksal überlassen. So unentschuldbar das auch war, es würde sich nie rückgängig machen lassen. Kiva würde nichts anderes übrig bleiben, als sich damit abzufinden und nach vorn zu schauen.

Kurz nachdem sie ihren Entschluss gefasst hatte, ertönte ein weiteres Klopfen an ihrer Tür. Diesmal stand Kiva auf und öffnete sie. Zu ihrer Überraschung wartete draußen jedoch keiner ihrer Freunde, sondern ein älterer Diener.

»Miss Kiva«, sagte er mit einer angedeuteten Verbeugung. »Königin Ariana entschuldigt sich in aller Form, dass sie heute das Mittagessen versäumt hat, und möchte Sie zu einem Schlummertrunk einladen. Sie hat mir aufgetragen, ausdrücklich zu erwähnen, dass sie heiße Schokolade bestellt hat.«

Kivas Magen knurrte so laut, dass der Diener sie besorgt musterte, bevor er hinzufügte: »Die Königin erwartet Sie in ihrem privaten Salon. Ich habe Anweisung, Sie zu ihr zu bringen, sobald Sie es einrichten können.«

Es wäre so einfach gewesen, die Einladung auszuschlagen. Kiva kannte die Königin mittlerweile gut genug, um zu wissen, dass sie ihr eine Absage nicht übel genommen hätte. Ariana war die Letzte, die Kiva in einem solchen Moment unter Druck gesetzt hätte. Wahrscheinlich hätte die Königin sie sogar dazu ermutigt, sich alle Zeit zu nehmen, die sie brauchte, um über ihren Schmerz hinwegzukommen.

Und vielleicht war genau das der Grund, warum Kiva sich nun hastig mit den Fingern durchs Haar fuhr und dem Diener folgte. Zwar hätte sie es niemals laut zugegeben, aber abgesehen von der Tatsache, dass sie Hunger hatte und die Aussicht auf heiße Schokolade mehr als verlockend war, gab es in diesem Moment nichts, wonach sie sich mehr sehnte als nach mütterlichem Trost. Selbst wenn es sich bei dieser Mutter um Ariana Vallentis handelte.

Auf dem Weg zum Salon begegneten sie weder Tipp noch irgendjemandem sonst, bloß ein paar vereinzelten Bediensteten. Kiva fragte sich, ob die Spione der Rebellen wohl darunter waren und ihren Geschwistern von dem Treffen mit der Königin berichten würden. Selbst wenn, so beschloss sie dann, kümmerte es sie nicht. Heute würde sie keinen Gedanken mehr an ihre Mission und die Pläne ihrer Familie verschwenden. Der Rest des Abends gehörte ganz allein ihr. Sie würde sich trösten und auf andere Gedanken bringen lassen.

Nachdem sie die goldene Brücke zum Westpalast passiert hatten, kamen die Gemächer der Königin in Sicht. Diese lagen Kivas eigenem Zimmer beinahe direkt gegenüber, nur getrennt durch den Fluss. Der Diener brachte Kiva sofort in den Salon und zog die vergoldete Flügeltür hinter sich zu.

Sie drehte sich einmal um sich selbst, um all die Pracht auf sich wirken zu lassen.

Der Salon der Königin war mit dicken Teppichen ausgelegt und die Fenster boten einen Ausblick über den Serin und den Palastgarten. Letzterer war von Luminiumlaternen erleuchtet, die sich wie Glühwürmchen in der Ferne verloren. Von der hohen Decke hing ein eleganter Kronleuchter, dessen Form an eine Traube von Tränen erinnerte. Gemälde zierten die Wände und überall lockerten frische Blumensträuße und sattgrüne Topfpflanzen das vorherrschende Gold und Weiß auf. Ein prasselnder Kamin erfüllte den Raum mit gemütlicher Wärme, während ein Stück weiter –

Kiva keuchte auf und bewegte sich wie magnetisch angezogen auf den riesigen Konzertflügel zu, dessen Beine, Deckel und Gehäuse komplett aus durchsichtigem, glitzerndem Kristall bestanden. So etwas hatte sie noch nie gesehen.

»Wunderschön, nicht wahr?«

Die Stimme drang an ihre Ohren, noch während Kiva die schwarzen und weißen Tasten bestaunte, den einzig gewöhnlichen, wenn auch nicht minder atemberaubenden Teil des Instruments. Sie wirbelte herum und entdeckte schließlich die Königin, die auf einer Chaiselongue aus rotem Samt lag und Kiva über den Rand eines Weinkelchs beobachtete.

»Spielst du?«, fragte Ariana mit etwas schwerer Zunge.

»Äh, nein.« Kiva musterte die Königin und fragte sich, wie viel sie bereits getrunken haben mochte.

»Jaren hat früher Stunden an diesem Klavier verbracht.« Arianas Blick schweifte in die Ferne. »Aber heute nicht mehr.«

Kiva ging langsam auf sie zu, während eine innere Stimme sie warnte, dass irgendetwas nicht in Ordnung war. Doch ihre Unsicherheit wich einem Anflug von Rührung, als sie das Tablett mit heißer Schokolade und einer kleinen Gebäckauswahl bemerkte und ihr bewusst wurde, welche Mühe die Königin sich gemacht hatte.

»Nein?«, fragte Kiva. Die Vorstellung von Jaren am Klavier war in ihrem angeschlagenen Zustand schlicht zu überwältigend, also schob sie sie schnell beiseite. »Warum nicht?«

Ariana trank einen großen Schluck Wein. »Tja … er kommt nicht mehr so gern hierher.«

Kiva erstarrte. Doch der Grund dafür waren nicht bloß die undeutlichen Worte der Königin, sondern etwas, das ihr erst jetzt im Näherkommen auffiel.

Arianas glasige Augen, ihre wächserne Haut, ihre zitternden Hände …

… und die Spuren von Goldpuder an Mund und Nase.

Engelsstaub.

Die Königin stand unter Drogen.

Und das bedeutete –

Er kommt nicht mehr so gern hierher.

Mit einem Mal sah Kiva den prunkvollen Salon mit völlig anderen Augen und sie wich einen Schritt zurück.

Hier hatte die Königin Jaren misshandelt. Über Jahre.

Hier hatte sie ihrer Sucht gefrönt, hatte die Kontrolle über sich selbst verloren und anderen unsägliches Leid zugefügt.

Und Kiva war allein mit ihr. Niemand außer dem Diener wusste auch nur, dass sie hier war.

»Nimm dir von der Schokolade, Kiva«, lallte die Königin und zog Kivas Namen dabei in die Länge, als hätte er drei Silben. »Die hab ich extra für dich bringen lassen.«

Mit rasendem Herzen ging Kiva ihre Möglichkeiten durch. Sie konnte fliehen, was ihr zwar etwas übertrieben vorkam, aber immerhin wäre sie dann in Sicherheit. Oder sie konnte sich zu Ariana setzen, die soeben einladend auf das Polster neben sich klopfte, und heiße Schokolade trinken. Auch wenn ihr beim Anblick des Goldpuders jeglicher Appetit vergangen war. Doch Kiva wusste, dass sie auf diese Weise am wenigsten Gefahr lief, die Monarchin zu kränken. Allerdings war ihr auch klar, dass Abhängige – insbesondere solche, die im Alltag eine völlig normale Fassade wahrten – unberechenbar waren und zu starken Stimmungsschwankungen oder Gewaltausbrüchen neigten. Dabei vergaßen sie oft, was sie im Drogenrausch getan hatten, sobald die Wirkung der Substanz nachließ. Darum musste Kiva vorsichtig sein.

Sie trat einen weiteren Schritt zurück. »Es tut mir leid, mir ist auf einmal etwas unwohl. Vielleicht sollte ich mich besser wieder hinlegen.«

Kiva sank in einen respektvollen Knicks. In nüchternem Zustand hätte Ariana niemals auf solche Formalitäten bestanden, aber Kiva wollte lieber kein Risiko eingehen. Mit einem unsicheren Lächeln richtete sie sich wieder auf und wandte sich zur Tür.

»Nicht so hastig.«

In Arianas Stimme lag keine Spur mehr von ihrer üblichen Herzlichkeit. Stattdessen klang sie eiskalt, gebieterisch, fordernd. Kiva blieb wie erstarrt stehen. Nicht etwa, weil sie beschlossen hatte, dass es klüger war zu gehorchen. Sie wollte weiterhin nichts lieber, als diesen Salon zu verlassen, was auch immer die Konsequenzen waren.

Doch sie konnte nicht.

Denn nicht nur die Worte der Königin waren wie mit Eis überzogen. Auch aus dem Boden rund um Kivas Füße war Wasser aufgestiegen und direkt gefroren, sodass sie sich nicht vom Fleck rühren konnte.

Panik stieg in ihr auf, als sie versuchte, ihre Füße zu befreien, aber es war vergeblich. Stattdessen drehte sich der Eisblock langsam mit ihr zu Ariana herum.

»Willst du etwa einfach so gehen?«, schnarrte die Königin. »Du hattest doch noch gar keine Schokolade.«

»Nein, ich, äh –« Kiva geriet vor Angst ins Stottern.

Plötzlich stieß Ariana einen schrillen Schrei aus und schleuderte mit aller Kraft ihren Weinkelch auf das Tablett. Wein, heiße Schokolade und Kuchen flogen in alle Richtungen. Schwankend stand sie auf und bewegte sich mit rudernden Armen auf Kiva zu. Der goldene Ring an ihrem Finger funkelte.

»Schau, was du angerichtet hast! *So eine Schweinerei!*«, kreischte die Königin. »Ich dachte, wir würden uns einen schönen Abend machen, aber du hast alles verdorben! Warum musst du alles *kaputtmachen*?«

Beim Anblick von Arianas wahnhaft verzerrter Miene bemühte Kiva sich noch verzweifelter, ihre Füße zu befreien. Doch das Eis hielt sie unerbittlich fest.

»*Bitte*«, flehte sie die Königin an, obwohl ihr klar war, dass sie genauso gut hätte versuchen können, ein Raubtier zu beschwichtigen. »Das wollte ich nicht. Es tut mir leid. Ich habe nicht aufgepasst«, plapperte sie vor sich hin, in der Hoffnung, die Königin doch zu besänftigen.

Die Erleichterung, als mit einem Mal die Wut aus Arianas Gesicht wich und der Eisblock erst zu knacken und schließlich zu schmelzen begann, zwang Kiva beinahe in die Knie.

Doch obwohl ihre Füße wieder frei waren, wagte sie es immer noch nicht, sich von der Stelle zu rühren.

»Warum guckst du denn so?«, fuhr Ariana sie an und torkelte durch die verschüttete Schokolade auf Kiva zu. »Ich dachte, wir wären Freundinnen! Oder magst du mich etwa nicht mehr?«

»Doch!«, antwortete Kiva rasch.

Als die Königin die Furcht in ihrer Stimme hörte, wurden ihre saphirblauen Augen schmal. »DU LÜGST!«, schrie sie. »WARUM LÜGST DU MICH AN? WARUM LÜGEN MICH ALLE IMMER NUR AN?«

Ihr Zornesausbruch ließ Kiva rückwärtstaumeln. Sie kam allerdings kaum drei Schritte weit, ehe die Königin ruckartig die Hand hob und Kiva abermals erstarrte.

Diesmal jedoch nicht, weil ihre Füße festgefroren waren.

Sondern weil sie keine Luft bekam.

Kiva betastete entsetzt ihre Kehle und rang nach Atem, nur um sich im nächsten Moment vornüberzukrümmen und einen Mundvoll Wasser auszuhusten. Und dann noch einen. Keuchend und würgend versuchte sie, ihre Lunge von der Flüssigkeit zu befreien, die sich plötzlich darin sammelte, die sie *flutete*.

Blanke Todesangst erfüllte sie, während ihr ein Schwall Wasser nach dem anderen über die Lippen strömte. Verzweifelt hielt sie Ausschau nach irgendetwas, was sie als Waffe benutzen konnte, doch außer dem verwüsteten Tablett war nichts in Reichweite. Hustend sank sie auf die Knie und kroch auf Arianas zerbrochenen Weinkelch zu. Aber als sie nach einer der Kristallscherben griff, wurde sie jäh an den Haaren zurückgerissen. Die Scherbe entglitt ihr, stattdessen wurde Kiva durch Kuchenbrösel und Schokoladenpfützen über den Boden geschleift, weit weg von jeder Chance, sich zu verteidigen.

»Warum lügst du mich an?«, wiederholte Königin Ariana traurig. »Ich will doch nur, dass du mich magst.«

»Bitte!«, wollte Kiva hervorstoßen, doch aus ihrem Mund drang nichts als ein wässriges Gurgeln.

Es brannte – ihre Lunge *brannte*.

Dunkelheit ballte sich an den Rändern ihres Blickfelds zusammen und Kiva begriff allmählich, dass dies ihr Ende war. Arianas Magie hatte sie nichts entgegenzusetzen. Das Wasser drang bis in den letzten Winkel ihres Körpers vor; sie würde an Land ertrinken.

Und dann, plötzlich, war es vorbei.

Mit einem lauten WUMMS flog die Flügeltür auf und Jaren stürzte in den Salon. Nach einem kurzen, entsetzten Blick auf Kiva hob er die Hand und im nächsten Moment waren ihre Atemwege frei. Mit einer weiteren Geste schleuderte er seine wutschnaubende Mutter quer durchs Zimmer.

»Kiva«, keuchte er und rannte zu ihr. Kiva hustete noch immer so krampfhaft, dass ihr die Augen tränten. Sie kämpfte gegen den Schmerz und rang um Atem.

»Halt dich an mir fest«, sagte Jaren. Ohne sich an ihren nassen, schmutzigen Kleidern zu stören, hob er sie auf seine Arme und schritt mit steinerner Miene zur Tür.

»Jaren, Liebling!«, rief Ariana und stolperte ihnen hinterher. »Mein herzallerliebster Schatz!«

Eine unsichtbare Windbö ließ die Tür hinter ihnen zufallen. Über ihrem eigenen Husten hörte Kiva die Königin von innen dagegenhämmern, doch Jarens Magie hielt sie sicher verschlossen.

»J-J-J–«

»Nicht reden«, schnitt Jaren ihr das Wort ab. Dann sah er auf sie hinunter und fügte mit sanfterer Stimme hinzu: »Versuch einfach nur zu atmen.«

Kiva konzentrierte sich den ganzen Rückweg zum Ostpalast darauf, ihre Lunge mit Luft zu füllen und gleichmäßig zu entleeren, bis das Atmen irgendwann wieder etwas müheloser funktionierte. Noch immer am ganzen Körper zitternd, klammerte sie sich an Jaren und protestierte nicht einmal, als er sie nicht zurück in ihr Zimmer brachte, sondern seine eigenen Gemächer ansteuerte.

Kiva war noch nie zuvor in Jarens privatem Wohnbereich gewesen. Nach allem, was gerade passiert war, hätte sie jedoch kaum weniger Interesse dafür aufbringen können. Sie registrierte nur vage, dass die Einrichtung dort nicht annähernd so luxuriös war wie im Salon der Königin. Stattdessen glich sie eher der von Kivas und Tipps Suite. Bevor sie sich genauer umsehen konnte, marschierte Jaren aber bereits schnurstracks weiter in sein Schlafzimmer und setzte sich aufs Bett, Kiva noch immer fest in seinen Armen.

Der Raum war dunkel und einzig von fahlem Mondlicht erhellt, das zu den bodentiefen Fenstern hereinfiel. Davor erstreckte sich ein Balkon mit Blick auf den Serin. Allerdings war das Zimmer wesentlich größer als ihr eigenes und Grau- und Blautöne mischten sich unter das übliche Farbschema aus Gold und Perlmutt. Selbst das Bettzeug war dunkler und das wuchtige Himmelbett wirkte geradezu majestätisch.

»Kiva«, sagte er heiser und nahm ihr Gesicht zwischen die Hände. »Es tut mir so furchtbar leid.«

Er klang so niedergeschmettert, dass es Kiva das Herz brach.

»Ich weiß nicht, wie ich jemals –«

»Schhh.« Sie löste eine verkrampfte Hand von seiner Jacke und legte ihm den Zeigefinger auf den Mund. »Es war nicht deine Schuld.«

Ihre Stimme klang noch immer kratzig, doch das war nichts im Vergleich zu dem, was ihr erspart geblieben war.

Jaren hatte ihr das Leben gerettet.

Schon wieder.

Diese Gewissheit war mehr, als Kiva im Moment ertragen konnte, also schmiegte sie bloß den Kopf an seine Schulter und flüsterte: »Danke.«

Der Prinz stöhnte gequält auf und schloss sie noch fester in die Arme, ohne sich daran zu stören, dass er sich dabei auch mit Schokolade beschmierte. »Bitte bedank dich nicht bei mir.« Dann fügte er kaum hörbar hinzu: »Ich dachte, sie hätte aufgehört. Sie hat es mir geschworen.«

Kiva spürte seinen Schmerz, als wäre er ihr eigener. Schwach und verwundbar, wie sie war, konnte sie nicht anders, als Jaren einen zarten Kuss auf den Hals zu hauchen, denn das war der einzige Trost, den sie zu spenden imstande war.

Jaren versteifte sich. Dann aber stieß er einen langen Atemzug aus und vergrub das Gesicht in ihrem Haar.

»Ich darf dich niemals verlieren«, flüsterte er.

Kivas Brust zog sich zusammen, als sie mit einer Wahrheit antwortete, von der sie sich wünschte, sie wäre keine: »Ich dich auch nicht.«

Jaren hielt sie leicht von sich ab, bis Kiva ihm direkt in die Augen blickte.

Wieder hatte sie Schwierigkeiten zu atmen, als sie seinen Gesichtsausdruck sah, all das, was er ihr zeigen wollte.

Es war, als loderten Flammen in seinen Augen, und Kivas Haut begann zu kribbeln, während sich eine wohlige Wärme in ihr ausbreitete und die letzten frostigen Reste von Arianas Angriff vertrieb. Zwar zitterte Kiva noch immer, aber nicht mehr vor Angst. Diesmal war der Schauer, der ihren Körper hinablief, völlig anderer Natur.

Aufregung, nein, *Verlangen* erfasste sie. Und obwohl ihre Vernunft ihr zurief, dass die hier keine gute Idee war und nichts als gebrochene Herzen zur Folge haben würde, hielt sie Jaren nicht auf, als sein Mund sich langsam ihrem näherte.

Kiva schnappte nach Luft –

Doch in allerletzter Sekunde änderte Jaren die Richtung und seine Lippen streiften ihre Stirn. »Bleib heute Nacht bei mir«, flüsterte er.

Es war kein Befehl und trotz des Feuers, das sie noch Momente zuvor in seinen Augen gesehen hatte, war Kiva sich sicher, dass er dabei keine Hintergedanken hatte.

Ein Hauch von Enttäuschung keimte in ihr auf, direkt gefolgt von Erleichterung.

»Ich weiß nicht –«, begann sie, ihre Stimme erstickt von all den Emotionen, die in ihr um die Oberhand rangen.

»Bitte«, flehte Jaren.

Der Kronprinz von Evalon. Flehte sie an.

»Nach allem, was eben passiert ist, muss ich dich einfach in Sicherheit wissen«, sagte er leise.

Kiva wurde klar, dass er noch immer mitgenommen war, möglicherweise sogar schlimmer als sie selbst. Und darum nickte sie zögerlich.

Dankbar seufzte Jaren, gab ihr einen weiteren Kuss auf die Stirn und lehnte sich ein Stück zurück. »Ich hole dir was anderes zum Anziehen.«

Er hob Kiva von seinem Schoß und legte sie aufs Bett. Dann strich er ihr noch einmal über die Wange und ging im Dunkeln zu seinem Schrank.

Kiva versuchte, sich einigermaßen zu sammeln. Da kehrte Jaren zurück und reichte ihr ein sauberes langärmliges Hemd. Damit ging sie ins Badezimmer und schälte sich aus ihrer schmutzigen Kleidung.

Als sie wieder ins Zimmer kam, trug Jaren bereits eine Pyjamahose – und sonst nichts.

Kiva schluckte und riss den Blick rasch von seiner nackten Brust los. Wobei ihr jedoch nicht entging, wie Jarens eigener Blick kurz auf dem Saum des Hemds verharrte, das Kiva nur knapp bis zur Mitte der Oberschenkel reichte.

Was mache ich eigentlich hier?, schrie Kiva in Gedanken auf. Sie konnte nicht hierbleiben. Sie *sollte* definitiv nicht hierbleiben.

Gerade öffnete sie den Mund, um eine Ausrede vorzubringen, warum sie unbedingt gehen musste – was auch immer ihr einfiel –, da räusperte sich Jaren und sagte: »Ich habe etwas für dich.«

Kiva machte den Mund wieder zu.

Statt weiterzureden, legte Jaren den Kopf schief. »Stehst du aus einem bestimmten Grund noch immer in der Badezimmertür?«, fragte er.

Kiva entwich ein zittriger Atemzug, dennoch bewegte sie sich zögernd auf Jaren zu, fest entschlossen, sich ihre Nervosität nicht anmerken zu lassen. Als sie bei ihm anlangte, deutete er aufs Bett, woraufhin sie beide hineinkletterten und sich Seite an Seite an das Kopfteil lehnten.

»Hier. Das hätte ich dir schon viel früher geben sollen«, verkündete Jaren und drehte nervös eine kleine Schatulle zwischen den Fingern. »Es ist mir bloß nicht in den Sinn gekommen. Dabei hätte ich es wirklich besser wissen müssen.«

Seine Stimme klang zunehmend verbittert und seine Finger zuckten nervös, weshalb Kiva ihre Hand um seine schloss, um ihn zur Ruhe zu bringen.

Jaren atmete aus und öffnete die Schatulle, in der ein glänzendes, auf Samt gebettetes Amulett zum Vorschein kam.

Es war nicht das erste Mal, dass Kiva das Schmuckstück sah. Sie hatte es sogar schon eine Weile getragen. Das Amulett hatte sie lebendig durch die Feuerprüfung gebracht. Seit es danach in Naaris Händen gelandet war, hatte Kiva es jedoch vollkommen vergessen.

An einer glitzernden Goldkette hing das Wappen der Familie Vallentis: ein Schild mit den vier Symbolen für die verschiedenen Formen der Elementarmagie, bestehend aus einem Rubin, einem Smaragd, einem Topas und einem Saphir. Davor kreuzte sich ein Schwert mit einem Pfeil und über allem thronte eine Krone.

Es war wunderschön, das musste Kiva sich auch diesmal eingestehen. Und der Eindruck verstärkte sich noch, als Jaren mit konzentrierter Miene einen Finger auf die Edelsteine presste, die unter der Berührung zu glühen begannen.

Rot, grün, weiß, blau. Die Farben strahlten immer heller, bis Jaren die Hand zurückzog und das Leuchten erlosch.

»Was war denn das?«, fragte Kiva und beäugte das Amulett argwöhnisch.

Jaren hob es hoch. »Darf ich?«

Als Kiva seinen geduldigen, offenen Blick bemerkte, zuckte sie mit den Schultern und wandte ihm den Rücken zu. Einen Moment später spürte sie, wie er ihr die Kette umlegte und in ihrem Nacken verschloss.

»Mit dem Amulett bist du sicher vor magischen Angriffen«, erklärte er, als sie sich wieder zu ihm umdrehte. »Ich habe es mit meinen Kräften angefüllt. Und zwar diesmal nicht nur mit Feuermagie wie damals bei deiner Prüfung, sondern auch mit Erd-, Wasser- und Luftmagie. Sollte irgendjemand dir mithilfe seiner Elementarkräfte Schaden zufügen wollen, funktioniert es wie ein Schutzschild.«

Kiva starrte ihn an.

»Du glaubst mir nicht«, sagte Jaren, der ihren Gesichtsausdruck falsch deutete, und griff nach ihrer Hand. »Pass auf.«

Flammen schossen aus seinen Fingerspitzen und Kiva zuckte reflexartig zurück, doch Jaren hielt sie fest.

»Guck hin.« Er deutete auf die Stelle, an der die Flammen von seiner Haut auf ihre übersprangen. Kiva spürte nichts, kein Brennen, keinen Schmerz, genau wie bei ihrer Prüfung im Krematorium.

»Wie lange wird die Wirkung anhalten?«, fragte sie, heiser vor Ehrfurcht über dieses wertvolle Geschenk.

Und über seine Bedeutung.

Jaren beschützte sie. Vor seiner eigenen Familie.

Vor sich selbst.

»Definitiv lange genug, dass du nächstes Mal mit heiler Haut davonkommst«, antwortete er, noch immer sichtbar aufgewühlt. Dann jedoch schien er seinen Verdruss abzuschütteln und fügte hinzu: »Hier im Palast solltest du mit niemandem mehr Schwierigkeiten bekommen, aber draußen gibt es ebenfalls gewisse Anomalien. Menschen außerhalb der Königsfamilie mit magischen Kräften. Auch vor denen kann das Amulett dich beschützen.«

Kiva sah an sich hinunter. »Ich weiß gar nicht, was ich sagen soll.«

»Sag, dass du es behältst. Dass du es immer tragen wirst.«

»Das werde ich. Versprochen.«

Das Amulett hatte ihr schon einmal das Leben gerettet. Und egal, für welche Familie dieses Wappen stand, Jarens Geschenk nicht anzunehmen, wäre absolut verrückt. Erst recht mit Blick auf das, was kommen würde.

Denk nicht daran, ermahnte Kiva sich im Stillen. *Nicht heute Nacht.*

»Es war ein langer Tag«, meinte Jaren und zog die Decke über sie beide. »Am besten versuchen wir, einfach zu schlafen.«

Kiva nickte und ließ sich in Jarens unglaublich weiche Kissen sinken. »Dein Bett ist viel gemütlicher als meins«, rutschte es ihr heraus, als sie kurz darauf einander zugewandt im Dunkeln lagen.

Jaren lachte. »Das freut mich zu hören.«

Während Kiva sich noch tiefer einkuschelte, staunte sie darüber, wie normal es ihr vorkam, so dicht neben ihm zu liegen.

»Woher wusstest du, dass –« Kiva brachte die Frage nicht heraus, doch Jaren wusste auch so, wie sie geendet hätte.

Er schob ihr eine Haarsträhne hinters Ohr, was Kiva eine Gänsehaut verursachte. »Ich wollte noch einmal nach dir sehen, aber Tipp meinte, du wärst weggegangen. Er hatte gehört, wie Oswald dir Mutters Einladung überbracht hat, und da … da hatte ich so ein Gefühl, dass irgendetwas nicht stimmt.« Leiser fügte er hinzu: »Tut mir leid, dass ich so spät gekommen bin.«

»Ich bin froh, dass du überhaupt gekommen bist«, entgegnete Kiva, bevor sie ihre Worte von zuvor wiederholte: »Danke, Jaren. Ich weiß auch nicht, warum du mir ständig das Leben retten musst.«

»Jederzeit gern«, erwiderte er so voll aufrichtigen Gefühls, dass

Kiva wohl mulmig geworden wäre, hätte er nicht genauso rasch wie verlegen hinzugefügt: »Also, wenn nötig, meine ich. Was es hoffentlich nicht sein wird. Nie wieder. Aber wenn doch, dann bin ich zur Stelle. Ist ja klar. Du weißt schon.«

Kiva lachte über sein Herumgedruckse und legte ihm zum zweiten Mal an diesem Abend einen Zeigefinger auf den Mund.

»Gute Nacht, Jaren.«

Er seufzte unter ihrem Finger. »Gute Nacht, Kiva.«

Kiva rollte sich ein und war gerade kurz davor einzuschlummern, als Jaren erneut flüsterte: »Kiva?«

»Mhm?«, murmelte sie.

»Tut mir leid wegen heute. Wegen der Sache mit deinen Geschwistern.«

Obwohl sie beschlossen hatte, sich nicht weiter den Kopf darüber zu zerbrechen, versetzte die Erinnerung ihr abermals einen Stich.

»Und es tut mir leid, dass ich so wütend geworden bin«, fuhr Jaren fort. »Doch ich –«

»Ich weiß«, unterbrach Kiva ihn leise.

Schon halb vom Schlaf übermannt, gab sie ihren inneren Widerstand schließlich auf, rutschte ein Stück nach vorn und kuschelte sich an ihn. Jaren drehte sich auf den Rücken und zog sie zu sich, bis ihr Kopf auf seiner Brust lag. Ohne darüber nachzudenken, schob Kiva eine Hand auf sein Herz und ein Bein über seins, bis sie eine untrennbare Einheit bildeten.

Jaren sagte nichts mehr. Aber bevor Kiva endgültig in den Schlaf hinüberdriftete, wisperte sie ein letztes Mal: »Ich weiß.«

KAPITEL FÜNFUNDZWANZIG

Als Kiva am nächsten Morgen erwachte, schien ihr Oberkörper wie verwachsen mit Jarens, während ihre Beine mit seinen auf geradezu bizarre Weise verknotet waren.

Im ersten Moment geriet sie in Panik, zwang sich dann jedoch zur Ruhe. Sie musste einfach schnell verschwinden, bevor Jaren aufwachte. Wenn es ihr gelang, sich von ihm loszumachen, ohne ihn dabei allzu sehr durchzurütteln, dann –

»Morgen.«

Kiva, die gerade erst einen Arm aus dem Gewirr befreit hatte, erstarrte.

»Du wolltest dich doch wohl nicht davonmachen, oder?«, fragte Jaren verschlafen und zugleich höchst amüsiert.

»Äh …«

Mit einem unerwarteten Ruck, der Kiva die Luft aus den Lungen trieb, rollte Jaren sie beide herum, sodass Kiva auf dem Rücken lag, über ihr sein grinsendes Gesicht.

»Das versuchen wir wohl besser noch mal von vorne, was?«, murmelte er und gab ihr einen Kuss auf die Wange. »Guten Morgen, Kiva.«

Kiva stieß einen undefinierbaren Laut aus und Hitze erfüllte sie, als Jarens Lippen ein Stück weiterwanderten und an dem empfindlichen Punkt direkt unterhalb ihres Ohrs verharrten.

»Gut geschlafen?«, flüsterte er und sein Mund streifte bei jeder Silbe ihre Haut, was Kiva einen alles andere als unangenehmen Schauer über den Rücken jagte. Ein weiterer Laut entfuhr ihr und Jaren lachte leise. »Ich jedenfalls schon.«

Kiva legte ihm die Hand an die nackte Taille, unsicher, ob sie ihn von sich schieben oder näher zu sich ziehen sollte. Doch ehe sie zu einer Entscheidung gelangen konnte, wich Jaren ein Stück zurück und musterte sie voller Zuneigung. »Lass uns heute was zusammen unternehmen.«

Kiva war noch immer völlig benommen von seiner Berührung, sodass es einen Moment dauerte, bis sie antworten konnte. »Was?«

Das Wort klang fast wie ein Schnurren und Kiva hätte sich vermutlich in Grund und Boden geschämt, wenn Jarens Blick daraufhin nicht noch sanfter geworden wäre. Beinahe reflexartig neigte er den Kopf und gab ihr einen federleichten Kuss auf den Mundwinkel. Das Ganze ging so schnell, dass Kiva sich wohl gefragt hätte, ob es wirklich passiert war, wenn ihre Lippen nicht so unmissverständlich gekribbelt hätten.

»Lass uns heute was zusammen unternehmen«, wiederholte er.

Diesmal kämpfte Kiva bewusst das Gefühlschaos in ihrem Inneren nieder und konzentrierte sich. »Hast du denn keine Termine?«

»Die verschiebe ich.« Er kam ihr so nah, dass Kiva nur noch sein Gesicht vor sich sah. »Bitte. Ich brauche dringend mal einen Tag Pause. Und den will ich mit dir verbringen.«

Es hätte einer weitaus willensstärkeren Person bedurft als Kiva, um dem Prinzen diese Bitte abzuschlagen. Erst recht, wenn er … wenn er sie so anschaute.

»Na gut«, gab sie sich geschlagen. »Aber du sagst Caldon Bescheid.«

Wieder lachte Jaren leise. »Ich finde, eine Trainingseinheit kannst du ruhig mal verpassen.« Dann nickte er Richtung Fenster. »Außerdem ist es dafür sowieso schon viel zu spät.«

Kiva schnappte nach Luft, als sie merkte, dass draußen bereits die Sonne schien. Sie hatte keine Ahnung, wie sie derart hatte verschlafen können. »Dafür wird er mich morgen büßen lassen«, stöhnte sie.

»Dann sollten wir wohl dafür sorgen, dass der heutige Tag dein unausweichliches Verderben auch wert ist.«

Damit stemmte Jaren sich hoch und zog Kiva mit aus dem Bett.

»Was hältst du davon: Du ziehst dich an, während ich schnell ein, zwei Sachen regle, und wir treffen uns in zwanzig Minuten vor deinem Zimmer«, schlug er vor. »Ich weiß, wo es gutes Frühstück gibt – die besten Eierspeckbrötchen von ganz Wenderall und noch dazu direkt am Fluss. Und wenn wir was gegessen haben, dann –« Er grinste. »Na, du wirst schon sehen.«

»Wie geheimnisvoll«, schnaubte Kiva.

Jarens Grinsen wurde noch breiter. »Das sagt die Richtige.«

Darauf hatte Kiva nichts zu erwidern, also verdrehte sie lediglich die Augen und wandte sich zum Gehen. Sie hatte kaum die Tür geöffnet, da rief Jaren sie noch einmal zurück. Kiva blieb stehen und drehte sich zu ihm um.

»So gut wie heute habe ich noch nie geschlafen«, sagte er leise.

Kiva schluckte, als sie den Ausdruck sah, der in sein Gesicht zurückgekehrt war. Sie hätte gern gelogen, doch was ihr schließlich über die Lippen kam, war die reine, unbestreitbare Wahrheit. »Ich auch nicht.«

In Bezug auf die Eierspeckbrötchen hatte Jaren nicht zu viel versprochen. Ein Bissen und Kiva musste sich zusammenreißen, um nicht den Rest innerhalb von Sekunden in sich hineinzustopfen, nachdem sie am Tag zuvor so wenig gegessen hatte. Außerdem half das Frühstück, den bitteren Geschmack von Deloras Trank zu übertünchen, den sie hastig in ihrem Zimmer hinuntergestürzt hatte. Jetzt war nur noch eine einzige Ration übrig, sodass sie morgen ihre Großmutter aufsuchen müsste. Doch darüber, wie sie das anstellen sollte, konnte sie sich später noch den Kopf zerbrechen.

»Ich hab's dir ja gesagt«, triumphierte Jaren, als er bemerkte, wie schnell sie ihr Brötchen verschlungen hatte. Großzügig reichte er Kiva den Rest seines eigenen, während sie den Windungen des Flusses folgten.

Kiva hätte gern abgelehnt, aber dafür fehlte es ihr einfach an Willenskraft – wie so oft, wenn Jaren im Spiel war. Erst etwas später, nachdem sie aufgegessen und sich gierig die Reste von den Fingern geleckt hatte, bereute sie ihre fehlende Standhaftigkeit.

»Dir scheint etwas unwohl zu sein«, merkte Jaren an, der sich sichtlich das Grinsen darüber verkniff, wie Kiva sich stöhnend den Bauch hielt. »Meinst du, du schaffst es aus eigener Kraft den Berg hoch, oder soll ich dich tragen?«

Er deutete auf eine ansteigende Straße, die Kiva inzwischen wohlvertraut war.

»Zur Silverthorn?« Überrascht wandte sie sich zu Jaren. Dabei verrutschte das Amulett unter ihrem Kragen, wie um sie daran zu erinnern, dass es da war und sie vor Gefahr schützen würde. »So schlimm ist es nun auch wieder nicht. Ich hab bloß zu viel gegessen.«

Jaren legte lachend den Arm um sie und führte sie von der überlaufenen Uferstraße in die ruhigere Seitengasse, die zur Akademie führte. »Wir gehen nicht deinetwegen hin.«

»Etwa wegen dir?«, fragte Kiva alarmiert.

»Nein«, antwortete er rasch, um dann zu relativieren: »Das heißt, doch, irgendwie schon. Aber nicht, weil ich –« Er unterbrach sich. »Ach, egal. Das siehst du, wenn wir da sind.«

Nun war Kivas Neugier erst recht geweckt und sie folgte ihm den Berg hoch. Doch bevor sie das Haupttor erreichten, dirigierte Jaren sie in den Schatten zwischen zwei länglichen Wohngebäuden, bis sie vollkommen vor Blicken geschützt waren.

»Das ist ja mal überhaupt nicht gruselig«, stellte Kiva fest.

»Wenn du das hier schlimm findest, dann zieh abends besser nicht mit Caldon um die Häuser«, entgegnete Jaren, der nun in seine Tasche griff und zwei flache goldene Gegenstände herausholte. »Schon gar nicht, wenn er was davon erzählt, sich auf die Jagd nach den Geistern unserer Vorfahren oder irgendwelchen Göttern machen zu wollen.«

Kiva blinzelte irritiert und erwiderte gedehnt: »Ich weiß gar nicht, wonach ich als Erstes fragen soll.«

Jaren lachte in sich hinein. »Die Geschichte sparen wir uns für die nächste Familientafel auf.« Er hielt ihr eins der Objekte hin. »Hier.«

Kiva nahm es und betrachtete es zögernd. Der Anblick der schlichten, eleganten Maske löste Unbehagen in ihr aus. Aber immerhin war dieses Exemplar weder silbern noch aus sich ineinander verworrenen Schlangen geformt, also schluckte sie ihre Furcht hinunter. »Wofür soll das gut sein?«, fragte sie.

Jaren setzte seine Maske auf. »Für das, was wir heute vorhaben, muss ich Prinz Deverick sein.« Er deutete auf sein Gesicht und dann etwas zögerlich auf die Maske in Kivas Händen. »Und wenn es dir nichts ausmacht, wäre es gut, wenn du dich ebenfalls maskieren würdest.«

Kiva runzelte die Stirn. »Aber ich gehöre doch gar nicht zur Königsfamilie. Niemand interessiert sich für mich.«

Jarens Verlegenheit trat noch deutlicher zutage, als er antwortete: »Tu mir einfach den Gefallen, ja? Ich … denke bloß ein wenig voraus.«

Kiva blieb kurz die Luft weg, als sie begriff, was er da andeutete. Sie hatte Tipps Familienporträt, das Jaren und sie Händchen haltend und mit Kronen auf den Köpfen zeigte, nicht vergessen.

Vielleicht möchten Sie uns verraten, welche Absichten Sie im Hinblick auf das Mädchen verfolgen, kamen Kiva die Worte von Zerra, der Ratsdame, in den Sinn. Ein seltsamer Schwindel ergriff sie, aber es war kein gänzlich unangenehmes Gefühl.

Jaren schien jedoch keine Antwort zu erwarten. Auf Kivas Nicken hin nahm er ihr die Maske ab und setzte sie ihr vorsichtig auf.

»Steht dir gut«, murmelte er, während er die Ränder glatt strich.

Kiva brachte nichts als ein kurzatmiges »Danke« heraus.

Jaren grinste. Seine Maske, die knapp unterhalb der Nase endete, umrahmte golden seine Augen und ließ sie wie zwei in Sonnenlicht getauchte Ozeane leuchten. Unfassbar schön und frustrierend anziehend zugleich.

Kiva räusperte sich, wandte den Blick ab und betastete das kühle Metall vor ihrem Gesicht. »Na schön, Prinz Deverick.« Sein offizieller Name fühlte sich seltsam auf ihrer Zunge an. »Vielleicht solltest du mir langsam mal erklären, was wir an der Silverthorn vorhaben.«

Jarens Antwort bestand aus einem noch breiteren Grinsen, während er Kiva auf das Akademiegelände führte. Dabei hielt sie Ausschau nach Rhessinda und stutzte dann, als Jaren die Abzweigung zur Station für Rehabilitation und Langzeitpflege nahm.

Innerhalb des weitläufigen Gebäudes wurde deutlich, dass Jaren sich nicht zum ersten Mal durch die schmucklosen Flure bewegte. Keiner der Heiler oder Patienten, die ihren Weg kreuzten, wirkte überrascht, den Prinzen hier zu sehen. Seine Begleiterin dagegen musterten sie umso interessierter und Kiva war dankbar für die Maske, die sie vor allzu neugierigen Augen schützte.

»Wir sind gleich da«, sagte Jaren, als sie eine breite Rampe hochgingen, die wendelförmig bis hoch in die oberen Stockwerke führte.

»*Wo* denn?«

Wieder antwortete er nicht, blieb jedoch am Ende der Rampe stehen und drehte sich zu ihr um. »Würde es dir etwas ausmachen, mir kurz dein Amulett auszuleihen? Ich muss es tragen, wenn ich hier bin, weil – ach, siehst du gleich.«

Kiva sah fragend zu ihm auf. Als er ihren Blick nur wortlos erwiderte, fischte sie mit einem Seufzer das Amulett unter ihrem Kragen hervor. Jaren hängte es sich um den Hals und platzierte den Anhänger gut sichtbar oberhalb seiner Kleidung. Erst dann führte er Kiva weiter den weißen Korridor hinunter, bis sie an eine geschlossene Tür ganz am Ende gelangten.

»Jaren –«, begann Kiva, zunehmend frustriert über sein Schweigen. Doch in dem Moment öffnete er die Tür und ein schriller Chor aus »*PRINZ DEVERICK!*«-Rufen drang an ihr Ohr. Kiva schluckte ihren Protest hinunter.

Wie angewurzelt blieb sie in der Tür stehen, während Jaren in den Raum marschierte und in die begeisterte Runde winkte.

In die begeisterte *Kinder*runde.

Die Reihen kleiner Betten, die bunten selbst gemalten Bilder an den Wänden und das verstreute Spielzeug auf dem Boden verrieten Kiva, dass sie sich auf der Kinderstation des Gebäudes befinden mussten.

Und mitten im Raum stand mit weit ausgebreiteten Armen der Kronprinz, während die Kinder aus ihren Betten kletterten – einige merklich langsamer und ungelenker als andere – und auf ihn zustürmten.

»Er ist immer so gut zu den Kleinen.«

Kiva drehte sich um und sah sich einer Silverthorn-Heilerin in weißer Robe gegenüber. Die dunkelhäutige Frau mittleren Alters warf Jaren anhimmelnde Blicke zu und im nächsten Moment begriff Kiva auch, warum. Denn als er nun die Hände hob … begannen die Kinder zu fliegen.

Unter ausgelassenem Gequietsche segelten sie durch den Raum, während Jaren, der über sämtliche Erkrankungen informiert zu sein schien, stets ein besonderes Auge auf die Schwächsten unter ihnen hatte. Die anwesenden Eltern und übrigen Besucher schauten zu und lächelten voller Zuneigung und Dankbarkeit, als würden sie diesem Spektakel nicht zum ersten Mal beiwohnen.

»Kommt der Prinz öfter hierher?«, erkundigte Kiva sich bei der Heilerin.

»Jede Woche«, antwortete die Frau und winkte Kiva weiter in den Raum. »Jedenfalls wenn er in der Stadt ist. Letzten Winter war er eine Weile auf Reisen – er hat den Kindern so gefehlt –, aber nach seiner Rückkehr ist er sofort wieder hergekommen. Es ist wirklich großzügig von ihm, ihnen so viel Zeit zu widmen. Zumal sie ja nicht die Einzigen sind, die er regelmäßig besucht.«

Kiva beobachtete, wie Jaren die Hand hob, woraufhin überall im Raum Blumen emporsprossen und grüne Ranken die Wände hoch und über die Decke krochen, bis die ganze Station in blühendes Leben getaucht war. Und mit einem Mal begriff Kiva, wofür Jaren das Amulett brauchte.

Zur Tarnung.

Denn soweit die Bevölkerung wusste, verfügte Prinz Deverick über Wind- und Feuermagie, aber nicht mehr. Und wenn er etwas wie das hier öfter machte, musste er sich eine Erklärung dafür ausgedacht haben. Etwa, dass seine Familie das Amulett mit ihren Kräften angefüllt hatte, damit er sie nutzen konnte. Was er in Wirklichkeit gar nicht tat.

»Nicht die Einzigen?«, fragte Kiva.

Die Heilerin nickte. »Oh, Prinz Deverick ist unermüdlich. Er besucht alle Waisenhäuser und Altersheime in der Gegend und hilft, die Obdachlosen unten an den Docks mit Essen und Kleidern zu versorgen. Er tut so viel, um das Leid der Menschen zu lindern.«

Tränen brannten in Kivas Augen und sie brachte keine Antwort heraus.

Die Heilerin, der Kivas Reaktion nicht entgangen war, trat einen Schritt näher und fuhr leiser fort: »Königin Ariana ist selbstverständlich auch beliebt, aber Prinz Deverick? Der ist ein Prinz des Volkes. *Unser* Prinz. Der Tag, an dem er den Thron Evalons besteigt, wird der schönste Tag in der Geschichte des Königreichs.« Sie blickte zu Jaren hinüber, der die Kinder mittlerweile wieder hatte landen lassen und nun zu ihrem Entzücken mit Feuerbällen jonglierte. »Diesem jungen Mann steht Großes bevor. Er wird der beste König, den wir je hatten. Da bin ich mir sicher.«

Kiva ertrug es nicht länger.

Denn während Jaren die Kinder als Nächstes mit funkelnden, in der Luft schwebenden Wassertropfen zum Staunen brachte, wurde ihr klar, dass die Heilerin recht hatte. Jaren würde ein wundervoller König werden.

Und Kivas Familie wollte ihn daran hindern.

Kiva selbst wollte ihn daran hindern.

»Du liebe Güte, was erzählen Sie unserem Gast denn für wilde Geschichten, Heilerin Tura? Miss Meridan sieht ja aus, als würde sie jeden Moment in Ohnmacht fallen.«

Kiva wandte sich von Jaren ab und sah, dass soeben Maddis zu ihnen getreten war. Und offensichtlich hatte die Heilerin Kiva trotz ihrer Maske erkannt.

»Wir haben lediglich darüber gesprochen, wie großartig unser Prinz ist, Mater Maddis«, antwortete Tura. Dann hob sie den Kopf. »Wenn Sie mich kurz entschuldigen würden, es sieht aus, als wäre die kleine Katra heute mal wieder besonders zu Dummheiten aufgelegt.«

Sie eilte auf ein Mädchen zu, das gerade im Begriff schien, sich eine von Jarens Ranken um den Fuß zu wickeln, vermutlich in der Absicht, sich von ihr an der Wand hochziehen und durch die Luft baumeln zu lassen.

»Ich hatte gehofft, Ihnen noch einmal zu begegnen, Miss Meridan«, sagte Maddis, sobald sie allein waren. »Als ich gehört habe, dass Prinz Deverick heute in Begleitung erscheinen würde, bin ich sofort hergekommen, um zu sehen, ob Sie es sind.«

»Es tut mir leid, Mater Maddis«, erwiderte Kiva, »aber wenn Sie wissen möchten, ob ich an der Silverthorn –«

Maddis winkte ab. »Ich habe gesagt, dass Sie sich mit der Entscheidung Zeit lassen sollen, und das meinte ich auch so.« Sie zog ein Schraubglas mit einer hellen Paste unter ihrem Umhang hervor und reichte es Kiva. »Ich wollte Ihnen bloß das hier geben.«

Als Kiva das Glas öffnete, stieg ihr eine Mischung aus vertrauten Gerüchen entgegen, die sie jedoch nicht allesamt einordnen konnte. »Was ist das?«

»Eine Heilsalbe für Ihre Hand.«

Es dauerte kurz, bis die Worte zu ihr durchdrangen. Doch dann hob Kiva ruckartig den Kopf und sah der Dekanin in die Augen.

Maddis, die Kivas Erschütterung nicht zu bemerken schien – oder absichtlich ignorierte –, fuhr fort: »Das Mittel wird die Narbe nicht vollständig verschwinden lassen. Aber sie wird die Zellerneuerung des Gewebes anregen, sodass sie mit der Zeit immerhin ein wenig verblassen wird.« Sie deutete mit dem Kinn auf Jaren. »Am besten geben Sie unserem Prinzen ebenfalls etwas davon ab.«

Und dann – wie zum Beweis dafür, dass sie sehr wohl gespürt hatte, was Kiva bewegte – ergriff Maddis sanft ihre linke Hand und schob ihren Ärmel hoch, sodass die z-förmige Narbe zum Vorschein kam. Jene Narbe, von der Kiva überzeugt gewesen war, dass diese sie in Maddis' Augen als Verbrecherin brandmarken würde.

»Unsere Narben prägen uns«, erklärte die Dekanin leise, während sie sanft mit der Fingerspitze die drei zackigen Linien nachfuhr. »Sie erzählen Geschichten. Über Mut und Standhaftigkeit. Geschichten über unser wahres Ich und all die Herausforderungen, die wir in unserem Leben angenommen und gemeistert haben.« Sie senkte die Stimme zu einem Flüstern und tätschelte Kiva die Hand. »Nicht alle Narben sind so sichtbar wie diese. Und ich wage zu behaupten, dass Sie innerlich noch viele weitere davongetragen haben. Aber vergessen Sie nie, dass jeder Narbe eine gewisse Schönheit innewohnt. Und darum sollten Sie sich niemals dafür schämen.«

Mit einem unendlich liebevollen Lächeln gab Maddis Kivas Hand wieder frei und verließ ohne ein weiteres Wort den Raum.

Kiva war so überwältigt, dass sie einen Moment lang bloß dastand und tief durchatmete.

Maddis wusste, dass sie in Zalindov gewesen war.

Sie wusste davon und es kümmerte sie nicht.

Sie hatte ihr Angebot nicht zurückgezogen, hatte Kiva nicht eröffnet, dass sie leider doch kein Studium an der Silverthorn beginnen könne, hatte Kivas Träume nicht zum Zerplatzen gebracht.

Nein. Das tat nur Kiva selbst. Indem sie sich der Mission ihrer Familie verschrieben hatte und sich alles versagte, was ihr das Leben ermöglichen würde, das sie sich so sehr wünschte. Und dazu gehörte auch die Silverthorn.

Aber selbst jetzt, nachdem sie vom Verrat ihrer Familie erfahren hatte und ihre Gefühle für Jaren mehr und mehr zuließ, blieb sie ihrer Familie und deren Racheplänen immer noch treu.

Denn nach zehn Jahren wusste sie einfach nicht, wie sie damit aufhören sollte.

Egal, wie unendlich verzweifelt sie sich wünschte, es wäre anders.

Während Kivas Herz sich einen erbitterten Kampf mit ihrem Verstand lieferte, fing sie Jarens zufriedenen Blick auf. Als der Prinz sah, dass sie wieder allein war, winkte er sie zu sich.

Mit einem angespannten Lächeln verstaute Kiva das Schraubglas in ihrer Manteltasche und ging zu ihm. Dabei lächelte sie den Kindern zu, die angesichts einer weiteren Besucherin abermals in Begeisterungsstürme ausbrachen.

»Was hältst du davon, wenn wir uns jetzt einfach mal ein bisschen amüsieren?«, schlug Jaren vor.

Kivas Lächeln wurde breiter und gleichzeitig brach ihr das Herz. »Machen wir das.«

Kiva und Jaren verbrachten fast den gesamten Tag an der Silverthorn und zogen von einer Station zur nächsten, um dort Kinder wie Erwachsene zu erfreuen. Es spielte keine Rolle, dass Kiva über keine Elementarmagie verfügte, denn Jaren war nur zu bereit, all ihre Ideen in die Tat umzusetzen. Mit einem einzigen Fingerzeig füllte er den Raum mit Seifenblasen, die durch nichts zum Zerplatzen zu bringen waren, ließ Flammentiere um eine Wasserfontäne tanzen und einmal sogar einen kompletten tropischen Regenwald aus dem Nichts erscheinen.

Immer wieder hörte Kiva die Heiler davon schwärmen, wie viel Jarens Besuche den Patienten bedeuteten und dass viele die ganze Woche darauf hinfieberten.

Ein Prinz des Volkes, hatte Tura gesagt.

Und sie hatte recht.

Mit jedem Kinderlachen und jedem neuen Magiestreich wurde Kiva klarer, dass sie ein weitaus größeres Problem hatte, als ihr bislang bewusst gewesen war.

Denn wann immer Jaren sie ansah oder berührte, traf es sie wie ein Schlag. Weil sie erkannte, was passieren würde, wenn sie eine weitere Nacht wie die gestrige oder einen Morgen wie den heutigen zusammen verbrachten.

Dann hätte sie nicht länger die Kraft, ihn von sich zu stoßen.

Dann würde sie ihn festhalten, solange sie konnte, solange er sie ließ.

Denn Jaren war der Mann, den sie l–

»Du bist so still«, bemerkte Jaren und brachte ihre rasenden Gedanken damit abrupt zum Stillstand.

Ihre gefährlichen, *gefährlichen* Gedanken.

»Hmm?«, machte Kiva und konnte nur hoffen, dass ihre Miene sie nicht verriet. Sie wünschte, sie hätte die Maske nicht abgenommen, nachdem sie vor einigen Minuten das Akademiegelände verlassen hatten.

»Ich hoffe, es war nicht zu anstrengend für dich«, fuhr der Prinz fort, während sie im Licht der untergehenden Sonne die Uferstraße zurück zum Palast nahmen. »Ich wollte dir nur zeigen, dass mein Leben mehr umfasst als Ratsversammlungen und langweilige Politik. Darum dachte ich –« Er fuhr sich durchs Haar und betrachtete das Amulett, das inzwischen wieder um Kivas Hals hing. »Ich glaube, ich wollte einfach etwas mit dir teilen, was ich noch mit niemandem sonst geteilt habe. Ich dachte, es würde dir vielleicht gefallen. Und du hättest ein bisschen Spaß daran.«

Kiva sah eine Reihe von Emotionen über sein Gesicht huschen. Zweifel, Verlegenheit, Unsicherheit. Und all das nur, weil er so viel für sie empfand und ihre Meinung ihm so wichtig war.

Ihre Stimme war rau, als sie antwortete: »Es *hat* mir gefallen. Und ich hatte Spaß. Ich kann gar nicht ausdrücken, wie viel.«

Jaren schenkte ihr ein erleichtertes Lächeln, doch etwas in ihrer Miene ließ es schnell wieder verblassen.

Er zog sie zur Uferbrüstung. »Willst du mir nicht sagen, was los ist? Du wirkst so … traurig.« Er musterte sie aufmerksam. »Ist es wegen der kranken Kinder? Ich dachte, du als Heilerin hättest vielleicht kein Problem damit.« Hastig fügte er hinzu: »Nicht, dass ich denken würde, es wäre dir egal. Ich meinte bloß –«

»Ich weiß, was du meintest«, unterbrach Kiva ihn. Da hatte sie sich solche Mühe gegeben, ihre innere Zerrissenheit zu überspielen, aber wie immer durchschaute Jaren sie besser als jeder andere.

Nutze sie, ertönte eine Stimme in ihrem Kopf, die verdächtig nach Zuleeka klang. *Nutze die Chance. Das hier ist die perfekte Gelegenheit.*

»Ich –«, begann Kiva von Neuem und hielt dann inne. Wieder verrutschte das Amulett auf ihrer Brust, als wollte es sie anflehen, es nicht zu tun. Oder vielleicht war es auch ihr Herz, das flehte.

Es gibt Dinge, die er nicht mal mit dem königlichen Rat oder seiner Familie teilt … Aber vielleicht vertraut er ja dir.

Das war nun definitiv Zuleekas Stimme. Und sie hatte noch nicht ausgeredet.

Finde einen rechtmäßigen Weg, wie wir den Thron einnehmen können, einen Weg, wie das Volk Evalons uns widerstandslos als neue Herrscher anerkennt.

Kiva wurde übel. Sie wandte sich ab und stützte die Arme auf die Brüstung, unfähig, Jaren in die Augen zu sehen. »Es war einfach schwer, dich mit all den Menschen zu erleben. Zu sehen, wie sehr du sie liebst. Und sie dich.«

Jaren lehnte sich neben sie, so dicht, dass ihre Arme einander berührten. »Warum war das schwer?«

»Weil –«

Sag es, Schwesterchen.

»Weil –«

Ab jetzt heißt es: Er oder wir. Die Vallentis oder wir. Beides geht nicht.

Bei der Erinnerung an Zuleekas Worte schloss Kiva die Augen. Sie hatte damals eine Entscheidung getroffen. Und jetzt musste sie dazu stehen.

»Weil ich Angst habe, dass dir etwas zustoßen könnte. Oder deiner Familie.« Sie presste die Worte so hastig hervor, als würde das Sprechen dadurch einfacher.

Jaren entwich ein verblüfftes Lachen. »Was?«

»Ich weiß, dass du dir im Moment keine großen Sorgen wegen der Rebellen machst«, fuhr Kiva nachdrücklicher fort. »Aber –« Sie warf ihm einen betont bangen Blick zu. »Aber sie haben mich entführt, Jaren. Und das bedeutet, dass sie weiterhin aktiv sind. Was, wenn es ihnen doch noch irgendwie gelingt, dir zu schaden?«

Jaren zog die Augenbrauen in die Höhe und fragte sichtlich verwirrt: »Du machst dir Sorgen wegen der Rebellen?«

Sein Erstaunen wirkte aufrichtig, obwohl der Angriff auf ihn selbst gerade mal zwei Nächte zurücklag.

»Wenn sie versuchen, den Thron zu übernehmen –«, sagte Kiva, hielt jedoch inne, als Jaren erneut auflachte.

»Entschuldige, wenn ich dich unterbreche.« Er nahm ihr Gesicht zwischen die Hände und seine Stimme wurde wieder sanfter, als er erklärte: »Aber darüber musst du dir absolut keine Sorgen machen, Kiva. Das verspreche ich dir. So lästig die Rebellen auch sein mögen, sie haben einfach nicht genug Leute, um die Macht mit Gewalt an sich zu reißen. Und falls doch, würde das Volk niemanden als Herrscher akzeptieren, der so viel unschuldiges Blut vergossen hat.«

»Aber was, wenn sie es ganz anders aufziehen?«, beharrte Kiva, die Stirn weiterhin sorgsam gerunzelt. »Was, wenn sie eine Möglichkeit gefunden haben, euch per Gesetz zum Abdanken zu zwingen, und dem Volk nichts anderes übrig bleibt, als sie zu akzeptieren?« Sie schluckte bittere Galle hinunter, ehe sie hinzufügte: »Falls zum Beispiel ein Erbe der Corentines unter ihnen wäre, hätten sie doch tatsächlich einen rechtmäßigen Anspruch auf den Thron, oder?«

»Erstens gibt es dafür keinerlei Beweise«, fing Jaren an.

»Aber du glaubst, dass es stimmt«, fiel Kiva ihm ins Wort.

Widerstrebend nickte Jaren. Dann redete er weiter: »Und zweitens hast du recht. Theoretisch gibt es einen Weg, wie sie sich die Zustimmung der Bevölkerung sichern könnten.«

Kivas Herz setzte einen Schlag aus.

»Theoretisch deshalb, weil die Chance dafür so gering ist – nahezu nicht existent –, dass es sich kaum lohnt, einen Gedanken daran zu verschwenden.«

Nur mit Mühe brachte Kiva ihre nächste Frage hervor: »Wie kannst du dir da so sicher sein?«

Jaren sah sie einen langen Moment schweigend an. Kiva musste ihm nicht einmal etwas vorspielen, denn die Furcht stand ihr so oder so ins Gesicht geschrieben.

»Du machst dir echt Sorgen deswegen, oder?«, murmelte Jaren. Er legte ihr die Hand in den Nacken und strich sanft mit dem Daumen über die zarte Haut.

»Mehr, als du dir vorstellen kannst«, antwortete Kiva wahrheitsgemäß.

Jetzt ließ er die Hand an ihrem Arm hinuntergleiten und verschränkte tröstend die Finger mit ihren.

»Komm«, sagte er dann leise. »Ich möchte dir etwas zeigen.«

KAPITEL SECHSUNDZWANZIG

Jaren führte Kiva in den ihr weniger vertrauten Westteil des Palasts und dort die Flure hinunter, bis sie an eine goldverzierte Tür gelangten. Dahinter lag eine so prunkvolle Bibliothek, dass Kiva nicht anders konnte, als sich eine geschlagene Minute lang mit offenem Mund um die eigene Achse zu drehen.

Wie der Rest des Palasts war auch die Bibliothek ganz in Gold- und Weißtönen gehalten. Die Bücherregale ragten mindestens drei Stockwerke in die Höhe und waren über kleine Wendeltreppen zu erreichen. Auf mehreren Ebenen befanden sich schmale Balkone mit Blick auf die zahlreichen bequemen Lesesessel im unteren Bereich. Und in der Mitte des Ganzen erhob sich eine massive helle Eiche, die bis unter die mit Malereien verzierte Decke reichte – wie ein uralter Wächter, der die Bücher hütete.

»Darf ich aus deiner Reaktion schließen, dass du noch nie hier warst?«, fragte Jaren schmunzelnd.

Kiva schüttelte nur stumm vor Ehrfurcht den Kopf.

Jaren lachte in sich hinein und führte sie zum Fuß der laublosen Eiche. »Auf die Gefahr hin, dass du diesen Raum nie wieder verlässt: Im ersten Stock gibt es eine ganze Abteilung zum Thema Heilkunst und Kräuterkunde. Wir bekommen oft Anfragen von Silverthorn-Studenten, wenn die Akademiebibliothek sie im Stich lässt.«

Am liebsten wäre Kiva geradewegs die nächste Wendeltreppe hinaufgerannt und hätte sich kopfüber in die vermutlich seltensten Bücher der Welt gestürzt. Doch stattdessen riss sie sich aus ihrer Trance und fragte: »Was wolltest du mir denn zeigen?«

»Das hier.« Jaren blieb vor dem Baumstamm stehen und deutete auf eine schmale, ins Holz gehauene Ablage. Darauf lag ein einzelnes Buch, dessen Ledereinband abgenutzt wirkte, die Seiten vergilbt und brüchig. Aber im Hinblick darauf, wie alt es war – und *was* es war –, befand es sich in verhältnismäßig gutem Zustand. Hier war eindeutig Magie im Spiel.

»Ist das …?«, flüsterte Kiva.

»Ja. Das Evalonische Gesetzbuch«, bestätigte Jaren und blätterte behutsam die uralten Seiten um. Dann sah er Kiva ernst an. »Was ich dir jetzt erzähle, weiß niemand außer meiner Mutter und den Mitgliedern des königlichen Rats – die amtierende Herrscherin, ihr Thronerbe und die höchsten Würdenträger des Landes. So ist es Brauch, seit Sarana Vallentis auf dem Thron saß und die Gesetze erlassen hat, die bis zum heutigen Tage gelten.« Er tippte mit dem Finger auf das Buch. »Nicht einmal mein Vater weiß davon, genauso wenig wie Mirry, Cal, Ori oder sonst wer. Nur Mutter, der Rat und ich. Es ist wichtig, dass du das verstehst.«

Kiva verstand. Jaren war im Begriff, ihr etwas anzuvertrauen. Sein Leben – und sein Königreich.

»Vielleicht solltest du es mir dann lieber nicht sagen«, entgegnete sie mit zitternder Stimme.

Ein Teil von ihr hoffte, er würde es nicht tun.

Denn dieser Teil von ihr fürchtete, dass was auch immer er ihr eröffnen wollte, seinen Untergang besiegeln könnte.

Ab jetzt heißt es: Er oder wir. Die Vallentis oder wir. Beides geht nicht.

Kiva verdrängte die Stimme ihrer Schwester aus ihrem Kopf.

»Mir ist wichtig, dass du dich hier sicher fühlst«, erklärte Jaren leise, »und dass du dir keine Sorgen über Dinge machst, die sowieso niemals eintreten werden. Ich muss wohl nicht betonen, dass das hier mein größtes Geheimnis ist, das größte Geheimnis von ganz

Evalon. Aber wenn es dir hilft, nachts ruhiger zu schlafen, dann will ich, dass du davon erfährst. Ich vertraue dir, Kiva. Das sollte dir mittlerweile klar sein.«

Tu es nicht, hätte Kiva ihn am liebsten angefleht. *Bitte tu es nicht.*

Doch sie schwieg, während Jaren weiterblätterte, bis er schließlich innehielt und auf die verblasste Tinte deutete.

Der sorgfältig kalligrafierte Text war auf Altevalonisch verfasst, einer Sprache, derer nur noch die größten Gelehrten mächtig waren. Und am unteren Seitenrand war ein Nachtrag hinzugefügt, in so winziger Schrift, dass Kiva die Augen zusammenkneifen musste, um sie zu entziffern.

Denn darauf zeigte Jaren. »Wie ich schon sagte: Es gibt einen Weg, wie die Rebellen rechtmäßig die Herrschaft über das Königreich übernehmen könnten, und der ist hier beschrieben.«

Kivas Puls schnellte in besorgniserregende Höhen.

»Diese Klausel ist sozusagen im Kleingedruckten unserer eigenen Gesetzgebung verborgen und dokumentiert den einzigen Fall, in dem das evalonische Volk gezwungen wäre, sich – unter Wahrung des Friedens – einem neuen Herrscher zu unterwerfen. Den einzigen Fall, in dem der herrschende Monarch seinen Thron widerstandslos dem neuen Regenten überlassen müsste.«

Kiva glaubte, ohnmächtig zu werden.

»Die Klausel besagt, dass ein jeder, der die vollständige Königliche Triade sein Eigen nennt, ein unanfechtbares Anrecht auf den Thron hat. Ungeachtet jeglicher politischen Machtverhältnisse, Bündnisse und royalen Erbfolgen«, zitierte Jaren. Dann runzelte er nachdenklich die Stirn. »Daher spielt es im Grunde nicht mal eine Rolle, ob die Rebellen nun einen Corentine-Erben in ihren Reihen haben oder nicht. Aber da ihr gesamtes Bündnis nun mal auf ihrem fehlgeleiteten Streben nach Rache für etwas fußt, das Torvin zweifelsohne verdient hatte, brauchen sie wohl dennoch einen seiner

Stammhalter. Sonst hätte sich die Bewegung bestimmt längst aufgelöst.«

Kiva schwirrte der Kopf. Die Königliche Triade – diesen Begriff hatte sie bereits bei der Ratsversammlung aufgeschnappt. Und sie hatte ihn gegenüber ihren Geschwistern erwähnt, die jedoch genauso wenig gewusst hatten, was sich dahinter verbarg.

Obwohl es ihr schwerfiel, nahm sie Jarens Worte über Torvin kommentarlos hin und stellte stattdessen mit heiserer Stimme die einzig vertretbare Frage: »Was ist die Königliche Triade?«

»Sie besteht aus drei Objekten«, antwortete Jaren und begann erneut zu blättern. »Das erste ist das hier.« Er tippte mit dem Zeigefinger auf das Gesetzbuch. »Das zweite ist der königliche Siegelring, den der jeweils amtierende Herrscher Evalons trägt. Unser Familienwappen ist dem Siegel nachempfunden, also ist der Ring im Grunde eine kleinere Version des Amuletts, das du gerade trägst. Allerdings kann er keine Magie speichern.«

Kiva dachte an den Ring, den sie am vergangenen Abend – und schon unzählige Male zuvor – an Arianas Finger gesehen hatte. »Also trägt deine Mutter ihn im Moment?«, fragte sie.

Jaren nickte. »Und wenn ich den Thron von ihr erbe, geht er an mich über.«

Kiva wich seinem Blick aus. »Und das dritte Objekt?«

Jaren zeigte auf die Buchseite, die er aufgeschlagen hatte. Darauf war die Zeichnung zweier Hände zu sehen, in denen ein Edelstein lag – schlicht, rund und farblos, wie ein Diamant oder lupenreiner Kristall.

»Das ist das Auge der Götter«, erklärte Jaren. »Der Grund, warum du dir keine Sorgen machen musst, dass jemand uns den Thron streitig machen könnte.«

Kiva besah sich das Bild genauer. »Welcher Götter denn?«

»Setzen wir uns doch.« Jaren führte sie in eine der Leseecken. Erst nachdem sie es sich dort gemütlich gemacht hatten, antwortete er: »Du kennst ja die Geschichte von Torvin und Sarana, oder zumindest eine Version davon. Die Variante, die du in Zalindov erzählt hast, hatte ich auch schon gehört. Doch sie ist längst nicht die einzige. Und auch keine, die ich für wahr halte.« Er schüttelte den Kopf. »Aber das spielt keine Rolle. Die Geschichten fangen alle gleich an, nämlich an dem Punkt, als die beiden sich verlieben, stimmt's?«

Kiva nickte. Sie war neugierig auf die anderen Versionen, wollte Jaren jedoch nicht unterbrechen.

»Der Legende zufolge weilten zur Zeit ihrer gemeinsamen Regentschaft noch einige der alten Götter auf dieser Welt, ehe sie sich ganz ins Schattenreich zurückzogen«, erzählte Jaren. »Nachdem Sarana und Torvin zusammengefunden hatten, beschlossen aber auch diese Götter, dass sie hier nicht länger gebraucht wurden. Sie wähnten unser Volk in Sicherheit und unser Land durch die kraftvolle Magie seiner beiden Herrscher geschützt. Bis heute heißt es, wer das Auge der Götter in Händen hält, hat ihren Segen, in ihrem Namen zu regieren.«

»Gerade hast du noch gesagt, dieses Auge sei der Grund, warum ich mir keine Sorgen machen muss«, stieß Kiva hervor, ihre Lippen ganz taub. »Bislang finde ich allerdings nichts von dem, was du erzählst, sonderlich beruhigend.«

Jaren kicherte. Tatsächlich, er *kicherte*. »Tief durchatmen«, meinte er und drückte ihr aufmunternd die Hand. »Du musst dir deshalb keine Sorgen machen. Denn es ist nahezu unmöglich, das Auge zu stehlen. Es ist nämlich –«

»Verrat mir nicht, wo es ist«, fiel Kiva ihm ins Wort.

Jaren lächelte nachsichtig. »Wie gesagt, ich vertraue dir. Und außerdem könntest du mit dem Wissen nicht mal viel anfangen. Selbst *wenn* du den Stein stehlen wollen würdest, stünde nämlich noch eine ganze Armee dazwischen.«

Kiva konnte ihm nicht ganz folgen und blinzelte.

»Das Auge befindet sich seit jeher in der Obhut des amtierenden Befehlshabers der evalonischen Streitkräfte«, erklärte Jaren. »Das heißt, jetzt gerade ist er bei Ashlyn, Hunderte Meilen nördlich von hier. Und nicht nur verfügt Ashlyn über sehr kraftvolle Wind- *und* Erdmagie, ein potenzieller Dieb müsste es dazu noch mit unserer kompletten Armee aufnehmen, um an den Stein zu gelangen. Da könnte er Evalon auch einfach gleich erobern, ohne den Weg über die Triade zu wählen.« Jaren hielt inne, um sich zu vergewissern, dass Kiva ihm aufmerksam lauschte, und schloss dann: »Tatsache ist: Die Rebellen haben keine Armee, die dafür groß genug wäre. Und sollte sich daran jemals etwas ändern, werden wir andere Vorkehrungen treffen.«

Langsam löste sich der Knoten in Kivas Brust.

»Was uns dagegen wirklich Sorgen macht«, fuhr Jaren fort, noch immer im Plauderton, doch seine Miene hatte sich merklich verhärtet, »ist die Allianz zwischen Mirraven und Caramor. Deren Streitkräfte zusammengenommen wären unseren durchaus ebenbürtig. Aber selbst wenn ihnen die Bedeutung des Steins bewusst wäre – was nicht der Fall ist –, würde sie das wohl kaum kümmern. An einer rechtmäßigen Machtübernahme haben sie kein Interesse. Sie würden sich nicht mit der Königlichen Triade aufhalten, sondern direkt auf einen Militärschlag setzen.« Er drückte abermals Kivas Hand, vielleicht weil er spürte, wie sie sich wieder verspannte. »Doch dazu wird es nicht kommen. Wir überwachen sämtliche Bergpässe und haben alle Vorteile auf unserer Seite. Uns kann niemand gefährlich werden. Nicht Mirraven, nicht Caramor und erst recht nicht die Rebellen. Keiner von denen stellt eine Bedrohung für uns dar und daran wird sich auch nichts ändern – Triade hin oder her.«

Kiva wusste nicht, ob sie lachen oder weinen sollte.

Jaren hatte ihr soeben bis ins kleinste Detail geschildert, wie man seine Familie vom Thron stoßen konnte – und im selben Atemzug erklärt, warum das unmöglich war.

Erleichterung und Verzweiflung rangen in ihr.

Doch am Ende siegte die Erleichterung.

Kiva stieß einen langen, zittrigen Atemstoß aus. »Laut dieser Klausel bräuchte man also alle drei Objekte?«, vergewisserte sie sich. »Nicht eins oder zwei, sondern alle drei? Das wäre der einzige Weg an die Macht?«

»Alle drei«, bestätigte Jaren und lächelte über irgendetwas, was er in Kivas Gesicht zu lesen schien. »Du kannst dich also entspannen. Das Auge ist gut geschützt und das Buch und der Siegelring sind hier im Palast in Sicherheit. Um die Klausel in Kraft zu setzen, ist die komplette Königliche Triade nötig.«

»Und ansonsten gibt es keine Möglichkeit, auf den Thron zu gelangen? Also ohne Blutvergießen?«, bohrte Kiva nach.

Jaren schmunzelte. »Man könnte fast auf die Idee kommen, du planst selbst, die Herrschaft über Evalon zu übernehmen.«

Plötzlich wurde Kiva bewusst, wie verbissen sie klingen musste, daher zwang sie sich zu einem heiseren Lachen. »Entschuldige. Es ist nur –«

»Ich verstehe schon«, unterbrach er sie sanft. »Du machst dir eben Sorgen. Aber ich hoffe, dir ist jetzt etwas klarer, dass dazu kein Grund besteht.«

Das war es tatsächlich. Genauso klar wie die Tatsache, dass sie zehn Jahre ihres Lebens an ein Vorhaben verschwendet hatte, das von vornherein zum Scheitern verurteilt gewesen war. Selbst wenn die Rebellen der königlichen Armee eines Tages zahlenmäßig überlegen sein sollten, würde das evalonische Volk niemals eine gewaltsame Machtübernahme dulden. Die Rebellen müssten also nicht nur die königliche Armee schlagen, sondern auch noch der magisch begabten Generalin das Auge der Götter abluchsen – was ihnen wohl kaum gelingen würde, wenn Ashlyn Vallentis vom selben Schlag war wie ihre Familie.

Aber Kiva befürchtete, dass die Rebellen sich nicht einmal dadurch von ihrem Plan abbringen lassen würden, jedenfalls nicht mit Zuleeka als Anführerin. Als zukünftiger Königin.

Einen Krieg gewinnt man nicht ohne Opfer, Schwesterchen.

»Na komm«, riss Jaren sie aus ihren beunruhigenden Gedanken. »Wenn wir schon mal hier sind, kann ich dich auch noch ein bisschen herumführen.«

Und während Kiva dem Kronprinzen durch die prächtige Bibliothek folgte, grübelte sie über all das nach, was sie soeben erfahren hatte … ohne zu wissen, was sie damit anfangen sollte.

Als Kiva an diesem Abend in ihr Zimmer zurückkehrte, wartete auf ihrem Bett eine Botschaft auf sie. Beim Anblick der Handschrift ihrer Schwester verkrampfte sich ihr gesamter Körper. Der verschlüsselte Text enthielt eine Adresse und eine Uhrzeit, gefolgt von einer grob skizzierten Karte samt Wegbeschreibung, die eindeutig hastig von Torell hinzugefügt worden war.

Die Vorstellung, dass sich ein Spion der Rebellen in ihr Zimmer geschlichen hatte, verursachte ein mulmiges Gefühl in Kiva. Sie überlegte, ob sie die Nachricht ignorieren sollte, zumal sie noch immer nicht über das katastrophale Mittagessen hinweg war. Doch sosehr der Verrat ihrer Familie auch schmerzte, Kiva war fest entschlossen, einen Schlussstrich unter die Angelegenheit zu ziehen. Wenn ihr an einer guten Beziehung zu ihrer Schwester gelegen war – ein Wunsch, den sie zu ihrem eigenen Ärger nun mal nicht abstellen konnte –, dann musste sie Zuleeka zumindest die Chance geben, sich zu erklären.

Als Kiva sich die Wegbeschreibung genauer ansah, erkannte sie, dass ihre Geschwister sich an den Docks mit ihr treffen wollten, nur einen kurzen Fußmarsch entfernt. Und da der vorgeschlagene Zeitpunkt unmittelbar bevorstand, schlüpfte sie eilig in ihren Mantel, schnallte sich Naaris Dolch um die Wade und schlich sich wieder aus dem Zimmer.

Obwohl sie streng genommen nichts Verbotenes tat, indem sie sich mit ihren Geschwistern traf – zumindest solange man die Tatsache, dass die beiden Rebellen waren, außer Acht ließ –, beschloss Kiva, kein Risiko einzugehen. Daher nutzte sie die geheime Luke in den Tunneln, damit niemand mitbekam, wie sie den Palast verließ.

Zurück an der Oberfläche durchquerte sie im Laufschritt den kleinen Park in Richtung der luminiumerleuchteten Straßen und bewegte sich dann nach Nordosten. Immer wieder rief sie sich dabei Tors Skizze und Caldons Stadtführung in der Vorwoche ins Gedächtnis.

Der Hafen lag direkt an der Mündung des Serins und wurde von Schiffen aus aller Welt angefahren, die über das Tetranische Meer nach Vallenia kamen. Bei Tage herrschte in den Lagerhallen und Speichern an den Docks reges Treiben. Frachter aller Größen wurden be- und entladen und an Marktständen konnte man Fisch und Meeresfrüchte, feine Seidenstoffe, Gewürze, Seifen, Parfüms und weitere Waren aus Übersee erstehen.

Abends hingegen waren die Docks so gut wie ausgestorben, wie Kiva nun feststellte. Und obwohl ihr die Beweggründe ihrer Geschwister durchaus einleuchteten, verfluchte sie die beiden dafür, einen so einsamen Ort als Treffpunkt ausgewählt zu haben.

Fest in ihren Mantel gehüllt eilte Kiva durch die dunklen Straßen, bis sie schließlich die angegebene Adresse erreichte: ein kleines Lagerhaus, das sich zwischen zwei wesentlich größere Depots duckte. Gerade als sie sich auf die Suche nach dem Eingang machen wollte, rief jemand in der beklemmend engen Gasse zwischen den Gebäuden ihren Namen. Argwöhnisch blinzelte sie in die Dunkelheit und entdeckte schließlich Tor und Zuleeka, die sie zu sich winkten.

»Hätten wir uns nicht tagsüber treffen können?«, beschwerte sie sich bei ihren Geschwistern. Die Gasse war so schmal, dass sie kaum nebeneinander Platz fanden. »Ihr habt vielleicht zehn Jahre Kampftraining hinter euch, aber ich kann kaum mit einem Holzschwert umgehen. Ziemlich eindeutig, wer von uns bei einem Überfall dran glauben müsste.«

Tor grinste über ihre Schimpftirade, Zuleeka dagegen zuckte nicht einmal mit dem Mundwinkel.

Als Kiva ihre Schwester genauer in Augenschein nahm, fiel ihr deren sichtliches Unbehagen auf.

»Danke, dass du gekommen bist.« Zuleeka verlagerte ihr Gewicht von einem Bein aufs andere und wich Kivas Blick aus. »Ich … Wir … Ich …« Sie schnaubte frustriert und setzte von Neuem an: »Ich habe dich herbestellt, weil ich mich bei dir entschuldigen wollte. Wegen gestern. Wegen dem, was du erfahren musstest, und vor allem dafür, wie. Ich bin die Sache ziemlich ungeschickt angegangen. In jeglicher Hinsicht. Das gilt auch für mein Verhalten beim Mittagessen. Ich weiß, das ist keine Entschuldigung, aber es war einfach … hart, im Palast zu sein. Mit ihnen. Ich habe mich von meinen Gefühlen mitreißen lassen und das war nicht gut.«

Kiva musterte Zuleeka überrascht. Sie hatte alle möglichen Vermutungen gehabt, warum ihre Geschwister sich mit ihr treffen wollten. Doch damit, dass ihre Schwester sie stammelnd um Vergebung bat, hatte sie nun wirklich nicht gerechnet. Und schon gar nicht damit, dass sie dabei tatsächlich aufrichtig klang.

»Zulee hat lange über alles nachgedacht«, meldete sich Tor zu Wort, dessen verschränkte Arme und strenge Miene keinen Zweifel daran ließen, dass er es war, der sie dazu gedrängt hatte. »Sie weiß, dass sie viel falsch gemacht hat. Nicht nur gestern, sondern auch damals als sie nicht dafür gesorgt hat, dass du aus Zalindov befreit wurdest.«

»Das war Mutters Schuld«, verteidigte sich Zuleeka. »Sie hat mir wirklich eingeredet, dass du dort drinnen mit deiner Magie sicherer wärst. Und wir dadurch genauso. Ich war auch noch sehr jung, Kiva. Jung und leicht zu beeinflussen. Natürlich habe ich da auf sie gehört. Ihre Argumentation klang einleuchtend – dass wir alle auffliegen würden, wenn dir jemand auf die Schliche käme. Dass damit alle unsere Pläne scheitern würden. Aber solange du in Zalindov seist, meinte sie, drohe uns hier draußen keine Gefahr. Und –« Hastig brach sie ab.

Das alles war Kiva nicht neu, und auch wenn sie es bis zu einem gewissen Punkt nachvollziehen konnte, reichte es schlicht und ergreifend nicht aus, um ein Kind durch die Hölle zu schicken. »Und *was*?«, hakte sie unbarmherzig nach.

Zuleeka zögerte kurz. »Das klingt jetzt wirklich furchtbar, aber –« Sie holte tief Luft und fuhr dann kaum vernehmlich fort: »Ich wollte nicht auch noch in Zalindov enden. Allein die Vorstellung hat mir die schlimmsten Albträume beschert.«

Kiva schloss die Augen, unfähig, ihre Schwester auch nur anzusehen. Dass der Gedanke an Zalindov einem Albträume bescheren konnte, wusste sie selbst nur zu gut – doch für sie waren diese Albträume Wirklichkeit gewesen. Zehn Jahre lang.

»Es tut mir leid«, flüsterte Zuleeka. »Ich hätte nicht auf Mutter hören sollen, das weiß ich jetzt. Ich hätte Tor davon erzählen und dich gemeinsam mit ihm da rausholen müssen. Stattdessen haben wir dich im Stich gelassen. *Ich* habe dich im Stich gelassen.«

Kiva fühlte sich wie zerschlagen und sie brauchte einen Moment, um ihre Gedanken zu ordnen. Sie hatte zehn Jahre ihres Lebens verloren, darum konnte sie Zuleeka nicht einfach vergeben und so tun, als wäre das alles nie passiert. Andererseits hatte ihre Schwester recht – auch sie war damals noch jung gewesen. Wenn Kiva an ihrer Stelle gewesen wäre, hätte sie dann nicht genauso darauf vertraut, dass ihre Mutter das Richtige tat?

Mit einem tiefen Seufzer entgegnete sie: »Lass uns – Lass uns versuchen, das Ganze zu vergessen. Wie du gestern schon gesagt hast: Wir können die Vergangenheit nicht ändern.«

Zuleeka starrte sie überrascht an. Genau wie Torell.

»Also … ist alles in Ordnung?«, fragte Zuleeka vorsichtig.

»Nein, ist es nicht.« Kivas Stimme hallte in der dunklen Gasse wider, bevor sie sie rasch wieder senkte. »Es ist *nicht* in Ordnung, dass du vorgestern Nacht versucht hast, Jaren umzubringen. Und auch nicht, dass Naari deinetwegen ihre Hand verloren hat. Aber daran kann ich nun mal ebenfalls nichts ändern. Und wenn ich nicht völlig den Verstand verlieren will, dann muss ich –«

»Moment mal«, unterbrach Torell sie, die Augenbrauen zusammengezogen. »Das mit Naaris Hand wusste ich, aber was war das gerade mit Jaren?«, wandte er sich an Zuleeka.

Doch deren Blick blieb fest auf Kiva gerichtet. »Wenn ich den Prinzen hätte umbringen wollen, dann wäre er jetzt tot«, sagte sie. »Aber das war nicht meine Intention. Ich wollte ihn bloß ein bisschen wachrütteln. Ihm in Erinnerung rufen, dass es uns noch gibt.«

Kiva konnte nur über Zuleekas schier unerschöpfliche Selbstsicherheit staunen. »Dass es euch noch gibt, weiß er auch so«, entgegnete sie. »Er betrachtet euch nur nicht als sonderlich große Bedrohung. Und seit heute weiß ich auch, warum.«

Die beiden hoben interessiert die Köpfe und Kiva überlegte hastig, wie sie ihre Worte abschwächen konnte. Dann jedoch wurde ihr klar, dass das gar nicht nötig war. Jaren und seine Familie hatten nichts zu befürchten, selbst wenn sie weitererzählte, was er ihr anvertraut hatte. Nicht, solange einer der drei Gegenstände, die ihnen zum Verhängnis werden konnten, Hunderte von Meilen entfernt und sowohl durch Magie als auch von einer ganzen Armee geschützt war.

»Warum, Kiva?«, fragte Torell, der sich binnen Sekunden vom liebenden Bruder in einen befehlshabenden General verwandelt hatte.

Kiva war hin- und hergerissen. Einerseits war sie noch immer bestürzt über die Erkenntnis, dass ihre Familie keine Chance hatte, auf schnelle, legale Weise an die Macht zu gelangen. Andererseits …

Diesem jungen Mann steht Großes bevor. Er wird der beste König, den wir je hatten.

Die Worte von Tula, der Heilerin, erschienen Kiva mehr als wahr. Besonders nachdem sie Jaren heute mit den Patienten erlebt und gesehen hatte, wie sehr er sich nicht bloß mit Worten, sondern auch mit Taten für sein Volk einsetzte.

Eines war klar: In seinen Händen wäre das Königreich besser aufgehoben.

Zwar kam es ihr wie Verrat an ihrer eigenen Familie vor, dennoch konnte sie sich Evalon beim besten Willen nicht mit Zuleeka als Königin oder Tor als König vorstellen. Und sie selbst wollte erst recht nicht auf den Thron. Sie hatte weder Ahnung von Politik noch Diplomatie und in ihrem Versteck war sie vor Langeweile beinahe gestorben, als sich das Gespräch bei der Ratsversammlung den alltäglichen Regierungsgeschäften zugewandt hatte. Allein bei der Vorstellung, an solchen Konferenzen teilnehmen zu müssen, verdorrte etwas in ihr.

Jaren dagegen war von Kindesbeinen an auf seine Rolle vorbereitet worden und ging voll und ganz darin auf.

Er war ein wahrer Prinz des Volkes.

Und so überwog eindeutig Kivas Erleichterung darüber, dass der Thron Jarens Familie zumindest bis auf Weiteres sicher war.

»Kiva?«, fragte Tor, als sie nicht antwortete. »Hast du etwas Neues herausgefunden?«

Sie fuhr sich mit der Zunge über die Lippen. »Ja. Aber es wird euch nicht gefallen.«

Mit einem unguten Gefühl im Bauch erzählte sie ihren Geschwistern von ihrem Besuch in der Palastbibliothek, dem Evalonischen

Gesetzbuch und allem, was sie über die Königliche Triade gelernt hatte – von Jarens größtem Geheimnis, in das nur seine Mutter und der königliche Rat eingeweiht waren. Und nun auch seine Todfeinde. Dabei war Kiva hundeelend zumute, sein Vertrauen derart zu missbrauchen, doch sie tröstete sich mit dem Gedanken, dass sie ihm damit nicht schaden konnte. Ihre Geschwister würden mit den Informationen nichts anfangen können und Jaren würde niemals herausfinden, dass Kiva sie weitergegeben hatte.

Nachdem sie zu Ende berichtet hatte, war es bis auf ein leises Tröpfeln und eine fauchende Katze irgendwo in der dunklen Gasse zunächst vollkommen still.

Dann rammte Tor mit einem Mal wütend die Faust gegen die Mauer. »*Gottverdammt!*«, fluchte er und schlug noch ein zweites Mal zu.

Kiva ergriff ihn erschrocken beim Arm und der Anblick seiner blutigen Fingerknöchel ließ sie zusammenzucken. Reflexartig tastete sie nach ihrer Magie, um seinen Schmerz zu lindern. Doch –

Nichts.

Deloras Trank.

Kiva hatte völlig vergessen, dass sie derzeit keinen Zugriff auf ihre Magie hatte. Nicht einmal, wenn sie wollte.

»Ganz ruhig.« Zuleeka legte ihrem Bruder eine Hand auf die Schulter. »Es gab nie eine Garantie dafür, dass Kiva irgendetwas herausfinden würde, was uns weiterhelfen könnte. Das ändert nichts an unseren Plänen.«

»Das ist ja das Problem!« Verzweifelt hob Tor die Arme. »*Es ändert nichts!* Und das heißt, wir müssen genauso weitermachen wie bisher!«

Zuleekas Augen wurden schmal. »Und warum ist das ein Problem?«

Ich habe es satt mitanzusehen, wie so viele Menschen sich für etwas aufopfern, von dem ich nicht mal sicher bin, ob ich noch daran glaube, schossen Kiva Torells Worte durch den Kopf. Worte, die Zuleeka niemals verstehen würde.

»Es ist meine Schuld«, eilte Kiva ihm zu Hilfe. »Ihr habt mir aufgetragen, einen rechtmäßigen Weg auf den Thron zu finden, und ich habe versagt. Es tut mir leid.«

»Du hast getan, was du konntest, Schwesterchen«, entgegnete Zuleeka. Sie war wesentlich ruhiger geblieben, als Kiva befürchtet hatte, allerdings hatte sie auch einiges wiedergutzumachen nach dem vergangenen Tag. Nach den vergangenen *zehn Jahren.*

»Und du bist dir ganz sicher?«, fuhr Zuleeka fort. »Dass es unmöglich ist, die Triade zu stehlen? Dieses Auge scheint ja der schwierigste Part bei dem Ganzen zu sein. Ist es wirklich so gut gesichert?«

»Jaren hat gesagt, es befindet sich immer in der Obhut des amtierenden Generals«, antwortete Kiva. »Das heißt, es ist bei Ashlyn. Geschützt durch die Armee *und* ihre Magie.«

Zuleeka seufzte. »Tja, das ist tatsächlich eine Hiobsbotschaft. Aber so schnell geben wir nicht auf. Uns war immer bewusst, dass wir den Thron nicht von heute auf morgen würden erobern können. Wir müssen einfach geduldig sein.«

Kiva sah verstohlen zu Torell hinüber, der wütend in die Dunkelheit starrte.

Dieses Leben hätte ich mir niemals ausgesucht.

Bei der Erinnerung bildete sich ein Kloß in ihrer Kehle und sie schmiegte sich an Tor, um ihm auf eine Weise Trost zu spenden, die Zuleeka nicht misstrauisch machen würde.

Tor atmete laut aus, legte Kiva den Arm um die Schulter und drückte sie an sich. Dabei fiel sein Blick auf Kivas Nacken und er versteifte sich.

»Was ist denn das?«, fragte er und hob die feine Goldkette an.

»Ein Geschenk von Jaren«, erklärte Kiva und zog das Amulett aus ihrem Kragen hervor. »Gestern Abend gab es einen kleinen Zwischenfall mit seiner Mutter und danach hat er mir das hier geschenkt. Es soll mich vor weiteren Magieangriffen schützen.«

Torell und Zuleeka starrten sie an.

»Die Königin hat dich *angegriffen*?«, rief Tor.

»Geht es dir gut?«, fragte Zuleeka und die Sorge in ihrer Stimme bedeutete Kiva mehr als ihre Entschuldigung zuvor.

Kiva beschloss, den beiden nicht zu erzählen, wie knapp sie im Salon der Königin dem Tod entronnen war. Sie hatte ihnen bereits genug Kummer für einen Abend bereitet. »Ja, alles in Ordnung«, sagte sie daher nur. »Jaren hat mich mit seiner Magie gerettet.«

»Mit Feuermagie gegen die Wassermagie der Königin?«, fragte Zuleeka und hob eine Augenbraue. »Wie das?«

»Ein bisschen Luftmagie hat er auch, schon vergessen?«, erwiderte Kiva geistesgegenwärtig. »Er hat Ariana mit einem Windstoß durch den Raum geschleudert.« Was nicht einmal gelogen war. Ihre Geschwister brauchten ja nicht zu erfahren, dass Jaren auch seine Wassermagie benutzt hatte, um Arianas zu schlagen.

»*Was* hat er?« Torell riss die Augen auf.

»Und dann hat er den Wind noch mal eingesetzt, um hinter uns die Tür zuzudrücken und seine Mutter in ihrem Salon einzusperren«, redete Kiva weiter.

»Wahnsinn«, sagte Torell voller Bewunderung.

»Ja, das war ziemlich eindrucksvoll«, gab Kiva zu. »Was die Vallentis mit ihrer Magie anstellen können …« Sie schüttelte den Kopf.

»Über derart viel Macht sollte niemand verfügen«, merkte Zuleeka finster an, ehe sie etwas leichtherziger hinzufügte: »Aber zum Glück sind auch ihre Kräfte begrenzt. Stellt euch nur mal vor, wir hätten eine zweite Sarana Vallentis unter uns, mit allen vier Elementarkräften auf einmal. Also, *das* würde mir wirklich Sorgen machen.«

Es kostete Kiva alles, was sie an Selbstbeherrschung besaß, sich nichts anmerken zu lassen. Sie hätte den beiden einfach die Wahrheit sagen können. Schließlich waren es ihre Geschwister. Doch –

Ich vertraue dir, Kiva. Das sollte dir mittlerweile klar sein.

Kiva hatte Jaren schon in so vieler Hinsicht verraten. Aber in diesem einen Punkt war sie entschlossen, es nicht zu tun.

»Also, dieses Amulett«, Tor betrachtete im Dunkeln den Anhänger, »das beschützt dich vor Elementarmagie?«

Kiva nickte und begann, ihren Geschwistern die Funktion der Edelsteine zu erklären. Neugierig beugten die beiden sich vor und Zuleeka strich mit einem Finger über die einzelnen Edelsteine.

»Du kannst wirklich von Glück reden, dass dem Prinzen so viel an dir liegt«, befand sie. »Was für ein Geschenk.«

»Trotzdem hoffe ich, dass ich es nicht noch einmal brauchen werde«, entgegnete Kiva.

Tor legte den Kopf schief. »Ich dachte, Jaren hätte es dir erst nach dem Angriff gegeben.«

»Ja«, bestätigte Kiva. »Aber auch schon damals in Zalindov – na ja, streng genommen habe ich es da von Mirryn bekommen. Jedenfalls hat es mich durch die Feuerprüfung gebracht, sonst wäre ich danach wohl nichts als ein Häufchen Asche gewesen.«

Ihr Bruder wurde blass. Zuleeka dagegen starrte weiterhin nachdenklich auf das Amulett, bis Kiva es wieder unter ihrem Kragen verschwinden ließ. Erst das schien ihre Schwester aus ihren Grübeleien zu reißen. »Wir sollten bald zurück«, sagte sie. »Aber über all dem Trubel gestern sind wir noch gar nicht dazu gekommen, dich zu fragen, wie es bei Nanna Delora war. In deiner Nachricht klang es ja so, als hätte der Besuch etwas gebracht.«

»Mit einem hattet ihr jedenfalls recht: Sie mag euch nicht sonderlich«, antwortete Kiva. »Anfangs dachte sie, ich wäre gekommen, um ihr Torvins Dolch zu stehlen. Aber davon konnte ich sie irgendwann abbringen.« Dann fügte sie an ihren Bruder gewandt hinzu: »Sie benutzt ihn übrigens wirklich zum Kräuterhacken, genau wie du vermutet hattest.«

Tor schnaubte. »Sieht ihr ähnlich.«

»Sie hat ihn dir gezeigt?«, erkundigte sich Zuleeka verblüfft. »Ich dachte, sie hält ihn versteckt.«

»Tut sie auch«, erwiderte Kiva. »Sie bewahrt ihn in einem ausgehöhlten Buch mit dem Titel *1001 Kuchen und Törtchen* auf. Und sie hat ihn mir auch nicht gezeigt, um damit zu prahlen, sondern weil sie mir einen Trank gebraut hat, der meine Magie unterdrückt.«

»Also konnte sie dir tatsächlich helfen?« Tor wirkte erleichtert. Genau wie Zuleeka. »Das freut mich, Mäuschen.«

»Allerdings ist es keine langfristige Lösung«, schränkte Kiva ein. »Der Trank hat nur für ein paar Tage gereicht. Morgen brauche ich Nachschub.«

»Du willst also noch einmal zu ihr?«, fragte Zuleeka.

Kiva nickte.

»Dann hätte ich eine Bitte«, sagte ihre Schwester. »Ich weiß, es ist viel verlangt, aber ich muss immer wieder daran denken, seit wir neulich darüber geredet haben, also …« Sie holte tief Luft. »Meinst du, du könntest uns den Dolch, na ja … mitbringen?«

Kiva stieß ein kurzes, ungläubiges Lachen aus. »Äh, nein. Sobald ich auch nur das geringste Interesse an dem Ding zeige, wirft Delora mich in hohem Bogen raus.«

In den Sumpf.

Wo Matschello wartete.

Kiva erschauderte.

»Nur, weil …« Zuleeka strich sich eine dunkle Haarsträhne hinters Ohr. »Du weißt ja, dass der Dolch bei den Rebellen für Torvins Regentschaft steht, und solche Symbole sind nun mal wichtig. Vor allem jetzt, nachdem Mutter nicht mehr da ist« – ihre Stimme brach ein wenig –, »würde es den Leuten sicher leichterfallen, uns als ihre neuen Anführer zu akzeptieren, wenn wir den Dolch hätten. Den Dolch der Corentines, der endlich in den Besitz seiner Familie zurückgekehrt ist.«

Das klang einleuchtend, dennoch wandte Kiva ein: »Aber wenn Delora sich geweigert hat, ihn Mutter zu geben, warum sollte sie ihn dann mir überlassen?«

»Delora ist eine grantige alte Schrulle, die den Dolch hauptsächlich deshalb nicht rausrückt, weil sie uns nicht leiden kann. Dir aber hat sie geholfen«, erklärte Zuleeka. »Das muss etwas zu bedeuten haben. Könntest du nicht wenigstens mal fragen?«, fügte sie beinahe flehentlich hinzu.

Wieder dachte Kiva an Matschello und zog eine Grimasse. Doch dann gab sie nach. »Versprechen kann ich nichts, aber wenn Delora morgen einigermaßen gute Laune hat, werde ich es versuchen.«

Zuleeka strahlte. »Danke.«

Kiva wünschte, sie könnte sie öfter so lächeln sehen. Das hier war die Schwester, an die sie sich erinnerte, das warmherzige Mädchen von damals, nicht die abgebrühte Rebellenführerin. Vielleicht gab es ja doch noch ein wenig Hoffnung.

»Wir sollten uns langsam aufmachen.« Torell spähte Richtung Hafenbecken. »Bald ist Schichtwechsel, da könnte uns jemand sehen.«

Zuleeka blickte Kiva fragend an. »Oder sollen wir dich lieber zurück zum Palast begleiten?«

Obwohl Kiva sich vorhin über die Möglichkeit, überfallen zu werden, beklagt hatte, winkte sie ab. »Nicht nötig.«

»Wir werden ein Treffen mit den anderen Rebellenführern einberufen, um über unser weiteres Vorgehen zu beratschlagen«, erklärte Zuleeka. »Könnte eine Weile dauern, bis das zustande kommt – die Lager sind über das ganze Königreich verteilt –, aber so etwas sollte man besser persönlich besprechen.«

»Es gibt noch andere Lager?«, fragte Kiva überrascht.

Zuleeka schmunzelte. »Unsere Anhängerzahl wächst schon seit Jahren. Dachtest du etwa, die paar Leute bei Oakhollow wären alles, was wir zu bieten haben?«

Ein banges Gefühl breitete sich in Kiva aus. Doch sie tröstete sich damit, dass es offenbar noch keine weiteren Pläne gab, keine konkrete Mission – zumindest bis auf Weiteres.

»Du hörst von uns«, sagte Tor mit so ausdrucksloser Miene, als wäre er schlagartig wieder in die stillschweigende Resignation der letzten zehn Jahre verfallen.

»Und ihr von mir, falls ich in der Zwischenzeit irgendetwas herausfinden sollte«, entgegnete Kiva, nicht ganz sicher, ob sie ihr Versprechen würde halten können. Die Fronten verwischten sich zunehmend und nichts ließ sich mehr so klar in Gut und Böse, Schwarz und Weiß einteilen wie zuvor.

»In erster Linie solltest du dich darauf konzentrieren, deine Tarnung aufrechtzuerhalten und deine Magie zu unterdrücken«, sagte Zuleeka. Dann fügte sie hinzu: »Und, bitte, versuch Delora davon zu überzeugen, dir den Dolch zu geben. Das wäre …« Sie verstummte, doch die Sehnsucht in ihren Augen sprach für sich.

»Ich bemühe mich«, versprach Kiva ihr erneut.

Nach einem knappen Abschied verschwanden Zuleeka und Torell wieder in der dunklen Gasse und auch Kiva schlug eilig den Rückweg ein. Doch bevor sie auch nur an der ersten Lagerhalle vorbei war, löste sich eine hochgewachsene Gestalt aus dem Gebäudeschatten.

Reflexartig riss Kiva Naaris Dolch aus ihrem Stiefel.

Im selben Moment jedoch streifte die Gestalt ihre Kapuze ab und Caldons Gesicht kam darunter zum Vorschein.

»Bei den Göttern, hast du mich erschreckt.« Kiva zwang sich zu einem Lachen und ließ den Dolch sinken. »Ich dachte schon, jetzt bin ich geliefert.«

»Das bist du auch, glaub mir«, entgegnete Caldon, die Stimme genauso eisig wie sein Blick.

»Ja?«, gab Kiva sich unschuldig, während ihr Puls zu rasen anfing. Dabei war sie sich relativ sicher, dass der Prinz das Gespräch mit ihren Geschwistern nicht belauscht hatte – die Gasse war einfach zu eng gewesen, als dass er sich unbemerkt hätte nähern können. Dennoch war ihm offensichtlich nicht entgangen, dass die drei sich getroffen hatten. Genauso wenig wie die Tatsache, dass Kiva sich heimlich aus dem Palast geschlichen hatte. Caldon war kein Dummkopf. Wenn er ihr gefolgt war, dann nicht ohne Grund.

»Spuck's aus, Sonnenschein«, sagte er und fixierte sie wie ein Raubtier. »Was wollten die beiden von dir?«

»Zuleeka wollte sich für gestern entschuldigen«, antwortete Kiva schnell. Was zumindest teilweise der Wahrheit entsprach.

Caldon blieb direkt vor ihr stehen. »In Ordnung, dann lass es mich anders formulieren.« Er beugte sich vor und seine Augen funkelten wie kobaltblaues Feuer. »Was wollten *die Viper* und *der Schakal* von dir?«

KAPITEL SIEBENUNDZWANZIG

Kivas Welt geriet aus den Fugen.

Schiere Panik brandete durch ihren Körper und ließ sie instinktiv den Dolch hochreißen. Doch Caldon reagierte blitzschnell. Er packte sie beim Handgelenk und wirbelte sie herum, sodass sie rücklings an seine Brust gepresst wurde. Gleichzeitig schloss sich seine andere Hand um den Dolchgriff und drückte ihr die Klinge an die Kehle.

»Hältst du das wirklich für eine gute Idee?«, raunte er ihr ins Ohr.

Kivas Herz wummerte. Sie war enttarnt und jetzt würde sie sterben.

Doch dann ließ Caldon sie los.

Noch vor einer Sekunde hatte Kiva ihr Leben an sich vorbeiziehen sehen, in der nächsten war sie frei und geriet ins Straucheln, als Caldon sie unsanft zu sich herumdrehte.

»Um mal einiges klarzustellen«, sagte er wie beiläufig, während er Naaris Dolch in seinem Gürtel verstaute, »erstens: Ich weiß, wer du bist, Kiva Corentine, und das habe ich schon fast von Anfang an.«

Kiva wurde schwindelig.

»Hauptmann Veris hat dich gleich bei deiner ersten Prüfung erkannt«, erklärte er, was Kiva aber dank der belauschten Ratsversammlung bereits wusste. »Bevor ich dich damals in der Krankenstation besucht habe, hat er mir von dem Abend erzählt, an dem du und dein Vater verhaftet wurdet. Allerdings hält er dich weiterhin für Kiva Meridan. Dein Glück«, fuhr Caldon sarkastisch fort, »dass sein Interesse an diesem Mädchen, das sein Leben für die Rebellenkönigin riskierte, sich in Grenzen hielt. Ich dagegen war neugierig, habe mir Akten beschafft und wie besessen nach Informationen über dich und deinen Vater gesucht. Bis ich schließlich herausgefunden habe, wer noch zu eurer Familie gehörte. Von wegen *Meridan*«, schnaubte er.

Die Gefängnisakten also. Allerdings hätten die eigentlich gar nichts Verfängliches über Kiva enthalten dürfen und ganz gewiss nichts, was Rückschlüsse auf ihre Abstammung zuließ. Wie gründlich musste Caldon geforscht haben, wenn er dennoch dahintergekommen war?

Kiva begann, am ganzen Körper zu zittern, als –

»Wie gesagt, ich weiß seit Monaten Bescheid. Also pinkel dich nicht gleich ein vor Angst.«

Seit Monaten.

Caldon wusste es *seit Monaten*.

Und trotzdem hatte er –

Sie gerettet.

Sie trainiert.

Sich mit ihr angefreundet.

Verstehst du es denn immer noch nicht? Du bist uns wichtig, Kiva.

Die ganze Zeit hatte er gewusst, wer sie war.

»Warum?«, hauchte Kiva, unfähig, lauter zu sprechen. »Deine Familie bedeutet dir alles. Warum hast du mich nicht verraten, wenn du wusstest, wie gefährlich ich ihr werden könnte? Euch allen?«

»Weil ich mir dachte, dass ich dich noch gebrauchen könnte«, antwortete Caldon prompt.

Kiva hob die Augenbrauen.

»In letzter Zeit hatten wir Schwierigkeiten, Spione bei den Rebellen einzuschleusen, und ich dachte, vielleicht könntest du uns ein paar Türen öffnen. Dafür musste ich lediglich dein Vertrauen gewinnen. Und wenn mir das nicht gelungen wäre, hätte ich dich erpresst. Druckmittel hatte ich auf jeden Fall genug.«

Obwohl Kiva soeben selbst als Verräterin entlarvt worden war, fühlte sie sich getroffen durch Caldons Eröffnung.

»Aber dann habe ich dich besser kennengelernt«, fuhr er fort, »und gemerkt, dass du gar nicht die hinterlistige kleine Rebellin bist, für die ich dich gehalten hatte. Und nach den Wochen im Winterpalast war mir klar, dass du genug für Jaren empfindest, um deine Mission – worin auch immer die bestand – in Zweifel zu ziehen. Also habe ich beschlossen, erst mal abzuwarten, was du machen würdest. Für wen du dich entscheiden würdest.«

Du musst dich entscheiden, Kiva. Ab jetzt heißt es: Er oder wir. Die Vallentis oder wir.

Kiva verbannte die Stimme ihrer Schwester aus ihrem Kopf und fragte mit trockenem Mund: »Entscheiden?«

Caldon überging ihre gespielte Verwirrung. »Ich gebe zu, die Sache mit deiner Entführung kam ziemlich überraschend. Aber ich nehme mal an, das war die Idee deiner Schwester.« Dann runzelte er die Stirn. »Allerdings weiß ich immer noch nicht, warum wir von Mirravenern angegriffen wurden, nachdem ich deine Rebellenfreunde aus dem Weg geräumt hatte. Neulich, als du mich unter Drogen gesetzt hast und verschwunden bist, da dachte ich ernsthaft, die könnten dich einkassiert haben. Also, die Mirravener. Dass dir von den Rebellen keine Gefahr drohte, wusste ich ja.« Er verdrehte die Augen. »Die Nummer nehme ich dir übrigens immer noch übel. K. o. durch eine Tasse Kräutertee – wie erbärmlich ist das denn?«

»Und Torell?« Kivas Gedanken überschlugen sich. »Du hast behauptet, du fändest ihn attraktiv. Aber wenn du doch längst wusstest, wer er ist –«

»Ach komm«, fiel Caldon ihr ins Wort. »Hast du dir den Jungen mal angeguckt? Corentine oder nicht, den muss ja wohl jeder attraktiv finden, der Augen im Kopf hat.«

Kiva rieb sich die Schläfen, hielt jedoch inne, als ihr eine weitere Erkenntnis kam. »Aber Jaren hast du nichts erzählt.«

»Klar, dass das das Einzige ist, was dich interessiert«, brummte Caldon und schaute zum Himmel.

»Ist es nicht«, verteidigte sich Kiva. »Trotzdem ist es mir wichtig.«

»Und warum?«, bohrte Caldon gnadenlos nach. »Weil du weißt, dass die Wahrheit ihm das Herz brechen wird?«

Kiva sah zu Boden. »Ich wollte nicht, dass es so weit kommt. Nie.«

»Ach so, also hast du uns gar nicht dazu gebracht, dich ins Herz zu schließen, damit du uns in den Rücken fallen kannst? Das war überhaupt nicht dein Plan?«

»Nein … Ich habe nicht … Ich wollte nicht …«

Doch das stimmte nicht. Sie hatte Zalindov mit dem Ziel verlassen, den Palast zu infiltrieren und die Königsfamilie auszuspionieren, um deren Schwächen auszuloten und sie sich zunutze zu machen.

Das war von Anfang an ihr Plan gewesen.

Ihre Entscheidung.

Aber jetzt nicht mehr.

Kiva hatte ihre Wahl getroffen.

Sie konnte sich nicht länger an ihren Schmerz der letzten zehn Jahre klammern, ihn als Rechtfertigung dafür verwenden, dass sie im Begriff war, eine Königsfamilie zu stürzen, deren Thronerbe sein Leben für sein Volk geben würde. Denn das war genau die Art von Herrscher, die Evalon brauchte.

Und mit einem Mal begriff sie. Dieser Racheplan war nicht ihrer, sondern der ihrer Mutter. Sie war nicht dazu verpflichtet, ihn auszuführen. Sie konnte den Vallentis verzeihen, alte Feindschaften begraben und –

– einfach nur Kiva Meridan sein.

Schließlich war sie nicht nur die Tochter der Rebellenkönigin, sondern auch die ihres Vaters.

Die Tochter des Heilers Faran Meridan, der so viele Träume in ihr geweckt hatte.

Träume, die sie verwirklichen konnte, indem sie ihre Vergangenheit hinter sich ließ.

Indem sie Kiva Corentine hinter sich ließ.

Es war, als würde sich eine Last von ihren Schultern heben, so unvermittelt, dass sie kurz ins Wanken geriet.

»Schon gut«, flüsterte sie, als Caldon die Hand nach ihr ausstreckte.

»Du hast gerade ziemlich in Gedanken versunken gewirkt«, merkte er an. »Worüber grübelst du denn so angestrengt nach?«

Kiva sah hoch und begegnete seinem ernsten Blick. Sie dachte an all das, was er ihr erzählt hatte. Wie er hinter ihr Geheimnis gekommen war und es für sich behalten hatte. Wie er beschlossen hatte, ihr eine Chance zu geben. Niemals hätte sie geahnt, dass sie in Caldon einen Verbündeten finden könnte. Und erst recht keinen Freund.

»Es tut mir leid«, flüsterte sie. »Du hast recht, ich *habe* für meine Familie gearbeitet. Aber das ist vorbei. Ich habe meinen Geschwistern keine brauchbaren Informationen geliefert, nichts, was ihnen weiterhilft. Zumindest nicht unmittelbar. Sie werden sich einen neuen Plan zurechtlegen müssen und das kann eine Weile dauern. Wochen, Monate, vielleicht sogar Jahre, wer weiß? Alles, was *ich* weiß, ist –« Sie schluckte. »Dass es vorbei ist.« Hastig fügte sie hinzu: »Natürlich liebe ich sie trotzdem. Aber ich liebe auch –« Der Name blieb ihr im Hals stecken, also änderte sie den Kurs. »Deine Familie ist mir auch wichtig. Und wenn ich ehrlich sein soll, dann ist mir schon seit einer ganzen Weile klar, dass ich euch keinen Schaden zufügen will. Niemandem von euch. Das ist vorbei.«

Ein Moment verging. Dann ein weiterer. Kiva starrte unentwegt zu Boden, im vollen Bewusstsein, dass sie sich soeben zum Verrat an der Königsfamilie bekannt hatte. Was Caldon jedes Recht gegeben hätte, ihr Naaris Dolch ins Herz zu stoßen. Ihr Leben lag in seinen Händen.

Und das schon seit Monaten.

Das unerträgliche Schweigen zog sich hin, bis Caldon sie schließlich – endlich – von ihren Qualen erlöste.

»Na also. War doch gar nicht so schwer, oder?«

Sein belustigter Tonfall ließ Kiva hochsehen und gleich darauf erstaunt die Augen aufreißen, als der Prinz sie ungestüm in die Arme schloss.

»Du bist eine absolute Plage, Sonnenschein«, knurrte er. »Aber wenigstens wird es mit dir nie langweilig.«

Kiva gab einen Laut von sich, der halb Lachen, halb Schluchzen war, und drückte Caldon fest an sich. »Bist du mir denn gar nicht böse?«

»Das ist nicht dein Ernst, oder?«, entgegnete er und ließ Kiva los. »Du bist Teil eines Komplotts, das mich und meine Verwandten ins Verderben stürzen soll. Unser gesamtes Königreich. Und nur, weil ich die ganze Zeit davon gewusst habe, heißt das nicht, dass ich nicht stinksauer auf dich bin.« Kiva biss sich auf die Lippe und Caldon lenkte ein: »Aber wenn irgendjemand weiß, wie wichtig Familienbande sind, dann wohl ich. Deine Schwester mag ein unverbesserliches Miststück sein, aber dein Bruder –«

»Ist wahnsinnig attraktiv, ich hab's kapiert.«

»Aber dein Bruder«, wiederholte Caldon unbeirrt, »schien mir ebenfalls nicht mit dem Herzen bei der Sache zu sein. Oder?«

Kiva zuckte überrascht zurück. »Woher weißt du das?«

Caldon hob die Schultern. »Ich bin ihm gestern nicht zum ersten Mal begegnet, auch wenn ich so getan habe.«

Kivas Mund klappte auf. »Du hast ihn schon vorher gekannt?«

Der Prinz schüttelte den Kopf. »*Kennen* wäre übertrieben. Aber als meine Schwester das letzte Mal in Vallenia war, um Bericht über den Zustand der Truppen zu erstatten, hab ich wie immer für eine Weile das Feld geräumt und –« Er unterbrach sich und musterte Kiva mit gerunzelter Stirn. »Ich weiß, dass Jaren dir von meiner tragischen Vergangenheit erzählt hat. Das hast du neulich ziemlich klar durchblicken lassen, als du mitten in der Nacht in der Kaserne aufgeschlagen bist. Also spar dir das irritierte Gesicht.«

Kiva bemühte sich um eine neutrale Miene.

»Ist mir wirklich ein Rätsel, wie du es so lange geschafft hast, alle an der Nase herumzuführen«, kommentierte Caldon trocken, bevor er fortfuhr: »Jedenfalls bin ich auf meiner kleinen Reise in einem Dorf gelandet, in dem zufällig gerade die Rebellen auf Mitgliederfang waren. Irgendwann hatten die Dorfwachen die Nase voll von der aufwieglerischen Propaganda und die Sache artete in Gewalt aus.«

Kiva zog eine Grimasse und schaute über den Fluss.

»Es war das pure Chaos«, redete Caldon weiter. »Irgendwann schlug sich das ganze Dorf gegenseitig die Köpfe ein; manche kämpften aufseiten der Wachen, andere halfen den Rebellen. Jeder gegen jeden, Männer, Frauen, sogar Kinder.« Mit einem Mal klang seine Stimme verändert. »Und dann hab ich deinen Bruder gesehen. Wie ein Rachegott stand er plötzlich da und die Leute sind allein vor seiner Schakalsmaske in Ehrfurcht erstarrt. Doch was mich am meisten verblüfft hat: Er hat niemanden angegriffen. Im Gegenteil, er hat die Menschen *verteidigt*. Alle. Selbst die Wachen.«

»Was?«, wisperte Kiva.

»Er hat sehr darauf geachtet, dass niemand es merkt«, erklärte Caldon. »Aber ich saß auf einem Dach und hatte einen ziemlich guten Überblick. Irgendwann hat er sich hinter einem Haus versteckt und seine Maske abgenommen. Und nachdem er nicht mehr als Schakal unterwegs war, hat er angefangen, genau die Leute zu beschützen, denen seine Rebellenkumpane an den Kragen wollten.

Er hat die gefährlichsten Angreifer beider Seiten bewusstlos geschlagen, doch niemandem ernsthaft Schaden zugefügt. Das war so verrückt, dass ich bis heute keinem davon erzählt habe. Dein Bruder ist ein ziemlich beeindruckender Mann. Und ich meine wirklich beeindruck–«

»Moment mal«, unterbrach Kiva ihn. »Du saßt auf einem *Dach*?«

Caldon kratzte sich an der Wange und sah an ihr vorbei. »Ich weiß selbst nicht so genau, wie ich da gelandet bin. Was ganz eventuell daran liegen könnte, dass ich vorher meinen Frust in der Taverne ertränkt hatte, bis ich kaum mehr geradeaus laufen konnte. Geschweige denn mich in irgendwelche Kämpfe einmischen.« Er zog die Nase kraus. »Dumm gelaufen, könnte man wohl sagen. Aber dafür hatte ich von da oben die beste Aussicht.«

Bei der Vorstellung, wie Caldon sturzbetrunken das Kampfgeschehen beobachtete und gleichzeitig ihren Bruder, den Rebellenführer, anschmachtete, konnte Kiva nicht länger an sich halten.

»Freut mich, dass dich das so amüsiert«, grollte der Prinz. »Wen interessiert's schon, dass ich danach drei Tage lang einen höllischen Brummschädel hatte?«

»Klingt, als hättest du es nicht besser verdient gehabt«, entgegnete Kiva, noch immer kichernd.

Caldon schnaubte, widersprach jedoch nicht.

»Na jedenfalls«, kam er auf ihr ursprüngliches Thema zurück, »wirkte dein Bruder damals nicht so überzeugt von seiner Mission, wie man eigentlich erwarten würde.«

»Ist er auch nicht«, gab Kiva zu. »Er hat sich sein Leben als Rebell nicht ausgesucht. Er ist eher …«

»Darin gefangen?«, vermutete Caldon.

»Genau.«

Der Prinz stieß einen Seufzer aus. »Tja, gut möglich, dass sich das nach der heutigen Nacht ändert, oder? Du meintest doch, die Rebellen müssten sich erst einmal neu orientieren. Vielleicht findet er dadurch ja eine Gelegenheit für den Absprung.«

Nachdem sie die Resignation in Torells Augen gesehen hatte, wagte Kiva, das zu bezweifeln. Dennoch würde sie die Hoffnung nicht aufgeben und alles daransetzen, dass er eines Tages dieselbe Entscheidung traf wie sie.

Dieselbe Entscheidung, wie ihr plötzlich klar wurde, die auch ihre Großmutter getroffen hatte. Und bis vor zehn Jahren war es auch die Entscheidung ihrer Mutter gewesen – immerhin hatte sie sich fast ihr ganzes Leben lang daran gehalten.

Sich von den Rebellen loszusagen, war nicht unmöglich. Natürlich wäre es schwer – verdammt schwer –, nach all dem Leid, das die Vallentis über Kivas Familie gebracht hatten. Aber wenn sie es schaffte, ihnen zu vergeben, dann …

»Was geht dir durch den Kopf?«, fragte Caldon und glättete mit dem Zeigefinger die Sorgenfalte zwischen Kivas Augenbrauen.

»Dass du möglicherweise recht hast. Dass Tor sein Rebellendasein mit ein bisschen Hilfe hinter sich lassen könnte. Dass er wieder selbst über sein Leben bestimmen könnte, so wie ich.«

»Entschuldige, wenn ich das so unverblümt sage, aber in der Hinsicht hast du noch einen Haufen Arbeit vor dir«, merkte Caldon mit einer Geste in die Richtung an, in der ihre Geschwister verschwunden waren.

»In irgendeiner Hinsicht haben wir alle noch einen Haufen Arbeit vor uns«, konterte Kiva und musste wieder daran denken, wie knapp sie heute Nacht einer Katastrophe entronnen war. Wenn irgendjemand anderes als Caldon ihr gefolgt wäre … Wenn irgendjemand anderes dieselben Recherchen angestellt hätte wie er … Wenn Caldon weniger an ihr liegen würde oder er zu dem Schluss gekommen wäre, dass das Risiko, Kiva am Leben zu lassen, zu groß war …

»Du musst wirklich damit aufhören«, rügte Caldon und strich

abermals über die Stelle zwischen ihren Augenbrauen. »Wenn du weiter so oft die Stirn runzelst, siehst du bald dreißig Jahre älter aus, als du bist. Mit ein bisschen Pech sogar vierzig.«

Kiva schlug seine Hand weg und zog die Stirn extra kraus.

»Sehr hübsch«, kommentierte er. »Wirklich entzückend.«

»Warst du eigentlich schon immer so eine Nervensäge?«

»Du bringst einfach meine besten Seiten zum Vorschein, Apfelbäckchen.«

Kiva bedachte ihn mit einem säuerlichen Blick.

Caldon lachte in sich hinein, wurde jedoch schnell wieder ernst. »Es ist spät, wir sollten uns langsam auf den Rückweg machen. Aber vorher muss ich dich noch etwas fragen.«

»Ach, und ich dachte, du wüsstest bereits alles über mich«, feuerte Kiva zurück.

»Verfügst du über Heilmagie?«

Für einen Moment blieb Kiva die Luft weg. Doch dann nickte sie zögerlich. »Ja. Aber Zuleeka und Tor nicht.«

Caldon zog Naaris Dolch aus dem Gürtel. Kivas Herz setzte einen Schlag aus, aber Caldon hielt ihn lediglich hoch. »Also, wenn ich mir den jetzt hier in den Bauch rammen würde –«

»Nicht!«, schrie Kiva und entriss ihm die Waffe. Erst als der Dolch wieder sicher in ihrem Stiefel verstaut war, wurde ihr bewusst, dass Caldon nicht einmal versucht hatte, sie daran zu hindern. Stattdessen sah er sie bloß fragend an. Kiva räusperte sich. »Im Moment kann ich nicht auf meine Magie zugreifen«, erklärte sie.

Seine Miene wurde nur noch verwirrter, also verriet Kiva ihm schließlich den wahren Grund, aus dem sie ihn unter Drogen gesetzt hatte. Sie erzählte ihm von ihren unkontrollierten Magieausbrüchen und dem Trank ihrer Großmutter. Einzig die Tatsache, dass sie am nächsten Tag wieder nach Blackwater musste, ließ sie unerwähnt. Zu groß war ihre Angst, der Prinz könnte versuchen, ihr den Plan auszureden, oder – was fast noch schlimmer wäre – darauf bestehen, sie zu begleiten. Irgendetwas sagte ihr, dass Delora über königlichen Besuch alles andere als erbaut wäre.

Als sie mit ihrer Erzählung fertig war, starrte Caldon sie einen Moment lang wortlos an. Dann huschte ein Grinsen über sein Gesicht. »Gutes Gefühl, sich das alles mal von der Seele zu reden, oder? Ab jetzt gibt es keine Geheimnisse mehr zwischen uns, Sonnenschein.« Seine Miene wurde ernst. »Aber nur, damit wir uns nicht falsch verstehen: So gern ich dich kleine Rebellin mittlerweile habe, wenn ich dahinterkomme, dass du mich auch nur im Entferntesten angelogen hast oder meiner Familie schaden willst, dann schneide ich dir höchstpersönlich die Kehle durch. Kapiert?«

Kiva schluckte. Was Caldon jedoch als Antwort zu genügen schien, denn der Prinz legte ihr entspannt den Arm um die Schultern und führte sie fröhlich vor sich hin pfeifend zurück Richtung Palast.

KAPITEL ACHTUNDZWANZIG

Am nächsten Morgen erwachte Kiva erfüllt von einer vagen Angst, die sie einfach nicht loswurde. Zum Teil – das war ihr klar – lag die Ursache dafür in der Konfrontation mit Caldon, auch wenn er mit keinem Wort angedeutet hatte, dass er sie auffliegen lassen wollte. Doch allein bei dem Gedanken zog Kivas Magen sich zu einem so festen Knoten zusammen, dass sie kaum die letzte Dosis von Deloras Trank hinunterbrachte.

Ihre Sorge wuchs nur noch, als sie nach einer anstrengenden Trainingseinheit in den Palast zurückkehrte und die Flure voller Menschen vorfand. Die Vorbereitungen für Mirryns Maskenball am nächsten Tag waren in vollem Gange. Unzählige Bedienstete, Köche und Unterhaltungskünstler eilten umher und Kiva wurde immer nervöser, ohne dass sie hätte sagen können, warum.

Ehe ihre Angst überhandnehmen konnte, beschloss Kiva, sich gleich nach dem Frühstück aus dem Palast zu schleichen, um etwas Ruhe zu finden und sich auf den Weg nach Blackwater zu machen. Doch gerade als sie aufbrechen wollte, platzte Mirryn in ihr Zimmer – gefolgt von zwei Dienstmädchen, die einen Kleiderständer voller Abendroben hereinrollten, und einem älteren Herrn mit einem Maßband um den Hals.

»Gut, dass ich dich erwische«, freute sich Mirryn.

»Äh, warum?«, fragte Kiva argwöhnisch.

»Du brauchst etwas zum Anziehen für morgen Abend«, erklärte die Prinzessin und begann unverzüglich, den Bediensteten Anweisungen zu geben. Der Schneider nahm Kivas Maße und zwang sie dann, ein Kleid nach dem anderen anzuprobieren, wobei er sich in einer endlosen Abfolge – äußerst kritischer – Kommentare erging.

»Zu bauschig!«

»Langweilig!«

»Zu wenig Dekolleté!«

»Viel zu viel Dekolleté!«

»Was sollen denn diese ganzen Rüschen? Weniger Rüschen! *Gar keine* Rüschen!«

Und immer so weiter.

Über Stunden.

Nachdem man sich schließlich auf das perfekte Kleid geeinigt hatte, musste Kiva sämtliche verbliebene Selbstbeherrschung aufbieten, um Nevard, dem Schneider, nicht ins Gesicht zu springen, als er verkündete, dass nun nur noch die passende Maske fehle.

Kiva war kurz davor, sich Naaris Dolch zu schnappen und ein Blutbad anzurichten, daher warf sie Mirryn einen flehentlichen Blick zu. Obwohl die Prinzessin höchst amüsiert wirkte, schien sie zu ahnen, dass Kiva mit ihrer Geduld am Ende war. »Vielleicht suchen wir lieber ohne sie eine Maske aus und lassen sie ihr später bringen«, sagte sie zu Nevard. »Als kleine Überraschung sozusagen.«

Der Schneider wirkte sichtlich schockiert über diesen unorthodoxen Vorschlag, nickte jedoch nach kurzem Zögern. »Wie Sie wünschen, Hoheit.«

Dann packten er und seine Gehilfinnen ihre Sachen zusammen und ließen nichts als das auserwählte Kleid samt dem zugehörigen Paar Schuhe zurück.

Mirryn dagegen trat auf Kiva zu und ergriff ihre Hände.

»Ich hab von … der Sache neulich mit Mutter gehört«, sagte sie. »Geht es dir gut?«

Diese Frage hatte Kiva nicht erwartet, schon gar nicht von Mirryn. »Ich bin bloß … ein bisschen überrumpelt«, antwortete sie ausweichend. »Bis dahin war sie immer so nett zu mir. Fast mütterlich. Darum kam ihr, äh, Stimmungsumschwung ein bisschen überraschend.« Und er hatte sie um ein Haar das Leben gekostet, was Kiva jedoch wohlweislich für sich behielt.

Mirryn nickte ernst. »Ich will sie nicht verteidigen, aber Mutter hatte da wirklich einen harten Tag hinter sich. Vater ist bei der Brückeneinweihung beinahe ohnmächtig geworden. Da niemand von seiner Krankheit weiß, macht Mutter sich furchtbare Sorgen, dass nun Gerüchte aufkommen könnten. Deshalb hat sie, nachdem die beiden nach Hause gekommen waren und Vater sich zurückgezogen hatte, ihren Schmerz mit Engelsstaub betäubt. Den nimmt sie nur noch, wenn ihr alles zu viel wird. Aber wie gesagt, ich will sie auf keinen Fall verteidigen«, fügte sie hastig hinzu. »Was sie dir angetan hat –« Mirryn schüttelte den Kopf und berührte das Amulett um Kivas Hals. »Ich bin froh, dass Jaren dir das hier gegeben hat.«

Kiva hatte keine Ahnung, was sie von dieser völlig neuen, mitfühlenden Mirryn halten sollte, also beschränkte sie sich auf ein zustimmendes Nicken.

»Außerdem solltest du dich darauf gefasst machen, dass sie sich bei eurer nächsten Begegnung an nichts erinnern wird«, redete Mirryn weiter. »Mutter, meine ich. Gestern hat sie nach dir gefragt, wollte wissen, was Jaren und du den ganzen Tag getrieben habt, und hat sich nach dem Mittagessen mit deinen Geschwistern erkundigt.« Mirryns blaue Augen lagen fest auf Kivas, als sie fortfuhr: »Sie hat dich lieb gewonnen, Kiva. Sehr sogar. So wie wir alle. Ich weiß, im Moment ist das wahrscheinlich schwer zu glauben, aber wenn Mutter jemanden liebt, dann von ganzem Herzen. Besonders die Menschen, die sie als ihre Familie ansieht.«

Mirryn drückte ihr sanft die Hand und Kiva fuhr innerlich zusammen, als ihr klar wurde, dass damit sie gemeint war.

»Es gibt nichts, was sie nicht für uns tun würde«, sagte die Prinzessin. »Sie würde eher das Königreich untergehen sehen, als zuzulassen, dass Jaren oder Ori oder mir etwas zustößt. Sie würde alles opfern, um uns zu beschützen. Und ich weiß, dass das auch für dich gilt.«

Kiva verstand nicht ganz, warum Mirryn ihr das alles erzählte, doch plötzlich fiel ihr das Atmen schwer.

Schließlich ließ die Prinzessin ihre Hand los. »Ich weiß, es ist viel verlangt … Aber wenn du dich irgendwie dazu durchringen könntest, ihr zu verzeihen, dir vor Augen zu führen, dass der Engelsstaub schuld war, nicht sie …« Sie verstummte, ohne den Satz zu beenden.

Da Kiva mit dem Verhalten von Drogensüchtigen vertrauter war, als ihr lieb war, musste sie allerdings gar nicht mehr hören. Zu viele der Insassen Zalindovs waren von Engelsstaub abhängig gewesen, allen voran diejenigen, die besonders harte Arbeiten in den Tunneln oder im Steinbruch verrichten mussten. Doch auf lange Sicht verursachte eine solche Sucht bloß noch mehr Probleme und man kam nur schwer wieder davon los. Allzu oft endete ein Entzug mit dem Tod, erst recht unter Gefängnisbedingungen. Und dann war da noch das Risiko einer Überdosis. Wobei viele der Gefangenen den Drogentod dem qualvollen Leben in Zalindov vorzogen – eine Tatsache, die Kiva jedes Mal aufs Neue mit Grauen erfüllte.

»Na gut«, sagte Mirryn schließlich, als Kiva weiterhin schwieg. »Genug Trübsal geblasen. Ich wollte dich bloß warnen, dass sie nichts mehr von dem Vorfall weiß und wir es am besten auch dabei belassen sollten.«

Kiva fragte sich, ob man Ariana auch verheimlicht hatte, was sie Jaren angetan hatte. Ob sie wusste, wie brutal sie ihren ältesten Sohn misshandelt hatte, bevor er gelernt hatte, sich gegen sie zur Wehr zu setzen. Kiva vermutete, dass sie auch davon nichts ahnte. Und dass Jaren ihre drogeninduzierten Grausamkeiten mehr oder weniger freiwillig auf sich genommen hatte, um seine Geschwister zu schützen.

Ich dachte, sie hätte aufgehört, hatte er nach dem Angriff seiner Mutter auf Kiva beteuert. *Sie hat es mir geschworen.*

Ob die Königin tatsächlich aufgehört hätte, wenn ihr bewusst gewesen wäre, welche Qualen sie ihrem Sohn zugefügt hatte? Oder war sie dermaßen abhängig von der Droge, dass sie dazu gar nicht in der Lage gewesen wäre? Das war schwer einzuschätzen und möglicherweise auch ein Grund, weshalb ihre Kinder ihr die Wahrheit vorenthalten hatten. Kiva war sich nicht sicher, ob sie es genauso gemacht hätte. Nicht, wenn jemand, den sie liebte, derart leiden musste. Doch sie bedauerte die Geschwister aufrichtig für die schwierige Lage, in der sie sich befanden.

»Ich suche dir die perfekte Maske zu dem Kleid aus«, versprach Mirryn nun, als hätten sie die ganze Zeit über nichts anderes geredet. »Du wirst absolut umwerfend aussehen – ich freue mich schon auf Jarens Gesicht.«

Hitze stieg Kiva in die Wangen und sie wechselte schnell das Thema. »Was ist mit dir? Weißt du schon, was du anziehst?«

»Ja«, antwortete die Prinzessin, doch zu Kivas Überraschung trat Traurigkeit in ihre Augen. »Ein Kleid, das mir meine Freundin geschenkt hat, kurz bevor –« Mirryn verstummte und sah weg. Dann korrigierte sie sich: »Meine *Ex*freundin, sollte ich wohl sagen.«

»Das tut mir leid, Mirry«, sagte Kiva leise.

»Ich dachte wirklich, sie wäre die Richtige, weißt du?«, erwiderte die Prinzessin ebenso gedämpft.

Sie klang so niedergeschlagen, dass Kiva sie beinahe umarmt hätte, aber sie wusste nicht, wie die Prinzessin darauf reagiert hätte. »Hat sie dir eigentlich jemals zurückgeschrieben und erklärt, warum sie sich von dir getrennt hat?«

Die Prinzessin nickte und gestand mit leicht verächtlichem Unterton: »Ihre Familie hat sich eingemischt. Sie fand, ich wäre keine gute Partie.«

Kiva starrte sie an. »Wussten die denn nicht, wer du bist?«

»Doch, aber genau das ist ja das Problem«, entgegnete Mirryn. »Anscheinend wollen sie keine Prinzessin in der Familie. Warum auch immer.« Bevor Kiva ihre Erschütterung darüber zum Ausdruck bringen konnte, fuhr Mirryn bemüht heiter fort: »Tja, ist wohl nicht zu ändern. Immerhin habe ich ein Wahnsinnskleid für morgen. Meine Ex hat ein gutes Gespür für Mode, das muss man ihr lassen. Wart's nur ab, bis du es siehst. Dein Kleid ist ja schon wunderschön, aber meins ist spektakulär!«

Den verzweifelten Ausdruck in Mirryns Augen deutete Kiva als Bitte, ihr keine weiteren Fragen zu diesem offensichtlich noch immer schmerzhaften Thema zu stellen. Doch das hatte Kiva ohnehin nicht vorgehabt. Nicht, nachdem Mirryn heute so nett zu ihr gewesen war. Also hielt sie den Mund und hörte einfach nur zu, während die Prinzessin ihr Kleid beschrieb. Bald darauf verabschiedete Mirryn sich.

Nachdem die Tür hinter ihr zugefallen war, stieß Kiva einen erschöpften Seufzer aus und sah auf die Uhr. Zu ihrer Bestürzung war es bereits Mittag. Kurz verfiel sie in Panik, bis sie sich ins Gedächtnis rief, dass dazu überhaupt kein Grund bestand. Ihr Ausflug nach Blackwater würde nicht viel Zeit in Anspruch nehmen – vorausgesetzt, ihre Großmutter hatte nicht wieder ihr Lesekränzchen zu Besuch. Sie konnte sich also getrost noch ein paar Minuten Ruhe gönnen.

Doch kaum, dass sie wieder allein war, ergriff die seltsame Angst von zuvor wieder von ihr Besitz. Was sie jetzt brauchte, so beschloss sie, war eine Dosis Normalität. In den letzten Tagen hatte sie so viel Zeit mit der Königsfamilie verbracht, nun sehnte sie sich einfach nach einem anderen freundlichen Gesicht, nach irgendjemandem, der nicht in einem Palast lebte.

Rasch nahm ein Plan in ihr Gestalt an: Sie würde Rhessinda an der Silverthorn besuchen und, wenn sie Zeit hätte, mit ihr zu Mittag essen. Danach würde sie sich an der Akademie ein Pferd ausborgen und nach Blackwater reiten. Wenn alles gut ging, wäre sie lange vor Einbruch der Dämmerung wieder zurück und niemand würde auch nur merken, dass sie weg gewesen war.

Zufrieden verbarg Kiva ihr Amulett unter dem Kragen und machte sich auf den Weg. Um möglichst schnell das allgemeine Ballvorbereitungschaos hinter sich zu lassen, eilte sie zum Haupttor und brach sich beinahe den Hals, als sie über einen der vielen Gärtner stolperte, der Luminiumtropfen entlang der Hecken verteilte.

Als sie nach einem gemütlichen Spaziergang entlang des Flusses schließlich die Silverthorn erreichte, war bereits ein Großteil ihrer Anspannung von ihr abgefallen. Im Park hielt sie eine Weile vergeblich Ausschau nach Rhessinda, dann betrat sie das größte Gebäude – die Station für allgemeine körperliche Leiden – und näherte sich dem Empfangstresen.

»Entschuldigung«, wandte sie sich an den jungen Mann dahinter. »Ich suche nach Rhessinda Lorin.«

»Weswegen ist sie denn hier?«

»Wie bitte?«

»Mit welchen Beschwerden? Oder hatte sie einen Unfall? Wenn ich das weiß, kann ich Sie an das zuständige Pflegepersonal verweisen. Dort erfahren Sie dann die genaue Zimmernummer.«

Kiva schüttelte den Kopf. »Nein, sie ist Heilerin.«

»Oh.« Der Mann schob seine Brille höher. »Tut mir leid, ich bin noch neu hier.«

Als er nichts mehr sagte, fragte Kiva: »Haben Sie denn vielleicht eine Idee, wo ich sie finden kann?«

Der junge Mann warf ihr einen verwirrten Blick zu. »Haben Sie eine Ahnung, wie viele Heiler an dieser Akademie arbeiten?«

Dann senkte er den Kopf und widmete sich wieder seiner Arbeit.

Kiva konnte sich nicht entscheiden, ob sie amüsiert oder empört über die mangelnde Hilfsbereitschaft sein sollte. Also drehte sie sich um und verließ die Station. Draußen entdeckte sie eine Gruppe junger Heiler, die zusammen im Gras saßen und zu Mittag aßen.

»Entschuldigt, dass ich störe«, sagte sie, »aber weiß vielleicht jemand von euch, wo ich Heilerin Rhessinda finden kann?«

Wieder erntete sie nichts als Kopfschütteln und fragende Blicke, ehe eine junge Frau antwortete: »Wir sind alle Novizen. Die einzigen Heiler, die wir kennen, sind unsere Lehrer.«

Kiva bedankte sich seufzend und zog sich auf den gepflasterten Pfad zurück. Während sie überlegte, wie sie weiter vorgehen sollte, kamen ihr drei ältere Heiler entgegen, doch auch sie konnten ihr nicht helfen. Gerade als Kiva auf den übrigen Stationen ihr Glück versuchen wollte, fiel ihr wieder ein, dass Rhess erzählt hatte, sie wäre jeden Tag zur Morgenschicht hier. Und der Morgen war längst vorbei.

Trotz ihres durchkreuzten Vorhabens beschloss Kiva, zurück zum Flussufer zu schlendern und sich einen Schokowecken – oder drei – und eine Portion Pfannengemüse mit extra viel Soße zu gönnen. Satt und zufrieden kehrte sie anschließend an die Akademie zurück und begab sich direkt zu den Stallungen, wo sie zu ihrer Freude denselben Stallburschen antraf wie beim letzten Mal.

Mit einem höflichen Lächeln bat sie ihn um ein Pferd. Der Junge musterte sie einen Moment unschlüssig. Kiva trug keine Heilerrobe und diesmal befand sie sich auch nicht in Rhess' Begleitung. Anscheinend erinnerte er sich aber an sie, denn er verschwand kurz darauf mit einem Schulterzucken im Stall. Ein paar Minuten später kam er mit Bluebell zurück und reichte Kiva die Zügel.

»Du hast ein gutes Gedächtnis«, lobte Kiva ihn und reichte ihm eine Silbermünze – ein Hoch auf Jaren und die königliche Schatzkammer.

»Sie schien Sie echt zu mögen«, erwiderte der Junge schüchtern. »Darum dachte ich, Sie würden sie vielleicht gern wieder reiten.«

»Die Sympathie beruht auf Gegenseitigkeit«, sagte Kiva und streichelte der Stute den getupften Hals. »Ich bringe sie so bald wie möglich zurück.«

Doch der Junge wirkte nicht sonderlich interessiert an ihren Plänen. Stattdessen musterte er zufrieden die Silbermünze und steckte sie dann flugs in die Tasche. Kiva saß auf.

Das war ja fast zu einfach, dachte sie, während sie die Silverthorn hinter sich ließ und ihre Stute Richtung Norden lenkte. Dann breitete sich ein Lächeln auf ihrem Gesicht aus. Schließlich wurde es verdammt noch mal Zeit, dass irgendetwas nach Plan lief.

KAPITEL NEUNUNDZWANZIG

Der Ritt nach Blackwater war ereignislos, das Wetter gut, die Straße frei, das Pferd ruhig, und als Kiva schließlich vor dem Haus ihrer Großmutter aus dem Sattel stieg, war ihr vorheriges Unbehagen komplett verflogen.

Bis es schlagartig zurückkehrte, als Delora auf die Veranda gewatschelt kam, schwer auf ihren Stock gestützt, die Stirn gerunzelt.

»Du schon wieder?«

»Du hast mir doch selbst gesagt, ich soll wiederkommen«, entgegnete Kiva. »Die drei Tage sind um. Und dein Trank wirkt Wunder, nochmals vielen Dank. Ich spüre meine Magie überhaupt nicht mehr.«

»*Hmmpf*«, machte Delora. »Damit willst du mich wohl in dem Glauben wiegen, du wärst wegen des Tranks zurückgekommen und nicht wegen des Dolchs.«

Kiva musterte die alte Frau und versuchte, ihre Stimmung einzuschätzen. Eigentlich hatte sie das Gefühl gehabt, sie und ihre Großmutter wären sich während ihres ersten Besuchs ein wenig näher gekommen. Jetzt jedoch bekam sie den Eindruck, wieder bei null anfangen zu müssen. »Ich *bin* wegen des Tranks hier.« Dann zögerte sie, als ihr Zuleekas Bitte wieder einfiel. »Obwohl ich tatsächlich gern mit dir über den Dolch reden würde, wenn du nichts dagegen hast.«

Wie bei Kivas erstem Besuch hob Delora ihren Gehstock und deutete damit anklagend auf Kiva. »Wusste ich's doch! Du bist genau wie der Rest deiner vermaledeiten Familie. Die Hexe hat dich geschickt, damit du die Drecksarbeit für sie erledigst, hab ich recht? *Hab ich recht?*«

Kiva hängte sich Bluebells Zügel in die Ellenbeuge und verschränkte die Arme vor der Brust. Dann erwiderte sie frostig: »Falls du damit meine Mutter meinst, nein. Sie hat mich nicht geschickt. Weil sie nämlich tot ist.«

»Na, den Göttern sei Dank!«, schnaubte Delora ungerührt.

Kiva war wie vor den Kopf gestoßen. »Wie kannst du so über deine eigene Tochter reden?«

»Deine Mutter war eine Giftschlange und die Welt ist ohne sie besser dran«, antwortete Delora ohne die geringste Spur von Trauer in ihren smaragdgrünen Augen. »Aber die meinte ich auch gar nicht, sondern deine Schwester. Die belagert mich schon seit Jahren. Taucht alle paar Monate hier auf und versucht, mir den Dolch abzuschwatzen. Genauso hinterhältig, wie eure Mutter es war. Und genauso gefährlich. Das sieht man doch auf den ersten Blick. Tu bloß nicht so, als hättest du's nicht auch gemerkt.«

Zuleeka war tatsächlich unleidlicher, als Kiva sie aus Kindertagen in Erinnerung hatte, aber dafür gab es eben auch Gründe. Dennoch fragte Kiva sich nun, warum ihre Schwester sie angelogen hatte – oder zumindest den Anschein erweckt hatte, sie hätte Delora seit Jahren nicht gesehen.

Doch bevor Kiva Antworten darauf fand, fuhr ihre Großmutter fort: »Du kriegst den Dolch nicht. Heute nicht und auch niemals sonst. Und dasselbe gilt für den Trank. Also hau gefälligst ab.«

Kiva wurde blass und machte einen so hastigen Schritt auf Delora zu, dass sie beinahe auf dem sumpfigen Boden ausgerutscht wäre. »Bitte, der Dolch interessiert mich überhaupt nicht. Ehrlich, das soll Zuleeka selbst mit dir klären. Aber den Trank brauche ich. Damit habe ich endlich wieder –«

»Der Trank tut auch nichts weiter als das Unvermeidliche hinauszögern«, schnitt Delora ihr das Wort ab. »Ich hab dir doch gesagt, das ist keine langfristige Lösung. Je länger du ihn einnimmst, desto weniger lässt sich abschätzen, wie deine Magie reagiert, wenn du sie wieder freilässt. Ich tippe ja darauf, dass du genauso wirst wie deine Mutter. Dass sich alles Gute und Reine in dir zum Schlechten wenden wird, bis du nur noch Tod und Zerstörung säst.«

In Kivas Kopf begann es zu schrillen, lauter und lauter, bis es jegliches Vogelgezwitscher und Froschquaken übertönte. »Warum sagst du so was?«, flüsterte sie. »Meine Mutter hat über Heilmagie verfügt – genau wie ich. Sie hat den Menschen *geholfen*. Daran ist nichts Schlechtes.«

Delora schnaubte. »Unfug. Deine Mutter hat ihre Kräfte zum Töten verwendet. Genau wie Torvin Corentine Jahrhunderte vor ihr.«

Das Schrillen verstummte.

Das Gezwitscher verstummte.

Das Quaken verstummte.

Einen Moment lang herrschte vollkommene Stille. Von jetzt auf gleich hatte sich Kivas Bewusstsein jeden Geräuschs, jeden Gedankens entleert. Sie stolperte rückwärts und nur die kräftige Flanke ihres Pferds hielt sie vom Fallen ab. »Was?«, formte sie stumm mit den Lippen, denn aus ihrer Kehle drang kein Laut.

Delora starrte sie aus schmalen Augen an. »Hat dir wohl nichts davon erzählt, dein Schwesterherz, was?«

Kiva konnte kaum atmen, geschweige denn antworten.

»Lass mich raten: Sie hat behauptet, deine Mutter wäre an einer schlimmen Krankheit gestorben, stimmt's? Für die es leider, leider kein Heilmittel gab.« Wieder stieß Delora ein Schnauben aus. »Ha, das möcht ich wetten. Und dabei hat sie ganz zufällig unter den Tisch fallen lassen, dass es Tildas eigene Magie war, die sie von innen hat verrotten lassen. Die sich gegen sie gewendet hat, von dem Moment an, als Tilda sie zum ersten Mal zum Bösen eingesetzt hat. Das Ganze hat sich in ihr ausgebreitet wie eine Infektion, bis sogar ihre Seele befallen war. Kräfte wie eure haben nun mal ihren Preis. Wenn man den Tod bezwingen will, dann muss man bereit sein, selbst zu sterben.«

Mutter war krank. Ohne Chance auf Besserung. Sie konnte jeden Menschen auf der Welt innerhalb von Sekunden heilen, nur bei ihr selbst zeigte ihre Magie keine Wirkung. Über die Jahre ist die Krankheit immer weiter fortgeschritten, was uns allen aber erst klar wurde, als es zu spät war.

Kiva schluckte bei der Erinnerung an Zuleekas Worte. »Ich verstehe nicht, was du meinst. Unsere Magie – die Magie der Corentines – ist *gut*. Sie dient dazu, Menschen zu heilen.«

»Und was glaubst du, wie das vonstattengeht?« Delora stützte sich noch schwerer auf ihren Stock. »Indem deine Magie den menschlichen Körper manipuliert. Indem sie die natürlichen Zellerneuerungsprozesse beschleunigt und Giftstoffe hinausschleust. Indem sie an Blut, Gewebe, Organen und wissen die Götter, woran sonst noch, herumpfuscht. Sie kann Gutes bewirken, aber eben auch genau das Gegenteil. Es ist möglich, mit einem einzigen Gedanken ein Herz zum Stillstand zu bringen. Eine Arterie zum Platzen. Einen Lungenflügel zum Kollabieren. Eine Hirnblutung zu verursachen – die Liste ist endlos. Die Macht über Leben und Tod liegt in deinen Händen. Deiner Mutter war das nur zu deutlich bewusst. Sie hat sich vor zehn Jahren mit ihren Kräften ans Tageslicht gewagt, weil sie wütend war und bereit, sie zum Schlechten einzusetzen. Sie wurde immer mächtiger und immer versierter im Gebrauch ihrer Magie, bis sie einen Menschen nicht mal mehr berühren musste, um ihn zu verletzen, um ihn zu töten. Das Letzte, was ich gehört habe, war, dass sie an einer Gruppe von Leuten vorbeigehen und mit einem einzigen Wink allen gleichzeitig das Genick brechen konnte. Zack, tot.«

Bittere Galle stieg in Kivas Mund auf. »Du lügst.«

»Warum sollte ich? Hier geht es um meine Tochter. Glaubst du vielleicht, ich bin stolz darauf, was aus ihr geworden ist?« Delora wandte sich abrupt ab und starrte hinaus auf den braunen, schlammigen See. »Aber es gibt auch eine gute Nachricht. Magie auf diese Art zu nutzen, fordert einen Tribut. Und das bedeutet, der Schaden, den sie damit anrichten konnte, hatte seine Grenzen, sosehr sie sich auch bemüht hat, sie zu überschreiten. Außerdem war sie längst nicht so mächtig wie Torvin. Gut, sie konnte im Handumdrehen töten, doch Torvin? Der hat mit einem Fingerschnippen ganze Dörfer in Schutt und Asche gelegt. Was glaubst du, warum Sarana Vallentis ihn umbringen wollte? Weil er mit seiner verdorbenen Magie eine Gefahr für das gesamte Königreich darstellte. Für die ganze Welt. Natürlich war er ihr Ehemann, aber in dem Fall musste sie an ihr Volk denken.«

»Nein.« Kiva hob abwehrend die Hand. »Das kann nicht – Das kann nicht –«

»Eure Mutter hat euch sicher eine andere Geschichte erzählt. Davon, wie der ach so bedauernswerte Torvin Saranas krankhafter Eifersucht zum Opfer gefallen ist.« Delora brummte abfällig. »Was auch sonst? Doch mach dir keine Illusionen über Torvin, Schätzchen. Mag ja sein, dass er anfangs ein wohltätiger Heiler war, aber dann ist er böse geworden, so böse, wie ein Mensch es nur sein kann. Und seither müssen wir Corentines – oder zumindest diejenigen von uns, die mit Magie im Blut geboren werden – uns entscheiden, ob wir so werden wollen wie er oder nicht.« Sie begegnete Kivas entsetztem Blick. »Deine Mutter hat die falsche Wahl getroffen. Und du –« Sie schüttelte den Kopf. »Nach all den Jahren, die du deine Magie unterdrückt hast, ist es vermutlich nur eine Frage der Zeit, bis du denselben Weg einschlägst. Davor kann dich kein Trank der Welt bewahren.«

Kiva zitterte am ganzen Körper. Sie wusste nicht, was sie sagen, was sie *denken* sollte.

Wenn Torvins Magie ihn derart verändert hatte, wenn er wirklich Menschen getötet und Dörfer zerstört hatte, dann hatte Sarana zu Recht versucht, ihn auszuschalten. Aber das bedeutete, dass … die gesamte Rebellenbewegung auf einer Lüge gründete. Deren erklärtes Ziel war es, die Krone Evalons für die Erben Torvins zurückzuerobern und den in ihren Augen unschuldigen Herrscher zu rächen, der grundlos ins Exil geschickt und seines Titels beraubt worden war. Deloras Worten zufolge hatte Torvin sein Anrecht auf die Krone jedoch verspielt, indem er seinem Volk nicht mehr gedient, sondern ihm nur noch geschadet hatte.

Kiva wurde übel.

Sie war mit einem Ungeheuer verwandt.

Und ihre Mutter –

Ihre Mutter hatte ihm nachgeeifert.

So viele grauenvolle Erkenntnisse auf einen Schlag vertrug Kivas Magen nicht. Sie ließ Bluebells Zügel los, rannte zum Ufer des kleinen Sees und würgte eine widerliche Mischung aus Schokowecken, Gemüse und Soße aus.

»Du bist keine schlechte Schauspielerin, das muss man dir lassen«, rief Delora, ohne einen Fuß von der Veranda zu setzen.

Kiva wischte sich mit der Hand über den Mund und taumelte zurück zum Haus. Auf dem Weg stolperte sie über die Ranke einer Schlingpflanze und wich einer Schlange aus, die an ihr vorbei Richtung Sumpf kroch. »Davon wusste ich nichts«, krächzte sie. »Nichts. *Gar nichts.*«

»Tja, jetzt schon«, entgegnete Delora nüchtern. »Lass es dir eine Warnung sein. Denn wenn du nicht aufpasst, steht dir genau dasselbe bevor.«

»Ich würde nie –«

»Keiner von uns kann in die Zukunft blicken, Schätzchen«, unterbrach Delora sie. »Tilda hat ihre Magie fast ihr Leben lang unterdrückt und wollte auch nie Unheil damit anrichten. Aber von einem Tag auf den anderen« – Delora schnippte mit den krummen Fingern – »war ihr das plötzlich egal. Auf einmal *wollte* sie den Menschen schaden. Du kannst nicht ausschließen, dass es bei dir genauso sein wird.«

»Doch, kann ich«, widersprach Kiva, als sie endlich ihre Stimme wiederfand, und blieb am Fuß der Verandatreppe stehen. »Ich habe mich mein Leben lang bemüht, zu helfen und zu heilen, und zwar nicht mithilfe von Magie, sondern mit medizinischem Wissen. Mein Vater –« Sie musste sich kurz sammeln. »Mein Vater hat mir beigebracht, jeden meiner Patienten zu lieben, mich in sie hineinzuversetzen und für sie zu sorgen, selbst für die Schlimmsten unter ihnen. Und das habe ich getan. Zehn Jahre lang habe ich die schlechtesten Menschen dieser Welt behandelt. Habe nie auch nur darüber nachgedacht, ihnen zu schaden. Egal, wie sehr ich manche von ihnen gehasst habe. Ich –« Sie schüttelte den Kopf. »Zu so etwas bin ich nicht in der Lage. Das *weiß* ich einfach.«

Delora musterte sie einen langen Moment, doch Kiva hielt ihrem Blick unbeirrt stand. Sie würde nicht werden wie Torvin, wie ihre Mutter. Sie war eigenständig und bestimmte selbst über ihr Schicksal. Natürlich hatte auch sie in ihrem Leben Dinge getan, die sie bereute, aber sie war nicht wie die beiden.

Sie war kein Ungeheuer.

»Ich glaube dir, dass du davon überzeugt bist«, räumte Delora schließlich ein. »Und ich hoffe, du hast recht, Schätzchen, wirklich.«

Kiva stieg die unterste Stufe hoch. »Heißt das, du hilfst mir? Dieser Trank ist das Einzige, was meine Magie im Zaum hält. Wenn du mir nur noch ein bisschen mehr davon brauen könntest –«

Delora blieb unerbittlich. »Wie ich schon sagte, der Trank ist auf Dauer keine Lösung. Du musst lernen, deine Magie in den Griff zu bekommen. Das ist der einzige Weg, wie du verhindern kannst, dass sie sich zum Schlechten wendet. Du musst dich aktiv dafür entscheiden. Und das heißt, du darfst sie nicht weiter unterdrücken. Sonst wird es früher oder später zur Katastrophe kommen.«

»Aber –«, stieß Kiva verzweifelt hervor. »Du hast deine doch auch unterdrückt. Das hast du letztes Mal selbst erzählt.«

»Ganz sicher nicht.«

»Du meintest, du würdest den Trank nicht nehmen. Und da du deine Magie auch nicht benutzt, muss es also noch einen anderen Weg geben, sie zu –«

Delora stieß ein harsches, bellendes Lachen aus. »Du hast wirklich keine Ahnung, was?«

Kiva hob frustriert die Arme und zuckte zusammen, als sie sich mit einer Hand in einem riesigen Spinnennetz verfing. »Keine Ahnung, wovon?«

Wieder lachte Delora, doch es lag keine Heiterkeit darin. »Wenn sie es dir nicht erzählt hat, dann werde ich es auch nicht tun.« Sie deutete mit ihrem Stock auf Kivas Pferd. »Und jetzt verschwinde. Mehr hab ich dir nicht zu sagen.«

Damit machte sie auf dem Absatz kehrt und humpelte zurück Richtung Haustür.

»Warte!«, rief Kiva, sodass ihre Großmutter stehen blieb und sich noch einmal zu ihr umdrehte. »Dann gib mir wenigstens diesen verdammten Dolch«, verlangte Kiva heiser und resigniert. »Na schön, du willst mit unserer Familie nichts zu tun haben, und wenn es stimmt, was du erzählt hast, kann ich das sogar verstehen. Aber Torvins Dolch ist für die Rebellen von großer Bedeutung und Zuleeka –«

Als Delora den Kopf in den Nacken warf und ein heulendes Lachen ausstieß, hielt Kiva abrupt inne. »Torvins Dolch? Ist das der Name, den sich die Hexe dafür ausgedacht hat?«

»Sie hat gesagt, er sei ein Familienerbstück«, erwiderte Kiva, plötzlich unsicher.

»Tja, damit hat sie wohl sogar recht.« Wieder brach Delora in Gelächter aus, wurde jedoch gleich wieder ernst und fügte eisig hinzu: »Ich würde eher sterben, als den Dolch in den Händen deiner Schwester zu sehen. Das kannst du ihr von mir ausrichten.«

Damit verschwand Delora endgültig im Haus und knallte ohne ein weiteres Wort die Tür hinter sich zu.

Tränen stiegen Kiva in die Augen, doch sie blinzelte sie weg. Weinen hatte keinen Zweck; so würde sie ihre Großmutter auch nicht dazu bringen, ihr den Trank zu geben. Dann musste sie sich eben etwas anderes einfallen lassen. Einige der Zutaten hatte sie immerhin auf Deloras Arbeitstisch gesehen und in dem Fläschchen waren noch ein paar Tropfen übrig. Vielleicht könnte sie anhand des Geruchs den Rest bestimmen und sich das Zeug selbst zusammenbrauen.

Entschlossen schwang sie sich in den Sattel und lenkte Bluebell zurück auf den Sumpfpfad. Dabei weigerte sie sich, über Deloras Version ihrer Familiengeschichte nachzudenken. Das alles nahm sie einfach zu sehr mit. Momentan war es am wichtigsten, dass sie ihre Magie unter Kontrolle bekam. Und dafür musste sie zurück an die Silverthorn, in den Heilkräutergarten. Vorher würde sie nur noch die Trankflasche aus dem Palast holen und sich dann direkt an die Arbeit machen.

Versunken in ihrem rechtschaffenen Zorn – und dem angestrengten Versuch, ihre wachsenden Zweifel niederzukämpfen – wäre Kiva beinahe geradewegs zum Palast durchgaloppiert, da sie kurz vollkommen vergessen hatte, dass sie Bluebell an der Akademie abgeben und außerdem ihre Tarnung aufrechterhalten musste. Nun wechselte sie rasch die Richtung und tätschelte der Stute zum Abschied den Hals, ehe sie die Zügel dem Stallburschen übergab.

»Das ging ja schnell«, bemerkte dieser.

»Wie versprochen.« Kiva rang sich ein Lächeln ab, auch wenn sie dazu alles andere als in der Stimmung war, und dankte dem Jungen abermals für seine Hilfe. Dann machte sie sich auf den Rückweg.

In Rekordzeit erreichte sie den Palast und wollte schnell in ihr Zimmer huschen, um das Fläschchen zu holen. Doch in der Tür zu ihrem Wohnbereich blieb sie wie angewurzelt stehen.

Die gesamte Familie Vallentis – bis auf Ori, aber dafür mitsamt dem kränklich wirkenden König – erwartete sie. Sogar Naari und Hauptmann Veris waren anwesend und die Spannung im Raum war förmlich mit Händen greifbar.

Kiva wich sämtliches Blut aus dem Gesicht.

Wussten sie Bescheid?

Wussten sie Bescheid?

Doch als sie Caldon einen Blick zuwarf, schüttelte er kaum merklich den Kopf, was Kiva als Zeichen dafür wertete, dass ihr Geheimnis noch immer eines war.

Dennoch hielt ihre Erleichterung sich in Grenzen, denn dass irgendetwas nicht stimmte, war offensichtlich. Sie schluckte gegen die plötzliche Trockenheit in ihrer Kehle an. »Was ist passiert?«

»Wo bist du gewesen, Kiva?«, verlangte König Stellan zu wissen. Er war blass, aber seine Stimme klang stählern.

»Ich … Ich habe eine Freundin an der Silverthorn besucht.« Kiva konnte nur hoffen, dass sie nicht dabei beobachtet worden war, wie sie sich schon wieder heimlich aus der Stadt gestohlen hatte. »Die Heilerin, die mich neulich Nacht hier im Palast behandelt hat, nachdem – nachdem –«

»Ganz ruhig, Kiva, es besteht kein Grund zur Sorge.« Die Königin trat zu ihr und ergriff ihre Hände. Trotz der tröstenden Worte war Arianas Anspannung spürbar. Kiva selbst war allerdings vollauf damit beschäftigt, die Erinnerungen an ihre letzte Begegnung mit der Königin aus ihrem Kopf zu verbannen, um nicht vor ihr zurückzuweichen.

»Du bist also den ganzen Tag nicht im Palast gewesen?«, hakte Hauptmann Veris nach und musterte sie eingehend.

»Seit heute Mittag nicht, nein«, antwortete Kiva.

»Aber vorher warst du hier?«, fragte er weiter. »Heute Morgen?«

Kiva nickte und ihr Magen zog sich zusammen, als die anderen bedeutungsvolle Blicke wechselten.

»Bist du im Westteil gewesen? In der Bibliothek?«

Kiva sah Jaren an, doch seine Miene wirkte vollkommen verschlossen, was Kiva mehr Angst einjagte als alles andere. »Seit gestern nicht«, antwortete sie mit Bedacht. »Da war ich zum ersten Mal dort.«

»Also heute nicht?«, bohrte Veris nach.

»Nein, wieso?« Kiva runzelte die Stirn. »Was ist denn los?«

Schließlich trat Naari vor. »Das Evalonische Gesetzbuch ist heute Morgen gestohlen worden.«

Einen Moment lang hörte Kiva nichts außer dem Hämmern ihres eigenen Herzens. Sie schaute sich um, in nichts als versteinerte Gesichter – in *Jarens* versteinertes Gesicht – und keuchte: »Und ihr glaubt, ich hätte es genommen?«

Wieder meldete sich beschwichtigend die Königin zu Wort: »Im Augenblick versuchen wir lediglich herauszufinden, wer Zugang dazu gehabt hätte. Bei all den Menschen, die derzeit wegen des Maskenballs hier ein und aus gehen, ist das schwierig zu rekonstruieren. Und da dich niemand finden konnte … Kiva, Liebes, wir möchten bloß gern deine Seite der Geschichte hören.«

»Aber es gibt keine Geschichte«, rief Kiva und wich nun doch einen Schritt zurück, wobei sie Ariana ihre Hände entzog. Stattdessen wandte sie sich an Jaren. »Warum sollte ich –«

Sie verstummte abrupt, als ihr der Grund einfiel, aus dem Jaren ihr das Gesetzbuch überhaupt gezeigt hatte.

Die Königliche Triade.

Das Buch war eines der drei Objekte, die den Untergang seiner Familie herbeiführen konnten.

Und gestern Nacht –

Zuleeka und Torell. Kiva hatte ihnen davon erzählt.

Von *allem*.

Aber sie hatte ihnen auch erzählt, dass man jedes der drei Objekte – von denen sich eines Hunderte von Meilen entfernt befand – benötigte, um überhaupt etwas damit anfangen zu können.

Unter diesen Umständen wären die beiden doch bestimmt nicht das Risiko eingegangen, das Buch zu stehlen. Erst recht nicht in einem so ungünstigen Moment, dass sie damit automatisch Kivas Leben aufs Spiel setzten. Oder?

Kein Wunder, dass Jaren sie so ansah. Er hatte allen Grund, misstrauisch zu sein. Umgekehrt ginge es Kiva jedenfalls ganz genauso.

»Ich war es nicht. Das schwöre ich. Ich –« Kiva brach mitten im Satz ab und drehte sich zu Naari um. »Hast du gesagt, heute Morgen?«

Die Soldatin nickte. »Irgendwann zwischen zehn Uhr und mittags.«

Kiva stieß einen erleichterten Atemzug aus. »Da waren wir hier«, erklärte sie aufgebracht. »Genau hier, in meinem Zimmer. Zum Kleideranprobieren. Den ganzen Vormittag.«

»Wir?«, fragte Naari.

Kiva wandte sich zu Mirryn.

»Na, so was. Ich Dummerchen, das habe ich doch glatt vergessen zu erwähnen.« Die Prinzessin klang eher belustigt als zerknirscht. »Kiva war bis zum Mittagessen mit mir und Nevard zusammen.« Sie zwinkerte Jaren zu. »Warte nur, bis du sie morgen Abend siehst, Bruderherz. Ich sage nur: Gern geschehen.«

»Mirryn.« Arianas Tonfall war streng und ungläubig zugleich. »Warum hast du das nicht früher gesagt?

»Muss ich wohl vergessen haben«, wiederholte die Prinzessin. »Ich hab im Moment einfach viel um die Ohren, Mutter.«

Sofort legte sich die allgemeine Aufregung und wich einer Kombination aus Reue – gegenüber Kiva – und Ärger – gegenüber Mirryn.

Doch das war Kiva gleichgültig. Sie war einzig und allein interessiert daran, was Jaren dachte. Als sie sich zu ihm umdrehte, kam er bereits auf sie zugestürmt, die Miene nicht länger verschlossen, sondern ein Wechselspiel verschiedenster Emotionen.

Er bremste kaum ab, ehe er sie ungestüm in seine Arme zog. »Ich wusste, dass du es nicht warst«, flüsterte er ihr ins Ohr. »Aber nachdem wir gerade gestern … Was für ein Zufall.«

»Das verstehe ich. Ich hätte genauso reagiert«, versicherte Kiva ihm, während sie insgeheim ihre Geschwister verfluchte. Wenn die beiden bei dieser Sache tatsächlich die Finger im Spiel gehabt hatten, dann würde sie ihnen das niemals verzeihen. Es war pures Glück, dass sie ein Alibi vorzuweisen hatte, noch dazu mit der Prinzessin persönlich als Zeugin.

»Na also!« Caldon klatschte in die Hände. »Da bin ich ja froh, dass unser kleiner Knastvogel nicht diese unschätzbar wertvolle evalonische Reliquie stibitzt hat. Trotzdem wäre es vielleicht gut, wenn wir rausfänden, wer es war. Irgendwelche Theorien?«

Kiva löste sich von Jaren und bedachte Caldon zum Dank für den gemeinen Spitznamen mit einem finsteren Blick. Der Prinz grinste hämisch, aber Kiva hätte schwören können, einen Hauch von Argwohn in seinen kobaltblauen Augen zu sehen. Besser, sie machte sich darauf gefasst, später von ihm zur Rede gestellt zu werden, falls irgendetwas darauf hindeutete, dass sie – oder ihre Familie – in den Diebstahl verwickelt war.

»Wir gehen die Liste noch einmal durch«, antwortete Veris. »Der Ball morgen findet auf dieser Seite des Flusses statt, darum waren heute nicht viele der Arbeiter von außerhalb im Westpalast. Ein paar hatten jedoch um eine Führung gebeten. Wir werden sie und das Stammpersonal so lange weiterbefragen, bis wir eine Spur finden.«

Wenn es irgendjemandem gelingen würde, den Schuldigen aufzuspüren, dann Veris, so viel stand fest. Erneut betete Kiva zu den Göttern, dass ihre Geschwister nichts damit zu tun hatten.

Sie hätte inbrünstiger beten sollen.

Oder zumindest einen weiteren Namen in ihre Gebete mit einschließen müssen. Denn gerade als alle sich anschickten, das Zimmer zu verlassen, meldete sich eine leise, verängstigte Stimme zu Wort. »Ich m-m-muss euch was s-sagen.«

Alle Blicke richteten sich auf Tipp, der in seiner Zimmertür stand und ganz offensichtlich gelauscht hatte. Sein sommersprossiges Gesicht war bleich, seine Miene schuldbewusst.

»Ich w-war's. Ich hab das G-G-Gesetzbuch gestohlen.«

KAPITEL DREISSIG

Die nächsten Minuten gehörten zu den längsten in Kivas ganzem Leben.

Hilflos musste sie zusehen, wie Veris, Naari und die Mitglieder der Königsfamilie Tipp verhörten. Dabei stellte sich heraus, dass er das Gesetzbuch zwar tatsächlich genommen hatte, aber nicht in böser Absicht.

Doch noch war nicht ganz klar, was genau überhaupt passiert war.

»Also, noch mal von vorne, Kleiner«, sagte Jaren, der neben Tipp auf dem Sofa saß. Auf der anderen Seite hielt Kiva dem Jungen die eiskalte Hand, während er am ganzen Körper zitterte. Am liebsten hätte sie sich ihn geschnappt und wäre mit ihm aus dem Zimmer geflohen.

»P-Peri hat mich drum gebeten. Sie m-meinte, sie darf nicht in die B-Bibliothek, aber ich würde deswegen keinen Ärger k-kriegen.«

»Peri?«, fragte Jaren.

»Perita B-Brown, eins von den Dienstmädchen«, erklärte Tipp. »Sie arbeitet in der K-Küche im W-Westpalast. M-manchmal schenkt sie Ori und m-mir Honigkuchen, wenn wir es sch-schaffen, Edna zu entwischen.«

Er spähte ängstlich in Richtung des Königspaars, doch die beiden hatten andere Sorgen als zwei ungezogene Kinder.

»Und hat sie dir verraten, was sie damit wollte?«, fragte Jaren.

»Sie hat ge-gesagt, Mirryn braucht es.«

Nun wandten sich alle der Prinzessin zu. Diese zog jedoch lediglich ihre elegant geschwungenen goldenen Augenbrauen in die Höhe.

»Peri wollte M-Mirry nicht enttäuschen«, fuhr Tipp fort, »aber s-sie hatte zu viel Angst, in der B-Bibliothek erwischt zu werden und ihre Stelle zu v-verlieren. Sie wusste, dass Ori und ich oft zum Lernen d-dort sind, also – also hat sie mich einfach g-gefragt.« Treuherzig schaute er in die Runde. »Ich wollte nichts V-Verbotenes machen. Ich d-dachte, das Buch wäre für Mirry.«

»Was hast du dazu zu sagen, Mirryn?«, fragte Veris.

Die Prinzessin blickte ihn ausdruckslos an. »Warum hätte ich etwas stehlen sollen, was mir sowieso schon gehört?«

»Genau genommen gehört das Gesetzbuch nicht uns«, merkte Caldon an, »sondern dem Volk.«

Bevor Mirryn etwas erwidern konnte, warf Jaren ein: »Seltsam, ich kenne eigentlich alle Palastbediensteten. Der Name Perita Brown sagt mir allerdings nichts.«

»Mir auch nicht«, stimmte Ariana ihm zu. »Vielleicht hat sie Tipp ja einen falschen Namen genannt.«

»Oder uns«, meinte Jaren.

»*Oder* sie ist gar kein echtes Dienstmädchen und hat sich bloß hier eingeschlichen, um uns zu bestehlen«, mutmaßte Mirryn.

»Wie lange kennst du sie denn schon, Tipp?«, fragte Caldon.

»Seit wir h-hier angekommen sind. Zwei W-Wochen.«

»Falls Mirryn recht hat, muss diese Dienstmagd das Ganze von langer Hand geplant haben«, sagte König Stellan und fuhr sich erschöpft übers Gesicht. Er sah aus, als könnte er sich kaum mehr auf den Beinen halten. Unter anderen Umständen hätte Kiva womöglich darüber nachgedacht, ihn zu heilen, sobald ihre Magie zurückkehrte, aber sie wusste, dass das außer Frage stand.

»Hm«, machte Jaren, »irgendwas ist faul an dieser Sache.«

»Ach, meinst du ehrlich?«, schnaubte Caldon sarkastisch.

Jaren beachtete ihn nicht, sondern wandte sich wieder an Tipp. »Kannst du uns diese Peri beschreiben?«

Kivas Körper begann zu kribbeln, als ihr ein furchtbarer Gedanke kam: Was, wenn es sich bei Peri in Wirklichkeit um Zuleeka handelte? Was, wenn sie sich als Dienstmädchen ausgegeben und Tipps Vertrauen erschlichen hatte, damit er das Buch für sie stahl?

Nein … Das passte nicht. Tipp war Zuleeka bereits persönlich begegnet. Außerdem hatte Kiva ihren Geschwistern erst in der Nacht zuvor von der Königlichen Triade erzählt, nicht bereits vor zwei Wochen.

Als Tipp die Dienstmagd beschrieb, konnte Kiva noch ein bisschen weiter aufatmen, denn diese Frau mittleren Alters hatte rein gar nichts mit Zuleeka gemein. Veris und Naari hörten aufmerksam zu und hakten hin und wieder nach, um sich ein möglichst genaues Bild zu verschaffen, ehe sie verkündeten, dass sie umgehend eine Fahndung einleiten würden.

Die beiden verabschiedeten sich und die Königsfamilie folgte ihnen. Nur Jaren blieb noch ein wenig länger. Doch als Tipp sich in Kivas Arme warf und mit aller Kraft an sie klammerte, schien Jaren zu beschließen, dass der Junge jetzt dringend ein bisschen Zeit allein mit dem Menschen brauchte, dem er mehr vertraute als jedem anderen auf der Welt. Daher wandte der Prinz sich ebenfalls zum Gehen.

Kiva hätte Jaren für seine Einfühlsamkeit küssen können. Sie schenkte ihm jedoch nur ein Lächeln, das umso breiter wurde, als er versprach, sie über die Entwicklungen auf dem Laufenden zu halten.

Da der Nachmittag sich bereits dem Ende zuneigte, schob Kiva ihre Pläne schließlich beiseite und bemühte sich stattdessen, Tipp aufzumuntern, der untröstlich über seine Tat war.

Und seine Schuldgefühle wurden nur noch schlimmer, als Jaren am Abend mit schlechten Nachrichten zurückkehrte.

Man hatte Perita Brown gefunden.

Sie war tot.

Der Prinz verriet nichts Genaueres, bloß dass die Magd das

Gesetzbuch nicht bei sich gehabt hatte, womit sich die Spur im Sande verlief. Dennoch würde die königliche Garde ihre Ermittlungen fortsetzen und nicht ruhen, ehe das Gesetzbuch wieder an seinem angestammten Platz in der Bibliothek lag.

Kiva bezweifelte, dass die Suche erfolgreich sein würde. Selbst wenn der Dieb nicht wusste, dass das Buch zur Königlichen Triade gehörte, musste ihm klar sein, dass es ein Vermögen wert war. Bestimmt war derjenige damit längst über alle Berge.

Bevor Jaren wieder ging, hockte er sich vor Tipp auf den Boden und sah ihm fest in die rot geweinten Augen. »Niemand macht dir Vorwürfe, Kleiner. Wir wissen, dass du nichts Böses im Sinn hattest.«

Tipp schien ihn gar nicht zu hören. Er war völlig erschüttert von der Vorstellung, dass er unwissentlich zu Peritas Tod beigetragen hatte.

Wieder begann er zu weinen und Jaren warf Kiva einen zerknirschten Blick zu, doch sie schüttelte bloß den Kopf. Jaren hatte nichts falsch gemacht.

»Könntest du mir helfen, ihn in mein Zimmer zu bringen?«, fragte sie leise.

Nach viel gutem Zureden löste Tipp seinen Klammergriff, sodass sie ihn in ihr Bett verfrachten konnten. Aber auch dort schmiegte er sich sofort wieder an Kiva und schluchzte in ihren bereits durchnässten Pullover.

»Kann ich noch etwas tun?«, bot Jaren an. »Euch irgendwie helfen?«

Er wirkte sichtlich hilflos und Kiva konnte es ihm nicht verdenken. Sie selbst hatte Tipp erst ein einziges Mal so erlebt – am Tag, als seine Mutter gestorben war. Damals hatte sie ihn die ganze Nacht lang im Arm gehalten und das würde sie auch heute tun. So lange, bis der Junge wieder bereit war, es mit der Welt aufzunehmen.

»Ich glaube nicht, aber danke«, antwortete sie und strich Tipp über das weiche rote Haar. »Er braucht jetzt einfach ein bisschen Ruhe.«

Jaren nickte, rührte sich jedoch noch immer nicht vom Fleck.

»Geh ruhig«, ermutigte Kiva ihn. »Ich bin ja bei ihm.«

»Ich weiß«, erwiderte Jaren leise. Dann gab er Kiva einen Kuss auf die Stirn, drückte Tipp ein letztes Mal die Schulter und ging.

In dieser Nacht tat Kiva kein Auge zu – und das nicht nur wegen Tipp, der Stunden brauchte, um sich in den Schlaf zu weinen. Sorgen über Sorgen fluteten ihren Kopf, angefangen bei dem gestohlenen Gesetzbuch und all dem, was sie über ihre Familie erfahren hatte, bis hin zu Deloras Trank, den sie nicht rechtzeitig hatte nachbrauen können. Wenn sie am nächsten Morgen erwachte, würde ihre Magie zurück sein und nur die Götter wussten, was das bedeutete.

Und dann setzten Tipps Albträume ein.

Immer wieder wachte er schreiend auf, die Hände auf den Bauch gepresst, keuchte irgendetwas über ein goldenes Licht und schlief wieder ein.

Jedes Mal blieb Kiva fast das Herz stehen vor Angst, dass Tipp sich an das erinnerte, was sie getan hatte. Doch als sie ihn am nächsten Morgen behutsam darauf ansprach, blickte er sie zu ihrer Erleichterung bloß verständnislos an und schien seine Träume vollkommen vergessen zu haben.

Obwohl er aufgehört hatte zu weinen und sich auch nicht mehr an sie klammerte, wirkte er merklich niedergedrückt, als Kiva sich für ihr Training mit Caldon bereit machte. Schließlich bat er sie schüchtern, bei der Einheit zusehen zu dürfen.

Also absolvierte Kiva schwitzend und keuchend ihre Übungen, während Tipp am Rand des Kasernenhofs saß. Offenbar konnte er es nicht ertragen, weiter als ein paar Meter von ihr entfernt zu sein. Kiva musste an einen besonders herzzerreißenden Moment aus der vergangenen Nacht denken, als Tipp sie gefragt hatte, ob er nun zurück nach Zalindov geschickt würde. Kiva konnte ihn nur zu gut verstehen und hatte entschieden verneint, doch sie wusste aus eigener Erfahrung, wie schwer diese Angst abzuschütteln war. Und wenn Tipp sich dadurch wohler fühlte, dann sollte er ruhig in ihrer Nähe bleiben.

Was allerdings zum Problem wurde, nachdem sie in ihren Wohnbereich zurückgekehrt waren. Denn Tipp, der um diese Zeit normalerweise zum Unterricht aufbrach, machte keinerlei Anstalten zu gehen, während Kiva ständig an das leere Fläschchen auf der Kommode in ihrem Zimmer denken musste.

Dann aber kam ihr die Idee, Tipp einfach an die Silverthorn mitzunehmen. Schließlich brauchte sie ihm nicht zu erzählen, wozu der Trank diente, und nach ihren gemeinsamen Jahren auf der Krankenstation von Zalindov war er es gewohnt, dass sie hin und wieder Medikamente braute. Vielleicht könnte er ihr dabei sogar zur Hand gehen.

Sobald ihr Entschluss gefasst war, ließ Kiva Tipp notgedrungen kurz allein, um sich zu waschen und umzuziehen. Danach, beim Frühstück, eröffnete sie ihm, dass sie nun auf einen Sprung an die Silverthorn müsse. Sofort trat Panik in den Blick des Jungen, doch als Kiva ihm anbot mitzukommen, beruhigte er sich wieder. Die Vorfreude darauf, die berühmte Akademie besuchen zu dürfen, zauberte ihm sogar ein kleines, zögerliches Lächeln aufs Gesicht.

Bei ihrem Aufbruch wenig später herrschte im Palast noch höhere Betriebsamkeit als am Vortag. Bis zum Ball waren es nur noch wenige Stunden und Kiva war froh, dem Trubel aus dem Weg gehen zu können. Auch Tipps Laune hob sich sichtbar, sobald sie das Palastgelände verlassen hatten und die Uferstraße entlangschlenderten. Das leere Fläschchen war sorgsam in Kivas Manteltasche verstaut. Unter ihrer Haut machte sich ein vertrautes Kribbeln bemerkbar –

ihre Magie war zurück, aber bislang bereitete sie ihr noch keine Probleme. Und Kiva stand auch nicht der Sinn danach, jemandem mutwillig damit zu schaden. Was für finstere Mächte auch immer von Torvin und Tilda Besitz ergriffen hatten, Kiva war überzeugt, dass sie der Verlockung widerstehen würde. Weil daran einfach nichts Verlockendes *war*.

Nachdem sie das Haupttor der Silverthorn passiert hatten, wäre Tipp am liebsten alle paar Schritte stehen geblieben, um irgendetwas zu bestaunen. Kiva scheuchte ihn jedoch ungeduldig weiter. Zu ihrer Erleichterung erspähte sie Rhessinda auf ihrer gewohnten Bank im Park, denn in Begleitung der Heilerin würde ihr Besuch im Kräutergarten weitaus weniger verdächtig wirken.

»Na, wen haben wir denn da?«, fragte Rhessinda und lächelte Tipp an, als sie näher kamen.

Kiva rechnete es ihr hoch an, dass sie so tat, als wäre sie Tipp noch nie begegnet. In der Nacht nach Kivas Entführung hatte er schließlich moradinberauscht und schnarchend in Arianas Salon gelegen.

»Ich bin T-T-Tipp«, stellte der Junge sich vor und streckte ihr die Hand entgegen.

»Rhessinda«, erwiderte diese und schlug ein, bevor sie mit einem Augenzwinkern hinzufügte: »Aber all meine Freunde nennen mich Rhess.«

Tipps unbeschwertes Grinsen weckte in Kiva die Hoffnung, dass er sich allmählich von den Ereignissen des vergangenen Abends erholte.

»Eigentlich wollte ich dich gestern schon besuchen«, sagte Kiva zu Rhess. »Ich hatte vergessen, dass du nur vormittags hier bist.«

»Warum, bist du etwa krank?« Rhess runzelte besorgt die Stirn.

»Nein, ich dachte bloß, wir könnten zusammen zu Mittag essen«, antwortete Kiva und Rhess' Sorgenfalten glätteten sich wieder. »Aber heute … habe ich eine andere Bitte.« Sie zog das leere Fläschchen hervor. »Ich muss einen Trank brauen. Könnten wir vielleicht noch einmal in den Heilkräutergarten?«

Rhess stieß einen übertriebenen Seufzer aus und verdrehte an Tipp gewandt die Augen. »Deine Freundin will wohl wieder auf einen ihrer Raubzüge gehen.«

»R-Raubzüge?«

»Ich brauche nur ein paar Kleinigkeiten«, verteidigte sich Kiva.

»Das sagst du jedes Mal«, stichelte Rhess weiter.

Kiva verschränkte die Arme. »Hilfst du mir nun oder nicht?«

Rhessinda sprang auf. »Dir doch immer, liebste Freundin.«

Damit hakte sich die Heilerin bei ihnen unter – auf einer Seite Kiva, auf der anderen Tipp – und im Gleichschritt marschierten sie los. Tipp lachte, was Kiva abermals darin bestätigte, dass ihre Entscheidung, ihn mitzunehmen, genau richtig gewesen war. Mit ihrer einnehmenden Art schaffte Rhessinda es einfach, jeden aufzuheitern.

Als sie den Heilkräutergarten erreichten, listete Kiva die Zutaten auf, die sie auf dem Arbeitstisch ihrer Großmutter gesehen oder am Geruch erkannt hatte: Tilliblüten, Silberweizen, Wolfsgarbe, Finstermoos, Tumumin und Bärenklau. Gemeinsam mit Rhess und Tipp studierte sie den Übersichtsplan, ehe sie sich auf den Weg zu den entsprechenden Beeten machten.

Sie mussten feststellen, dass das Finstermoos in einem der Gewächshäuser gezüchtet wurde. Allerdings merkte Rhessinda an, dass es dort möglicherweise auch einen Arbeitsplatz gab, an dem Kiva ihren Trank herstellen konnte.

Rhess' Unsicherheit erfüllte Kiva zwar nicht gerade mit Zuversicht, ebenso wenig wie die Tatsache, dass sie keinen Schlüssel für das Gewächshaus besaß, doch zu ihrer Überraschung entpuppte die Heilerin sich als äußerst geschickt im Schlösserknacken. Und kaum dass sie eintraten, lösten sich Kivas Zweifel allesamt in Luft auf.

Das Gewächshaus war nicht groß, aber bis zum Bersten vollgestopft mit seltenen Pflanzen – Kräutern, Beerensträuchern und Blumen, von denen Kiva allerhöchstens ihren Vater hatte berichten hören. Wenn sie nicht so dringend ihren Trank hätte brauen müssen, hätte sie am liebsten Stunden hier verbracht, die erdig-frischen Aromen eingeatmet und die feuchte Luft genossen.

»Riecht irgendwie k-komisch hier«, bemerkte Tipp und zog die Nase kraus.

»Das nennt sich Natur«, erwiderte Rhess und rümpfte ihre ebenfalls.

Kiva unterdrückte ein Lächeln, ehe sie sich auf die Suche nach dem Finstermoos machte und mit ihrer Ausbeute zu einem der hölzernen Arbeitstische am anderen Ende des Gewächshauses ging. Dort lag eine Auswahl an Apothekerwerkzeug bereit, darunter verschiedene Messer, Schneidebretter und Flaschen, die wesentlich größere Trankmengen fassen konnten als die knappen drei Mundvoll, mit denen Delora sie abgespeist hatte.

»Können wir was tun?«, bot Rhess an und wischte sich ein wenig bräunlichen Pflanzensaft von der weißen Heilerrobe.

Kiva reichte ihr das leere Fläschchen. »Hiervon brauche ich Nachschub«, sagte sie. »Ich glaube zwar, dass ich die einzelnen Zutaten identifiziert habe, aber im Hinblick auf die Mengen bin ich mir noch nicht ganz sicher.«

Als Tipp die Hand ausstreckte, reichte Rhess das Fläschchen an ihn weiter. »Im Trankbrauen bin ich nicht sonderlich gut«, gestand sie. »Dafür kann ich gut mit Messern umgehen.« Sie deutete auf eines der Schneidebretter. »Ich bereite dir gern die Zutaten vor.«

Kiva hatte gehofft, dass Rhess eine größere Hilfe sein würde, andererseits war ihr klar gewesen, dass das Vorhaben seine Tücken hatte. Sie würde einfach ihrer Intuition folgen müssen. Schließlich hatte sie jahrelange Erfahrung darin, mithilfe sehr begrenzter Mittel lebensrettende Medikamente herzustellen. Da würde sie doch jetzt nicht an diesem Trank scheitern.

Entschlossen reihte Kiva die Zutaten vor sich auf und führte sich sorgfältig vor Augen, was sie über jede davon wusste. Nachdem sie Rhess und Tipp erklärt hatte, wie die Kräuter zu verarbeiten waren, dauerte es nicht lange, bis sie alles zusammen in den Mörser geben und zerstoßen konnten. Dann hieß es warten, bis die Wolfsgarbe und das Finstermoos genug Flüssigkeit abgegeben hatten, um die Mixtur zu verdünnen.

»Soll d-das so aussehen?«, erkundigte sich Tipp skeptisch, als Kiva den Trank in eine frische Flasche füllte.

»Ich glaube schon«, antwortete Kiva. Sie hatte sich nach Kräften bemüht, die richtigen Mengenverhältnisse zu treffen, und war relativ überzeugt, dass das Ergebnis sowohl von der Optik als auch vom Geruch her Deloras Gebräu entsprach. Jetzt blieb ihr nichts anderes mehr übrig, als es auf seine Wirksamkeit zu testen. »Also dann.«

Kiva hob die Flasche an die Lippen und stellte stolz fest, dass der Trank genauso schmeckte wie der, den sie die letzten drei Tage lang eingenommen hatte.

Dennoch spürte sie nichts.

Ihre Magie verschwand nicht; sie wurde nicht einmal schwächer. Stattdessen wand sie sich weiter flüsternd unter Kivas Haut und lauerte darauf, freigesetzt zu werden.

»Und, f-funktioniert's?«

Kiva schüttelte den Kopf. Enttäuschung und Angst machten sich in ihr breit.

»Was sollte er denn überhaupt bewirken?«, fragte Rhess, die Kiva aufmerksam musterte.

Kiva schüttelte abermals den Kopf und antwortete mit belegter Stimme: »Spielt keine Rolle. Ich muss … Ich muss mir wohl etwas anderes einfallen lassen.«

Sie war sich so sicher – so absolut *sicher* –, die richtige Zusammensetzung gefunden zu haben. Daher hatte es keinen Zweck, die Prozedur zu wiederholen. Der Geschmack, der Geruch, die Textur – alles war perfekt.

Was bedeutete, dass etwas fehlen musste.

Vermutlich irgendeine Geheimzutat, die weder zu schmecken noch zu sehen noch zu riechen war. Vielleicht sogar mehr als nur eine.

Es gab so viele, *unendlich* viele Möglichkeiten, worum es sich dabei handeln konnte. Obwohl Kiva nicht dazu neigte, sich schnell entmutigen zu lassen, wusste sie, dass es Jahre dauern konnte, bis sie die Zutat ausfindig machte.

Zorn auf ihre Großmutter stieg in ihr auf, doch Kiva schob ihn rasch beiseite, bevor er überhandnahm. Es hatte ja keinen Sinn. Delora hatte ihr geraten, ihre Magie auf andere Weise zu bändigen, also würde Kiva genau das tun. Schließlich hatte sie ihre Kräfte bereits über zehn Jahre lang unterdrückt, da konnte es doch nicht so schwer sein, sie in kontrollierte Bahnen zu lenken. Zumal ihr kaum etwas anderes übrig blieb.

»Du siehst aus, als könntest du einen Schokowecken vertragen«, versuchte Rhessinda, sie zu trösten. Anscheinend war ihr Kivas aufgewühlter Gemütszustand nicht entgangen.

Nachdem sie ihre Schokowecken vom Vortag ziemlich abrupt wieder von sich gegeben hatte, wurde ihr ein wenig flau beim Gedanken daran. Aber bevor sie ablehnen konnte, fragte Tipp: »Was ist denn ein Sch-Schokowecken?«

Rhess stieß ein dramatisches Keuchen aus. »Also, diese Wissenslücke müssen wir umgehend füllen.«

Und so traten die drei aus dem Gewächshaus und ließen nicht nur den Kräutergarten, sondern auch Kivas Hoffnung auf einen wirksamen Trank hinter sich. Natürlich hatte sie damit gerechnet, dass es nicht leicht werden würde. Aber …

Die Enttäuschung war dennoch schwer zu verwinden.

Und die Angst noch schwerer.

Doch Kiva kämpfte beides nieder. Sie würden ihr nicht weiterhelfen.

Trotzdem konnte Kiva nicht aufhören, darüber nachzugrübeln, warum ihr der Trank misslungen war. Fieberhaft suchte sie nach Möglichkeiten, wie sie ihre Magie stattdessen unter Kontrolle bringen konnte. Vielleicht ließ sich so etwas ja ebenso trainieren wie das Kämpfen bei ihren morgendlichen Einheiten mit Caldon. All das und noch mehr wirbelte ihr unablässig durch den Kopf, während sie Rhessinda und Tipp, die fröhlich miteinander plauderten, durchs Tor und hinunter zum Flussufer folgte.

Kiva war derart in Gedanken versunken, dass sie die Angreifer erst bemerkte, als sie Tipp und Rhess schreien hörte. Reflexartig riss sie Naaris Dolch aus ihrem Stiefel, nur um ihn sogleich aus der Hand geschlagen zu bekommen. Sie spürte, wie jemand ihr ein Stück Stoff auf Mund und Nase drückte, nahm einen scharfen, unbekannten Geruch wahr – und dann wurde ihr schwarz vor Augen.

KAPITEL EINUNDDREISSIG

Kiva würde ihre Schwester umbringen.

Das war ihr erster Gedanke, als sie langsam wieder zu sich kam.

Ihr zweiter Gedanke war, dass sie sich wohl vorher würde übergeben müssen, denn in ihrer Nase hing noch immer der widerliche Geruch dessen, was ihr das Bewusstsein geraubt hatte. Und sie wurde ihn einfach nicht los.

Doch sobald sie schließlich die Augen öffnete und hustend und würgend an den Stricken zerrte, mit denen ihr die Hände auf den Rücken gefesselt waren, vergaß sie ihren rebellierenden Magen.

Sie hatte ihn bereits gerochen, den Hauch von Salz, Fisch und Algen, kombiniert mit verrottendem Holz, Wein und Gewürzen. Aber erst jetzt, als sie sich genauer umsah, begriff sie, dass sie in eines der Lagerhäuser an den Docks verschleppt worden war.

Leckende Fässer und prall gefüllte Säcke, Regale voller Keramikgefäße und schwindelerregend hohe Holzkistenstapel umgaben sie. Bloß durch ein paar winzige Fensterschlitze fiel ein wenig Sonnenlicht herein. Das Lager schien zwar nur halb gefüllt zu sein, dennoch konnte Kiva nirgends einen Ausgang entdecken – woraus sie schloss, dass sie sich tief im Inneren des Gebäudes befinden musste. Aber sie hatte ohnehin nicht vor zu fliehen. Ihre Schwester, die mit Sicherheit auch für diese Entführung verantwortlich war, würde bestimmt bald auftauchen.

Doch diesmal war Kiva nicht allein.

Neben ihr auf dem Boden lagen Tipp und Rhessinda, ebenfalls mit auf dem Rücken gefesselten Händen. Der Junge blutete aus einer

Wunde an der Schläfe, was Kivas Puls vor Angst in die Höhe schnellen ließ. Auch die Heilerin, die glücklicherweise gerade wieder zu sich zu kommen schien, hatte blaue Flecken und Platzwunden davongetragen. Mit grimmiger Miene stemmte Rhessinda sich hoch in eine Sitzposition und schaute sich um.

»Keine Sorge, ich weiß, was hier vorgeht«, erklärte Kiva, als Rhess' Blick auf sie fiel.

»Bist du verletzt?«, fragte die Heilerin.

»Nein. Aber ich muss dir was sagen –«

Doch ehe Kiva sich für die missliche Lage, in der sie sich befanden, entschuldigen konnte, traten hinter einem Kistenstapel zwei der riesigsten Männer hervor, die sie je gesehen hatte. Der eine war großflächig tätowiert, während der andere auffallend milchweiße Haut hatte.

»Wer von euch is' Kiva?«, wollte der Tätowierte wissen.

Sein Akzent ließ Kiva erstarren. Inzwischen hatte ihr Körper das Betäubungsmittel weit genug abgebaut, dass sie wieder einigermaßen klar denken konnte, und so fiel ihr plötzlich etwas ein. Laut Caldon war ihre Schwester nämlich nicht die Einzige gewesen, die vor knapp zwei Wochen versucht hatte, sie zu entführen.

»Ich«, antwortete Rhessinda.

Kivas Mund klappte auf. »Nein, *ich*.«

Rhess warf ihr einen Blick zu. »Schh, lass mich das regeln«, zischte sie.

Kiva verstummte. Denn die gut gelaunte, freundliche Heilerin, als die Kiva Rhess kennen und schätzen gelernt hatte, wirkte mit einem Mal wie ausgewechselt. Ihre Augen glühten so grimmig, als könnte sie die beiden Männer damit in Brand setzen.

»War 'n ganz schöner Kampf mit dir, Püppchen«, sagte der Milchweiße im selben Akzent. Er deutete auf eine lange Schramme an seinem Unterarm und einen Kratzer quer über seiner Wange.

»Binde mich los und wir können direkt in die nächste Runde gehen«, erwiderte Rhess mit zuckersüßer Stimme. Sie klang kein bisschen eingeschüchtert. Sondern regelrecht kriegerisch.

Irgendetwas stimmte hier nicht. Etwas, was Kiva nicht verstand. Etwas, was –

Jetzt richtete der Milchweiße seinen wässrigen Blick auf Kiva und riss sie damit aus ihren Gedanken. »Du bist aus zwei Gründen hier, Kleine. Erstens kannst du deiner Schwester ausrichten, dass König Navok langsam, aber sicher ungeduldig wird. Die Rebellenkönigin mag ja tot sein, doch Abmachung ist Abmachung. Zuleeka Corentine soll gefälligst die Schuld ihrer Mutter begleichen. Die Schuld *eurer* Mutter. Besser, du erinnerst sie dran, dass die Frist bald abläuft.«

Sämtliches Blut wich Kiva aus dem Gesicht, als ihr einfiel, was ihre Schwester bei ihrem Besuch in Oakhollow gesagt hatte: *König Navok war natürlich mehr als bereit, einen Handel mit der Rebellenkönigin zu schließen.*

Beim Schattenreich, was hatte ihre Mutter getan?

Doch darüber konnte Kiva jetzt nicht nachdenken. Zuleeka steckte also nicht hinter dieser Entführung. Und schlimmer noch, der Mann hatte soeben Kivas wahre Identität – und die ihrer Familie – enthüllt. Vor Rhessinda.

Furcht ergriff sie. Aber als sie sich an die Heilerin wandte, um alles abzustreiten, wirkte diese nicht im Geringsten entsetzt über das Gehörte.

Oder auch nur überrascht.

»Bei den Göttern«, krächzte Kiva, während sie allmählich begriff. »Bist du etwa …?«

»Und der zweite Grund, warum du hier bist, dürfte wohl offensichtlich sein«, unterbrach der Tätowierte sie laut und versetzte ihr einen Tritt gegen den Stiefel. Vor Schreck rutschte Kiva ein Stück rückwärts, bis sie gegen eine der Holzkisten prallte. »Wir brauchen dich als Köder.«

»Das letzte Mal, als 'n paar von unsern Leuten versucht haben, dich zu schnappen, waren sie schlecht vorbereitet. Das is' heute anders«, übernahm wieder der Milchweiße mit einem finsteren Grinsen. »Könnte allerdings 'ne Weile dauern, bis dein geschniegelter Prinz merkt, dass du weg bist. Also: Falls du weiterhin so hübsch für ihn aussehen willst, halt lieber deine Zunge im Zaum. Wenn der mit seiner Garde hier aufkreuzt, bereiten wir ihnen 'nen standesgemäßen Empfang. Wird vielleicht nicht gerade 'n Maskenball, aber ganz sicher genauso unvergesslich.«

Du bist ein verlockender Köder für einen viel dickeren Fisch.

Caldon hatte also von Anfang an recht gehabt. König Navok hatte seine Leute schon nach dem Flussfest auf Kiva angesetzt, um damit den Kronprinzen anzulocken. Die Mirravener wussten, wie viel Jaren an Kiva lag. Sie wussten, dass er versuchen würde, sie zu retten.

Caramor und Mirraven scharren schon mit den Hufen – die lauern nur noch auf den richtigen Moment, um hier einzumarschieren.

Sie lauerten auf ein Zeichen von Schwäche.

Und Jarens Schwäche war Kiva.

Der Milchweiße grinste noch breiter, als er sah, dass Kiva verstand. »Mirraven hat so einiges mit Evalon vor«, erklärte er weiter. »Und das hier is' schon mal 'ne kleine Kostprobe für das, was die Vallentis in Zukunft erwartet.«

Kiva schloss die Augen, als könnte sie dadurch alles ausblenden.

Sie hätte sie offen lassen sollen.

Vielleicht hätte sie dann noch rechtzeitig die Hand gesehen, die sich auf sie zubewegte und ihr ein weiteres in dieselbe beißende Lösung getunktes Tuch über Mund und Nase presste. Doch bevor ihr abermals die Sinne schwanden, hörte sie den Tätowierten noch sagen: »Damit du dich in der Zwischenzeit nich' langweilst. Träum schön, Kleine.«

»Kiva!«

Eine Hand klatschte ihr ins Gesicht. Kiva stöhnte, wollte sie wegschlagen, aber ihre Arme waren ihr noch immer auf den Rücken gefesselt.

»Gut, du bist wach. Und jetzt mach die Augen auf.«

Ein weiteres Stöhnen entwich ihr. Doch dann erkannte sie Rhessindas Stimme, die sie unerbittlich aus ihrem drogeninduzierten Schlaf riss. Wieder wurde ihr schwindelig und sie musste mit aller Kraft gegen die Übelkeit ankämpfen.

Hustend und würgend wie zuvor öffnete sie schließlich die Augen und stellte fest, dass sie sich noch immer in dem Lagerhaus befanden. Allerdings war das Sonnenlicht, das zu den Fenstern hereinfiel, nun wesentlich schwächer als zuvor. Den langen Schatten auf dem Fußboden nach zu urteilen, musste inzwischen später Nachmittag sein. Wenn man die Zeit hinzurechnete, die sie an der Silverthorn verbracht hatte, war Kiva bereits seit Stunden fort. Dennoch war es gut möglich, dass über den Ballvorbereitungen noch niemand ihr Verschwinden bemerkt hatte. Dass *Jaren* ihr Verschwinden noch nicht bemerkt hatte.

Als Kiva einen Blick neben sich warf, sah sie, dass Tipp noch immer bewusstlos war. Jedoch hatte sich seine Position verändert, als wäre er irgendwann aufgewacht und wieder eingeschlafen. Auf Kivas anderer Seite kniete Rhessinda. Die Handgelenke der Heilerin waren blutverschmiert, nachdem sie sich offenbar gewaltsam von ihren Fesseln befreit hatte. Jetzt begann sie, die Stricke um Kivas Hände zu lösen.

»Wer bist du?«, murmelte Kiva. Ein schmerzhaftes Stechen durchzuckte ihre tauben Finger, während Rhess sich an ihren Handgelenken zu schaffen machte. Trotz ihrer erneuten Ohnmacht hatte Kiva weder die beiden Männer vergessen noch Rhess' Reaktion – oder eher *mangelnde* Reaktion –, als Kivas wahre Identität zur Sprache gekommen war.

»Das weißt du doch. Ich bin Rhessinda Lorin.«

»Ich habe dich nicht nach deinem Namen gefragt«, entgegnete Kiva. »Sondern danach, wer du *bist*.«

Diesmal versuchte Rhess nicht, der Frage auszuweichen. »Ich bin Torells Vize.«

Kiva starrte sie verständnislos an. »Torells *was*?«

»Sein Vize«, wiederholte Rhess. »Seine Stellvertreterin. Als Kommandantin der Rebellen.«

»Ich weiß selbst, was *Vize* bedeutet«, fauchte Kiva, während sie versuchte, die neue Information zu verarbeiten. »Aber … du bist doch Heilerin! Du arbeitest an der Silverthorn!«

Rhess schüttelte den Kopf. »Das war bloß Tarnung. Tor wollte jemanden in deiner Nähe haben, nur für alle Fälle. Er hatte so eine Ahnung, dass die Silverthorn eine sehr anziehende Wirkung auf dich haben würde, darum bot es sich an, dort einen Posten aufzustellen. Und weil meine Eltern tatsächlich Heiler waren – das war nicht gelogen – und ich manchmal in den Lazaretten der Rebellen aushelfe, war ich am geeignetsten für die Aufgabe.« Sie hielt kurz inne. »In der Nacht, als Zuleeka deine Entführung inszeniert hat, habe ich mir eine Heilerrobe stibitzt und die Nachricht aus dem Palast abgefangen. Die habe ich bei den Wachen am Tor vorgezeigt und wurde direkt durchgewinkt. Es war ein Kinderspiel, mir einen Platz in deinem Leben zu sichern. Und das gerade mal ein paar Tage nach deiner Ankunft in Vallenia.«

Kiva dachte an ihre vergangenen Begegnungen mit Rhessinda zurück und konnte es kaum fassen, dass sie keinen Verdacht geschöpft hatte. Nicht einmal gestern, als keiner der Silverthorn-Mitarbeiter je von ihr gehört zu haben schien. Verdammt, selbst der Dekanin hatte ihr Name nichts gesagt. Außerdem –

Ich bin jeden Tag zur Morgenschicht hier.

Wann immer Kiva Rhess besuchen wollte, hatte diese bereits auf sie gewartet. Sie hatte immer auf derselben Bank im Park gesessen und Kiva war stets so erleichtert gewesen, sie zu finden, dass sie sich nicht einmal auch nur gefragt hatte, warum ihre neue Freundin nie zu arbeiten schien. Kein Wunder, dass sie Kiva angeboten hatte, sie nach Oakhollow zu bringen. Und – bei den Göttern – dass sie sich nichts hatte anmerken lassen, als vor ihren Augen Kivas Magie aus ihr hervorgebrochen war.

Sie hatte schließlich längst davon gewusst.

»War irgendetwas an unserer Freundschaft echt?«, fragte Kiva leise.

Die Heilerin – die gar keine Heilerin war, wie Kiva sich unwirsch in Erinnerung rief – ließ die Hände sinken und sah ihr in die Augen.

»Alles daran war echt«, erwiderte sie ernst. »Bitte zieh das nicht in Zweifel.«

»Du hast mich vom ersten Tag an belogen«, wandte Kiva wütend ein.

Rhess musterte sie vielsagend. »Du mich doch auch.«

Kivas Wut geriet ein wenig ins Wanken, trotzdem klammerte sie sich entschlossen daran fest. »Das ist etwas ganz anderes. Immerhin wusstest du von Anfang an, wer ich bin.«

»Belogen hast du mich dennoch«, beharrte Rhess und konzentrierte sich wieder auf Kivas Fesseln. »Wie wär's also, wenn wir einfach sagen, wir sind quitt, und lieber gemeinsam überlegen, wie wir hier rauskommen?«

Das nahm Kiva endgültig den Wind aus den Segeln. Rhess hatte recht – sie hatten beide gelogen und steckten nun zusammen in dieser Zwickmühle. Alles andere konnte warten, bis sie in Sicherheit waren.

»Also waren das gerade König Navoks Männer?«, fragte Kiva. Natürlich kannte sie die Antwort längst, wollte aber das Thema wechseln, um Rhess zu signalisieren, dass sie bereit war, die Sache fürs Erste auf sich beruhen zu lassen. »Und sie sind hinter Jaren her?«

»Scheint so«, antwortete Rhess. »Die beiden haben sich noch ein bisschen unterhalten, nachdem du wieder ohnmächtig warst. Auf Mirravenisch, weil sie vermutlich dachten, ich würde sie nicht verstehen. Allerdings liegt mein Heimatdorf ziemlich nah an der Grenze, darum bin ich mehr oder weniger zweisprachig aufgewachsen. Dort habe ich übrigens auch deinen Bruder kennengelernt«, fügte sie dann hinzu. »Er hat mich vor den Söldnern gerettet, die uns vor fünf Jahren überrannt haben. Und seitdem ist er mein bester Freund.«

Kiva dachte an Rhess' tragische Vergangenheit und die neue Familie, von der sie adoptiert worden war.

Das waren die Rebellen gewesen.

Wieder stieg Frust in ihr auf, weil sie keinerlei Verdacht geschöpft hatte, doch Kiva zwang sich, bei der Sache zu bleiben. »Was haben sie denn gesagt?«

»Sie sind auf einen Tauschhandel aus«, antwortete Rhess. »Prinz Deverick – Jaren – gegen uns. Sie schienen ziemlich überzeugt, dass er sich darauf einlassen wird. Hauptsächlich deinetwegen.«

»Dann müssen wir hier weg, bevor Jaren auf dumme Gedanken kommt«, sprach Kiva aus, was auf der Hand lag.

»Was glaubst du, was ich hier mache?«, erwiderte Rhess und zerrte weiter an den Fesseln.

Plötzlich fiel Kiva noch etwas ein, was die Männer gesagt hatten. »Weißt du, von was für einer Abmachung die beiden gesprochen haben? Die Schuld, die Zuleeka begleichen soll?«

»Das hat mir auch Sorgen gemacht«, gab Rhess zu. »Keine Ahnung, was sie damit meinten, aber gut klang es nicht.«

»Hast du wirklich keine Idee?«, hakte Kiva nach und bewegte vorsichtig die Hände. Die Stricke begannen sich langsam zu lösen, aber frei war sie noch lange nicht. »Immerhin bist du eine Rebellin. Und noch dazu Tors Vertraute, beste Freundin oder … was auch immer.«

»Tor erzählt mir alles«, bestätigte Rhess und rückte den Fesseln erneut so energisch zu Leibe, dass Kiva vor Schmerz zusammenzuckte. »Wenn er etwas über diese Abmachung wüsste, dann hätte er es mit Sicherheit erwähnt.«

»Aber Zuleeka verheimlicht irgendwas, da bin ich mir sicher.« Kiva dachte erneut an die kryptischen Worte ihrer Schwester und daran, mit welcher Selbstverständlichkeit die beiden Männer von ihr gesprochen hatten.

»Wäre ja mal ganz was Neues«, schnaubte Rhessinda.

Kiva stutzte. »Heißt das, du und meine Schwester …«

»Meine Loyalität gilt einzig und allein Tor«, erklärte Rhess. »Die Mission der Rebellen interessiert mich nicht, doch für ihn würde ich mein Leben geben. Das bin ich ihm schuldig nach allem, was er für mich getan hat. Ich folge ihm, wohin er auch geht. Und wenn das bedeutet, dass ich es dafür mit deiner hinterhältigen Schlange von Schwester aufnehmen muss, dann ist es eben so.« Sie richtete sich auf und fügte rasch hinzu: »Wäre allerdings nett, wenn du das ihr gegenüber nicht erwähnen würdest.«

Kiva unterdrückte ein Lächeln. »Meine Schwester und ich haben auch nicht gerade das beste Verhältnis.« Sie dachte an alles, was sie von Delora erfahren hatte. Dass Zuleeka ihr verschwiegen hatte, wie ihre Mutter ihre Magie zum Bösen verwendet hatte. Die gesamte finstere Vergangenheit ihrer Familie. Andererseits hatte Zuleeka sich für ihr Verhalten entschuldigt und gab sich seither merklich Mühe, ihre Beziehung zu Kiva zu kitten. »Aber wir arbeiten dran«, fügte sie leise hinzu.

»Na dann viel Glück«, brummte Rhess. »Vergiss bloß nicht, dass Vipern giftig sind.«

»Du magst sie wirklich nicht besonders, oder?«

Rhess seufzte und versetzte Kivas Fesseln einen weiteren Ruck, woraufhin Kiva ein Reißen hörte. »Tut mir leid. Ich weiß, sie ist deine Schwester. Tor und ich haben uns schon vor langer Zeit darauf geeinigt, nicht über sie zu sprechen. Seine Familie geht ihm über alles, auch wenn manche von ihnen mal schlechte Entscheidungen treffen.«

Manche von ihnen.

»Wenn du seit fünf Jahren bei den Rebellen bist, heißt das, du kanntest auch meine Mutter?«

Rhess schwieg eine Weile, bevor sie sich schließlich räusperte. »Ja.«

Eine einzige Silbe, die schwer wog vor Emotionen. Und keine davon war gut.

»Im Grunde kannte ich sie kaum«, fuhr Rhess fort. »Aber Tilda war sehr … fokussiert. Auf ihre Ziele. Als ich zu den Rebellen gestoßen bin, war sie viel unterwegs, meistens mit Zuleeka. Das war hart für Tor. Er hatte das Gefühl, sowohl seine Schwester als auch seine Mutter verloren zu haben. Doch er hat seinen Frust kanalisiert, indem er sich umso mehr in sein Training gestürzt und den Respekt seiner Anhänger verdient hat. Ich glaube, unter Zuleekas Führung allein hätten sich die Rebellen längst aufgelöst. Sie mag das Hirn der Operation sein, aber Tor ist das Herz.«

Ein weiteres Reißen und Kiva konnte ihre Hände ein kleines bisschen besser bewegen.

»Fast geschafft«, sagte Rhess.

Kiva beschloss, sich ihre Grübeleien über ihre verkorkste Familie für später aufzuheben. »Wir müssen uns beeilen«, meinte sie mit einem Blick auf den noch immer bewusstlosen Tipp. »Ist er zwischendurch mal zu sich gekommen?«, fragte sie.

»Ganz kurz. Er konnte sich an seinen Namen und an das, was passiert ist, erinnern und hat nach dir gefragt. Aber dann ist er wieder eingeschlafen.«

Kiva war erleichtert zu hören, dass er offenbar zurechnungsfähig genug gewesen war, um zu sprechen. »Sobald wir hier raus sind, müssen wir ihn zu einem Heiler bringen. Hast du eine Idee, wie wir es an unseren Entführern vorbeischaffen?«

»Wir müssen improvisieren«, sagte Rhess. »Tor sollte inzwischen gemerkt haben, dass irgendetwas nicht stimmt, und eine Suche eingeleitet haben. Ich war nach dem Mittagessen mit ihm verabredet und das ist mittlerweile Stunden her.«

»Tor ist in Vallenia?«

»Ja, zusammen mit Zuleeka. Wegen des Maskenballs.«

In all dem Chaos war Kiva vollkommen entfallen, dass Mirryn die beiden zu ihrem Ball eingeladen hatte, und sie stieß innerlich einen Fluch über diesen nicht enden wollenden Albtraum aus, in dem sie gefangen war.

»Wenn uns die Flucht gelingt, müssen wir als Erstes ihn ausfindig machen und dann –« Rhess gab einen triumphierenden Laut von sich und die Fesseln fielen zu Boden.

»Danke«, sagte Kiva und massierte sich mit schmerzverzerrtem Gesicht die Finger.

»Du trägst Tipp«, wies Rhess sie an. »Kann sein, dass ich beide Hände brauche, um uns den Weg freizukämpfen –«

Sie verstummte, als sich Schritte näherten. Mit weit aufgerissenen Augen bedeutete sie Kiva, die Hände zurück auf den Rücken zu nehmen und so zu tun, als wäre sie noch immer gefesselt.

»Sieh an, sieh an, unsere königliche Konkubine is' wieder wach«, feixte der Tätowierte, der hinter demselben Kistenstapel wie zuvor auftauchte, gefolgt von seinem blassen Kompagnon. »Bisher hat dein Schatz nichts von sich hören lassen. Is' aber auch nich' leicht, überhaupt zu ihm durchzudringen, so beschäftigt, wie die da oben im Palast sind. Tja, Kleine, es scheint, als könntest du dich hier gemütlich einr–«

Der Rest des Satzes blieb ihm im Hals stecken, denn Rhess hatte sich unvermittelt auf ihn gestürzt und ihm mit voller Wucht ihre Schulter in den Magen gerammt. Vornübergekrümmt vor Schmerz versuchte der Mann, sie zu packen, doch Rhess entwand sich ihm und zog ihm dabei das Schwert aus dem Gürtel.

Sie war unfassbar schnell. Allerdings fing der Milchweiße ihren Schlag mit seinem Schwert ab und seine Gegenattacke hätte ihr um ein Haar die Kehle aufgeschlitzt.

Obwohl Kiva alles andere als kampferprobt war, hatte sie das Gefühl, Rhess irgendwie unterstützen zu müssen. Daher rappelte sie sich hastig auf. Doch ehe sie es auch nur drei Schritte weit schaffte, kam Torell hinter den Kisten hervorgestürmt. Er trug seine Schakalsmaske und hielt in jeder Hand ein Schwert. »Bleib, wo du bist!«, schrie er Kiva zu, während er sich geradewegs ins Getümmel warf.

Das Schwerterkrachen dröhnte Kiva in den Ohren, als Rhess und Tor sich verbissen gegen die beiden Mirravener zu behaupten versuchten. Alarmiert durch den Lärm erschienen immer mehr Männer und Frauen, allesamt in den grauen Lederuniformen der mirravenischen Armee.

Kiva bückte sich nach Tipp und schleifte ihn zu ein paar Fässern in der Ecke des Lagerhauses. Dort stellte sie sich schützend vor ihn und beobachtete das Geschehen.

Tor und Rhess waren in der Unterzahl – bei Weitem.

Doch sie hielten sich wacker, kämpften Rücken an Rücken. Ihre Klingen sausten so schnell durch die Luft, dass sie mit bloßem Auge kaum mehr zu erkennen waren, und brachten einen Gegner nach dem anderen zu Fall.

Die beiden waren ein eingespieltes Team.

Das war deutlich zu erkennen – an der geballten Kraft ihrer Angriffe, an der Art, wie jeder von ihnen die Schwachstellen des Partners deckte, an den Anweisungen, die sie sich zuschrien: »Duck dich!«, »Links von dir!«, »Achtung, rechts!«, »Spring!«.

Staunend sah Kiva dabei zu, wie die Mirravener der Reihe nach zu Boden gingen. Ihre Zuversicht wuchs mit jedem niedergestreckten Feind, aber sie blieb auf der Hut, besorgt, dass die zwei Rebellen, so gut sie auch kämpften, einer solchen Übermacht an Gegnern nicht ewig würden standhalten können.

Irgendwann jedoch begann die Zahl der Mirravener sichtlich zu schrumpfen, bis mehr von ihnen am Boden lagen als auf den Beinen standen. Einige stöhnten noch, doch die meisten rührten sich nicht mehr. Rhess und Tor, die ebenfalls aus zahlreichen Wunden bluteten, wurden langsamer, aber sie gaben nicht auf.

Und mit einem Mal war kein Gegner mehr übrig.

Einen Moment lang standen Tor und Rhess einfach nur da und betrachteten keuchend das Schlachtfeld. Rhess fing sich als Erste wieder und eilte zu Kiva und Tipp. Kiva meinte, ein leises Ächzen aus Tipps Richtung zu hören. Doch gerade als sie sich umdrehen und nachsehen wollte, ob er wach war, nahm sie eine Bewegung wahr.

Der Tätowierte hatte seine Niederlage nur vorgetäuscht.

So lautlos, dass es weder Rhess noch Tor bemerkten – die beide Kiva zugewandt waren –, erhob er sich.

»TOR!«, schrie Kiva. »*HINTER DIR!*«

Tor wirbelte herum, doch ehe er in Verteidigungsstellung gehen konnte, stürzte der Mirravener sich auf ihn.

Und dann, plötzlich, war Zuleeka da. Sie trug ihre Vipernmaske und warf sich dem Angreifer entgegen, genau in dem Moment, als dieser mit seinem Schwert nach Torell ausholte. Im nächsten Augenblick waren die drei so eng miteinander verkeilt, dass es beinahe einer innigen Umarmung glich. Ein gequälter Laut ertönte und der Tätowierte sank erst auf die Knie und brach dann vollends zusammen. Tor und Zuleeka standen da und schauten auf ihn hinunter.

Niemand regte sich.

Und dann sackte Tor zu Boden.

»*Torell!*«, schrie Rhess und konnte ihn gerade noch rechtzeitig festhalten, bevor er mit dem Kopf aufschlug.

Zuleeka starrte ihren Bruder voller Entsetzen an.

Genau wie Kiva.

Denn aus Tors Brust ragte ein mirravenisches Schwert.

Eine endlose, schreckliche Sekunde lang konnte Kiva sich nicht rühren, konnte nicht denken. Und dann sah Rhess zu ihr hoch und schrie: »*HILF IHM!*«

Es dauerte einen Moment, bis Kiva begriff.

Ja, sie *konnte* ihm helfen. Sie konnte ihn *heilen*.

So wie damals Tipp.

Kiva rannte zu ihrem Bruder, kämpfte ihre Angst nieder und zwang sich mit aller Kraft zur Ruhe.

»K-Kiva«, flüsterte Tor, die smaragdgrünen Augen unter seiner Maske trüb vor Schmerz.

»Alles wird gut«, redete Kiva ihm mit ihrer besten Heilerinnenstimme zu. »Aber das hier« – sie streckte eine zitternde Hand nach dem Schwertgriff aus – »könnte jetzt ein bisschen wehtun. Nur ganz kurz, keine Sorge.«

Ohne weitere Vorwarnung riss sie ihm die Klinge aus der Brust.

Tor bäumte sich auf; sein Mund öffnete sich zu einem lautlosen Schmerzensschrei und seine Augäpfel verdrehten sich nach hinten.

»Tor? *Tor!*«, schrie Rhess. »Wach auf! Kiva, *weck ihn auf!*«

»Es ist besser, wenn er ohnmächtig bleibt«, entgegnete sie, beide Hände auf Tors Wunde gepresst. »Verdammt, ich glaube, die Klinge hat eine Arterie erwischt.«

»Du musst ihm helfen«, flehte Rhess und ihre Stimme überschlug sich. »Kiva – *bitte.*«

Ganz am Rand ihres Bewusstseins wunderte sich Kiva über dieses Mädchen, das soeben ein heilloses Blutbad angerichtet hatte und jetzt beim Anblick von Torells Wunde zusammenzubrechen drohte. *Er ist ihr bester Freund,* rief sie sich in Erinnerung. Dennoch konnte sie nicht anders, als sich zu fragen, ob nicht mehr dahintersteckte.

»Beruhige dich, Rhess«, sagte sie leise. »Und lass mir ein bisschen mehr Platz.«

Zuleeka starrte unterdessen noch immer in stillem Entsetzen auf sie herunter, aber Kiva hatte jetzt keine Zeit, ihre Schwester zu bemuttern. Stattdessen schloss sie die Augen und tastete nach ihrer Magie. Ihre Großmutter hatte recht gehabt. Sie hätte ihre Kräfte nicht jahrelang unter Verschluss halten und nur in Notsituationen darauf zurückgreifen sollen, sondern hätte besser geübt, sie kontrolliert einzusetzen. Aber diese Erkenntnis half ihr nun auch nicht weiter, nicht während das Leben ihres Bruders ihr buchstäblich durch die Finger rann.

»Bitte«, flüsterte Kiva, da ihr nichts Besseres einfiel, als ihre Magie um Hilfe anzuflehen. *»Bitte.«*

Und dann spürte sie es. Das Kribbeln in den Fingern, das Brennen in den Handflächen, die geballte Macht, die sich dank eines allzu lang unterdrückten Reflexes Bahn brach und ihre Magie direkt in Tors Wunde leitete. Als Kiva die Augen öffnete, sah sie das goldene Licht in seinen Körper dringen, sah den Blutstrom schwächer und schwächer werden, ehe er schließlich ganz versiegte und sich der Schnitt darüber schloss. Tor war blass im Gesicht, seine Lippen beinahe blau, er hatte besorgniserregend viel Blut verloren. Aber er würde es schaffen. Das erkannte Kiva, während ihre Magie sich allmählich wieder zurückzog und das goldene Leuchten verlosch. Er würde überleben.

Ein Schluchzer entwand sich ihrer Kehle. Sie war nicht allein mit ihrer Erleichterung; auch Rhess klammerte sich mit aller Kraft an Torell.

»Ist er …?«

»Es geht ihm gut«, antwortete Kiva matt und hielt sich den Kopf, als ein jäher Schwindel sie erfasste. »Er muss sich bloß ausruhen.«

Dasselbe galt für Kiva. Nachdem sie Tipp geheilt hatte, war sie genauso erschöpft gewesen, aber damals hatte sie sich inmitten eines Gefangenenaufstands befunden und keine Gelegenheit für ein wohlverdientes Nickerchen gehabt.

Leider waren ihre Aussichten darauf heute wenig besser. Daher drängte sie ihre Benommenheit zurück und sah hoch zu ihrer Schwester, um auch ihr zu versichern, dass Tor sich wieder erholen würde.

Doch Zuleeka beachtete sie nicht. Stattdessen starrte sie in eine Ecke des Lagerhauses.

Ein ungutes Gefühl regte sich in Kivas Magengrube, als sie dem Blick ihrer Schwester folgte. Doch sie wusste bereits, was passiert war.

Tipp war aufgewacht.

Und seinem Gesichtsausdruck nach zu urteilen, hatte er alles mitangesehen.

KAPITEL ZWEIUNDDREISSIG

Kiva ließ den bewusstlosen Torell in Rhess' Obhut zurück und ging langsam zu Tipp.

»D-du hast ihn … du hast ihn ge–geheilt«, hauchte der Junge, seine blauen Augen weit aufgerissen, das Gesicht kalkweiß unter dem dünnen Blutrinnsal, das aus seiner Wunde an seiner Schläfe sickerte. »Du hast ge-geleuchtet. Du hast *M-Magie.*«

»Und zwar nicht nur irgendeine Magie«, schaltete sich Zuleeka ein, die Kiva gefolgt war und nun ihre Vipernmaske abnahm. »Sondern Corentine-Magie.«

Kiva sah ihre Schwester vorwurfsvoll an.

»Er hätte es doch sowieso rausgefunden«, verteidigte sich Zuleeka.

Tipp, dessen Hände noch immer gefesselt waren, rappelte sich unsicher auf und seine Unterlippe begann vor Empörung zu zittern, als er begriff.

»Tipp«, flüsterte Kiva.

»Du bist eine *C-Corentine*?«, krächzte er. »So wie T-Torvin Corentine? Und – und *T-Tilda* Corentine?«

»Tilda war meine Mutter«, gestand Kiva, noch immer flüsternd.

Tipps Mund klappte auf. »Die R-Rebellenkönigin war deine *Mutter*? Und – und w-was heißt das jetzt?«

»Das heißt, dass Kiva sich die ganze Zeit über bloß bei euren königlichen Freunden eingeschmeichelt hat, um sie zu Fall zu bringen.«

»*Zuleeka! Halt den Mund!*«, fauchte Kiva sie an, ehe sie Tipp eilig versicherte: »Das stimmt nicht. Es ist … kompliziert.«

Doch es war zu spät. Kiva konnte nicht ungeschehen machen, was

Tipp gesehen hatte, nicht ungesagt machen, was er gehört hatte. Und sie hatte nicht die leiseste Ahnung, wie sie ihm beweisen sollte, dass sie nicht das Ungeheuer war, für das er sie nun hielt.

Denn *dass* er sie für ein Ungeheuer hielt, las sie in seinen Augen, die sich mit Tränen füllten.

»Ich kann alles erklären«, sagte Kiva. Beim Anblick seiner Miene brach ihre Stimme genau wie ihr Herz.

»Leider haben wir für so was jetzt keine Zeit«, verkündete Zuleeka. Und mit einer einzigen fließenden Bewegung holte sie aus und versetzte Tipp mit ihrem Schwertgriff einen Schlag auf den Hinterkopf.

Kiva fing ihn auf und starrte ihre Schwester wutentbrannt an. *»Bist du verrückt geworden?«*, kreischte sie.

»Er ist ein zu großes Risiko«, antwortete Zuleeka kalt.

»Er ist elf Jahre alt!«

»Ganz genau. Und bis wir uns überlegt haben, was wir mit ihm machen, bleibt er bei uns. Den Rebellen. Wir können ja wohl kaum zulassen, dass er uns bei deinen hochwohlgeborenen Freunden verpfeift.«

Kiva war so wütend, dass sie kein Wort herausbrachte. Daher tastete sie stattdessen abermals nach ihrer Magie, um Tipps Gehirnerschütterung zu heilen – seine *zweite* Gehirnerschütterung innerhalb weniger Monate. Doch Zuleeka packte sie beim Arm und riss sie aus ihrer Konzentration.

»Hör auf«, sagte sie. »So ist er viel leichter zu transportieren.«

»Du glaubst doch nicht im Ernst, dass ich ihn bei euch lasse«, knurrte Kiva.

»Denk mal nach, Kiva.« Zuleeka schien allmählich die Geduld zu verlieren. »Glaubst du wirklich, er hält den Mund, wenn wir ihn einfach zurück in den Palast spazieren lassen? Vertraust du ihm so sehr?«

»Ja«, antwortete Kiva, ohne zu zögern.

Bei der Erinnerung an Tipps Blick kamen ihr allerdings plötzlich Zweifel.

Caldon hatte herausgefunden, wer sie war, bevor er sie wirklich gekannt hatte. Er hatte von Anfang an Bescheid gewusst und sich darum nicht hintergangen gefühlt. Tipp dagegen … Kiva hatte ihm drei Jahre lang die Wahrheit verheimlicht. Und was noch schlimmer war: Tipp wusste nun, dass sie vorgehabt hatte, den Vallentis zu schaden – jener Familie, die er so gernhatte, dass er sie in sein selbst gemaltes Porträt mit aufnahm. Kiva konnte nicht einschätzen, wie er sich entscheiden würde, wenn man ihn vor die Wahl stellte. Schon gar nicht, solange er dermaßen aufgewühlt war.

»Na, geht dir langsam ein Licht auf?«, fragte Zuleeka und fuhr dann mit sanfterer Stimme fort: »Mach dir keine Sorgen, wir passen schon auf ihn auf. Und morgen kannst du ihm alles erklären. Dann siehst du ja, wem er die Treue hält.«

»Morgen?«

»In weniger als einer Stunde fängt der Maskenball an. Zwar haben wir die Nachrichten der Mirravener abgefangen, darum weiß im Palast niemand, was passiert ist, aber wenn du nicht riskieren willst, dass dein Prinz einen Suchtrupp losschickt, solltest du dich wohl trotzdem langsam auf den Weg machen.«

»Als ob ich zu diesem albernen Ball gehen würde, während Tipp –«

»Ich an deiner Stelle würde Jaren lieber nichts davon erzählen, was hier los war«, redete Zuleeka unbeirrt weiter. »Dürfte schwierig zu erklären sein, wie dir die Flucht gelungen ist. Außerdem ist es besser, wenn er nicht weiß, dass unsere Freunde aus dem Norden in der Stadt sind. Na ja … *waren*«, korrigierte sie sich mit einem Blick auf die vielen toten Mirravener. »Die hier stellen wohl keine Gefahr mehr dar.«

Ihre Worte riefen Kiva noch etwas anderes ins Gedächtnis. »Was hat Mutter König Navok versprochen?«, verlangte sie zu wissen. »Die beiden Männer, die uns entführt haben, meinten, du hättest eine Schuld zu begleichen und die Frist dafür würde bald ablaufen.«

Zuleeka schaute zu Rhess hinüber, die neben dem noch immer maskierten Torell kniete und die Verheerung um sie kaum wahrzunehmen schien. »Das geht dich nichts an.«

»Und ob es das tut«, knurrte Kiva.

Als Zuleeka den Zorn in ihrer Stimme hörte, lenkte sie ein: »Na schön, ich erzähl's dir ja. Aber nicht hier. Nächstes Mal, wenn wir irgendwo in Sicherheit sind. Und ungestört.«

Zu gern hätte Kiva sie zu einer Antwort gedrängt, doch ihre Schwester wäre sowieso unerbittlich geblieben. Daher rang Kiva sich schließlich zu einem knappen Nicken durch, obwohl sie nicht vorhatte, Zuleeka so einfach davonkommen zu lassen. Es gab noch jede Menge andere Fragen, die ihr auf den Nägeln brannten.

»Hast du das Gesetzbuch gestohlen?«, platzte sie mit der ersten heraus.

Falls der abrupte Themenwechsel Zuleeka überraschte, ließ sie es sich zumindest nicht anmerken. »Nicht direkt.«

»Zul–«

»Aber kann schon sein, dass ich daran beteiligt war«, gab Zuleeka zu.

»Also war Perita Brown tatsächlich eine Rebellin. Deine Spionin im Palast.«

»Nicht die einzige.«

»Hast *du* sie getötet?«, keuchte Kiva.

Zuleekas Miene blieb eiskalt, als sie antwortete: »Sie wollte nicht, dass der Kleine hier« – sie deutete auf Tipp – »Ärger kriegt, und war drauf und dran, alles auszuplaudern. Da hab ich getan, was nötig war.«

Kiva zuckte zurück. »Aber *warum*? Was willst du denn mit dem Buch?«

Zuleeka wischte sich die blutigen Hände an der Hose ab. »Bloß ein paar Bildungslücken schließen.«

Als sie Kivas Blick auffing, stieß sie einen Seufzer aus und erklärte: »Du hast uns doch vorgestern Nacht von dieser Klausel über die Königliche Triade erzählt« – Kivas Herz setzte einen Schlag aus – »und das hat mich nachdenklich gestimmt. Ich habe mich gefragt, was wohl sonst noch so in diesem Buch steht. Vielleicht gibt es ja noch mehr Geheimnisse, die uns in die Hände spielen könnten.« Zuleeka zuckte mit den Schultern. »Ich dachte einfach, es würde nicht schaden, mal ein bisschen darin zu schmökern. Ich geb's auch wieder zurück, wenn ich damit durch bin, versprochen«, fügte sie mit einem ironischen Lächeln hinzu.

Kiva war fassungslos über das skrupellose Vorgehen ihrer Schwester; dennoch ließ die Antwort sie erleichtert aufatmen.

Bevor Kiva weiter nachbohren konnte, setzte Zuleeka ihre Maske wieder auf und pfiff laut mit zwei Fingern. Daraufhin preschte eine Gruppe Rebellen ins Lagerhaus, viele von ihnen blutüberströmt, woraus Kiva schloss, dass es draußen zu weiteren Gefechten gekommen war. Wie viele Söldner mochte Navok bloß geschickt haben? Kiva erschauderte beim Gedanken daran, welche Verluste der mirravenische König in Kauf genommen hatte, um Jaren – und mit ihm Evalon – in seine Gewalt zu bringen.

Ein weiterer Pfiff und die Rebellen begannen, die Leichen wegzuschaffen und die Kampfspuren zu beseitigen. Einige näherten sich Rhess und Tor, nahmen die Anweisungen der jungen Frau entgegen und verschwanden kurz darauf wieder hinter den Kisten.

»Was ist mit Mutter?«, nahm Kiva ihren Faden wieder auf.

»Ich hab doch gesagt, ich erzähle dir später, was es mit der Abmachung auf si–«

»Nein, was ist mit ihrer Magie?«

Zuleeka erstarrte. »Was soll damit sein?«

Kiva verlagerte Tipps Gewicht in ihren Armen. Dann jedoch musste sie sich eingestehen, dass ihr gar nichts anderes übrig bleiben würde, als ihn hier zurückzulassen. Daher legte sie ihn vorsichtig auf den Boden, ehe sie ihrer Schwester fest in die Augen sah. »Delora hat mir erzählt, was Mutter getan hat. Dass sie ihre Magie gegen andere Menschen gerichtet hat. Genau wie Torvin Corentine vor ihr. *Daran* ist sie gestorben, nicht an irgendeiner Krankheit.«

»Du hast absolut keine Vorstellung davon, welche Opfer Mutter gebracht hat«, erwiderte Zuleeka und ihre honiggoldenen Augen verdunkelten sich. »Darum wag es ja nicht, sie für irgendetwas zu verurteilen.«

»Wie kannst du sie auch noch verteidigen?«, rief Kiva. »Sie hat Menschen getötet!«

»Guck dich doch mal um«, sagte Zuleeka mit einer Geste auf das Blut am Boden. »Diese ganzen Menschen sind heute nur deinetwegen gestorben. Ist das etwa nicht dasselbe?«

»Das ist überhaupt nicht dasselbe. Die Mirravener haben *uns* angegriffen. Nach dem, was ich gehört habe, hat Mutter Unschuldige attackiert. Einmal mit den Fingern geschnippt und zack, waren sie tot.«

»Werd endlich erwachsen, Kiva«, zischte Zuleeka. »Niemand ist unschuldig. Nicht auf dieser Welt.«

Kiva wich zurück vor dem blanken Zorn, der aus Zuleekas Worten sprach.

Ihre Schwester, die selbst zu merken schien, dass sie sich von ihren Emotionen hatte überwältigen lassen, seufzte und rieb sich die Stirn. »Tut mir leid. Es … Die Sache mit Tor macht mir wohl einfach zu schaffen. Ihn so zu sehen … Wenn du nicht gewesen wärst …« Mit einem Mal trat etwas Neues in ihren Blick. »Danke, Kiva. Ich weiß nicht, was ich getan hätte, wenn ich ihn verloren hätte.«

Kiva stieß einen langen Atemzug aus. Sie konnte die Erschütterung ihrer Schwester nachvollziehen, wenn auch nicht ihre Art, damit umzugehen. »Ich wünschte, du hättest nicht so viele Geheimnisse vor mir.«

»Willst du mir das wirklich vorwerfen?«, entgegnete Zuleeka frustriert. »Sei ehrlich: Kannst du dir ernsthaft vorstellen, die Vallentis in den Ruin zu stürzen? Ich habe doch selbst gesehen, wie sehr sie dich mögen. Und egal, wie entschieden du es abstreitest, ich weiß, dass du sie umgekehrt genauso ins Herz geschlossen hast. Besonders Jaren. Kannst du dir ernsthaft vorstellen, ihnen alles zu nehmen? Jaren alles zu nehmen?«

Kivas Herz schlug schneller. Sie hätte lügen können und vermutlich sogar *sollen*, aber sie wollte nicht. Sie wollte ihre Schwester nicht belügen. Und auch nicht sich selbst.

Das war vorbei.

»Ich konnte es«, flüsterte Kiva. »Als ich Zalindov verlassen habe, hatte ich fest vor, sie zu vernichten.«

»Und jetzt?«, fragte Zuleeka, offenbar ehrlich interessiert.

Kiva fühlte sich hilflos und war sich gleichzeitig sicherer denn je. »Du hast recht, sie sind mir wichtig. Aber du bist mir auch wichtig. Und Tor. Ich liebe euch beide. Nur –« Sie holte tief Luft und zwang sich zu einem Geständnis: »Ich will keine Rebellin sein.« Dann fügte sie rasch hinzu: »Keine Sorge, ich werde euch auch nicht im Weg stehen, doch ich … ich will nicht für euch arbeiten. Nicht mehr.«

Mit einem Mal spürte Kiva erneut die Erschöpfung, die sie nach Torells Heilung überkommen hatte, vermischt mit einer großzügigen Portion Furcht. Aber Zuleekas Gesichtsausdruck blieb unverändert. In ihrem Blick war keine Spur der erwarteten Wut, keine Spur von Enttäuschung. Wenn überhaupt, dann wirkte ihre Schwester – nun, vielleicht nicht direkt *froh*, aber zumindest zufrieden, dass endlich die Wahrheit ans Licht kam.

»Das dachte ich mir schon«, sagte sie leise. »Du warst noch nie gut darin, dich zu verstellen. Schon als Kind nicht.«

Kiva sah zu Boden. »Es tut mir leid.«

»An deinen Gefühlen kannst du nun mal nichts ändern«, erwiderte Zuleeka und im nächsten Moment zog sie Kiva an sich. »Wir finden schon eine Lösung. Versprochen.«

Kiva musste mit aller Kraft die Tränen zurückhalten, als Zuleeka ihr einen Arm um die Taille und den anderen um den Hals schlang und sie fest an sich drückte. Immer wieder wiederholte sie dabei ihr Versprechen, dass schon alles gut werden würde. Dass sie Kiva keine Vorwürfe machte und ihre Gefühle verstand.

Lange blieben sie so stehen, als könnten sie auf diese Weise all die versäumten Umarmungen aus zehn Jahren nachholen, und ließen einander erst los, als abermals ein Pfiff durch den Raum hallte. Kiva wischte sich die feuchten Augen und stellte zu ihrer Überraschung fest, dass sämtliche Leichen verschwunden waren. Zudem waren die Männer, denen Rhess zuvor gesonderte Anweisungen gegeben hatte, mit einer Trage für Torell zurückgekehrt. Vorsichtig hoben sie ihn darauf und trugen ihn dann davon. Schließlich war einzig Rhessinda übrig, die jetzt zu Zuleeka und Kiva trat.

»Kodan sagt, hier ist bald Schichtwechsel.« Rhess' Stimme klang noch immer belegt vor Sorge. »Und dieses Lager soll aufgestockt werden, darum dürfte es in ein paar Minuten vor Hafenarbeitern nur so wimmeln.«

Zuleeka nickte. »Dann gehen wir mal lieber.« Sie schaute Kiva an. »Und du musst zurück in den Palast.«

»Aber Tipp –«

»Ich passe auf ihn auf«, versicherte ihr Rhessinda. »Tut mir leid, Kiva, ich habe euer Gespräch eben mitgehört und bin Zuleekas Meinung. Wenn Jaren erfährt, was heute passiert ist, wird er wissen wollen, wie du entkommen bist – und wer dir dabei geholfen hat. Erst einmal müssen wir selbst dahinterkommen, was hier überhaupt im Gange ist.« Sie warf Zuleeka einen eindringlichen Blick zu, der keinen Zweifel daran ließ, dass sie sie bei nächster Gelegenheit über Tildas Abkommen mit Mirraven befragen würde.

Dann wandte sie sich wieder Kiva zu. »Das heißt, du solltest wirklich zum Maskenball der Prinzessin gehen und dich möglichst normal verhalten. Und das heißt auch, dass Tipp bei uns bleiben muss. Zumindest, bis du die Chance hattest, in Ruhe mit ihm zu sprechen. Du wirst dir irgendwas einfallen lassen müssen, warum er heute Abend fehlt. Und wenn du es das nächste Mal schaffst, dich wegzuschleichen, kannst du ihm alles erklären.« Sie senkte die Stimme. »Ich bleibe die ganze Zeit bei ihm, das schwöre ich. Ihm wird nichts passieren.«

Kiva war absolut nicht einverstanden mit diesem Plan. Doch ihr Verstand sagte ihr, dass Zuleeka und Rhess recht hatten. Sie mussten Tipp bis auf Weiteres unter Beobachtung halten. Zwar leuchtete ihr immer noch nicht ganz ein, warum Jaren nichts von der Entführung durch die Mirravener erfahren durfte, allerdings war ihr klar, dass er sich nur Vorwürfe machen würde, wenn er davon wüsste, und sie wollte ihn nicht unnötig belasten.

»Na gut«, stimmte sie schließlich widerwillig zu. »Aber ich will gleich morgen früh zu ihm.«

Rhessinda hob Tipp auf ihre Arme und keuchte leise auf unter seinem Gewicht. »Wir haben einen geheimen Unterschlupf hier in der Stadt. Solange Tor –« Sie schluckte. »Solange Tor noch bewusstlos ist, möchte ich mich ungern auf den Weg zurück nach Oakhollow machen, darum werden wir die Nacht in Vallenia verbringen. Morgen früh holt dich jemand im Palast ab und bringt dich zu Tipp. In Ordnung?«

Obwohl sie sich nur mühevoll davon abhalten konnte, Rhess den Jungen zu entreißen und nie wieder loszulassen, nickte Kiva. »Bitte sorg gut für ihn.«

»Das werde ich«, beteuerte Rhess. »Für alle beide.«

Kiva schenkte ihr ein schwaches, dankbares Lächeln – mehr brachte sie nicht zustande – und sah dann zu, wie sich die junge Frau mit Tipp in den Armen umdrehte und ging.

»Er wird schon drüber wegkommen«, versicherte ihr Zuleeka. »Der Kleine liebt dich heiß und innig.«

In Kivas Kehle bildete sich ein Kloß, der ihr das Antworten erschwerte. »Ich hoffe nur, das reicht aus.«

Zuleeka legte ihr tröstend eine Hand auf die Schulter. Dann sagte sie: »Es tut mir leid, aber ich muss dich noch etwas fragen. Ich weiß, der Zeitpunkt ist alles andere als ideal und wir sollten wirklich machen, dass wir hier wegkommen, doch ich muss es einfach wissen.«

»Was?«

Zuleeka wand sich unbehaglich. »Du hast vorhin Delora erwähnt. Das heißt, du warst noch ein zweites Mal bei ihr?«

»Sie hat sich geweigert, mir zu helfen.« Kiva starrte auf die Blutlache, in der kurz zuvor noch Tor gelegen hatte, und mit einem Mal wurde ihr eiskalt. »Aber wenn sie mir den Trank gegeben hätte, wäre Tor jetzt tot, darum war das wohl Glück im Unglück.« Sie erschauderte. »Ich muss einfach lernen, meine Magie selbst unter Kontrolle zu halten.«

Und das würde sie. Kiva war fest entschlossen, ihre Heilkräfte bis in den letzten Winkel zu ergründen. Sie wollte das Gegenteil von dem werden, was ihre Mutter gewesen war. Sie wollte Menschen helfen, anstatt ihnen Leid zuzufügen.

»Ich hatte gehofft, dir gegenüber wäre sie etwas offener«, seufzte Zuleeka.

»Tja, sie scheint wirklich was gegen unsere ganze Familie zu haben.« Kiva warf ihrer Schwester einen Blick zu. »Besonders gegen dich.«

Zuleeka trat von einem Fuß auf den anderen. »Möglicherweise war ich ein paarmal öfter bei ihr, als ich zugegeben habe.«

»Den Dolch wollte sie auch nicht rausrücken«, sagte Kiva, da sie wusste, worauf Zuleeka in Wirklichkeit hinauswollte. »Ich hab's versucht, aber sie hat sich nicht erweichen lassen.«

Zuleeka ließ die Schultern hängen. »Tja, war wohl nicht anders zu erwarten. Ich wünschte einfach …« Sie schüttelte den Kopf. »Ach, egal. Das spielt jetzt sowieso keine Rolle mehr.« Sie deutete mit dem Kinn Richtung Ausgang. »So, jetzt müssen wir aber wirklich dringend los.«

Sie führte Kiva durch das Lagerhaus, vorbei an unzähligen Kisten und Fässern und Truhen – das Gebäude war wesentlich größer als gedacht. Als sie schließlich ins Freie traten, ging in der Ferne bereits die Sonne unter.

»Ich muss vor dem Ball noch kurz etwas erledigen. Wir treffen uns dann im Palast.«

»Du brauchst wirklich nicht zu kommen«, sagte Kiva in der Hoffnung, ihre Schwester doch noch davon abbringen zu können.

»Tor fehlt ja schon. Und es würde wohl ziemlich auffallen, wenn wir beide die Einladung der Prinzessin ausschlagen würden, meinst du nicht? Nicht, dass man uns noch für unhöflich hält.«

Widerstrebend musste Kiva sich eingestehen, dass Zuleeka auch damit recht hatte. Frustriert stieß sie die Luft aus. »Gut, dann bis später.«

KAPITEL DREIUNDDREISSIG

Endlich zurück im Palast, fühlten sich Kivas Füße an wie aus Blei, ihr Kopf pochte schmerzhaft und sie sehnte sich nach ihrem Bett. Da sie jedoch nicht mehr viel Zeit hatte, wusch sie sich hastig, schrubbte sich Torells Blut von den Händen – ein Wunder, dass es niemandem aufgefallen war – und zog ihr Kleid an.

Wie versprochen hatte Mirryn ihr eine Maske liefern lassen: ein schimmerndes, filigran gearbeitetes Meisterwerk, das neben Kivas Kleid allerdings verblasste.

Dieses war aus blassgoldener Seide, von der Hüfte abwärts fließend wie Wasser und mit einem eng anliegenden, tief ausgeschnittenen Oberteil versehen. Das Spektakulärste aber waren die aufgestickten Luminiumperlen, die wie winzige Sonnen funkelten und das Kleid – und Kiva mit ihm – buchstäblich zum Strahlen brachten.

Nachdem Kiva ihre Maske aufgesetzt und in die glitzernden Schuhe geschlüpft war, betrachtete sie sich ein letztes Mal im Spiegel und blieb wie angewurzelt stehen. Beinahe hätte sie sich selbst nicht wiedererkannt.

»Was mache ich hier eigentlich?«, murmelte sie und zuckte dann zusammen, als es an der Tür klopfte.

Draußen stand Jaren, von Kopf bis Fuß in edles Mitternachtsblau gehüllt. Kleine strudelförmige Goldstickereien zierten seinen Hemdkragen sowie den Saum seiner Jacke und Kiva unterdrückte den Drang, die Hand auszustrecken, um sie zu berühren. Um *ihn* zu berühren.

Er sah umwerfend aus, von den Stiefeln bis hinauf zu seiner blaugoldenen Maske. Kiva konnte den Blick nicht von ihm abwenden.

Nicht, dass sie sich sonderlich viel Mühe gegeben hätte. Erst recht nicht, als ihr *sein* Blick auffiel. Denn der Prinz starrte unverhohlen zurück.

Hitze breitete sich in ihr aus, als sie die Sehnsucht in seinem Gesicht entdeckte, das Verlangen, das umso größer zu werden schien, als er seinen Blick, sanft wie ein Streicheln, an ihr herabgleiten ließ.

Und dann kam Naari ins Zimmer marschiert.

Kiva fuhr zusammen, als wäre sie bei etwas Verbotenem ertappt worden. Sie fühlte sich leicht außer Atem, wie nach einer Runde um den Kasernenhof. Ihre Reaktion war ihr etwas peinlich, dennoch blieb die magnetische Anziehung, die der Prinz auf sie ausübte, ungebrochen.

»Bereit?«, fragte Naari, die nicht zu bemerken schien, was zwischen Kiva und Jaren vor sich ging. »Wo ist denn Tipp?«

Kiva versuchte, ihre Trance abzuschütteln. »Der, äh –«, stammelte sie auf der Suche nach einer Antwort. Auf dem Weg zurück zum Palast war sie so in Gedanken versunken gewesen, dass sie vollkommen vergessen hatte, sich eine Ausrede zurechtzulegen. Beinahe hätte sie behauptet, Tipp wäre krank, aber dann hätten Naari und Jaren sofort nach ihm sehen wollen. Außerdem wäre ihnen klar gewesen, dass Kiva ihn in diesem Fall niemals allein gelassen hätte.

»Er war heute mit dir an der Silverthorn, oder?«, bohrte Naari nach und rief Kiva damit die Soldaten an der Uferstraße in Erinnerung. Obwohl diese heute ziemlich unaufmerksam gewesen sein mussten, wenn ihnen die Entführung entgangen war. »Seid ihr nicht zusammen zurückgekommen?«

Angesichts all der Menschen, die beobachtet hatten, wie Kiva allein zurückgekehrt war – darunter die Palastwachen am Tor –, würde es keine zwei Sekunden dauern, bis Naari ihre Lüge entlarvt hätte.

Nervös leckte Kiva sich über die Lippen. »Nein«, sagte sie. »Er war zum ersten Mal dort oben und wollte gern noch etwas bleiben. Rhessinda, eine befreundete Heilerin, hat angeboten, ihn ein bisschen herumzuführen, während ich mich schon mal umziehe.«

Naari warf einen skeptischen Blick auf Tipps offene Zimmertür, zuckte jedoch mit den Schultern. »Ich halte die Augen offen und gebe dir Bescheid, sobald er zurückkommt.«

Kivas Magen zog sich zu einem harten Knoten zusammen, doch sie rang sich ein leises »Danke« ab. Sie musste die anderen ja nur bis zum nächsten Morgen hinhalten. Dann konnte sie mit Tipp reden und ihn hoffentlich davon überzeugen, ihr Geheimnis zu wahren.

»Gut siehst du übrigens aus«, sagte Naari zu Kiva.

Jaren gab einen erstickten Laut von sich, den ersten überhaupt, seit er vor Kivas Tür aufgetaucht war. Kiva sah allerdings weiterhin die Soldatin an und erwiderte: »Du auch.«

Naari war wie gewohnt in Schwarz gekleidet, aber heute hatte sie ihre gepanzerte Lederuniform gegen einen Hosenanzug getauscht, dessen Ärmelaufschläge und Kragen ebenfalls mit dezenten Goldstickereien verziert waren – das geringstmögliche Zugeständnis an Mirryns Farbschema für den Ball. Außerdem trug sie eine ebenso schlichte wie elegante goldene Maske, die sich wunderschön gegen ihre dunkle Haut abhob.

»Ich mag solche Veranstaltungen nicht.« Naari strich mit beiden Händen über ihr Outfit. »In diesen Kleidern kriegt man einfach viel zu wenige Waffen versteckt.«

Da Kiva keine einzige Waffe an Naaris Körper entdecken konnte, traute sie sich kaum, darüber nachzudenken, wo genau die Soldatin sie wohl verborgen hielt. Dass Jaren einen Dolch am Gürtel trug, wusste sie dagegen. Dessen Griff hatte sie unter seiner Jacke aufblitzen sehen, als sie ihm die Tür geöffnet hatte. Davon abgesehen wirkte aber auch Jaren unbewaffnet.

»Mirryn hat mir eigentlich befohlen, heute Abend freizunehmen, darum musste ich ein bisschen kreativ werden«, erklärte Naari und verzog missmutig das Gesicht. »Egal. Wollen wir?«

Ohne eine Antwort abzuwarten, ging sie zurück zur Tür. Kiva setzte sich ebenfalls in Bewegung, doch Jaren hielt sie am Arm fest.

»Naari hat unrecht«, sagte er mit rauer Stimme und seine blaugoldenen Augen schienen eine flammende Spur auf Kivas Haut zu hinterlassen. »Du siehst nicht gut aus.« Er beugte sich vor und ihr stockte der Atem, als seine Lippen die Stelle knapp unterhalb ihres Ohrs streiften und er flüsternd hinzufügte: »Du siehst atemberaubend aus. Du *bist* atemberaubend.«

»Das liegt nur an dem Kleid«, entgegnete Kiva zittrig.

Jarens leises Lachen jagte ihr eine Gänsehaut über den Rücken. »Nein, tut es nicht, glaub mir.«

»Kommt ihr?«, rief Naari aus dem Flur.

Jaren ließ Kiva los und stieß einen gedämpften Fluch aus. »Meinst du, man würde große Probleme bekommen, wenn man seinen eigenen Goldenen Schild ermordet?«

Kiva verkniff sich ein Lächeln. »Rein hypothetisch?«

»Wenn du so willst.«

»Ich kann euch hören«, ertönte abermals Naaris Stimme.

Mit einem Seufzer legte Jaren Kiva die Hand auf den Rücken und dirigierte sie sanft zur Tür. »Rein hypothetisch, genau.«

Der kreisrunde Ballsaal wirkte wie verwandelt. Überall tummelten sich in elegantes Blau und Gold gekleidete Gäste, deren Gesichter ganz oder teilweise hinter zierlichen Masken verborgen waren. An der Decke glitzerten Luminiumkronleuchter und hoch oben auf einer Empore spielte ein Streichorchester. Zarte Nebelschwaden, zweifellos durch Elementarmagie erzeugt, strichen den Gästen um die Knöchel und der gesamte Saal war von schwebenden Lichtpunkten erfüllt, die wie ein Meer von Sternen die Tanzenden umschmeichelten. Die riesigen, offen stehenden Fenstertüren am gegenüberliegenden Ende gaben den Blick auf den Serin frei, auf dessen Oberfläche unzählige Luminiumkerzen trieben und den Fluss mit der mondbeschienenen Stadt um die Wette schimmern ließen.

»*Oh*«, machte Kiva leise.

»Meine Schwester kann einem den letzten Nerv rauben«, sagte Jaren, »aber sie weiß, wie man eine Party schmeißt.«

Kiva nickte gebannt. Sie hielt Ausschau nach Mirryn, entdeckte jedoch lediglich den König und die Königin, die von einer Menschentraube umringt Hof hielten. Neben ihnen stand brav Oriel, den zappelnden Flox im Arm.

»Viel zu viele Leute für meinen Geschmack«, brummte Naari und schaute sich unglücklich um.

»Die Hälfte davon sind Wachen«, wandte Jaren ein. »Und die andere Hälfte gute Bekannte. Mir kann hier nichts passieren, Naari. Außerdem bist du überhaupt nicht im Dienst.«

»Aber ich –«

»Mirry wird nicht erbaut sein, wenn du mir wie eine Henne hinterhergluckst«, beharrte Jaren. »Also hol dir gefälligst was zu trinken, geh das Büfett plündern und amüsier dich einfach mal ein bisschen.« Als Naari noch immer zögerte, fügte Jaren mit einem verschmitzten Grinsen hinzu: »Es sei denn, du möchtest Kivas und meine Anstandsdame spielen, wenn wir die ganze Nacht durchtanzen.«

Normalerweise hätte Naaris Grimasse Kiva zum Lachen gebracht, jetzt jedoch wiederholte sie: »Tanzen?«

Ein Funkeln trat in Jarens Augen. »Ich dachte schon, du fragst nie.«

Und im nächsten Moment zog er Kiva auf die Tanzfläche.

»Nein … Jaren … Ich kann nicht –«

Doch bevor sie ausreden konnte, drehte der Prinz sie auch schon an einer Hand zu sich herum und legte ihr die andere an die Taille.

»Ich kann überhaupt nicht tanzen«, zischte Kiva.

»Dann trifft es sich ja gut, dass *ich* mein Leben lang gefühlt kaum was anderes gemacht habe«, erwiderte Jaren und neigte den Kopf, bis sie einander in die Augen sahen. »Vertraust du mir, Kiva?«

Kiva ahnte, dass er nicht bloß vom Tanzen sprach.

Also hielt sie seinem Blick stand und hauchte ein leises »Ja«, das keinen Zweifel daran ließ, dass ihr die tiefere Bedeutung bewusst war.

Seine Miene verströmte eine solche Hoffnung, eine solche Glückseligkeit, dass Kiva ihn wortlos anstarrte, ehe Jaren sie an sich zog und zurückflüsterte: »Na, dann los.«

Kiva wusste kaum, wie ihr geschah, da begann der Prinz, sie im Takt der Musik über die Tanzfläche zu wirbeln. Es schien ihn nicht zu kümmern, dass sie ihm ständig auf die Füße trat, während der ganze Saal ihnen dabei zuschaute. Er hatte nur Augen für sie. Bald schon ergriff derselbe Zauber auch von Kiva Besitz und sie vergaß all ihre Sorgen, ganz und gar versunken in ihren Tanz. Und in Jarens Arme.

Nachdem das Stück endete, überzog ein Lächeln sein Gesicht, breit und strahlend. Und dann tanzten sie weiter.

Und weiter.

Und weiter.

Und hörten erst auf, als sie unterbrochen wurden.

»Wird Zeit, dass mal jemand deiner schönen Begleiterin zeigt, wie man das Parkett richtig zum Beben bringt, geschätzter Cousin.«

Beim Klang von Caldons Stimme, die über die Musik an ihr Ohr drang, hatte Kiva das Gefühl, aus einem Traum zu erwachen. Zögernd öffnete sie die Augen.

»Darf ich bitten, Sonnenschein?«, fragte der Prinz und bot ihr seine Hand an.

Kurz schien es, als wollte Jaren sich weigern, sie loszulassen, schließlich aber gab er sich geschlagen. »Dann gehe ich mal meiner Schwester gratulieren«, erklärte er und verabschiedete sich von Kiva mit einem flüchtigen Handkuss, der ein alles andere als flüchtiges Kribbeln auf ihrer Haut hinterließ.

»Viel Glück dabei«, wünschte Caldon ihm. »Bislang hat die liebe Mirry uns nämlich noch nicht mit ihrer Anwesenheit beehrt. Nehme an, sie wartet noch auf den passenden Moment für den richtig großen Auftritt.« Er deutete mit dem Kinn auf Ariana, Stellan und Ori und senkte immer noch an Jaren gewandt die Stimme. »Dein Vater wirkt mir übrigens ganz schön blass um die Nase. Vielleicht solltest du ihm und deiner Mutter nahelegen, nicht mehr allzu lange zu bleiben. Ori ist sowieso schon genervt, weil er die ganze Zeit wie angenagelt neben ihnen stehen muss. Und Flox haut ständig ab und erschreckt die Gäste zu Tode, wenn er ihnen im Nebel um die Füße streicht.«

Kiva hustete, um ihr Lachen zu überspielen, wurde jedoch schnell wieder ernst, als Jaren sich besorgt nach seinen Eltern umsah.

»Ich werde mal mit ihnen reden«, sagte er. Dann schenkte er Kiva ein liebevolles Lächeln und ermahnte seinen Cousin: »Pass gut auf sie auf.«

»Ach, verflixt«, fluchte Caldon trocken, »und dabei hatte ich vor, sie im Serin zu ertränken.«

Ohne ihn einer Antwort zu würdigen, verschwand Jaren zwischen den Feiernden.

Caldon feixte, und als das Orchester das nächste Stück anstimmte, nahm er Kiva in die Arme. »Ich mag's, dass man ihn so leicht aus der Reserve locken kann«, verkündete er. »In letzter Zeit sogar noch leichter als sonst, wenn ich's mir recht überlege. Du bist ein wahres Geschenk für uns alle, ist dir das eigentlich klar?«

Kiva trat ihm mit voller Absicht auf den Fuß. »Stets zu Diensten«, antwortete sie und lächelte ihn zuckersüß an.

Der Prinz schnaubte amüsiert, ließ Kiva eine rasante Drehung vollführen und zog sie wieder zu sich. »Ich halte schon die ganze Zeit nach deinen Geschwistern Ausschau.« Er grinste. »Na gut, hauptsächlich nach deinem Bruder.«

Kivas Magen schlug einen Purzelbaum. »Tor kann leider nicht kommen.«

Caldons Brauen hoben sich über seiner goldenen Maske. »Was?«

Kiva dachte kurz nach und fasste einen Entschluss. Wenn es einen Menschen gab, dem sie von ihrer Entführung – samt gelungener Flucht – erzählen konnte, dann war es Caldon. Und auf diese Weise wüsste wenigstens irgendjemand im Palast, dass die Mirravener versuchten, Jaren in die Falle zu locken. Doch das war nicht der einzige Grund, aus dem Kiva sich dazu entschied, ihm die Wahrheit zu sagen.

Eilig – und flüsternd – setzte sie ihn darüber in Kenntnis, was passiert war. »Und darum könnte ich gerade ziemlich gut deine Hilfe gebrauchen«, schloss sie ihren Bericht. »In Bezug auf Tipp. Meinst du, du könntest vielleicht mitkommen, wenn ich morgen zu ihm gehe, um ihm alles zu erklären?«

Caldon hatte einige Male geflucht, während sie geredet hatte, aber nie so deftig wie an dem Punkt, als Tipp hinter Kivas Geheimnis gekommen war.

»Ich weiß gar nicht, was mich an dem Ganzen am meisten beunruhigt«, gestand Caldon, während er sie an einem anderen Tanzpaar vorbeimanövrierte. Anstatt ihre Frage zu beantworten, fuhr er schließlich fort: »Ich werde Veris bitten, die Anzahl der Wachen in der Stadt zu verdoppeln, um sicherzugehen, dass nicht irgendwo noch mehr Mirravener herumlungern und auf ihre Chance warten. Und du musst deine Schwester unbedingt weiter wegen dieser Abmachung zwischen eurer Mutter und Navok löchern.«

Kiva nickte. »Ich weiß. Aber im Moment hat Tipp für mich oberste Priorität. Also, hilfst du mir?«

Wieder wirbelte Caldon sie herum. »Ich weiß nicht, wie viel das bringt. Aber gut, ich komme mit.«

Kiva sackte vor Erleichterung fast in sich zusammen. »Danke.«

»Meinst du denn wirklich, dass er bei den Rebellen in Sicherheit ist? Ich hab kein gutes Gefühl –«

»Ich auch nicht«, unterbrach Kiva ihn und kaute nervös auf der Unterlippe. »Aber Rhess hat versprochen, auf ihn aufzupassen.«

Nachdem er mittlerweile die Wahrheit über die vermeintliche Heilerin erfahren hatte, verzog Caldon skeptisch das Gesicht. Doch Kiva vertraute Rhess, ganz besonders, seit sie ahnte, was die junge Frau für Tor empfand.

»Ich helfe dir, für heute Nacht die Tarnung aufrechtzuhalten«, bot Caldon an. »Aber je nachdem, wie es morgen läuft, wirst du vielleicht gezwungen sein, ein paar ziemlich schwere Entscheidungen zu treffen, Sonnenschein.«

Kiva atmete tief durch und sah zur Seite. »Ich weiß.«

Caldon hob ihre miteinander verschlungenen Hände, um ihr Gesicht zu ihm zu drehen. »Doch da wir gerade von harten Entscheidungen sprechen: Ich bin stolz auf dich, dass du mit Zuleeka reinen Tisch gemacht hast. Ihr zu sagen, dass du nicht mehr für die Rebellen arbeiten willst, war sicher nicht leicht.«

»Nein, war es nicht.« Dabei hatte ihre Schwester erstaunlich verständnisvoll reagiert; kein bisschen wütend, kein bisschen vorwurfsvoll. Was Kiva Grund zur Hoffnung gab, dass Zuleeka möglicherweise tief im Inneren ähnlich dachte wie Torell.

Oder vielleicht hatte sie auch einfach eingesehen, dass Kiva nach zehn Jahren Gefängnis ein Recht darauf besaß, ihre eigenen Entscheidungen zu treffen.

Noch während Kiva darüber nachdachte, verstummte abermals die Musik und kaum eine Sekunde später tauchte Jaren neben ihnen auf. Caldon ließ ein belustigtes Schnauben vernehmen.

»Es war denkbar knapp«, verkündete er mit Grabesstimme, »aber sie hat es doch tatsächlich überlebt, ganze sieben Minuten von dir getrennt zu sein.«

Ohne darauf einzugehen, nahm Jaren Kiva bei der Hand und zog sie von der Tanzfläche.

»Genau, kümmert euch nicht um mich!«, rief Caldon ihnen nach. »Ich vergnüge mich einfach allein!«

Zuerst dachte Kiva, Jaren wollte sie zu seinen Eltern bringen, doch dann sah sie, dass er die beiden offenbar erfolgreich dazu überredet hatte, sich zurückzuziehen. Da Mirryn noch immer nicht aufgetaucht war, schied auch sie als mögliches Ziel aus. An dem vergoldeten Tisch mit den Erfrischungen führte er sie ebenfalls nur vorbei. Viele der maskierten Männer und Frauen auf dem Weg grüßten ihn, während sie Kiva unverhohlen musterten. Dennoch blieb Jaren nirgends stehen, sondern marschierte zielstrebig weiter.

Hinaus aus dem Ballsaal.

»Wo willst du denn hin?«, fragte Kiva, als sie durch die mächtige Flügeltür traten und die mit rotem Teppich ausgelegte Treppe hinuntergingen.

»Dahin, wo es ruhig ist.«

Kivas Herz vollführte einen Hüpfer, gefolgt von einer Reihe weiterer, als ihr klar wurde, dass sie unterwegs zum Flusssalon waren.

Zum *leeren* Flusssalon.

Da sich der Raum direkt über dem Ballsaal befand, drang zwar die Musik zu ihnen herauf, aber gleichzeitig waren sie geschützt vor den Menschenmassen, den neugierigen Gesichtern und taxierenden Blicken. Der Luminiumkronleuchter tauchte den Salon in goldenes Licht und vor den Fenstern floss der kerzenerleuchtete Serin dahin. Es war der Inbegriff von romantisch. Besonders als Jaren noch mit einer Handbewegung Nebel vom Boden aufsteigen ließ und winzige

Lichtpunkte heraufbeschwor, bis der Salon wie ein perfektes Ebenbild des Ballsaals wirkte. Bloß kleiner, verschwiegener. Und nur für sie allein.

»Ich weiß, es ist egoistisch«, gestand Jaren, während er Kiva sanft zu den Fenstern zog. »Aber ich will dich heute mit niemandem mehr teilen.« Das Orchester unten stimmte ein neues Stück an. »Darf ich um diesen Tanz bitten, Kiva?«

Mit einem Mal war ihre Kehle furchtbar trocken, daher trat Kiva wortlos auf ihn zu. Doch diesmal führte Jaren sie in keinen Walzer. Stattdessen legte er ihr beide Arme um die Taille und wiegte sich sanft mit ihr zur Musik, ohne auch nur ein einziges Mal den Blick von ihr zu wenden.

Es war ein Blick voller Emotionen, der alles offenbarte und nichts verbarg.

Kivas Herz drohte zu zerspringen.

»Erinnerst du dich an den Abend im Garten?«, fragte er leise.

Kiva schluckte. Sie waren nur ein einziges Mal zusammen in einem Garten gewesen: in ihrem Heilkräutergarten in Zalindov. An dem Abend, als Tipp krank geworden war. Doch bevor sie den Jungen gefunden hatten –

»Damals wollte ich dich küssen«, murmelte Jaren.

Kivas Atem blieb irgendwo in ihrer Brust stecken.

Jaren beugte sich vor und seine Lippen streiften ihr Ohr, als er hinzufügte: »Und ich glaube, du mich auch.«

Ein Schauer lief Kiva über den Rücken. »Seitdem ist so viel passiert«, sagte sie und ihre Stimme klang fremd in ihren eigenen Ohren. So tief und rau.

Jarens Gesicht verdunkelte sich. »Ja«, pflichtete er ihr bei, während eine seiner Hände ganz langsam, sanft wie ein Flüstern, ihre Seite heraufglitt, über ihre Schulter, ihren Hals, bis sie schließlich an Kivas Wange verharrte.

Die Berührung entfachte ein Feuer unter ihrer Haut und ihr Inneres schien sich in pure, flüssige Hitze aufzulösen.

Ganz vorsichtig nahm Jaren ihr die Maske ab und einen Moment später fiel auch seine. Zum ersten Mal an diesem Abend konnte Kiva ihm ungehindert ins Gesicht sehen und bei dem, was sie darin entdeckte, wurden ihre Knie weich.

»Es ist viel passiert«, wiederholte Jaren flüsternd und strich mit einem Daumen über ihre Wange. Sein Gesicht war ihrem so nah, dass sie seinen Atem spürte. »Es hat sich viel verändert. Aber nicht an dem, was ich für dich empfinde.«

Kiva legte eine Hand auf seine Brust; ihr Atem ging plötzlich flach.

Jaren neigte leicht den Kopf, seine Nase streifte ihre. Ein winziger Laut stahl sich über Kivas Lippen – ein Laut, der das Dunkel in Jarens Augen noch tiefer werden ließ, das Gold um seine Iris wie Feuerringe vor dem Nachthimmel.

Der Anblick war mehr, als Kiva ertragen konnte. Sie schloss die Augen, in dem schmerzhaften Wissen, was Jaren darin lesen musste.

Wieder näherte sein Mund sich ihrem Ohr: »Ich weiß, du hast Angst.« Er gab ihr einen federleichten Kuss auf den Hals.

Kiva stieß ein Wimmern aus.

»Aber das musst du nicht.« Ein weiterer Kuss, diesmal unters Ohr. »Bei mir bist du in Sicherheit, Kiva, das verspreche ich dir. Bei mir wirst du immer in Sicherheit sein.«

Kivas Atem beschleunigte sich.

»Mach die Augen auf, Liebes«, flüsterte Jaren.

Kiva brauchte einen Moment. Ihr Herz klopfte, klopfte, *klopfte*, doch als sie ihn schließlich ansah, kam plötzlich alles in ihr zum Stillstand.

Die Ruhe vor dem Sturm.

Kiva konnte nicht sagen, wer von ihnen den ersten Schritt gemacht hatte, nur dass sie auf einmal Jarens Lippen an ihren spürte, seine Hand in ihrem Haar, seinen Körper an ihrem, seine fordernde Zunge. Mit einem leisen Keuchen öffnete sie den Mund. Als ihr Kuss intensiver wurde, stieß Jaren einen leisen Seufzer aus. Kivas Beine gaben unter ihr nach, bis Jarens Arm das Einzige war, was sie noch aufrecht hielt, wie ein stählernes Band um ihre Taille. Sie drängte sich an ihn, schob die Hände seine Brust hinauf bis in seinen Nacken, vergrub die Finger in seinem unfassbar weichen Haar und schmiegte ihr Gesicht an seines. Wünschte sich, ihr Kuss würde niemals enden.

Doch dann drehte Jaren leicht den Oberkörper und der Griff des Dolchs in seinem Gürtel bohrte sich Kiva so schmerzhaft in die Seite, dass sie zurückzuckte. »*Aua.*«

Jaren blinzelte benommen, sein Haar war zerzaust, sein Blick leicht glasig. »Alles in Ordnung?«, fragte er merklich außer Atem.

Kiva konnte nicht anders, als einen Finger an sein Gesicht zu heben und seine vom Küssen geschwollenen Lippen nachzufahren.

Sofort kehrte das dunkle Lodern in seine Augen zurück und wieder durchströmte Hitze ihren Körper. Doch ehe Jaren sich abermals zu ihr vorbeugen konnte, ergriff Kiva den Dolch und zog ihn aus seinem Gürtel.

»Können wir den hier –« Sie brach mitten im Satz ab.

»Tut mir leid, den hatte ich total vergessen.« Jaren klaubte ihr die Waffe aus den plötzlich tauben Fingern. »Das ist bloß ein ritueller Dolch, den ich bei offiziellen Anlässen tragen soll. Ist nicht mal scharf.« Er fuhr demonstrativ mit dem Zeigefinger über die Schneide.

Doch Kivas Interesse galt nicht der Klinge.

Sondern dem Griff.

Dem klaren Edelstein, der darin eingelassen war.

Mit zitternden Fingern deutete sie auf das Juwel und eine schreckliche Ahnung regte sich in ihr. »Was ist das?«, fragte sie.

»Erinnerst du dich an das Auge der Götter? Die göttliche Gabe an

Sarana und Torvin?« Jaren tippte auf den Stein. »Der Stein war in einen Dolch eingeschmiedet. Darum wäre eigentlich ›Dolch der Götter‹ die passendere Bezeichnung gewesen, aber das klang ihnen wahrscheinlich ein bisschen zu martialisch.« Er legte den Kopf schief. »Hab ich dir das gar nicht erzählt?«

Kiva schüttelte den Kopf. Und dann gleich noch einmal.

Nein.

Nein, nein, nein.

»Das ist hier aber nur eine Nachbildung.« Wieder tippte Jaren auf den Stein. »Wie gesagt, der echte ist bei Ashlyn.«

Er irrte sich.

Er irrte sich.

Denn Kiva hatte den echten Dolch gesehen.

Im Haus ihrer Großmutter.

Ashlyns Exemplar musste ebenfalls eine Fälschung sein. Warum sonst hätte ihre Großmutter sich so verbissen weigern sollen, ihren Dolch herzugeben – wenn nicht, um ihn vor dem Rest ihrer Familie zu schützen?

»Es gibt die unterschiedlichsten Legenden darüber«, fuhr Jaren fort, ohne zu bemerken, wie blass Kiva geworden war. »In einigen heißt es, Sarana hätte Torvin mithilfe ihrer Magie angegriffen, in anderen, sie hätte sich mit diesem Dolch auf ihn gestürzt. Na ja, du weißt schon, nicht mit *diesem* Dolch. Sondern mit dem, der bei Ashlyn ist.«

Kiva hörte ihm kaum mehr zu. Stattdessen dachte sie daran, wie Zuleeka jahrelang versucht hatte, den Dolch ihrer Großmutter in ihren Besitz zu bringen, in dem Glauben, er hätte einen rein ideellen Wert für die Rebellen. Von seiner tatsächlichen Bedeutung aber hatte sie nichts gewusst.

Bis vor zwei Nächten.

Als Kiva ihr in ihrer Dummheit – *ihrer bodenlosen Dummheit* – von der Königlichen Triade erzählt hatte.

Eisige Kälte breitete sich in ihr aus, als ihr klar wurde, dass sich eines der drei Objekte bereits in Zuleekas Händen befand. Und mit einem Mal beschlichen Kiva arge Zweifel an der Erklärung ihrer Schwester, warum sie das Gesetzbuch gestohlen hatte.

Nein. Kiva war sich sicher, dass Zuleeka gelogen hatte.

Es hätte keine große Rolle gespielt, hätte sich das Auge der Götter, ohne das die Triade nicht vollständig war, wirklich Hunderte Meilen entfernt befunden. Aber so …

Ich muss vor dem Ball noch kurz etwas erledigen. Wir treffen uns dann im Palast.

Zuleekas Worte von diesem Nachmittag schrillten ihr in den Ohren und ihr kam ein schrecklicher Verdacht.

Wie oft hatte ihre Schwester schon versucht, an den Dolch ihrer Großmutter zu gelangen, jedoch ohne Erfolg, weil Delora ihn zu gut versteckt hielt.

Sie bewahrt ihn in einem ausgehöhlten Buch mit dem Titel 1001 Kuchen und Törtchen *auf*, hallte nun ihre eigene Stimme in ihr wider.

Voller Bestürzung starrte Kiva Jaren an. »Ich muss gehen«, würgte sie hervor.

Jaren zog die Augenbrauen in die Höhe. »Was? Wohin?«

»Toilette.«

»Dann warte ich hier.«

»Nein, nein, geh du ruhig zurück zum Ball.« Kiva versuchte, die Panik in ihrer Stimme zu zügeln. »Vielleicht ist Mirryn ja mittlerweile aufgetaucht.«

Jaren beugte sich vor, gab ihr einen Kuss auf die Wange und wiederholte eindringlich: »Ich warte hier.«

Kiva ignorierte das erneute Verlangen, das in ihr aufstieg. Stattdessen suchte sie fieberhaft nach einer Erklärung, warum sie nicht so bald zurückkehren würde. »Ich muss auch noch nach Tipp sehen, sonst kommt er nur auf dumme Gedanken. Es kann also eine Weile dauern.«

Jaren schien ihre Aufgewühltheit auf das zurückzuführen, was gerade zwischen ihnen geschehen war, denn er schmunzelte. Die Erinnerung an seinen Kuss noch auf den Lippen, wünschte Kiva sich nichts sehnlicher, als bei ihm zu bleiben und dort weiterzumachen, wo sie aufgehört hatten. Doch vor ihrem inneren Auge schwebte unauslöschlich das Bild eines kleinen Häuschens im Sumpf. Der verzweifelte Drang, das Schlimmste zu verhindern, brachte ihr Blut zum Pulsieren.

Ich würde eher sterben, als den Dolch in den Händen deiner Schwester zu sehen, hatte Delora gesagt, was Kivas Furcht ins Unendliche wachsen ließ.

»Nimm dir so viel Zeit, wie du brauchst, Liebes«, sagte Jaren. »Ich warte hier auf dich.« Dann küsste er sie ein letztes Mal, sanft und doch voller Versprechungen, ehe er hinzufügte: »Ich werde *immer* auf dich warten.«

Seine Worte erfassten Kiva wie eine Flutwelle. Die Wärme, die daraus sprach, hätte sogar beinahe die eisige Kälte vertrieben, die sich immer weiter in ihr ausbreitete, seit ihr Blick auf den Dolch gefallen war.

Aber nur beinahe.

Und deswegen zwang sich Kiva zu einem unsicheren Lächeln und drehte sich um. Bemühte sich um einen ruhigen Schritt, bis sie um die Ecke und außer Sicht war.

Erst dann rannte sie los.

KAPITEL VIERUNDDREISSIG

Kiva verschwendete keine Zeit damit, andere Kleider anzuziehen, die besser zum Reiten geeignet wären, sondern stolperte und schlitterte in ihren zierlichen Tanzschuhen geradewegs aus dem Palast. Hastig hielt sie einen Stallburschen zurück, der gerade ein Pferd in seine Box führen wollte. Mit den Worten »Es ist ein Notfall!« riss sie ihm die Zügel aus der Hand.

Der halbwüchsige Junge starrte sie mit offenem Mund an, als sie sich in ihrem Ballkleid in den Sattel schwang und das Pferd Richtung Tor trieb.

Für ihre vorherigen zwei Ritte nach Blackwater hatte sie in gemütlichem Tempo zwanzig Minuten gebraucht, in ihrer Eile galoppierte sie diesmal jedoch waghalsig wie nie durch die mondscheinerhellten Straßen. Jede Faser ihres Körpers schrie: *Schneller!*

Wenn Zuleeka beschlossen hatte, sich den Dolch zu holen … Und wenn Delora versuchte, sich ihr zu widersetzen …

Kiva konnte nicht sagen, was ihr am meisten Sorgen bereitete. Doch am Ende jedes Szenarios lauerte die Angst, dass es Zuleeka gelingen würde, das Auge der Götter in ihren Besitz zu bringen. Denn dann fehlte ihr nur noch ein einziger Bestandteil der Triade – der Siegelring der Königin –, um die Macht über das Königreich an sich zu reißen.

Sie würde Königin von Evalon werden.

Und die Vallentis –

Jaren –

Kiva wagte es nicht, den Gedanken zu Ende zu denken.

Sie ermahnte sich, dass es keinen Zweck hatte, sich den Kopf über etwas zu zerbrechen, was noch gar nicht eingetreten war. Zumal die Königsfamilie sich immerhin mithilfe ihrer Elementarmagie verteidigen konnte. Jedes einzelne Mitglied, sogar der junge Oriel, war ein ernst zu nehmender Gegner. Jetzt schon in Panik zu geraten, half niemandem.

Also konzentrierte Kiva sich darauf, in ihrem Kleid nicht vom Pferd zu fallen, während sie schnell wie der Wind dahinpreschte.

In der Hälfte der Zeit wie sonst erreichte sie den Sumpf. Vor Deloras Haus angekommen sprang sie von ihrem schnaufenden Pferd und rannte die Verandastufen hinauf. Als sie entdeckte, dass die Tür nur angelehnt war, krampfte sich ihr Herz zusammen.

»Delora!« Kiva stürzte ins Wohnzimmer und blieb wie angewurzelt stehen. Ließ den Blick über das Chaos aus Büchern und Einrichtungsgegenständen auf dem Boden schweifen, die leer gefegten Regale und umgekippten Schränke. Der Raum sah aus, als hätte dort der Blitz eingeschlagen.

Von Zuleeka keine Spur.

Aber in der Mitte des Zimmers, mit dem Gesicht nach unten, lag Delora.

»*Nein!*«, flüsterte Kiva. Sie ließ sich neben ihrer Großmutter auf die Knie fallen und drehte sie vorsichtig um.

Erschrocken zuckte sie zurück und hob voller Entsetzen die Hände, als Delora ein leises Stöhnen ausstieß. Sie lebte noch. Aber was war mit ihr los?

Über Deloras Bauch hing eine Art dunkler Nebel, eine strudelnde schwarze Wolke. Kiva wusste nicht, was das Phänomen zu bedeuten hatte, nur dass es eindeutig übernatürlichen Ursprungs war. Alles in ihr sträubte sich dagegen, den Nebel zu berühren, dennoch zwang sie sich, ihre zitternden Hände auf Deloras Leib zu legen. Zum zweiten Mal an diesem Tag tastete sie nach ihrer

Heilmagie und flehte ihre Kräfte an, ihrer Großmutter zu Hilfe zu kommen.

Ihre Finger begannen zu kribbeln, ihre Haut zu brennen, als ihre Magie an die Oberfläche stieg … doch das goldene Leuchten blieb aus.

Irgendetwas stimmte nicht.

Ihre Kräfte waren bereit, das spürte Kiva. Sie *wollten* heilen und drängten darauf, freigesetzt zu werden, aber etwas schien sie daran zu hindern. Und ausnahmsweise war es nicht Kiva selbst.

Delora hustete und ihre Lider öffneten sich flatternd. Sie wirkte weder überrascht, Kiva zu sehen, noch irritiert über die seltsame Dunkelheit, die ihren Rumpf einhüllte.

»Es wird nicht f-funktionieren«, stieß sie matt hervor, als sie Kivas Hände über sich schweben sah. »Verschwende nicht deine Kraft.«

Kiva beachtete ihre Großmutter nicht, sondern versuchte noch einmal energischer, ihre Magie in die alte Frau strömen zu lassen. Doch nichts passierte, abgesehen davon, dass eine Welle von Schwindel sie erfasste – mit solcher Wucht, dass sie sich auf dem Boden abstützen musste.

»Die H-Hexe hat sich den D-Dolch geholt.« Deloras runzliges Gesicht war schmerzverzerrt.

»Was hat sie dir angetan?«, hauchte Kiva und griff nach dem Saum von Deloras Tunika. Wenn sie schon mit ihrer Magie nichts ausrichten konnte, dann würde sie eben auf ihr konventionelles Heilwissen zurückgreifen.

Doch Delora hob mühsam die Hand und hielt Kivas fest. »Ich h-hab's dir doch gesagt, sie ist genauso gefährlich wie eure Mutter. Sie trägt dieselbe Neigung zum Bösen in sich.« Wieder hustete sie, feucht und rasselnd, und ihre Finger schlossen sich fester um Kivas. »Das passiert, wenn man der Finsternis nachgibt. Wenn man seine Kraft nicht zum Heilen, sondern zum Töten nutzt. Wie Torvin.«

Kivas Magen schien in bodenlose Tiefen zu sacken. »Aber … Zuleeka hat keine Magie. Sie hatte nie welche.«

»Sie hat gelogen. Eure Mutter –« Wieder ein belegtes Husten. »Eure Mutter hat ihr alles beigebracht, was sie wusste. Die beiden haben gemeinsam trainiert.«

»Nein.« Kiva schüttelte den Kopf. »Das kann nicht sein.«

Doch in dem Moment hörte sie im Geiste Torells Stimme: *Sie und Mutter standen einander sehr nahe, besonders am Ende. Sie haben jede Minute gemeinsam verbracht.*

War das möglich? Verfügte Zuleeka wirklich über magische Kräfte? Und hatte sie diese vor ihnen allen verborgen? Der Beweis dafür lag sterbend vor Kiva auf dem Boden, trotzdem konnte sie es nicht glauben.

Als Delora das nächste Mal hustete, bäumte sich ihr gesamter Körper auf und ein dünnes Rinnsal Blut sickerte ihr aus dem Mund.

Kiva fluchte. »Was hat sie dir angetan?«, fragte sie wieder.

»Meine Organe v-versagen«, flüsterte Delora. »Du kannst n-nichts dagegen tun, solange ihre Magie in meinem Körper ist. Darum h-hör mir zu.«

»Das ist alles meine Schuld«, flüsterte Kiva. »Sie ist gekommen, um den Dolch zu holen, weil ich –«

»*Hör mir zu*«, drängte Delora, der immer mehr Blut übers Kinn rann. »Der Dolch –«

»Ich weiß, dass das Auge der Götter darin eingelassen ist«, unterbrach Kiva sie, um ihr die Anstrengung des Sprechens zu ersparen. »Ich weiß, dass Zuleeka damit den Thron an sich reißen kann.«

»Nein, du v-verstehst nicht«, sagte Delora, ehe ein weiterer Hustenanfall sie schüttelte. Sie presste sich die freie Hand auf den Bauch, während sie mit der anderen weiter Kivas umklammerte. »Der Dolch – Sarana hat Torvin damit angegriffen. So hat sie das K-Königreich gerettet.«

Davon hatte auch Jaren gesprochen, bevor sie aus dem Palast geflohen war. Dass die Königin Torvin manchen Legenden zufolge beinahe mit dem Dolch getötet hatte.

»Das spielt doch jetzt keine Rolle«, redete Kiva beruhigend auf die alte Frau ein und tupfte ihr das Blut aus dem zusehends bleicher werdenden Gesicht. »Was du brauchst, ist –«

»Kiva.« Deloras Frust verlieh ihrer Stimme ungeahnte Kraft. »Der Dolch kann einem Menschen die Magie entziehen. Es war ein Geschenk der Götter – ein Geschenk an Sarana, damit sie ihren Mann aufhält.«

Kiva sank zurück auf die Fersen, ein schrilles Klingeln in ihren Ohren.

Der Dolch kann einem Menschen die Magie entziehen.

»Ich –«, begann Kiva, brachte den Satz jedoch nicht zu Ende.

Delora ließ ihre Hand los und hob ihre Tunika, unter der eine gezackte Narbe zum Vorschein kam. Noch immer waberte der tödliche Nebel über ihre bleiche Haut.

»Du wolltest doch w-wissen, wie es mir gelungen ist, meine Magie zu unterdrücken«, sagte sie und ihre Stimme wurde wieder schwächer. »Ich h-habe mich selbst mit dem Dolch verletzt. Das Auge der Götter hat mir meine Kraft entzogen, bis zum allerletzten Tröpfchen, auf dass ich niemals jemandem damit schaden würde. Ich w-wollte mich nicht mein Leben lang davor fürchten müssen.«

Kiva starrte auf die Narbe und in dem Moment wurde ihr etwas klar. »Der Trank ... Ich habe versucht, ihn nachzubrauen, aber es hat nicht funktioniert, weil ... weil ...«

»Weil es n-niemals um die Zutaten ging«, bestätigte Delora. »Ich habe bei der Zubereitung den Dolch benutzt. *Das* hat deine Magie unterdrückt.« Wieder ergriff sie Kivas Hände, diesmal beide auf einmal. Ihre altersschlaffe Haut war kalt, klamm. »Du bist anders als sie,

Kiva. Du bist das Licht, das ihre Dunkelheit vertreibt. Deine Magie ist rein, genau wie dein Herz. Das sp-püre ich.«

Eine Träne rollte Kiva über die Wange – nicht nur wegen dem, was Delora gesagt hatte, sondern auch, weil sie fühlte, dass Deloras Lebenskraft schwand. Ihnen blieb nicht mehr viel Zeit.

»Aber du m-musst vorsichtig sein«, fuhr Delora mit schwacher – so furchtbar schwacher – Stimme fort. »Ein Fehler genügt, eine einzige f-falsche Entscheidung. Du musst kämpfen. Werde nicht wie sie.« Mit einem angestrengten Keuchen raffte die alte Frau sich noch einmal auf und flüsterte: »Sei das Licht in der Dunkelheit, Kiva.«

Dann schlossen sich ihre Augen und der schwarze Nebel löste sich mit ihrem letzten Atemzug auf.

Kiva senkte den Kopf; Tränen tropften ihr vom Kinn. Sie hatte ihre Großmutter kaum gekannt, aber sie wusste, dass Delora kein solches Ende verdient hatte.

Das hier war Zuleekas Werk.

Sie hatte ihre eigene Großmutter getötet.

Ermordet.

Und noch dazu besaß sie nun den Dolch – eine Waffe, mit der sie Jaren nicht nur den Thron nehmen konnte … sondern auch seine Magie.

Kiva sprang auf und fuhr sich mit der Hand übers Gesicht. Delora musste beerdigt werden, aber das würde warten müssen. Als Erstes musste Kiva zurück zum Palast, um Jaren zu warnen. Selbst wenn das bedeutete, dass er die Wahrheit über sie erfuhr. Es stand einfach zu viel auf dem Spiel. Sie mussten das Siegel der Königin beschützen und sich so gut wie möglich gegen Zuleekas böse Magie wappnen. Denn so mächtig die Elementarkräfte der Vallentis auch sein mochten – niemand wusste, wozu Zuleeka imstande war. Wenn sie unerwartet angriff … und noch dazu im Besitz des Dolchs war …

Kiva sah ein letztes Mal ihre Großmutter an. Dann rannte sie los. Sie würde nicht zulassen, dass ihre Schwester noch weitere Morde beging. Weder heute Nacht noch sonst irgendwann.

Der Ritt zurück nach Vallenia war genauso nervenaufreibend wie der Hinweg. Kiva trieb ihr Pferd schneller und schneller an, befeuert von Panik und Verzweiflung und der stetig wachsenden Angst, zu spät zu kommen. Sie wusste nicht, wie groß Zuleekas Vorsprung war, nur dass sie ihr auf dem Weg in den Sumpf nicht begegnet war. Gut möglich, dass sie längst im Palast war und –

Schluss jetzt!, rief Kiva sich entschlossen zur Ordnung.

Als endlich das Palasttor in Sicht kam, wäre Kiva beinahe in Tränen ausgebrochen. Sie und ihr Pferd waren gleichermaßen schweißgebadet. Schnurstracks galoppierte sie an den Wachen vorbei und den gepflegten Pfad hinauf. Noch bevor das Pferd ganz zum Stehen gekommen war, sprang sie aus dem Sattel, warf einem Bediensteten die Zügel zu und stürmte durch den von Säulen gezierten Palasteingang. Ihre Lunge brannte und Kiva krümmte sich vor Seitenstechen. Doch sie rannte weiter, immer zwei Stufen auf einmal nehmend, die Treppe hoch Richtung Ballsaal, stürzte durch die Tür und …

… fand sich inmitten tanzender Paare wieder. Inmitten lachender Gesichter. Inmitten fröhlichen Geplauders.

Alles war ruhig.

Nichts hatte sich verändert.

Kiva schluchzte auf vor Erleichterung und hielt hektisch nach Jaren Ausschau, der das Warten im Flusssalon mittlerweile sicher aufgegeben hatte.

Sie konnte ihn nirgends entdecken, genauso wenig wie Mirryn. Dafür sah sie Caldon mit einer dunkelhaarigen Frau tanzen. Einen Moment lang blieb Kiva fast das Herz stehen vor Angst, es könnte

Zuleeka sein. Doch bei der nächsten Drehung stellte sich heraus, dass es jemand anders war.

Kiva drängelte sich zu den beiden durch und zog mit ihrem zerzausten Erscheinungsbild überraschtes Gemurmel vonseiten der Gäste auf sich. Als Caldon sie erblickte, hielt er mitten im Tanz inne. Rasch entschuldigte er sich bei seiner Partnerin und kam auf Kiva zu, bis sie sich in der Mitte des Ballsaals trafen.

»Was zum Teufel ist denn mit dir passiert?«, fragte er und musterte sie von oben bis unten.

»Wo ist Jaren?«, keuchte Kiva.

Caldon verdrehte die Augen. »Im Ernst jetzt? Ihr zwei müsst wirklich mal –«

Kiva packte ihn bei den Jackenaufschlägen und schüttelte ihn. »Caldon, *wo ist Jaren*?«

Endlich horchte der Prinz auf. »Das letzte Mal, als ich ihn gesehen habe, war er mit dir zusammen.«

Kiva schloss die Augen und fragte sich, ob Jaren wohl tatsächlich im Salon auf sie wartete. »Ist dir Zuleeka begegnet?«

»Sie war vor Kurzem hier und hat nach dir gefragt«, antwortete Caldon. »Irgendjemand hat gesagt, du wärst vor einer Weile zusammen mit Jaren Richtung Flusssalon verschwunden.« Als Kiva erbleichte, fügte er hinzu: »Naari ist ihr nachgegangen, also kann sie nichts Schlimmes angestellt haben.«

Kiva hatte genug gehört. Sie fuhr auf dem Absatz herum und sprintete denselben Weg zurück, den sie gekommen war.

»Hey – warte!«, rief Caldon und holte mit seinen langen Beinen mühelos zu ihr auf. »Was ist denn los?«, wollte er wissen, während sie Seite an Seite aus dem Ballsaal und zur nächsten Treppe eilten.

»Zuleeka ist gefährlich.« Ohne ihre Schritte zu verlangsamen, lief Kiva die Treppe hoch und weiter durch den nächsten Flur. »Sie hat Magie. Dunkle Magie. Und einen Dolch, der –«

Bevor sie die Warnung zu Ende aussprechen konnte, erreichten sie den Flusssalon. Und in derselben Sekunde, in der Kiva ihre Schwester neben Jaren an der Fensterfront entdeckte, kam eine schwarze Welle auf sie zugeschossen und fixierte ihre Füße am Boden.

Das hier war anders als der Eisblock, mit dem die Königin sie bewegungsunfähig gemacht hatte. Kiva hatte das Gefühl, als wären ihre Knochen miteinander verschmolzen. Wie von selbst spreizten sich ihre Beine, ihre Arme hoben sich seitlich und ihre Lippen waren wie versiegelt. Schmerz flammte in ihr auf, als Zuleekas dunkle Magie das Kommando über ihre Muskeln und Sehnen übernahm.

Aus dem Augenwinkel erkannte Kiva, dass es Caldon neben ihr nicht besser ging. Auch er war Zuleeka hilflos ausgeliefert – genau wie Jaren am anderen Ende des Raums, der wie erstarrt dastand.

In seinen Augen las Kiva blanken Zorn. Doch sein Blick war nicht auf Zuleeka gerichtet. Auf keinen von ihnen.

Sondern auf den Boden vor ihm.

Wo Naari lag.

Mit geschlossenen Augen.

In einer Blutlache.

Kivas Herz setzte einen Schlag aus. Aber dann sah sie, wie sich die Brust der Soldatin kaum merklich hob und senkte.

Sie lebte – *sie lebte.*

Wenn Kiva Macht über ihren Körper gehabt hätte, wäre sie wohl vor Erleichterung in die Knie gesunken.

Und dann kam ihr eine weitere Erkenntnis: Naari war schon einmal Opfer von Zuleekas Magie geworden.

Es wurde schwarz um mich und meine Glieder gehorchten mir nicht mehr, hatte sie von dem Tag berichtet, an dem sie ihre Hand verloren hatte. *Es war schrecklich, derart die Kontrolle zu verlieren.*

Wenn Kiva nur früher von der dunklen Seite der Corentine-Magie gewusst hätte. Wenn sie nur –

»Wie schön, dass du dich zu uns gesellst, Schwesterchen«, schnurrte Zuleeka und riss Kiva damit aus ihren reuevollen Gedanken.

Ein Feuerball raste aus Caldons Richtung auf Zuleeka zu und Kiva fragte sich, warum Jaren keinen Gebrauch von seiner Magie machte. Erneut wallte Panik in ihr auf. Doch der Kronprinz wirkte nicht verletzt. Der Dolch war nirgends zu entdecken.

Ehe ihre Furcht noch weiter zunehmen konnte, traf Caldons Geschoss Zuleeka mitten vor die Brust und …

… verpuffte. Einfach so.

Zuleeka fletschte die Zähne zu einem Grinsen und zog etwas aus dem hohen Halsausschnitt ihres marineblauen Ballkleids.

Kiva stockte der Atem. Es war das Amulett.

Ihr Amulett.

Aber wie –

Dann sog sie scharf die Luft ein, als ihr einfiel, wie ihre Schwester sie umarmt hatte. Wie sie ihr tröstende Worte ins Ohr geflüstert hatte, während ihre Hand in Kivas Nacken lag.

Um den Verschluss zu öffnen.

Kiva hatte nichts bemerkt. Nicht einmal, als sie ihr Ballkleid angezogen hatte. Sie war so fasziniert von ihrem Spiegelbild gewesen – und so erschöpft nach Torells Heilung –, dass ihr das fehlende Amulett nicht aufgefallen war.

»Danke für das Geschenk, Schwesterchen.« Zuleeka strich über das mächtige Wappen. »Ohne es wäre ich niemals bis hierhergekommen.«

Jetzt sah Jaren zu Kiva, bestürzt, ungläubig. Kiva wollte schreien, dass Zuleeka log, wollte wenigstens den Kopf schütteln, doch sie konnte sich nicht rühren.

»Bedauerlicherweise kann ich nicht lange bleiben«, fuhr Zuleeka fort und ließ das Amulett wieder unter ihrem Kleid verschwinden. »Ich habe noch im Westpalast zu tun.« Ein erneutes Zähnefletschen.

Dann hob sie ihren Rock an und zog einen Dolch – *den Dolch* – aus einem Halfter an ihrem Oberschenkel.

Kiva stieß einen erstickten Laut aus und Caldon schickte einen weiteren Feuerball auf den Weg, der jedoch genauso wirkungslos von Zuleeka abprallte.

»Na, kleiner Prinz, erkennst du ihn?«, wandte sie sich an Jaren und deutete auf den Edelstein. »Ich muss dir leider sagen, dass der Dolch, den eure Generalin mit sich rumträgt, eine Fälschung ist. Das hier ist das echte Geschenk der Götter. Es befindet sich seit Jahrhunderten im Besitz meiner Familie und wurde von Generation zu Generation weitervererbt.« Ihr Blick huschte kurz zu Kiva, ehe sie mit einem Schmunzeln korrigierte: »*Unserer* Familie, meine ich natürlich. Wird langsam Zeit, dass ihr zwei Turteltäubchen einander richtig kennenlernt.«

Kiva gab ein weiteres panisches Wimmern von sich, doch Zuleeka schenkte ihr bloß ein teuflisches Lächeln. »Deverick Vallentis, darf ich vorstellen? Kiva Corentine – Torvin Corentines Nachfahrin, Rebellin und meine über alles geliebte Schwester, die mich nach Kräften dabei unterstützt, dich und deine Familie zu Fall zu bringen.« Zuleeka zwinkerte Kiva zu. »Gute Arbeit. Was hätte ich bloß ohne dich gemacht?«

Kiva hörte kaum hin. Ihr Fokus lag voll und ganz auf Jaren, auf seinem schockverzerrten Gesicht, seinem Herzen, das vor ihren Augen zu brechen schien.

»Ja, das ist bitter.« Zuleeka zog einen Schmollmund. »Aber wart's ab, es wird noch schlimmer.«

Sie fuhr ihm mit der Dolchspitze über die Brust. Jarens Atem ging stoßweise – ob aus Angst vor der Waffe oder vor Entsetzen über das, was er soeben erfahren hatte, konnte Kiva nicht sagen.

»Mein geliebtes Schwesterlein hat mir geholfen, das Gesetzbuch zu stehlen, musst du wissen«, fuhr Zuleeka gnadenlos fort.

SIE LÜGT!, wollte Kiva schreien.

»Und zusammen mit dem hier« – Zuleeka hob den Dolch – »habe ich bereits zwei Drittel der gar nicht mehr so geheimen Königlichen Triade zusammen. Es fehlt also nur noch eines.« Sie legte den Kopf schief. »Ach übrigens, *Hoheit*, hast du eigentlich *deine* Schwester heute schon gesehen?«

Diesmal war es Caldon, der einen erstickten Laut ausstieß.

»In all dem Trubel wegen der Ballvorbereitungen war es das reinste Kinderspiel, sie mir zu schnappen«, redete Zuleeka weiter. »Die arme kleine Prinzessin hat vermutlich den schlimmsten Geburtstag ihres Lebens. Aber ich bin mir sicher, eure Mutter wird alles geben, damit sie ihr Töchterchen unbeschadet zurückbekommt. Hab ich recht?«

Verdammt. *Verdammt!,* schrie Kiva innerlich, als ihr einfiel, was Mirryn gerade gestern noch über Ariana gesagt hatte. *Sie würde eher das Königreich untergehen sehen, als zuzulassen, dass Jaren oder Ori oder mir etwas zustößt. Sie würde alles opfern, um uns zu beschützen.*

Die Königin würde Zuleeka widerstandslos das Siegel aushändigen. Ohne jeden Zweifel.

Und das war Kivas Schuld.

Sie musste dafür sorgen, dass dieser Spuk ein Ende hatte.

Du bist anders als sie, Kiva. Du bist das Licht, das ihre Dunkelheit vertreibt.

Deloras Worte fachten Kivas Verzweiflung noch weiter an. Doch sie weckten auch ihre Magie, lockten sie an die Oberfläche. Gegen das, was Zuleeka ihrer Großmutter angetan hatte, waren Kivas Kräfte zwar wirkungslos gewesen, trotzdem würde sie nicht aufgeben. Sie würde es weiter versuchen, immer weiter, würde jedes goldene Tröpfchen in ihren Adern daransetzen, sie von der finsteren Macht zu befreien, die sie gefangen hielt. Die sie *alle* gefangen hielt.

»So hilfreich die Kräfte in diesem Amulett auch sein mögen«, meinte Zuleeka an Jaren gewandt, »ich habe mir sagen lassen, sie sind begrenzt. Und genau darauf hast du vermutlich gesetzt, angesichts der vielen Magiesalven, die du mir bei meiner Ankunft entgegengeschleudert hast. Da musst du jetzt ja ganz schön erschöpft sein.«

Also *hatte* Jaren versucht, sich zu verteidigen – natürlich. Und dem Zustand der Soldatin nach zu urteilen, hatte sich auch Naari gewehrt. Aber es hatte nichts gebracht. Nicht, solange Zuleeka sich mit Jarens eigener Magie schützen konnte. Dank Kiva.

»Jedenfalls bin ich heilfroh, dass meine Schwester mich vor dir gewarnt hat«, fuhr Zuleeka verschlagen fort. »Alle vier Elemente. Über derart viel Macht sollte niemand verfügen. Das kam mir jedenfalls als Erstes in den Sinn, als sie dein Geheimnis ausgeplaudert hat.«

Wieder zuckte Jarens Blick zu Kiva und wieder wünschte sie, sie könnte sich gegen die Behauptungen ihrer Schwester zur Wehr setzen. Denn Kiva hatte ihr nicht von Jarens Magie erzählt. Allerdings … woher wusste sie dann überhaupt davon?

»Zum Glück habe ich etwas, womit ich diesen Missstand beheben kann.« Wieder hob Zuleeka den Dolch. »Auf den hier hatte ich es schon seit Jahren abgesehen. Nicht, weil er Teil eurer Triade ist – das war bloß das Sahnehäubchen –, sondern weil das Auge der Götter noch eine weitaus praktischere Funktion hat. Meine Mutter hat mir alles darüber erzählt. *Ihre* Mutter dagegen hat die Frechheit besessen, den Dolch vor uns zu verstecken. Aber wie du ja bereits weißt, hat unsere liebe Kiva sich als äußerst hilfreiche Spionin erwiesen. Sie hätte ihn mir genauso gut auf dem Silbertablett servieren können.«

Zuleeka hatte ihr weisgemacht, mit dem Dolch ihre Machtposition bei den Rebellen festigen zu wollen. Lügen über Lügen. Doch Kiva hatte keine Zeit, weiter darüber nachzudenken. Stattdessen konzentrierte sie sich voll und ganz auf ihre Magie, versuchte, sie heraufzubeschwören und gegen die Dunkelheit anzukämpfen, die sie in ihren Fängen hielt.

»Habt ihr euch bei all den Legenden über Sarana und Torvin denn nie gefragt, warum Torvin nicht versucht hat, sein Königreich zurückzuerobern?«, fragte Zuleeka so ungezwungen, als führten sie ein ganz normales Gespräch. »Deshalb.« Sie deutete auf den funkelnden Stein. »Das Auge der Götter, ihr Geschenk an Sarana.« Dann fügte sie mit einem schadenfrohen Lächeln hinzu: »Eine Waffe, die eigens dafür geschaffen wurde, Torvin seine Magie zu rauben.«

Jaren wurde kreideweiß im Gesicht und Caldon sog scharf die Luft ein.

»Ich habe immer davon geträumt, dasselbe eines Tages bei dir zu machen«, erklärte Zuleeka. »Andererseits wäre es wohl Verschwendung, nicht gleich aufs Ganze zu gehen. Warum sollte ich dir bloß deine Kräfte entziehen, wenn ich dich dabei auch direkt noch töten kann?«

Kiva hielt den Atem an und ihre Magie rann ihr durch die Finger wie Wasser.

Zuleeka setzte die Dolchspitze auf Jarens Herz, ehe sie Kiva den Kopf zuwandte. »Möchtest du ihm noch irgendwas sagen, Schwesterchen?«

Zuleeka löste den Bann um Kivas Mund, doch sie antwortete nicht. Stattdessen kämpfte Kiva ihre Furcht nieder und konzentrierte sich abermals auf das Brennen unter ihrer Haut, auf das Kribbeln in ihren Fingerspitzen und schöpfte direkt aus dem Kern ihres Seins. Doch die Finsternis lähmte sie noch immer und das goldene Leuchten blieb aus. Dabei konnte sie es fühlen, es war da, knapp außerhalb ihrer Reichweite.

Deine Magie ist rein, genau wie dein Herz. Du musst kämpfen.

Aber Kiva brauchte Deloras Worte nicht als Ermutigung, sie kämpfte auch so schon mit aller Kraft. Schweiß rann ihr übers Gesicht und vermischte sich mit ihren Tränen, als Zuleeka Kivas Lippen wieder versiegelte und sich mit einem Schulterzucken zu Jaren umdrehte. »Tja, sieht aus, als wollte sie sich nicht von dir verabschieden. Offenbar bist du ihr nicht wichtig genug.«

Du bist anders als sie, hatte Delora gesagt. *Du bist das Licht, das ihre Dunkelheit vertreibt.*

Zuleeka holte mit dem Dolch aus.

Sei das Licht in der Dunkelheit.

»Leb wohl, kleiner Prinz«, gurrte Zuleeka.

Sei das Licht in der Dunkelheit.

Der Dolch zischte durch die Luft.

SEI DAS LICHT IN DER DUNKELHEIT.

Kiva stieß einen markerschütternden Schrei aus, als das goldene Licht aus ihr hervorbrach. Mit seiner schieren Wucht ließ es die Dunkelheit verschwinden, befreite Kiva, befreite Caldon, befreite Jaren, bis nichts von der finsteren Magie ihrer Schwester mehr übrig war.

Doch im selben Moment bohrte sich die Klinge in Jarens Brust.

Direkt in sein Herz.

Eine Welle von Magie entlud sich aus ihm, schleuderte Kiva und Caldon gegen die Wand, ließ die Fensterscheiben bersten, die Kronleuchter zu Boden krachen. Nur Zuleeka blieb stehen, während Jaren vor ihr auf die Knie sank, den Mund zu einem gequälten Stöhnen geöffnet, beide Hände um den Dolch geklammert, der aus seiner Brust ragte.

»*NEIN!*«, schrie Kiva. Ihr dröhnten die Ohren und in ihrem Kopf pochte es, nicht bloß wegen Jarens Stoßwelle, sondern auch vor der Anstrengung, die es sie gekostet hatte, Zuleekas Bann zu durchbrechen.

Kiva versuchte, sich hochzurappeln, und schluchzte auf, als es ihr nicht gelang. Sie musste zu Jaren. *Sie musste zu Jaren.*

Caldon ließ ein leises Ächzen vernehmen. Er blutete aus einer Kopfwunde, war kaum bei Bewusstsein. Konnte ihr nicht helfen. Sie musste … *Sie musste …*

Auf allen vieren – ungeachtet der zahllosen Luminiumsplitter am Boden, die sich ihr unter die Haut bohrten und das Kleid zerrissen – krabbelte Kiva auf Jaren zu.

Sie erreichte ihn im selben Moment, in dem Zuleeka ihm brutal die Klinge aus der Brust riss und verkündete: »Du hast die Wahl: Du kannst ihn retten oder mich aufhalten. Beides geht nicht, Schwesterchen.«

Und damit setzte Zuleeka ihre Maske wieder auf – ihre Vipernmaske – und stürmte aus dem Salon, um der Königin ihren Handel vorzuschlagen.

Kiva kümmerte es nicht.

Sollte Zuleeka das Königreich ruhig haben.

Solange nur Jaren am Leben blieb.

Blut quoll aus seiner Wunde und seine Lider begannen sich bereits zu schließen. Und doch brachte er es fertig, Kiva in die Augen zu sehen, als sie sich über ihn lehnte. Mit stockender, schmerzverzerrter Stimme fragte er: »*Wie … konntest … du?*«, bevor er den Kampf gegen die Bewusstlosigkeit verlor.

Der Vorwurf in seinen Augen ließ etwas in Kiva zerbrechen. Doch sie hatte gerade größere Sorgen, als dass Jaren sie – verdienterweise – hasste.

»*Nein, nein, nein*«, schluchzte sie und presste die Hände auf seine Wunde.

Er durfte nicht sterben.

Er durfte nicht sterben.

Und obwohl Kiva am Ende war, obwohl sie ihre letzten Kraftreserven verbraucht hatte, schloss sie die Augen und beschwor ihr tiefstes Inneres herauf. Flehte um ein winziges Fünkchen ihrer Magie, das ihr helfen würde. Das Jaren retten würde.

»*Bitte*«, krächzte sie. »*Bitte.*«

Einen grauenhaften Moment lang passierte nichts.

Aber dann spürte sie es.

Ein Kribbeln in ihren Fingern, ein Brennen unter ihrer Haut – und das goldene Licht strömte aus ihren Händen.

Kiva legte weinend den Kopf auf Jarens blutüberströmten Oberkörper, unfähig, sich aufrecht zu halten, während ihre Magie in seine Wunde floss.

Wieder hörte sie hinter sich Caldon ächzen, nahm entfernt wahr, dass er auf sie zugekrochen kam. Doch sie sah nicht auf, sondern konzentrierte all ihre verbleibende Kraft auf Jaren.

Irgendwann verlosch das Leuchten, und als Kiva sich mühsam hochstemmte, brach sie beim Anblick der verheilten Wunde gleich von Neuem in Tränen aus.

Doch es waren nicht bloß Tränen der Erleichterung. Denn mit einem Mal erinnerte sie sich an etwas, was Jaren einst über seine Kräfte gesagt hatte: *Meine Magie ist ein Teil meines Körpers. Wie ein Arm oder ein Bein.*

Zuleeka hatte ihn mit dem Auge der Götter verletzt.

Wenn Jaren aufwachte, würde er keine magischen Kräfte mehr besitzen.

Und das war Kivas Schuld.

Sie mochte ihm das Leben gerettet haben, aber sie hatte auch dafür gesorgt, dass er keine Magie mehr besaß.

Und bald auch kein Königreich mehr.

Das würde er ihr niemals verzeihen.

Das würde *sie* sich niemals verzeihen.

»Du musst hier weg.«

Caldon. Es klang, als spräche ein Toter.

Kiva drehte sich steif zu ihm um und sah, dass sein Blick auf Jarens Brust lag.

»Er lebt«, entgegnete sie für den Fall, dass Caldon das nicht klar war.

»Du musst hier weg«, wiederholte er und seine kobaltblauen Augen nahmen die Farbe dunkler Tinte an. »Bevor er aufwacht. Bevor *sie* aufwacht.« Er deutete mit dem Kinn auf Naari.

»Ich wusste nichts davon«, flüsterte Kiva heiser. Er musste ihr glauben. »Ich schwöre, ich –«

»Nein«, schnitt er ihr scharf das Wort ab und hielt sich den blutenden Kopf. »Nicht jetzt. Ich muss – ich muss nachdenken. Und du musst hier weg, ehe sie dich ins Verlies werfen. Oder sofort töten.«

Kiva schluckte und gab den Kampf gegen ihre Tränen auf.

»Cal–«

»Mach, dass du fortkommst, verdammt!«, brüllte er sie an.

Kiva sah das blanke Leid in seinem Gesicht, die Bestürzung, die Trauer – Trauer um *sie* –, und stand schwankend auf.

Und dann, nach einem einzigen Blick zurück in Jarens bleiches, bewusstloses Gesicht, um sich jeden seiner Züge unauslöschlich einzuprägen, rannte sie aus dem Zimmer.

Schneller und schneller hastete sie durch die Flure, ihr goldenes Kleid blutverschmiert und zerrissen, die Wangen tränenüberströmt. Doch sie blieb nicht stehen, nicht einmal, als Wellen von Erschöpfung und Verzweiflung sie in die Knie zu zwingen drohten und die Benommenheit sie ins Straucheln brachte.

Sie musste weiter.

Denn wenn Jaren aufwachte und begriff, was passiert war, was er verloren hatte, was Kiva getan hatte –

Sie musste weiter.

Torell. Sie musste zu Torell. Obwohl er der General der Rebellenarmee war, wusste Kiva aus tiefstem Herzen, dass er nicht in Zuleekas Pläne eingeweiht gewesen war. Genauso wenig wie in ihre finstere Magie. Er würde ihr helfen, sobald sie ihm alles erklärt hatte. Er würde –

»Wohin denn so eilig?«

Kiva kam schlitternd in der Eingangshalle zum Stehen, nur wenige Schritte von der Tür entfernt.

Sie fuhr herum und wäre beinahe vor Erleichterung zusammengebrochen, als sie Mirryn sah. Die Prinzessin trug ein eisblaues Kleid samt passender Maske und wirkte vollkommen unversehrt.

»*Mirry*«, keuchte Kiva und streckte die Hand aus, als bräuchte sie einen fühlbaren Beweis dafür, dass Jarens Schwester tatsächlich vor ihr stand, dass es ihr gut ging.

»Tut mir leid«, erwiderte Mirryn zu Kivas Verwirrung. »Ist nicht persönlich gemeint.«

Und bevor Kiva reagieren konnte, trafen zwei Luftströme sie von den Seiten und durchstießen wie Dolche ihre Trommelfelle.

Kiva schrie auf vor purem, unfassbarem Schmerz. Ein Schmerz, der alles überstieg, was sie je erlebt hatte … bis er sie schließlich übermannte und es schwarz um sie wurde.

KAPITEL FÜNFUNDDREISSIG

Kiva erwachte in einer Zelle.

Panisch sprang sie auf, nur um gleich darauf die Hand an ihren pochenden Kopf zu heben. Doch der Schmerz verblasste gegen ihre Furcht und sie blinzelte mühsam ins Halbdunkel. In ihrer Verwirrung glaubte sie kurz, sie wäre wieder im Purgatorium gelandet, ehe ihr gesunder Menschenverstand einsetzte – die Reise von Vallenia nach Zalindov dauerte mehrere Wochen. Sie war noch immer im Palast.

Im Verlies.

Am ganzen Körper zitternd näherte Kiva sich der Eisengittertür, ergriff zwei der Stäbe und rüttelte halbherzig daran.

»Hallo?«, rief sie und ihre Stimme hallte durch den dunklen Korridor. »Ist da jemand?«

Auf dem Steinboden ertönten Schritte. Kiva rechnete damit, dass ein Wächter auftauchen würde, doch stattdessen sah sie sich Mirryn gegenüber. Die Prinzessin wirkte genauso makellos wie bei ihrer letzten Begegnung – keine Schramme, kein Riss im Kleid, nichts, was auch nur im Entferntesten auf einen Kampf hindeutete.

Kiva umklammerte die Gitterstäbe fester und ihre Stimme war kaum mehr als ein Flüstern, als sie fragte: »Zuleeka hatte dich gar nicht entführt, stimmt's?«

Mirryn schaute ihr ungerührt in die Augen. »Das war nicht nötig.«

Vier Wörter, die Kivas gesamte Welt zum Einsturz brachten.

»Deine Schwester und ich sind schon seit einer ganzen Weile Verbündete«, erklärte Mirryn und strich ihr Kleid glatt. »Uns ist irgendwann klar geworden, dass wir dieselben Ziele verfolgen und sie schneller erreichen, wenn wir zusammenarbeiten.«

Kiva fiel es wie Schuppen von den Augen: Mirryn war Zuleekas Palastspionin gewesen. Sie war es, die Zuleeka von Jarens Magie erzählt hatte – und die Götter wussten, wovon sonst noch. Die Prinzessin hatte ihre eigene Familie verraten und all die schrecklichen Ereignisse dieser Nacht eingefädelt.

»Was für Ziele?«, fragte Kiva, sosehr sie sich auch vor der Antwort fürchtete.

»Die Herrschaft über Evalon natürlich«, sagte Mirryn.

Aber … Mirryns Familie herrschte doch längst über Evalon. Sie war eine Vallentis. Eine geborene Prinzessin.

Kiva runzelte die Stirn. »Das verstehe ich nicht.«

»Wirklich nicht?« Mirryn stieß ein bitteres Lachen aus. Sie trat einen Schritt vor und umfasste ebenfalls einen der Gitterstäbe, sodass ihre Finger beinahe Kivas streiften. »Tja, du siehst meinen Bruder eben genauso wie alle anderen: als den wundervollen, begabten, in jeglicher Hinsicht perfekten Kronprinzen. Hast du eine Ahnung, wie es ist, mit so jemandem aufzuwachsen?«

Kivas erschöpfter, überstrapazierter Geist hatte Mühe, Mirryn zu folgen. »Du … du bist eifersüchtig auf Jaren?«, fragte sie. »Darum willst du den Rebellen an die Macht verhelfen? Ihnen euren Thron überlassen? Nur damit Jaren ihn nicht bekommt?«

Mirryn schnaubte. »Na bitte, langsam begreifst du. Aber ein entscheidendes Detail ist dir entgangen.« Ihre wütenden blauen Augen bohrten sich in Kivas. »Es war nämlich nie *unser* Thron, sondern immer nur Jarens. Obwohl ich die rechtmäßige Erbin hätte sein sollen. Ich bin die Erstgeborene, darum stand die Thronfolge mir zu. Doch dann kam unser aller heiß geliebter Jaren des Wegs, mit seiner ach so mächtigen Vierfachmagie. Als ob das irgendetwas bedeuten würde! An dem Tag, als sie beschlossen haben, ihn an meiner Stelle zum Thronerben zu ernennen, habe ich alles verloren: meinen Titel, meine Zukunft, *alles*. Von da an stand ich stets in seinem Schatten, war immer nur die Zweitbeste, ein minderwertiger Ersatz.«

Ihr Gesicht war vor Wut verzerrt und ihre Fingerknöchel wurden weiß, so fest krallte Mirryn die Hände um das Gitter. Dann aber entspannte sie sich wieder. »Als ich deine Schwester kennengelernt habe, hat sie mir vorgeschlagen, mit ihr zusammenzuarbeiten, um mir zurückzuholen, was mir zusteht. Dieses Angebot war einfach zu verlockend.« Nach kurzem Zögern gestand sie: »Streng genommen bin ich allerdings erst seit ein paar Wochen aktiv dabei. Vorher habe ich hauptsächlich Informationen geliefert, hatte aber noch nicht das Bedürfnis, selbst zu handeln. Tja, jetzt schon.«

»Warum?«, fragte Kiva. »Was hat sich geändert?«

»Navok.« Mirryn spie den Namen des mirravenischen Königs aus wie einen Fluch. »Er meinte, ich wäre nicht gut genug, schließlich wäre ich bloß eine einfache Prinzessin. Ist das zu fassen? Wir haben alles versucht, um unsere Beziehung vor ihm geheim zu halten, aber irgendwie ist er doch dahintergekommen. Und jetzt zwingt er die Frau, die ich liebe, Voshell zu heiraten, weil der eines Tages König wird und sie dadurch zur Königin von Caramor.«

Kiva blinzelte, als ihr klar wurde, dass Mirryn von Serafine sprechen musste, König Navoks Schwester. Aber das bedeutete ja –

Ihre Familie hat sich eingemischt. Sie fand, ich wäre keine gute Partie.

Also war Prinzessin Serafine Mirryns geheimnisvolle Freundin. *Ex*-Freundin. Navok musste seine Schwester gezwungen haben, sich von Mirryn zu trennen, weil er wollte, dass sie einen echten Thronfolger heiratete.

Fast hätte Kiva Mitleid mit Mirryn bekommen. Aber nur fast.

Die Prinzessin beugte sich vor und ein fiebriges Schimmern trat in ihren Blick. »Das hier ist meine einzige Chance, Serafine zurückzugewinnen. Indem ich Königin von Evalon werde. Navok hat versprochen, dass er ihre Verlobung mit Voshell auflöst, sobald ich den Thron besteige. Dann gehört sie endlich wieder mir.«

»Und was ist mit Zuleeka?«

»Sie und ich werden gemeinsam regieren«, antwortete Mirryn. »Darauf haben wir uns schon geeinigt. Zwei Königinnen, wie die Welt sie noch nicht gesehen hat. Eine Corentine und eine Vallentis, Seite an Seite, so wie es von Anfang an hätte sein sollen.« Ein flüchtiges Lächeln. »Und das haben wir alles dir zu verdanken.«

Kiva schüttelte abwehrend den Kopf, obwohl sie wusste, dass die Prinzessin recht hatte.

»Die Königliche Triade«, redete Mirryn weiter und hob die freie Hand. An einem ihrer Finger steckte ein Ring. Das Siegel der Königin, erkannte Kiva beklommen. »Ohne dich hätten wir niemals von dieser Klausel erfahren. Das hat uns Jahre der Vorbereitung erspart.« Wieder blitzten im Halbdunkel ihre Zähne auf. »Danke, Kiva. Du ahnst ja gar nicht, wie glücklich du mich machst. Mich und Zuleeka.«

Kiva fühlte sich wie ausgehöhlt.

»Leider«, fuhr Mirryn fort und ihr Lächeln verlosch, »wird es wohl dennoch eine Weile dauern, bis wir den Machtwechsel vollziehen können. Denn trotz der Klausel besteht natürlich die Gefahr, dass das evalonische Volk aufbegehrt. Gut möglich, dass ihnen unser rechtmäßiger Anspruch auf den Thron egal ist, selbst nachdem wir den königlichen Rat dazu gebracht haben, uns anzuerkennen.« Mirryns Mundwinkel hoben sich wieder. »Für diesen Fall hat deine Schwester sich einen Ausweichplan zurechtgelegt. Aber den kann sie dir persönlich erklären. Sie will sich nämlich noch von dir verabschieden.«

Verabschieden?

»Fürs Erste«, redete Mirryn weiter, »wird Mutter so tun, als wäre nichts passiert, obwohl sie natürlich begriffen hat, dass sie nicht mehr an der Macht ist. Morgen früh informieren wir den königlichen Rat. Und dann werden wir besprechen, wie wir die Abdankung meiner Familie möglichst reibungslos über die Bühne bringen können.«

»Jaren wird nie im Leben abdanken«, wandte Kiva ein, auch wenn sie nicht einmal seinen Namen aussprechen konnte, ohne dass der Kummer ihr wie ein Messer in die Eingeweide fuhr.

Mirryns Miene verhärtete sich. »Ihm wird nichts anderes übrig bleiben. Sobald wir ihn gefunden haben –«

Sie verstummte mitten im Satz, als hätte sie mehr ausgeplaudert als beabsichtigt.

»Gefunden?«, hakte Kiva prompt ein und Hoffnung keimte in ihr auf.

Mirryn warf einen finsteren Blick hinter sich, dann gestand sie: »Caldon hat es geschafft, ihn und Naari aus dem Palast zu schleusen, bevor wir die beiden in Gewahrsam nehmen konnten. Aber sie können ja nirgendwo hin. Außerdem hat Jaren ja keine Magie mehr. Weit werden sie also nicht kommen.«

Zum ersten Mal, seit Kiva aufgewacht war, breitete sich ein Lächeln auf ihren Lippen aus. »Verlass dich lieber nicht darauf.«

Mirryns Augen wurden schmal. »Du wirkst mir verdächtig zufrieden für jemanden, der in einem Kerker hockt.«

»Ich gehe davon aus, dass du mich noch für irgendetwas brauchst«, entgegnete Kiva. »Sonst hättest du mich ja wohl kaum hier runtergeschleift.« Ihr war längst aufgefallen, dass keinerlei Wachen in der Nähe waren. Daraus schloss sie, dass Mirryn sie unbemerkt hergebracht haben musste, während alle anderen sich auf dem Ball vergnügt hatten. »Falls du darauf gehofft hast, dass Jaren meinetwegen zurückkommt, muss ich dich allerdings enttäuschen. Nicht, nachdem er –«

Nicht, nachdem er erfahren hatte, wer sie wirklich war. Doch Kivas Stimme versagte, bevor sie den Satz beenden konnte.

»Nein, wir haben etwas ganz anderes mit dir vor. Keine Sorge, du wirst nicht mehr lange hierbleiben müssen.« Mirryn klang belustigt. »Nur bis – ah, da ist sie ja schon.«

Wieder ertönten Schritte und wenige Sekunden später kam Zuleeka in Sicht. Sie trug einen dunklen Mantel über ihrem marineblauen Kleid und ihre Miene war ernst.

»Hallo, Schwesterchen«, begrüßte sie Kiva und blieb neben Mirryn stehen. »Langer Tag, was?«

Kiva schluckte, unfähig zu antworten.

Zuleeka wandte sich der Prinzessin zu. »Würdest du uns einen Augenblick allein lassen?«

Kurz wirkte es, als wollte Mirryn protestieren, dann aber nickte sie knapp und gab der Bitte nach. »Ruf mich, wenn alles bereit ist. Ich warte solange draußen.«

Kiva fragte sich, was diese Worte zu bedeuten hatten, und ihr Magen zog sich zu einem angstvollen Knoten zusammen, als Mirryn davonmarschierte.

Sobald die Prinzessin außer Hörweite war, sagte Zuleeka: »Ich hatte dir ja versprochen, dir in einem ruhigen Moment ein paar Dinge zu erklären.«

»Glaubst du wirklich, ich will irgendwas davon hören?«, fauchte Kiva, wobei sie den Schmerz in ihrer Stimme nicht unterdrücken konnte. »Bis jetzt hast du mich schließlich immer nur belogen.«

Zuleeka blieb ungerührt. »*Ich* bin nicht diejenige, die unsere Familie verraten hat.«

»Du bist so eine Heuchlerin.« Kiva presste das Gesicht an die Gitterstäbe. »Mir wirfst du Verrat vor, dabei hast du selbst die ganze Zeit mit einer Vallentis zusammengearbeitet.«

»Du weißt ja nicht, wovon du redest«, entgegnete Zuleeka schlicht.

Kiva starrte sie wütend an. »Sag einfach, was du von mir willst, und dann geh. Wenn ich dich je wiedersehe, nach allem, was –«

»*Was* dann?«, fragte Zuleeka lauernd. »Was willst du dann tun, Kiva? Mich etwa mit deiner *Heil*magie angreifen?« Sie hob die Hand und beschwor einen dünnen schwarzen Nebelstreifen herauf. »Das möchte ich sehen.«

Die Erinnerung daran, wie es gewesen war, im Bann dieser grausigen Macht zu stehen, ließ Kiva zurückweichen.

Zuleeka senkte die Hand wieder. »Du bist so was von erbärmlich. Mutter hätte niemals versuchen sollen, dich aus Zalindov zu befreien. Wobei, andererseits hätte ich sonst jetzt nicht die Mirravener auf meiner Seite, also war ihr Opfer zumindest nicht völlig umsonst.«

Kiva erstarrte. »Was?«

»Mutters Abmachung mit Navok – ich hatte dir ja versprochen, dir davon zu erzählen, und, ob du es glaubst oder nicht, auf mein Wort ist Verlass.« Zuleeka schnippte sich einen unsichtbaren Fussel von der Schulter. »Mutter hat eine Allianz mit Mirraven geschlossen. Und damit auch mit Caramor, da sie so eng mit Mirraven verbündet sind, auch wenn der Handel eine Sache zwischen ihr und Navok war.« Leiser, wie an sich selbst gewandt, fügte sie hinzu: »Der wird nicht erfreut sein zu hören, was heute in dem Lagerhaus passiert ist. Aber er hätte eben ein bisschen mehr Geduld haben müssen. Diese Dummköpfe hätten uns beinahe alles verdorben.«

Mutter hat eine Allianz mit Mirraven geschlossen, wiederholte Kiva im Stillen Zuleekas Worte und ihr Herz fing an zu hämmern. »Was für eine Allianz?«, fragte sie schließlich mit tauben Lippen.

»Evalon ist zu gut geschützt, als dass die nördlichen Territorien ohne Hilfe von innen einen Angriff riskieren könnten«, erklärte Zuleeka. »Darum werden wir – die Rebellen – sie unterstützen.«

Kiva kämpfte gegen die wachsende Panik an. Das klang ja, als wollte Zuleeka Navok dabei helfen, Evalon einzunehmen. Aber –

»Warum hätte Mutter sich auf so etwas einlassen sollen, wenn sie das Königreich selbst regieren wollte?«, fragte sie verwirrt.

»Mutter war so wütend, dass sie alles getan hätte, um die Vallentis zu stürzen. Selbst wenn das bedeutet hätte, dass jemand anderes den Thron besteigt«, antwortete Zuleeka. »Als sie nach Mirraven aufgebrochen ist, um Navok ihr Angebot zu unterbreiten, hatte sie sich schon jahrelang vergeblich abgemüht. Außerdem war sie zu dem Zeitpunkt bereits so krank, dass sie eine Entscheidung treffen musste. Und das Bündnis mit Navok war nun mal der schnellste Weg, um ihre Rachepläne zu verwirklichen. Wobei sie natürlich weiterhin alles darangesetzt hat, eine Corentine an seiner Seite an die Macht zu bringen.«

Es dauerte einen Moment, ehe Kiva begriff, und als es schließlich so weit war, schnappte sie entsetzt nach Luft. »Heißt das ... *du* heiratest König Navok? Ist das die Schuld, die du begleichen sollst?«

Zuleekas Hände ballten sich zu Fäusten – der einzige Hinweis darauf, wie sie wirklich zu der Abmachung stand. Doch alles, was sie sagte, war: »Mutter wusste nichts von der Königlichen Triade. Sie hat nicht geahnt, dass es eine viel einfachere Möglichkeit gegeben hätte, auf legalem Weg an die Macht zu gelangen. Und natürlich kann es auch so noch zu Komplikationen kommen. Darum brauchen wir Mirravens Armee, um das evalonische Volk zur Kooperation zu zwingen, falls nötig. Und auch die Armee. Aber so oder so wird eine Corentine auf dem Thron landen. Und das ist alles, was zählt.«

Das war er also, der Ausweichplan, den Mirryn erwähnt hatte: Mirraven.

Bei den Göttern.

Jarens Sorge wegen der nördlichen Territorien war berechtigt gewesen.

In Bezug auf die Rebellen hatte er sich jedoch geirrt.

»Weiß Tor davon?«

Zuleeka stieß ein harsches Lachen aus. »Was denkst denn du?« Sie schüttelte den Kopf und sah dann zu Boden, bevor sie leise gestand:

»Es war schrecklich, ihn niederstechen zu müssen. Aber ich konnte einfach nicht riskieren, dass er mir in die Quere kommt. Und das hätte er auf jeden Fall versucht, wenn er von meinen Plänen für heute Nacht erfahren hätte. Mir ist schon vor einiger Zeit klar geworden, dass ich auf seine Loyalität nicht mehr zählen kann. Besonders seit deiner Rückkehr aus Zalindov.«

Kiva starrte ihre Schwester an. »*Du* hast ihn niedergestochen? Aber ich habe doch gesehen –«

Ein Gewirr aus Armen und Beinen, drei miteinander verschlungene Körper. Das war alles, was Kiva gesehen hatte. Nicht, *wer* ihrem Bruder die Klinge des Mirraveners in die Brust gerammt hatte.

»Ich habe natürlich dafür gesorgt, dass es nicht danach aussah«, sagte Zuleeka, die nun einen Schritt zurücktrat und eine Hand unter ihren Mantel schob. »Außerdem wusste ich ja, dass du ihn heilen würdest. Bleibt abzuwarten, an wie viel er sich erinnert, wenn er aufwacht. Aber damit kann ich mich morgen früh befassen. *Du* dagegen wirst leider nicht so schnell erfahren, wie diese Sache ausgeht.«

»Was soll das –«

Bevor Kiva ausreden konnte, pustete Zuleeka ihr eine Handvoll Goldpuder ins Gesicht. Kiva hustete und rang nach Luft, während ein durchdringender Geruch nach Karamell ihr die Sinne vernebelte.

Zusammen mit einer alles überschattenden, lähmenden Angst.

Engelsstaub.

Die Droge umhüllte sie, drang ihr in die Nase, den geöffneten Mund.

»Zuleeka, was zum Teu–«

»Du hast mir Mutter genommen«, schnitt Zuleeka ihr mit eiskalter Miene das Wort ab. »Ohne dass du auch nur davon wusstest. Ohne, dass du es jemals verstehen wirst. Sie hat viel größere Stücke auf dich gehalten als auf mich. ›Unser Goldkind‹, hat sie immer gesagt. ›In Kiva steckt so viel Potenzial. So viel Kraft.‹ Und jetzt sieh dich an – du bist ein *Nichts*.«

Zuleeka gab ein abfälliges Schnauben von sich, doch unter dem Einfluss der Droge konnte Kiva sich kaum mehr konzentrieren. Sie hatte Mühe, die Wut in der Stimme ihrer Schwester zu registrieren. Mühe, überhaupt noch irgendetwas zu registrieren.

»Du hast mir *alles* genommen«, fauchte Zuleeka. »Und dafür werde ich mich jetzt rächen.«

»Aber ich –«, begann Kiva, doch die Wörter schienen ineinanderzufließen, ehe sie ihr über die Lippen kamen.

Zuleeka hielt den kleinen Beutel mit dem Goldpuder hoch und erklärte dann merklich ruhiger: »Betrachte das hier als kleines Geschenk zum Dank für deine Hilfe. Das Letzte, das du jemals von mir bekommen wirst. Zusammen hiermit.«

Kiva konnte kaum noch klar sehen, nahm aber wahr, wie Zuleeka das Amulett unter ihrem Kragen hervorzog und es ihr durch die Gitterstäbe um den Hals hängte.

»Die Kraft darin habe ich aufgebraucht, als ich mir das Siegel von der Königin geholt habe«, sagte sie. »Sie und Prinz Oriel haben sich nach Kräften gewehrt, darum ist jetzt nichts mehr übrig. Aber ich will, dass du es als Andenken behältst, an all das, was ich dank deiner Hilfe erreicht habe. Ich werde Befehl geben, dass die Aufseher es dir nicht abnehmen. Ich will, dass du jeden einzelnen Tag daran denkst, so lange, bis du es nicht mehr kannst.«

Kiva geriet ins Schwanken und die Gitterstäbe vor ihr begannen zu verschwimmen, während die Worte ihrer Schwester zu ihr durchdrangen wie Fetzen eines wirren Traums.

Zuleeka stieß einen scharfen Pfiff aus, genau wie sie es im Lagerhaus an den Docks getan hatte, und hob dann abermals den Beutel mit dem Engelsstaub. »Glaub mir, du wirst mir noch dankbar sein für mein Geschenk. Es wird dir die lange Rückreise versüßen. Du wirst selig vor dich hin schlummern, und ehe du dich's versiehst, bist du wieder zu Hause.«

Zuleekas Gesicht zerschmolz zu einem Wirrwarr aus knallbunten Farbklecksen, während die halluzinogene Droge Kiva weiter und weiter in die Tiefe zog. Dennoch brachte sie irgendwie die Kraft auf zu wiederholen: »Zu Hause?«

»In Zalindov«, sagte Zuleeka. »Ich kann dich schließlich kaum weiter frei herumlaufen lassen, damit du deinem Prinzen hilfst, meine Pläne zu vereiteln. Oder Torell, wenn der sich nicht doch noch dazu entschließen sollte, lieber mit mir zu kooperieren.« Dann beugte sie sich vor und flüsterte mit einem Anflug von Wahnsinn in der Stimme: »Es ist noch so viel mehr im Gange, so viel, was du gar nicht ahnst. Mutter hat immer viel zu klein gedacht. Aber ich werde nicht denselben Fehler machen. Und ich werde auch nicht riskieren, dass du mir dazwischenfunkst.«

Auf irgendeiner Ebene war Kiva noch bewusst, dass sie erschüttert sein müsste, verrückt vor Angst. Trotzdem entspannten sich ihre Glieder, ein angenehmes Vibrieren erfüllte ihren Körper, der Schmerz in ihrem Kopf flaute ab und all ihre Sorgen lösten sich in Luft auf.

Zuleeka sagte noch etwas, was Kiva über dem Summen in ihren Ohren nicht verstand. Wie durch einen Nebelschleier sah sie, dass ihre Schwester sich zu jemandem umdrehte. Mirryn war wieder aufgetaucht, herbeigerufen durch den Pfiff, und Zuleeka reichte der Prinzessin den goldenen Beutel.

»Die ist ja schon komplett weggetreten«, kommentierte Mirryn kichernd. Ihre Stimme drang wie von weit her zu Kiva durch. »Ich gehe mal nachschauen, ob der Wagen bereitsteht. Das hier gebe ich den Wärtern. Die werden schön dafür sorgen, dass sie bis Zalindov in diesem Zustand bleibt. So macht sie ihnen unterwegs keine Probleme.«

Der verschwommene Fleck aus eisblauer Seide verschwand aus

Kivas Sichtfeld und ihr Kopf sackte zur Seite. Irgendwie war sie auf dem Boden gelandet, ohne es zu merken.

»Leb wohl, Schwesterchen.« Zuleekas Worte waren kaum mehr als ein verzerrtes Zischeln. »Ich wünschte, es hätte anders enden können.«

Was als Nächstes passierte, konnte Kiva nicht sagen. Der Engelsstaub zog sie tiefer und tiefer hinab, der Griff der Droge sanft, aber unerbittlich. Irgendwann tauchte Mirryns eisblaues Kleid wieder auf, die Kerkertür öffnete sich und mit einem Mal schien sie zu schweben. Sie lachte, fühlte sich leichter als Luft. Bis sie plötzlich draußen war, in der Kälte, und auf einer harten Oberfläche landete, die Gliedmaßen verdreht, Gitterstäbe ringsum. Ein Käfig.

Und dann setzte sie sich in Bewegung.

Die nächsten Minuten, Stunden, Tage, Wochen waren nichts als ein Wirrwarr aus knirschendem Kies und klappernden Gitterstäben, durchbrochen von kurzen wachen Momenten, ehe die Wärter ihr die nächste Portion Goldpuder ins Gesicht bliesen und sie abermals in ihrer Trance versank. Sie träumte von goldenen Palästen und glitzernden Flüssen, von lichtdurchfluteten Räumen und nebelumwabertem Marmor. Sie sah Jarens Gesicht, seine Hände, seine Lippen, spürte, wie er sie berührte, sie in seinen Armen wiegte, sie küsste. Und sie flüsterte ihm all das ins Ohr, was sie nie laut gesagt hatte. All die Wahrheiten, die sie fest in ihrem Inneren versiegelt hatte, aus Angst vor dem, was passieren würde, wenn sie diese aussprach.

Ich weiß, du hast Angst. Aber das musst du nicht.

Seine Stimme wärmte sie wie pures Sonnenlicht. Sie wollte ihm sagen, dass er sich irrte. Denn sie hatte keine Angst mehr.

Sie liebte ihn.

Mehr als alles andere auf der Welt.

Und als sie eines kalten Morgens erwachte, umgeben von den altvertrauten Kalksteinmauern, war das erste Wort, das ihr über die Lippen kam, sein Name.

Sie streckte die Arme nach ihm aus.

Doch er war nicht da.

In dem Moment brach die Wirklichkeit über Kiva herein und rang mit den Resten des Engelsstaubs in ihrem Körper um die Kontrolle über ihren Verstand. Kiva kämpfte gegen die Droge an, dachte an Jarens Blick nach ihrem Kuss. Und an den Schmerz in seinem Gesicht, als er von ihrem Verrat erfahren hatte.

Ein Schluchzer entwand sich ihrer Kehle, doch der Engelsstaub dämpfte ihre Qualen. Genau wie ihre Angst, als das dunkle Gesicht des Vorstehers über ihr erschien. Triumphierend spähte Rooke durch die Gitterstäbe in den Wagen.

»Zu schade, dass dein Posten in der Krankenstation schon neu besetzt ist«, sagte er. »Aber keine Sorge, in den Tunneln gibt es genug Arbeit für alle.« Seine Lippen verzogen sich zu einem Lächeln. »Willkommen zurück, N18K442.«

Das war das Letzte, was Kiva wahrnahm, bevor die Droge sie erneut in ihren Bann zog und nur ein einziger Gedanke zurückblieb:

Wenn Rooke sie zur Arbeit in die Tunnel schickte, blieben ihr sechs Monate.

Ein Jahr, wenn sie Glück hatte.

Dann wäre sie tot.

DANKSAGUNG

Ich habe dieses Buch inmitten einer Pandemie geschrieben, während ich mich gleichzeitig von einer Operation zu erholen versuchte, nachdem bei mir eine Autoimmunerkrankung diagnostiziert worden war. Und dann, als ich ungefähr auf der Hälfte des ersten Entwurfs war, starb auch noch meine geliebte Großmutter. Zu behaupten, dass diese Zeit eine Herausforderung war, wäre die Untertreibung des Jahrhunderts.

Aber:

Wenn ich eines im Leben gelernt habe, dann dass man die besten Dinge selten umsonst bekommt und die erbittertsten Kämpfe reich belohnt werden.

Prison Healer – Die Schattenrebellin zu schreiben und zu redigieren, war schwer, möglicherweise so schwer wie nichts zuvor in meinem Leben. Doch gerade deswegen ist es auch das Buch, auf das ich am meisten stolz bin. Und es gibt unglaublich viele Menschen, die mich auf diesem Weg begleitet haben.

Als Erstes möchte ich Gott, meiner Familie und meinen Freunden dafür danken, dass sie mir so viel Kraft und Hoffnung gegeben haben, selbst in den dunkelsten Momenten (von denen wir vermutlich alle in letzter Zeit so einige hatten).

Mein besonderer Dank gilt außerdem meiner Agentin Danielle Burby, die so tapfer für mich gekämpft und mich bei Verstand gehalten hat, ohne jemals angesichts der Hunderttausenden von E-Mails, die ich ihr (pro Tag) geschrieben habe, die Geduld zu verlieren. Du bist meine Heldin und ich kann kaum in Worte fassen, wie viel mir das alles bedeutet. Danke auch an das gesamte Team der Nelson Literary Agency, dafür, dass ihr einfach großartig seid und immer wieder dafür sorgt, dass meine Träume in Erfüllung gehen.

Ein riesiger Dank geht zudem an meine Agentin für ausländische Lizenzen, Jenny Meyer (und dein ganzes Team!), dafür, dass ihr mich trotz der weltweit problematischen Situation kontinuierlich mit immer neuen Angeboten fremdsprachiger Verlage überrascht. Du meintest mal scherzhaft, wir zwei würden eines Tages die Weltherrschaft an uns reißen – mittlerweile bin ich mir gar nicht mehr so sicher, ob das nicht ernst gemeint war.

Herzlichen Dank auch an meine Lektorinnen, Emilia Rhodes und Zoe Walton. Ich kann euch gar nicht sagen, wie sehr ich eure unermüdliche Arbeit an diesem Buch zu schätzen weiß. Der Unterschied zwischen dem Erstentwurf und der finalen Version ist überwältigend und die Geschichte hat so viel mehr Tiefe, als ich ihr ohne eure Anleitung und klugen Ideen je hätte verleihen können. Und mein Dank beschränkt sich nicht bloß auf euer wundervolles Lektorat – danke, dass ihr an so vielen Fronten für diese Reihe gekämpft habt *Herzchenaugen*. Außerdem möchte ich Gabriella Abbate und Mary Verney für ihren wertvollen Input danken sowie natürlich meinen Korrektorinnen Ana Deboo und Ellen Fast. Dieses Buch ist eine wahre Gemeinschaftsleistung.

Ein Dankeschön von ganzem Herzen geht an die Teams von HMH Teen (insbesondere an John Sellers, Julie Yeater, Lauren Wengrovitz, Mary Magrisso, David Hastings, Samantha Bertschmann, Taylor Navis und Jim Tierney), PRH Australia (vor allem an Dot Tonkin, Tina Gumnior, Jess Bedford, Adelaide Jensen, Michael Windle und Kristin Gill sowie natürlich an die legendären Julie Burland, Laura Harris und Angela Duke) und Hodder & Stoughton (insbesondere an Molly Powell, Kate Keehan, Maddy Marshall und Sarah Clay). Eine dicke, fette virtuelle Umarmung an euch alle!

Danke an meine ausländischen Verlage und ihre Teams: Intrínseca, Sperling & Kupfer, Znanje, Maxim, Szeged, Loewe, Eksmo, Albatros/Fragman und De Boekerij. Ich kann es kaum erwarten, all eure wunderbaren Übersetzungen in Händen zu halten!

An meine Autorenfreund*innen: Danke für eure wie immer unerschütterliche Unterstützung und den vielen Zuspruch. Ihr seid einfach zu viele, um euch alle hier zu nennen, aber es ist mir eine Ehre, jede*n Einzelne*n von euch kennen zu dürfen. Besonders danken möchte ich Sarah J. Maas, dafür, dass du so unglaublich großzügig und einfach in jeder Hinsicht wunderbar bist. Ich bin so, *so* ein Glückspilz, dich zur Freundin zu haben (schon seit sechs Jahren übrigens – ist das zu fassen?). Und, Jessica Townsend, unsere mehr oder weniger wöchentlichen Strandspaziergänge sind einfach absolute Highlights für mich – nicht nur wegen unserer Wuffis, sondern auch, weil ich einfach supergern Zeit mit »wundersamen« (na, kapiert?) Menschen wie dir verbringe!

Ich bin mir relativ sicher, dass ich einen ganzen Haufen von Leuten vergessen habe (geht so was auch als Pandemie-Nebenwirkung durch?), darum bleibt mir nichts anderes übrig, als all den Menschen – Rezensent*innen, Buchhändler*innen, Bibliothekar*innen, Lehrer*innen, Kindern, Teenagern, Erwachsenen, Großeltern, eben einfach *allen*, die *Prison Healer – Die Schattenheilerin* gelesen haben und es gern genug mochten, um es weiterzuempfehlen, meinen unendlichen Dank auszusprechen. Ich hoffe, die Fortsetzung von Kivas Abenteuern gefällt euch genauso gut. Nur, äh, sorry, dass sie schon wieder mit einem Cliffhanger endet. Alles meine Schuld. *Hände vors Gesicht schlag*

Lynette Noni stammt aus Australien, wo sie Journalismus, Wissenschaftliches Schreiben und Verhaltenspsychologie studierte, bevor sie sich in die Welt der Fiktion wagte. Jetzt ist sie hauptberuflich Autorin und ihre erfolgreichen Jugendbuchreihen *Project Jane* und *The Medoran Chronicles* wurden bereits mehrfach ausgezeichnet. *Die Schattenrebellin* ist der zweite Band der *Prison Healer*-Trilogie.